O Andarilho

OBRAS DO AUTOR PUBLICADAS PELA EDITORA RECORD

1356
Azincourt
O condenado
Stonehenge
O forte

Trilogia *As Crônicas de Artur*

O rei do inverno
O inimigo de Deus
Excalibur

Trilogia *A Busca do Graal*

O arqueiro
O andarilho
O herege

Série *As Aventuras de um Soldado nas Guerras Napoleônicas*

O tigre de Sharpe (Índia, 1799)
O triunfo de Sharpe (Índia, setembro de 1803)
A fortaleza de Sharpe (Índia, dezembro de 1803)
Sharpe em Trafalgar (Espanha, 1805)
A presa de Sharpe (Dinamarca, 1807)
Os fuzileiros de Sharpe (Espanha, janeiro de 1809)
A devastação de Sharpe (Portugal, maio de 1809)
A águia de Sharpe (Espanha, julho de 1809)
O ouro de Sharpe (Portugal, agosto de 1810)
A fuga de Sharpe (Portugal, setembro de 1810)
A fúria de Sharpe (Espanha, março de 1811)
A batalha de Sharpe (Espanha, maio de 1811)
A companhia de Sharpe (janeiro a abril de 1812)

Série *Crônicas Saxônicas*

O último reino
O cavaleiro da morte
Os senhores do norte
A canção da espada
Terra em chamas
Morte dos reis
O guerreiro pagão
O trono vazio
Guerreiros da tempestade
O Portador do Fogo

Série *As Crônicas de Starbuck*

Rebelde
Traidor
Inimigo

BERNARD CORNWELL

O Andarilho

Tradução de
LUIZ CARLOS DO NASCIMENTO SILVA

22ª edição

EDITORA RECORD
RIO DE JANEIRO • SÃO PAULO
2018

CIP-Brasil. Catalogação na fonte
Sindicato Nacional dos Editores de Livros, RJ.

C835a Cornwell, Bernard, 1944-
22ª ed. O andarilho / Bernard Cornwell; tradução de Luiz
Carlos do Nascimento Silva. – 22ª ed. – Rio de Janeiro:
Record, 2018.

462p.: . – (A busca do Graal; 2)

Tradução de: Vagabond
Seqüência de: O arqueiro
ISBN 978-85-01-06677-0

1. Romance inglês. I. Silva, Luiz Carlos do Nascimento. II. Título.

03-1769

CDD – 823
CDU –821.134.3(81)-3

Título original inglês
VAGABOND

Copyright © 2002 by Bernard Cornwell

Projeto gráfico: Porto+Martinez

Todos os direitos reservados. Proibida a reprodução, no todo ou em parte, através de quaisquer meios.

Esta é uma obra de ficção. Nomes, personagens e acontecimentos nela retratados são fruto da imaginação do autor. Qualquer semelhança com pessoas reais, acontecimentos e lugares será mera coincidência.

Direitos exclusivos de publicação em língua portuguesa para o Brasil adquiridos pela
EDITORA RECORD LTDA.
Rua Argentina 171 – Rio de Janeiro, RJ – 20921-380 – Tel.: (21)2585-2000, que se reserva a propriedade literária desta tradução.

Impresso no Brasil

ISBN 978-85-01-06677-0

Seja um leitor preferencial Record
Cadastre-se no site www.record.com.br e receba informações sobre nossos lançamentos e nossas promoções.

Atendimento e venda direta ao leitor

mdireto@record.com.br ou (21) 2585-2002

O ANDARILHO
é dedicado a
June e Eddie Bell
com amizade e gratidão

SUMÁRIO

PRIMEIRA PARTE   FLECHAS NO MORRO   11

SEGUNDA PARTE   O CERCO DO INVERNO   157

TERCEIRA PARTE   O COPEIRO DO REI   297

Nota Histórica   459

Primeira Parte
Inglaterra, Outubro de 1346

FLECHAS NO MORRO

eRA OUTUBRO, a época da morte do ano, quando o gado era abatido antes do inverno e quando os ventos do norte traziam uma promessa de gelo. As folhas dos castanheiros tinham-se tornado douradas, as faias eram árvores de fogo e os carvalhos eram feitos de bronze. Thomas de Hookton com sua mulher, Eleanor, e seu amigo, o padre Hobbe, chegaram à fazenda do planalto ao anoitecer, e o fazendeiro recusou-se a abrir a porta, mas gritou através da parede que os viajantes podiam dormir no estábulo de vacas. A chuva retinia no sapé que se desfazia. Thomas conduziu o único cavalo deles para debaixo do telhado que eles dividiam com uma pilha de lenha, seis porcos num chiqueiro sólido e uma porção de penas espalhadas onde uma galinha fora depenada. As penas lembraram ao padre Hobbe que era o dia de São Galo, e ele contou a Eleanor que o bendito santo, ao voltar para casa numa noite de inverno, encontrara um urso roubando o seu jantar.

— Ele mandou o animal dar o fora! — disse o padre Hobbe. — Passou um carão no bicho e depois mandou que ele fosse apanhar a lenha para o santo.

— Eu vi uma gravura disso — disse Eleanor. — O urso não ficou sendo criado dele?

— Isso porque Galo era um homem santo — explicou o padre Hobbe. —.Os ursos não apanham lenha para qualquer um! Só para um homem santo.

— Um homem santo — interveio Thomas — que é o padroeiro das galinhas. — Thomas sabia tudo sobre os santos, mais até do que o padre Hobbe. — Por que uma galinha iria querer um santo? — perguntou ele em tom de sarcasmo.

— Galo é o santo padroeiro das galinhas? — perguntou Eleanor, confusa por causa do tom de voz de Thomas. — Não dos ursos?

— Das galinhas — confirmou o padre Hobbe. — Na verdade, de todas as aves domésticas.

— Mas por quê? — quis saber Eleanor.

— Porque certa vez ele expulsou um demônio malvado de uma jovem.

O padre Hobbe, rosto largo, cabelos como espinhos de um esgana-gata, nascido camponês, corpulento, jovem e ansioso, gostava de contar histórias dos benditos santos.

— Um monte de bispos tinha tentado expulsar o demônio — continuou ele — e todos tinham fracassado, mas o bendito Galo apareceu e amaldiçoou o demônio. Ele o amaldiçoou! E o demônio ganiu, aterrorizado — o padre Hobbe agitou as mãos no ar para imitar o pânico do espírito mau —, e fugiu do corpo dela, isso mesmo, e parecia muito com uma galinha, uma franga. Uma franga preta.

— Eu nunca vi uma gravura disso — observou Eleanor no seu inglês com sotaque, e então, pensativa, olhando pela porta do estábulo: — Mas eu gostaria de ver um urso de verdade carregando lenha.

Thomas sentou-se ao lado dela e olhou para o crepúsculo molhado, que estava turvo por causa de um leve nevoeiro. Ele não tinha muita certeza de que era o dia de São Galo, porque perdera o senso de cálculo enquanto viajavam. Talvez já estivessem no dia de Santa Audrey? Era outubro, disso ele sabia, e sabia que mil e trezentos e quarenta e seis anos tinham-se passado desde que Cristo nascera, mas não tinha certeza quanto ao dia em que estavam. Era fácil perder a conta. Certa vez seu pai recitara todas as missas de domingo num sábado e tivera de repetir tudo no dia seguinte. Sub-repticiamente, Thomas fez o sinal-da-cruz. Era filho bastardo de um padre e diziam que aquilo dava azar. Ele estremeceu. Havia um peso no ar que nada tinha a ver com o sol poente nem com as nuvens carregadas de chuva, nem com o nevoeiro. Que Deus nos ajude, pensou, mas havia um mal naquele crepúsculo e ele tornou a fazer o sinal-da-cruz e rezou em silêncio para São Galo e seu urso obediente. Tinha existido um urso dançarino em Londres, os dentes nada mais do que cotocos amarelos apodrecidos, os flancos marrons manchados de sangue provocado pela aguilhada do dono. Os cachorros vira-latas tinham rosnado para ele, girado em torno dele furtivamente e recuado quando ele os golpeara.

— Quanto falta para chegar a Durham? — perguntou Eleanor, desta vez falando em francês, sua língua natal.

— Acho que amanhã — respondeu Thomas, ainda olhando para o norte, para onde o escuro pesado amortalhava a terra. — Ela perguntou — explicou em inglês ao padre Hobbe — quando é que vamos chegar a Durham.

— Amanhã, se Deus quiser — disse o padre.

— Amanhã você poderá descansar — prometeu Thomas a Eleanor, em francês.

Ela estava grávida de um filho que, se Deus quisesse, iria nascer na primavera. Thomas não estava certo de como se sentia por ser pai. Parecia cedo demais para assumir uma responsabilidade. Mas Eleanor estava feliz, e ele gostava de agradá-la, e por isso dizia que também se sentia feliz. Numa certa parte do tempo, até que era verdade.

— E amanhã — disse o padre Hobbe — vamos colher nossas respostas.

— Amanhã — corrigiu Thomas — vamos fazer nossas perguntas.

— Deus não vai nos deixar vir tão longe assim para ficarmos desapontados — disse o padre Hobbe. Depois, para evitar que Thomas apresentasse argumentos, serviu o escasso jantar. — Isto foi tudo o que restou do pão — disse ele — e nós devíamos guardar um pouco do queijo e uma maçã para o desjejum.

Ele fez o sinal-da-cruz sobre a comida, abençoando-a, e depois partiu o pão duro em três pedaços.

— Devemos comer antes do anoitecer.

A escuridão trouxe um frio efêmero. Uma curta pancada de chuva passou e depois o vento diminuiu. Thomas dormiu mais próximo da porta do estábulo de vacas, e em determinado momento depois que o vento parou ele acordou, porque havia uma luz no céu do norte.

Rolou o corpo, sentou-se e esqueceu que estava com frio, esqueceu a fome, esqueceu todos os irritantes desconfortos da vida, porque estava vendo o Graal. O Santo Graal, o mais precioso de todos os legados de Cristo ao homem, perdido naqueles mil e tantos anos, e ele o via brilhando no céu como um sangue reluzente, e à sua volta, brilhantes como a cintilante coroa de um santo, raios de um fulgor estonteante enchiam o céu.

Thomas queria acreditar. Ele queria que o Graal existisse. Achava que se o Graal fosse encontrado todo o mal do mundo iria escoar pelas suas profundezas. Queria muito acreditar, e naquela noite de outubro ele via o Graal como um grande cálice em fogo no norte, e seus olhos encheram-se de lágrimas a ponto de a imagem ficar turva, e no entanto ainda o via, e parecia-lhe que um vapor saía do vaso sagrado. Por trás dele, em fileiras que subiam para as alturas do ar, estavam filas de anjos, as asas tocadas pelo fogo. Todo o céu do norte era fumaça e ouro e escarlate, brilhando na noite como um sinal para o indeciso Thomas.

— Oh, Deus — disse ele em voz alta, e tirou o cobertor com um gesto rápido e ajoelhou-se no frio portal do estábulo. — Oh, Deus!

— Thomas? — Eleanor, ao lado dele, acordara. Ela sentou-se e olhou para a noite. — Fogo — disse ela em francês — *c'est un grand incendie.*

Em sua voz transparecia um medo reverencial.

— *C'est un incendie?* — perguntou Thomas, e então ficou desperto por completo. Viu que realmente havia um grande incêndio no horizonte, do qual as chamas se erguiam para iluminar uma fenda com a forma de um cálice nas nuvens.

— Há um exército lá — sussurrou Eleanor em francês. — Olha! — Ela apontou para um outro brilho, mais ao longe. Eles tinham visto luzes como aquelas no céu da França, luz das chamas refletida na nuvem onde o exército da Inglaterra assinalava com fogo a sua travessia da Normandia e da Picardia.

Thomas ainda olhava fixo para o norte, mas agora desapontado. Era um exército? Não era o Graal?

— Thomas? — Eleanor estava preocupada.

— É só um boato — disse ele.

Ele era filho bastardo de um padre e tinha sido criado com as escrituras sagradas. No Evangelho segundo Mateus fora prometido que no fim dos tempos haveria batalhas e rumores de batalhas. As escrituras prometiam que o mundo chegaria ao seu final numa confusão de guerra e sangue, e na última aldeia, onde os habitantes os tinham olhado com desconfiança, um padre mal-humorado os acusara de espiões escoceses. O padre Hobbe reagira ameaçando bater nas orelhas do seu colega de ofício, mas Thomas acalmara os dois homens e depois falara com um pastor que dissera ter visto fumaça nas montanhas ao sul. Os escoceses, dissera o pastor, estavam marchando para o sul, embora a mulher do padre zombasse da história dele alegando que as tropas escocesas não passavam de ladrões de gado.

— Tranquem as suas portas durante a noite — aconselhara ela —, e eles os deixarão em paz.

A luz distante diminuiu. Não era o Graal.

— Thomas? — disse Eleanor, o cenho franzido.

— Eu tive um sonho — disse ele —, só um sonho.

— Eu senti a criança se mexer — disse ela, e tocou o ombro dele.
— Você e eu vamos nos casar?

— Em Durham — prometeu ele. Ele era um bastardo e não queria que filho seu algum levasse o mesmo estigma. — Vamos chegar à cidade amanhã — assegurou à mulher —, e você e eu vamos nos casar numa igreja e depois faremos nossas perguntas.

E, rezou ele, que uma das respostas seja a de que o Graal nunca existiu. Que seja um sonho, uma simples ilusão de fogo e nuvem num céu noturno, porque, caso contrário, Thomas temia que aquilo levasse a pessoa à loucura. Ele queria abandonar sua busca, queria desistir do Graal e voltar a ser o que era e o que queria ser: um arqueiro da Inglaterra.

Bernard de Taillebourg, francês, frade dominicano e inquisidor, passou a noite de outono num chiqueiro e, quando o amanhecer chegou espesso e branco de tanto nevoeiro, ajoelhou-se e agradeceu a Deus pelo privilégio de dormir em cima de uma palha emporcalhada. Depois, cônscio de sua elevada tarefa, disse uma oração a São Domingos, implorando ao santo que intercedesse junto a Deus para tornar bom o trabalho daquele dia.

— Assim como a chama em sua boca nos ilumina para ver a verdade — disse ele em voz alta —, que ela ilumine o nosso caminho para o sucesso.

Ele se inclinou para a frente na intensidade da emoção, e sua cabeça bateu num rude pilar de pedra que sustentava um dos cantos do chiqueiro. A dor penetrou-lhe o crânio e ele provocou mais ao tornar a bater a cabeça contra a pedra, ralando a pele até sentir o sangue escorrer para o nariz

— Bendito Domingos — bradou ele —, bendito Domingos! Graças sejam dadas a Deus pela sua glória! Ilumine o nosso caminho!

O sangue agora estava nos lábios, e ele o lambeu e pensou em todo o sofrimento que os santos e mártires tinham suportado pela Igreja. Suas mãos estavam entrelaçadas e havia um sorriso no rosto desvairado.

Soldados que na noite anterior tinham posto fogo em grande parte da aldeia, reduzindo-a a cinzas, e estuprado as mulheres que não conseguiram fugir, e matado os homens que tentaram proteger as mulheres, agora ficavam olhando o padre bater repetidas vezes a cabeça contra a pedra salpicada de sangue.

— Domingos — disse Bernard de Taillebourg, ofegante —, oh, Domingos!

Alguns soldados fizeram o sinal-da-cruz, porque sabiam identificar um homem santo só em olhar para ele. Um ou dois até se ajoelharam, embora isso fosse incômodo devido às cotas de malha, mas a maioria apenas ficou olhando desconfiada para o padre ou então observava o criado dele que, sentado do lado de fora do chiqueiro, olhava para eles.

O criado, como Bernard de Taillebourg, era francês, mas alguma coisa na aparência do rapaz indicava um nascimento mais exótico. A pele era amarelada, quase tão escura quanto a de um mouro, e os longos cabelos eram de um preto liso que, com o rosto fino, davam-lhe uma aparência ferina. Ele vestia cota de malha, e levava uma espada e, embora não fosse nada mais do que o criado de um padre, portava-se com confiança e dignidade. O traje era elegante, um tanto estranho naquele exército maltrapilho. Ninguém sabia o seu nome. E ninguém queria perguntar, assim como ninguém queria perguntar por que ele jamais comia ou conversava com os outros criados, antes mantendo-se fastidiosamente à parte. Agora o misterioso criado observava os soldados e na mão direita segurava uma faca com uma lâmina muito comprida e fina. Assim que percebeu que um número suficiente de homens olhava para ele, equilibrou a faca num dedo estendido. A faca estava apoiada na ponta afiada, que era impedida de furar a pele do criado pelo dedo cortado de uma luva de malhas que ele usava como bainha. Então ele deu um impulso com o dedo e a faca girou no ar, lâmina brilhando, para cair de ponta e equilibrar-se no dedo outra vez. O criado não olhara uma vez sequer para a faca, mas mantivera os olhos negros fixos nos soldados. O padre, sem perceber a exibição, uivava orações, as faces magras rendadas de sangue.

— Domingos! Domingos! Ilumine o nosso caminho!

A faca tornou a girar, a lâmina maldosa refletindo a fraca luz da nevoenta manhã.

— Domingos! Guie-nos! Guie-nos!

— A cavalo! Montem! Mexam-se! — Um homem grisalho, um grande escudo pendurado no ombro esquerdo, forçou a passagem entre os espectadores. — Não temos o dia todo! O que em nome do diabo vocês estão olhando? Jesus Cristo em Sua maldita cruz, o que é isto, a porcaria da feira de Eskdale? Pelo amor de Deus, mexam-se! Mexam-se!

O escudo no ombro exibia o emblema de um coração vermelho, mas a tinta desbotara tanto, e a cobertura de couro do escudo estava tão arranhada, que era difícil distinguir o escudo.

— Ah, meu Cristo sofredor! — O homem localizara o dominicano e seu criado. — Padre! Nós estamos indo agora. Agora mesmo! E não vou esperar por orações. — Ele voltou-se para os seus comandados. — Montem! Mexam os ossos! Há um trabalho dos diabos para fazer!

— Douglas! — vociferou o dominicano.

O homem grisalho voltou, rápido.

— Meu nome, padre, é Sir William, e é bom o senhor se lembrar dele.

O padre piscou os olhos. Parecia estar sofrendo de uma confusão momentânea, ainda dominado pelo êxtase de sua oração impulsionada pela dor, e então fez uma mesura maquinal como se admitindo sua falta por ter usado o sobrenome de Sir William.

— Eu estava falando com o bendito Domingos — explicou ele.

— Está bem, mas espero que tenha pedido a ele que mande para bem longe esse maldito nevoeiro.

— E ele vai nos liderar hoje! Ele vai nos guiar!

— Então é bom ele calçar suas malditas botas — resmungou Sir William Douglas, Cavaleiro de Liddesdale, para o padre —, porque nós vamos partir, quer o seu santo esteja pronto, quer não.

A cota de malha de Sir William estava rasgada de tanto combate e remendada com anéis mais novos. A ferrugem aparecia nas bordas e nos cotovelos. O escudo desbotado, como o rosto castigado pelo tempo, estava todo lanhado. Ele estava agora com quarenta e seis anos e calculava que tinha uma cicatriz feita por espada, flecha ou lança para cada um daqueles anos que tinham embranquecido seus cabelos e sua barba curta. Puxou a pesada porta do chiqueiro, abrindo-a.

— Levante-se, padre. Tenho um cavalo para o senhor.

— Eu vou a pé — disse Bernard de Taillebourg munindo-se de um bastão comprido com uma tira de couro enfiada na ponta —, como Nosso Senhor.

— Neste caso, o senhor não vai se molhar quando atravessarmos os rios, não é? — Sir William fez um muxoxo. — Vai andar sobre as águas, não vai, padre? O senhor e seu criado?

O único entre os seus homens, ele não parecia impressionado com o padre francês ou desconfiado do bem armado criado dele, mas Sir William Douglas tinha a fama de não ter medo de homem algum. Ele era um capitão de fronteira que empregava assassinato, fogo, espada e lança para proteger sua terra, e um impetuoso padre vindo de Paris dificilmente iria impressioná-lo. Sir William, na verdade, não gostava muito de padres, mas o seu rei mandara que ele levasse Bernard de Taillebourg no ataque daquela manhã, e Sir William, embora relutante, concordara.

Em toda a sua volta, soldados subiram para as selas. Estavam com armas leves, porque não esperavam encontrar inimigo algum. Alguns, como Sir William, levavam escudos, mas a maioria se contentava com uma espada. Bernard de Taillebourg, a batina úmida e salpicada de lama, andava depressa ao lado de Sir William.

— O senhor vai entrar na cidade?

— É claro que não vou entrar na porcaria da cidade. Existe uma trégua, lembra-se?

— Mas se há uma trégua...

— Se há uma porcaria de trégua, nós os deixamos em paz.

O inglês do padre francês era bom, mas ele levou alguns instantes para decifrar o que as últimas três palavras de Sir William significavam.

— Não vai haver luta?

— Entre nós e a cidade, não. E não há nenhuma porcaria de exército inglês a menos de quatrocentos e oitenta quilômetros, de modo que não vai haver luta. Tudo o que estamos fazendo é procurar por alimentos e forragem, padre, alimentos e forragem. Alimente seus homens e alimente seus animais, e é assim que se vencem as guerras.

Enquanto falava, Sir William montou em seu cavalo, que era seguro por um escudeiro. Enfiou as botas nos estribos, tirou o saiote da cota de malha de sob as coxas e segurou as rédeas.

— Eu levo o senhor até perto da cidade, padre, mas depois vai ter de se deslocar sozinho.

— Deslocar? — perguntou Bernard de Taillebourg, mas Sir William já fizera um giro e esporeara o cavalo por uma pista lamacenta que corria entre muros de pedra baixos. Duzentos soldados montados, carrancudos e pálidos naquela nevoenta manhã, seguiam atrás dele, e o padre, fustigado pelos seus grandes cavalos sujos, esforçava-se para manter o ritmo. O criado ia atrás, sem aparentar preocupação. Era evidente que ele estava acostumado a ficar em meio a soldados e não mostrava apreensão alguma. Na verdade, seu comportamento indicava que ele poderia ser melhor com suas armas do que a maioria dos homens que cavalgavam atrás de Sir William.

O dominicano e seu criado tinham viajado até a Escócia com uma dúzia de outros mensageiros enviados ao rei David II por Filipe de Valois, rei da França. A delegação fora um pedido de socorro. Os ingleses tinham posto fogo em tudo o que encontravam ao atravessarem a Normandia e a Picardia, tinham trucidado o exército do rei francês perto de uma aldeia chamada Crécy, e seus arqueiros agora dominavam uma dúzia de fortes na Bretanha, enquanto seus selvagens cavalarianos seguiam das antigas possessões de Eduardo da Inglaterra na Gasconha. Tudo isso era ruim, mas ainda pior, e como para mostrar a toda a Europa que a França podia ser desmembrada impunemente, o rei inglês estava agora sitiando o grande porto-fortaleza de Calais. Filipe de Valois fazia todo o possível para levantar o cerco, mas o inverno estava chegando, os nobres resmungavam que seu rei não era guerreiro coisa nenhuma, e por isso ele apelara para a ajuda do rei David, da Escócia, filho do Robert the Bruce. Invada a Inglaterra, implorara o rei francês, e com isso obrigue Eduardo a abandonar o cerco de Calais para proteger sua terra natal. Os escoceses tinham estudado o convite e depois foram persuadidos pela delegação do rei francês de que a Inglaterra estava indefesa. Como poderia ser de outra maneira? O exército de Eduardo da Inglaterra estava todo em Calais, ou então na Bretanha ou na Gasconha, e não restara ninguém para defender a Inglaterra, e aquilo significava que o velho inimigo estava indefeso, estava pedindo para ser estuprado, e todas as riquezas da Inglaterra estavam apenas esperando para cair em mãos escocesas.

E por isso os escoceses tinham ido para o sul.

Era o maior exército que a Escócia já mandara para além da fronteira. Os grandes senhores estavam todos lá, os filhos e netos dos guerreiros que tinham humilhado a Inglaterra no sangrento massacre em torno do Bannockburn, e aqueles senhores tinham levado seus soldados já bastante calejados em incessantes batalhas nas fronteiras, mas dessa vez, farejando saques, faziam-se acompanhar dos chefes de clãs vindos das montanhas e das ilhas: chefes liderando membros selvagens das tribos que falavam uma língua própria e lutavam como demônios desvairados. Eles tinham chegado aos milhares, para ficar ricos, e os mensageiros franceses, o dever cumprido, tinham embarcado de volta para dizer a Filipe de Valois que Eduardo da Inglaterra iria, sem dúvida alguma, levantar o cerco de Calais quando soubesse que os escoceses estavam assolando suas terras ao norte.

A delegação francesa tinha voltado para casa, mas Bernard de Taillebourg ficara. Ele tinha negócios a resolver no norte da Inglaterra, mas nos primeiros dias da invasão não sentira senão frustração. O exército escocês tinha doze mil homens, era maior do que o exército com o qual Eduardo da Inglaterra derrotara os franceses em Crécy, mas, uma vez do outro lado da fronteira, o grande exército havia parado para sitiar uma fortaleza solitária defendida por apenas trinta e oito homens e, embora todos eles tivessem morrido, havia perdido quatro dias na ação. Um tempo maior fora gasto negociando com os cidadãos de Carlisle, que pagaram em ouro para ter a cidade poupada. Em seguida, o jovem rei escocês desperdiçara mais três dias saqueando o grande priorado dos cônegos em Hexham. Agora, dez dias depois de cruzada a fronteira, e depois de perambular pelos terrenos turfosos ingleses do norte, o exército escocês chegara finalmente a Durham. A cidade oferecera mil libras de ouro para ser poupada, e o rei David lhe dera dois dias para levantar o dinheiro. O que significava que Bernard de Taillebourg tinha dois dias para achar um meio de entrar na cidade, objetivo pelo qual, escorregando na lama e meio cego pelo nevoeiro, ele seguia Sir William Douglas até um vale, atravessava um rio e subia um monte íngreme.

— Para que lado fica a cidade? — perguntou a Sir William.

— Quando o nevoeiro acabar, padre, eu lhe direi.

— Eles vão respeitar a trégua?

— Em Durham, eles são homens santos, padre — respondeu Sir William com sarcasmo —, mas, o que é ainda melhor, são homens amedrontados.

Tinham sido os monges da cidade que negociaram o resgate, e Sir William se manifestara contra a aceitação da proposta. Se monges ofereciam mil libras, calculava ele, teria sido melhor matar os monges e levar duas

FLECHAS NO MORRO

mil, mas o rei David rejeitara o seu conselho. David the Bruce passara grande parte da juventude na França e por isso considerava-se aculturado, mas Sir William não era tolhido assim por escrúpulos.

— O senhor estará a salvo se puder entender-se com eles para que o deixem entrar na cidade — assegurou Sir William ao padre.

Os cavalarianos tinham chegado ao alto do morro e Sir William seguiu para o sul ao longo da crista do monte, ainda seguindo uma trilha que era margeada por muros de pedra e que levou, depois de mais ou menos quilômetro e meio, a uma aldeia deserta onde quatro chalés, tão baixos que seus rudes telhados de sapé pareciam brotar da turfa irregular, estavam agrupados numa encruzilhada. No centro da encruzilhada, onde os enlameados sulcos dos carros cercavam uma faixa de urtigas e capim, uma cruz de pedra inclinava-se para o sul. Sir William parou seu cavalo ao lado do monumento e olhou para o dragão entalhado que cercava o tronco da cruz. Faltava um braço na cruz. Uma dúzia de seus soldados desmontou e curvou-se para entrar nos chalés baixos, mas não encontrou ninguém nem coisa alguma, embora em um dos chalés as brasas de uma lareira ainda brilhassem e, por isso, eles usaram a lenha que ardia para pôr fogo nos telhados de sapé. O sapé relutou em pegar fogo, porque estava tão úmido que cogumelos nasciam em seu musgoso emaranhado.

Sir William tirou o pé do estribo e tentou derrubar a cruz partida com pontapés, mas ela não se mexeu. Ele grunhia com o esforço, viu a expressão de censura de Bernard de Taillebourg e franziu o cenho.

— Aqui não é terreno sagrado, padre. É apenas a porcaria da Inglaterra. — Olhou para o dragão entalhado, que estava com a boca aberta enquanto o resto do corpo se esticava pelo tronco da cruz. — Que bicho feio, não?

— Os dragões são criaturas do pecado, coisas do demonio — disse Bernard de Taillebourg —, e por isso é claro que ele é horrendo.

— Uma coisa do demônio, hein? — Sir William tornou a chutar a cruz. — Minha mãe — explicou enquanto dava um terceiro pontapé inútil — sempre me disse que a porcaria dos ingleses enterravam o produto do roubo embaixo de cruzes com dragões.

Dois minutos depois a cruz tinha sido erguida para o lado e meia dúzia de homens olhava, desapontada, para dentro do buraco que ela deixara. A fumaça dos telhados em chamas tornava o nevoeiro mais espesso, girava por cima da estrada e desaparecia no tom cinzento do ar matutino.

— Nada de ouro — resmungou Sir William, e chamou seus homens e liderou-os em direção sul, saindo da fumaça sufocante.

Ele procurava por qualquer cabeça de gado que pudesse ser levada para o exército escocês, mas os campos estavam vazios. O fogo dos chalés tinha tons turvos de vermelho e ouro no nevoeiro atrás dos atacantes, um brilho que morreu devagar até que só restou o cheiro do incêndio, e então, enorme, enchendo o mundo inteiro com o alarme do seu barulho, um soar de sinos tilintou pelo céu. Sir William, supondo que o som viesse do leste, passou por uma brecha no muro para o pasto, onde fez o cavalo parar e ficou em pé nos estribos. Prestava atenção ao som, mas no nevoeiro era impossível dizer onde estavam os sinos ou a que distância estavam sendo tocados. Mas o som parou tão de repente quanto começara. O nevoeiro se diluía, agora desfazendo-se através das folhas laranja de uma floresta de olmos. Cogumelos brancos pontilhavam o pasto vazio onde Bernard de Taillebourg caiu de joelhos e começou a rezar em voz alta.

— Cale-se, padre! — vociferou Sir William.

O padre fez o sinal-da-cruz como a implorar aos céus que perdoassem a irreverência de Sir William ao interromper a oração.

— O senhor disse que não havia inimigo algum — reclamou ele.

— Eu não estou tentando ouvir porcaria de inimigo algum — disse Sir William —, mas animais. Estou de ouvido atento a sinos de gado vacum ou de ovelhas.

No entanto Sir William parecia estranhamente nervoso para um homem que só procurava cabeças de gado. Ele continuava girando o corpo na sela, olhando para o nevoeiro e franzindo o cenho diante dos leves ruídos de correntes de retenção ou patas pisando em terra úmida. Com rispidez, mandou os soldados que estavam mais próximos a ele que calassem a boca. Ele era soldado antes mesmo de alguns daqueles homens terem nascido e só continuava vivo porque nunca ignorara os instintos, e agora, naquele nevoeiro úmido, ele sentia o perigo no ar. A razão lhe dizia que nada havia a temer, que o exército inglês estava bem longe, do outro lado do mar, mas mesmo assim sentia o cheiro da morte e, inconsciente do que fazia, tirou o escudo do ombro e enfiou o braço esquerdo nas alças. Era um escudo grande, feito antes que os homens começassem a acrescentar placas de blindagem às suas malhas, um escudo com largura suficiente para proteger o corpo inteiro de um homem.

Um soldado soltou um brado da beira do pasto e Sir William agarrou o punho da espada, e então percebeu que o homem apenas tivera uma exclamação diante da repentina aparição de torres no nevoeiro, que agora era pouco mais do que uma névoa no topo da montanha, embora nos vales profundos dos dois lados o nevoeiro fluísse como um rio branco. E do lado oriental do rio, na direção norte onde surgiam da brancura espectral de um outro topo de montanha, havia uma imponente catedral e um castelo. Eles se erguiam da névoa, imensos e escuros, como edifícios saídos da imaginação sinistra de um mágico. O criado de Bernard de Taillebourg, que acreditava não ver civilização havia semanas, olhou enfeitiçado para as duas construções. Monges de batina preta enchiam a mais alta das duas torres da catedral, e o criado os viu apontando para os cavalarianos escoceses.

— Durham — resmungou Sir William. Os sinos, concluiu, deviam estar convocando os fiéis para as orações matutinas.

— Eu tenho de ir até lá!

O dominicano pôs-se de pé e, agarrando o bastão, saiu em direção à cidade envolta em nevoeiro.

Sir William esporeou o cavalo na frente do francês.

— Que pressa é essa, padre? — perguntou, e de Taillebourg tentou esgueirar-se para passar pelo escocês, mas ouviu-se um som de metal arrastando-se em metal, e de repente uma lâmina, fria, pesada e cinzenta, estava no rosto do dominicano.

— Eu lhe perguntei, padre, que pressa é essa.

A voz de Sir William era tão fria quanto sua espada; então, alertado por um de seus soldados, ergueu o olhar e viu que o criado do padre sacara pela metade a espada.

— Se o seu criado bastardo não embainhar a espada dele, padre — Sir William falava em tom suave, mas havia uma ameaça terrível na voz —, vou comer os bagos dele no jantar.

De Taillebourg disse alguma coisa em francês, e o criado, relutante, empurrou a espada toda para dentro da bainha. O padre ergueu o olhar para Sir William.

— O senhor não teme pela sua alma mortal? — perguntou ele.

Sir William sorriu, fez uma pausa e correu os olhos pelo topo da montanha, mas nada viu de irregular no nevoeiro que se esgarçava e concluiu que o seu nervosismo anterior fora provocado por sua imaginação. Resultado talvez de um excesso de carne de vaca, carne de porco e vinho na noite anterior. Os escoceses tinham festejado na casa capturada do prior de Durham, e o prior vivia bem, a julgar pela sua despensa e sua adega, mas jantares ricos davam premonições aos homens.

— Eu tenho um padre para se preocupar com a minha alma — disse Sir William e ergueu a ponta da espada para obrigar o rosto de Bernard de Taillebourg a voltar-se para cima. — Por que um francês teria negócios a tratar com os nossos inimigos em Durham? — perguntou.

— É assunto da Igreja — disse de Taillebourg com firmeza.

— Não dou a mínima para que negócio é esse — disse Sir William —, mas mesmo assim quero saber.

— Impeça-me — disse de Taillebourg empurrando a lâmina da espada para longe —, e eu farei com que o rei o castigue, a Igreja o condene e o Santo Padre mande sua alma para a perdição eterna. Vou convocar...

— Cale a porcaria dessa boca! — disse Sir William. — O senhor acha, padre, que pode me amedrontar? Nosso rei é um fantoche, e a Igreja faz o que os seus pagadores mandam que ela faça. — Ele recolocou a lâmina da espada no ponto anterior, dessa vez apoiando-a no pescoço do dominicano. — Agora me conte qual é o assunto. Diga-me por que um francês ficaria conosco em vez de voltar para casa com os seus conterrâneos. Diga-me o que o senhor quer em Durham.

Bernard de Taillebourg agarrou o crucifixo que lhe pendia do pescoço e ergueu-o na direção de Sir William. Em outro homem o gesto poderia ter sido interpretado como uma demonstração de medo, mas no dominicano parecia mais como se ele ameaçasse a alma de Sir William com os poderes do céu. Sir William limitou-se a lançar um olhar cobiçoso para o crucifixo como estimando o seu valor, mas a cruz era de madeira, ao passo que a pequena figura de Cristo, contorcida na agonia da morte, era apenas feita de um osso amarelado. Se a figura fosse de ouro, Sir William poderia ter tirado a jóia, mas em vez disso deu uma cuspida de zombaria. Alguns de seus soldados, temendo mais a Deus do que ao seu senhor, fizeram o sinal-da-cruz, mas a maioria não deu importância. Eles vigiavam atentamente o criado, porque ele parecia perigoso, mas um clérigo de meia-idade vindo de Paris, por mais violento e magro que fosse, não os amedrontava.

— E o que é que o senhor vai fazer? — perguntou de Taillebourg a Sir William com desdém. — Me matar?

— Se for preciso — disse Sir William, implacável.

A presença do padre na delegação francesa tinha sido um enigma, e o fato de ele ter ficado quando os demais foram embora só aumentava o mistério, mas um soldado tagarela, um dos franceses que tinham levado duzentas armaduras como presente para os escoceses, dissera a Sir William que o padre estava à cata de um grande tesouro. Se esse tesouro estivesse em Durham, Sir William ia querer saber. Ia querer uma parte.

— Já matei padres antes — disse ele a de Taillebourg —, e um outro padre me vendeu uma indulgência pelas mortes. De modo que não pense que eu tenho medo do senhor ou da sua Igreja. Não há pecado que não se possa anular pagando, nem perdão que não possa ser comprado.

O dominicano deu de ombros. Dois dos homens de Sir William estavam atrás dele, espadas desembainhadas, e ele percebeu que aqueles escoceses seriam mesmo capazes de matá-lo e matar seu criado. Aqueles homens que seguiam o coração vermelho de Douglas eram celerados de fronteira, criados para combater, tal como um cão era criado para a caça, e o dominicano sabia que de nada adiantava continuar a ameaçar-lhes as almas, porque eles não davam importância alguma a isso.

— Vou entrar em Durham — disse de Taillebourg — para procurar um homem.

— Que homem? — perguntou Sir William, a espada ainda no pescoço do padre.

— Ele é um monge — explicou de Taillebourg, paciente —, e agora um velho, tão velho que é até possível que nem mesmo esteja vivo. É francês, um beneditino que fugiu de Paris há muitos anos.

— Por que fugiu?

— Porque o rei queria a cabeça dele.

— A cabeça de um monge? — O tom de voz de Sir William denotava dúvida.

— Ele nem sempre foi beneditino — disse de Taillebourg —, antes já foi um templário.

— Ah! — Sir William começava a compreender.

— E ele sabe — continuou de Taillebourg — onde um grande tesouro está escondido.

— O tesouro dos templários?

— Dizem que está escondido em Paris — disse de Taillebourg —, escondido todos esses anos, mas só no ano passado foi que se descobriu que o francês estava vivo e na Inglaterra. O beneditino, entende?, foi sacristão dos templários. O senhor sabe o que é isso?

— Não faça pouco-caso de mim, padre — disse Sir William com frieza.

De Tailleburg inclinou a cabeça para reconhecer a justiça da observação.

— Se alguém sabe onde está o tesouro dos templários — continuou ele com humildade —, esse alguém é o homem que foi o sacristão deles, e agora, segundo soubemos, esse homem mora em Durham.

Sir William afastou a espada. Tudo o que o padre dizia fazia sentido. Os Cavaleiros do Templo, uma ordem de soldados monges que tinham feito o juramento de proteger as rotas dos peregrinos entre a cristandade e Jerusalém, tinham enriquecido muito acima do que os reis imaginavam possível, e isso fora uma tolice, porque fizeram com que os reis ficassem enciumados, e reis enciumados são inimigos terríveis. O rei da França era justamente um desses inimigos e mandara que os templários fossem

FLECHAS NO MORRO

destruídos: para alcançar tal fim inventaram uma heresia para eles, advogados distorceram verdades, sem dificuldade, e os templários foram extintos. Seus líderes tinham sido queimados e suas terras, confiscadas, mas os tesouros, os lendários tesouros dos templários, jamais tinham sido encontrados. O sacristão da ordem, o homem responsável por mantê-los em segurança, devia sem dúvida alguma saber do paradeiro deles.

— Quando os templários foram dissolvidos? — perguntou Sir William.

— Há vinte e nove anos — respondeu de Taillebourg.

Nesse caso, o sacristão ainda podia estar vivo, pensou Sir William. Devia ser um homem velho, mas estaria vivo. Sir William embainhou a espada, plenamente convencido da história de Bernard de Taillebourg. No entanto nada daquilo era verdade, exceto que havia um velho monge em Durham, mas ele não era francês e nunca fora um templário. Com toda probabilidade, nada sabia sobre o tesouro dos templários. Mas de Taillebourg falara com persuasão e a história do tesouro desaparecido ecoava por toda a Europa, abordada sempre que homens se reuniam para trocar histórias fantásticas. Sir William queria que a história fosse verdadeira, e isso, mais do que qualquer outra coisa, o convenceu de que era.

— Se o senhor achar esse homem — disse ele a de Taillebourg — e se ele estiver vivo, e se então o senhor achar o tesouro, será porque nós tornamos isso possível. Terá sido porque nós o trouxemos até aqui e porque nós o protegemos em sua viagem até Durham.

— É verdade, Sir William — disse de Taillebourg.

Sir William ficou surpreso com a pronta concordância do padre. Franziu o cenho, mexeu-se na sela e olhou para o dominicano como avaliando o seu grau de confiabilidade.

— De modo que temos que compartilhar esse tesouro — ordenou ele.

— É claro — disse instantaneamente de Taillebourg.

Sir William não era bobo. Se deixasse o padre entrar em Durham, nunca mais voltaria a vê-lo. Torceu-se na sela e olhou para o norte, em direção à catedral. Dizia-se que o tesouro dos templários era o ouro de

Jerusalém, mais ouro do que se poderia sonhar, e Sir William era suficientemente honesto para saber que não possuía os recursos para levar uma parte daquele tesouro descoberto para Liddesdale. O rei tinha de ser usado. David II podia ser um rapaz fraco, pouco experiente e abrandado demais por ter vivido na França, mas os reis tinham recursos que eram negados aos cavaleiros, e David da Escócia podia falar com Filipe da França quase que de igual para igual, ao passo que qualquer mensagem enviada por William Douglas seria ignorada em Paris.

— Jamie! — berrou ele para seu sobrinho, que era um dos dois homens que vigiavam de Taillebourg. — Você e Dougal vão levar o padre de volta para o rei.

— O senhor tem de me soltar! — protestou Bernard de Taillebourg.

Sir William inclinou-se na sela.

— Quer que eu mande cortar o seu saco sacerdotal para fazer uma bolsa para mim? — Ele sorriu para o dominicano e depois olhou para trás, para o sobrinho. — Diga ao rei que este padre francês tem informações que nos dizem respeito e diga a ele que o mantenha em segurança até eu voltar.

Sir William tinha decidido que se houvesse um velho monge francês em Durham ele deveria ser interrogado pelos servidores do rei da Escócia, e a informação prestada pelo monge, se é que teria alguma informação a dar, poderia então ser vendida ao rei francês.

— Leve-o, Jamie — ordenou ele —, e vigie aquele maldito criado. Tire a espada dele.

James Douglas sorriu da idéia de que um simples padre e seu criado lhe causassem problema, mas ainda assim obedeceu ao tio. Mandou que o criado entregasse a espada e, quando o homem demonstrou reação à ordem, Jamie desembainhou a sua espada até a metade. De Taillebourg, ríspido, mandou seu criado obedecer e a espada foi entregue de mau humor. Jamie Douglas sorriu enquanto pendurava a espada no seu próprio cinto.

— Eles não vão me importunar, tio.

— Vão indo — disse Sir William e ficou olhando enquanto o sobrinho e seu companheiro, ambos bem montados em belos garanhões cap-

31

FLECHAS NO MORRO

turados das terras de Percy em Northumberland, escoltavam o padre e seu criado de volta para o acampamento do rei. Sem dúvida o padre iria queixar-se ao rei, mas David, muito mais fraco do que seu eminente pai, embora viesse a ficar preocupado com a contrariedade de Deus e dos franceses, se preocuparia muito mais com a contrariedade de Sir William. Este sorriu ao pensar nisso, e então viu que alguns de seus homens lá do outro lado do campo tinham desmontado.

— Quem, diabos, mandou vocês desmontarem? — gritou ele, irado, só então reparando que não eram homens seus, mas estranhos revelados pelo nevoeiro que se desfazia, e lembrou-se de seus instintos, e amaldiçoou a si mesmo por haver perdido tempo com o padre.

E enquanto se amaldiçoava a primeira flecha adejou, vindo do sul. O som que ela fazia era um chiado, pena no ar, e então atingiu o alvo e o barulho foi como uma acha de armas cortando carne. Foi um choque surdo, com um rebordo de penetração de aço num músculo e terminando com a áspera raspagem de lâmina num osso, e então um grunhido da vítima e um segundo de silêncio.

E depois disso, o grito.

Thomas de Hookton ouviu os sinos, graves e sonoros, não o som de sinos pendurados em alguma igreja de aldeia, mas sinos de uma força trovejante. Durham, pensou, e sentiu um grande cansaço, porque a viagem tinha sido muito longa.

Ela começara na Picardia, num campo fedendo a homens e cavalos mortos, um local de bandeiras caídas, armas quebradas e flechas desperdiçadas. Tinha sido uma grande vitória, e Thomas se perguntava por que ela o deixara insensível e nervoso. Os ingleses tinham marchado para o norte, para sitiar Calais, mas Thomas, preso ao dever de servir ao conde de Northampton, recebera a permissão dele para levar o companheiro ferido para Caen, onde havia um médico de uma competência extraordinária. Mas fora decretado que ninguém podia deixar o exército sem a permissão do rei, e por isso o conde abordara o rei e, assim, Eduardo Plantageneta ouviu falar em Thomas de Hookton e que o pai dele tinha sido um padre que nascera de uma família de exilados franceses chamada Vexille, e que, segundo se dizia, a família Vexille possuíra, em determinada época, o Graal. Era apenas um rumor, claro, uma história tênue num mundo cruel, mas a história dizia respeito ao Santo Graal e este era a coisa mais preciosa que já existira, se é que realmente existira; e o rei interrogara Thomas de Hookton e este tentara zombar da autenticidade da história do Graal, levando o bispo de Durham, que lutara na parede de escudos que acabara com os assaltos franceses, a dizer que o pai de Thomas estivera preso em certa ocasião em Durham.

— Ele era um louco — explicara o bispo ao rei —, com o juízo levado pelos ventos! Por isso eles o confinaram, para o seu próprio bem.

— Ele falou sobre o Graal? — perguntara o rei, e o bispo de Durham respondera que havia um homem em sua diocese que poderia saber, um velho monge chamado Hugh Collimore, que havia cuidado do louco Ralph Vexille, pai de Thomas. O rei poderia ter considerado que as histórias não passavam de mexericos de igreja, se Thomas não tivesse recuperado a herança de seu pai, a lança de São Jorge, na batalha que deixara tantos mortos na encosta verde acima da aldeia de Crécy. A batalha também deixara o amigo e comandante de Thomas, Sir William Skeat, ferido, e ele quisera levar Skeat ao médico na Normandia, mas o rei insistira em que Thomas fosse a Durham e falasse com o irmão Collimore. Por isso o pai de Eleanor levara Sir William Skeat para Caen, e Thomas, Eleanor e o padre Hobbe tinham acompanhado um capelão real e um cavaleiro da casa do rei Eduardo à Inglaterra, mas em Londres o capelão e o cavaleiro ficaram doentes, com uma febre do início do inverno, e Thomas e seus companheiros viajaram para o norte sozinhos e agora estavam perto de Durham, numa manhã nevoenta, ouvindo os sinos da catedral. Eleanor, como o padre Hobbe, ficou agitada, porque acreditava que descobrir o Graal traria paz e justiça para um mundo que fedia a chalés incendiados. Não haveria mais sofrimento, achava Eleanor, nem mais guerras, e talvez nem mesmo mais doenças.

Thomas queria acreditar nisso. Queria que sua visão noturna fosse verdadeira, não chamas e fumaça, e no entanto se o Graal existisse mesmo ele achava que estaria numa grande catedral, protegido por anjos. Ou então fora embora deste mundo, e, se não havia Graal nenhum na terra, a fé de Thomas estava num arco de guerra feito de teixo italiano, pintado de preto, cordoado com cânhamo, que disparava uma flecha feita de freixo, empenada com penas de ganso e com ponta de aço. Na barriga do arco, onde sua mão esquerda agarrava o teixo, havia uma placa de prata entalhada com um *yale*, um animal fabuloso de patas, chifres e presas e escamas que era o emblema da família de seu pai, os Vexille. O *yale* segurava uma taça, e tinham dito a Thomas que aquela taça era o Graal. Sempre o Graal. O Graal o chamava, zombava dele, desviava sua vida, mudava tudo, mas nunca aparecia, exceto num sonho com fogo. Era um mistério, assim como a família de Thomas era um mistério, mas talvez o irmão Collimore pudesse lançar uma luz sobre aquele mistério, e por isso Thomas tinha ido para o norte. Ele poderia não obter informações sobre o Graal, mas esperava descobrir mais sobre sua família, e isso, quando mais nada, fazia com que a viagem valesse a pena.

— De que lado? — perguntou o padre Hobbe.

— Deus sabe — disse Thomas. O nevoeiro amortalhava a terra.

— O som dos sinos veio de lá.

O padre Hobbe apontou para o norte e para o leste. Ele era agitado, cheio de entusiasmo, e confiava ingenuamente no senso de direção de Thomas, embora na verdade Thomas não soubesse onde estava. Mais cedo naquele dia eles tinham chegado a uma bifurcação na estrada e ele seguira, aleatoriamente, a trilha da esquerda que agora se reduzia a uma simples cicatriz no gramado à medida que subia. Cogumelos cresciam no pasto, que estava úmido e pesado de orvalho, de modo que o cavalo deles escorregava enquanto subia. O cavalo era a égua de Thomas, e ela estava levando a pequena bagagem deles e em uma das sacolas penduradas no arção dianteiro da sela estava uma carta do bispo de Durham para John Fossor, o prior de Durham. "Caríssimo irmão em Cristo", começava a carta, e em seguida instruía Fossor a permitir que Thomas de Hookton e seus companheiros interrogassem o irmão Collimore sobre o padre Ralph Vexille, "de quem você não vai se lembrar, porque ele esteve internado em nossa casa antes de você ir para Durham, na verdade antes de eu vir para a Sé, mas haverá alguns que sabem a respeito dele, e o irmão Collimore, se Deus quiser que ele ainda esteja vivo, terá um certo conhecimento sobre ele e o grande tesouro que ele escondeu. Pedimos isso em nome do rei e a serviço de Deus Todo-Poderoso que abençoou nossas armas nesta empreitada."

— *Qu'est-ce que c'est?* — perguntou Eleanor, apontando para a montanha, onde um opaco reflexo avermelhado descorava o nevoeiro.

— O quê? — perguntou o padre Hobbe, o único que não falava francês.

— Fique calado — disse Thomas erguendo a mão.

Ele sentia o cheiro de queimado e via o bruxulear das chamas, mas não se ouviam vozes. Tirou o arco de onde este pendia da sela e encordoou-o, curvando a enorme vara para prender a corda por cima do pedaço de osso entalhado. Tirou uma flecha da sacola e então, fazendo sinais para que Eleanor e o padre Hobbe ficassem onde estavam, esgueirou-se trilha acima até a proteção de uma espessa cerca viva onde cotovias e tentilhões voavam através das folhas moribundas. As chamas aumentavam, sugerindo que tinham sido reanimadas. Ele se aproximou mais, sorrateiramente, o arco meio armado, até poder ver que tinha havido três ou quatro chalés em torno de uma encruzilhada e as vigas e os telhados de sapé queimavam bem e lançavam fagulhas que giravam para o cinza úmido. Os incêndios pareciam recentes, mas não havia ninguém à vista: nenhum inimigo, nada de homens em cotas de malha, e por isso ele fez um sinal para que Eleanor e o padre Hobbe avançassem. Então, acima do som do incêndio, ouviu um grito. Foi muito longe, ou talvez perto mas abafado pelo nevoeiro, e Thomas olhou fixo através da fumaça e do nevoeiro e para além das chamas agitadas, e de repente dois homens em cotas de malha, ambos montados em garanhões pretos, surgiram a meio galope. Os cavaleiros usavam chapéus pretos, botas pretas e espadas pretas embainhadas, e escoltavam dois outros homens que estavam a pé. Um deles era um padre, um dominicano, a julgar pelo hábito preto e branco, e tinha o rosto ensangüentado, enquanto o outro era alto, trajando uma cota de malha, e tinha longos cabelos pretos e um rosto fino, parecendo inteligente. Os dois seguiram os cavaleiros através do nevoeiro enfumaçado, e então pararam na encruzilhada, onde o padre caiu de joelhos e fez o sinal-da-cruz.

O cavaleiro no comando pareceu irritado com a prece do padre, porque volteou o cavalo e, desembainhando a espada, cutucou o homem ajoelhado com a lâmina. O padre ergueu os olhos e, para espanto de Thomas, de repente ergueu o bastão e bateu com ele no pescoço do garanhão. O animal afastou-se, torcendo o corpo, e o padre bateu com força o bastão no braço do cavaleiro que segurava a espada. O cavaleiro, desequilibrado pelo movimento espasmódico do seu garanhão, tentou golpear do outro lado do corpo com a longa espada. O segundo cavaleiro já havia desmontado, embora Thomas não o tivesse visto cair, e o homem de cabelos compridos e cota de malha estava em pé, com uma perna de cada lado dele, uma longa faca desembainhada. Thomas limitou-se a olhar, intrigado, porque estava convencido de que nem os dois cavaleiros, nem o padre, nem o homem de cabelos pretos tinham soltado o grito, mas não havia mais ninguém à vista. Um dos dois cavaleiros já estava morto, e o outro agora lutava com o padre em silêncio, e Thomas teve a sensação de que o conflito era irreal, que ele estava sonhando, que na verdade aquilo era uma representação com fundo moralista, numa peça muda: o cavaleiro vestido de preto era o diabo e o padre era a vontade de Deus, e as dúvidas de Thomas quanto ao Graal estavam para ser esclarecidas por quem ganhasse, e então o padre Hobbe tirou o grande arco de Thomas.

— Nós temos de ajudar!

Mas o padre praticamente não precisava de ajuda. Ele usava o seu bastão como uma espada, aparando os golpes do adversário, atacando com ímpeto para machucar as costelas do cavaleiro, e então o homem de cabelos compridos enfiou uma espada nas costas do cavaleiro e este arqueou-se, tremeu, e sua espada caiu. Por um instante ele olhou para o padre e depois caiu da sela para trás. Seus pés ficaram momentaneamente presos nos estribos, e o cavalo, em pânico, galopou montanha acima. O assassino limpou a lâmina da espada e apanhou uma bainha de um dos mortos.

O padre havia corrido para segurar o outro cavalo e agora, sentindo que estava sendo observado, voltou-se para ver dois homens e uma mulher no nevoeiro. Um dos homens era um padre, que estava com uma flecha encaixada na corda de um arco.

— Eles iam me matar! — protestou Bernard de Taillebourg em francês. O homem de cabelos pretos voltou-se rápido, a espada erguida numa ameaça.

— Tudo bem — disse Thomas ao padre Hobbe e tirou o arco preto do amigo e pendurou-o no ombro. Deus havia falado, o padre vencera a luta e Thomas lembrou-se da sua visão noturna, quando o Graal surgira nas nuvens como uma taça de fogo. Então viu que, sob os arranhões e o sangue, o rosto do padre estranho era vigoroso e magro, o rosto de um mártir, com a expressão de quem ansiara por Deus e conseguira uma evidente santidade, e Thomas quase se pôs de joelhos.

— Quem é o senhor? — perguntou em voz alta ao dominicano.

— Sou um mensageiro.

Bernard de Taillebourg agarrava-se a qualquer explicação para disfarçar sua confusão. Ele escapara de sua escolta escocesa e agora se perguntava como iria escapar do jovem alto com o longo arco preto, mas naquele momento uma saraivada de flechas chiou, vinda do sul, e uma delas espetou-se, com uma batida surda, num tronco de olmo que ficava perto, enquanto uma segunda resvalava pela grama molhada. Um cavalo relinchou perto dali e homens gritavam, desordenados. O padre de Taillebourg mandou seu criado pegar o segundo cavalo, que trotava montanha acima, e, quando foi apanhado, de Taillebourg viu que o estranho com o arco esquecera-se dele e olhava para o sul, para o lugar de onde as flechas partiam.

Por isso voltou-se em direção à cidade, gritou para que o criado o seguisse e esporeou o cavalo.

Por Deus, pela França, por São Denis e pelo Graal.

Sir William Douglas praguejou. Flechas chiavam a sua volta. Cavalos gritavam e homens jaziam mortos ou feridos na grama. Por um instante, ele ficou perplexo, e depois percebeu que seu grupo de pilhagem esbarrara, numa mancada, com uma força inglesa, mas que tipo de força? Não havia exército inglês algum ali por perto! O exército inglês inteiro estava na França, não ali! O que significava, sem dúvida alguma, que os cidadãos de Durham tinham rompido a trégua, e esta idéia encheu Sir William de uma raiva terrível. Cristo, pensou ele, mas não ficaria pedra sobre pedra quando ele tivesse acabado com a cidade, e ele puxou com força o grande escudo para proteger o corpo e esporeou o cavalo em direção ao sul, para os arqueiros que estavam alinhados ao longo de uma sebe baixa. Calculou que não havia tantos assim, talvez apenas uns cinqüenta, mas ele ainda tinha quase duzentos homens montados e, assim, berrou a ordem de atacar. Espadas saíram das bainhas.

— Matem os bastardos! — gritou Sir William. — Matem eles!

Ele castigava o cavalo com as esporas e empurrava outros cavalarianos confusos na ânsia de chegar à sebe. Sabia que a carga seria imperfeita, sabia que alguns de seus homens iriam morrer, mas, uma vez do outro lado do abrunheiro-bravo e entre os arqueiros, eles iriam matar todos eles.

Malditos arqueiros, pensou. Ele odiava arqueiros. Odiava, em especial, os arqueiros ingleses e acima de tudo os arqueiros traiçoeiros, rompedores de trégua, de Durham.

— Avancem! Avancem! — gritava ele. — Douglas! Douglas!

Ele gostava de avisar aos inimigos quem os estava matando e quem estaria estuprando suas mulheres depois que eles estivessem mortos. Se a cidade tinha rompido a trégua, que Deus a ajudasse, porque ele iria saquear, estuprar e queimar tudo. Iria pôr fogo nas casas, sulcar as cinzas e deixar os ossos dos cidadãos para o castigo do inverno, e durante anos as pessoas iriam ver as pedras desnudas da catedral arruinada e observar os pássaros fazendo ninhos nas torres vazias do castelo e ficariam sabendo que o Cavaleiro de Liddesdale tivera a sua vingança.

— Douglas! — gritou ele. — Douglas! — e sentiu o barulho de flechas batendo no seu escudo e então seu cavalo gritou e ele percebeu que mais flechas deviam ter penetrado fundo no peito do animal, porque sentiu que escorregava. Tirou rápido os pés dos estribos enquanto o cavalo se torcia para o lado. Homens passaram por ele atacando, com gritos de desafio, e Sir William jogou-se da sela para o escudo, que deslizou pela grama molhada como se fosse um trenó, e ouviu seu cavalo berrar de dor, mas ele mesmo estava ileso, praticamente nem arranhado, e ergueu-se de um salto, achou a espada que largara ao cair e saiu correndo ao lado dos seus cavalarianos. Um deles tinha uma flecha espetada no joelho. Um cavalo caiu, olhos brancos, dentes à mostra, sangue saindo dos ferimentos causados por flechas. Os primeiros cavalarianos estavam na sebe e alguns tinham achado uma brecha e a estavam atravessando, e Sir William viu que os malditos arqueiros ingleses fugiam. Bastardos, pensou, covardes porcarias de ingleses bastardos, podres filhos-da-puta, e então mais flechas zuniram à sua esquerda, e ele viu um homem cair do cavalo com uma flecha atravessada na cabeça. O nevoeiro melhorou o suficiente para mostrar que os arqueiros inimigos não tinham fugido, mas apenas se juntado a uma sólida massa de soldados desmontados. As cordas dos arcos voltaram a soar. Um cavalo empinou de dor e uma flecha penetrou-lhe a barriga. Um homem cambaleou, tornou a ser atingido e caiu para trás, com um ruído de malhas.

Doce Cristo, pensou Sir William, mas havia um maldito exército aqui! Um maldito exército completo!

— Voltem! Voltem! — berrou. — Vamos embora! Voltem!

Gritou até ficar rouco. Uma outra flecha penetrou no escudo, a ponta furando o salgueiro coberto de couro e, na raiva, ele bateu nela com a mão, quebrando a haste de freixo.

— Tio! Tio! — gritou um homem, e Sir William viu que era Robbie Douglas, um de seus oito sobrinhos que estavam com o exército escocês, levando-lhe um cavalo, mas duas flechas inglesas atingiram o quarto do animal e, alucinado de dor, ele se soltou do controle de Robbie.

— Vá para o norte! — gritou Sir William para o sobrinho. — Vá, Robbie!

Em vez disso, Robbie cavalgou até onde estava o tio. Uma flecha atingiu a sela dele, uma outra resvalou no seu elmo, mas ele se inclinou, agarrou a mão de Sir William e arrastou-o em direção ao norte. Flechas os seguiam, mas o nevoeiro veio espesso e os escondeu. Sir William livrou-se, com uma sacudidela, da mão do sobrinho e cambaleou para o norte, desajeitado devido ao escudo com flechas espetadas e à pesada cota de malha. Maldição, maldição!

— Cuidado à esquerda! Cuidado à esquerda! — bradou uma voz escocesa, e Sir William viu alguns cavalarianos ingleses vindo da cerca viva. Um deles viu Sir William e achou que este seria uma presa fácil. Os ingleses não estavam mais preparados para o combate do que os escoceses. Uns poucos usavam cotas de malha. Nenhum deles, porém, estava protegido de forma adequada ou usava lança. Mas Sir William concluiu que eles deviam ter detectado a sua presença muito antes de dispararem as primeiras flechas, e a raiva de ser emboscado daquela maneira fez com que ele caminhasse em direção ao cavalariano que segurava a espada com o braço estendido, como se fosse uma lança. Sir William nem mesmo se importou com tentar aparar o golpe. Apenas ergueu o pesado escudo, batendo com ele na boca do cavalo, e ouviu o animal relinchar de dor quando golpeava com a espada as pernas e o animal se contorcia para escapar e o cavaleiro sacudia os braços para manter o equilíbrio e ainda tentava acalmar o cavalo, quando a espada de Sir William subiu por sob a cota de malha e penetrou-lhe o ventre.

— Bastardo! — vociferou Sir William, e o homem choramingava enquanto Sir William torceu a lâmina, e então Robbie aproximou-se, a cavalo, pelo outro lado e arriou a espada no pescoço do homem, de modo que a cabeça do inglês por pouco não se separou do corpo enquanto ele caía da sela. O outro cavalariano desaparecera misteriosamente, mas então flechas tornaram a voar e Sir William percebeu que o caprichoso nevoeiro se diluía. Ele tirou a espada do cadáver, embainhou a lâmina molhada e subiu para a sela do morto.

— Vamos embora! — gritou ele para Robbie, que parecia inclinado a enfrentar sozinho toda a força inglesa. — Vamos embora, rapaz! Venha!

Por Deus, pensou ele, é doloroso fugir de um inimigo, mas não era vergonha alguma duzentos homens fugirem de seiscentos ou setecentos. E quando o nevoeiro acabasse poderia haver uma batalha adequada, um choque assassino de homens e aço, e Sir William iria ensinar àqueles bastardos ingleses como é que se luta. Esporeou o cavalo que tomara por empréstimo, decidido a levar a notícia sobre o exército inglês para o resto do exército escocês, mas então viu um arqueiro à espreita numa sebe. Uma mulher e um padre estavam com ele. Sir William levou uma das mãos ao punho da espada e pensou em desviar-se para vingar-se um pouco das flechas que tinham penetrado no seu grupo de pilhagem, mas atrás dele os outros ingleses lançavam seu grito de guerra: "São Jorge! São Jorge!", e por isso Sir William deixou em paz o arqueiro isolado. Seguiu em frente, deixando bons homens no gramado de outono. Eles estavam mortos e morrendo, feridos e amedrontados. Mas ele era um Douglas. Ele iria voltar e iria vingar-se.

MA ONDA DE CAVALARIANOS em pânico passou galopando pela sebe onde Thomas, Eleanor e o padre Hobbe estavam agachados. Uns seis cavalos estavam sem cavaleiros, enquanto pelo menos vinte outros sangravam de ferimentos dos quais sobressaíam as flechas com suas penas de ganso brancas sujas de sangue. Os cavalarianos foram seguidos por trinta ou quarenta homens a pé, alguns mancando, alguns com flechas espetadas na roupa e uns poucos levando selas. Eles passaram depressa pelos chalés em chamas enquanto uma nova saraivada de flechas apressou a retirada, e então a batida surda de patas fez com que eles olhassem para trás, em pânico, e alguns dos fugitivos romperam numa corrida desajeitada quando uns vinte cavalarianos com cotas de malha surgiram do nevoeiro como um trovão. Grandes pedaços de terra molhada saltavam das patas dos cavalos. Os garanhões estavam sendo contidos, obrigados a dar passos curtos enquanto seus cavalarianos miravam suas vítimas, e então as esporas voltaram quando os cavalos foram liberados para o golpe final, e Eleanor soltou um berro ao pressentir a carnificina. As pesadas espadas cortaram. Um ou dois dos fugitivos caíram de joelhos e ergueram as mãos em sinal de rendição, mas a maioria tentou fugir. Um deles desviou-se atrás de um cavalariano a galope e correu em direção à sebe, viu Thomas e seu arco e voltou-se, indo direto para o caminho de um outro cavalariano que deu com o fio da espada no rosto do homem. O escocês caiu de joelhos, a boca aberta como se ele fosse gritar, mas não saiu som algum, só sangue escorrendo por entre os dedos que se fechavam sobre o nariz e os olhos. O cavalariano, que não tinha escudo nem elmo, manobrou seu cavalo e inclinou-se para fora da sela para golpear com a espada o pescoço da vítima, matando o homem como se ele fosse uma vaca sendo abatida, e isso nada tinha de apropriado, porque Thomas viu que o matador montado usava o emblema de uma vaca marrom no gibão, que era um casaco curto, semelhante a uma jaqueta, cobrindo pela metade o casacão de malha. O gibão estava rasgado, manchado de sangue e o emblema da vaca desbotara de tal maneira que a princípio Thomas pensou que se tratasse de um touro. Então o cavalariano voltou-se em direção a Thomas, ergueu a espada suja de sangue num gesto de ameaça, mas, percebendo o arco, deteve o cavalo.

— Ingleses?

— E com orgulho! — respondeu o padre Hobbe por Thomas.

Um segundo cavalariano, este com três corvos pretos bordados no gibão branco, parou seu cavalo ao lado do primeiro. Três prisioneiros estavam sendo empurrados na direção dos dois cavalarianos.

— Que diabo, como foi que vocês chegaram assim tão longe na frente? — perguntou o recém-chegado a Thomas.

— Na frente? — perguntou Thomas.

— Do resto de nós.

— Nós viemos a pé — disse Thomas — da França. Ou pelo menos de Londres.

— De Southampton! — O padre Hobbe corrigiu Thomas com um pedantismo extremamente deslocado naquele topo de montanha fedendo a fumaça, onde um escocês estrebuchava nas agonias da morte.

— França? — O primeiro homem, cabelos emaranhados, rosto moreno e um sotaque nortista tão carregado, que Thomas achou difícil entender, dava a impressão de que nunca ouvira falar na França. — Vocês estiveram na França? — perguntou ele.

— Com o rei.

— Vocês agora estão conosco — disse o segundo homem em tom ameaçador, e então olhou Eleanor de alto a baixo.

— Vocês trouxeram a boneca da França?

44

O ANDARILHO

— Trouxemos — respondeu Thomas, ríspido.

— Ele está mentindo, ele está mentindo — disse uma nova voz, e um terceiro cavalariano forçou a passagem, avançando. Era um homem esguio, talvez com trinta anos de idade, com um rosto tão vermelho e liso que parecia ter arrancado a pele com os pêlos quando fizera a barba nas faces murchas e no queixo pontudo. Os cabelos pretos eram compridos e presos à altura da nuca com um laço de couro. O cavalo, um ruão cheio de cicatrizes, era tão magro quanto o cavaleiro e tinha olhos brancos, nervosos. — Eu odeio malditos mentirosos — disse o homem olhando fixo para Thomas, e depois voltou-se e lançou um olhar malfazejo para os prisioneiros, um dos quais exibia o emblema do coração vermelho do Cavaleiro de Liddesdale no gibão. — Quase tanto quanto odeio os malditos Douglas.

O recém-chegado usava uma túnica de couro forrada em vez de um casacão de malha. Era o tipo de proteção que um arqueiro poderia usar se não tivesse meios de pagar outra coisa melhor, mas aquele homem estava evidentemente acima dos arqueiros, porque usava uma corrente de ouro no pescoço, uma marca de distinção reservada à pequena nobreza e acima dela. Um elmo amassado, com a proteção do nariz em forma de focinho de porco, tão arranhado quanto o cavalo, pendia do arção dianteiro da sela, uma espada, visivelmente embainhada em couro, estava à cintura, enquanto um escudo, pintado de branco com um machado preto, pendia do ombro esquerdo. Ele também tinha um chicote enrolado, pendurado do cinto.

— Os escoceses têm arqueiros — disse o homem olhando para Thomas, e então o inamistoso olhar deslocou-se para Eleanor — e têm mulheres.

— Eu sou inglês — insistiu Thomas.

— Nós todos somos ingleses — disse o padre Hobbe com firmeza, esquecendo-se de que Eleanor era normanda.

— Um escocês diria que é inglês se isso o impedisse de ser estripado — disse o homem de rosto em carne viva, cáustico. Os outros dois cavalarianos tinham recuado, evidentemente desconfiados do homem magro que agora desenrolou o chicote e, com uma perícia casual, agitou-o de modo que a ponta serpenteou e estalou no ar a uns três centímetros do rosto de Eleanor. — Ela é inglesa?

— É francesa — disse Thomas.

O cavalariano não respondeu de pronto, mas limitou-se a olhar para Eleanor. O chicote ondulava enquanto sua mão tremia. Ele viu uma jovem loura, magra, de cabelos dourados e olhos grandes, amedrontados. A gravidez ainda não era visível e havia uma delicadeza que falava de luxo e de um deleite incomum.

— Escocesa, galesa, francesa, que importa? — perguntou o homem. — Ela é mulher. Você se importa em saber onde o cavalo nasceu, antes de montar nele?

O cavalo dele, magro e arranhado, ficou com medo naquele exato momento, porque o vento que mudava de direção soprou uma amarga lufada de ar nas suas narinas. Andou de lado numa série de pequenos e nervosos passos até que o homem fincou as esporas com tanta selvageria que furou a manta forrada e fez com que o cavalo de combate ficasse parado, tremendo de medo.

— O que ela é — disse o homem a Thomas e apontou o cabo do chicote para Eleanor — não importa, mas você é escocês.

— Eu sou inglês — tornou a dizer Thomas.

Outros doze homens usando o emblema do machado preto tinham chegado para olhar para Thomas e seus companheiros. Os homens cercaram os três prisioneiros escoceses, que pareciam saber quem era o cavalariano com o chicote e não gostavam disso. Mais arqueiros e soldados observavam os chalés em chamas e riam dos ratos em pânico que saíam desordenadamente do que restava do musgoso telhado de sapé que desabara.

Thomas tirou uma flecha da sacola, e na mesma hora quatro ou cinco arqueiros usando a túnica com o machado preto colocaram flechas em seus arcos. Os outros homens com as túnicas que exibiam o machado preto sorriram na expectativa, como se conhecessem aquele jogo e gostassem dele. Mas antes que ele pudesse ser jogado, o cavalariano teve a atenção distraída por um dos prisioneiros escoceses, o homem que usava o emblema de Sir William Douglas e que, aproveitando-se do interesse de seus captores por Thomas e Eleanor, livrara-se e corria para o norte. Não tinha avançado vinte passos antes de ser atropelado por um dos soldados ingleses, e o homem magro, divertido com a desesperada tentativa de fuga do escocês, apontou para um dos chalés em chamas.

— Esquentem o bastardo — ordenou ele. — Dickon! Beggar! — Ele falava para dois soldados desmontados. — Tomem conta desses três. — Ele fez um sinal com a cabeça em direção a Thomas. — Vigiem-nos com muita atenção!

Dickon, o mais jovem dos dois, tinha um rosto redondo e sorria, mas Beggar era um homem enorme, um gigante que caminhava de forma desajeitada, com um rosto tão barbudo que só se viam os olhos e o nariz através dos cabelos emaranhados, sujos, por baixo da aba do enferrujado gorro de malha de ferro que servia como elmo. Thomas media um metro e oitenta de altura, o comprimento de um arco, mas era um anão perto de Beggar, cujo imenso peito repuxava um gibão de couro incrustado de placas de metal. Na cintura do gigante, suspensas por dois pedaços de corda, estavam uma espada e uma maça.* A espada não tinha bainha e seu fio estava lascado, enquanto que um dos espetos na grande bola de metal da estrela-d'alva estava torto e sujo de sangue e cabelos. O cabo de noventa centímetros da arma batia nas pernas nuas do gigante enquanto ele cambaleava em direção a Eleanor.

— Beleza — disse ele —, beleza!

— Beggar! Calma, rapaz! Calma! — ordenou Dickon, animado, e Beggar, obediente, afastou-se de Eleanor, embora ainda olhasse fixo para ela e rosnasse baixo. Então um grito fez com que ele olhasse para o chalé em chamas, mais próximo, onde o escocês, totalmente despido agora, tinha sido empurrado para dentro e para fora do fogo. Os longos cabelos do prisioneiro estavam em chamas e ele, agitado, batia nas chamas enquanto

---

*No original: *morningstar*. O termo reflete a forma da extremidade da arma, que é uma bola de metal com espetos. (*N. do T.*)

corria em círculos em pânico, divertindo seus captores ingleses. Dois outros prisioneiros escoceses estavam agachados perto dali, mantidos no chão por espadas desembainhadas.

O cavalariano magro ficou observando enquanto um arqueiro envolvia os cabelos do prisioneiro num pedaço de aniagem para apagar as chamas.

— Quantos são vocês? — perguntou o homem magro.

— Milhares! — respondeu o escocês, desafiador.

O cavalariano inclinou-se no arção dianteiro da sela.

— Quantos milhares, seu trouxa?

O escocês, a barba e os cabelos soltando fumaça e a pele nua escurecida por cinzas e lacerada por cortes, fez o possível para aparentar desafio.

— Mais do que o suficiente para levar vocês para casa numa jaula.

— Ele não devia dizer isso para o Espantalho! — disse Dickon divertido. — Não devia dizer isso!

— Espantalho? — perguntou Thomas. Parecia um apelido adequado, pois o cavalariano com o emblema do machado preto era esguio, pobre e amedrontador.

— Este é Sir Geoffrey Carr, seu trouxa — disse Dickon, olhando com admiração para o Espantalho.

— E quem é Sir Geoffrey Carr? — perguntou Thomas.

— Ele é o Espantalho e é o senhor de Lackby — disse Dickon num tom que indicava que todo mundo sabia quem era Sir Geoffrey Carr —, e agora ele vai fazer suas brincadeiras de Espantalho!

Dickon sorriu, porque Sir Geoffrey, o chicote enrolado outra vez à cintura, descera do cavalo e, com uma faca desembainhada, aproximara-se do prisioneiro escocês.

— Mantenham ele deitado — ordenou Sir Geoffrey aos arqueiros —, mantenham ele deitado e abram as pernas dele.

— *Non!* — gritou Eleanor em protesto.

— Beleza — disse Beggar na sua voz que trovejava fundo em seu imenso peito.

O escocês gritou e tentou libertar-se, mas recebeu uma rasteira e depois foi mantido deitado por três arqueiros, enquanto o homem evidentemente conhecido em todo o norte como o Espantalho ajoelhou-se entre suas pernas. Em algum lugar do nevoeiro que se levantava, um corvo grasnou. Alguns arqueiros olhavam fixo para o norte, para o caso de os escoceses voltarem, mas a maioria observava o Espantalho e sua faca.

— Você quer continuar com seus colhões enrugados? — perguntou Sir Geoffrey ao escocês. — Então me diga quantos vocês são.

— Quinze mil? Dezesseis? — O escocês de repente ficou ansioso por falar.

— Ele quer dizer dez ou onze mil — anunciou Sir Geoffrey aos arqueiros que ouviam —, o que é mais do que suficiente para nossas poucas flechas. E o bastardo do seu rei está aqui?

O escocês empertigou-se ao ouvir aquilo, mas um toque da lâmina da faca na virilha o fez lembrar-se da situação em que se encontrava.

— David Bruce está aqui, sim.

— Quem mais?

O desesperado escocês citou os outros líderes de seu exército. O meio-irmão do rei e herdeiro do trono, Lorde Robert Stewart, estava com o exército invasor, assim como estavam os condes de Moray, de March, de Wigtown, Fife e Menteith. Ele citou outros, chefes de clãs e homens rebeldes do interior no extremo norte, mas Carr estava mais interessado em dois dos condes.

— Fife e Menteith? — perguntou ele. — Eles estão aqui?

— Estão, sim, senhor.

— Mas eles juraram fidelidade ao rei Eduardo — disse Geoffrey, evidentemente sem acreditar no homem.

— Eles agora marcham com a gente — insistiu o escocês —, tal como Douglas de Liddesdale.

— Aquele bastardo — disse Sir Geoffrey —, aquele merda do inferno.

Ele olhou para o norte através do nevoeiro que se esgarçava no topo, que estava sendo revelado como um platô estreito e rochoso que ia do norte ao sul. A pastagem no platô era rasa, e a pedra do topo, castigada pelo tempo, sobressaía através da grama como costelas de um homem faminto. Lá para o nordeste, depois do vale de nevoeiro, a catedral e o castelo de Durham erguiam-se em seu penhasco lambido pelo rio, enquanto a oeste havia montes e bosques e campos com muros de pedras cortados por pequenos cursos d'água. Dois urubus voaram acima da cadeia de montanhas, na direção do exército escocês que ainda estava escondido pelo nevoeiro que continuava para o norte, mas Thomas pensava que não iria demorar para que tropas saíssem à procura dos homens que tinham expulsado seus conterrâneos escoceses das encruzilhadas.

Sir Geoffrey endireitou o corpo e ia devolver a faca à bainha, mas pareceu lembrar-se de alguma coisa e sorriu para o prisioneiro.

— Você ia me levar para a Escócia numa jaula, não é?

— Não!

— Mas ia, sim! E por que eu haveria de querer visitar a Escócia? Eu posso olhar para dentro de uma privada sempre que tiver vontade. — Ele cuspiu no prisioneiro e fez um sinal com a cabeça para os arqueiros. — Segurem ele.

— Não! — gritou o escocês, e então o grito se transformou num berro terrível quando Sir Geoffrey inclinou-se para a frente com a faca outra vez.

O prisioneiro contorceu-se e arquejou enquanto o Espantalho, a frente de sua túnica acolchoada coberta de sangue, pôs-se de pé. O prisioneiro ainda gritava, mãos fechadas contra a virilha ensangüentada, e a visão levou um sorriso aos lábios do Espantalho.

— Joguem o resto dele no fogo. — E voltou-se para olhar para os outros dois prisioneiros escoceses. — Quem é o senhor de vocês? — perguntou ele.

Eles hesitaram, e então um deles passou a língua pelos lábios.

— Nós servimos a Douglas — disse com orgulho.

— Eu odeio os Douglas. Odeio todos esses Douglas que foram cagados pelo diabo. — Sir Geoffrey estremeceu e voltou-se para o seu cavalo — Queimem os dois — ordenou.

Thomas, desviando o olhar do sangue repentino, tinha visto uma cruz de pedra caída no centro da encruzilhada. Olhou fixo para ela, sem ver o dragão entalhado mas ouvindo os ecos do barulho e então os novos gritos quando os prisioneiros foram lançados nas chamas. Eleanor correu até ele e apertou com força o seu braço direito.

— Beleza — disse Beggar.

— Calma, Beggar, calma! — bradou Sir Geoffrey. — Me levante!

O gigante fez um degrau com as mãos e Sir Geoffrey usou-o para subir para a sela e depois esporeou o cavalo em direção a Thomas e Eleanor.

— Eu sempre fico com fome — disse Sir Geoffrey — depois de uma castração.

Ele se voltou para olhar a fogueira onde um dos escoceses, cabelos em chamas, tentava fugir, mas foi cutucado de volta para o inferno por uma dúzia de varas de arcos. O grito de dor do homem estancou abruptamente quando ele caiu.

— Hoje estou com vontade de castrar e queimar escoceses — disse Sir Geoffrey —, e para mim você parece um escocês, garoto.

— Não sou garoto — disse Thomas, a raiva aumentando.

— Para mim, você parece a porcaria de um garoto, garoto. Um garoto escocês?

Sir Geoffrey, visivelmente deleitando-se com a raiva de Thomas, sorriu para sua mais recente vítima, que, na verdade, parecia jovem, embora Thomas tivesse vinte e dois verões e tivesse lutado nos últimos quatro na Bretanha, na Normandia e na Picardia.

— Você parece escocês, garoto — disse o Espantalho, provocando Thomas a desafiá-lo outra vez. — Todos os escoceses são pretos! — Ele apelou à multidão para julgar a cor da pele de Thomas, e era verdade que Thomas tinha uma pele queimada do sol e cabelos pretos, mas o mesmo acontecia com vinte ou mais dos arqueiros do próprio Espantalho. E, embora Thomas parecesse jovem, tinha também a aparência de um homem forte e destemido. Os cabelos estavam cortados rente ao crânio e quatro anos de guerra tinham-lhe encovado as faces, mas ainda havia algo de característico em sua aparência, uma beleza que atraía os olhares e servia para provocar a inveja de Sir Geoffrey.

— O que há em cima da sua égua? — Sir Geoffrey fez um gesto com a cabeça em direção à égua de Thomas.

— Nada que lhe pertença — disse Thomas.

— O que é meu é meu, garoto, e o que é seu é meu, se eu quiser. Para fazer o que eu quiser. Beggar! Você quer aquela garota?

Beggar sorriu por trás da barba e sacudiu a cabeça para cima e para baixo.

— Beleza — disse ele. Coçou a sujeira da barba. — Beggar gosta da beleza.

— Acho que você poderá ficar com a beleza depois que eu tiver acabado de lidar com ela — disse Sir Geoffrey com um sorriso e tirou o chicote de onde ele estava pendurado e estalou-o no ar. Thomas viu que a comprida tira de couro tinha uma pequena garra de ferro na ponta. Sir Geoffrey tornou a sorrir para Thomas e então inclinou o chicote para trás, numa ameaça. — Tire a roupa dela, Beggar — disse ele —, vamos dar aos rapazes um pouquinho de prazer.

Ele ainda sorria quando Thomas golpeou forte, com a vara do seu arco, nos dentes do cavalo de Sir Geoffrey e o animal empinou, berrando, como Thomas sabia que ia acontecer, e o Espantalho, despreparado para o movimento, caiu para trás, agitando os membros para se equilibrar, e seus homens, que deveriam tê-lo protegido, estavam tão atentos aos prisioneiros escoceses que pegavam fogo que nenhum deles sacou um arco ou uma espada antes de Thomas arrastar Sir Geoffrey para fora da sela e tê-lo no chão com uma faca tocando-lhe na garganta.

— Venho matando homens há quatro anos — disse Thomas — e nem todos eram franceses.

— Thomas! — gritou Eleanor.

— Agarre-a, Beggar, agarre-a! — berrou Sir Geoffrey. Ele se esforçou para levantar-se, mas Thomas era um arqueiro, e anos de armar seu grande arco preto tinham-lhe dado uma força extraordinária nos braços e no peito, e Sir Geoffrey não conseguia deslocá-lo, e por isso cuspiu em Thomas.

— Pegue-a, Beggar! — tornou a gritar.

Os homens do Espantalho correram em direção ao seu líder, mas pararam quando viram que Thomas estava com uma faca encostada na garganta do prisioneiro.

— Tire a roupa dela, Beggar! Tire a roupa da beleza! Nós todos vamos possuí-la! — vociferou Sir Geoffrey, aparentemente esquecido da lâmina na garganta.

— Quem sabe ler aqui? Quem sabe ler? — bradou o padre Hobbe.

A estranha pergunta fez todo mundo parar, até mesmo Beggar, que já tinha arrancado o chapéu de Eleanor e agora estava com o enorme braço esquerdo no pescoço dela, enquanto a mão direita agarrava o decote do vestido.

— Quem nesta companhia sabe ler? — tornou a perguntar o padre Hobbe enquanto brandia o pergaminho que tirara de um dos sacos que estavam na garupa do cavalo de Thomas. — Isto é uma carta do senhor bispo de Durham, que está com o nosso senhor, o rei, na França e é enviada a John Fossor, prior de Durham, e só ingleses que lutaram ao lado do nosso rei iriam portar uma carta dessas. Nós a trouxemos da França.

— Isso não prova nada! — berrou Sir Geoffrey, e depois tornou a cuspir em Thomas quando a lâmina foi pressionada com força contra a sua garganta.

— E em que língua essa carta está escrita?

Um novo cavalariano avançara passando pelos homens do Espantalho. Ele não usava casaco ou gibão, mas o emblema sobre o escudo castigado era uma venera sobre uma cruz, e proclamava que ele não era um dos seguidores de Sir Geoffrey.

— Em que língua? — insistiu ele.

— Latim — disse Thomas, a faca ainda pressionando com força o pescoço de Sir Geoffrey.

— Deixe Sir Geoffrey se levantar — ordenou o recém-chegado a Thomas —, e eu lerei a carta.

— Diga a ele para soltar minha mulher — vociferou Thomas.

O cavalariano pareceu surpreso por ter recebido ordem de um simples arqueiro, mas não protestou. Em vez disso, guiou seu cavalo em direção a Beggar.

— Solte-a — disse ele e, quando o grandalhão não obedeceu, sacou a espada até a metade. — Quer que eu lhe arranque as orelhas, Beggar? É isso? Ficar sem as duas orelhas? Depois o nariz, depois o pinto, é isso o que quer, Beggar? Quer ser fatiado como uma ovelha no verão? Cortado como um duende?

— Solte ela, Beggar — disse Sir Geoffrey, mal-humorado.

Beggar obedeceu e recuou, e o cavalariano inclinou-se da sela para tirar a carta do padre Hobbe.

— Solte Sir Geoffrey — ordenou o recém-chegado a Thomas — porque vamos ter paz entre os ingleses hoje pelo menos por um dia.

O cavalariano era um homem idoso, com pelo menos cinqüenta anos, com uma enorme cabeleira branca, desgrenhada, que parecia nunca ter chegado perto de uma escova ou de um pente. Era um homem grande, alto e barrigudo, num cavalo robusto que não tinha arnês mas apenas um xairel esfarrapado. A cota de malha, de corpo inteiro, estava lamentavelmente enferrujada em alguns pontos e rasgada em outros, enquanto por cima da cota usava uma couraça que perdera duas das fitas. Uma longa espada pendia sobre a coxa direita. Para Thomas, ele parecia um pequeno proprietário rural que se metera na guerra com o equipamento que os vizinhos puderam emprestar-lhe, mas tinha sido reconhecido pelos arqueiros de Sir Geoffrey, os quais, rápidos, tinham tirado os chapéus e elmos quando ele aparecera e agora o tratavam com deferência. Até Sir Geoffrey parecia intimidado pelo homem de cabelos brancos, que franzia o cenho enquanto lia a carta.

— *Thesaurus*, hein? — Ele falava consigo mesmo. — E isto é uma bela história! Um *thesaurus* mesmo!

Thesaurus era latim, mas o restante de suas palavras foi dito em francês normando e, evidentemente, ele estava certo de que nenhum arqueiro poderia entender o que ele dizia.

— A menção de tesouro — Thomas usou a mesma língua, que lhe fora ensinada por seu pai — deixa os homens alvoroçados. Muito alvoroçados.

— Meu bom Deus, e bom, de fato, você fala francês! Os milagres nunca deixam de acontecer. *Thesaurus* significa tesouro, não? O meu latim não é o que era quando eu era jovem. Eu o aprendi a chibatadas por parte de um padre e parece que a maior parte foi esquecida de lá para cá. O tesouro, hein? E você fala francês!

O cavaleiro mostrou uma surpresa prazerosa pelo fato de Thomas falar a língua dos aristocratas, embora Sir Geoffrey, que não falava francês, parecesse alarmado, porque aquilo sugeria que Thomas poderia ter tido um berço muito melhor do que o que ele pensara. O cavaleiro devolveu a carta ao padre Hobbe e depois aproximou-se de Sir Geoffrey.

— O senhor estava criando confusão com um inglês, Sir Geoffrey, um mensageiro, nada menos do que isso, de nosso senhor o rei. Como explica isso?

— Não tenho de explicar coisa alguma — disse Sir Geoffrey —, excelência. — A última palavra foi acrescentada com relutância.

— Eu deveria arrancar-lhe os ossos agora — disse sua alteza em tom brando — e depois mandar empalhá-lo e montá-lo num poste para espantar os corvos das minhas ovelhas recém-nascidas. Eu poderia exibi-lo na feira de Skipton, Sir Geoffrey, como exemplo para outros pecadores.

Ele pareceu pensar na idéia por uns instantes e depois abanou a cabeça.

— Monte no seu cavalo — disse ele — e lute contra os escoceses hoje, em vez de discutir com seu conterrâneo inglês. — Ele voltou-se na sela e levantou a voz para que todos os arqueiros e soldados pudessem ouvi-lo. — Todos vocês, desçam do topo da montanha! Depressa, antes que os escoceses venham e os expulsem daí! Querem juntar-se àqueles patifes no fogo?

Ele apontou para os três prisioneiros escoceses que agora eram apenas escuras formas encolhidas nas chamas brilhantes e depois fez um gesto para Thomas; então ele mudou a língua para o francês.

— Você vem mesmo da França?

— Venho, excelência.

— Pois então me faça a gentileza, meu caro rapaz, de falar comigo.

Eles seguiram para o sul, deixando uma cruz de pedra quebrada e cadáveres atingidos por flechas numa névoa que se desfazia, onde o exército da Escócia tinha chegado a Durham.

Bernard de Taillebourg tirou o crucifixo do pescoço e beijou a contorcida figura de Cristo pregada na pequena cruz de madeira.

— Que Deus esteja com você, meu irmão — murmurou ele ao homem idoso que jazia no banco de pedra forrado por um colchão de palha e um cobertor dobrado. Um segundo cobertor, tão fino quanto o outro, cobria o idoso cujos cabelos eram brancos e finos.

— Está frio — disse o irmão Hugh Collimore com voz fraca —, muito frio.

Ele falou em francês, embora para de Taillebourg o sotaque do velho monge fosse bárbaro, porque era o francês da Normandia e dos governantes normandos da Inglaterra.

— O inverno está chegando — disse de Taillebourg. — Pode-se sentir o cheiro dele no vento.

— Eu estou morrendo — o irmão Collimore voltou os olhos com as bordas avermelhadas para o visitante — e não sinto o cheiro de nada. Quem é você?

— Tome isto — disse de Taillebourg e entregou o crucifixo ao velho monge.

Deu uma cutucada na lareira para aumentar o fogo, colocou mais duas achas de lenha na chama revitalizada e farejou uma botija de vinho quente que estava na lareira. O vinho não estava azedo demais, e por isso despejou um pouco dele numa taça de osso.

— Pelo menos você tem uma lareira — disse ele curvando-se para olhar pela pequena janela, não mais que um telho de flecha voltado para o lado ocidental do rio Wear, que rodeava o local.

O hospital do monge ficava na encosta do monte de Durham, abaixo da catedral, e de Taillebourg pôde ver os soldados escoceses carregando suas lanças através dos restos da névoa que se dispersava no horizonte. Percebeu que poucos dos homens que usavam cota de malha tinham cavalos, o que sugeria que os escoceses planejavam lutar a pé.

56

O ANDARILHO

O irmão Collimore, o rosto pálido e a voz fraca, agarrou a pequena cruz.

— Os moribundos podem ter uma lareira — disse ele, como se tivesse sido acusado de dar-se àquele luxo. — Quem é você?

— Venho da parte do cardeal Bessières, em Paris — disse de Taillebourg —, e ele lhe manda suas saudações. Beba isto, que vai aquecê-lo. — Ele estendeu o vinho quente para o homem idoso.

Collimore recusou o vinho. Seus olhos eram cautelosos.

— Cardeal Bessières? — perguntou, o tom de voz dando a entender que o nome era novidade para ele.

— O legado papal na França.

De Taillebourg estranhou que o monge não reconhecesse o nome, mas concluiu que talvez a ignorância do moribundo fosse ser útil.

— E o cardeal — continuou o dominicano — é um homem que ama a Igreja com a mesma intensidade com que ama Deus.

— Se ele ama a Igreja — disse Collimore com uma força surpreendente —, irá usar sua influência para persuadir o Santo Padre a levar o papado de volta para Roma.

A declaração exauriu-o e ele fechou os olhos. Nunca fora um homem grande, mas agora, debaixo daquele cobertor cheio de piolhos, parecia ter encolhido para o tamanho de um menino de dez anos, e seus cabelos brancos eram escassos e finos como os de um pequeno infante.

— Que ele leve o papado para Roma — repetiu, embora com voz fraca —, porque todos os nossos problemas pioraram desde que ele foi transferido para Avignon.

— O cardeal Bessières quer, acima de tudo, levar o Santo Padre de volta para Roma — mentiu de Taillebourg —, e talvez você, irmão, possa nos ajudar a conseguir isso.

O irmão Collimore pareceu não ter ouvido as palavras. Tornara a abrir os olhos, mas ficou apenas olhando para cima, para as pedras caiadas do teto abobadado. O quarto era baixo, frio e branco. Às vezes, quando o sol de verão estava alto, ele via o cintilar da água refletida nas pedras brancas. No céu, pensou, ele estaria para sempre vendo rios cristalinos e sob um sol quente.

FLECHAS NO MORRO

— Estive em Roma uma vez — disse ele, melancólico. — Lembro-me de ter descido alguns degraus para entrar numa igreja na qual um coro cantava. Tão bonito!

— O cardeal quer a sua ajuda — disse de Taillebourg.

— Lá havia uma santa. — Collimore estava de cenho franzido, tentando lembrar-se. — Os ossos dela eram amarelos.

— Por isso o cardeal me mandou para vir procurá-lo, irmão — disse de Taillebourg com delicadeza. Seu criado, de olhos pretos e elegante, observava da porta.

— Cardeal Bessières — disse o irmão Collimore num suspiro.

— Ele lhe envia suas saudações em Cristo, irmão.

— O que o Bessières quer — disse Collimore, ainda num sussurro —, ele tira com chicotes e escorpiões.

De Taillebourg sorriu com ironia. Afinal, Collimore sabia mesmo quem era Bessières, o que não era de admirar, mas talvez o medo que Bessières inspirava fosse suficiente para fazer surgir a verdade. O monge tornara a fechar os olhos e seus lábios moviam-se em silêncio, sugerindo que estava rezando. De Taillebourg não perturbou as orações, mas limitou-se a olhar pela pequena janela para onde os escoceses formavam sua linha de combate no monte distante. Os invasores estavam voltados para o sul, de modo que a ponta esquerda da linha era a que ficava mais próximo da cidade, e de Taillebourg via homens acotovelando-se para tomar posição ao tentarem ocupar os lugares de honra mais próximos de seus senhores. Era evidente que os escoceses tinham decidido lutar a pé, para que os arqueiros ingleses não pudessem destruir seus soldados ao derrubarem os cavalos. Ainda não havia sinal daqueles ingleses, embora por tudo que de Taillebourg ouvira eles não pudessem ter reunido uma grande força. O exército deles estava na França, fora de Calais, não ali, de modo que talvez se tratasse apenas de um senhor local chefiando seus contratados. No entanto era claro que havia homens em quantidade suficiente para convencer os escoceses a formar uma linha de combate, e de Taillebourg não esperava que o exército de David fosse contido por muito tempo. O que significava que, se ele quisesse ouvir a história do velho e estar longe de Durham antes de os escoceses entrarem na cidade, era melhor andar depressa. Tornou a olhar para o monge.

— O cardeal Bessières quer apenas a glória da Igreja e de Deus. E quer saber a respeito do padre Ralph Vexille.

— Meu Deus — disse Collimore, e seus dedos correram pela figura de osso sobre o pequeno crucifixo enquanto ele abria os olhos e voltava a cabeça para olhar para o padre. A expressão do monge dava a entender que era a primeira vez que ele realmente percebera a presença de Bernard de Taillebourg, e então estremeceu, reconhecendo no visitante um homem que acreditava que o sofrimento dava mérito. Um homem, refletiu Collimore, que seria tão implacável quanto o chefe dele em Paris. — Vexille! — repetiu Collimore, como quase esquecido do nome, e então suspirou. — É uma longa história — completou, cansado.

— Nesse caso, vou lhe contar o que sei dela — disse de Taillebourg.

O emaciado dominicano agora andava de um lado para o outro no quarto, voltando-se e tornando a voltar-se no pequeno espaço sob a parte mais alta do teto arqueado.

— Você soube — perguntou ele — que houve uma batalha na Picardia no verão? Eduardo da Inglaterra lutou contra o primo dele da França, e um homem chegou pelo sul para lutar pela França e no estandarte dele havia a figura de um *yale* segurando uma taça.

Collimore piscou os olhos mas nada disse. Seus olhos estavam fixos em de Taillebourg, que por sua vez parou de andar para encarar o monge.

— Um *yale* segurando uma taça — repetiu.

— Conheço o animal — disse Collimore com tristeza.

Um *yale* era um animal heráldico, desconhecido na natureza, com patas de leão, chifres de bode e coberto de escamas como um dragão.

— Ele veio do sul — disse de Taillebourg — e achou que ao lutar pela França iria limpar do timbre de sua família as velhas manchas de heresia e traição.

O irmão Collimore estava doente demais para ver que o criado do padre escutava agora com atenção, quase com arrebatamento, ou para perceber que o dominicano erguera ligeiramente a voz para tornar mais fácil ao criado, ainda de pé no portal, ouvir o que ele dizia.

— Esse homem veio do sul, cavalgando com orgulho, acreditando que sua alma estava acima de censura, mas nenhum homem está fora do alcance de Deus. Ele achou que com a vitória iria penetrar no âmbito das afeições do rei, mas em vez disso compartilhou a derrota da França. Às vezes Deus nos torna humildes, irmão, antes de nos elevar à glória. — De Taillebourg falava para o velho monge, mas as palavras eram endereçadas aos ouvidos de seu criado. — E depois da batalha, irmão, quando a França chorava, eu encontrei esse homem e ele o mencionou.

O irmão Collimore pareceu assustado mas nada disse.

— Ele o mencionou para mim — disse o padre de Taillebourg —, e eu sou um inquisidor.

Os dedos do irmão Collimore oscilaram numa tentativa de fazer o sinal-da-cruz.

— A Inquisição — disse ele, hesitante — não tem autoridade alguma na Inglaterra.

— A Inquisição tem autoridade no céu e no inferno, e você pensa que a pequena Inglaterra pode resistir a nós? — A fúria na voz de Bernard de Taillebourg ecoou na cela do hospital. — Para extirpar a heresia, irmão, nós cavalgaremos até os confins da Terra.

A Inquisição, tal como a ordem de frades dominicanos, era dedicada à erradicação da heresia, e para isso empregava fogo e sofrimento. Eles não podiam derramar sangue, porque isso era contra a lei de Deus, mas qualquer sofrimento provocado sem derramamento de sangue era permitido, e a Inquisição sabia bem que o fogo cauterizava o sangramento e que a tortura não perfurava a pele de um herege e que grandes pesos colocados sobre o peito de um homem não rompiam veia alguma. Em porões fedendo a fogo, medo, urina e fumaça, numa escuridão cortada pela chama de um fogo e pelos gritos dos hereges, a Inquisição caçava os inimigos de Deus e, pela aplicação da dor sem sangue, levava suas almas à bendita unidade com Cristo.

— Um homem veio do sul — repetiu de Taillebourg para Collimore — e o timbre em seu escudo era um *yale* segurando um cálice.

— Um Vexille — disse Collimore.

— Um Vexille — disse de Taillebourg — que sabia o seu nome. Ora, por que, irmão, um herege vindo das terras do Sul sabe o nome de um monge inglês em Durham?

O irmão Collimore suspirou.

— Todos eles sabiam — disse, cansado —, a família toda sabia. Eles sabiam, porque Ralph Vexille foi mandado para mim. O bispo pensava que eu pudesse curá-lo da loucura, mas a família achava que em vez disso ele iria me contar segredos. Eles queriam que ele morresse, mas nós o isolamos numa cela onde ninguém, a não ser eu, podia ter acesso a ele.

— E que segredos ele lhe contou? — perguntou de Taillebourg.

— Loucura — disse o irmão Collimore —, só loucura.

O criado estava de pé à porta e o observava.

— Fale-me dessa loucura — ordenou o dominicano.

— Os loucos falam de mil coisas — disse o irmão Collimore —, falam de espíritos e fantasmas, de neve no verão e escuridão durante o dia.

— Mas o padre Ralph lhe falou sobre o Graal — disse de Taillebourg sem rodeios.

— Ele falou do Graal — confirmou o irmão Collimore.

O dominicano teve um suspiro de alívio.

— O que foi que ele lhe contou sobre o Graal?

Durante um certo tempo Hugh Collimore nada disse. Seu peito subia e descia com tamanha fraqueza que o movimento praticamente não era percebido, e então ele abanou a cabeça.

— Ele me disse que sua família tinha possuído o Graal e que ele o roubara e escondera! Mas falava de uma centena de outras coisas. Uma centena de coisas assim.

— Onde o teria escondido? — perguntou de Taillebourg.

— Ele era louco, louco. Meu serviço era cuidar dos loucos, sabe? Nós os deixávamos sem comer ou batíamos neles para expulsar os demônios, mas nem sempre isso funcionava. No inverno, nós os mergulhávamos no rio, por dentro do gelo, e isso dava certo. Os demônios odeiam o frio. Deu certo com Ralph Vexille, quer dizer na maior parte do tempo funcionou. Nós o liberamos depois de algum tempo. Os demônios tinham ido embora, entende?

— Onde ele escondeu o Graal? — A voz de Taillebourg era mais ríspida e mais alta.

O irmão Collimore olhou fixo para o cintilar no teto da luz refletida na água.

— Ele era louco — sussurrou ele —, mas inofensivo. Inofensivo. E quando foi embora, foi enviado para uma paróquia no sul. Bem lá no sul.

— Em Hookton, em Dorset?

— Em Hookton, em Dorset — concordou o irmão Collimore —, onde ele teve um filho. Ele era um grande pecador, entende?, muito embora fosse padre. Ele teve um filho.

O padre de Taillebourg olhou para o monge, que afinal lhe dera alguma novidade. Um filho?

— O que é que você sabe sobre o filho?

— Nada. — O irmão Collimore pareceu surpreso com a pergunta.

— E o que é que você sabe sobre o Graal? — sondou de Taillebourg.

— Sei apenas que Ralph Vexille era louco — disse Collimore num sussurro.

De Taillebourg sentou-se na cama dura.

— Louco até que ponto?

A voz de Collimore ficou ainda mais fraca.

— Ele dizia que mesmo que a pessoa achasse o Graal não iria reconhecê-lo, a menos que se tratasse de alguém de grande mérito. — Ele fez uma pausa, e uma expressão de dúvida, quase espanto, surgiu-lhe no rosto por um instante. — Era preciso ser digno, dizia ele, para saber o que era o Graal, mas se a pessoa fosse merecedora ele iria brilhar como o sol. Iria deslumbrá-la.

De Taillebourg inclinou-se mais para perto do monge.

— Você acreditou nele?

— Eu acredito que Ralph Vexille era louco — disse o irmão Collimore.

— Às vezes os loucos dizem a verdade — disse de Taillebourg.

— Eu penso — continuou o irmão Collimore como se o inquisidor não tivesse falado — que Deus colocou sobre Ralph Vexille um ônus grande demais para ele suportar.

— O Graal? — perguntou de Taillebourg.

— Você poderia suportá-lo? Eu não poderia.

— Pois então, onde está ele? — insistiu de Taillebourg. — Onde está ele?

O irmão Collimore tornou a aparentar perplexidade.

— Como é que eu iria saber?

— Ele não estava em Hookton — disse de Taillebourg. — Guy Vexille procurou por ele.

— Guy Vexille? — perguntou o irmão Collimore.

— O homem que veio do sul, irmão, para lutar pela França e acabou sob minha custódia.

— Pobre homem — disse o monge.

O padre de Taillebourg abanou a cabeça.

— Eu simplesmente mostrei a ele a câmara de tortura, deixei-o tocar nas pinças e cheirar a fumaça. E então ofereci a ele a vida e ele me disse tudo o que sabia e me disse que o Graal não estava em Hookton.

O rosto do velho monge contorceu-se num sorriso.

— Você não ouviu o que eu disse, padre. Se um homem for indigno, o Graal não irá revelar-se. Guy Vexille não podia ser digno.

— Mas o padre Ralph o tinha em seu poder? — De Taillebourg procurava uma garantia. — Acha que ele o possuía mesmo?

— Eu não disse isso — alertou o monge.

— Mas acreditava que ele o possuía? — perguntou de Taillebourg e, quando o irmão Collimore não disse coisa alguma, balançou a cabeça num gesto para si mesmo. — Você acredita que ele estava com o Graal.

Ele desceu da cama, ficando de joelhos, e uma expressão de respeito tomou conta do seu rosto enquanto as mãos postas apertavam uma à outra.

— O Graal — disse ele num tom de extrema admiração.

— Ele era louco — avisou-o o irmão Collimore.

De Taillebourg não estava prestando atenção.

— O Graal — disse ele outra vez —, *le Graal!* — Agora abraçava a si mesmo com força, balançando para trás e para a frente, em êxtase. — *Le Graal!*

— Os loucos dizem coisas — sentenciou o irmão Collimore — e não sabem o que dizem.

— Ou Deus fala através deles — disse Taillebourg, inflamado.

— Nesse caso, às vezes Deus usa uma linguagem terrível — replicou o velho monge.

— Você tem que me dizer — insistiu de Taillebourg — tudo o que o padre Ralph lhe contou.

— Mas isso foi há tanto tempo!

— É *le Graal!* — berrou de Taillebourg e, na sua frustração, sacudia o velho homem. — É *le Graal!* Não me diga que esqueceu.

Ele olhou pela janela e viu, erguida no cume distante, a aspa vermelha sobre o estandarte amarelo do rei escocês e, abaixo dela, uma massa de homens com cotas de malha cinza com sua floresta de lanças e piques. Nenhum bandido inglês estava à vista, mas de Taillebourg não teria se importado se todos os inimigos da cristandade tivessem ido para Durham, porque ele encontrara a sua visão, era o Graal, e mesmo que o mundo tremesse com exércitos por toda a sua volta ele iria atrás do Graal.

E um velho monge falou.

O cavalariano com a cota de malha enferrujada, couraça de tiras rotas e escudo festonado disse chamar-se Lorde Outhwaite de Witcar.

— Conhece o lugar? — perguntou ele a Thomas.

— Witcar, excelência? Nunca ouvi falar.

— Não ouviu falar em Witcar! Meu Deus! E é um lugar aprazível, muito aprazível. Bom solo, água doce, ótima caça. Ah, você chegou!

A última observação foi dirigida a um menino montado num grande cavalo, trazendo um segundo corcel pelas rédeas. O menino vestia um gibão que tinha a cruz festonada bordada em amarelo e vermelho e, puxando o corcel atrás de si, esporeou o cavalo em direção ao seu amo.

— Desculpe, excelência — disse o menino —, mas Hereward puxa a gente. — Era evidente que Hereward era o corcel que ele guiava. — E ele me puxou para longe do senhor!

— Dê Hereward a este jovem aqui — disse Lorde Outhwaite. — Você sabe montar? — acrescentou, sério, para Thomas.

— Sei, excelência.

— Mas Hereward é difícil, de uma dificuldade rara. Esporeie com força para que ele saiba quem é que manda.

Uns vinte homens apareceram, vestindo o uniforme de Lorde Outhwaite, todos montados e todos com armaduras em melhor estado do que a do senhor deles. Lorde Outhwaite mandou-os de volta para o sul.

— Nós estávamos marchando contra Durham — disse ele a Thomas —, cuidando da vida como devem fazer os bons cristãos, e os malditos escoceses apareceram! Agora não vamos atacar Durham. Eu me casei lá, sabe? Na catedral. Há trinta e dois anos, você acredita? — Ele olhou satisfeito para Thomas. — E a minha querida Margaret ainda vive, graças a Deus. Ela gostaria de ouvir a sua história. Você esteve mesmo em Wadicourt?

— Estive, excelência.

— Que homem de sorte, que homem de sorte! — disse Lorde Outhwaite, e gritou para mais outros de seus homens para que dessem meia-volta antes que esbarrassem com os escoceses.

Thomas estava chegando rapidamente à conclusão de que Lorde Outhwaite, apesar da cota de malha em pedaços e da aparência desgrenhada, era um grande senhor, um dos maiorais da região norte, e sua excelência confirmou essa opinião resmungando que tinha sido proibido pelo rei de lutar na França, porque ele e seus homens poderiam ter de rechaçar uma invasão dos escoceses.

— E ele tinha toda razão! — Lorde Outhwaite parecia surpreso. — Os patifes vieram para o sul! Eu lhe disse que meu filho mais velho estava na Picardia? É por isso que estou usando isto aqui. — Ele tocou num rasgão da velha cota de malha. — Dei a ele a melhor armadura que tínhamos, porque achei que não íamos precisar dela aqui! O jovem David da Escócia me parecia bem pacífico, mas agora a Inglaterra está invadida pelos seguidores dele. É verdade que a chacina em Wadicourt foi enorme?

— Foi um campo de mortos, excelência.

— Deles, não nossos, graças a Deus e aos santos dele. — Sua Excelência olhou para alguns arqueiros que se desgarravam em direção ao sul. — Não percam tempo! — bradou em inglês. — Daqui a pouco os escoceses estarão à procura de vocês. — Ele tornou a olhar para Thomas e sorriu. — Então, o que teria feito se eu não tivesse chegado? — perguntou ainda usando o inglês. — Ia cortar mesmo a garganta do Espantalho?

— Se fosse preciso.

— E ter a sua cortada pelos homens dele — observou Outhwaite, alegre. — Ele é um beberrão venenoso. Só Deus sabe por que a mãe dele não o matou afogado quando ele nasceu, mas acontece que ela era uma maldita bruxa de coração de merda, se é que já houve alguma assim. — Como muitos senhores que tinham sido criados falando francês, Lorde Outhwaite aprendera inglês com os criados dos pais, e por isso falava-o usando termos baixos. — O Espantalho merece uma garganta cortada, mas é mau tê-lo como inimigo. Ele guarda um ressentimento melhor do que ninguém, mas tem tantos ressentimentos que talvez não tenha lugar para mais um. Ele odeia Sir William Douglas acima de tudo.

— Por quê?

— Porque William o manteve preso. Veja bem, Willie Douglas manteve a maioria de nós presa numa ou outra ocasião, e um ou dois de nós até o mantiveram preso em troca, mas o resgate quase matou Sir Geoffrey. Ele ficou reduzido à sua última vintena de servidores e eu ficaria surpreso se ele tivesse mais de três moedas de meio pêni num vidro. O Espantalho é um homem pobre, muito pobre, mas orgulhoso, e isso o torna um mau inimigo.

Lorde Outhwaite fez uma pausa para erguer a mão em saudação a um grupo de arqueiros que vestia seu uniforme.

— Sujeitos maravilhosos, maravilhosos. Mas me conte sobre a batalha de Wadicourt. É verdade que os franceses atropelaram seus próprios arqueiros?

— Atropelaram, excelência. Besteiros genoveses.

— Pois então conte-me tudo o que aconteceu.

Lorde Outhwaite tinha recebido uma carta de seu filho mais velho que lhe falara sobre a batalha na Picardia, mas estava muito ansioso por ouvir falar da luta por alguém que estivera naquela longa encosta verde entre as aldeias de Wadicourt e Crécy, e Thomas agora contou-lhe que o inimigo atacara quando a tarde já ia avançada e que as flechas tinham voado montanha abaixo para cortar o grande exército do rei da França em pilhas de homens e cavalos que berravam, e que alguns dos inimigos ainda tinham chegado através da linha de fossos recém-cavados e passado pelas flechas para atacar os soldados ingleses, e que, no fim da batalha, não restava flecha alguma, só arqueiros com dedos sangrando e um longo monte de homens e animais moribundos. O próprio céu parecera tinto de sangue.

O relato da história levou Thomas serra abaixo e para fora do ângulo de visão de Durham. Eleanor e o padre Hobbe caminhavam atrás, guiando a égua e às vezes fazendo os seus próprios comentários, enquanto vinte dos servidores de Lorde Outhwaite cavalgavam ao lado deles para ouvir a história da batalha. Thomas contou-a bem, e era evidente que Lorde Outhwaite tinha gostado dele. Thomas de Hookton sempre possuíra um encanto que o protegera e recomendara, muito embora às vezes deixasse com inveja homens como Sir Geoffrey Carr. Sir Geoffrey tinha seguido na frente e, quando Thomas atingiu a pradaria irrigada pela inundação do rio, onde as forças inglesas estavam reunidas, o cavaleiro apontou para ele como se estivesse lançando uma maldição e Thomas reagiu fazendo o sinal-da-cruz. Sir Geoffrey cuspiu.

Lorde Outhwaite carregou o sobrolho para o Espantalho.

— Não me esqueci da carta que o seu padre me mostrou — disse ele, falando agora com Thomas em francês —, mas espero que você não nos deixe para poder entregá-la pessoalmente em Durham. Não enquanto tivermos inimigos a enfrentar.

— Posso ficar com os arqueiros de Vossa Excelência? — perguntou Thomas.

Eleanor fez um muxoxo em sinal de desaprovação, mas os dois

homens a ignoraram. Lorde Outhwaite acenou com a cabeça num gesto de aceitação da oferta de Thomas e depois fez outro gesto indicando que o jovem devia descer do cavalo.

— Mas uma coisa me deixa intrigado — continuou ele —, e é por que o senhor nosso rei foi confiar uma missão dessas a uma pessoa tão jovem.

— E de berço tão inferior? — perguntou Thomas com um sorriso, sabendo que aquela era a verdadeira pergunta que Lorde Outhwaite tinha sido cuidadoso demais para fazer.

Sua Excelência riu ao ser desmascarado.

— Você fala francês, meu jovem, mas carrega um arco. O que você é? Bem-nascido ou de origem inferior?

— Bem-nascido, excelência, mas fora do casamento.

— Ah!

— E a resposta à sua pergunta, excelência, é que o senhor nosso rei me enviou com um de seus capelães e um cavaleiro da casa real, mas os dois ficaram doentes em Londres e é lá que eles estão. Eu segui viagem com os meus companheiros.

— Porque estava ansioso por conversar com esse velho monge?

— Se ele estiver vivo, sim, porque ele pode me falar sobre a família de meu pai. Minha família.

— E ele pode lhe falar sobre esse tesouro, esse *thesaurus*. Você sabe a respeito dele?

— Sei alguma coisa, excelência — disse Thomas, cauteloso.

— Motivo pelo qual o rei o enviou, hein? — perguntou Lorde Outhwaite mas sem dar tempo a Thomas para responder. Pegou as rédeas. — Lute com os meus arqueiros, rapaz, mas tome o cuidado de ficar vivo, hein? Eu gostaria de saber mais sobre o seu *thesaurus*. O tesouro é assim tão grande quanto diz a carta?

Thomas deu as costas para o seu Lorde Outhwaite de cabelos desgrenhados e olhou para cima, para a crista da montanha onde agora nada havia para ser visto, exceto as árvores de folhas de cores vivas e uma pluma de fumaça, que se diluía, dos chalés consumidos pelo fogo.

— Se ele existir, excelência — disse em francês —, será o tipo de tesouro que é protegido pelos anjos e procurado pelos demônios.

— E você o procura? — perguntou Lorde Outhwaite com um sorriso.

Thomas devolveu o sorriso.

— Simplesmente procuro o prior de Durham, excelência, para entregar a ele a carta do bispo.

— Você procura o prior Fossor, não? — Lorde Outhwaite fez com a cabeça um gesto em direção a um grupo de monges. — Ele é aquele lá. O que está montado.

Ele indicara um monge alto, de cabelos brancos, montado numa égua cinza e cercado por uns vinte outros monges, todos a pé, um dos quais carregava um estranho estandarte que nada mais era do que um pedaço de pano branco pendurado de uma vara pintada.

— Fale com ele — disse Lorde Outhwaite — e depois procure a minha bandeira. Que Deus o acompanhe! — Ele disse as quatro últimas palavras em inglês.

— E acompanhe a Vossa Excelência — responderam, juntos, Thomas e o padre Hobbe.

Thomas caminhou em direção ao prior, passando com dificuldade por arqueiros que se aglomeravam em torno de três carroções para receber feixes de flechas de reserva. O pequeno exército inglês estivera marchando em direção a Durham em duas estradas separadas e agora os homens vagueavam por campos para ficarem juntos, para a eventualidade de os escoceses descerem da parte alta. Soldados passavam cotas de malha pela cabeça e os mais ricos entre eles abotoavam as peças de armadura que possuíam. Os líderes do exército deviam ter feito uma rápida conferência, porque os primeiros estandartes estavam sendo levados para o norte, mostrando que os ingleses queriam enfrentar os escoceses no terreno mais elevado da serra, em vez de serem atacados nos prados irrigados pelas inundações do rio ou tentarem alcançar Durham por um caminho indireto. Thomas se acostumara com os estandartes ingleses na Bretanha, na Normandia e na Picardia, mas aquelas bandeiras eram todas estranhas para ele: um crescente prateado, uma vaca marrom, um leão azul, o machado preto do Espantalho, a cabeça de um varrão vermelho, a cruz festonada de Lorde Outhwaite e, a mais espalhafatosa de todas, uma grande bandeira escarlate mostrando um par de chaves cruzadas espessamente bordada com fios de ouro e prata. A bandeira do prior parecia surrada e barata comparada a todas as outras, porque não era mais do que um pequeno quadrado de pano puído, embaixo do qual o prior estava em delírio.

— Vão fazer o trabalho de Deus — gritava ele para alguns arqueiros que estavam próximos a ele —, porque os escoceses são animais! Derrubemnos! Matem todos eles! Deus irá recompensar cada morte! Vão, e castiguemnos! Matem-nos! — Ele viu Thomas se aproximando. — Você quer uma bênção, meu filho? Então, que Deus dê força ao seu arco e aumente o poder de penetração de suas flechas! Que seu braço nunca se canse e seus olhos nunca se ofusquem. Que Deus e os anjos o abençoem enquanto você mata!

Thomas benzeu-se e depois estendeu a carta.

— Vim lhe dar isto, senhor — disse ele.

O prior estranhou bastante que um arqueiro se dirigisse a ele com tamanha familiaridade e ainda por cima ter uma carta para ele. A princípio não pegou o pergaminho, mas um dos seus monges o arrancou da mão de Thomas e, vendo o lacre rompido, ergueu as sobrancelhas.

— O senhor bispo mandou uma carta para o senhor — disse ele.

— Eles são animais! — repetiu o prior ainda dominado pela sua peroração, só depois percebendo o que o monge dissera. — O senhor bispo escreveu?

— A você, irmão — disse o monge.

O prior agarrou a vara pintada e arriou a bandeira improvisada para que ela ficasse perto do rosto de Thomas.

— Pode beijá-la — disse ele, imponente.

— Beijá-la? — Thomas foi colhido de surpresa. O pano esfarrapado, agora que estava perto do seu nariz, fedia a mofo.

— É o manto funerário de São Cuthbert — disse o prior, agitado —, tirado do túmulo dele, meu filho! O abençoado São Cuthbert lutará por nós! Os próprios anjos do céu irão segui-lo na batalha!

Thomas, diante da relíquia do santo, ficou de joelhos e levou o pano aos lábios. Era linho, pensou, e então viu que estava bordado nas margens com um desenho complicado, com uma linha azul desbotada. No centro do pano, usado durante a missa para conter as hóstias, havia uma cruz trabalhada, bordada com fios de prata que praticamente não se destacavam contra o puído linho branco.

— É mesmo o manto de São Cuthbert? — perguntou.

— Dele mesmo! — exclamou o prior. — Nós abrimos o túmulo na catedral hoje mesmo pela manhã e rezamos para ele. Ele irá lutar por nós hoje! — O prior ergueu a bandeira num gesto rápido e agitou-a em direção a alguns soldados que dirigiam seus cavalos para o norte. — Façam o trabalho de Deus! Matem todos eles! Adubem os campos com a sua carne nociva, irriguem-nos com o seu sangue traiçoeiro!

— O bispo quer que este jovem fale com o irmão Hugh Collimore — disse naquele momento ao prior o homem que lera a carta — e o rei também quer. Sua Alteza diz que há um tesouro que precisa ser encontrado.

— O rei quer? — O prior olhou perplexo para Thomas. — O rei quer? — tornou a perguntar, e então caiu em si e percebeu que havia uma grande vantagem no apoio real. Por isso, agarrou a carta com um gesto repentino e leu-a, apenas para descobrir uma vantagem ainda maior do que previra. — Você veio à procura de um grande *thesaurus*? — perguntou a Thomas, desconfiado.

— O bispo acredita que sim, senhor — respondeu Thomas.

— Que tesouro? — retrucou o prior, e todos os monges olharam para ele boquiabertos, quando a idéia de um tesouro os fez esquecer momentaneamente a proximidade do exército escocês.

— O tesouro, senhor — Thomas evitou dar uma resposta sincera — é do conhecimento do irmão Collimore.

— Mas por que mandar você? — perguntou o bispo, e foi uma pergunta justa, porque Thomas parecia um jovem e não tinha nenhum posto aparente.

— Porque eu também tenho um certo conhecimento do assunto — disse Thomas, perguntando-se se não teria falado demais.

O prior dobrou a carta, inadvertidamente rasgando o lacre ao fazê-lo, e enfiou-a numa bolsa que estava pendurada no seu cinto amarrado.

— Vamos conversar depois da batalha — disse ele —, e então, e só então, eu vou decidir se você poderá falar com o irmão Collimore. Ele está doente, sabe? Doente, pobre homem. Talvez esteja morrendo. Pode não ser conveniente você perturbá-lo. Vamos ver, vamos ver.

Era evidente que ele queria conversar com o velho monge e, assim, ser o único possuidor de qualquer que fosse o conhecimento que Collimore pudesse ter.

— Que Deus o abençoe, meu filho. — O prior dispensou Thomas e então ergueu sua sagrada bandeira e seguiu rápido para o norte. A maior parte do exército inglês já estava subindo a serra, deixando apenas seus carroções e uma multidão de mulheres, crianças e os homens doentes demais para caminhar. Os monges, fazendo uma procissão atrás de seu manto funerário, começaram a cantar enquanto seguiam os soldados.

Thomas correu até uma carroça e apanhou um feixe de flechas, que enfiou no cinto. Viu que os soldados de Lorde Outhwaite estavam cavalgando em direção à serra, seguidos por um grande grupo de arqueiros.

— Talvez vocês dois devam ficar aqui — disse ele ao padre Hobbe.

— Não! — disse Eleanor. — E você não devia estar lutando.

— Não lutar? — perguntou Thomas.

— A batalha não é sua! — insistiu Eleanor. — Nós devíamos ir para a cidade! Devíamos procurar o monge.

Thomas fez uma pausa. Estava pensando no padre que, no remoinho de nevoeiro e fumaça, matara o escocês e depois falara com ele em francês. Eu sou um mensageiro, dissera o padre. "*Je suis un avant-coureur*", tinham sido suas palavras exatas, e um *avant-coureur* era mais do que um simples mensageiro. Um arauto, talvez? Até mesmo um anjo? Thomas não podia afastar a imagem daquela luta silenciosa, os homens tão desiguais, um soldado contra um padre, e no entanto o padre vencera e depois voltara o rosto magro, ensangüentado, para Thomas e se anunciara: "*Je suis un avant-coureur.*" Era um sinal, pensou Thomas, e ele não queria acreditar em sinais e visões, queria acreditar no seu arco. Pensou que talvez Eleanor tivesse razão e que o conflito com o seu vencedor inesperado era um sinal do céu de que ele devia entrar na cidade atrás do *avant-coureur*, mas também havia inimigos no alto da montanha e ele era um arqueiro, e arqueiros não abandonavam uma batalha.

— Nós iremos para a cidade — disse ele — depois da batalha.

— Por quê? — perguntou ela, impetuosa.

Mas Thomas não quis responder. Apenas começou a andar, subindo um morro onde cotovias e tentilhões adejavam pelas sebes, enquanto tordos marrons e cinzentos chamavam das pastagens vazias. O nevoeiro desaparecera por completo e um vento seco soprou vindo do outro lado do rio Wear.

E então, de onde os escoceses esperavam no terreno mais elevado, os tambores começaram a tocar.

Sir William Douglas, Cavaleiro de Liddesdale, preparou-se para a batalha Vestiu calções de couro com espessura suficiente para reduzir um corte de espada e sobre a camisa de linho pendurou um crucifixo que tinha sido benzido por um padre em Santiago de Compostela, onde São Tiago estava enterrado. Sir William Douglas não era exatamente um homem religioso, mas pagava um padre para cuidar de sua alma e o padre lhe garantira que usar o crucifixo de São Tiago, o filho do trovão, iria assegurar que ele receberia os ritos finais em segurança, em seu próprio leito. Em torno da cintura, amarrou uma faixa de seda vermelha que tinha sido arrancada de um dos estandartes capturados dos ingleses em Bannockburn. A seda tinha sido mergulhada na água benta da fonte na capela do seu castelo em Hermitage, e Sir William tinha sido convencido de que o pedaço de seda iria garantir a vitória sobre o velho e muito odiado inimigo.

Ele usava uma cota de malha tirada de um inglês morto em um dos seus muitos ataques de surpresa ao sul da fronteira. Sir William lembrava-se bem daquela morte. Tinha reparado na qualidade da cota de malha do inglês logo no início do combate e gritara para seus homens que não tocassem no homem, e então o derrubara atingindo-lhe os tornozelos, e o inglês, de joelhos, soltara um som parecido com um miado que fizera com que os homens de Sir William caíssem na gargalhada. O homem tinha-se rendido, mas mesmo assim Sir William cortara-lhe a garganta, porque achava que o homem que fizesse um som de miado não era um guerreiro de verdade. Os criados em Hermitage tinham levado duas semanas para lavar o sangue do fino trançado da malha. A maioria dos líderes escoceses vestia casacões de malha, que cobriam o corpo de um homem do pescoço à barriga das pernas, enquanto a cota de malha era muito mais curta e deixava as pernas desprotegidas. Mas Sir William pretendia lutar a pé e sabia que o peso de um casacão cansava o homem depressa, e homens cansados eram mortos com facilidade. Sobre a cota de malha usava uma capa de corpo inteiro que mostrava a sua insígnia do coração vermelho. O elmo era um morrião, sem visor nem protetor para o rosto, mas em combate Sir William gostava de ver o que os inimigos à esquerda e à direita faziam. Um homem com um elmo completo ou com uma das viseiras em forma de focinho de porco, que era moda na época, não via nada, exceto aquilo que a fenda que ficava bem em frente aos olhos deixava que ele visse, motivo pelo qual quem usava elmos com viseira passava a batalha virando a cabeça para a esquerda e a direita, esquerda e direita, como uma galinha entre raposas, e torciam-se até o pescoço ficar doendo, e mesmo assim raramente viam o golpe que lhes esmagava o crânio. Sir William, em combate, procurava homens cujas cabeças se agitavam como galinhas, para trás e para a frente, porque sabia que se tratava de homens nervosos que tinham como pagar um belo elmo e, assim, pagar um resgate ainda melhor. Ele portava o seu grande escudo. O escudo era, na verdade, muito pesado para um homem a pé, mas ele esperava que os ingleses soltassem a sua tempestade de flechas e o escudo era grosso bastante para absorver o barulhento impacto de flechas de uma jarda de comprimento, com ponta de aço. Ele podia apoiar a base do escudo no chão e agachar-se em segurança atrás dele e, quando os ingleses ficassem sem flechas, ele sempre poderia abandoná-lo. Ele levava uma lança, para o caso de os cavalarianos ingleses atacarem, e uma espada, que era a sua arma favorita para matar. O punho da espada guardava um pedaço de cabelo cortado do cadáver de Santo André, ou pelo menos fora isso que alegara o monge que vendia indulgências e que vendera o pedaço a Sir William.

Robbie Douglas, sobrinho de Sir William, usava cota de malha e um morrião e levava uma espada e um escudo. Tinha sido ele quem levara a Sir William a notícia de que Jamie Douglas, irmão mais velho de Robbie, fora morto, presumivelmente pelo criado de um padre dominicano. Ou talvez o próprio padre de Taillebourg cometera o crime? Pelo menos, tinha de ter sido ordem sua. Robbie Douglas, vinte e nove anos de idade, chorara pelo irmão.

— Como é que um padre pode fazer isso? — perguntou Robbie ao tio.

— Você faz uma idéia estranha dos padres, Robbie — disse Sir William. — A maioria dos padres é formada por homens fracos que receberam a autoridade de Deus, e isso os torna perigosos. Eu agradeço a Deus pelo fato de que jamais um Douglas vestiu uma batina de padre. Nós todos somos honestos demais.

— Quando o dia de hoje acabar — disse Robbie Douglas —, o senhor vai me deixar ir atrás daquele padre.

Sir William sorriu. Ele podia não ser um homem abertamente religioso, mas achava sagrado um credo, o de que o assassinato de qualquer membro da família devia ser vingado, e Robbie, na sua opinião, faria uma vingança perfeita. Era um jovem bom, rijo e bonito, alto e íntegro, e Sir William sentia orgulho do filho de sua irmã caçula.

— Nós conversaremos no final do dia — prometeu Sir William —, mas até lá, Robbie, fique perto de mim.

— Eu fico, tio.

— Vamos matar alguns ingleses, se Deus quiser — disse Sir William, e então levou o sobrinho para falar com o rei e para receber a bênção dos capelães reais.

Sir William, como a maioria dos cavaleiros e chefes escoceses, usava cota de malha, mas o rei usava uma armadura feita na França, uma coisa tão rara ao norte da fronteira que homens das tribos selvagens iam olhar aquela criatura que refletia o sol, feita de um metal que se mexia. O jovem rei parecia tão impressionado quanto eles, porque tirou a manta e andava de um lado para o outro admirando a si mesmo e sendo admirado enquanto seus senhores chegavam para uma bênção e para dar conselhos. O conde de Moray, que Sir William acreditava ser um bobo, queria lutar a cavalo, e o rei ficou tentado a concordar. O pai dele, o grande Robert the Bruce, derrotara os ingleses em Bannockburn montado a cavalo, e não apenas os derrotara, mas os humilhara. A flor da Escócia havia derrubado a nobreza da Inglaterra, e David, agora rei do país de seu pai, queria fazer o mesmo. Queria sangue sob suas patas e glória ligada ao seu nome; queria que sua reputação se espalhasse por toda a cristandade, e por isso voltou-se e olhou, com olhos compridos, para a sua lança pintada de vermelho e amarelo apoiada num galho de olmo.

Sir William Douglas viu para onde o rei estava olhando.

— Arqueiros — disse ele, lacônico.

— Havia arqueiros em Bannockburn — insistiu o conde de Moray.

— É, e os imbecis não sabiam usá-los — disse Sir William —, mas não podemos esperar que os ingleses sejam imbecis para sempre.

— E quantos arqueiros eles podem ter? — perguntou o conde. — Dizem que há milhares de arqueiros na França, centenas mais na Bretanha e outros tantos na Gasconha. E então, quantos eles podem ter aqui?

— Têm o suficiente — resmungou Sir William, sucinto, sem se importar em esconder o desprezo que sentia por John Randolph, terceiro conde de Moray. O conde era tão experiente em guerras quanto Sir William mas passara muito tempo preso pelos ingleses e o ódio resultante disso fazia com que ele ficasse impetuoso.

O rei, jovem e inexperiente, queria ficar do lado do conde, de quem era amigo, mas viu que seus outros senhores concordavam com Sir William, que, embora não tivesse nenhum título de vulto nem cargo oficial, tinha mais experiência de guerra do que qualquer outro homem da Escócia. O conde de Moray percebeu que estava perdendo a discussão e insistiu na pressa.

— Ataque agora, senhor — sugeriu ele —, antes que eles possam formar uma linha de combate. — Ele apontou para o sul, onde os primeiros soldados ingleses apareciam nos pastos. — Derrube os bastardos antes que eles se preparem.

— Este — interveio o conde de Menteith com calma — foi o conselho dado a Filipe de Valois na Picardia. Não adiantou lá e não vai adiantar aqui.

— Além disso — observou Sir William Douglas em tom mordaz —, temos de enfrentar muros de pedra.

Ele apontou para os muros que cercavam as pastagens onde os ingleses começavam a formar sua linha.

— Talvez Moray possa nos dizer como cavaleiros em armaduras ultrapassam muros de pedra — sugeriu ele.

O conde de Moray empertigou-se.

— Você pensa que eu sou bobo, Douglas?

— Penso que você é aquilo que demonstra ser, John Randolph — respondeu Sir William.

— Cavalheiros! — retrucou o rei.

Ele não tinha percebido os muros de pedra quando formou sua linha de combate ao lado dos chalés incendiados e a cruz caída. Vira apenas os pastos verdes vazios, a estrada larga e o seu sonho ainda mais amplo de glória. Agora observava o inimigo surgindo das árvores ao longe e espalhando-se. Havia uma grande quantidade de arqueiros que chegavam, e ele ouvira falar que aqueles arqueiros podiam encher o céu com suas flechas e que as pontas de aço das flechas penetravam fundo em cavalos e que os cavalos ficavam loucos de dor. E ele não ousava perder aquela batalha. Prometera a seus nobres que iriam celebrar o Natal no salão do rei inglês em Londres, e se ele perdesse iria perder o respeito deles e estimular alguns a se rebelarem. Tinha de vencer e, por ser impaciente, queria vencer depressa.

— Se atacarmos com a rapidez necessária — sugeriu ele, especulativo — antes que todos eles alcancem suas linhas...

— Então Vossa Majestade irá quebrar as pernas de seu cavalo nos muros de pedra — disse Sir William com pouco respeito pelo seu senhor real. — Se o cavalo de Vossa Majestade chegar até lá. Não se pode proteger um cavalo das flechas, majestade, mas pode-se superar as dificuldades a pé. Ponha seus piques na frente, mas misture-os com soldados que possam usar seus escudos para proteger os que estiverem portando piques. Escudos erguidos, cabeças baixas e agüentar firme, é assim que venceremos esta.

O rei puxou a ombreira que lhe cobria o ombro direito e tinha o incomodativo hábito de escorregar para a borda superior do peitoral da armadura. Por tradição, a defesa dos exércitos escoceses estava nas mãos dos piqueiros que usavam suas armas monstruosamente compridas para rechaçar os cavaleiros inimigos, mas piqueiros precisavam das duas mãos para segurar as lâminas pouco manejáveis e por isso tornavam-se alvos fáceis para os arqueiros ingleses, que gostavam de jactar-se de que levavam a vida dos piqueiros nas suas sacolas de flechas. Por isso protejam os piqueiros com os escudos dos soldados e deixem que o inimigo desperdice suas flechas. Fazia sentido, mas ainda assim deixava David Bruce aborrecido pelo fato de não poder liderar seus cavalarianos num assalto de abalar a terra enquanto as trombetas berravam aos céus.

Sir William percebeu a hesitação do rei e insistiu no seu argumento.

— Temos de ficar aqui, majestade, e temos de esperar, e temos de deixar que nossos escudos escorem as flechas, mas no fim eles irão se cansar de desperdiçar flechas e virão ao ataque, e é aí que nós vamos derrubá-los como se fossem cachorros.

Um rosnar de concordância saudou aquela declaração. Os senhores escoceses, todos homens vigorosos, armados e vestindo armaduras, barbados e sérios, estavam confiantes em que poderiam vencer aquela luta, porque não havia um atalho para a vitória, não quando arqueiros os enfrentavam, e por isso teriam de fazer o que Sir William dizia: resistir às flechas, açular o inimigo e depois dar a ele a matança.

O rei ouviu seus senhores concordarem com Sir William e por isso, com relutância, abandonou o sonho de vencer o inimigo com cavaleiros montados. Aquilo foi uma decepção, mas ele correu os olhos pelos seus senhores e refletiu que com tais homens ao seu lado não podia haver possibilidade de perder.

— Vamos lutar a pé — decretou ele — e abatê-los como se fossem cachorros. Vamos fazer deles picadinho! — E depois, pensou, quando os sobreviventes estivessem fugindo para o sul, a cavalaria escocesa completaria o massacre.

Mas por enquanto seria infantaria contra infantaria, de modo que os estandartes de guerra da Escócia foram levados para a frente e enfiados de um lado a outro da crista da montanha. Os chalés incendiados eram agora apenas cinzas que embalavam três cadáveres encolhidos, pretos e pequenos como se fossem crianças, e o rei plantou suas bandeiras perto daqueles mortos. Ele mandara fincar sua própria bandeira, uma aspa vermelha sobre campo amarelo, e o estandarte do santo da Escócia, aspa branca sobre azul, no centro da linha, e à esquerda e à direita agitavam-se os estandartes dos senhores menos importantes. O leão de Stuart brandiu a espada, o falcão de Randolph abriu as asas enquanto a leste e a oeste as estrelas, os machados e as cruzes estalavam ao vento. O exército estava disposto em três divisões, chamadas de *sheltrons*, e os três *sheltrons* eram tão grandes que os homens nos flancos mais extremos acotovelavam-se em direção ao centro para se manter no terreno mais plano do topo do morro.

As fileiras dos *sheltrons* que ficavam na extrema retaguarda eram compostas de membros de tribos das ilhas e do norte, homens que lutavam de pernas nuas, sem proteção de metal, portando espadas imensas que podiam matar um homem tanto com a lâmina quanto com uma simples pancada. Eram guerreiros terríveis, mas a falta de armadura tornava-os horrivelmente vulneráveis a flechas, de modo que eram colocados na retaguarda, e as principais fileiras dos três *sheltrons* estavam cheias de soldados e piqueiros. Os soldados levavam espadas, machados, clavas ou machados ou martelos de guerra e, o que era mais importante, os escudos que podiam proteger os piqueiros cujas armas tinham na ponta um pique, um gancho e uma cabeça de machado. O pique podia manter um inimigo à distância, o gancho podia arrancar da sela um homem vestindo uma armadura ou derrubá-lo se ele estivesse no chão, e o machado podia penetrar-lhe a malha ou a couraça. A linha ouriçava-se com os piques que formavam uma cerca de aço para recepcionar os ingleses, e padres caminhavam pela cerca abençoando as armas e os homens que as portavam. Soldados ajoelhavam para receber as bênçãos. Alguns senhores, como o próprio rei, estavam a cavalo, mas apenas o suficiente para que pudessem ver por cima da cabeça de seus soldados, e aqueles homens olhavam para o sul, para verem surgir os últimos dos soldados ingleses. Eram muito poucos! Um exército muito pequeno para se derrotar! À esquerda dos escoceses ficava Durham, suas torres e reparos repletos de pessoas que assistiam à batalha, e em frente estava aquele pequeno exército de ingleses que não tinham o senso de bater em retirada em direção a York. Em vez disso, iriam lutar no topo da montanha, e os escoceses tinham a vantagem da posição e da quantidade de homens.

— Se vocês têm raiva dos ingleses — gritou Sir William para os seus homens à direita da linha de combate escocesa —, transmitam isso a eles!

Os escoceses expressaram seu ódio aos berros. Bateram nos escudos com espadas e lanças, gritaram aos céus e, no centro da linha, onde o *sheltron* do rei aguardava sob os estandartes da cruz, uma tropa de tambores começou a tocar enormes tambores de pele de cabra. Cada tambor era um grande aro de carvalho sobre o qual eram esticadas com cordas duas peles de cabra até que uma bolota, deixada cair sobre uma das peles, pulasse até a altura da mão que a tivesse largado, e os tambores, tocados com varas finas, produziam um som agudo, quase metálico, que enchia o céu. Eles executavam um assalto só de barulho.

— Se vocês odeiam os ingleses, digam isso a eles! — gritou o conde de March da esquerda da linha escocesa que ficava mais perto da cidade. — Se vocês odeiam os ingleses, digam isso a eles! — e o fragor ficou mais alto, o ruído do choque da vara da lança nos escudos ficou mais forte, e o barulho do ódio da Escócia espalhou-se pela crista da montanha de modo que nove mil homens uivavam para os três mil que eram loucos o bastante para enfrentá-los.

— Vamos ceifá-los como talos de cevada — prometeu um padre —, vamos encharcar os campos com o fedorento sangue deles e encher o inferno com suas almas inglesas.

— As mulheres deles são de vocês! — disse Sir William a seus homens. — As mulheres e as filhas deles serão seus brinquedos hoje à noite!

— Ele sorriu para o sobrinho Robbie. — Você vai poder escolher mulheres de Durham, Robbie.

— E as mulheres de Londres — disse Robbie — antes do Natal.

— É isso, elas também — prometeu Sir William.

— Em nome do Padre, do Filho e do Espírito Santo — berrou o capelão mais antigo do rei —, mandem todos eles para o inferno! Todos os asquerosos, sem sobrar nenhum, para o inferno! Cada inglês que vocês matarem hoje significa mil semanas a menos no purgatório!

— Se vocês odeiam os ingleses — bradou Lorde Robert Stewart, intendente da Escócia e herdeiro do trono —, digam isso a eles!

E o barulho daquele ódio parecia um trovão que encheu o vale profundo do Wear, e o trovão reverberou do rochedo em que se erguia Durham e ainda assim o barulho aumentou para dizer a toda a região norte que os escoceses tinham chegado ao sul.

E David, rei daqueles escoceses, ficou contente por ter ido até aquele lugar onde a cruz com o dragão tinha caído e as casas incendiadas queimavam e os ingleses esperavam para serem mortos. Porque naquele dia ele iria levar a glória a Santo Andrew, à grande casa de Bruce e à Escócia.

THOMAS, O PADRE HOBBE E ELEANOR seguiram o prior e seus monges, que ainda cantavam, embora as vozes dos irmãos àquela altura estivessem dissonantes, porque eles estavam ofegantes por andarem depressa. O manto funerário oscilava de um lado para o outro e o estandarte atraiu uma errante procissão de mulheres e crianças que, por não quererem esperar onde seus homens não os pudessem ver, levavam feixes de flechas extras para o alto do morro. Thomas queria seguir mais depressa, ultrapassar os monges e encontrar os homens de Lorde Outhwaite, mas Eleanor atrasou-se de propósito até que ele se voltou para ela, irritado.

— Você pode andar mais depressa — protestou ele em francês.

— Eu posso andar mais depressa — disse ela — e você pode ignorar uma batalha!

O padre Hobbe, conduzindo o cavalo, compreendeu o tom, apesar de não entender as palavras. Suspirou, merecendo com isso um olhar selvagem de Eleanor.

— Você não precisa lutar! — continuou ela.

— Eu sou um arqueiro — disse Thomas, obstinado — e há um inimigo lá em cima.

— Seu rei mandou você procurar o Graal! — insistiu Eleanor. — Não para morrer! Não para me deixar sozinha! — Ela agora tinha parado, as mãos agarrando a barriga e com lágrimas nos olhos. — Eu vou ficar aqui sozinha? Na Inglaterra?

— Não vou morrer aqui — disse Thomas, mordaz.

— Como sabe? — Eleanor era toda sarcasmo. — Deus por acaso falou com você? Você sabe o que outras pessoas não sabem? Sabe o dia em que vai morrer?

Thomas foi colhido de surpresa por aquela explosão. Eleanor era uma jovem forte, não dada a acessos de raiva, mas agora estava profundamente perturbada e chorava.

— Aqueles homens — disse Thomas — são o Espantalho e Beggar, e não vão tocar em você. Eu estarei aqui.

— Não são eles! — lamentou-se Eleanor. — Ontem à noite eu tive um sonho. Um sonho.

Thomas pôs as mãos nos ombros dela. Suas mãos eram grandes e fortalecidas por puxarem a corda de cânhamo do grande arco.

— Sonhei com o Graal na noite passada — disse ele, sabendo que aquilo não era bem verdade. Ele não sonhara com o Graal, mas acordara para ter uma visão que se revelara um engano, mas isso ele não podia dizer a Eleanor. — Ele era dourado e belo como um cálice de fogo.

— No meu sonho — disse Eleanor erguendo o olhar para ele — você estava morto e seu corpo estava todo preto e inchado.

— O que é que ela está dizendo? — perguntou o padre Hobbe.

— Ela teve um sonho mau — disse Thomas em inglês —, um pesadelo.

— O diabo nos envia pesadelos — confirmou o padre. — Todo mundo sabe. Diga isso a ela.

Thomas traduziu para ela e depois afastou uma madeixa de cabelos dourados da testa de Eleanor e meteu-a por baixo do chapéu de tricô. Ele adorava o rosto dela, muito decidido e estreito, muito felino, mas com olhos grandes e uma boca expressiva.

— Foi apenas um pesadelo — assegurou-lhe ele —, *un cauchemar.*

— O Espantalho — disse Eleanor com um estremecimento —, ele é o *cauchemar.*

Thomas atraiu-a para um abraço.

— Ele não vai chegar perto de você — prometeu. Ele ouviu um canto ao longe, mas nada parecido com as solenes orações dos monges. Era um canto zombeteiro, insistente, forte como a batida de tambor que lhe dava o ritmo. Não conseguia ouvir as palavras, mas não precisava. — O inimigo — disse a Eleanor — está esperando por nós.

— Eles não são meus inimigos — disse ela, impetuosa.

— Se entrarem em Durham — retorquiu Thomas —, eles não vão saber disso. Vão pegar você de qualquer maneira.

— Todo mundo odeia os ingleses. Você sabia disso? Os franceses odeiam vocês, os bretões odeiam vocês, os escoceses odeiam vocês, todo mundo na cristandade odeia vocês! E por quê? Porque vocês adoram brigar! Adoram, sim! Todo mundo sabe disso em relação aos ingleses. E você? Não precisa lutar hoje, a briga não é sua, mas está ansioso por estar lá, para matar de novo!

Thomas não sabia o que dizer, porque havia verdade no que Eleanor acabara de dizer. Ele deu de ombros e apanhou o pesado arco.

— Eu luto pelo meu rei, e há um exército de inimigos no morro. Eles estão em superioridade numérica. Sabe o que vai acontecer se eles entrarem em Durham?

— Sei — disse Eleanor com firmeza, e sabia mesmo, porque estivera em Caen quando os arqueiros ingleses, desobedecendo ao rei, tinham-se lançado em massa pela ponte e dizimado a cidade.

— Se nós não lutarmos contra eles e não os detivermos aqui — disse Thomas —, os cavalarianos deles irão nos perseguir até acabarem com a gente. Um atrás do outro.

— Você disse que se casaria comigo — declarou Eleanor tornando a chorar. — Eu não quero que meu filho não tenha pai, não quero que ele seja como eu. — Ela queria dizer "ilegítimo".

— Eu vou me casar com você, prometo. Quando a batalha terminar, nós nos casaremos em Durham. Na catedral, não? — Ele sorriu para ela. — Podemos nos casar na catedral.

Eleanor ficou contente com a promessa, mas estava furiosa demais para demonstrar a satisfação.

— Devíamos ir para a catedral agora — vociferou ela. — Lá ficaríamos a salvo. Devemos rezar no altar principal.

— Você pode ir para a cidade — disse Thomas. — Deixe eu combater os inimigos do meu rei e vá para a cidade, você e o padre Hobbe, e vocês encontrarão o velho monge e os dois poderão conversar com ele, e depois podem ir para a catedral e esperar por mim.

Ele desatrelou um dos grandes sacos que estavam no lombo da égua e tirou a cota de malha, que ergueu por cima da cabeça. O forro de couro estava duro e frio e cheirava a mofo. Forçou as mãos pelas mangas, prendeu o cinto da espada na cintura e pendurou a arma do lado direito.

— Vá para a cidade — disse ele a Eleanor — e fale com o monge.

Eleanor chorava.

— Você vai morrer — disse ela. — Eu sonhei com isso.

— Eu não posso ir para a cidade — protestou o padre Hobbe.

— O senhor é padre — vociferou Thomas —, não soldado! Leve Eleanor para Durham. Procure o irmão Collimore e converse com ele.

O prior insistira em que Thomas esperasse, e de repente pareceu muito sensato mandar o padre Hobbe para conversar com o velho monge antes que o prior envenenasse suas memórias.

— Vocês dois — insistiu Thomas — conversem com o irmão Collimore. Vocês sabem o que perguntar a ele. E eu me encontro com vocês lá, hoje à noite, na catedral.

Ele pegou seu morrião, com a aba larga para aparar o golpe de cima para baixo de uma lâmina, e amarrou-o à cabeça. Estava zangado com Eleanor, porque percebia que ela estava certa. A batalha iminente nada tinha a ver com ele, exceto quanto ao fato de que lutar era a sua profissão e a Inglaterra era a sua pátria.

— Eu não vou morrer — disse ele a Eleanor com uma irracionalidade obstinada — e você vai me ver hoje à noite.

Ele atirou as rédeas do cavalo para o padre Hobbe.

— Mantenha Eleanor a salvo — disse ao padre. — O Espantalho não vai arriscar coisa alguma dentro do mosteiro ou na catedral.

Quis dar um beijo de despedida em Eleanor, mas ela estava zangada com ele e ele estava zangado com ela, de modo que pegou seu arco e a sacola de flechas e afastou-se. Ela não disse nada, porque, tal como Thomas, era orgulhosa demais para desistir da discussão. Além do mais, sabia que tinha razão. Aquele embate com os escoceses não era uma luta de Thomas, ao passo que o Graal era dever dele. O padre Hobbe, apanhado no meio da teimosia dos dois, caminhou em silêncio, mas percebeu que Eleanor voltou-se mais de uma vez, evidentemente na esperança de pegar Thomas olhando para trás, mas tudo o que ela viu foi o amado subindo a trilha com o grande arco passado de través no ombro.

Era um arco enorme, mais alto do que a maioria dos homens e, à altura da barriga, era mais grosso do que o pulso de um homem. Era feito de teixo. Thomas estava razoavelmente certo de que era teixo italiano, embora nunca pudesse ter certeza, porque a aduela crua tinha sido jogada pelo mar na praia, vinda de um navio naufragado. Ele dera forma à aduela, deixando o centro grosso, e aquecera com vapor as pontas para curvá-las no sentido contrário àquele em que o arco iria curvar-se quando fosse armado. Pintara o arco de preto, usando cera, óleo e fuligem, e depois colocara nas duas pontas da aduela pedaços de chifre de veado, entalhados para segurar a corda. A aduela fora cortada de modo a fazer com que na barriga do arco, onde ele ficava voltado para Thomas quando ele esticava a corda de cânhamo, ficasse o cerne duro que era comprimido quando a flecha era puxada para trás, enquanto a parte externa da barriga era de alburno flexível. Quando ele soltava a corda o cerne saía da compressão e o alburno a puxava de novo para a forma original, os dois, atuando em conjunto, disparavam a flecha com uma força selvagem. A barriga do arco, no ponto em que a mão esquerda de Thomas segurava o teixo, estava enrolada com cânhamo, e acima do cânhamo, que tinha sido endurecido com cola feita de casco de animal, ele pregara um pedaço de prata cortado de um cálice de missa que seu pai usara na igreja de Hookton, e o pedaço de cálice de prata mostrava o *yale* com o Graal seguro por suas garras. O *yale* vinha do brasão de família de Thomas, embora ele não soubesse disso quando crescera, porque o pai nunca lhe contara a história. Ele nunca dissera a Thomas que ele era um Vexille, de uma família que tinha sido de senhores dos hereges cátaros, uma família que tivera de fugir quando incendiaram sua casa no sul da França, indo esconder-se nos cantos mais escuros da cristandade.

Thomas sabia pouca coisa sobre a heresia cátara. Ele conhecia o seu arco e sabia escolher uma flecha de freixo tenro ou vidoeiro ou carpa, e sabia emplumar a vara com penas de ganso e colocar nela uma ponta de aço. Ele sabia tudo isso, mas não sabia como fazer com que aquela flecha penetrasse em escudo, malha ou carne. Isso era instinto, algo que ele treinara desde a infância; treinara até que os dedos que seguravam a corda sangrassem; treinara até não pensar mais quando puxava a corda até junto à orelha; treinara até que, como todos os arqueiros, ficara de peito largo e com músculos enormes nos braços. Ele não precisava saber como usar um arco, aquilo era instintivo, tal como respirar, andar ou lutar.

Ele se voltou quando chegou a uma plataforma de carpas que protegia a trilha superior como um baluarte. Eleanor caminhava, teimosa, para longe, e Thomas sentiu vontade de gritar para ela, mas sabia que ela já estava longe demais e não iria ouvi-lo. Ele já discutira com ela antes; a Thomas parecia que homens e mulheres passavam metade da vida brigando e metade amando, e a intensidade da primeira alimentava a paixão da segunda, e quase sorriu, porque reconhecia a teimosia de Eleanor e até mesmo gostava dela; e então voltou-se e caminhou pelos pisoteados montes de folhas de carpa ao longo da trilha entre pastagens com muros de pedra onde centenas de garanhões selados pastavam. Eram os corcéis dos cavaleiros e soldados ingleses, e sua presença nos pastos indicou a Thomas que os ingleses esperavam que os escoceses atacassem, porque um cavaleiro tinha muito mais capacidade de se defender a pé. Os cavalos eram mantidos selados, para que os soldados com cotas de malha pudessem bater em retirada com rapidez ou então montar e perseguir um inimigo derrotado.

Thomas ainda não via o exército escocês, mas ouvia o canto dele, que era reforçado pelo infernal bater dos grandes tambores. O som estava deixando alguns dos garanhões no pasto nervosos, e três deles, perseguidos por pajens, galopavam ao lado do muro de pedra com os olhos mostrando o branco. Mais pajens exercitavam corcéis logo atrás da linha inglesa, que estava dividida em três batalhões. Cada batalhão tinha um grupo de cavalarianos no centro da fileira de trás, com os homens montados sendo os comandantes sob os brilhantes estandartes, enquanto à frente deles havia quatro ou cinco fileiras de soldados carregando espadas, machados, lanças e escudos, e à frente dos soldados, formando um grupo compacto nos espaços entre os três batalhões, ficavam os arqueiros.

Os escoceses, a uma distância de dois disparos de flechas dos ingleses, estavam num terreno ligeiramente mais elevado e também divididos em três divisões que, tal como os batalhões ingleses, estavam dispostas sob os aglomerados de estandartes de comandantes. A bandeira mais alta, o pavilhão real vermelho e amarelo, estava ao centro. Os cavaleiros e soldados escoceses, como os ingleses, estavam a pé, mas cada um dos seus *sheltrons* era muito maior do que seu adversário batalhão inglês, três ou quatro vezes maior, mas Thomas, alto o bastante para olhar por cima da linha inglesa, viu que não havia muitos arqueiros nas fileiras inimigas. Aqui e ali, ao longo da linha escocesa, ele viu algumas varas de arco longas e em meio ao maciço de piques viam-se algumas bestas, mas não havia, nem de longe, tantos arqueiros quanto na formação inglesa, embora os ingleses, por sua vez, estivessem numa enorme desvantagem numérica em relação ao exército escocês. Por isso a batalha, se batalha houvesse, seria entre flechas e piques e soldados escoceses, e se não houvesse flechas em número suficiente, a crista da montanha iria tornar-se um cemitério inglês.

O estandarte de Lorde Outhwaite, com a cruz e a concha de vieira, estava no batalhão da esquerda, e Thomas dirigiu-se a ele. O prior, agora desmontado, estava no espaço entre as divisões da esquerda e do centro, onde um de seus monges balançava um turíbulo e um outro brandia a toalha da missa em sua vara pintada. O próprio prior estava aos gritos, embora Thomas não soubesse dizer se ele gritava insultos ao inimigo ou orações a Deus, porque o cantar escocês estava muito alto. Thomas também não conseguia distinguir as palavras do inimigo, mas o sentido delas era bastante claro e tinha sua veemência aumentada pelo maciço som dos tambores.

Thomas via agora os enormes tambores e observava a paixão com que os tocadores batiam nos grandes couros para fazer um barulho tão surdo quanto o de um osso sendo quebrado. Alto, rítmico e reverberador, um assalto de trovão de romper o tímpano, e, à frente dos tambores, no centro da linha do inimigo, alguns homens barbados giravam numa dança selvagem. Eles chegaram vindos da retaguarda da linha escocesa e não usavam malha nem ferro, antes estavam envoltos em grossas camadas de tecido e brandiam espadas de lâmina comprida em volta da cabeça e tinham pequenos escudos redondos de couro, praticamente não maiores do que pratos usados para comida, amarrados ao antebraço esquerdo. Atrás deles, os soldados escoceses batiam os lados das espadas contra os escudos deles, enquanto os piqueiros batiam no chão com os cantos de suas armas compridas para aumentar o barulho dos enormes tambores. O som era tão volumoso que os monges do prior tinham abandonado seus cantos e agora limitavam-se a olhar para o inimigo.

— O que eles estão fazendo — Lorde Outhwaite, a pé como seus homens, tendo de levantar a voz para fazer-se ouvir — é tentar nos amedrontar com barulho antes de nos matarem.

Sua Alteza mancava, se devido à idade ou a algum ferimento antigo, Thomas não queria perguntar; era evidente que o homem queria um lugar onde pudesse andar de um lado para o outro e chutar a turfa, e por isso tinha ido conversar com os monges, apesar de agora voltar o rosto amável na direção de Thomas.

— E você deve ter o máximo de cuidado com esses patifes — disse ele apontando para os homens que dançavam —, porque eles são mais selvagens do que gatos escaldados. Dizem que esfolam os prisioneiros vivos. — Lorde Outhwaite fez o sinal-da-cruz. — Não é freqüente vê-los chegarem tanto ao sul assim.

— Eles? — perguntou Thomas.

— Pertencem a tribos do extremo norte — explicou um dos monges. Era um homem alto com uma franja de cabelos grisalhos, um rosto com cicatrizes e apenas um olho. — Patifes, é o que são — prosseguiu o monge —, patifes! Eles se curvam para ídolos! — Abanou a cabeça, triste.

— Nunca fui tão ao norte assim, mas ouvi dizer que a terra deles está envolta num nevoeiro permanente e que se um homem morrer com um ferimento pelas costas, sua mulher come os filhos pequenos e atira-se dos penhascos, tamanha é a vergonha pelo acontecido.

— É mesmo? — perguntou Thomas.

— Foi o que ouvi dizer — disse o monge fazendo o sinal-da-cruz.

— Eles vivem alimentando-se de ninhos de pássaros, algas marinhas e peixe cru. — Lorde Outhwaite assumiu a narrativa e sorriu. — Veja bem, algumas pessoas do meu povo em Witcar fazem isso, mas pelo menos também rezam a Deus. Pelo menos, acho que rezam.

— Mas o seu povo não tem pés fendidos — disse o monge olhando firme para o inimigo.

— Os escoceses têm? — perguntou, ansioso, um monge muito mais moço, com um rosto horrivelmente marcado pela varíola.

— Os membros de clãs têm — disse Lorde Outhwaite. — Eles praticamente não são humanos! — Abanou a cabeça e estendeu uma das mãos para o monge mais velho. — É o irmão Michael, não é?

— Vossa Alteza me envaidece ao lembrar-se de mim — respondeu o monge, satisfeito.

— Ele já foi um soldado de Lorde Percy — explicou Lorde Outhwaite a Thomas —, e um bom soldado!

— Antes de eu perder isto para os escoceses — disse o irmão Michael erguendo o braço direito de modo que a manga de sua túnica escorregou para revelar o cotoco à altura do pulso — e isto — apontou para a órbita do olho vazia. — Por isso agora eu rezo em vez de lutar. — Voltou-se e olhou para a linha escocesa. — Eles hoje estão barulhentos — resmungou.

— Eles estão confiantes — disse placidamente Lorde Outhwaite —, e devem estar mesmo. Quando foi a última vez que um exército escocês foi numericamente superior a nós?

— Eles podem levar vantagem numérica — disse o irmão Michael —, mas escolheram um lugar estranho para isso. Deviam ter ido para a extremidade sul da crista da montanha.

— E deviam mesmo, irmão — concordou Lorde Outhwaite —, mas vamos dar graças por pequenos favores.

O que o irmão Michael queria dizer era que os escoceses estavam sacrificando a vantagem que tinham em número ao lutarem no estreito topo da montanha onde a linha inglesa, embora mais estreita e com muito menos homens, não podia ser envolvida. Se os escoceses tivessem ido mais para o sul, onde a crista se alargava à medida que descia até as planícies alagadas, eles poderiam ter desbordado o flanco do inimigo. A escolha de terreno podia ter sido um erro que ajudava os ingleses, mas isso era um pequeno consolo quando Thomas tentou fazer uma estimativa do tamanho do exército inimigo. Outros homens faziam o mesmo e os cálculos iam de seis a dezesseis mil, embora Lorde Outhwaite estimasse que não havia mais de oito mil escoceses.

— O que é apenas três ou quatro vezes o nosso tamanho — disse ele, alegre —, e eles não têm um número suficiente de arqueiros. Graças a Deus pelos arqueiros ingleses.

— Amém — disse o irmão Michael.

O monge mais moço, marcado pela varíola, olhava fascinado para a espessa linha escocesa.

— Ouvi dizer que os escoceses pintam o rosto de azul. Mas não vejo nenhum deles assim.

Lorde Outhwaite ficou pasmo.

— Você ouviu dizer o quê?

— Que eles pintam o rosto de azul, excelência — disse o monge, agora encabulado —, ou talvez pintem apenas metade do rosto. Para assustar a gente.

— Para assustar a gente? — Sua Alteza estava achando graça. — O mais provável é que seja para nos fazer rir. Nunca vi isso.

— Nem eu — interpôs o irmão Michael.

— Foi só o que eu ouvi dizer — disse o jovem monge.

— Eles já provocam medo sem pintura. — Lorde Outhwaite apontou para um estandarte em frente à sua parte da linha. — Vejo que Sir William está aqui.

— Sir William? — perguntou Thomas.

— Willie Douglas — disse Lorde Outhwaite. — Fui prisioneiro dele durante dois anos e ainda estou pagando aos banqueiros por causa disso. — Ele queria dizer que sua família tomara dinheiro emprestado para pagar o resgate. — Mas eu gostava dele, o canalha. E está lutando ao lado de Moray.

— Moray? — perguntou o irmão Michael.

— John Randolph, conde de Moray. — Lorde Outhwaite fez um gesto com a cabeça em direção a um outro estandarte perto da bandeira com coração vermelho de Douglas. — Eles se odeiam. Deus sabe por que estão juntos na linha.

Ele tornou a olhar para os tambores escoceses que se inclinavam bem para trás para equilibrar os grandes instrumentos na barriga.

— Odeio esses tambores — disse ele em tom suave. — Pintar a cara de azul! Nunca ouvi falar num absurdo desses! — Ele fez um muxoxo.

O prior agora estava discursando para os soldados mais próximos, dizendo-lhes que os escoceses tinham destruído a grande casa religiosa de Hexham.

— Eles profanaram a santa igreja de Deus! Mataram os confrades! Roubaram do próprio Cristo e fizeram lágrimas rolar pelas faces de Deus! Apliquem a vingança dele! Não tenham misericórdia!

Os arqueiros mais próximos flexionaram os dedos, lamberam os lábios e olharam para o inimigo, que não dava sinais de que iria avançar.

— Vocês vão matá-los — gritou o prior —, e Deus os abençoará por isso! Ele despejará bênçãos sobre vocês!

— Eles querem que a gente os ataque — observou o irmão Michael secamente. Ele parecia constrangido pela paixão do prior.

— Isso mesmo — disse Lorde Outhwaite —, e eles acham que vamos atacar a cavalo. Está vendo os piques?

— Eles também são bons contra homens a pé, excelência — disse o irmão Michael.

— São, sim, são, sim — concordou Lorde Outhwaite. — Os piques são terríveis.

Ele remexeu em alguns dos anéis soltos de sua cota de malha e pareceu surpreso quando um deles se soltou em seus dedos.

— Eu gosto do Willie Douglas — disse ele. — Nós íamos caçar juntos quando eu era prisioneiro dele. Eu me lembro de que pegamos uns javalis muito bons em Liddesdale. — Ele franziu o cenho. — Que tambores barulhentos!

— Nós vamos atacá-los? — O jovem monge tinha tomado coragem para perguntar.

— Deus me livre, não, espero que não — disse Lorde Outhwaite. — Nós estamos em inferioridade numérica! É muito melhor manter nossa posição e deixar que eles venham até nós.

— E se não vierem? — perguntou Thomas.

— Nesse caso, eles vão escapulir de volta para casa de bolsos vazios — disse Lorde Outhwaite — e não vão gostar disso, não vão gostar nada disso. Eles só estão aqui para saquear! É por isso que nos odeiam tanto.

— Odeiam a gente? Porque vieram aqui para saquear? — Thomas não compreendera o raciocínio de sua excelência.

— Eles são invejosos, meu rapaz! Simplesmente invejosos. Nós temos riqueza, eles não, e há poucas coisas mais calculadas para provocar o ódio do que um desequilíbrio desses. Eu tinha um vizinho em Witcar que parecia um sujeito razoável, mas ele e seus homens tentaram aproveitar-se de minha ausência quando eu era prisioneiro de Douglas. Tentaram roubar o dinheiro do meu resgate, se é que você pode acreditar! Parece que foi por pura inveja, porque ele era pobre.

— E agora ele está morto, excelência? — perguntou Thomas, achando graça.

— Meu Deus, não — disse Sua Excelência em tom de reprovação —, ele está num buraco muito profundo nos fundos da minha propriedade. Bem lá no fundo, com os ratos. De vez em quando eu jogo algumas moedas para ele, para fazê-lo lembrar-se do motivo pelo qual está lá.

Ele ficou na ponta dos pés e olhou para oeste, onde as montanhas eram mais altas. Estava à procura de soldados escoceses a cavalo que pudessem fazer um ataque pelo sul, mas não viu nenhum.

— O pai dele — disse, referindo-se a Robert the Bruce — não ficaria esperando aqui. Teria mandado homens a cavalo para rodear nossos flancos, a fim de nos deixar mortos de medo, mas esse rapazola não conhece o seu ofício, conhece? Ele está completamente no lugar errado!

— Ele está se fiando no número de homens — disse o irmão Michael.

— E talvez a quantidade deles seja suficiente — replicou Lorde Outhwaite em tom de lamentação e fez o sinal-da-cruz.

Thomas, agora que tinha a oportunidade de ver o terreno entre os dois exércitos, compreendeu o motivo pelo qual Lorde Outhwaite zombara tanto do rei escocês que dispusera seu exército logo ao sul dos chalés incendiados onde a cruz com o dragão tinha caído. Não era apenas o fato de a estreiteza da crista da montanha confinar os escoceses, negando-lhes a chance de flanquear os ingleses numericamente inferiores, mas que o campo de batalha mal escolhido era obstruído por espessas cercas de abrunheiro-bravo e pelo menos um muro de pedra. Nenhum exército poderia avançar através daqueles obstáculos e esperar manter a linha intacta, mas o rei escocês parecia confiante em que os ingleses iriam atacá-lo, porque não se mexia. Seus homens gritavam insultos na esperança de provocar um ataque, mas os ingleses mantinham-se teimosamente em suas posições.

Os escoceses zombaram ainda mais alto quando um homem alto, montando um majestoso cavalo, saiu do centro da linha inglesa. Seu garanhão tinha fitas roxas enroladas na crina preta e uma manta protetora roxa bordada com chaves douradas que era tão comprida que raspava no chão atrás das patas traseiras do cavalo. A cabeça do garanhão era protegida por uma máscara de couro na qual estava preso um chifre de prata, torcido como a arma de um unicórnio. O homem que o montava usava uma armadura que brilhava de tão polida e tinha um sobretudo sem mangas, de roxo e ouro, as mesmas cores exibidas pelo seu pajem, pelo porta-bandeira e pelos doze cavaleiros que o seguiam. O alto cavaleiro não tinha espada trazendo, em vez disso, uma grande maça com pontas, como a de Beggar. Os tamboreiros escoceses redobraram os esforços, os soldados escoceses berraram insultos e os ingleses ovacionaram até que o homem alto ergueu uma mão protegida por malha, pedindo silêncio.

— Vamos ouvir uma homilia de sua Excelência Reverendíssima — disse Lorde Outhwaite em tom de lamentação. — Sua Excelência Reverendíssima gosta muito do som de sua voz.

O homem alto era, evidentemente, o arcebispo de York e, quando as fileiras inglesas ficaram em silêncio, tornou a erguer a mão direita protegida por malha, bem acima de seu elmo com plumas roxas e fez um extravagante sinal-da-cruz.

— *Dominus vobiscum* — bradou ele. — *Dominus vobiscum.*

Ele percorria a fila repetindo a invocação.

— Vocês vão matar o inimigo de Deus hoje — bradava ele depois de cada promessa de que Deus estaria com os ingleses. Ele tinha que gritar para se fazer ouvir acima do barulho do inimigo. — Deus está com vocês, e vocês farão o trabalho dele fazendo muitas viúvas e órfãos. Irão encher a Escócia de dor, como um castigo justo pela impiedade atéia. O Senhor das Multidões está com vocês; a vingança de Deus é a tarefa de vocês!

O cavalo do arcebispo avançava altaneiro, a cabeça oscilando para cima e para baixo, enquanto Sua Excelência reverendíssima levava seu estímulo para os flancos do exército. Os últimos fiapos de névoa há muito se haviam derretido e, embora ainda houvesse um frio no ar, o sol tinha calor e sua luz refletia em milhares de lâminas escocesas. Duas carroças puxadas por um cavalo cada uma tinham chegado da cidade e doze mulheres distribuíam arenque seco, pão e odres de cerveja.

O escudeiro de Lorde Outhwaite levou um barril de arenque vazio para que sua excelência pudesse sentar-se. Um homem tocava uma flauta de bambu perto dali e o irmão Michael cantou uma velha canção do interior sobre a pele de texugo e o monge que vendia indulgências, e Lorde Outhwaite riu da letra e depois fez um sinal com a cabeça em direção ao terreno entre os dois exércitos onde dois cavalarianos, um de cada exército, se encontravam.

— Estou vendo que hoje nós estamos corteses — observou.

Um arauto inglês num tabardo vistoso tinha ido em direção aos escoceses, e um padre, apressadamente nomeado arauto da Escócia, tinha ido recebê-lo. Os dois homens inclinaram-se na sela, conversaram algum tempo e depois voltaram aos seus respectivos exércitos. O inglês, chegando perto da linha, abriu os braços num gesto que dizia que os escoceses estavam sendo teimosos.

— Eles vêm assim tão longe, no sul, e não querem lutar? — perguntou o prior, irritado.

— Eles querem que nós iniciemos a batalha — disse Lorde Outhwaite, tranqüilo —, e nós queremos que eles façam o mesmo.

Os arautos tinham se encontrado para discutir como a batalha devia ser travada e era evidente que cada um exigia que o outro lado começasse fazendo um ataque, e os dois lados tinham recusado o convite, de modo que agora tornaram a tentar provocar os ingleses com insultos. Alguns homens do inimigo avançavam até o raio de ação de um disparo de arco e berravam que os ingleses eram porcos e que suas mães eram porcas, e quando um arqueiro ergueu o arco para responder aos insultos um capitão inglês gritou com ele.

— Não desperdice flechas contra palavras — ordenou.

— Covardes! — Um escocês ousara chegar ainda mais perto da linha inglesa, bem na metade da faixa de alcance de um tiro de arco. — Seus bastardos covardes! Suas mães são putas que amamentaram vocês com mijo de bode! Suas mulheres são porcas! Putas e porcas! Estão me ouvindo? Seus bastardos! Ingleses bastardos! Vocês são excrementos do diabo!

A fúria do ódio dele fazia-o tremer. Ele tinha uma barba eriçada, um gibão esfarrapado e uma cota de malha com um grande corte na parte de trás, de modo que quando virava de costas e se curvava mostrava a bunda nua aos ingleses. Aquilo tinha a intenção de insultar, mas era saudado por um estouro de gargalhadas.

— Eles vão ter de nos atacar mais cedo ou mais tarde — declarou Lorde Outhwaite com calma. — Ou atacam ou voltam para casa sem nada, e não imagino que façam isso. Não se levanta um exército desse tamanho sem ter a esperança de tirar lucro.

— Eles saquearam Hexham — observou o padre, taciturno.

— E não conseguiram coisa alguma, a não ser quinquilharias — disse Lorde Outhwaite rejeitando a idéia. — Os verdadeiros tesouros de

Hexham foram levados embora para um lugar seguro há muito tempo. Ouvi dizer que Carlisle pagou a eles o suficiente para ser deixado em paz, mas seria o bastante para deixar ricos oito ou nove mil homens? — Abanou a cabeça. — Aqueles soldados não recebem salário — disse ele a Thomas —, não são como os nossos. O rei da Escócia não tem dinheiro para pagar aos seus soldados. Não, eles querem fazer alguns prisioneiros ricos hoje e depois saquear Durham e York, e se não quiserem voltar para casa pobres e de mãos vazias é melhor erguerem os escudos e nos atacarem.

Mas ainda assim os escoceses não se mexiam e os ingleses eram muito poucos para fazer um ataque, embora constantemente chegassem homens que tinham se desgarrado, para reforçar o exército do arcebispo. Eram, em sua maioria, homens da região e poucos tinham qualquer tipo de armadura ou quaisquer armas além de ferramentas como machados e picaretas. Era quase meio-dia agora, e o sol expulsara o frio da terra, a ponto de Thomas estar suando debaixo do couro e da malha. Dois dos criados leigos do prior tinham chegado com uma carroça puxada a cavalo, carregada de tonéis de cerveja aguada, sacos de pão, uma caixa de maçãs e um grande queijo, e doze dos monges mais moços levaram as provisões ao longo da linha inglesa. A maioria dos membros do exército estava sentada agora, alguns até dormiam, e muitos dos escoceses faziam o mesmo. Até os tambores deles tinham desistido, colocando os grandes instrumentos no pasto. Doze corvos circulavam lá em cima, e Thomas, achando que a presença deles pressagiava morte, fez o sinal-da-cruz e depois ficou aliviado quando os pássaros pretos voaram para o norte, passando pelas tropas escocesas.

Um grupo de arqueiros chegara da cidade e estava enfiando quantas flechas pudessem em suas aljavas, sinal claro de que nunca tinham lutado com o arco, porque uma aljava era algo bastante inadequado em combate. As aljavas tendiam a derramar flechas quando o homem corria, e poucas tinham capacidade para mais de vinte pontas. Arqueiros como Thomas preferiam uma grande sacola feita de linho esticado sobre uma armação de vime, na qual as flechas ficavam em pé, evitando que as penas fossem esmagadas pela armação e com as pontas de aço projetando-se do pescoço da sacola, que era seguro por um cordão. Thomas selecionara suas flechas com cuidado, rejeitando todas que tivessem a haste empenada ou as penas tortas. Na França, onde muitos dos cavaleiros inimigos possuíam dispendiosas armaduras, os ingleses usavam flechas furadoras com pontas compridas, estreitas e pesadas sem rebarbas e por isso tinham mais probabilidade de furar peitorais ou elmos, mas ali ainda estavam usando as flechas de caça com as terríveis rebarbas que tornavam impossível retirá-las de um ferimento. Eram chamadas flechas de carne, mas mesmo uma flecha de carne podia furar malha a duzentos passos de distância.

Thomas dormiu um pouco no início da tarde, só acordando quando o cavalo de Lorde Outhwaite quase pisou nele. Sua Excelência, com os outros comandantes ingleses, tinha sido convocado pelo arcebispo, e por isso mandara trazer seu cavalo e, acompanhado do escudeiro, seguiu para o centro do exército. Um dos capelães do arcebispo percorreu a linha levando um crucifixo. O crucifixo tinha um saco de couro pendurado logo abaixo dos pés de Cristo e no saco, alegava o capelão, estavam os ossos dos nós dos dedos do martirizado Santo Osvaldo.

— Beijem o saco e Deus os poupará — prometia o capelão, e arqueiros e soldados se acotovelavam para não perderem essa chance de obedecer. Thomas não conseguiu chegar perto o bastante para beijar o saco, mas pôde esticar o braço e tocá-lo. Muitos homens tinham amuletos ou tiras de pano que lhes foram dados pelas esposas, amantes ou filhas quando deixaram suas fazendas ou casas para marchar contra os invasores. Eles agora tocavam naqueles talismãs enquanto os escoceses, sentindo que finalmente alguma coisa estava para acontecer, punham-se de pé. Um dos grandes tambores começou seu terrível barulho.

Thomas olhou a sua direita, onde conseguia ver apenas o topo das torres gêmeas da catedral e o estandarte hasteado na defesa do castelo. Àquela altura Eleanor e o padre Hobbe já deviam estar na cidade, e Thomas sentiu uma agonia de arrependimento por ter se separado de sua mulher com tanta raiva, e então agarrou o arco com força para que o toque da madeira pudesse protegê-la do mal. Consolou a si mesmo com a certeza de que Eleanor estaria a salvo na cidade, e à noite, depois de vencida a batalha, eles poderiam fazer as pazes. Então, supunha, eles se casariam. Não tinha certeza de que queria se casar, parecia muito cedo em sua vida para ter uma esposa, ainda que se tratasse de Eleanor, a quem ele tinha certeza de amar, mas estava igualmente certo de que ela iria querer que ele abandonasse o arco de teixo e passasse a viver numa casa, e isso era a última coisa que Thomas queria. O que ele queria era ser um chefe de arqueiros, ser um homem como Will Skeat. Queria ter o seu bando de arqueiros, que pudesse alugar a grandes senhores. Oportunidade não faltava. Dizia-se que os estados italianos pagariam uma fortuna por arqueiros ingleses, e Thomas queria uma parte daquilo, mas era preciso cuidar de Eleanor e ele não queria que o filho deles fosse um bastardo. Já havia bastardos suficientes no mundo.

Os senhores ingleses conversaram durante algum tempo. Havia uma dúzia deles e eles estavam sempre olhando para o inimigo e Thomas estava perto o bastante para ver a ansiedade estampada nos rostos. Seria preocupação com o fato de o inimigo ser numeroso demais? Ou de que os escoceses estavam se recusando a lutar e, no nevoeiro da manhã seguinte, pudessem desaparecer em direção ao norte?

O irmão Michael se aproximou e apoiou os velhos ossos no barril de arenque que servira de assento a Lorde Outhwaite.

— Eles vão mandar vocês, os arqueiros, avançarem. É o que eu faria. Mandar vocês, arqueiros, avançarem para provocar os bastardos. Ou isso, ou fazê-los bater em retirada, mas não se expulsa escoceses com essa facilidade. São uns bastardos valentes.

— Valentes? Então por que não estão atacando?

— Porque não são bobos. Eles estão vendo isto. — O irmão Michael tocou a vara preta do arco de Thomas. — Sabem o que os arqueiros podem fazer. Já ouviu falar no monte Halidon? — Ergueu as sobrancelhas num gesto de surpresa quando Thomas abanou a cabeça. — É claro, você é do sul. Cristo poderia aparecer de novo no norte e vocês, sulistas, nunca ficariam sabendo ou nunca iriam acreditar, se o soubessem. Mas já faz treze anos que eles nos atacaram por Berwick e nós os dizimamos em ondas. Ou os nossos arqueiros dizimaram, e eles não devem sentir-se entusiasmados por terem o mesmo destino aqui.

O ANDARILHO

O irmão Michael franziu o cenho quando se ouviu um pequeno estalido.

— O que foi isso?

Alguma coisa tocara o elmo de Thomas e ele se voltou para ver o Espantalho, Sir Geoffrey Carr, que estalara seu chicote, apenas roçando a garra de metal que havia na ponta no alto do morrião de Thomas. Sir Geoffrey enrolou o chicote enquanto zombava de Thomas.

— Protegendo-se atrás das saias dos monges, é?

O irmão Michael conteve Thomas.

— Vá embora, Sir Geoffrey — ordenou o monge —, antes que eu lance uma maldição sobre a sua alma negra.

Sir Geoffrey enfiou um dedo em uma das narinas e tirou dali algo pegajoso que atirou na direção do monge.

— Pensa que me amedronta, seu bastardo caolho? Você, que perdeu as bolas quando sua mão foi decepada? — Ele soltou uma gargalhada e tornou a olhar para Thomas. — Você provocou uma briga comigo, rapaz, e não me deu a chance de terminá-la.

— Agora, não! — retrucou o irmão Michael.

Sir Geoffrey ignorou o monge.

— Indo contra os seus superiores, rapaz? Você pode ser enforcado por isso. Não — ele estremeceu e apontou um longo e ossudo dedo para Thomas —, você vai ser mesmo enforcado por isso! Está ouvindo? Vai ser enforcado por isso.

Cuspiu em Thomas e girou seu ruão esporeando-o de volta para a linha.

— Como conhece o Espantalho? — perguntou o irmão Michael.

— Acabamos de nos conhecer.

— Uma criatura má — disse o irmão Michael fazendo o sinal-da-cruz —, nascido numa noite de lua minguante, quando caía uma tempestade. — Ele continuava observando o Espantalho. — Dizem que Sir Geoffrey deve dinheiro ao próprio diabo. Ele teve de pagar um resgate a Douglas de Liddesdale e para isso levantou empréstimos altíssimos junto aos banqueiros. O solar, os campos, tudo o que ele tem corre perigo se não puder pagar, e mesmo que ele ganhe uma fortuna hoje irá jogá-la fora nos dados. O Espantalho é um tolo, mas um tolo perigoso. — O irmão voltou o olho solitário para Thomas. — Você provocou mesmo uma briga com ele?

— Ele quis estuprar minha mulher.

— An, esse é o nosso Espantalho. Pois tome cuidado, rapaz, porque ele não esquece desfeitas e nunca as perdoa.

Os senhores ingleses deviam ter chegado a algum acordo, porque estenderam os punhos protegidos com malha e tocaram nó de dedo de metal em nó de dedo de metal; depois Lorde Outhwaite girou o cavalo e voltou para junto de seus homens.

— John! John! — bradou ele para o capitão de seus arqueiros. — Não vamos esperar que eles tomem uma decisão — disse, desmontando. — Nós é que os provocaremos.

Parecia que o prognóstico do irmão Michael estava certo; os arqueiros teriam ordem de avançar para provocar os escoceses. O plano era enraivecê-los com flechas e, assim, instigá-los a um ataque apressado.

Um escudeiro montou no cavalo de Lorde Outhwaite e levou-o de volta para o pasto murado, enquanto o arcebispo de York andava no seu corcel em frente ao exército.

— Deus irá ajudá-los! — bradava para os homens da divisão central que ele comandava. — Os escoceses têm medo de nós! — gritou. — Eles sabem que com a ajuda de Deus deixaremos muitas crianças órfãs na sua terra empestada! Eles ficam parados e nos observam porque têm medo de nós. Por isso temos de atacá-los.

Aquele sentimento provocou uma ovação. O arcebispo ergueu a mão para calar seus homens.

— Quero que os arqueiros se adiantem — bradou —, só os arqueiros! Acertem-nos! Matem-nos! E que Deus abençoe todos vocês. Que Deus os abençoe muito!

Com que então os arqueiros iriam dar início ao combate... Os escoceses negavam-se teimosamente a se mexer, na esperança de que os ingleses fizessem o ataque, porque era muito mais fácil defender uma posição do que assaltar um inimigo formado, mas agora os arqueiros ingleses iriam adiantar-se para incitar, atormentar e hostilizar o inimigo até que ele fugisse ou, o que era mais provável, avançasse para vingar-se.

Thomas já escolhera sua melhor flecha. Era nova, tão nova que a cola tingida de verde que fora passada em torno da linha que prendia as penas ainda estava pegajosa, mas tinha uma haste peituda, haste ligeiramente mais larga atrás da cabeça e que depois ia afinando no sentido das penas. Uma haste daquelas batia forte e era uma bela peça reta de freixo, com o terço do comprimento do braço de Thomas, e este não iria desperdiçá-la, muito embora seu disparo de abertura fosse feito a uma distância muito grande.

Seria um tiro longo, porque o rei escocês estava atrás do grande *sheltron* central de seu exército, mas não seria um lançamento impossível, porque o arco preto era enorme e Thomas era jovem, forte e preciso na mira.

— Deus esteja com vocês — disse o irmão Michael.

— Mirem bem! — bradou Lorde Outhwaite.

— Que Deus dirija suas flechas! — gritou o arcebispo de York.

Os tambores soaram mais alto, os escoceses zombaram e os arqueiros da Inglaterra avançaram.

Bernard de Taillebourg já sabia muita coisa do que o velho monge estava contando, mas agora que a história fluía não o interrompeu. Era a história de uma família cujos membros tinham sido senhores de um obscuro condado no sul da França. O condado tinha o nome de Astarac, ficava perto das terras cátaras e com o tempo fora contaminado pela heresia.

— O falso ensinamento espalhou-se — dissera o irmão Collimore — como uma peste. Do mar interno ao oceano, e para o norte, entrando na Borgonha.

O padre de Taillebourg sabia de tudo isso, mas não disse nada, apenas deixou que o velho homem continuasse a descrever como, quando os cátaros foram obrigados a deixar a terra por força de incêndios e o fogo da morte deles enviara a fumaça aos céus, para dizer a Deus e Seus anjos que a verdadeira religião tinha sido restaurada nas terras entre a França e Aragão, os Vexille, que estavam entre os últimos membros da nobreza a serem contaminados pelo mal cátaro, tinham fugido para os pontos mais distantes da cristandade.

— Mas antes de ir embora — disse o irmão Collimore erguendo os olhos para o arco do teto pintado de branco — eles levaram os tesouros dos hereges para protegê-los.

— E o Graal estava entre esses tesouros?

— É o que dizem, mas quem pode saber? — O irmão Collimore voltou a cabeça e franziu o cenho para o dominicano. — Se possuíam o Graal, por que este não os ajudou? Eu nunca compreendi isso.

Fechou os olhos. Às vezes, quando o velho fazia uma pausa para tomar fôlego e quase parecia adormecido, de Taillebourg olhava pela janela para ver os dois exércitos na montanha ao longe. Eles não se mexiam, embora o barulho que faziam parecesse o estalar e o rugir de uma grande fogueira. O rugir era o barulho de vozes masculinas e o estalar eram os tambores, e os sons gêmeos subiam e desciam com os caprichos do vento que açoitava o desfiladeiro rochoso acima do rio Wear. O criado do padre de Taillebourg ainda estava em pé à porta, onde ficava meio escondido por uma das muitas pilhas de pedras sem revestimento que se erguiam no espaço aberto entre o castelo e a catedral. Andaimes escondiam a torre da catedral que ficava mais perto, e meninos, ansiosos por darem uma olhada no combate, subiam desajeitados pela teia de vigas amarradas. Os pedreiros tinham abandonado o trabalho para observar os dois exércitos.

Agora, depois de levantar a dúvida sobre o motivo pelo qual o Graal não ajudara os Vexille, o irmão Collimore caiu num breve sono profundo e de Taillebourg foi até o seu criado vestido de preto.

— Você acredita nele?

O criado deu de ombros e não disse nada.

— Algum detalhe o deixou surpreso? — perguntou de Taillebourg.

— O de que o padre Ralph tem um filho — respondeu o criado. — Para mim, isso foi novidade.

— Temos de conversar com esse filho — disse o dominicano, sério, e então voltou para o seu lugar, porque o velho monge acordara.

O ANDARILHO

— Onde é que eu estava? — perguntou o irmão Collimore, um pequeno fio de saliva escorrendo de um canto da boca.

— Estava se perguntando por que o Graal não ajudou os Vexille — lembrou-lhe Bernard de Taillebourg.

— Devia ter ajudado — disse o velho monge. — Se possuíam o Graal, por que não ficaram poderosos?

O padre de Taillebourg sorriu.

— Suponha — disse ele ao velho monge — que os infiéis muçulmanos conseguissem apoderar-se do Graal. Acha que Deus daria esse poder a eles? O Graal é um grande tesouro, irmão, o maior de todos os tesouros da Terra, mas não é maior do que Deus.

— Não é — concordou o irmão Collimore.

— E se Deus não aprovar o possuidor do Graal, este não terá poder algum.

— É — reconheceu o irmão Collimore.

— Você disse que os Vexille fugiram?

— Eles fugiram dos inquisidores — disse o irmão Collimore com um olhar sonso para de Taillebourg —, e um ramo da família veio aqui para a Inglaterra, onde prestou algum serviço ao rei. Não o nosso rei atual, claro — ressalvou o velho monge —, mas o bisavô dele, o último Henrique.

— Que serviço? — perguntou de Taillebourg.

— Eles deram ao rei uma pata do cavalo de São Jorge. — O monge falava como se tais coisas fossem corriqueiras. — Uma pata engastada em ouro e capaz de fazer milagres. Pelo menos o rei acreditava que sim, porque o filho dele ficou curado de uma febre ao ser tocado com a pata. Disseram-me que a pata ainda está na abadia de Westminster.

A família tinha sido recompensada com terras em Cheshire, prosseguiu Collimore, e se eram hereges, seus membros não o demonstravam, antes viviam como qualquer outra família nobre. A derrocada deles, disse ele, chegara no início do reinado presente, quando a mãe do jovem rei, ajudada pela família Mortimer, tentara evitar que o filho assumisse o poder. Os Vexille tinham se aliado à rainha, e quando ela perdeu eles fugiram de volta para o continente.

— Todos eles exceto um dos filhos — disse o irmão Collimore —, o mais velho, e era Ralph, claro. Pobre Ralph.

— Mas, se a família tinha fugido de volta para a França, por que você cuidou dele? — perguntou de Taillebourg, a perplexidade desfigurando o rosto que tinha crostas de sangue nos arranhões nos pontos em que ele se batera contra a pedra naquela manhã. — Por que não executá-lo como traidor?

— Ele se ordenara padre — protestou Collimore —, não podia ser executado! Além do mais, era sabido que ele odiava o pai e que se declarara a favor do rei.

— Com que então não era de todo louco — disse secamente de Taillebourg.

— Ele também tinha dinheiro — prosseguiu Collimore —, era nobre e alegara conhecer o segredo dos Vexille.

— Os tesouros cátaros?

— Mas o demônio estava nele até mesmo naquela época! Ele se dizia bispo e pregava sermões alucinados nas ruas de Londres. Dizia que iria chefiar uma nova cruzada para expulsar o infiel de Jerusalém e prometia que o Graal iria garantir o sucesso.

— E por isso você o trancafiou?

— Ele foi mandado para mim — disse o irmão Collimore em tom de reprovação —, porque sabiam que eu sabia derrotar demônios. — Ele fez uma pausa, recordando-se. — Na minha vida, eu açoitei centenas deles! Centenas!

— Mas você não curou Ralph Vexille por completo?

O monge abanou a cabeça.

— Ele parecia um homem esporeado e chicoteado por Deus, de modo que chorava e gritava e se autoflagelava até correr sangue. — O irmão Collimore, sem saber que poderia estar descrevendo de Taillebourg, estremeceu. — E também era perseguido pelas mulheres. Acho que nunca o curamos disso, mas, se não tiramos todos os demônios dele, conseguimos fazer com que eles se escondessem tão profundamente que raramente ousavam mostrar-se.

— Será que o Graal foi um sonho transmitido a ele por demônios? — perguntou o dominicano.

— Era o que queríamos saber — respondeu o irmão Collimore.

— E que resposta vocês obtiveram?

— Eu disse aos meus superiores que o padre Ralph mentia. Que ele tinha inventado o Graal. Que não havia nada de verdade na sua loucura. E então, quando os demônios dele já não o transformavam num flagelo, ele foi mandado para uma paróquia lá no sul, onde podia pregar para as gaivotas e as focas. Ele já não alegava ser um senhor, era simplesmente o padre Ralph, e nós o mandamos embora para ser esquecido.

— Para ser esquecido? — repetiu de Taillebourg. — No entanto vocês tiveram notícias dele. Descobriram que ele tinha um filho.

O velho monge confirmou com a cabeça.

— Tínhamos uma casa irmã perto de Dorchester e eles me mandaram notícias. Disseram que o padre Ralph havia arranjado uma mulher, uma governanta, mas que padre do interior não faz isso? E ele teve um filho e pendurou uma velha lança na igreja dele e disse que era a lança de São Jorge.

De Taillebourg olhou para a montanha a oeste, porque o barulho ficara muito mais alto. Parecia que os ingleses, que eram de longe o exército menor, estavam avançando e isso significava que iriam perder a batalha, e isso queria dizer que o padre de Taillebourg teria de sair daquele mosteiro, na verdade sair daquela cidade, antes que Sir William Douglas chegasse à procura de vingança.

— Você disse aos seus superiores que o padre Ralph mentia. Mentia mesmo?

O velho monge fez uma pausa, e para de Taillebourg parecia que o próprio firmamento prendera a respiração.

— Não acho que ele mentisse — sussurrou Collimore.

— Então por que disse aos seus superiores que ele mentia?

— Porque eu gostava dele — disse o irmão Collimore — e não achava que devêssemos arrancar a verdade dele na base do chicote, ou fazê-lo passar fome até confessar, ou arrancá-la tentando afogá-lo em água fria. Eu achava que ele era inofensivo e devia ser deixado a cargo de Deus.

De Taillebourg olhou pela janela. O Graal, pensou ele, o Graal. Os cães de Deus estavam seguindo o seu rastro. Ele iria encontrá-lo!

— Um dos membros da família voltou da França — disse o dominicano —, e roubou a lança e matou o padre Ralph.

— Eu soube disso.

— Mas eles não acharam o Graal.

— Graças a Deus — disse baixinho o irmão Collimore.

De Taillebourg ouviu um movimento e viu que o seu criado, que estivera ouvindo com atenção, agora olhava para o pátio. O criado devia ter ouvido alguém se aproximando, e de Taillebourg, inclinando-se mais para perto do irmão Collimore, baixou a voz para que ninguém mais o ouvisse.

— Quantas pessoas sabem a respeito do padre Ralph e o Graal?

O irmão Collimore refletiu por alguns segundos.

— Ninguém falou nisso em anos — disse ele —, até que o novo bispo chegou. Ele deve ter ouvido rumores, porque me perguntou sobre o caso. Disse-lhe que Ralph Vexille era louco.

— Ele acreditou em você?

— Ficou desapontado. Ele queria o Graal para a catedral.

Claro que queria, pensou de Taillebourg, porque qualquer catedral que possuísse o Graal iria tornar-se a igreja mais rica da cristandade. Até mesmo Gênova, que tinha a vistosa peça de vidro verde que eles alegavam ser o Graal, tirava dinheiro de milhares de peregrinos. Mas coloque o verdadeiro Graal numa igreja, e o povo virá às centenas de milhares, trazendo moedas e jóias às toneladas. Reis, rainhas, príncipes e duques vão encher a nave e competir para oferecer sua riqueza.

O criado desaparecera, esgueirando-se sem fazer barulho para trás de uma das pilhas de pedras de cantaria, e de Taillebourg esperou, vigiando a porta e imaginando que problema iria surgir por ali. Então, em vez de encrenca, apareceu um padre jovem. Ele usava uma batina de tecido cru, tinha cabelos revoltos e um rosto largo, franco, queimado do sol. Uma mulher jovem, pálida e frágil, estava com ele. Ela parecia nervosa, mas o padre saudou de Taillebourg com animação.

— Bom dia, padre.

— Bom dia, padre — respondeu de Taillebourg, delicado. Seu criado reaparecera por trás dos estranhos, impedindo que eles saíssem, a menos que de Taillebourg desse permissão.

— Estou ouvindo a confissão do irmão Collimore — disse de Taillebourg.

— Uma boa confissão, espero eu — disse o padre Hobbe sorrindo.

— O senhor não parece inglês, padre.

— Sou francês — disse de Taillebourg.

— Como eu — disse Eleanor naquela língua —, e nós viemos conversar com o irmão Collimore.

— Conversar com ele? — perguntou de Taillebourg, cortês.

— O bispo nos mandou aqui — disse Eleanor, orgulhosa —, e o rei também.

— Que rei, minha jovem?

— *Edouard d'Angleterre* — jactou-se Eleanor. O padre Hobbe, que não falava francês, olhava de Eleanor para o dominicano.

— Por que Eduardo enviaria vocês? — perguntou de Taillebourg e, quando Eleanor pareceu confusa, repetiu a pergunta: — Por que Eduardo enviaria vocês?

— Não sei, padre — disse Eleanor.

— Acho que sabe, menina, acho que sabe.

Ele se levantou, e o padre Hobbe, pressentindo problemas, agarrou o pulso de Eleanor e tentou puxá-la para fora do quarto, mas de Taillebourg fez um sinal com a cabeça para o seu criado e um gesto em direção ao padre Hobbe, e este ainda tentava compreender por que desconfiava do dominicano quando a faca deslizou entre suas costelas. Ele fez um ruído como se estivesse engasgado, depois tossiu, e a respiração chocalhou em sua garganta enquanto ele desabava sobre as pedras do chão. Eleanor tentou fugir, mas não foi rápida o suficiente e de Taillebourg agarrou-a pelo pulso e empurrou-a com brutalidade de volta. Ela gritou, mas o dominicano silenciou-a pressionando uma das mãos sobre sua boca.

— O que está acontecendo? — perguntou o irmão Collimore.

— Estamos fazendo a obra de Deus — disse de Taillebourg acalmando-o. — A obra de Deus.

E na crista da montanha as flechas voaram.

Thomas avançou com os arqueiros do batalhão esquerdo, e eles não tinham avançado mais de vinte metros quando, logo do outro lado de um fosso, uma encosta e alguns pés de abrunheiro-bravo recém-plantados, foram obrigados a desviar-se para a direita, porque uma grande cavidade tinha sido feita no flanco da crista do morro para deixar um buraco com lados íngremes demais para o arado. O buraco estava cheio de samambaia que ficara amarela e do outro lado havia um muro de pedras coberto de liquens, e a sacola de flechas de Thomas prendeu e rasgou-se num pedaço bruto da crista do muro enquanto ele subia para passar para o outro lado. Só uma flecha caiu, mas foi dentro de um círculo mais escuro de cogumelos, e ele tentou entender se aquilo era um sinal de azar ou de sorte, mas o barulho dos tambores escoceses desviou sua atenção. Ele apanhou a flecha e avançou depressa. Àquela altura, todos os tambores inimigos estavam trabalhando, batucando nos couros num frenesi, a ponto de o próprio ar parecer vibrar. Os soldados escoceses estavam erguendo os escudos, certificando-se de que protegiam os piqueiros, e um besteiro mexia no lingüete de catraca que puxava a corda para trás e encaixou-a no gancho do gatilho. O homem ergueu os olhos, aflito, para os arqueiros ingleses que avançavam, e então jogou fora os cabos do lingüete e colocou um quadrelo de metal no canalete de disparo da besta. O inimigo começara a gritar e agora Thomas conseguia distinguir algumas palavras. "Se você odeia os ingleses", ouviu ele, e então uma seta de besta passou zumbindo por ele e ele esqueceu o canto do inimigo. Centenas de arqueiros ingleses estavam avançando pelos campos, a maioria correndo. Os escoceses tinham apenas umas poucas bestas, mas aquelas armas tinham um alcance maior do que o dos arcos de guerra, mais compridos, dos ingleses, que estavam se apressando para diminuir a distância. Uma flecha resvalou na grama em frente a Thomas. Não uma seta de besta, mas uma flecha de um dos poucos arcos de teixo escoceses, e a visão da flecha disse a Thomas que ele estava quase no raio de alcance. Os primeiros dos arqueiros ingleses tinham parado e puxado as cordas, e então suas flechas adejaram no céu. Um arqueiro vestindo um gibão de couro forrado caiu para trás com uma seta de besta enfiada na testa. Sangue jorrou para o céu, para onde a sua última flecha, disparada quase que na vertical, voou inutilmente.

— Mirem nos arqueiros! — gritou um homem com um peitoral enferrujado. — Matem primeiro os arqueiros!

Thomas parou e procurou a bandeira real. Ela estava à sua direita, muito longe, mas no seu tempo ele já tinha atirado contra alvos mais distantes, e por isso voltou-se e se concentrou e então, em nome de Deus e de São Jorge, encaixou a flecha escolhida na corda e puxou as penas brancas de ganso até chegar à orelha. Ele estava olhando para o rei David II da Escócia, viu o sol refletir-se em ouro no elmo real, viu também que a viseira do rei estava aberta e mirou para o peito, deslocou o arco para a direita, a fim de compensar o vento, e soltou. A flecha saiu perfeita, não vibrando como faria uma flecha malfeita, e Thomas a viu subir e viu-a cair e viu que o rei teve um movimento espasmódico para trás, e então os cortesãos cercaram-no e Thomas colocou a segunda flecha na mão esquerda e procurou outro alvo. Um arqueiro escocês saía da linha mancando, com uma flecha na perna. Os soldados rodearam o ferido, isolando a linha com escudos pesados. Thomas ouvia cães ladrando entre a formação inimiga ou talvez estivesse ouvindo o uivo de guerra dos homens das tribos. O rei se afastara e homens inclinavam-se em sua direção. O céu estava cheio do sussurro das flechas em vôo e o barulho dos arcos era uma música invariável, grave. Os franceses a chamavam de música da harpa do diabo. Thomas não via mais nenhum arqueiro escocês. Todos eles tinham sido alvos para os arqueiros ingleses e as flechas tinham transformado os arqueiros inimigos numa miséria sangrenta, de modo que agora os ingleses voltavam seus projéteis para os homens com piques, espadas, machados e lanças. Os homens das tribos, todos cabelos, barba e fúria, ficavam atrás dos soldados, que estavam dispostos em fileiras de seis ou oito homens, de modo que as flechas chocalhavam e retiniam em armaduras e escudos. Os cavaleiros, soldados e porta-piques

FLECHAS NO MORRO

escoceses protegiam-se da melhor maneira possível, agachando-se sob a cruel chuva de aço, mas algumas flechas sempre achavam as brechas entre os escudos, enquanto outras atravessavam com perfeição as placas de salgueiro cobertas de couro. O som surdo das flechas atingindo os escudos rivalizava com o barulho mais estridente dos tambores.

— Avancem, rapazes! Avancem! — Um dos líderes dos arqueiros encorajava seus homens a se aproximarem mais vinte passos do inimigo, para que suas flechas penetrassem mais nas fileiras escocesas. — Matem eles, rapazes!

Dois de seus homens jaziam na grama, prova de que os arqueiros escoceses tinham causado algum dano antes de serem abatidos pelas flechas inglesas. Um outro inglês cambaleava como se estivesse bêbado, dando voltas e indo na direção de seu próprio lado e agarrando a barriga, da qual escorria sangue pelas perneiras. A corda de um arco arrebentou, atirando a flecha para o lado, enquanto o arqueiro praguejava e enfiava a mão sob a túnica, à procura de uma sobressalente.

Os escoceses agora nada podiam fazer. Não lhes restavam arqueiros e os ingleses se aproximavam cada vez mais, até poderem disparar as flechas numa trajetória nivelada que fazia com que as pontas de aço perfurassem escudos, malha e até mesmo a rara armadura. Thomas estava a praticamente setenta metros da linha inimiga e escolhia os alvos com fria deliberação. Ele viu a perna de um homem aparecendo sob um escudo e mandou uma flecha que lhe atravessou a coxa. Os tambores tinham fugido, e dois de seus instrumentos, os couros rasgados como fruta podre, jaziam abandonados sobre a turfa. O cavalo de um nobre estava bem atrás das fileiras desmontadas e Thomas acertou uma flecha que penetrou fundo no peito do corcel e, da outra vez que olhou, o animal estava caído e houve uma comoção de homens em pânico que tentavam fugir de suas patas agitadas, e todos aqueles homens, expondo-se ao deixarem os escudos oscilar, caíram sob a ferroada das flechas, e então, um instante depois, uns doze cães de caça, pêlos compridos, dentes amarelos e uivando, saíram das fileiras que se agachavam e foram derrubados pelas flechas cortantes.

112

O Andarilho

— É sempre assim tão fácil? — perguntou um garoto, evidentemente em sua primeira batalha, a um arqueiro que estava perto.

— Se o outro lado não tiver arqueiros — respondeu o homem mais velho — e enquanto as nossas flechas durarem, é fácil. Depois disso, é difícil pra cacete.

Thomas puxou e soltou, disparando num ângulo para a frente escocesa, para colocar uma flecha longa atrás de um escudo e no rosto de um homem barbudo. O rei escocês ainda estava montado em seu cavalo, mas agora protegido por quatro escudos que estavam, todos, cheios de flechas espetadas e Thomas lembrou-se dos cavalos franceses subindo com dificuldade a encosta da Picardia com as flechas com pontas de penas espetadas nos pescoços, pernas e corpos. Ele remexeu na sacola usada de flechas, encontrou um outro projétil e disparou-a contra o cavalo do rei. O inimigo agora estava sob o ataque de mangual, e ou fugia da tempestade de flechas ou então, enfurecido, atacava o exército inglês, que era menor, e a julgar pelos gritos que vinham dos homens que estavam atrás dos escudos espetados de flechas Thomas suspeitou de que eles iriam atacar.

Estava certo. Teve tempo de disparar uma última flecha e então ouviu-se um súbito rugir aterrorizante. Toda a linha escocesa, aparentemente sem que ninguém tivesse dado a ordem, atacou. Eles corriam uivando e gritando, incitados ao ataque pelas flechas, e os arqueiros ingleses fugiram. Milhares de escoceses enfurecidos estavam atacando, e os arqueiros, ainda que disparassem todas as flechas que possuíam contra a horda que avançava, seriam dominados num instante, e por isso correram para procurar abrigo atrás de seus soldados. Thomas tropeçou enquanto trepava no muro de pedra, mas levantou-se e continuou correndo, e então viu que outros arqueiros tinham parado e atiravam contra os seus perseguidores. O muro de pedra estava dificultando o avanço dos escoceses e ele mesmo voltou-se e mandou duas flechas em homens indefesos antes de o inimigo vencer a barreira numa onda e obrigá-lo a recuar de novo. Ele corria em direção à pequena brecha na linha inglesa, onde tremulava o manto de São Cuthbert, mas o espaço estava entupido de arqueiros que tentavam ir para trás da linha com armadura, de modo que Thomas foi para a direita, visando à faixa de chão aberto que ficava entre o flanco do exército e o lado íngreme da montanha.

— Escudos à frente! — gritou para os soldados ingleses um guerreiro grisalho, o visor do elmo erguido. — Agüentem firme! Agüentem firme!

A linha inglesa, com apenas quatro ou cinco fileiras, firmara-se para enfrentar o ataque alucinado com os escudos à frente e a perna direita para trás, buscando apoio.

— São Jorge! São Jorge! — bradou um homem. — Agüentem firme agora! Golpeiem com força e agüentem firme!

Thomas estava agora no flanco do exército e voltou-se para ver que os escoceses, em seu avanço precipitado, tinham ampliado sua linha. Eles tinham sido dispostos ombro a ombro na primeira posição, mas agora, correndo, tinham-se espalhado e isso significava que o *sheltron* que ficava no extremo oeste tinha sido empurrado encosta abaixo e para dentro do fosso profundo que estreitava de forma tão inesperada o campo de batalha. Eles estavam no fundo do fosso olhando para cima, para o céu, condenados.

— Arqueiros! — berrou Thomas, imaginando-se de volta à França e responsável por uma tropa de arqueiros de Will Skeat. — Arqueiros! — gritou, avançando até a borda do fosso. — Matem eles agora!

Homens foram para o lado dele, tiveram um grito de triunfo e puxaram suas cordas.

Agora era a hora da matança, a hora dos arqueiros. A ala direita escocesa estava no terreno que afundara e os arqueiros estavam acima deles e não podiam errar. Dois monges estavam trazendo feixes de flechas sobressalentes, cada feixe contendo vinte e quatro flechas colocadas com a mesma distância entre si em torno de dois discos de couro que mantinham as flechas separadas e, com isso, protegiam as penas, evitando que fossem esmagadas. Os monges cortaram o barbante que segurava as flechas e despejaram-nas no chão ao lado dos arqueiros que puxavam uma após outra e matavam uma vez após outra, enquanto atiravam para baixo, para o fosso da morte. Thomas ouvia o barulho ensurdecedor quando os soldados colidiam no centro do campo, mas ali, na esquerda inglesa, os escoceses jamais chegariam aos escudos do inimigo, porque tinham mergulhado na baixa samambaia amarelada do reino da morte.

Thomas passara sua infância em Hookton, uma aldeia na costa sul da Inglaterra onde um rio, desaguando no mar, cavara um canal profundo na praia de cascalho. O canal fazia uma curva para deixar um gancho de terra que protegia os barcos pesqueiros e uma vez ao ano, quando os ratos ficavam muito numerosos nos porões e fundos dos cascos, os pescadores encalhavam suas embarcações no fundo do rio, enchiam os porões com pedras e deixavam que a preamar inundasse os fedorentos cascos. Era um dia de festa para as crianças da aldeia que, em pé no alto do Hook, esperavam os ratos fugirem dos barcos e então, dando vivas e soltando gritos de alegria, apedrejavam os animais. Os ratos entravam em pânico, e isso só fazia aumentar o prazer das crianças, enquanto os adultos ficavam em volta e riam, aplaudiam e estimulavam.

Tal como agora. Os escoceses estavam no terreno baixo, os arqueiros estavam na borda da montanha e a morte era o domínio deles. As flechas deslocavam-se como um relâmpago encosta abaixo, praticamente sem nenhum arco em seu vôo, e atingindo o alvo com o som de cutelos atingindo carne. Os escoceses contorciam-se e morriam na depressão, e a samambaia amarelada de outono ficava vermelha. Alguns dos inimigos tentavam subir em direção aos seus algozes, tornando-se alvos ainda mais fáceis. Alguns tentavam fugir pelo lado oposto e eram atingidos nas costas, enquanto outros fugiam montanha abaixo, em grande desordem. Sir Thomas Rokeby, xerife de Yorkshire e comandante da esquerda inglesa, viu a fuga e ordenou que vinte homens montassem em seus cavalos e limpassem o vale. Os soldados com cotas de malha brandiam as espadas e as maças para finalizar o trabalho sangrento dos arqueiros.

A base do vale era uma massa sangrenta, estrebuchante. Um homem de armadura, um elmo com plumas na cabeça, tentou subir para sair da carnificina e duas flechas atravessaram seu peitoral e uma terceira achou uma fresta na sua viseira e ele caiu para trás, contorcendo-se. Uma moita de flechas projetava-se do falcão que estava no seu escudo. As flechas diminuíram em quantidade agora, porque não restavam muitos escoceses para matar, e então os primeiros arqueiros desceram, agarrando-se com as mãos, pela encosta, com facas desembainhadas, para saquear os mortos e matar os feridos.

— Quem é que odeia os ingleses agora? — berrou um dos arqueiros. — Vamos, seus bastardos, falem! Quem é que odeia os ingleses agora?

Então, do centro veio um grito.

— Arqueiros! À direita! À direita! — A voz tinha um tom de puro pânico. — À direita! Pelo amor de Deus, agora!

Os soldados da esquerda inglesa praticamente não tinham entrado na luta, porque os arqueiros estavam matando os escoceses que estavam na samambaia baixa. O centro inglês estava resistindo firme, porque os homens do arcebispo estavam dispostos atrás de um muro de pedras que, embora tivesse uma altura que só chegava à cintura, era uma barreira mais do que adequada contra o assalto escocês. Os invasores podiam arremeter, estocar e retalhar por cima do topo do muro, e podiam tentar subir nele e, até, tentar derrubar o muro pedra por pedra, mas não podiam empurrá-lo, e por isso eram impedidos por ele, e os ingleses, embora em número muito menor, podiam resistir, apesar de os escoceses arremeterem contra eles com seus pesados piques. Alguns cavaleiros ingleses gritaram pedindo seus cavalos e, uma vez montados e armados com lanças, aproximavam-se bem por trás dos companheiros atacados e enfiavam as lanças em olhos escoceses. Outros soldados agachavam-se por baixo dos piques rígidos e atacavam o inimigo com espadas e machados, e durante todo o tempo as flechas compridas chegavam, vindas da esquerda. O barulho no centro eram os gritos de homens nas fileiras de retaguarda, os berros dos feridos, o clangor de lâmina contra lâmina, o estalo de lâmina contra escudo e o estrondo de lança contra pique, mas o muro significava que nenhum dos dois lados podia pressionar o outro para recuar, e por isso, apinhados contra as pedras e atrapalhados pelos mortos, eles simplesmente arremetiam, cortavam, sofriam, sangravam e morriam.

Mas na direita inglesa, onde Lorde Neville e Lorde Percy comandavam, o muro estava inacabado, era nada mais do que uma pilha de pedras que não oferecia obstáculo algum ao assalto da ala esquerda escocesa, que era comandada pelo conde de March e pelo sobrinho do rei, Lorde Robert Stewart. O *sheltron* deles, que ficava mais próximo da cidade, era a maior das três divisões escocesas e lançou-se contra a direita inglesa como uma alcatéia que não comia há um mês. Os atacantes queriam sangue e os arqueiros fugiam de sua carga uivante como ovelhas dispersando-se diante de presas caninas, e então os escoceses atacaram a direita inglesa e o simples impulso do assalto fez com que os defensores recuassem vinte passos antes que, de algum modo, os soldados conseguissem deter os escoceses que agora tropeçavam nos corpos dos homens que eles tinham ferido ou matado. Os ingleses, apertando-se ombro a ombro, agachavam-se atrás dos escudos e reagiam empurrando também, golpeando com as espadas em tornozelos e rostos, e gemendo com o esforço de resistir à imensa pressão da horda escocesa.

Era duro lutar nas fileiras de frente. Homens empurravam por trás, fazendo com que ingleses e escoceses ficassem próximos como amantes, perto demais para brandir uma espada de alguma maneira, exceto num golpe rudimentar. As fileiras de trás tinham mais espaço, e um escocês deu um golpe com um pique que ele brandia como se fosse um machado gigante, a lâmina esmagando a cabeça de um inimigo para rachar elmo, forro de couro, couro cabeludo e crânio com a facilidade com que se esmagava um ovo. Sangue jorrou num jato que atingiu doze homens enquanto o soldado morto caía e outros escoceses penetraram na vaga que sua morte provocara, e um membro de um clã tropeçou no corpo e gritou quando um inglês serrou seu pescoço exposto com uma faca cega. O pique tornou a cair matando um segundo homem, e dessa vez, quando foi erguido, a viseira amassada do morto ficou presa na ponta ensangüentada do pique.

Os tambores, aqueles que ainda estavam inteiros, tinham recomeçado o barulho, e os escoceses agitavam-se no ritmo. "O Bruce! O Bruce!" cantavam alguns, enquanto outros invocavam seu padroeiro: "Santo Andrew! Santo Andrew!" Lorde Robert Stewart, extravagante em suas cores azul e amarelo e com uma fina tira de ouro em torno da testa do elmo, usava um montante para golpear os soldados ingleses que se encolhiam de medo dos ferozes escoceses. Lorde Robert, finalmente a salvo de flechas, erguera o visor para poder ver o inimigo.

— Venham! — gritava para os seus homens. — Venham! Ataquem eles! Matem eles! Matem eles!

O rei tinha prometido que a festa de Natal seria em Londres e parecia haver apenas uma pequena barreira de homens amedrontados a romper antes que aquela promessa se tornasse realidade. Os tesouros de Durham, York e Londres estavam a uma distância de uns poucos golpes de espada; toda a riqueza de Norwich e Oxford, de Bristol e Southampton estava a apenas um punhado de mortes das bolsas escocesas.

— Escócia! Escócia! Escócia! — bradava Lorde Robert. — Escócia!

E o piqueiro, devido ao fato de que a viseira presa estava obstruindo a sua lâmina, batia no elmo de um homem com o lado da cabeça de sua arma que tinha um gancho, não cortando o metal, mas esmagando-o, martelando o elmo quebrado para dentro do cérebro do moribundo, de modo que sangue e uma substância gelatinosa escorriam pelas fendas da viseira. Um inglês berrou quando o pique de um escocês furou sua malha e penetrou-lhe a virilha. Um garoto, talvez um pajem, cambaleou para trás, com os olhos ensangüentados devido a um corte de espada.

— Escócia!

Lorde Robert sentia agora o cheiro da vitória. Muito perto! Ele foi empurrando, sentiu a linha inglesa agitar-se e recuar, viu o quanto ela era fina, desviou um golpe com o seu escudo, golpeou com a espada para matar um inimigo caído e ferido, gritou aos seus escudeiros para que procurassem qualquer nobre inglês rico cujo resgate pudesse enriquecer a casa de Stuart. Homens grunhiam enquanto davam estocadas e cortavam. Um membro de uma tribo cambaleou para fora do combate, fazendo esforço para respirar, tentando manter as entranhas dentro da barriga aberta. Um tambor tocava para estimular os escoceses.

— Traga o meu cavalo! — bradou Lorde Robert para um escudeiro. Ele sabia que a linha inglesa derrotada deveria romper-se dali a instantes, e então ele iria montar, apanhar sua lança e perseguir o inimigo vencido.

— Avancem! — gritava ele. — Avancem!

E o homem que brandia o pique de cabo longo, o enorme escocês que provocara uma abertura na fileira de frente inglesa e que parecia estar entalhando uma trilha sangrenta para o sul, sozinho, de repente fez um barulho que parecia um miado. Seu pique, voltado para cima, ainda enredado na viseira torta, vacilou. O homem sacudiu o corpo e sua boca abriu e fechou, tornou a abrir e fechar, mas ele não conseguiu falar porque uma flecha, as penas brancas ensangüentadas, projetava-se de sua cabeça.

Uma flecha, viu Lorde Robert, e de repente o ar ficou cheio delas e ele baixou a viseira do elmo, de modo que o dia escureceu.

Os malditos arqueiros ingleses estavam de volta.

SIR WILLIAM DOUGLAS não tinha percebido como era funda a selada coberta de samambaia e como eram íngremes suas paredes no flanco da crista, até chegar à sua base e lá, sob o mangual dos arqueiros, descobrir que não podia avançar nem recuar. Nas duas fileiras da frente dos soldados escoceses estavam todos mortos ou feridos, e seus corpos formavam uma pilha por sobre a qual ele não podia passar vestindo a pesada cota de malha. Robbie lançava gritos de desafio e tentava passar, desajeitado, por cima da pilha, mas Sir William, sem cerimônia, arrastou o sobrinho de volta e jogou-o na samambaia.

— Aqui não é lugar para se morrer, Robbie!

— Bastardos!

— Eles podem ser bastardos, mas nós não somos bobos!

Sir William agachou-se ao lado do sobrinho, cobrindo os dois com o enorme escudo. Voltar era impensável, porque seria correr do inimigo, mas ele não podia avançar e por isso limitou-se a ficar impressionado com a força das flechas enquanto elas batiam e penetravam na frente do escudo. Uma onda de homens tribais barbudos, mais ágeis do que os soldados porque se recusavam a usar armaduras, passou por ele agitada, uivando seu desafio selvagem enquanto engatinhavam, pernas nuas, por cima da pilha de escoceces moribundos, mas então as flechas inglesas começaram a atingir e lançar os membros dos clãs de volta. As flechas faziam sons de bexigas se rompendo quando atingiam o alvo e os homens miavam e gemiam, contorcendo-se à medida que mais flechas chegavam ao seu destino. Cada uma provocava um jato de sangue, a ponto de Sir William e Robbie Douglas, ilesos debaixo do pesado escudo, ficarem salpicados de sangue.

Um súbito tumulto entre os soldados que estavam próximos provocou mais flechas e Sir William gritou, irritado, para que os soldados se deitassem, na esperança de que a imobilidade convencesse os arqueiros ingleses de que não havia escoceses vivos, mas os soldados retrucaram, dizendo que o conde de Moray tinha sido atingido.

— Já não era sem tempo — resmungou Sir William para Robbie. Ele odiava o conde mais do que odiava os ingleses, e sorriu quando um homem gritou que sua excelência não estava apenas ferido, mas morto, e então uma nova saraivada de flechas calou os servidores do conde e Sir William ouviu os projéteis tilintando em metal, penetrando em carne e atingindo as placas de salgueiro dos escudos, e quando o retinir de flechas acabou restavam apenas o gemido e o choro, o chiar de respiração e o estalar de couro enquanto homens morriam ou tentavam sair de sob as pilhas de moribundos.

— O que aconteceu? — perguntou Robbie.

— Nós não fizemos um reconhecimento adequado da área — respondeu Sir William. — Temos superioridade numérica sobre os bastardos, e isso nos deixou confiantes.

Agourentamente, no silêncio sem flechas, ele ouviu gargalhadas e o tropel de botas. Um grito soou e Sir William, que era veterano em guerras, sabia que os soldados ingleses estavam descendo para a selada para liquidar os feridos.

— Vamos sair correndo daqui a pouco — disse ele a Robbie —, não há escolha. Cubra o seu traseiro com o escudo e corra como um demônio.

— Vamos fugir? — perguntou Robbie, perplexo.

Sir William suspirou.

— Robbie, seu imbecil, você pode correr para a frente e pode morrer, e eu vou dizer à sua mãe que você morreu como um bravo e como um mentecapto, ou pode sair em disparada para o alto da montanha comigo e tentar vencer esta batalha.

Robbie não discutiu, mas apenas olhou para trás, para cima, para o lado escocês da depressão onde a samambaia estava salpicada de flechas com penas brancas.

— Me diga quando for a hora de correr — disse ele.

Doze arqueiros e outros tantos soldados ingleses estavam usando facas para cortar gargantas escocesas. Eles faziam uma pausa antes de eliminar um soldado, para descobrir se ele tinha algum valor como fonte de resgate, mas poucos homens estavam nessa condição, e os homens dos clãs não tinham valor algum. Estes, odiados acima de todos os escoceses porque eram muito diferentes, eram tratados como vermes. Sir William levantou cautelosamente a cabeça e decidiu que aquele era o momento para a retirada. Era melhor sair engatinhando daquela maldita armadilha do que ser capturado, e por isso, ignorando os gritos indignados dos ingleses, ele e o sobrinho subiram a encosta. Para surpresa de Sir William, não lançaram flecha alguma. Ele esperava que o gramado e a samambaia fossem açoitados por flechas enquanto ele subia com dificuldade para sair da depressão, mas ele e Robbie foram deixados em paz. Quando estava na metade da subida pela encosta, voltou-se e viu que os arqueiros ingleses tinham desaparecido, deixando apenas soldados naquele flanco do campo. Na chefia deles, olhando em sua direção da borda mais distante da depressão, estava Lorde Outhwaite, que já tinha sido seu prisioneiro. Outhwaite, que mancava, usava uma lança como apoio e, ao ver Sir William, ergueu a arma numa saudação.

— Arranje uma armadura adequada, Willie! — gritou Sir William. Lorde Outhwaite, como o cavaleiro de Liddesdale, tinha recebido o nome de batismo de William. — Ainda não acabamos com vocês.

— Eu não tenho medo, Sir William, não tenho mesmo — retrucou Lorde Outhwaite. Ele se firmou na lança. — Espero que o senhor esteja bem.

— É claro que não estou bem, seu imbecil! Metade dos meus homens está lá embaixo.

— Meu caro senhor — disse Outhwaite com uma careta, e depois fez um gesto genial enquanto Sir William empurrava Robbie para continuar a subir o morro e foi atrás dele para ficar a salvo.

Uma vez de volta ao planalto, Sir William fez um levantamento da situação. Via que os escoceses tinham sido derrotados na sua direita, mas isso fora por culpa deles mesmos, por atacarem de frente na baixada, onde os arqueiros tinham podido matar impunemente. Aqueles arqueiros tinham desaparecido misteriosamente, mas Sir William imaginava que tivessem sido transferidos para o outro lado do campo, para o flanco esquerdo escocês que tinha avançado bastante à frente do centro. Ele podia confirmar aquilo, porque o estandarte azul e amarelo do leão de Lorde Robert Stewart estava muito à frente da bandeira vermelha e amarela do rei. Assim, a batalha estava indo bem à esquerda, mas Sir William via que ela não estava indo a lugar nenhum no centro por causa do muro de pedra que obstruía o avanço escocês.

— Não vamos conseguir nada aqui — disse ele a Robbie. — Por isso vamos ser úteis.

Voltou-se e ergueu a espada ensangüentada.

— Douglas! — gritou ele. — Douglas!

Seu porta-bandeira tinha desaparecido e Sir William imaginou que o homem, com sua bandeira com o coração vermelho, estivesse morto na baixada.

— Douglas! — tornou a chamar e, quando um número suficiente de seus homens se aproximou dele, ele os liderou para o *sheltron* central em ordem de batalha. — Vamos lutar aqui — disse-lhes, e depois forçou a passagem até o rei, que estava a cavalo na segunda ou terceira fileira, lutando sob sua bandeira que estava cheia de flechas espetadas. Ele também lutava com a viseira erguida, e Sir William viu que o rosto do rei estava meio coberto de sangue. — Abaixe a viseira! — berrou ele.

O rei tentava arremeter com uma lança comprida para o outro lado do muro, mas a pressão dos homens tornava inúteis os seus esforços. Seu casaco azul e amarelo tinha sido rasgado para revelar a brilhante placa de metal que estava por baixo. Uma flecha penetrou na sua ombreira direita que outra vez tinha trepado no peitoral, e ele a arrancou no exato momento em que uma outra flecha fazia um rasgo na orelha esquerda do seu corcel. Viu Sir William e sorriu como se aquilo fosse um esporte de classe.

— Abaixe a viseira! — berrou Sır William, e viu finalmente que o rei não estava sorrindo. Na verdade toda a saliência da face tinha sido arrancada e o sangue ainda brotava do ferimento e vazava pela borda inferior do elmo para ensopar o casaco rasgado. — Mande fazer um curativo no rosto! — gritou ainda acima do estrépito da batalha.

O rei deixou que seu cavalo, assustado, recuasse, afastando-se do muro.

— O que aconteceu à direita? — O ferimento tornava-lhe a voz indistinta.

— Eles nos mataram — disse Sir William, sucinto, inadvertidamente agitando sua longa espada e fazendo com que gotas de sangue fossem lançadas da ponta. — Não, eles nos assassinaram — resmungou. — Havia uma falha no terreno, e caímos numa cilada.

— A nossa esquerda está ganhando! Vamos derrotá-los lá!

A boca do rei continuava enchendo-se de sangue, que ele cuspia, mas apesar do abundante sangramento não parecia demasiado preocupado com o ferimento. Ele fora provocado logo no início da batalha, quando uma flecha passara chiando por cima das cabeças de seu exército para abrir um entalhe na sua bochecha antes de parar no forro do elmo.

— Nós os manteremos aqui — disse ele.

— John Randolph está morto — disse Sir William. — O conde de Moray — acrescentou ao ver que o rei não entendera as primeiras palavras.

— Morreu? — O rei David piscou e depois cuspiu mais sangue. — Ele morreu? Não foi feito prisioneiro? — Uma outra flecha bateu na sua bandeira, mas o rei não percebia o perigo. Voltou-se e olhou para as bandeiras do inimigo. — Vamos mandar o arcebispo fazer uma oração ao lado da sepultura, e depois o bastardo poderá dizer a ação de graças no nosso jantar.

Ele viu uma brecha na fileira escocesa da frente, esporeou o cavalo para preenchê-la e arremeteu com sua lança contra um defensor inglês. O golpe do rei quebrou o ombro do homem, mutilando o sangrento ferimento com os pedaços de malha rasgada.

— Bastardos! — berrou o rei. — Nós estamos vencendo! — bradou para os seus homens, e então uma onda de seguidores de Douglas forçou a passagem entre ele e o muro. Os recém-chegados chocaram-se contra o muro de pedra como uma grande onda, mas o muro mostrou ser mais forte e a onda quebrou-se em suas pedras. Espadas e machados chocaram-se por cima da crista do muro e homens dos dois lados arrastavam os mortos para fora do caminho, a fim de desobstruir a passagem para a matança.

— Vamos segurar os bastardos aqui — garantiu o rei a Sir William — e derrotar a direita deles.

Mas Sir William, os ouvidos sempre sintonizados no barulho do combate, tinha captado algo novo. Há poucos minutos ele estivera escutando gritos, clangores, berros e tambores, mas um som estivera faltando, e era o da música da harpa do diabo, o som grave do dedilhar de cordas de arcos, mas agora ele o ouvia outra vez e sabia que apesar de que vintenas do inimigo pudessem ter sido mortos poucos daqueles mortos eram arqueiros. E agora os arcos da Inglaterra tinham recomeçado o seu horrível trabalho.

— Quer um conselho, majestade?

— Claro.

O rei parecia esperançoso. Seu corcel, ferido por várias flechas, deu pequenos passos nervosos para longe da mais populosa batalha que era travada a poucos passos de distância.

— Abaixe a viseira — disse Sir William — e depois recue.

— Recuar? — O rei ficou imaginando se tinha ouvido mal.

— Recuar! — repetiu Sir William, e seu tom de voz era ríspido e seguro, e no entanto ele não tinha certeza quanto ao motivo pelo qual dera o conselho. Era outra maldita premonição como a que tivera no nevoeiro ao amanhecer, mas ele sabia que o conselho era bom. Recuar agora, recuar de volta até a Escócia, onde havia grandes castelos que podiam suportar uma tempestade de flechas, mas ele sabia que não podia explicar o conselho. Não conseguia achar um motivo para ele. Um temor tomara conta de seu coração e o enchera de pressentimentos. Partindo de qualquer outro homem, o conselho teria sido considerado uma covardia, mas ninguém jamais acusaria Sir William Douglas, o Cavaleiro de Liddesdale, de covardia.

O rei pensou que o conselho fosse uma brincadeira de mau gosto e soltou uma gargalhada de desdém.

— Nós estamos vencendo! — disse ele, enquanto mais sangue derramava-se do elmo e escorria para a sela. — Há algum perigo à direita? — perguntou.

— Nenhum — disse Sir William. A depressão do terreno seria tão eficiente na detenção do avanço inglês quanto o fora em frustrar o ataque escocês.

— Então vamos vencer esta batalha na nossa esquerda — declarou o rei, e puxou as rédeas para afastar-se. — Recuar, ora, ora!

O rei soltou uma gargalhada e então tirou um pedaço de pano de um de seus capelães e enfiou-o entre o rosto e o elmo.

— Estamos vencendo! — tornou a dizer para Sir William, e depois esporeou o cavalo em direção ao leste. Cavalgava para levar a vitória à Escócia e para mostrar que era um filho digno do grande Bruce.

— Santo Andrew! — gritava ele através de um sangue espesso. — Santo Andrew!

— O senhor acha que devíamos recuar, tio? — perguntou Robbie Douglas. Ele estava tão confuso quanto o rei. — Mas nós estamos vencendo!

— Estamos? — Sir William prestava atenção à música dos arcos. — É melhor fazer suas orações, Robbie — disse ele —, é melhor dizer suas malditas orações e pedir a Deus que deixe o diabo levar os malditos arqueiros.

E rezar para que Deus ou o diabo estivesse ouvindo.

Sir Geoffrey Carr estava estacionado na esquerda inglesa, onde os escoceses tinham sido rechaçados de maneira muito decisiva pelo terreno e seus poucos soldados estavam agora lá na baixada fedendo a sangue, à procura de prisioneiros. O Espantalho tinha visto os escoceses encurralados na baixada e rira com ferino deleite enquanto as flechas desciam para penetrar nos atacantes. Um homem tribal, enfurecido, as grossas dobras de sua roupa de tecido enxadrezado cheio de tantas flechas que mais parecia um porco-espinho, tentara subir a encosta lutando. Ele xingou e amaldiçoou, foi atingido repetidas vezes por flechas, uma delas até estava espetada no crânio coberto por cabelos emaranhados, e uma outra estava presa na moita de sua barba, e no entanto ele ainda avançou, sangrando e resfolegando, tão cheio de ódio que nem mesmo sabia que devia estar morto, e conseguiu chegar a menos de cinco passos dos arqueiros antes que Sir Geoffrey estalasse seu chicote para tirar o olho esquerdo do homem de sua órbita, por inteiro, como uma avelã tirada da casca, e então um arqueiro avançara e casualmente rachara com um machado o crânio do homem espetado de flechas. O Espantalho enrolou o chicote e tocou com os dedos a umidade na garra de ferro da ponta. "Eu gosto muito de uma batalha", disse para ninguém em especial.

Assim que o ataque tinha sido detido, ele viu que um dos senhores escoceses, todo vistoso em azul e prata, jazia morto na pilha de corpos, e aquilo era uma pena. Era mesmo uma pena. Uma fortuna tinha sido perdida com aquela morte, e Sir Geoffrey, lembrando de suas dívidas, ordenou a seus homens que descessem para cortar gargantas, saquear cadáveres e encontrar qualquer prisioneiro que valesse um resgate de certa importância. Seus arqueiros tinham sido levados para o outro lado do campo, mas seus soldados ficaram para procurar algum dinheiro vivo.

— Depressa, Beggar! — berrou Sir Geoffrey. — Depressa! Prisioneiros e butim! Procurem cavalheiros e senhores! Não que haja algum cavalheiro na Escócia! — Esta última observação, feita apenas para si mesmo, divertiu o Espantalho a ponto de fazê-lo gargalhar. A piada pareceu melhorar enquanto ele pensava nela, e ele quase se dobrou de tanta satisfação. — Cavalheiros na Escócia! — repctiu, e então viu um jovem monge olhando para ele com expressão preocupada.

O monge era um dos homens do prior, distribuindo comida e cerveja aos soldados, mas ficara alarmado com a gargalhada alucinada de Sir Geoffrey. O Espantalho, ficando subitamente calado, olhou com olhos arregalados para o monge e então, em silêncio, deixou o rolo que ele fizera de seu chicote cair-lhe da mão. O couro macio não fez barulho enquanto se desenrolava e caía, e então Sir Geoffrey mexeu o braço direito com a rapidez de um relâmpago e o chicote enrolou-se no pescoço do jovem monge. Sir Geoffrey sacudiu o chicote.

— Venha cá, menino — ordenou.

A sacudidela fez o monge cambalear a ponto de largar o pão e as maçãs que estivera carregando, e no instante seguinte estava de pé junto ao cavalo de Sir Geoffrey e o Espantalho se inclinava de cima da sela para que o monge pudesse sentir seu hálito fedorento.

— Escute aqui, seu piedoso montinho de merda — sussurrou Sir Geoffrey —, se não me disser a verdade, vou cortar aquilo de que você não precisa e não usa, a não ser para mijar, e dar ao meu porco para comer, está entendendo, garoto?

O monge, horrorizado, limitou-se a fazer um gesto afirmativo com a cabeça.

Sir Geoffrey enrolou uma vez mais o chicote no pescoço do rapaz e deu um bom puxão, só para deixar bem claro quem é que mandava.

— Um arqueiro, um sujeito com um arco preto, trouxe uma carta para o seu prior.

— Trouxe sim, senhor.

— E o prior a leu?

— Leu sim, senhor.

— E ele lhe disse o que ela continha?

O monge abanou a cabeça instintivamente, depois viu a raiva no olho do Espantalho e, em pânico, deixou escapar a palavra que ouvira pela primeira vez quando a carta fora aberta.

— *Thesaurus*, senhor, é o que dizia a carta, *thesaurus*.

— *Thesaurus?* — disse Sir Geoffrey, tropeçando na palavra estrangeira. — E o que, seu castrado pedaço de merda de doninha, o que, em nome de mil virgens, é um *thesaurus*?

— Tesouro, senhor, tesouro. É latim, senhor. *Thesaurus*, senhor, é a palavra em latim para... — a voz do monge foi diminuindo de intensidade — ... tesouro — encerrou ele, claudicante.

— Tesouro. — Sir Geoffrey repetiu a palavra sem expressão.

O monge, meio sufocado, ficou subitamente ansioso por repetir o boato que circulava entre a irmandade desde que Thomas de Hookton tivera o encontro com o prior.

— O rei o enviou, senhor, sua majestade em pessoa, e o senhor meu bispo também, senhor, da França, e eles estão procurando um tesouro, senhor, mas ninguém sabe o que é.

— O rei?

— Ou onde o tesouro está, senhor, sim, senhor, o rei em pessoa, senhor. Ele o enviou, senhor.

Sir Geoffrey olhou o monge nos olhos, não viu falsidade alguma e por isso desenrolou o chicote.

— Você deixou cair algumas maçãs, rapaz.

— Deixei, sim, senhor, deixei.

— Dê uma delas ao meu cavalo. — Ele ficou observando o monge apanhar uma maçã, e então de repente sua fisionomia ficou distorcida de raiva. — Limpe a lama da maçã primeiro, seu filho de sapo! Limpe!

Ele estremeceu e olhou para o norte, mas não estava vendo os sobreviventes escoceses da ala direita do inimigo saindo desajeitados da baixada e nem mesmo percebeu a fuga de seu odiado inimigo, Sir William Douglas, que o deixara pobre. Não viu nenhuma daquelas coisas porque o Espantalho estava pensando em tesouro. Em ouro. Em pilhas de ouro. No que ele mais queria. Em dinheiro, jóias, moedas, prataria, mulheres e tudo que alguém pudesse querer.

O *sheltron* da esquerda escocesa, agressivo e selvagem, forçou a direita inglesa a recuar tanto, que uma grande brecha surgiu entre o centro inglês, atrás do muro de pedra, e a divisão em retirada, à direita. Aquela retirada significava que o flanco direito da divisão central estava agora exposto aos escoceses, mas então, vindos lá do outro lado da crista, os arqueiros chegaram para salvá-los.

Chegaram para formar uma nova linha que protegesse o flanco do arcebispo, uma linha voltada para o lado, para o triunfante assalto escocês, e o enxame de arqueiros disparou suas flechas contra o *sheltron* de

Lorde Robert Stewart. Eles não podiam errar. Eram arqueiros que começavam o treinamento da arte do arco e flecha a uma distância de cem passos e acabavam a mais de duzentos passos dos alvos cheios de palha, e agora estavam atirando a vinte passos, e as flechas voavam com tamanha força, que algumas furavam malha, corpo e malha outra vez. Homens em armaduras estavam sendo trespassados pelas flechas e o lado direito do avanço escocês desabava em sangue e dor, e cada homem que caía expunha uma outra vítima para os arqueiros, que atiravam com a rapidez com que conseguiam encaixar as flechas nas cordas. Os escoceses morriam às dúzias. Estavam morrendo e estavam gritando. Alguns homens tentavam instintivamente atacar os arqueiros, mas eram logo derrubados; nenhum soldado podia resistir àquele assalto de aço com penas, e de repente os escoceses estavam recuando, tropeçando nos mortos deixados pela sua carga, cambaleando de volta pelo pasto, para o ponto de onde tinham começado o ataque, e eram perseguidos a cada passo pelas flechas que assobiavam, até que finalmente uma voz inglesa ordenou que os arqueiros descansassem seus arcos.

— Mas fiquem aqui! — ordenou o homem, querendo que os arqueiros que tinham vindo da ala esquerda continuassem na direita assediada.

Thomas estava entre os arqueiros. Ele contou suas flechas, descobrindo que só restavam sete na sacola, e por isso começou a apanhar no gramado flechas disparadas que não estivessem muito danificadas, mas então um homem cutucou-o e apontou para uma carroça que atravessava o campo com feixes sobressalentes. Thomas ficou perplexo.

— Na França nós estávamos sempre ficando sem flechas.

— Aqui, não. — O homem tinha um lábio leporino, o que tornava difícil entendê-lo. — Eles as guardam em Durham. No castelo. Três condados as mandaram para cá. — Ele apanhou dois feixes novos.

As flechas eram feitas em toda a área da Inglaterra e do País de Gales. Alguns homens cortavam e aplainavam as hastes, outros colhiam as penas, mulheres teciam as cordas e homens ferviam a cola de couro, pata e azinhavre, enquanto ferreiros forjavam as pontas, e depois as peças separadas eram levadas a cidades onde as flechas eram montadas, enfeixadas e enviadas para Londres, York, Chester ou Durham, onde aguardavam uma emergência. Thomas rompeu o barbante de dois feixes e colocou as novas flechas numa sacola que ele tirara de um arqueiro morto. Ele tinha encontrado o homem caído atrás das tropas do arcebispo e Thomas deixara sua velha sacola rasgada ao lado do corpo e agora tinha uma sacola nova, cheia de flechas novas. Ele flexionou os dedos da mão direita. Estavam doloridos, prova de que ele não tinha disparado uma quantidade suficiente de flechas desde a batalha da Picardia. Suas costas doíam, como sempre acontecia depois de disparar o arco umas vinte vezes ou mais. Cada puxada equivalia a levantar um homem com uma só mão, e o esforço fazia com que a dor lhe penetrasse na espinha, mas as flechas tinham levado a ala esquerda escocesa de volta ao ponto de partida e onde, como faziam seus inimigos ingleses, eles agora tomavam fôlego. O terreno entre os dois exércitos estava cheio de flechas perdidas, homens mortos e feridos, alguns dos quais se mexiam lentamente ao tentar se arrastar de volta para os companheiros. Dois cães cheiravam um corpo, mas saíram correndo quando um monge atirou uma pedra neles.

Thomas desprendeu a corda do arco e a vara ficou reta. Alguns arqueiros gostavam de deixar suas armas permanentemente amarradas até que a vara tivesse adquirido a curva de um arco retesado, e dizia-se que ele acompanhara a corda; a curvatura deveria mostrar que o arco estava bem usado, revelando seu dono um soldado experiente, mas Thomas achava que um arco que tivesse acompanhado a corda ficava enfraquecido, e por isso tirava a corda do dele sempre que podia. Isso também ajudava a preservar a corda. Era difícil fazer uma corda de comprimento exatamente correto pois, inevitavelmente, ela distendia, mas uma boa corda de cânhamo, encharcada de cola, podia durar quase um ano se fosse mantida seca e não fosse submetida a uma tensão constante. Como muitos outros arqueiros, Thomas gostava de reforçar suas cordas de arco com cabelos de mulher porque protegiam as cordas de um rompimento numa luta. Isso, e rezar para São Sebastião. Thomas deixou a corda pendurada no topo do arco e agachou-se na grama, onde tirou as flechas da sacola uma a uma e passou-as entre os dedos para detectar quaisquer empenos nas hastes.

— Os bastardos vão voltar! — Um homem, com um crescente de prata no manto, percorria a linha a pé. — Eles vão voltar para atacar mais! Mas vocês trabalharam bem!

O crescente de prata estava quase oculto por sangue. Um arqueiro cuspiu e um outro tocou impulsivamente no seu arco sem corda. Thomas pensou que se ele se deitasse provavelmente iria dormir, mas foi tomado pelo medo ridículo de que os outros arqueiros iriam bater em retirada e deixá-lo ali, dormindo, e os escoceses iriam encontrá-lo e matá-lo. Mas os escoceses estavam descansando, como o faziam os ingleses. Alguns homens estavam curvados à altura da cintura como se estivessem recuperando o fôlego, outros estavam sentados na grama enquanto outros mais agrupavam-se em torno de um barril de água ou de cerveja. Os grandes tambores estavam silentes, mas Thomas ouvia o roçar de pedra em aço enquanto homens amolavam lâminas que tinham perdido o fio devido ao primeiro entrechoque da batalha. Nenhum insulto estava sendo berrado de nenhum dos lados agora, os homens apenas se entreolhavam desconfiados. Padres ajoelhavam-se ao lado de moribundos, rezando para que suas almas entrassem no céu, enquanto mulheres gritavam porque os maridos, amantes ou filhos estavam mortos. A ala direita inglesa, sua quantidade reduzida pela ferocidade do ataque escocês, voltara para o lugar de origem, e atrás dela estavam dezenas de mortos e moribundos. As baixas escocesas abandonadas pela retirada precipitada estavam sendo despidas e revistadas, e logo rompeu uma briga entre dois homens por causa de um punhado de moedas manchadas. Dois monges levavam água para os feridos. Uma criancinha brincava com os anéis rompidos de uma cota de malha, enquanto a mãe tentava soltar uma viseira quebrada de um pique que, segundo ela, daria um bom machado. Um escocês, dado por morto, de repente gemeu e virou-se, e um soldado dirigiu-se até ele e o golpeou com a espada de cima para baixo. O inimigo enrijeceu, relaxou e não tornou a se mexer.

— Ainda não chegou o dia da ressurreição, seu bastardo — disse o soldado enquanto liberava a espada. — Maldito filho de uma puta — resmungou, enxugando a espada no casaco rasgado do morto —, acordando dessa maneira! Me deu um susto!

Ele não estava falando com ninguém em especial, tinha apenas se agachado ao lado do homem que matara e começado a revistar-lhe as roupas.

As torres da catedral e os muros do castelo estavam lotados de espectadores. Uma garça voou embaixo dos reparos, seguindo o rio cheio de curvas que cintilava lindamente sob o sol de outono. Thomas ouvia codornizãos na encosta. Borboletas, sem dúvida as últimas do ano, voavam acima do gramado lustroso de tanto sangue. Os escoceses estavam se levantando, espreguiçando-se, colocando elmos, enfiando os antebraços nas alças dos escudos e erguendo espadas, piques e lanças recém-afiados. Alguns olhavam para a cidade e imaginavam os tesouros guardados na cripta da catedral e nos porões do castelo. Eles sonhavam com baús cheios de ouro, barris transbordando de moedas, salas com pilhas de prataria, tabernas despejando cerveja e ruas cheias de mulheres.

— Em nome do Pai, do Filho e do Espírito Santo — bradou um padre. — Santo Andrew está com vocês. Vocês lutam pelo seu rei! Os inimigos são filhos atcus dc Satã! Deus está conosco!

— Levantem-se, rapazes, levantem-se! — bradou um arqueiro do lado inglês.

Homens se levantaram, encordoaram seus arcos e tiraram a primeira flecha da sacola. Alguns se benzeram, sem perceber que os escoceses faziam o mesmo.

Lorde Robert Stewart, montado em um corcel cinza descansado, forçou a passagem em direção à frente da ala esquerda escocesa.

— Eles têm poucas flechas sobrando — prometeu aos seus homens —, poucas flechas. Nós podemos derrotá-los!

Por muito pouco seus homens não tinham derrotado os malditos ingleses da última vez. Por muito pouco, e sem dúvida uma outra investida ululante iria liquidar o pequeno exército desafiador e abrir o caminho para as opulentas riquezas do sul.

— Por Santo Andrew! — bradou Lorde Robert e os tambores começaram a sua batida. — Pelo nosso rei! Pela Escócia!

E os uivos recomeçaram.

Bernard de Taillebourg foi até a catedral quando seus negócios no pequeno hospital do mosteiro acabaram. Seu criado estava preparando os cavalos, quando o dominicano seguiu pela grande nave entre os imensos pilares pintados em listras irregulares de vermelho, amarelo, verde e azul. Ele foi até a tumba de São Cuthbert para fazer uma oração. Não tinha certeza de que Cuthbert era um santo importante —, sem dúvida, não era uma das almas abençoadas que podiam falar com Deus no céu — mas era muito venerado localmente, e sua tumba, fartamente decorada com jóias, ouro e prata, confirmava essa devoção.

Pelo menos cem mulheres estavam reunidas em torno do túmulo, a maioria chorando, e de Taillebourg empurrou algumas à sua frente para que pudesse chegar suficientemente perto a fim de tocar no manto bordado que envolvia a campa. Uma das mulheres resmungou contra ele. Percebeu então que era um padre e, vendo-lhe o rosto ensangüentado, arranhado, pediu perdão. Bernard de Taillebourg ignorou-a, curvando-se para a tumba. O manto era enfeitado com borlas e as mulheres tinham amarrado pequenas tiras de pano às borlas, cada tira uma oração. A maioria das orações pedia saúde, a restauração de um membro, o dom da visão, a cura de uma criança à beira da morte, mas naquele dia pediam a Cuthbert que tirasse os homens sãos e salvos da montanha.

Bernard de Taillebourg acrescentou sua oração. Vá procurar São Denis, rogou ele a Cuthbert, e peça-lhe que fale com Deus. Cuthbert, ainda que não pudesse atrair a atenção de Deus, poderia, sem dúvida alguma, encontrar São Denis que, sendo francês, deveria estar mais perto de Deus do que Cuthbert. Peça a Denis que reze para que minha missão tenha êxito e que a bênção de Deus recaia sobre a busca e que a graça de Deus dê sucesso a ela. E reze a Deus para que perdoe os nossos pecados, mas saiba que nossos pecados, apesar de cruéis, são cometidos apenas a serviço de Deus. Ele gemeu ao se lembrar dos pecados daquele dia, depois beijou o manto e tirou uma moeda de sob a batina. Depositou a moeda na grande jarra de metal onde os peregrinos davam o que podiam para o santuário e voltou depressa pela nave da catedral. Um edifício despojado, pensou ele, os pilares coloridos muito grossos e toscos, e seus entalhes tão malfeitos quanto rabiscos de crianças, muito diferente das abadias e igrejas novas e graciosas que se erguiam na França. Ele molhou os dedos na água benta, fez o sinal-da-cruz e saiu para a luz do sol onde seu criado estava esperando com as montarias.

— Você podia ter partido sem mim — disse ao criado.

— Teria sido mais fácil — disse o criado — matar você no caminho e depois continuar sem você.

— Mas não vai fazer isso — disse de Taillebourg — porque a graça de Deus apossou-se de sua alma.

— Graças a Deus — disse o criado.

O homem não era um criado de nascimento, mas um cavaleiro e bem-nascido. Agora, pela vontade de Bernard de Taillebourg, ele estava sendo castigado por seus pecados e pelos pecados de sua família. Havia pessoas, e o cardeal Bessières estava entre elas, que achavam que o homem devia ter sido esticado na roda, que devia ter sido imprensado por grandes pesos, que os ferros de queimar deviam ter cauterizado sua carne para que suas costas se arqueassem enquanto ele berrava arrependimento aos tetos, mas de Taillebourg convencera o cardeal a não fazer nada, exceto mostrar àquele homem os instrumentos de tortura da Inquisição.

— Depois entregue-o a mim — dissera de Taillebourg — e deixe que ele me conduza ao Graal.

— Mate-o em seguida. — Tinha sido essa instrução do cardeal ao inquisidor.

— Tudo será diferente quando tivermos o Graal — dissera de Taillebourg, evasivo.

Ele ainda não sabia se teria de matar aquele rapaz magro de pele queimada do sol e os olhos pretos e o rosto fino que em certa época dizia chamar-se o Arlequim. Ele adotara o nome por orgulho, porque os arlequins eram almas perdidas, mas de Taillebourg acreditava que poderia muito bem ter salvado a alma daquele arlequim. O verdadeiro nome do Arlequim era Guy Vexille, conde de Astarac, e foi Guy Vexille que de Taillebourg descreveu quando falou com o irmão Collimore sobre o homem que viera do sul para lutar pela França na Picardia. Vexille tinha sido preso depois da batalha, quando o rei francês estava à procura de bodes expiatórios, e um homem que ousava exibir o timbre de uma família declarada herege e rebelde servira como um bom bode expiatório.

Vexille foi entregue à Inquisição na esperança de que tirassem a heresia dele à custa de torturas, mas de Taillebourg acabou gostando do Arlequim. Ele reconheceu uma alma irmã, um homem durão, um homem dedicado, um homem que sabia que sua vida nada significava porque o que valia era a próxima, e por isso de Taillebourg poupou Vexille das agonias. Limitou-se apenas a mostrar a ele a câmara onde homens e mulheres pediam aos gritos desculpas a Deus, e então interrogou-o com delicadeza e Vexille revelou que certa vez navegara até a Inglaterra para procurar o Graal e, embora tivesse matado o tio, pai de Thomas, não o encontrara. Agora, com de Taillebourg, ele ouvira Eleanor contar a história de Thomas.

— Você acreditou nela? — perguntou o dominicano.

— Acreditei — disse Vexille.

— Mas será que ela foi enganada? — quis saber o inquisidor. Eleanor tinha dito a eles que Thomas fora encarregado de procurar o Graal, mas que sua fé era fraca e a busca não o animava muito.

— Mas nós ainda teremos de matá-lo — acrescentou de Taillebourg.

— É claro.

De Taillebourg franziu o cenho.

— Você não se importa?

— De matar? — Guy Vexille parecia surpreso pelo simples fato de Bernard de Taillebourg ter perguntado. — Matar é o meu ofício, padre — disse o Arlequim.

O cardeal Bessières tinha decretado que todo aquele que procurasse o Graal devia ser morto, todos exceto aqueles que o procurassem em nome do próprio cardeal, e Guy Vexille se tornara de bom grado o assassino de Deus. Claro que ele não tinha escrúpulo algum quanto a cortar a garganta de seu primo Thomas.

— Vai esperar por ele aqui? — perguntou ao inquisidor. — A garota disse que ele estaria na catedral depois da batalha.

De Taillebourg olhou para o outro lado da montanha. Os escoceses iriam ganhar, ele estava certo, e isso tornava duvidoso que Thomas de Hookton fosse até a cidade. O mais provável era que fugisse para o sul, em pânico.

— Nós iremos a Hookton.

— Eu já revistei Hookton — disse Guy Vexille.

— Neste caso, vai revistá-la outra vez — retrucou de Taillebourg.

— Sim, padre.

Guy Vexille, humilde, baixou a cabeça. Ele era um pecador; dele se exigia que mostrasse penitência e, por isso, não discutia. Fazia apenas o que de Taillebourg mandava e a recompensa, segundo lhe fora prometido, seria a reintegração. Ele teria de volta o seu orgulho, teria permissão para liderar seus homens numa guerra outra vez e seria perdoado pela Igreja.

— Vamos embora agora — disse de Taillebourg.

Ele queria partir antes que William Douglas viesse à procura deles e, de modo ainda mais urgente, antes que alguém descobrisse os três corpos na cela do hospital. O dominicano fechara a porta, deixando os cadáveres lá dentro, e sem dúvida os monges iriam acreditar que Collimore estava dormindo e, por isso, não iriam perturbá-lo, mas de Taillebourg ainda queria estar longe da cidade quando os corpos fossem encontrados, e por isso subiu para a sela de um dos cavalos que eles tinham roubado de Jamie Douglas na manhã daquele dia. Àquela altura, parecia ter sido há muito tempo. Enfiou os pés nos estribos e deu um pontapé para afastar um pedinte. O homem tinha agarrado a perna do inquisidor, queixando-se de que estava com fome, mas então rodopiou para livrar-se do selvagem empurrão do padre.

O barulho da batalha aumentou. O dominicano tornou a olhar para a crista da montanha, mas a luta não lhe dizia respeito. Se os ingleses e os escoceses queriam espancar uns aos outros, que o fizessem. Ele tinha assuntos mais importantes em mente, assuntos de Deus e do Graal do céu e do inferno. Também tinha pecados na consciência, mas estes seriam absolvidos pelo Santo Padre e até o céu seria indulgente com esses pecados depois que ele encontrasse o Graal.

As portas da cidade, embora fortemente protegidas, estavam abertas para que os feridos pudessem ser levados para dentro e comida e bebida fossem levadas para a crista da montanha. Os guardas eram homens mais velhos e tinham recebido ordens para não deixar nenhum atacante escocês tentar entrar na cidade, mas não tinham sido encarregados de impedir que alguém saísse, e por isso não prestaram atenção no padre pálido, com o rosto arranhado, montado num corcel, nem no seu elegante criado. Assim, de Taillebourg e o Arlequim saíram de Durham, viraram em direção à estrada para York, esporearam os cavalos e, enquanto o barulho da batalha ecoava do penhasco da cidade, afastaram-se em direção ao sul.

A tarde ia em meio quando os escoceses atacaram uma segunda vez, mas este assalto, ao contrário do primeiro, não veio em cima dos calcanhares de arqueiros em fuga. Agora os arqueiros estavam armados, prontos para receber a carga, e dessa vez as flechas voaram como um bando de estorninhos. Os que estavam na esquerda escocesa, que tinham chegado muito perto de romper a linha inglesa, enfrentavam agora o dobro de arqueiros, e sua carga, que começara com tanta confiança, reduziu o ritmo para um simples rastejar até que parou de todo, quando homens se agachavam atrás de escudos. A direita escocesa não chegou a avançar, enquanto o *sheltron* central do rei foi detido a cinqüenta passos do muro de pedra, atrás do qual uma multidão de arqueiros disparava uma incessante chuva de flechas. Os escoceses não queriam recuar, não podiam avançar, e durante um certo tempo as flechas de haste longa batiam e entravam em escudos em corpos descuidadamente expostos, e então os homens de Lorde Robert Stewart recuaram para fora do alcance e o *sheltron* do rei seguiu o exemplo deles. Assim, durante algum tempo uma outra pausa tomou conta do campo de batalha de terra vermelha. Os tambores estavam calados e não se gritavam mais insultos de um lado para o outro do pasto juncado. Os senhores escoceses, os que ainda viviam, reuniram-se sob o bandeira da aspa do rei e o arcebispo de York, vendo os inimigos reunidos em conselho, convocou os seus senhores. Os ingleses estavam desalentados. O inimigo, alegavam eles, jamais iria expor-se ao que o arcebispo descrevia como um terceiro batismo de flechas.

— Os bastardos vão escapulir para o norte — predisse o arcebispo —, e malditas sejam suas almas.

— Neste caso, nós iremos atrás deles — disse Lorde Percy.

— Eles se deslocam mais depressa do que nós — disse o arcebispo. Ele havia tirado o elmo, e o forro de couro deixara um sulco nos cabelos em volta do crânio.

— Vamos liquidar a infantaria deles — disse outro Lorde, voraz.

— A infantaria deles que vá para o inferno — retrucou o arcebispo, impaciente com tanta tolice. Ele queria capturar os senhores escoceses, os homens montados nos cavalos mais rápidos e mais caros, porque eram os resgates pagos por eles que iriam torná-lo rico, e ele queria, em especial, capturar os nobres escoceses como o conde de Menteith, que juraram fidelidade a Eduardo da Inglaterra e cuja presença no exército inimigo provava a sua traição. Homens assim não teriam resgates exigidos, mas seriam executados como exemplo para outros que quebrassem seus juramentos, mas se o arcebispo saísse vitorioso naquele dia poderia liderar seu pequeno exército e entrar na Escócia e tomar as propriedades dos traidores. Ele iria tirar tudo deles: a madeira de seus parques, os lençóis de suas camas, as próprias camas, as ardósias de seus telhados, seus vasos, suas panelas, seu gado, até mesmo o junco do fundo de seus rios.

— Mas eles não tornarão a atacar — disse o arcebispo.

— Então temos de ser inteligentes — disse Lorde Outhwaite, entusiasmado.

Os outros senhores olharam com desconfiança para Outhwaite. Inteligência não era uma qualidade que eles apreciassem, porque não caçava javalis, não matava veados machos, não gostava de mulheres e não fazia prisioneiros. Os religiosos podiam ser inteligentes, e sem dúvida havia bobos inteligentes em Oxford, e até mesmo mulheres podiam ser inteligentes, desde que não alardeassem isso, mas no campo de batalha? Inteligência?

— Inteligentes? — perguntou Lorde Neville, sem rodeios.

— Eles têm medo dos nossos arqueiros — disse Lorde Outhwaite —, mas se os nossos arqueiros parecerem ter poucas flechas esse medo acabará e eles bem poderão tornar a atacar.

— É verdade, é verdade... — começou a dizer o arcebispo, mas logo parou, porque era tão inteligente quanto Lorde Outhwaite, inteligente bastante, de fato, para esconder o quanto era inteligente. — Mas, como é que nós vamos convencê-los? — perguntou.

Lorde Outhwaite atendeu o arcebispo, explicando o que desconfiava que o arcebispo já percebera.

— Acho, excelência, que se os nossos arqueiros forem vistos revirando o campo à procura de flechas o inimigo tirará a conclusão correta.

— Ou, neste caso — expôs o arcebispo para que os outros senhores entendessem —, a conclusão errada.

— Ah, essa é boa — disse entusiasmado um daqueles outros senhores.

— Poderia ficar ainda melhor, excelência — sugeriu Lorde Outhwaite, acanhado —, se nossos cavalos fossem levados para a frente: O inimigo poderia então presumir que estávamos nos preparando para fugir.

O arcebispo não hesitou.

— Tragam todos os cavalos para a frente — disse ele.

— Mas... — Um senhor estava de cenho franzido.

— Os arqueiros vão vasculhar à procura de flechas, escudeiros e pajens vão trazer os cavalos para os soldados — retrucou o arcebispo, compreendendo perfeitamente o que Lorde Outhwaite estava pensando e ansioso por executá-lo antes que o inimigo resolvesse retirar-se para o norte.

Lorde Outhwaite deu pessoalmente as ordens aos arqueiros, e, momentos depois, dezenas de arqueiros estavam no espaço aberto entre os exércitos, onde recolheram flechas perdidas. Alguns deles resmungavam, chamando aquilo de tolice, porque se sentiam expostos aos soldados escoceses que, uma vez mais, começaram a xingá-los. Um dos arqueiros, que se adiantara mais do que a maioria, foi atingido no peito por uma seta de besta e caiu de joelhos, uma expressão de espanto no rosto, cuspindo sangue na palma da mão posta em concha. Começou a chorar, e isso só fez piorar o engasgo. Um segundo homem, indo em auxílio do primeiro, foi atingido na coxa pela mesma besta. Os escoceses ululavam seu escárnio para os feridos, mas se encolheram quando uma dúzia de arqueiros ingleses disparam flechas contra o besteiro solitário.

— Poupem as flechas! Poupem as flechas! — berrou Lorde Outhwaite, montado em seu cavalo, para os arqueiros. Ele galopou até perto deles. — Poupem as flechas! Pelo amor de Deus! Poupem as flechas!

Ele gritava alto bastante para que o inimigo o escutasse, e então um grupo de escoceses, cansados de se proteger dos arqueiros, avançou correndo numa evidente tentativa de cortar a retirada de Lorde Outhwaite e todos os ingleses saíram em disparada de volta à sua linha. Lorde Outhwaite esporeou o cavalo e facilmente fugiu da onda de homens que se contentaram em matar os dois arqueiros feridos. Os demais escoceses, vendo os ingleses fugirem, deram risadas e xingaram. Lorde Outhwaite voltou-se e olhou para os dois arqueiros mortos.

— Devíamos ter trazido aqueles rapazes para cá — censurou a si mesmo.

Ninguém respondeu. Alguns dos arqueiros olhavam ressentidos para os soldados, supondo que os cavalos destes tinham sido trazidos para ajudar a fuga deles, mas então Lorde Outhwaite gritou para grupos de arqueiros, mandando que ficassem atrás dos soldados.

— Alinhem-se atrás! Não todos. Estamos tentando fazer com que eles acreditem que estamos com poucas flechas, e se vocês não tivessem flechas não estariam na frente, estariam? Mantenham os cavalos onde estão!

Ele gritou a última ordem para os escudeiros, pajens e criados que tinham levado os corcéis. Os soldados não deviam montar por enquanto, os cavalos estavam simplesmente sendo mantidos por trás da linha, logo atrás do lugar em que metade dos arqueiros estava formada. O inimigo, ao ver os cavalos, deveria concluir que os ingleses, com escassez de flechas, estavam pensando em fugir.

E assim a armadilha simples foi armada.

Um silêncio caiu sobre o campo de batalha, exceto que os feridos gemiam, corvos cantavam e algumas mulheres choravam. Os monges recomeçaram a cantar, mas ainda estavam na esquerda inglesa e a Thomas, agora na direita, o som chegava fraco. Um sino tocou na cidade.

— Acho que estamos sendo inteligentes demais — observou Lorde Outhwaite a Thomas. Sua Excelência não era homem que pudesse ficar calado, e não havia mais ninguém, na divisão da direita, com quem manter uma conversa de certo nível e por isso ele escolhera Thomas. Ele soltou um suspiro.

— Nem sempre agir com inteligência funciona.

— Para nós funcionou na Bretanha, excelência.

— Você esteve na Bretanha e também na Picardia? — perguntou Lorde Outhwaite. Ele ainda estava montado e olhava para os escoceses por cima dos soldados.

— Servi a um homem inteligente lá, excelência.

— E quem era ele? — Lorde Outhwaite fingia estar interessado, talvez lamentando até mesmo ter iniciado a conversa.

— Will Skeat, senhor, só que agora ele é Sir William. O rei o fez cavaleiro na batalha.

— Will Skeat? — Lorde Outhwaite agora estava participando. — Você serviu ao Will? Pela graça de Deus, serviu? Meu caro William. Faz muitos anos que não ouço esse nome. Como vai ele?

— Não está bem, excelência — disse Thomas, e contou que Will Skeat, um homem do povo que se tornara líder de um bando de arqueiros e soldados que eram temidos onde quer que se falasse francês, tinha sido gravemente ferido na batalha da Picardia. — Ele foi levado para Caen, excelência.

Lorde Outhwaite franziu o cenho.

— Um francês o levou para lá, excelência — explicou Thomas —, um amigo, porque há um médico na cidade que sabe fazer milagres.

Ao terminar a batalha, quando finalmente se podia pensar que tinham sobrevivido ao horror, o crânio de Skeat tinha sido aberto e quando Thomas o vira pela última vez Skeat estava mudo, cego e incapacitado.

— Não sei por que os franceses dão melhores médicos — disse Lorde Outhwaite com ligeira contrariedade —, mas parece que dão. Meu pai sempre disse que davam, e ele tinha grandes problemas com o catarro.

— Esse homem é judeu, excelência.

— E com os ombros. Judeu! Você disse judeu? — Lorde Outhwaite parecia alarmado. — Eu nada tenho contra os judeus — continuou, embora sem convicção —, mas posso pensar numa dúzia de boas razões pelas quais nunca se deveria procurar um médico judeu.

— É verdade, excelência?

— Meu caro rapaz, como é que eles podem utilizar o poder dos santos? Ou as propriedades curativas de relíquias? Ou a eficácia da água benta? Até a oração é um mistério para eles. Minha mãe, que descanse em paz, sentia muitas dores nos joelhos. Eu sempre achei que era excesso de reza, mas o médico mandou que ela envolvesse as pernas em panos que tinham sido colocados no túmulo de São Cuthbert e rezasse três vezes ao dia para São Gregório de Nazianzeno, e deu certo! Deu certo! Mas nenhum judeu poderia receitar um tratamento desses, poderia? E se receitasse seria uma blasfêmia e iria fracassar. Devo dizer que acho muitíssimo contra-indicado ter colocado o pobre Will nas mãos de um judeu. Ele merece coisa melhor, merece mesmo. — Abanou a cabeça num gesto de desaprovação. — Will trabalhou para meu pai durante algum tempo, mas era um sujeito inteligente demais para ficar confinado na fronteira escocesa. Não há saques suficientes, entende? Ele foi trabalhar por conta própria. Pobre Will.

— O médico judeu — disse Thomas, teimoso — me curou.

— Só nos resta rezar. — Lorde Outhwaite ignorou a afirmativa de Thomas e falou num tom que indicava que era quase certo que a oração, embora necessária, viesse a ser inútil. Então, de repente, se animou. — Ah! Acho que os nossos amigos estão se mexendo!

Os tambores escoceses tinham começado a soar e ao longo de toda a linha do inimigo homens estavam engatando escudos, abaixando viseiras ou erguendo espadas. Eles viam que os ingleses tinham levado seus cavalos mais para perto, presumivelmente para ajudar a retirada deles, e que a linha inimiga parecia estar desfalcada de metade de seus arqueiros, de modo que deviam ter acreditado que aqueles arqueiros estavam com uma perigosa escassez de projéteis, e no entanto os escoceses ainda preferiram avançar a pé, sabendo que mesmo um punhado de flechas poderia enlouquecer seus cavalos e transformar em caos uma carga montada. Eles gritavam enquanto avançavam, tanto para animar a si mesmos quanto para provocai medo nos ingleses, mas ficaram mais confiantes quando chegaram ao local onde jaziam os corpos de sua última carga e ainda assim nenhuma flecha foi disparada.

— Ainda não, rapazes, ainda não.

Lorde Outhwaite tinha assumido o comando dos arqueiros na ala direita. Lorde Percy e Lorde Neville comandavam ali, mas os dois ficaram contentes por permitir que o homem mais velho desse ordens aos arqueiros enquanto eles aguardavam com seus soldados. Lorde Outhwaite estava sempre olhando para o outro lado do campo para onde os escoceses avançavam contra a ala esquerda inglesa, onde estavam os homens dele, mas estava certo de que a depressão no terreno continuaria protegendo-os, tal como o muro de pedra protegia o centro. Era ali, no lado da crista mais próxima de Durham, que os escoceses eram mais fortes, e os ingleses, mais vulneráveis.

— Deixem eles chegarem mais perto — avisou aos arqueiros. — Queremos acabar com eles de uma vez por todas, coitados.

Ele começou a tamborilar com os dedos no arção anterior da sela, acompanhando o ritmo dos poucos tambores grandes escoceses que restavam e aguardando até que a fileira de frente dos escoceses estivesse a uma distância de apenas cem passos.

— Arqueiros da frente — bradou quando achou que o inimigo estava numa distância boa —, são vocês, na frente da linha! Comecem a atirar!

Cerca de metade dos arqueiros podia ser vista perfeitamente na frente do exército, e agora eles armaram os arcos, viraram as flechas para cima e soltaram. Os escoceses, vendo a saraivada chegando, começaram a correr na esperança de diminuir a distância, para que apenas umas poucas flechas atingissem o alvo.

— Todos os arqueiros! — ribombou Lorde Outhwaite, temendo ter esperado demais, e os arqueiros que tinham estado escondidos atrás dos soldados começaram a disparar por cima da cabeça dos homens da frente. Os escoceses estavam perto agora, perto o bastante para que mesmo o pior arqueiro não pudesse deixar de atingir o alvo, tão perto que as flechas estavam furando outra vez malha e corpos e cobrindo o campo com mais homens feridos e moribundos. Thomas ouvia as flechas atingindo o alvo. Algumas tilintavam resvalando em armaduras, algumas penetravam em escudos com uma batida seca, mas muitas faziam um barulho como o machado de um abatedor quando este abatia cabeças de gado com a aproximação do inverno. Ele mirou num grandalhão cuja viseira estava erguida e enfiou-lhe uma flecha pela garganta. Uma outra flecha num homem tribal cuja fisionomia estava contorcida de ódio. Então, o talho de uma flecha rachou, fazendo com que o projétil saísse descontrolado quando ele soltou a corda. Ele tirou os pedaços de penas da corda, apanhou uma nova flecha e atirou-a contra um outro homem tribal barbudo que era só fúria e cabelos. Um escocês a cavalo estimulava seus homens a avançarem e aí começou a agitar braços e pernas na sela, atingido por três flechas, e Thomas disparou outra haste, atingindo um soldado bem no peito, de modo que a ponta perfurou malha, couro, osso e carne. A flecha seguinte afundou-se num escudo. Os escoceses estavam cometendo erros, tentando meter-se na chuva da morte.

— Calma, rapazes, calma! — bradou um arqueiro para os companheiros, temendo que eles estivessem puxando as cordas com muita ânsia e, com isso, não estivessem usando a força plena dos arcos.

— Continuem atirando! — bradou Lorde Outhwaite. Seus dedos ainda tamborilavam no arção de sua sela, apesar de os tambores escoceses estarem falhando. — Belo trabalho! Belo trabalho!

— Cavalos! — ordenou Lorde Percy.

Ele via que os escoceses estavam à beira do desespero, porque os arqueiros ingleses não tinham, no final das contas, escassez de flechas.

— Cavalos! — tornou ele a gritar, e seus soldados correram de volta para pularem para as selas. Pajens e escudeiros entregaram as lanças grandes e pesadas enquanto homens encaixavam pés protegidos por aço nos estribos, olhavam para o inimigo sofredor e abaixavam com um gesto rápido as viseiras.

— Atirem! Atirem! — bradou Lorde Outhwaite. — É isso, rapazes!

As flechas eram impiedosas. Os feridos escoceses gritavam por Deus, gritavam pelas suas mães e ainda assim a morte enfeitada de penas atingia o alvo. Um homem trajando o leão dos Stewart vomitou uma espuma rosa de sangue e saliva. Ele estava de joelhos, mas conseguiu se levantar, deu um passo, tornou a cair de joelhos, arrastou-se assim para a frente, vomitou mais bolhas manchadas de sangue e então uma flecha enfiou-se em seu olho e atravessou-lhe o cérebro para bater na parte de trás do crânio e ele foi lançado para trás como se tivesse sido atingido por um raio.

E então chegaram os grandes cavalos.

— Pela Inglaterra, Eduardo e São Jorge! — bradou Lorde Percy, e um trombeteiro acompanhou o desafio enquanto os grandes corcéis arremetiam. Sem cerimônia, eles empurravam os arqueiros para o lado enquanto as lanças desciam.

A turfa tremeu. Só uns poucos cavalarianos estavam atacando, mas o choque da carga atingiu o inimigo com uma força estonteante e os escoceses cambalearam para trás. Lanças eram abandonadas em corpos de homens e os cavaleiros sacaram as espadas e atacaram homens amedrontados, encolhidos, que não podiam correr porque a pressão dos corpos era demasiada. Mais cavalarianos estavam montando e os soldados que não queriam esperar seus corcéis corriam para juntar-se à carnificina. Os arqueiros uniram-se a eles, sacando espadas ou brandindo machados. Os tambores, finalmente, estavam calados e a matança começara.

Thomas já vira aquilo acontecer antes. Ele já tinha visto como, num piscar de olhos, uma batalha podia mudar. Os escoceses tinham estado pressionando o dia todo, tinham chegado muito perto de estraçalhar os ingleses, estavam desenfreados e ganhando, e no entanto agora estavam derrotados e os homens da esquerda escocesa, que tinham chegado tão perto de dar a vitória ao seu rei, foram os que perderam. Os corcéis ingleses entraram nas suas fileiras a galope para abrir trilhas sangrentas e os cavalarianos brandiam espadas, machados, porretes e maças contra homens em pânico. Os arqueiros ingleses juntaram-se a eles, atacando os escoceses mais lentos como bandos de cães de caça saltando contra corças.

— Prisioneiros! — gritava Lorde Percy a seus servidores. — Eu quero prisioneiros!

Um escocês tentou atingir o cavalo dele com um machado, errou, e foi derrubado pela espada de Sua Excelência, um arqueiro completou o trabalho com uma faca e depois cortou o gibão forrado do homem à procura de moedas. Dois carpinteiros de Durham retalharam com enxós um soldado que se debatia, golpeando-lhe o crânio, matando-o lentamente. Um arqueiro cambaleou para trás, ofegante, a barriga aberta com um corte e um escocês foi atrás dele, gritando de raiva, mas tropeçou numa vara de arco que colocaram em seu caminho e caiu sob um enxame de homens. Os caparazãos dos cavalos ingleses estavam gotejando sangue enquanto seus cavaleiros se voltavam para abrir a cortes o caminho de volta por entre a hoste escocesa. Eles tinham atravessado por completo e agora voltavam para ir ao encontro da onda seguinte de soldados ingleses que lutavam com as viseiras abertas, porque o inimigo, em pânico, não oferecia nenhuma resistência de verdade.

No entanto a direita e o centro escoceses estavam intatos.

A direita fora empurrada para a depressão do terreno, mas agora, em vez de os arqueiros lutarem contra eles da borda, eles enfrentavam os soldados que cometeram a loucura de descer para a depressão para enfrentar a carga escocesa. Homens com cotas de malha chocavam-se por cima dos corpos dos escoceses mortos, cambaleando, desajeitados, em suas roupas de metal para brandir espadas e machados contra escudos e crânios. Homens grunhiam enquanto matavam. Rosnavam, atacavam e morriam na samambaia enlameada, e no entanto a luta era inútil, porque se qualquer um dos lados obtinha uma vantagem ele apenas forçava o inimigo a recuar encosta acima, e imediatamente o lado perdedor ficava com o terreno como aliado e pressionava de novo morro abaixo e mais mortos juntavam-se aos cadáveres no fundo da depressão, e assim a luta rolava para a frente e para trás, cada grande onda deixando homens chorando e morrendo, invocando Jesus, amaldiçoando o inimigo, sangrando.

Beggar estava lá, um grande rochedo de homem em pé por sobre o cadáver do conde de Moray, zombando dos escoceses e convidando-os a lutar, e seis deles atacaram e foram mortos antes de uma matilha de homens de clãs da Alta Escócia chegar gritando para matá-lo, e ele rugiu para eles, brandindo sua imensa maça cheia de pontas, e ao Espantalho, que observava lá de cima, ele parecia um grande urso felpudo assaltado por mastins. Sir William Douglas, esperto demais para ser apanhado uma segunda vez no terreno baixo, também observava da borda oposta e ficou impressionado com o fato de homens descerem de bom grado para o massacre. Depois, sabendo que a batalha não seria ganha nem perdida naquele fosso de morte, voltou para o centro onde o *sheltron* do rei ainda tinha uma chance de obter uma grande vitória, apesar do desastre na esquerda escocesa.

Porque os homens do rei tinham passado pelo muro de pedras. Em certos pontos, eles o haviam derrubado e, em outros, o próprio muro acabara por desabar diante da pressão dos homens, e embora as pedras caídas ainda representassem um enorme obstáculo para soldados sobrecarregados com pesados escudos e cotas de malha, eles o estavam atravessando desajeitados e empurrando para trás o centro inglês. Os escoceses tinham feito uma carga para dentro do raio de alcance das flechas, resistindo a elas e até mesmo encurralando vinte arqueiros, que eles mataram com satisfação e agora abriam caminho a golpes e arremetidas, em direção à grande bandeira do arcebispo. O rei, com a viseira pegajosa do sangue de seu rosto ferido, estava na vanguarda do *sheltron*. O capelão do rei estava ao lado de seu senhor, brandindo um porrete com espetos, e Sir William e seu sobrinho juntaram-se ao ataque. Sir William ficou repentinamente envergonhado pela premonição que o fizera aconselhar uma retirada. Era assim que os escoceses lutavam! Com paixão e selvageria. O centro inglês recuava cambaleando, praticamente sem manter as fileiras. Sir William viu que o inimigo tinha levado seus cavalos para perto da linha de combate e presumiu que eles estavam se preparando para fugir, e por isso redobrou seus esforços.

— Matem-nos! — berrava.

Se os escoceses rompessem a linha, os ingleses estariam no caos, incapazes de chegar aos cavalos, e virariam simples carne para os carniceiros.

— Matem! Matem! — gritava o rei para os seus homens, altaneiro em seu cavalo.

— Prisioneiros! — bradava o conde de Menteith, mais sensato. — Façam prisioneiros!

— Destruam-nos! Destruam-nos agora! — berrava Sir William.

Ele levou o escudo à frente para receber um golpe de espada, golpeou abaixo do escudo e sentiu a lâmina furar uma cota de malha. Girou a espada e num safanão liberou-a antes que a carne pudesse agarrar o aço. Empurrou com o escudo, impossibilitado de olhar por cima da borda superior, sentiu o inimigo cambalear para trás, abaixou o escudo prevendo um golpe por baixo e depois empurrou-o para a frente outra vez, atirando o inimigo para trás. Ele cambaleou para a frente, quase perdendo o equilíbrio ao pisar no homem que havia ferido, mas apoiou o peso abaixando a borda inferior do escudo no chão, deu um impulso para tornar a ficar em pé e enfiou a espada num rosto barbudo. A lâmina resvalou no osso da face, levando um olho, e o homem caiu para trás, boca aberta, abandonando a luta. Sir William dobrou-se para evitar um golpe de machado, aparou outra espada no escudo e arremeteu alucinado contra os dois homens que o atacavam. Robbie, soltando palavrões e amaldiçoando, matou o homem que brandia o machado e depois chutou o rosto de um soldado caído. Sir William deu uma estocada com a mão por baixo e sentiu a espada raspar em malha rasgada e torceu para evitar que a lâmina ficasse presa e deu nela um puxão, fazendo com que um jato de sangue se derramasse através dos anéis de metal da armadura do homem ferido. O homem caiu, ofegante e contorcendo-se, e mais ingleses chegaram da direita, desesperados para deter o ataque escocês que ameaçava penetrar por completo a linha do arcebispo.

— Douglas! — berrou Sir William. — Douglas!

Ele clamava aos seus seguidores para que fossem ajudá-lo a arremeter e arrancar e retalhar o último inimigo. Ele e seu sobrinho tinham aberto uma trilha sangrenta pelas fileiras do arcebispo, e bastaria uma luta violenta de alguns instantes para romper o centro inglês, e depois o massacre de verdade poderia começar. Sir William agachou-se quando um outro machado agitou-se em sua direção. Robbie matou o homem que o empunhava, atravessando-lhe a garganta com a espada, mas imediatamente teve de aparar um golpe de lança e, ao fazê-lo, cambaleou para trás, contra o tio. Sir William empurrou o sobrinho para que ele ficasse ereto e bateu com o escudo na cara de um inimigo. Que diabo, onde estavam os seus homens?

— Douglas! — tornou a bradar Sir William. — Douglas!

E naquele exato momento uma espada ou uma lança enredou seus pés, e ele caiu, e cobriu-se instintivamente com o escudo. Homens passavam por ele pesadamente e ele rezou para que fossem seus seguidores que estivessem quebrando a última resistência inglesa e esperou o começo dos gritos do inimigo, mas em vez disso houve uma batida insistente no seu elmo. A batida parou, e recomeçou depois.

— Sir William? — perguntou uma voz delicada.

A gritaria começara, de modo que Sir William mal podia ouvir, mas as suaves batidas na coroa do elmo o convenceram de que não havia perigo em baixar o escudo. Levou uns instantes para ver o que estava acontecendo, porque seu elmo tinha sido deslocado para o lado quando ele havia caído e ele teve de colocá-lo na posição certa.

— Pelos dentes de Deus — disse ele quando o mundo apareceu.

— Caro Sir William — disse a voz delicada — presumo que o senhor se rende? Claro que sim. E esse é o jovem Robbie? Ora, como você cresceu, rapaz! Eu me lembro de você ainda guri.

— Oh, pelos dentes de Deus — repetiu Sir William, erguendo os olhos para Lorde Outhwaite.

— Permite que lhe dê a mão? — perguntou Lorde Outhwaite, solícito, estendendo a mão do alto da sela. — E depois poderemos conversar sobre resgates.

— Jesus — disse Sir William. — Maldição! — Porque agora percebia que os pés que tinham passado pisando com força tinham sido pés ingleses e que os gritos vinham dos escoceses.

O centro inglês resistira, no final das contas, e para os escoceses a batalha se transformara num desastre total.

Eram os arqueiros de novo. Os escoceses tinham perdido homens o dia inteiro e ainda assim tinham vantagem numérica sobre o inimigo, mas não podiam responder às flechas. Quando o centro escocês derrubou o muro e se lançou em massa pelos destroços, a esquerda escocesa bateu em retirada e expôs o flanco do *sheltron* do rei às flechas inglesas.

Os arqueiros levaram poucos instantes para perceber a vantagem. Eles aderiram à perseguição da rompida esquerda escocesa e não sabiam o quanto o centro escocês estava perto da vitória, mas então um dos homens de Lorde Neville percebeu o perigo.

— Arqueiros! — O seu berro podia ser ouvido na outra margem do Wear, em Durham. — *Arqueiros!*

Homens interromperam os saques e tiraram flechas das sacolas.

Os arcos começaram a soar de novo, cada nota grave de harpa mandando uma flecha no flanco dos escoceses desenfreados. O *sheltron* de David tinha forçado o batalhão central inglês a recuar através de um pasto, tinha-o esticado tanto que ele afinara, e eles estavam fechando o cerco à grande bandeira do arcebispo, e então as flechas começaram a morder e depois das flechas vieram os soldados da ala direita inglesa, os seguidores de Lorde Percy e de Lorde Neville, e alguns já estavam montados em seus grandes cavalos que eram treinados a morder, empinar e escoicear com as patas com ferraduras. Os arqueiros, abandonando uma vez mais os arcos, seguiram os cavalarianos com machados e espadas, e dessa vez suas mulheres também foram, com as facas desembainhadas.

O rei escocês deu uma estocada num inglês, viu-o cair, e ouviu seu porta-bandeira gritar aterrorizado. Voltou-se para ver a grande bandeira caindo. O cavalo do porta-bandeira tinha sido jarretado; o animal berrava enquanto desabava e uma turba de arqueiros e soldados agarrou homem e cavalo, arrebatou a bandeira e derrubou o porta-bandeira e arrastou-o para uma morte horrível, mas então o capelão real agarrou as rédeas do cavalo do rei e arrastou David Bruce para fora da refrega. Mais escoceses reuniram-se em torno de seu rei, escoltando-o para longe, e atrás deles os ingleses arremetiam de suas selas, cortando com as espadas, amaldiçoando enquanto matavam, e o rei tentou voltar e continuar a luta, mas o capelão obrigou o cavalo dele a se afastar.

— Vá embora, majestade! Vá embora! — gritou o capelão.

Homens amedrontados esbarraram no cavalo do rei que atropelou um homem de clã e depois tropeçou num cadáver. Havia ingleses na retaguarda escocesa agora, e o rei, vendo o perigo que corria, esporeou o cavalo. Um cavaleiro inimigo arremeteu contra ele, mas o rei aparou o golpe e passou a galope pelo perigo. Seu exército se desintegrara em grupos de fugitivos desesperados. Ele viu o conde de Menteith tentar montar num cavalo, mas um arqueiro agarrou a perna de sua excelência e puxou-o para trás, depois sentou em cima dele e encostou-lhe uma faca na garganta. O conde gritou que se rendia. O conde de Fife tinha sido feito prisioneiro, o conde de Strathearn estava morto, o conde de Wigtown estava sendo assaltado por dois cavaleiros ingleses cujas espadas tilintavam contra sua armadura como martelos de ferreiros. Um dos grandes tambores escoceses, os couros rasgados e em frangalhos, rolou morro abaixo, indo cada vez mais depressa, à medida que a encosta ficava mais íngreme, fazendo um som surdo ao bater nas rochas, até que finalmente caiu de lado e rolou até parar.

A grande bandeira do rei estava em mãos inglesas agora, assim como os estandartes de uma dúzia de lordes escoceses. Alguns escoceses galopavam para o norte. Lorde Robert Stewart, que quase chegara a ganhar o dia, estava livre e desimpedido no lado leste da crista, enquanto o rei mergulhava pelo lado oeste, entrando na sombra, porque o sol agora estava mais baixo do que os morros em cuja direção o rei cavalgava, numa necessidade desesperada de refúgio. Ele pensou na mulher. Será que ela estava grávida? Tinham dito a ele que Lorde Robert contratara uma feiticeira para fazer um feitiço no ventre dela, para que o trono passasse de Bruce para Stewart.

— Senhor! Senhor!

Um de seus homens berrava para ele, e o rei saiu de seu devaneio para ver um grupo de arqueiros ingleses já lá embaixo, no vale. Como tinham passado a frente dele? Puxou as rédeas, inclinou-se para a direita para ajudar o cavalo a fazer o giro e sentiu a flecha bater e entrar no peito do garanhão. Outro de seus homens fora derrubado, rolando pelo chão pedregoso que lhe rasgava a cota de malha em tiras brilhantes. Um cavalo

153

FLECHAS NO MORRO

berrou, sangue espirrou em leque no crepúsculo, e outra flecha penetrou no escudo do rei que estava pendurado às costas. Uma terceira flecha ficou presa na crina de seu cavalo e o garanhão estava diminuindo o passo, arriando e erguendo o corpo enquanto respirava com dificuldade.

O rei apertou com força as esporas, mas o cavalo não podia ir mais depressa. O rei fez uma careta e isso abriu o ferimento na face que estava coberto por uma crosta, de modo que o sangue derramou-se pela viseira aberta, caindo pelo casaco rasgado. O cavalo tornou a tropeçar. Havia um curso d'água à frente e uma pequena ponte de pedra, e o rei ficou impressionado com o fato de alguém ter feito uma ponte de alvenaria sobre um curso d'água tão pequeno, e então as patas dianteiras do cavalo desabaram e o rei estava rolando no chão, milagrosamente fora de sua montaria moribunda e sem quaisquer ossos quebrados, e ele levantou-se desajeitado e correu para a ponte, onde três de seus homens esperavam a cavalo, um deles com um garanhão sem cavaleiro. Mas mesmo antes que o rei pudesse chegar aos três homens as flechas adejaram e atingiram o alvo, cada uma fazendo o cavalo cambalear para o lado com o choque do impacto. O garanhão berrou, livrou-se com um safanão do controle do homem e galopou em direção leste com sangue pingando da barriga. Um outro cavalo desabou com uma flecha profundamente enfiada na anca, duas na barriga e outra na jugular.

— Debaixo da ponte! — gritou o rei.

Haveria abrigo sob o vão, um lugar onde se esconder, e quando tivesse uma dúzia de homens ele tentaria fugir. O crepúsculo não podia demorar, e se eles esperassem o cair da noite e então caminhassem a noite toda poderiam chegar à Escócia ao amanhecer.

E assim, quatro escoceses, um dos quais era rei, amontoaram-se debaixo da ponte de pedra e prenderam a respiração. As flechas tinham parado de voar, os cavalos deles estavam todos mortos e o rei ousou ter a esperança de que os arqueiros ingleses tivessem ido à procura de outras presas.

— Vamos esperar aqui — sussurrou ele.

Ele ouvia gritos vindos da parte alta, dava para ouvir patas na encosta, mas nenhum deles parecia vir de perto da pequena ponte baixa. Ele estremeceu, percebendo a magnitude do desastre. Seu exército acabara, suas grandes esperanças tinham morrido, a festa de Natal não seria em Londres, e a Escócia estava aberta aos inimigos. Deu uma olhada para o norte. Um grupo de homens de clãs patinhava no curso d'água e de repente seis cavalarianos ingleses apareceram e dirigiram seus corcéis para fora da encosta alta e as grandes espadas golpearam para baixo e houve sangue girando corrente abaixo para passar pelos pés do rei protegidos por malha, e ele encolheu-se para as sombras enquanto os soldados esporeavam seus cavalos para oeste, à procura de mais fugitivos. Cavalos passaram barulhentos pela ponte e os quatro escoceses não disseram nada, não tiveram coragem nem mesmo para se entreolharem enquanto o som das patas não tivesse desaparecido. Uma trombeta soava da crista da montanha, e seu tom era odioso: triunfante e zombeteiro. O rei fechou os olhos porque temia que fosse chorar.

— Vossa Majestade precisa consultar um médico — disse um homem, e o rei abriu os olhos para ver que quem falara era um de seus criados.

— Isso não tem cura — disse o rei, referindo-se à Escócia.

— A face vai cicatrizar, majestade — disse o criado, tranqüilizador.

O rei olhou para o seu seguidor como se o homem tivesse falado em alguma língua estranha e então, terrível e subitamente, seu rosto gravemente ferido começou a doer. Não houvera dor o dia inteiro, mas agora era uma agonia, e o rei sentiu lágrimas brotarem nos olhos. Não de dor, mas de vergonha, e então, quando tentou afastar as lágrimas piscando os olhos, houve gritos, sombras se projetando e o espadanar de botas quando homens pularam da ponte. Os atacantes tinham espadas e lanças e mergulharam sob o vão da ponte como caçadores de lontras partindo para a matança, e o rei rugiu, desafiante, e saltou contra o homem que estava à sua frente e a raiva era tanta que ele se esqueceu de sacar a espada e, em vez disso, deu um soco no homem com o punho protegido por aço e sentiu os dentes do inglês sendo esmagados com o golpe, viu o sangue jorrar e jogou o homem no rio, surrando-o, e então não conseguiu se mexer porque outros homens o estavam segurando. O homem que estava debaixo dele, quase afogado com dentes quebrados e lábios ensangüentados, começou a rir.

Porque ele tinha feito um prisioneiro. E iria ficar rico.

Ele tinha capturado o rei.

Segunda Parte
Inglaterra e Normandia, 1346-7

O CERCO DO INVERNO

eSTAVA ESCURO NA CATEDRAL. Tão escuro, que as cores brilhantes pintadas nos pilares e nas paredes tinham desbotado para o tom de escuridão. A única luz vinha das velas sobre os altares laterais e do outro lado da tela da cruz, onde chamas tremeluziam no coro e monges de batina preta cantavam. A voz deles provocava um encantamento no escuro, unindo-se e abaixando, elevando-se e aumentando, um som que teria provocado lágrimas nos olhos de Thomas se ainda lhe restassem lágrimas para derramar. *"Libera me, Domine, de morte aeterna"*, cantavam os monges enquanto a fumaça das velas espiralava para o teto da catedral. Livrai-me, Senhor, da morte eterna, e nas lajotas do coro estava o caixão no qual o irmão Hugh Collimore jazia ainda não liberado, as mãos cruzadas sobre a túnica, os olhos fechados e, sem que o prior soubesse, uma moeda pagã colocada sob a língua por um dos outros monges que temia que o diabo levasse a alma de Collimore, se o barqueiro que transportava a alma dos mortos para o outro lado do rio do além não fosse pago.

"Requiem aeternam dona eis, Domine", cantavam os monges, pedindo ao Senhor que desse ao irmão Collimore o descanso eterno, e na cidade, debaixo da catedral, nas pequenas casas que se penduravam no lado do rochedo, havia choro, porque eram muitos os homens de Durham que tinham sido mortos na batalha, mas o choro não era nada para as lágrimas que seriam derramadas quando a notícia do desastre voltasse para a Escócia. O rei tinha sido feito prisioneiro, o mesmo acontecendo com Sir

William Douglas e os condes de Fife, Menteith e Wigtown, e o conde de Moray estava morto, como o estavam também o condestável da Escócia, o marechal do rei e o camarista do rei, todos chacinados, os corpos desnudos e alvos da zombaria dos inimigos, e com eles estavam centenas de conterrâneos, a carne branca coberta de sangue e agora alimento para raposas, lobos, cães e corvos. Os estandartes escoceses manchados de sangue estavam no altar da catedral de Durham e os remanescentes do grande exército de David estavam em fuga noite adentro, e em seus calcanhares iam os ingleses vingativos, para devastar e saquear as terras baixas, para levar de volta o que tinha sido roubado e roubar mais alguma coisa. "*Et lux perpetua luceat eis*", cantavam os monges, rezando para que a luz eterna brilhasse sobre o monge morto, enquanto na crista da montanha outros mortos jaziam sob a escuridão onde as corujas guinchavam.

— Você tem de confiar em mim — sussurrou o prior para Thomas nos fundos da catedral. Pequenas velas tremeluziam sobre as dezenas de altares laterais onde sacerdotes, muitos deles refugiados de aldeias próximas saqueadas pelos escoceses, diziam missas pelos mortos. O latim daqueles sacerdotes rurais era com freqüência execrável, uma fonte de diversão para o clero próprio da catedral e para o prior que estava sentado ao lado de Thomas numa saliência de pedra.

— Eu sou o seu superior em Deus — insistiu o prior, mas ainda assim Thomas continuou calado e o prior se irritou. — O rei lhe deu uma ordem! A carta do bispo diz isso! Pois então diga-me o que está procurando.

— Quero minha mulher de volta — disse Thomas, e ficou satisfeito por estar escuro na catedral, porque seus olhos estavam vermelhos de tanto chorar. Eleanor estava morta, o padre Hobbe estava morto e o irmão Collimore estava morto, todos eles esfaqueados e ninguém sabia por quem, embora um dos monges falasse de um homem moreno, um criado que chegara com o padre estrangeiro, e Thomas estava se lembrando do mensageiro que ele tinha visto ao amanhecer, e Eleanor estava viva àquela altura, e eles não tinham discutido. Agora ela estava morta, e a culpa era dele. Dele. A tristeza tomou conta dele, dominou-o e ele expressou o sofrimento num uivo na nave da catedral.

— Cale a boca! — disse o prior, chocado com o barulho.

— Eu a amava!

— Há outras mulheres, centenas delas. — Enojado, ele fez o sinal-da-cruz. — O que foi que o rei mandou você procurar? Ordeno-lhe que me conte.

— Ela estava grávida — disse Thomas olhando para o teto — e eu ia me casar com ela. — Sua alma sentia-se tão vazia e escura quanto o espaço acima dele.

— Eu lhe ordeno que me conte! — repetiu o prior. — Em nome de Deus, eu lhe ordeno!

— Se o rei quiser que o senhor saiba o que eu procuro — falou Thomas em francês, apesar de o prior estar usando o inglês —, o rei terá o prazer de lhe contar.

O prior olhou, irritado, para a tela da cruz. A língua francesa, língua dos aristocratas, o silenciara, fazendo com que se perguntasse quem era aquele arqueiro. Dois soldados, as cotas de malha tilintando ligeiramente, passaram pelas lajotas a caminho de agradecer a São Cuthbert por terem escapado com vida. A maioria do exército inglês estava lá no norte, descansando durante as horas de escuridão antes de recomeçarem a perseguição do exército derrotado, mas alguns cavaleiros e soldados tinham ido para a cidade, onde vigiavam os prisioneiros valiosos que tinham sido colocados na residência do bispo no castelo. Talvez, pensou o prior, o tesouro que Thomas de Hookton procurava já não tivesse importância; afinal, um rei tinha sido capturado com metade dos condes da Escócia, e seus resgates iriam tirar o último tostão daquele maldito país, mas no entanto ele não conseguia livrar-se da palavra *thesaurus*. Um tesouro, e a Igreja estava sempre necessitando de dinheiro. Ele se levantou.

— Você se esquece — disse ele com frieza — que é meu hóspede.

— Eu não me esqueço — disse Thomas. Tinham-lhe dado espaço nos aposentos de hóspedes dos monges, ou melhor, nos estábulos deles, porque havia homens de nível mais elevado que precisavam dos aposentos mais aquecidos. — Eu não me esqueço — repetiu ele, cansado.

O prior agora ergueu o olhar para a escuridão elevada do teto.

— Talvez — sugeriu ele — você saiba mais sobre o assassinato do irmão Collimore do que finge saber.

Thomas não respondeu; as palavras do prior eram absurdas, e o prior sabia disso, porque ele e Thomas estavam no campo de batalha quando o velho monge fora morto, e a dor de Thomas pelo assassinato de Eleanor era sincera, mas o prior estava zangado e frustrado, e falou sem pensar. A esperança de achar um tesouro fazia isso com um homem.

— Você vai ficar em Durham — ordenou o prior — até que eu lhe dê permissão para partir. Dei instruções para que o seu cavalo seja mantido nos meus estábulos. Está entendendo?

— Eu entendo o senhor — disse Thomas, cansado, e depois ficou vendo o prior afastar-se. Mais soldados entravam na catedral, as pesadas espadas tilintando ao bater em pilares e túmulos. Nas sombras, atrás de um dos altares laterais, o Espantalho, Beggar e Dickon observavam Thomas. Eles o vinham seguindo desde o término da batalha. Sir Geoffrey agora vestia uma bela cota de malha que tinha tirado de um escocês morto, e ele refletira sobre participar ou não da perseguição, mas em vez disso mandara um sargento e meia dúzia de homens com ordens de pegar o que pudessem quando começasse o saque da Escócia. O próprio Sir Geoffrey estava apostando que o tesouro de Thomas, pelo fato de ter provocado o interesse do rei, valeria o seu interesse, e por isso decidira seguir o arqueiro.

Thomas, sem perceber o olhar do Espantalho, curvou-se para a frente, olhos bem apertados, pensando que nunca mais voltaria ao normal. Os músculos das costas e dos braços ardiam por causa de um dia de armar um arco e os dedos da mão direita estavam em carne viva pelo atrito da corda. Se fechava os olhos, não via coisa alguma a não ser escoceses vindo em sua direção e o arco fazendo uma linha escura no quadro da memória e o branco das penas das flechas diminuindo ao voarem, e depois aquela imagem desaparecia e ele via Eleanor contorcendo-se sob a faca que a torturara. Eles a tinham feito falar. No entanto, o que ela sabia? Que Thomas duvidava da existência do Graal, que ele era um investigador relutante, que só queria ser um líder de arqueiros e que tinha deixado sua mulher e seu amigo irem para a morte.

Uma mão tocou-lhe a parte posterior da cabeça e Thomas quase saltou para o lado na expectativa de algo pior, uma lâmina talvez, mas a voz que falou era a de Lorde Outhwaite.

— Vamos lá para fora, rapaz — ordenou ele a Thomas —, para algum lugar em que o Espantalho não possa ouvir o que conversarmos.

Ele disse aquilo em voz alta e em inglês, depois baixou o tom e usou o francês.

— Eu estava à sua procura. — Ele tocou o braço de Thomas, encorajando-o. — Soube sobre sua garota e fiquei triste. Ela era uma mulher bonita.

— Era sim, excelência.

— A voz dela indicava que era bem-nascida — disse Lorde Outhwaite —, de modo que sem dúvida a família dela vai ajudá-lo a se vingar.

— O pai dela tem um título, excelência, mas ela era filha bastarda.

— Ah! — Lorde Outhwaite continuou manquejando, ajudando o seu andar desigual com a lança que carregara a maior parte do dia. — Neste caso é provável que ele não ajude, não é? Mas você pode fazer isso por conta própria. Parece perfeitamente capaz.

Sua Excelência tinha levado Thomas para uma noite fria, pura. Uma lua alta flertava com nuvens de bordas prateadas enquanto na crista oeste grandes fogueiras queimavam para lançar sobre a cidade um véu de fumaça com toques de vermelho. As fogueiras iluminavam o campo de batalha para os homens e mulheres de Durham que revistavam os mortos para saquearem e esfaqueavam os escoceses feridos para deixá-los mortos, a fim de que também pudessem ser saqueados.

— Estou muito velho para participar de uma perseguição — disse Lorde Outhwaite olhando para as fogueiras distantes —, muito velho e muito duro nas juntas. Esta é uma caçada para gente jovem, e eles vão persegui-los até Edimburgo. Você já viu o Castelo de Edimburgo?

— Não, excelência. — Thomas falou sem expressão, não se importando se algum dia fosse ver Edimburgo ou o castelo.

— Ah, ele é lindo! Muito bonito! — disse Lorde Outhwaite com entusiasmo. — Sir William Douglas capturou-o para nós. Ele infiltrou homens na cidade dentro de barris. Barris enormes. Homem esperto, não? E agora ele é meu prisioneiro.

Lorde Outhwaite olhou para o castelo como se esperasse ver Sir William Douglas e outros prisioneiros escoceses de berço nobre descendo das ameias. Duas tochas em fogaréus de metal inclinados iluminavam a entrada onde uma dúzia de soldados montava guarda.

— Um bandido, o nosso William, um bandido. Por que o Espantalho está seguindo você?

— Não faço idéia, excelência.

— Eu acho que faz.

Sua Excelência recostou-se numa pilha de pedra. A área perto da catedral estava cheia de pedra e madeira, porque os construtores estavam restaurando uma das grandes torres.

— Ele sabe que você procura um tesouro, e por isso agora ele também procura.

Thomas prestou atenção naquilo, olhando Sua Excelência com perspicácia, e depois tornando a olhar para a catedral. Sir Geoffrey e seus dois homens tinham chegado até a porta, mas era evidente que não ousavam chegar mais perto do que aquilo, com medo de contrariar Lorde Outhwaite.

— Como é que ele pode saber? — perguntou Thomas.

— Como é que ele pode deixar de ficar sabendo? — perguntou Lorde Outhwaite. — Os monges sabem, e isso é o mesmo que pedir a um arauto que anuncie a novidade. Os monges mexericam como mulheres no mercado! Por isso o Espantalho sabe que você pode ser a fonte de uma grande riqueza, e ele a quer. Qual é o tesouro?

— Só um tesouro, excelência, apesar de eu duvidar que ele tenha um grande valor intrínseco.

Lorde Outhwaite sorriu. Por algum tempo, não disse nada, mas limitou-se a olhar para o outro lado do golfo escuro acima do rio.

— Você me disse, não? — disse ele, por fim —, que o rei o enviou em companhia de um cavaleiro da equipe do rei e um capelão da casa real.

— Enviou, excelência.

— E eles ficaram doentes em Londres?

O ANDARILHO

— Ficaram.

— Um lugar doentio. Eu estive lá duas vezes, e duas vezes é mais do que suficiente! Nocivo! Os meus porcos vivem em condições mais limpas! Mas um capelão real, hein? Sem dúvida um sujeito inteligente, não um padre do interior, hein? Não um camponês ignorante enfeitado com uma ou duas frases em latim, mas um homem que progride, um sujeito que em pouco tempo será bispo, se escapar da febre com vida. Ora, por que o rei iria enviar um homem desses?

— Vossa Excelência deve perguntar a ele.

— Um capelão real, nada menos do que isso — continuou Lorde Outhwaite como se Thomas não tivesse falado, e depois ficou calado. Um punhado de estrelas apareceu entre as nuvens e ele ergueu o olhar para elas e depois suspirou. — Certa vez — retornou —, faz muito tempo, eu vi um frasco de cristal contendo o sangue de nosso Senhor. Foi em Flandres, e o sangue se liquefazia em resposta a uma oração! Há um outro frasco em Gloucestershire, segundo me contaram, mas esse eu não vi. Eu toquei, certa vez, na barba de São Jerônimo em Nantes; segurei um fio do rabo do burro de Balaão; beijei uma pena da asa de São Gabriel e brandi a própria mandíbula com que Sansão abateu tantos filisteus! Eu vi uma sandália de São Paulo, uma unha de Maria Madalena e seis fragmentos da verdadeira cruz, um deles manchado com o mesmo sangue santo que eu vi em Flandres. Dei uma olhada nos ossos dos peixes com que nosso Senhor alimentou as cinco mil pessoas, senti o corte afiado de uma das pontas de flecha que abateram São Sebastião e cheirei uma folha da macieira do Jardim do Éden. Na minha capela, rapaz, eu tenho um nó de dedo de Santo Tomás e uma dobradiça da caixa na qual o olíbano foi dado ao Menino Jesus. Essa dobradiça me custou muito dinheiro, muito. Pois me diga, Thomas, que relíquia é mais preciosa do que todas essas que eu já vi e todas as que pretendo ver nas grandes igrejas da cristandade?

Thomas olhou para as fogueiras na crista da montanha, onde jaziam tantos mortos. Será que Eleanor já estava no céu? Ou estaria condenada a passar milhares de anos no purgatório? Aquele pensamento fez com que ele se lembrasse de que teria de pagar por missas pela alma dela.

— Você fica calado — observou Lorde Outhwaite. — Mas me diga, rapaz, acha que tenho realmente uma dobradiça da caixinha de brinquedo do Menino Jesus que continha olíbano?

— Não tenho como dizer, excelência.

— Às vezes, eu duvido — disse Lorde Outhwaite em tom genial —, mas minha mulher acredita! E é isso que importa: crença! Se você acreditar que uma coisa possui o poder de Deus, ela irá usar esse poder em seu favor.

Ele fez uma pausa, a grande cabeça cabeluda erguida para a escuridão como se ele farejasse à procura de inimigos.

— Acho que você está procurando uma coisa que tem o poder de Deus, uma coisa muito importante, e acredito que o diabo está tentando impedi-lo.

Lorde Outhwaite voltou para Thomas um rosto que expressava ansiedade.

— Esse estranho padre e seu criado moreno são agentes do diabo, o mesmo acontecendo com Sir Geoffrey! Se alguma vez existiu um filho de Satanás, é ele.

Ele lançou um olhar para o alpendre da catedral, onde o Espantalho e seus dois capangas tinham recuado para as sombras enquanto uma procissão de monges encapuzados saía para a noite.

— Satanás está cometendo maldades — disse Lorde Outhwaite — e você tem de lutar contra isso. Você tem recursos suficientes?

Depois da conversa sobre o diabo, a pergunta corriqueira sobre recursos causou surpresa a Thomas.

— Se tenho recursos, excelência?

— Se o diabo lutar contra você, rapaz, eu o ajudarei, e poucas coisas neste mundo são mais úteis do que o dinheiro. Você tem uma busca a realizar, tem jornadas a terminar e vai precisar de recursos. Por isso, você tem o suficiente?

— Não, excelência — disse Thomas.

— Pois então permita que eu o ajude. — Lorde Outhwaite colocou um saco de moedas sobre a pilha de pedras. — E talvez queira um companheiro na sua procura?

— Um companheiro? — perguntou Thomas, ainda bestificado.

— Não eu! Não eu! Eu estou velho demais. — Lorde Outhwaite fez um muxoxo. — Não, mas confesso que gosto muito de Willie Douglas. O padre que eu penso que matou sua mulher também matou o sobrinho de Douglas, e Douglas quer vingança. Ele pede, não, ele implora que o irmão do morto tenha permissão para viajar com você.

— Ele é um prisioneiro, certo?

— Eu acho que é, mas o jovem Robbie praticamente não vale um pedido de resgate. Suponho que eu poderia conseguir algumas libras por ele, mas nada como a fortuna que pretendo tirar do tio dele. Não, eu prefiro que Robbie viaje com você. Ele quer achar o padre e seu criado e eu acho que pode ajudar você.

Lorde Outhwaite fez uma pausa, e quando Thomas não respondeu insistiu no pedido.

— O Robbie é um bom rapaz. Eu o conheço, gosto dele e ele é competente. Um bom soldado também, segundo me disseram.

Thomas deu de ombros. Naquele momento não se importava se metade da Escócia viajasse com ele.

— Ele pode vir comigo, excelência — disse —, se eu tiver permissão para ir a qualquer lugar.

— O que quer dizer? Ter permissão?

— Não tenho permissão para viajar. — Thomas parecia ressentido. — O prior me proibiu de sair da cidade e tirou o meu cavalo.

Thomas encontrara o cavalo, levado para Durham pelo padre Hobbe, amarrado na porta do mosteiro.

Lorde Outhwaite soltou uma gargalhada.

— E você vai obedecer ao prior?

— Não posso perder um bom cavalo, excelência — disse Thomas.

— Eu tenho cavalos — disse Lorde Outhwaite em tom de encerrar o assunto —, inclusive dois bons cavalos escoceses que peguei hoje, e ao amanhecer, amanhã, os mensageiros do arcebispo partirão para o sul para levar a Londres notícias sobre o dia de hoje, e três de meus homens irão acompanhá-los. Sugiro que você e Robbie vão com eles. Isso levará vocês dois em segurança até Londres, e depois? Para onde você irá depois?

— Vou voltar para casa, excelência — disse Thomas —, para Hookton, para a aldeia onde meu pai morava.

— E será que aquele padre assassino espera que você vá até lá?

— Não sei.

— Ele vai procurar por você. Sem dúvida pensou em esperar por você aqui, mas isso era perigoso demais. Mas ele vai querer o que você sabe, Thomas, e irá atormentá-lo para conseguir. Sir Geoffrey vai fazer o mesmo. Aquele maldito Espantalho fará qualquer coisa por dinheiro, mas eu desconfio que o padre é o mais perigoso.

— Por isso eu fico de olho aberto e com as flechas afiadas.

— Eu seria mais esperto do que isso — disse Lorde Outhwaite. — Sempre descobri que se um homem estiver caçando você é melhor que ele o encontre num lugar que você tenha escolhido. Não caia numa embosca-da, mas esteja pronto para emboscá-lo.

Thomas aceitou a sabedoria do conselho, mas mesmo assim pare-cia em dúvida.

— E como é que eles vão saber para onde eu vou?

— Porque eu vou dizer a eles — disse Lorde Outhwaite —, ou melhor, quando o prior reclamar que você desobedeceu a ele ao sair da cidade, vou dizer a ele e os monges dele irão contar a todo mundo que puderem. Os monges são criaturas tagarelas. Assim, onde você gostaria de enfrentar seus inimigos, rapaz? Na sua cidade natal?

— Não, excelência — disse Thomas, apressado, e refletiu por al-guns segundos. — Em La Roche-Derrien — prosseguiu.

— Na Bretanha? — Lorde Outhwaite parecia surpreso. — O que você procura está na Bretanha?

— Eu não sei onde está, excelência, mas tenho amigos na Bretanha.

— Ah, e eu espero que você também me considere um amigo. — Ele empurrou o saco de moedas em direção a Thomas. — Tome.

— Eu pagarei a Vossa Excelência.

— Você vai me pagar — disse Sua Excelência, levantando-se — tra-

168

O ANDARILHO

zendo-me o tesouro e deixando que eu o toque só uma vez, antes que ele vá para o rei. — Ele olhou para a catedral, de onde Sir Geoffrey espreitava. — Acho melhor você dormir no castelo esta noite. Tenho homens lá que podem manter o maldito Espantalho afastado. Venha.

Sir Geoffrey observou os dois homens se afastarem. Ele não podia atacar Thomas enquanto Lorde Outhwaite estivesse com ele, porque Lorde Outhwaite era poderoso demais; mas o poder, sabia o Espantalho, vinha do dinheiro, e parecia que havia um tesouro à deriva no mundo, um tesouro que interessava ao rei e que agora interessa também a Lorde Outhwaite.

Por isso o Espantalho, mesmo que o inferno e o diabo fossem contra ele, pretendia encontrá-lo primeiro.

Thomas não estava indo para La Roche-Derrien. Ele mentira, citando a cidade porque a conhecia e porque não se importava se seus perseguidores fossem até lá, mas ele planejava estar em outro lugar. Ele iria a Hookton para ver se o pai tinha escondido o Graal lá, e depois, porque não esperava encontrá-lo, iria para a França, porque era lá que o exército inglês estava sitiando Calais e era lá que estavam seus amigos, e lá um arqueiro poderia arranjar um bom emprego. Os homens de Will Skeat estavam nas linhas que faziam o sítio e os arqueiros de Will quiseram que Thomas fosse o líder deles, e ele sabia que tinha capacidade para o cargo. Poderia chefiar um bando seu, ser temido como Will Skeat. Pensava nisso enquanto cavalgava para o sul, embora não raciocinasse de maneira consistente ou bem. Estava obcecado demais com as mortes de Eleanor e do padre Hobbe, e torturando-se com a lembrança do último olhar para trás, para Eleanor, e a recordação daquele olhar significava que ele via a região por onde cavalgava deturpada pelas lágrimas.

Thomas deveria seguir para o sul com os homens que levavam a notícia da vitória inglesa a Londres, mas não passou de York. Ele devia deixar York ao amanhecer, mas Robbie Douglas desaparecera. O cavalo do escocês ainda estava nos estábulos do arcebispo e sua bagagem estava onde ele a deixara, no pátio, mas Robbie tinha desaparecido. Por um instante Thomas ficou tentado a deixar o escocês para trás, mas um vago senso de dever contrariado fez com que ele ficasse. Ou talvez fosse porque ele não fazia muita questão da companhia dos soldados com suas notícias triunfantes, e por isso deixou que eles partissem e foi procurar pelo companheiro.

Encontrou o escocês olhando boquiaberto para as protuberâncias douradas do teto da igreja do mosteiro.

— Devíamos estar seguindo para o sul — disse Thomas.

— Sei — respondeu Robbie, ríspido, e, quanto ao mais, ignorando Thomas.

Thomas esperou. Depois de um curto intervalo:

— Eu disse que devíamos estar seguindo para o sul.

— Devíamos, sim — concordou Robbie —, e não estou detendo você. — Ele fez um gesto magnânimo com um braço. — Vá em frente!

— Você está desistindo da caça a de Taillebourg? — perguntou Thomas. Ele ficara sabendo o nome do padre por intermédio de Robbie.

— Não. — Robbie ainda estava de cabeça inclinada para trás enquanto olhava a suntuosidade do teto do transepto. — Vou encontrá-lo e então vou desventrar o bastardo.

Thomas não sabia o que era desventrar, mas concluiu que a palavra representava má notícia para de Taillebourg.

— Então, que diabo, por que é que você está aqui?

Robbie franziu o cenho. Ele tinha uma cabeleira espessa, de cabelos encaracolados, e um rosto com nariz arrebitado que, à primeira vista, fazia com que parecesse um rapaz, embora um segundo olhar detectasse a força da linha do queixo e a dureza do olhar. Finalmente, ele voltou aqueles olhos para Thomas.

— O que não consigo agüentar — disse ele — são aqueles malditos sujeitos! Aqueles bastardos!

Passaram-se alguns segundos antes que Thomas percebesse que ele se referia aos soldados que tinham sido seus companheiros na viagem de Durham para York, os homens que agora estavam há duas horas seguindo para o sul, na estrada que ia para Londres.

— O que há de errado com eles?

— Você ouviu o que eles disseram ontem à noite? — A indignação de Robbie fervilhou, atraindo a atenção de dois homens que estavam num cavalete alto, onde pintavam a alimentação dos cinco mil na parede da nave. — E na noite anterior? — prosseguiu Robbie.

— Eles ficaram bêbados — disse Thomas —, mas nós também ficamos.

— Contando como foi que eles lutaram a batalha! — disse Robbie. — E ao ouvir os bastardos, dava a impressão de que nós fugimos!

— Fugiram — disse Thomas.

Robbie não o tinha ouvido.

— Dava a impressão de que nós não lutamos nada! Jactando-se, era o que eles estavam, e nós quase ganhamos. Está ouvindo? — Ele cutucou o peito de Thomas com um dedo agressivo. — Quase ganhamos, e aqueles bastardos faziam com que a gente parecesse covarde!

— Vocês perderam — disse Thomas.

Robbie olhou para Thomas como se não acreditasse no que ouvia.

— Nós fizemos vocês recuarem quase até metade do caminho para a porcaria de Londres! Fizemos vocês correr! Mijando nas calças! Quase vencemos, isso é que é, e aqueles bastardos estão se vangloriando. Só se vangloriando! Eu queria matar o bando todo!

Umas vinte pessoas estavam ouvindo. Dois peregrinos, que seguiam de joelhos até o santuário atrás do altar principal, olhavam boquiabertos para Robbie. Um padre franzia o cenho, nervoso, enquanto uma criança chupava o polegar e olhava perplexa para o homem de cabelos revoltos que gritava tanto.

— Está me ouvindo? — berrou Robbie. — Quase vencemos!

Thomas se afastou.

— Para onde está indo? — perguntou Robbie.

— Para o sul — disse Thomas.

Ele compreendia o constrangimento de Robbie. Os mensageiros, levando notícias sobre a batalha, não resistiam a embelezar a história da luta quando eram recebidos em castelo ou mosteiro, e com isso uma carnificina difícil, selvagem, tornara-se uma vitória fácil. Não era de admirar que Robbie ficasse ofendido, mas Thomas pouco ligava para isso. Ele se voltou e apontou para o escocês.

— Você devia ter ficado em casa.

Robbie deu uma cusparada de nojo e então ficou ciente da platéia.

— Fizemos vocês correrem — disse ele, inflamado, e depois deu saltos para chegar perto de Thomas. Sorriu, e havia na expressão dele um charme atraente. — Eu não quis gritar com você — disse ele —, só estava zangado.

— Eu também — disse Thomas, mas a zanga era consigo mesmo e estava misturada com culpa e dor e não diminuiu enquanto os dois seguiam para o sul. Eles caíam na estrada em manhãs carregadas de orvalho, cavalgavam através de nevoeiros de outono, encolhiam-se sob a batida de chuva, e a quase cada passo da viagem Thomas pensava em Eleanor. Lorde Outhwaite prometera sepultá-la e mandar rezar missas pela alma dela, e às vezes Thomas desejava estar compartilhando o túmulo com ela.

— E por que de Taillebourg está perseguindo você? — perguntou Robbie no dia em que eles partiram de York. Eles falavam em inglês, porque, apesar de Robbie ser da nobre casa de Douglas, não falava francês.

Por algum tempo Thomas não disse nada, e justo quando Robbie pensou que ele não iria responder coisa nenhuma ele deu uma risada de desdém.

— Porque — disse ele — o bastardo acredita que o meu pai possuía o Graal.

— O Graal! — Robbie fez o sinal-da-cruz. — Ouvi dizer que ele estava na Escócia.

— Na Escócia? — perguntou Thomas, espantado. — Eu sei que Gênova alega estar com ele, mas a Escócia?

— E por que não? — Robbie eriçou-se. — Veja bem — ele abrandou o tom — ouvi dizer que também tem um na Espanha.

— Espanha?

— E se os espanhóis tiverem um — disse Robbie — os franceses também têm de ter um, e pelo que eu sei os portugueses também. — Ele deu de ombros e voltou a olhar para Thomas. — Então seu pai tinha outro?

Thomas não sabia o que responder. Seu pai tinha sido intratável, louco, brilhante, difícil e torturado. Tinha sido um grande pecador e, apesar de tudo, bem que poderia ter sido um santo também. O padre Ralph tinha rido dos alcances mais amplos da superstição, zombado dos ossos de porcos vendidos como relíquias de santos por monges que vendiam indulgências, e no entanto tinha pendurado uma lança antiga, escurecida e empenada nos caibros da igreja e dizia que era a lança de São Jorge. Ele nunca falara no Graal com Thomas, mas depois da sua morte Thomas ficara sabendo que a história de sua família estava entrelaçada com o Graal. Por fim decidiu contar a verdade a Robbie.

— Eu não sei — disse ele —, simplesmente não sei.

Robbie abaixou-se para passar sob um galho que crescera atravessado na estrada.

— Está me dizendo que este é o Graal verdadeiro?

— Se ele existir — disse Thomas, e uma vez mais perguntou-se se existia. Ele supunha que fosse possível, mas desejava que não fosse. No entanto, fora incumbido do dever de descobrir, e por isso iria procurar o único amigo de seu pai e iria perguntar àquele homem sobre o Graal, e quando recebesse a resposta esperada iria voltar para a França e unir-se aos arqueiros de Skeat. O próprio Will Skeat, seu antigo comandante e amigo, estava detido em Caen, e Thomas não sabia se Will ainda estava vivo ou, se estivesse, se conseguia falar ou compreender ou até mesmo andar. Ele poderia descobrir enviando uma carta para Sir Guillaume d'Evecque, pai de Eleanor, e Will poderia receber um salvo-conduto em troca da liberação de algum nobre francês menos importante. Thomas iria pagar a Lorde Outhwaite com dinheiro saqueado do inimigo e depois, disse a si mesmo, encontraria consolo na prática de sua habilidade no arco e flecha, na matança dos inimigos do rei. Talvez de Taillebourg viesse e o achasse, e Thomas poderia matá-lo como se eliminasse um rato. E quanto a Robbie? Thomas decidira que gostava do escocês, mas não se importava se ele ficasse ou fosse embora.

Robbie só entendia que de Taillebourg iria estar à procura de Thomas e por isso iria ficar ao lado do arqueiro até que pudesse matar o dominicano.

173

O Cerco do Inverno

Ele não tinha outra ambição, apenas a de vingar seu irmão: aquilo era um dever de família.

— Você toca num Douglas — disse ele a Thomas — e nós fatiamos você. Nós o esfolamos vivo. É uma disputa de sangue, entende?

— Mesmo se o assassino for o padre?

— Foi ele ou o criado dele — disse Robbie —, e o criado obedece ao patrão: seja como for, o padre é responsável, e por isso vai morrer. Vou cortar a maldita garganta dele.

Cavalgou algum tempo em silêncio, então sorriu.

— E depois vou para o inferno, mas pelo menos haverá muitos Douglas fazendo companhia ao diabo. — Ele soltou uma gargalhada.

Eles levaram dez dias para chegar a Londres e, uma vez lá, Robbie fingiu não estar impressionado, como se a Escócia tivesse cidades daquele tamanho, um vale sim, outro não, mas depois de um certo tempo ele abandonou o fingimento e limitava-se a olhar impressionado os edifícios imponentes, as ruas cheias de gente e de bancas de mercado enfileiradas. Thomas usava as moedas de Lorde Outhwaite, e por isso puderam alojar-se numa taberna logo do lado de fora dos muros da cidade, ao lado do tanque de água para os cavalos em Smithfield e próximo do gramado no qual mais de trezentos comerciantes tinham suas bancas.

— E nem mesmo é dia de mercado? — exclamou Robbie, e então deu um puxão na manga de Thomas. — Olhe!

Um malabarista girava meia dúzia de bolas no ar — o que não tinha nada de extraordinário, porque qualquer feira do interior mostraria o mesmo —, mas aquele homem estava trepado em duas espadas, usando-as como pernas de pau, com os pés descalços apoiados na ponta das espadas.

— Como é que ele faz isso? — perguntou Robbie. — E olhe!

Um urso dançarino arrastava as patas ao som de uma flauta bem embaixo de um patíbulo do qual pendiam dois corpos. Era para lá que os criminosos de Londres eram levados para serem enviados rapidamente para o inferno. Os dois corpos estavam envoltos em correntes para manter a carne que apodrecia junto aos ossos, e o fedor de corpos em decomposição misturava-se com o cheiro de fumaça e o mau cheiro do gado amedrontado que era comprado e vendido no gramado, que se estendia entre o muro de Londres e o priorado de St. Bartholomew, onde Thomas pagou a um padre para rezar missas pelas almas de Eleanor e do padre Hobbe.

Thomas, fingindo para Robbie que estava muito mais familiarizado com Londres do que o estava na realidade, escolhera a taberna em Smithfield por nenhum outro motivo que não o de que a tabuleta representava duas flechas cruzadas. Aquela era apenas a sua segunda visita à cidade e ele estava tão impressionado, confuso, perplexo e surpreso quanto Robbie. Eles perambulavam pelas ruas, olhando boquiabertos as igrejas e as casas de nobres, e Thomas usou o dinheiro de Lorde Outhwaite para comprar botas novas, perneiras de couro de bezerro, um casaco de couro de boi e uma bela capa de lã. Ficou tentado por uma elegante navalha francesa num estojo de marfim, mas, sem saber o valor da navalha, ficou com medo de estar sendo tapeado; reconheceu que podia roubar uma navalha do corpo de um francês quando chegasse a Calais. Em vez da compra, pagou a um barbeiro para fazer-lhe a barba e depois, vestindo os novos trajes vistosos, gastou o preço da navalha não comprada com uma das mulheres da taberna, e, em seguida, ficou deitado com lágrimas nos olhos porque estava pensando em Eleanor.

— Existe algum motivo para estarmos em Londres? — perguntou Robbie aquela noite.

Thomas bebeu sua cerveja e acenou para a jovem para que trouxesse mais.

— Londres fica no nosso caminho para Dorset.

— É uma ótima razão.

Na verdade, Londres não estava no caminho entre Durham e Dorchester, mas as estradas para a capital eram muito melhores do que as que cortavam o interior, e por isso era mais rápido viajar passando pela grande cidade. No entanto, depois de três dias, Thomas sabia que eles tinham de seguir em frente, de modo que ele e Robbie cavalgaram para o oeste. Contornaram Westminster, e Thomas pensou, por um segundo, em visitar John Pryke, o capelão real enviado para acompanhá-lo a Durham e que caíra doente em Londres e agora vivia ou então morrera no hospital da abadia, mas Thomas não tinha estômago para conversar sobre o Graal e por isso seguiu viagem.

O ar ficou mais limpo à medida que eles avançavam pelo interior. Não era considerado seguro viajar por aquelas estradas, mas a fisionomia de Thomas estava tão fechada, que outros viajantes concluíam que ele era o perigo, não a presa. Ele estava com a barba por fazer, e, como sempre, vestido de preto, e o sofrimento dos últimos dias colocara rugas profundas em seu rosto magro. Com a massa de cabelos desgrenhados de Robbie, os dois estavam parecidos com quaisquer outros vagabundos que perambulavam pelas estradas, exceto que aqueles estavam armados de meter medo. Thomas levava sua espada, seu arco e sua sacola de flechas, enquanto Robbie estava com a espada do tio, com o pedaço do cabelo de Sto. Andrew encaixado no punho. Sir William concluíra que praticamente não teria de usar a espada nos próximos anos, enquanto sua família tentava levantar o vultoso resgate, e por isso a emprestara a Robbie com o encorajamento para que fizesse bom uso dela.

— Você acha que de Taillebourg vai estar em Dorset? — perguntou Robbie a Thomas enquanto eles seguiam sob uma picante chuva forte.

— Duvido.

— Então por que estamos indo?

— Porque ele pode acabar aparecendo por lá — disse Thomas —, ele e o maldito criado.

Ele nada sabia sobre o criado, exceto o que Robbie lhe contara: que o homem era exigente, elegante, moreno escuro e misterioso, mas Robbie nunca ouvira o nome dele. Thomas, achando difícil acreditar que um padre tivesse matado Eleanor, convencera-se de que o criado era o criminoso e por isso planejara fazer com que o homem sofresse em agonia.

A tarde já ia avançada quando eles se curvaram para passar pela porta leste de Dorchester. Um guarda de lá, alarmado pelas armas deles, mandou que se identificassem, mas desistiu quando Thomas respondeu em francês. Aquilo sugeria que ele era um aristocrata, e o guarda, embirrado, deixou passarem os dois homens a cavalo, e depois ficou observando enquanto eles subiam pela East Street, passando pela igreja de Todos os Santos e pela prisão do condado. As casas ficavam mais prósperas à medida que se aproximavam do centro da cidade e, perto da igreja de São Pedro, as casas dos mercadores de lã poderiam não ficar deslocadas em Londres. Thomas sentia o cheiro dos matadouros atrás das casas, onde os açougueiros exerciam sua tarefa, e depois ele levou Robbie até Cornhill, passando pela casa do fabricante de utensílios de estanho, que gaguejava e tinha um olho gázeo, e depois pelo ferreiro, onde certa vez comprara algumas pontas de flecha. Ele conhecia a maioria daquelas pessoas. O Homem-cão, um mendigo sem pernas que ganhara o apelido porque bebia água do rio Cerne lambendo como um cachorro, arfava pela South Street sobre os tijolos de madeira amarrados nas mãos. Dick Adyn, irmão do carcereiro da cidade, guiava três ovelhas morro acima e fez uma parada para dirigir um benévolo insulto a Willie Palmer, que estava fechando sua loja de artigos de malha. Um jovem padre entrou apressado num beco abraçando um livro e desviou os olhos de uma mulher agachada na sarjeta. Uma lufada de vento soprou fumaça de madeira para a rua. Dorcas Galton, cabelos castanhos erguidos num coque, sacudiu um tapete de uma janela de um andar superior e deu uma risada devido a algo que Dick Adyn disse. Todos falavam com o mesmo sotaque local, sonoro, carregado e zumbidor, como o de Thomas, e este quase fez o cavalo parar para falar com eles, mas Dick Adyn olhou para ele e depois desviou rápido o olhar e Dorcas bateu com a janela, fechando-a. Robbie parecia ameaçador, mas o ar sombrio de Thomas era ainda mais amedrontador, e nenhum dos moradores da cidade reconheceu-o como o filho bastardo do último padre que Hookton tivera. Eles o reconheceriam se ele se apresentasse, mas a guerra mudara Thomas. Ela lhe dera uma dureza que repelia os estranhos. Ele saíra de Dorset ainda criança, mas voltara como um dos melhores matadores de Eduardo da Inglaterra, e quando ele saiu da cidade pela porta sul um guarda desejou a ele e a Robbie que bons ventos os levassem e disse-lhes que não voltassem.

— Vocês têm sorte por não estarem na cadeia! — bradou o homem, encorajado pela sua cota de malha municipal e sua lança antiga.

Thomas parou o cavalo, voltou-se na sela e apenas olhou para o homem, que de repente achou motivo para voltar para o beco ao lado da porta. Thomas cuspiu e seguiu em frente.

— Sua cidade? — perguntou Robbie, mordaz.

— Agora, não — disse Thomas, e se perguntou onde ficava a cidade em que ele morava, e por algum motivo estranho La Roche-Derrien penetrou, sem ser convidada, em seus pensamentos e ele se viu recordando Jeanette Chenier em sua magnífica casa à margem do rio Jaudy, e aquela lembrança de um velho amor fez com que ele se sentisse culpado uma vez mais pelo que acontecera com Eleanor.

— Onde fica a sua cidade? — perguntou ele a Robbie, para não se aprofundar em recordações.

— Eu cresci perto de Langholm.

— Onde fica isso?

— À beira do rio Esk — disse Robbie —, não muito longe, ao norte da fronteira. É uma região inóspita, isso ela é. Não é como aqui.

— Esta região do interior é boa — disse Thomas, conciliador.

Ele ergueu os olhos para os altos muros verdes do Castelo Maiden, onde o diabo brincava na Véspera do Dia de Todos os Santos e onde codornizões agora emitiam sua canção dissonante. Havia amoras silvestres maduras nas cercas vivas e, à medida que as sombras se alongavam, filhotes de raposa faziam suas investidas sorrateiras à beira dos campos. Poucos quilômetros adiante, e o crepúsculo quase se tornara noite, mas ele agora sentia o cheiro do mar e imaginava que podia ouvi-lo, sugando e rolando sobre o cascalho grosso de Dorset. Aquela era a hora dos fantasmas, quando as almas dos mortos cintilavam nas margens da visão dos homens e quando as pessoas de bem iam depressa para casa, para sua lareira, seu sapé e suas portas trancadas. Um cachorro uivou em uma das aldeias.

Thomas havia pensado em seguir até Down Mapperley, onde Sir Giles Marriott, o senhor de Hookton entre outras aldeias, tinha o seu solar, mas estava tarde e ele não achava prudente chegar ao solar depois do anoitecer. Além do mais, Thomas queria ver Hookton antes de falar com Sir Giles, e por isso dirigiu seu cavalo cansado em direção ao mar e conduziu Robbie sob o vulto gigantesco do monte Lipp.

O ANDARILHO

— Matei meus primeiros homens lá em cima daquele monte — jactou-se ele.

— Com o arco?

— Quatro deles — disse Thomas — com quatro flechas.

Aquilo não era de todo verdade, porque ele devia ter disparado sete ou oito flechas, talvez mais, mas ainda assim matara quatro dos assaltantes que tinham atravessado o Canal para saquear Hookton. E agora ele estava bem dentro da sombra crepuscular do vale do mar de Hookton e via o agitar das ondas que arrebentavam, com um cintilar branco no lusco-fusco adiantado enquanto cavalgava pela margem do rio até o local em que seu pai havia pregado e morrido.

Ninguém morava lá agora. Os assaltantes tinham deixado a aldeia morta. As casas foram incendiadas, o telhado da igreja desabara e os aldeões estavam enterrados num cemitério sufocado por urtigas, espinhos e cardos. Fazia quatro anos e meio que o grupo assaltante desembarcara em Hookton liderado pelo primo de Thomas, Guy Vexille, o conde de Astarac, e pelo pai de Eleanor, Sir Guillaume d'Evecque. Thomas tinha matado quatro dos besteiros e isso fora o começo de sua vida de arqueiro. Ele abandonou os estudos em Oxford e até aquele momento nunca voltara a Hookton.

— Aqui era a minha cidade — disse ele a Robbie.

— O que aconteceu?

— Os franceses — disse Thomas, e fez um gesto para o mar às escuras. — Eles vieram da Normandia.

— Jesus. — Robbie, por algum motivo, estava surpreso. Sabia que as terras fronteiriças da Inglaterra e da Escócia eram lugares onde prédios eram incendiados, o gado roubado, as mulheres estupradas e os homens mortos, mas nunca imaginara que isso acontecia tão ao sul assim. Deixou o corpo escorregar do cavalo e andou até uma pilha de urtigas que tinha sido um chalé. — Havia uma aldeia aqui?

— Uma aldeia de pescadores — disse Thomas e encaminhou-se pelo que certa vez tinha sido a rua, para o lugar onde as redes tinham sido remendadas e as mulheres defumavam o peixe. A casa de seu pai era um monte de madeiras queimadas, agora cobertas de convólvulo. Os outros chalés estavam na mesma situação, o sapé e a latada reduzidos a cinza e imundície. Só a igreja a oeste do rio era reconhecível, as paredes altas abertas para o céu. Thomas e Robbie amarraram os cavalos a aveleiras novas no cemitério e levaram a bagagem para dentro da igreja em ruínas. Já estava escuro demais para uma exploração, mas Thomas não conseguia dormir e por isso foi até a praia e recordou aquela manhã de Páscoa quando os navios normandos encalharam no cascalho e os homens chegaram gritando de madrugada, com armas e bestas, machados e fogo. Eles tinham chegado à procura do Graal. Guy de Vexille acreditava que ele estava em poder do tio dele, e por isso o Arlequim havia passado a aldeia de Hookton na espada. Ele a incendiara, destruíra e saíra dela sem o Graal.

O rio fazia seu barulhinho enquanto se contorcia dentro do Hook de cascalho para ir se encontrar com o grande barulho do mar. Thomas sentou-se no Hook, envolto em sua nova capa, com o grande arco preto ao lado. O capelão, John Pryke, falara sobre o Graal no mesmo tom reverente que o padre Hobbe usava quando falava da relíquia. O Graal, dissera o padre Pryke, não era apenas o cálice do qual Cristo bebera o vinho na Última Ceia, mas o receptáculo no qual o sangue de Cristo ao morrer caíra da cruz.

— Longino — tinha dito o padre Pryke em seu estilo excitável — era o centurião que estava embaixo da cruz e, quando a lança desferiu o doloroso golpe, ele ergueu o cálice para aparar o sangue!

Como, perguntava-se Thomas, o cálice foi da sala superior, onde Cristo fizera sua última refeição, para a posse de um centurião romano? E, o que era ainda mais estranho, como é que ele chegara até Ralph Vexille? Ele fechou os olhos, oscilando para trás e para a frente, com vergonha de sua descrença. O padre Hobbe sempre o chamara de Thomas Duvidador.

— Você não deve procurar explicações — dissera o padre Hobbe repetidas vezes — porque o Graal é um milagre. Ele transcende explicações.

— *C'est une tasse magique* — acrescentara Eleanor, somando implicitamente a sua reprovação à do padre Hobbe.

Thomas queria muito acreditar que se tratasse de um cálice mágico. Queria acreditar que o Graal existia fora do campo de visão humano, atrás de um véu de descrença, uma coisa meio visível, tremeluzente, maravilhosa, suspensa em luz e brilhando como fogo mortiço. Queria acreditar que um dia o Graal iria adquirir substância e que de seu bojo, que contivera o vinho e o sangue de Cristo, fluiriam paz e purificação. No entanto, se Deus quisesse que o mundo estivesse em paz e se Ele quisesse que a doença fosse derrotada, por que iria esconder o Graal? A resposta do padre Hobbe tinha sido de que a humanidade não era digna de segurar a taça, e Thomas se perguntava se aquilo era verdade. Haveria alguém que fosse digno? E talvez, pensou Thomas, se o Graal tinha qualquer poder mágico, este era o de exagerar os defeitos e as virtudes daqueles que o procuravam. O padre Hobbe tornara-se mais santificado em sua busca e o estranho padre e seu criado moreno, mais malignos. Era como uma daquelas lentes de cristal que os joalheiros usavam para aumentar a sua obra, só que o Graal era um cristal que ampliava o caráter. O que, perguntava-se Thomas, ele revelava sobre si mesmo? Ele se lembrava de seu constrangimento diante da idéia de se casar com Eleanor, e de repente começou a chorar, sacudir-se com soluços, chorar mais do que já tinha chorado desde que ela fora assassinada. Ele sacudia o corpo para a frente e para trás, a dor tão profunda quanto o mar que batia no cascalho, e que era tornada pior por saber que ele era um pecador, sem absolvição, com a alma condenada ao inferno.

Ele tinha saudades daquela mulher, odiava a si mesmo, sentia-se vazio, solitário e condenado, e por isso, na aldeia morta de seu pai, ele chorava.

Começou a chover mais tarde, uma chuva constante que ensopou a capa nova e esfriou Thomas e Robbie até os ossos. Eles tinham acendido uma fogueira que bruxuleava fracamente na velha igreja, chiando sob a chuva e dando a eles uma pequena ilusão de calor.

— Por aqui tem lobos? — perguntou Robbie.

— Deve haver — disse Thomas —, embora eu nunca tenha visto nenhum.

— Nós temos lobos em Eskdale — disse Robbie —, e de noite os olhos deles têm um brilho vermelho. Como fogo.

— Aqui há monstros no mar — disse Thomas. — Os corpos deles vêm dar na praia, às vezes, e é possível encontrar os ossos nos rochedos. Às vezes, mesmo em dias calmos, homens não voltavam da pesca e a gente sabia que os monstros os tinham pegado. — Ele estremeceu e benzeu-se.

— Quando o meu avô morreu — disse Robbie — os lobos rodeavam a casa e uivavam.

— A casa é grande?

Robbie pareceu surpreso com a pergunta. Pensou nela por um instante, e confirmou com a cabeça.

— É — disse ele. — Meu pai é proprietário de terras.

— Um senhor?

— **Como um senhor** — disse Robbie.

— Ele não estava na batalha?

— Ele perdeu uma perna e um braço em Berwick. Por isso nós, os filhos, temos de lutar por ele.

Ele disse que era o caçula de quatro filhos homens.

— Três agora — disse ele, benzendo-se e pensando em Jamie.

Eles dormiram mal, acordaram, tremeram de frio, e ao amanhecer Thomas voltou ao Hook para ver o novo dia filtrar-se cinzento ao longo do horizonte irregular do mar. A chuva parara, apesar de um vento frio retalhar as cristas das ondas. O cinza transformou-se num branco leproso, depois prateado quando as gaivotas chegaram sobre a longa faixa de cascalho onde, no alto da encosta do Hook, ele encontrou os restos de quatro estacas castigadas pelo tempo. Elas não estavam ali quando ele partira, mas embaixo de uma delas, meio enterrado em pedras, estava um amarelado pedaço de crânio e ele imaginou que aquele era um dos besteiros que ele matara com o seu longo arco preto naquele dia de Páscoa. Quatro estacas, quatro homens mortos, e Thomas supôs que as quatro cabeças estavam colocadas sobre as estacas para olharem para o mar até que as gaivotas arrancassem seus olhos com o bico e retalhassem a carne para deixar os crânios expostos.

Thomas olhou para a aldeia em ruínas, mas não conseguiu ver ninguém. Robbie ainda estava no interior da igreja, da qual saía um fiozinho de fumaça, mas fora isso Thomas estava sozinho com as gaivotas. Não havia nem mesmo ovelhas, cabeças de gado ou cabritos no monte Lipp. Ele se afastou da costa, os pés esmagando o cascalho, e então percebeu que ainda tinha na mão a curva quebrada de crânio e atirou-a no rio no qual os barcos pesqueiros eram inundados para livrá-los dos ratos e então, sentindo fome, foi apanhar o pedaço de queijo duro e pão preto do alforje que deixara ao lado da porta da igreja. As paredes da igreja, agora que podia vê-las de forma adequada à luz do dia, pareciam mais baixas do que ele se lembrava, talvez porque o pessoal local tivesse chegado com carroças e levado as pedras para paredes de galpões, chiqueiros ou casas. Dentro da igreja havia apenas um emaranhado de espinhos, urtigas e alguns pedaços retorcidos de madeira queimada havia muito cobertos por capim.

— Quase fui morto aqui — disse a Robbie, e descreveu como os assaltantes tinham batido na porta da igreja enquanto ele quebrava com os pés as vidraças de osso da janela leste e pulava para o cemitério. Lembrava-se de que seu pé havia esmagado o cálice de prata usado nas missas enquanto passava desajeitado por cima do altar.

Será que aquele cálice de prata era o Graal? Soltou uma gargalhada ao pensar naquilo. O cálice usado na missa era uma taça de prata, onde estava gravada a insígnia dos Vexille, e aquela insígnia, recortada da taça esmagada, estava agora presa ao arco de Thomas. Era tudo o que restava da velha taça, mas não tinha sido o Graal. O Graal era muito mais velho, muito mais misterioso e muito mais amedrontador.

O altar há muito que desaparecera, mas havia uma tigela de barro, rasa, nas urtigas no local onde ele se erguia. Thomas afastou as plantas com os pés e apanhou a tigela, lembrando-se que seu pai a enchia com hóstias antes da missa, cobria, com um pano de linho, e levava-a depressa para a igreja, zangando-se se nenhum dos aldeões tirava o chapéu e se inclinava para o sacramento enquanto ele passava. Thomas tinha chutado a tigela ao subir para o altar a fim de fugir dos franceses, e ela ainda ali estava. Ele deu um sorriso triste, pensou em guardar a tigela, mas jogou-a de volta para as urtigas. Os arqueiros deviam viajar com pouca bagagem.

— Vem vindo alguém — avisou-o Robbie, correndo para apanhar a espada do tio. Thomas pegou o arco e tirou uma flecha da sacola, e naquele exato momento ouviu a batida de patas e o latido de cães de caça. Foi até as ruínas na porta e viu uma dúzia de grandes galgos veadeiros espadanando pelo rio com línguas pendendo entre os dentes; ele não teve tempo para correr deles, só de espremer-se contra a parede enquanto os cães corriam para ele.

— Argos! Maera! Para trás! Comportem-se! — berrou o cavalariano aos seus cães, reforçando as ordens com o estalar de um chicote acima da cabeça deles, mas os animais cercaram Thomas e pularam nele. Mas não com ameaça: lambiam-lhe o rosto e abanavam o rabo.

— Orthos! — berrou o caçador para um daqueles cães, e só então olhou firme para Thomas.

Este não o reconheceu, mas era evidente que os cães o conheciam e isso proporcionou uma pausa ao caçador.

— Jake — disse Thomas.

— Meu doce Jesus Cristo! — disse Jake. — Doce Cristo! Vejam o que a maré nos trouxe. Orthos! Argos! Parem com isso e afastem-se, seus bastardos, parem com isso e afastem-se! — O chicote estalou forte, e os cães, ainda agitados, recuaram. Jake abanou a cabeça. — É Thomas, não?

— Como vai, Jake?

— Estou mais velho — disse Jake Churchill, mal-humorado, e então desceu do cavalo, forçou a passagem por entre os cães e saudou Thomas com um abraço. — Foi o maldito do seu pai quem deu nome a esses cães. Ele achou que era uma piada. É um prazer ver você, rapaz.

Jake estava com uma barba grisalha, o rosto moreno como uma castanha, devido ao tempo, e a pele cheia de cicatrizes devido a inúmeros arbustos com espinhos. Ele era o principal caçador de Sir Giles Marriott e ensinara Thomas a atirar com um arco, a espreitar um veado e a andar pelo interior escondido e em silêncio.

— Bom Deus Todo-Poderoso, rapaz — disse ele —, mas você cresceu um bocado. Olha só para o seu tamanho!

— Os rapazes crescem, Jake — disse Thomas, e fez um gesto em direção a Robbie. — É um amigo meu.

Jake cumprimentou o escocês com a cabeça e empurrou os cães para longe de Thomas. Os cães, com os seus nomes tirados da mitologia grega e latina, ganiram agitados.

— E que diabo vocês dois estão fazendo aqui? — quis saber Jake. — Deviam ter ido até o solar, como cristãos!

— Nós chegamos tarde — explicou Thomas — e eu queria ver o local.

— Não há nada para ver aqui — disse Jake, com desdém. — Agora só tem lebres.

— Você agora caça lebres?

— Eu não trago dez pares de cães para pegar lebres, rapaz. Não, o filho de Lally Gooden viu vocês dois esgueirando-se por aqui à noite passada e por isso Sir Giles me mandou para ver o que vocês estavam tramando. Tivemos uma dupla de vagabundos tentando se instalar aqui na primavera e eles tiveram que ser obrigados a seguir caminho na base do chicote. E na semana passada dois estrangeiros andaram furtivamente por aqui.

— Estrangeiros? — perguntou Thomas, sabendo que Jake bem podia estar querendo dizer apenas que os estrangeiros tinham vindo da paróquia vizinha.

— Um padre e seu criado — disse Jake —, e se ele não fosse padre, eu teria soltado os cachorros em cima dele. Não gosto de estrangeiros, não acho nada de interessante neles. Esses seus cavalos parecem estar com fome. Vocês dois também. Querem tomar o desjejum? Ou vão ficar aí e mimar esses malditos cães de tanto tapinha?

Eles cavalgaram de volta para Down Mapperley, atravessando a pequena aldeia atrás dos cães. Thomas se lembrava que a aldeia era grande, com o dobro do tamanho de Hookton, e quando era menino achava que ela era quase uma cidade, mas agora via como era pequena. Pequena e baixa, de modo que montado a cavalo ele ficava mais alto do que os chalés com telhado de sapé que tinham parecido tão suntuosos quando ele era menino. Os montes de estrume ao lado de cada chalé eram da altura do sapé. O solar de Sir Giles Marriott, logo depois da aldeia, também era coberto de sapé, com o telhado cheio de musgo chegando quase até o chão.

— Ele vai ficar contente por ver você — prometeu Jake.

E Sir Giles ficou mesmo. Ele agora era um homem idoso, um viúvo que antigamente desconfiara da rebeldia de Thomas mas agora o recebia como a um filho perdido.

— Você está magro, rapaz, muito magro. Não é bom um homem ser magro. Vocês dois querem tomar o desjejum? Pudim de ervilha e um pouco de cerveja, é o que temos. Ontem teve pão, mas hoje não. Quando é que vamos fazer mais pão, Gooden? — A pergunta foi feita para um criado.

— Hoje é quarta-feira, excelência — disse o criado, em tom de recriminação.

— Amanhã então — disse Sir Giles a Thomas. — Pão amanhã, sem pão hoje. Dá azar fazer pão às quartas-feiras. O pão de quarta-feira envenena a gente. Eu devo ter comido o de segunda-feira. Você disse que é escocês? — Dirigia-se a Robbie.

— Sou, excelência.

— Eu pensava que todos os escoceses tivessem barba — disse Sir Giles. — Havia um escocês em Dorchester, não havia, Gooden? Você se lembra dele? Ele tinha barba. Ele tocava guiterna e dançava bem. Você deve se lembrar dele.

— Ele era das ilhas Scilly — disse o criado.

— Foi o que acabei de dizer. Mas ele tinha barba, não tinha?

— Tinha, Sir Giles. Uma barba grande.

— Pois é isso então. — Com uma colher, Sir Giles levou um pedaço de pudim de ervilha a uma boca na qual só restavam dois dentes. Era gordo, de cabelos brancos e rosto corado e tinha pelo menos cinqüenta anos de idade. — Hoje já não posso andar a cavalo, Thomas — admitiu. — Já não sirvo para nada, a não ser ficar sentado por aí olhando o tempo. Jake lhe disse que uns estrangeiros andaram rondando aqui?

— Disse, excelência.

— Um padre! Batina preta e branca, como uma pega. Queria conversar sobre o seu pai e eu disse que não havia nada a dizer. O padre Ralph morreu, disse eu, e que Deus dê descanso à sua pobre alma.

— O padre perguntou por mim, excelência? — indagou Thomas. Sir Giles sorriu.

— Eu disse que não via você há anos e esperava nunca mais tornar a vê-lo, e então o criado dele me perguntou onde ele poderia procurar por você e eu disse a ele que não falasse com seus superiores sem permissão. Ele não gostou! — Ele fez um muxoxo. — Então a pega fez perguntas sobre seu pai e eu disse que praticamente não o conhecera. Era mentira, claro, mas ele acreditou em mim e retirou-se. Coloque um pouco de lenha naquele fogo, Gooden. Se dependesse de você, um homem poderia morrer congelado dentro de sua própria casa.

— Então o padre foi embora, excelência? — perguntou Robbie. Não parecia normal de Taillebourg aceitar uma negativa e humildemente ir embora.

— Ele ficou com medo dos cachorros — disse Sir Giles, ainda achando graça. — Eu estava com alguns cães aqui, e se ele não estivesse vestido como uma pega eu os teria soltado, mas não se deve matar padres. Sempre há encrenca depois. O diabo vem e apronta das suas se você matar um padre. Mas eu não gostei dele e disse que não tinha certeza quanto ao tempo que poderia manter os cães sob controle. Há um pouco de presunto na cozinha. Gostaria de um pouco de presunto, Thomas?

— Não, excelência.

— Eu detesto o inverno.

Sir Giles olhou para a lareira ampla, onde as chamas agora estavam enormes. O solar tinha vigas escurecidas pela fumaça que sustentavam o imenso telhado de sapé. Em uma das extremidades, um biombo de madeira entalhada escondia a cozinha, enquanto os aposentos particulares ficavam na outra ponta, apesar de que desde que a mulher morrera Sir Giles não usava mais os aposentos pequenos, mas vivia, comia e dormia ao lado da lareira do salão.

— Acho que este vai ser o meu último inverno, Thomas.

— Espero que não, excelência.

— Você pode esperar o que bem quiser, mas eu não vou durar até o fim. Não quando o gelo chegar. Hoje em dia não é possível manter-se aquecido, Thomas. O frio penetra em você, morde a sua medula, e eu não gosto disso. Seu pai também não gostava. — Ele agora estava olhando fixo para Thomas. — Seu pai sempre dizia que você iria embora. Para Oxford, não. Ele sabia que você não gostava de lá. Era como chicotear um corcel entre as pernas, era o que ele costumava dizer. Ele sabia que você iria fugir e ser um soldado. Ele sempre disse que você tinha um sangue de rebelde. — Sir Giles sorriu ao recordar-se. — Mas ele também dizia que você voltaria para casa um dia. Dizia que você iria voltar para mostrar a ele o belo homem em que se transformara.

Thomas piscou para afastar as lágrimas. Será que seu pai realmente dissera aquilo?

— Voltei desta vez — disse ele — para lhe fazer uma pergunta, excelência. A mesma pergunta, acho eu, que o padre francês queria fazer ao senhor.

— Perguntas! — resmungou Sir Giles. — Jamais gostei de perguntas. Elas precisam de resposta, entende? É claro que você quer presunto! O que quer dizer com "não"? Gooden? Peça à sua filha para desembrulhar aquele presunto, sim?

Sir Giles pôs-se de pé e atravessou o salão arrastando os pés, até uma grande arca de carvalho escuro, envernizado. Ergueu a tampa e, gemendo pelo esforço de se curvar, começou a rebuscar entre as roupas e botas que se misturavam lá dentro.

— Descobri agora, Thomas — continuou ele —, que não preciso de perguntas. Eu me sento no tribunal do solar de duas em duas semanas e sei se eles são culpados ou inocentes no momento em que são levados para o recinto! Veja bem, nós temos de fingir que não é assim, não temos? Ora, onde está ele? Ah! — Ele encontrou o que quer que estivesse procurando e levou-o para a mesa. — Pronto, Thomas, dane-se a sua pergunta e aqui está a sua resposta.

Empurrou o pacote para o outro lado da mesa.

Era um pequeno objeto embrulhado numa aniagem antiga. Thomas teve uma absurda premonição de que aquilo era o próprio Graal e ficou ridiculamente decepcionado quando descobriu que o pacote continha um livro. A capa do livro era uma peça de couro macio, quatro ou cinco vezes maior do que as páginas, que podia ser usada para embrulhar o volume que, quando Thomas o abriu, revelou estar escrito na caligrafia de seu pai. Thomas folheou as páginas depressa, descobrindo notas escritas em latim, grego e uma língua estranha que ele achou que devia ser hebraico. Voltou para a primeira página, onde estavam escritas apenas três palavras e, lendo-as, sentiu o sangue esfriar. "*Calix meus inebrians*".

— É a sua resposta? — perguntou Sir Giles.

— É, excelência.

Sir Giles deu uma espiada na primeira página.

— Isso daí é latim, não é?

— É, sim, excelência.

— Achei que fosse. Olhei, é claro, mas não consegui entender nada e não quis perguntar a Sir John — este era o padre da igreja de São Pedro em Dorchester — nem àquele advogado, como é o nome dele? aquele que baba quando fica agitado. Ele fala latim, ou diz que fala. O que está escrito aí?

— "Minha taça me deixa embriagado"— disse Thomas.

— "Minha taça me deixa embriagado"! — Sir Giles achou aquilo esplendidamente engraçado. — É, o juízo de seu pai estava bem à deriva. Um bom homem, um bom homem, mas nossa...! "Minha taça me deixa embriagado"!

— É de um dos salmos — disse Thomas, passando para a segunda página, que estava escrita na língua que ele achava ser hebraico, embora houvesse algo estranho nela. Um dos símbolos repetidos parecia um olho humano, e Thomas nunca vira aquilo na escrita hebraica antes, embora, com toda sinceridade, ele tivesse visto poucos textos em hebraico.

— É do salmo, excelência — continuou ele —, que começa dizendo "Deus é o nosso pastor".

— Ele não é o meu pastor — resmungou Sir Giles. — Eu não sou a porcaria de uma ovelha.

— Nem eu, excelência — declarou Robbie.

— Ouvi dizer — Sir Giles olhou para Robbie — que o rei da Escócia foi feito prisioneiro.

— Foi, excelência? — perguntou Robbie, mostrando inocência.

— Provavelmente um absurdo — replicou Sir Giles, e então começou a contar uma longa história sobre conhecer um escocês barbudo em Londres, e Thomas ignorou a história para dar uma olhada nas páginas do livro de seu pai. Ele sentia uma espécie de estranha decepção, porque o livro sugeria que a procura pelo Graal era justificada. Ele queria alguém que lhe dissesse que aquilo era um absurdo, para liberá-lo da escravidão do cálice, mas seu pai tinha levado o caso a sério o bastante para escrever aquele livro. Mas seu pai, lembrou Thomas a si mesmo, tinha sido um louco.

Mary, filha de Gooden, trouxe o presunto. Thomas conhecia Mary desde quando os dois eram crianças que brincavam em poças de água suja e a cumprimentou com um sorriso, reparando em que Robbie olhava fixo para ela, como se se tratasse de uma aparição vinda do céu. Mary tinha cabelos compridos e lábios cheios e Thomas estava certo de que Robbie estaria descobrindo mais do que uns poucos rivais em Down Mapperley. Ele esperou até Mary se retirar e então ergueu o livro.

— Meu pai alguma vez falou com o senhor sobre isso, excelência?

— Ele falava sobre tudo — disse Sir Giles. — Falava como uma mulher. Não parava nunca! Eu era amigo de seu pai, Thomas, mas nunca fui muito um homem interessado em religião. Se ele falava muito nela, eu pegava no sono. Ele gostava disso. — Sir Giles fez uma pausa para cortar uma fatia de presunto. — Mas seu pai era maluco.

— Vossa Excelência acha que isto é loucura? — Thomas tornou a erguer o livro.

— Seu pai era louco por Deus, mas não era bobo. Nunca conheci um homem com tanto senso comum, e disso eu sinto falta. Sinto falta dos conselhos.

— Aquela moça trabalha aqui? — perguntou Robbie fazendo um gesto para o biombo atrás do qual Mary desaparecera.

— Desde que nasceu — disse Sir Giles. — Você se lembra de Mary, Thomas?

— Tentei afogá-la quando nós dois éramos crianças — disse Thomas. Ele tornou a folhear o livro do pai, apesar de naquele momento não ter tempo de extrair quaisquer significados das palavras embaralhadas. — Vossa Excelência sabe o que é isto, não sabe?

Sir Giles fez uma pausa e sacudiu a cabeça.

— O que eu sei, Thomas, é que muitos homens querem o que seu pai diz ter possuído.

— Então ele fez mesmo essa afirmação?

Outra pausa.

— Dava a entender — disse Sir Giles, pesaroso —, e eu não invejo você.

— Eu?

— Porque ele me deu esse livro, Thomas, e disse que se alguma coisa acontecesse a ele eu deveria guardá-lo até que você tivesse idade bastante e ficasse homem bastante para assumir a tarefa. Foi o que ele disse. — Sir Giles olhou para Thomas e viu o filho de seu velho amigo vacilar. — Mas se vocês dois quiserem ficar algum tempo aqui — disse ele — será um prazer. Jake Churchill precisa de ajuda. Ele me disse que nunca viu tantos filhotes de raposa, e se não matarmos alguns dos bastardos haverá massacres incomuns entre as ovelhas no ano que vem.

Thomas olhou para Robbie. A tarefa deles era achar de Taillebourg e vingar a morte de Eleanor, do padre Hobbe e do irmão de Robbie, mas não era provável, achava ele, que o dominicano fosse voltar ali. Contudo Robbie queria ficar: Mary Gooden tinha sido a causa. E Thomas estava cansado. Ele não sabia onde procurar o padre e por isso a chance de ficar naquele solar era muito bem-vinda. Seria uma oportunidade para estudar o livro e assim acompanhar seu pai pela longa e tortuosa trilha do Graal.

— Nós vamos ficar, excelência — disse Thomas.

Por uns tempos.

OI A PRIMEIRA VEZ que Thomas viveu como um senhor. Não um grande senhor, talvez, não como um conde ou duque com dezenas de homens para comandar, mas ainda com privilégio, refestelado no solar — ainda que o solar fosse um solar de madeira coberto de sapé, com um chão de terra batida —, com os dias à sua disposição para passar o tempo, enquanto outras pessoas faziam o trabalho duro da vida, de cortar lenha, tirar água do poço, ordenhar vacas, bater manteiga, bater massa de fazer pão e lavar roupa. Robbie estava mais acostumado com aquilo, mas reconhecia que a vida era muito mais fácil em Dorset.

— Lá na minha terra — disse ele — há sempre alguns malditos assaltantes ingleses vindos pela montanha para roubar o nosso gado ou levar os nossos grãos.

— Enquanto você — disse Thomas — jamais sonharia em ir até o sul e roubar dos ingleses.

— Por que eu iria até mesmo pensar numa coisa dessas? — perguntou Robbie sorrindo.

E assim, enquanto o inverno se fechava sobre a terra, eles caçavam nos acres de Sir Giles Marriott para deixar os campos seguros para a estação de nascimento de ovelhas e levar carne de veado para a mesa de Sir Giles; bebiam nas tabernas de Dorchester e riam dos pantomimeiros que foram para a feira do inverno. Thomas encontrou velhos amigos e contou-lhes histórias sobre a Bretanha, a Normandia e a Picardia, algumas das quais eram verdadeiras, e ganhou a flecha de ouro na disputa de arco e flecha da feira e a deu de presente a Sir Giles, que a pendurou no solar e declarou que era o troféu mais bonito que ele já vira.

— Meu filho sabia atirar bem com um arco. Muito bem. Eu gostaria de pensar que ele poderia ter ganhado esse troféu.

O único filho de Sir Giles tinha morrido de febre e a única filha estava casada com um cavaleiro que tinha terras em Devon, e Sir Giles não gostava nem do genro nem da filha.

— Eles vão herdar a propriedade quando eu morrer — disse a Thomas —, de modo que é bom você e Robbie desfrutarem dela agora.

Thomas convenceu-se de que não estava ignorando a procura do Graal por causa das horas que passava debruçado no livro do pai. As páginas eram de papel velino grosso, caro e raro, o que mostrava o quanto aquelas anotações eram importantes para o padre Ralph, mas mesmo assim para Thomas elas faziam pouco sentido. Grande parte do livro era de histórias. Uma delas contava que um cego, ao acariciar o cálice, ganhara a visão, mas depois, decepcionado com a aparência do Graal, tornara a perdê-la. Uma outra contava que um guerreiro mouro tentara roubar o Graal e por sua infidelidade fora transformado numa serpente. A história mais longa era sobre Perceval, um cavaleiro da antiguidade que saiu numa cruzada e descobriu o Graal no túmulo de Cristo. Dessa vez, a palavra latina usada para descrever o Graal era *crater*, que significava cratera, enquanto em outras páginas era *calix*, um cálice, e Thomas se perguntou se havia algum significado na distinção. Se seu pai tivesse possuído o Graal, será que não teria sabido se era um cálice ou uma cratera? Ou talvez não houvesse realmente diferença. Fosse como fosse, a longa história dizia que a cratera ficara numa prateleira no túmulo de Cristo, a plena vista de todos os que entravam no sepulcro, tanto peregrinos cristãos como seus inimigos pagãos, mas só quando Sir Perceval entrou na gruta de joelhos foi que o Graal foi visto por alguém, porque Sir Perceval era um homem de retidão e por isso digno de estar de olhos abertos. Sir Perceval tirou a cratera, levando-a de volta para a cristandade, onde planejava construir um santuário digno do tesouro, mas, registrava laconicamente a história, "ele morreu". O pai de Thomas tinha escrito embaixo a seguinte conclusão abrupta: "Sir Perceval era conde de Astarac e era conhecido por outro nome. Ele se casou com uma Vexille."

— Sir Perceval! — Sir Giles estava impressionado. — Ele era membro de sua família, hein? Seu pai nunca falou disso comigo. Pelo menos, acho que não. Peguei no sono durante muitas de suas histórias.

— Em geral, ele zombava de histórias como esta — disse Thomas.

— Nós costumamos zombar daquilo que tememos — observou Sir Giles, sentencioso. De repente sorriu. — Jake me disse que vocês pegaram aquela velha raposa macho perto das Cinco Marias.

As Cinco Marias eram antigos túmulos em forma de montes que os moradores do local diziam ter sido cavados por gigantes e Thomas nunca compreendera por que os túmulos eram seis.

— Não foi lá — disse Thomas —, mas atrás de White Nothe.

— Atrás de White Nothe? No alto dos rochedos? — Sir Giles olhou fixo para Thomas e depois deu uma risada. — Vocês estiveram nas terras de Holgate! Seus safados!

Sir Giles, que sempre reclamara violentamente quando Thomas fazia incursões secretas nas suas terras para tirar coisas, agora achava aquela rapinagem contra um vizinho muitíssimo divertida.

— Ele é uma mulher velha, o Holgate. Então, está entendendo esse livro?

— Quem dera que eu soubesse — disse Thomas olhando fixo para o nome Astarac.

Tudo o que ele sabia era que Astarac era um feudo ou condado no sul da França e a residência da família Vexille antes que fosse declarada rebelde e herege. Aprendera igualmente que Astarac ficava perto do interior cátaro, perto o bastante para que a influência perniciosa pegasse os Vexille, e quando, cem anos antes, o rei francês e a verdadeira Igreja tinham expulsado os hereges da região à base da fogueira, também tinham obrigado os Vexille a fugir. Agora parecia que o lendário Sir Perceval era um Vexille? Parecia, entretanto, a Thomas que quanto mais ele penetrava no mistério, mais intrincado este ficava.

— Alguma vez meu pai lhe falou sobre Astarac, excelência? — perguntou a Sir Giles.

— Astarac? O que é isso?

— É o lugar de onde veio a família dele.

— Não, não, ele cresceu em Cheshire. Era o que sempre me dizia.

Mas Cheshire não passara de um refúgio, um lugar para se esconder da Inquisição: seria lá que o Graal estava escondido agora? Thomas virou uma página e encontrou um longo trecho descrevendo como uma coluna assaltante tentara atacar a torre de Astarac e tinha sido rechaçada pela visão do Graal. "Ele os ofuscou" — escrevera o padre Ralph — "e com isso 364 deles foram mortos." Uma outra página registrava que era impossível um homem contar uma mentira enquanto apoiasse a mão no Graal, "caso contrário, ele será fulminado". Uma mulher estéril receberia o dom de ter filhos acariciando o Graal, e se um homem bebesse dele na Sexta-Feira Santa teria garantido um vislumbre "daquela com quem ele se casará no céu". Uma outra história relatava que um cavaleiro, transportando o Graal através de um campo desolado, foi perseguido por pagãos e, quando tudo parecia perdido, Deus enviou uma águia imensa que o pegou, pegou seu cavalo e o precioso Graal e levou-os para o céu, deixando os guerreiros pagãos uivando de raiva frustrada.

Uma frase era copiada repetidas vezes nas páginas do livro: "*Transfer calicem istem a me*", e Thomas podia sentir o sofrimento e a frustração de seu pai ressaltados da frase repetida. "Tire este cálice de mim" era o que significavam as palavras, e eram as mesmas que Cristo dissera no Jardim das Oliveiras ao implorar a Deus Pai que o poupasse da dor de ficar pendurado na árvore. Às vezes a frase era escrita em grego, uma língua que Thomas estudara mas nunca dominara por completo; conseguia decifrar a maioria do texto em grego, mas o hebraico continuava um mistério.

Sir John, o antigo vigário da igreja de São Pedro, concordou em que era um tipo estranho de hebraico.

— Já esqueci todo o hebraico que aprendi na vida — disse ele a Thomas —, mas não me lembro de ter visto uma letra como esta! — Apontou para o símbolo que parecia um olho humano. — Muito estranho, Thomas, muito estranho. É quase hebraico. — Ele fez uma pausa, e depois disse, pesaroso: — Se ao menos Nathan ainda estivesse aqui.

— Nathan?

— Foi antes do seu tempo, Thomas. Nathan coletava sanguessugas e as mandava para Londres. Os médicos de lá davam um grande valor às sanguessugas de Dorset, sabia disso? Mas, é claro, Nathan era judeu e foi embora com os outros.

Os judeus tinham sido expulsos da Inglaterra havia quase cinqüenta anos, um acontecimento ainda fresco na memória do padre.

— Ninguém até agora descobriu onde ele encontrava as sanguessugas — prosseguiu Sir John —, e às vezes eu me pergunto se ele rogou alguma praga nelas. — Olhou para o livro com o cenho franzido. — Este livro pertenceu ao seu pai?

— Pertenceu.

— Pobre padre Ralph — disse Sir John, dando a entender que o livro devia ser produto de uma loucura. Fechou o volume e com cuidado envolveu as páginas na capa de couro macio.

Não havia sinal de Bernard de Taillebourg nem notícias dos amigos de Thomas na Normandia. Escreveu uma carta difícil a Sir Guillaume contando como a filha dele tinha morrido e pedindo qualquer notícia de Will Skeat, que Sir Guillaume tinha levado para Caen a fim de ser tratado por Mordecai, o médico judeu. A carta foi para Southampton e de lá para Guernsey, e Thomas estava certo de que seria encaminhada para a Normandia, mas nenhuma resposta chegou até o Natal, e Thomas pensou que ela estivesse perdida. Escreveu também a Lorde Outhwaite, assegurando-lhe que estava sendo assíduo em sua busca e contando algumas das histórias do livro de seu pai.

Lorde Outhwaite mandou uma resposta que dava os parabéns a Thomas pelo que ele descobrira e depois revelava que Sir Geoffrey Carr tinha partido para a Bretanha com meia dúzia de homens. Corria o rumor, informava Lorde Outhwaite, de que as dívidas do Espantalho eram maiores do que nunca, "motivo, talvez, pelo qual ele tenha ido para a Bretanha". Não seria apenas a esperança de butim que teria levado o Espantalho a La Roche-Derrien, mas a lei que diz que um devedor não seria obrigado a pagar suas dívidas enquanto servisse o rei no exterior. "Você vai atrás do Espantalho?", perguntava Sir Outhwaite, e Thomas enviou uma resposta dizendo que já estaria em La Roche-Derrien quando Lorde Outhwaite lesse aquelas palavras, e então não fez coisa alguma quanto a sair de Dorset. Era a época de Natal, disse consigo, e ele sempre gostara do Natal.

Sir Giles celebrou os doze dias de festas em grande estilo. Não comia carne desde o primeiro domingo do Advento, o que não foi propriamente um sacrifício, porque ele adorava enguias e peixe, mas na véspera de Natal só comeu pão, preparando-se para a primeira festividade da temporada. Doze colmeias vazias foram levadas para o salão e decoradas com raminhos de hera e azevinho; uma vela enorme, grande o bastante para ficar acesa durante a temporada toda, foi colocada na mesa alta, e um imenso tronco para alimentar a lareira, e os vizinhos de Sir Giles foram convidados para beber vinho e cerveja e comer carne de boi, javali, veado, ganso e paio. A taça cheia de clarete aquecido e temperado com especiarias foi passada pelo salão, e Sir Giles, como fazia todas as noites de Natal, chorou pela esposa falecida e estava bebedamente adormecido quando as velas se exauriram. Na quarta noite das festas de Natal, Thomas e Robbie uniram-se aos *hogglers** e, disfarçados de fantasmas e homens verdes e brincalhões, saracotearam em volta da paróquia extorquindo recursos para a Igreja. Foram até Dorchester, invadindo duas outras paróquias pelo caminho, e meteram-se numa briga com os *hogglers* da de Todos os Santos e acabaram a noite na cadeia de Dorchester, da qual foram soltos por um George Adyn que achou graça no incidente e serviu-lhes uma jarra de cerveja e um dos famosos pudins de porco capado feitos por sua mulher. A festa da Décima Segunda Noite foi um javali que Thomas matou com uma lança, e, depois que ele foi comido, e quando os convidados estavam deitados, meio bêbados e saciados, nos juncos do salão, começou a nevar. Thomas ficou na porta e via os flocos girando à luz de uma tocha tremeluzente.

— Temos de partir em breve. — Robbie fora juntar-se a ele.

— Partir?

---

*Camponeses da classe mais baixa que, durante as comemorações religiosas, fantasiavam-se para conseguir dinheiro para a igreja de sua localidade (Oxford, 1963). (*N. do E.*)

— Temos trabalho a fazer — disse o escocês.

Thomas sabia que aquilo era verdade, mas não queria ir embora.

— Pensei que você estivesse bem feliz aqui.

— E estou mesmo — disse Robbie —, e Sir Giles é mais generoso do que eu mereço.

— E daí?

— É a Mary — disse Robbie. Ele ficou constrangido e não terminou.

— Grávida? — arriscou Thomas.

Robbie benzeu-se.

— Parece que sim.

Thomas olhou para a neve.

— Se der a ela dinheiro suficiente para constituir um dote — disse ele —, ela vai se sustentar.

— Só me sobraram três libras — disse Robbie. Ele tinha recebido uma bolsa do tio, Sir William, com dinheiro que deveria dar para um ano.

— Isso deve ser o suficiente — disse Thomas. A neve girou numa lufada de vento.

— Eu vou ficar sem nada! — protestou Robbie.

— Devia ter pensado nisso antes de lavrar o campo — disse Thomas, lembrando-se de que estivera exatamente naquela situação desagradável com uma jovem em Hookton. Ele voltou para o salão, onde um harpista e um flautista tocavam música para os bêbados.

— Devemos partir — disse ele —, mas não sei para onde.

— Você não disse que queria ir para Calais?

Thomas deu de ombros.

— Acha que de Taillebourg vai nos procurar por lá?

— O que eu acho — disse Robbie — é que assim que ele souber que você está com aquele livro irá atrás de você até o inferno.

Thomas sabia que Robbie tinha razão, mas o livro não estava se mostrando de muita valia. Em trecho algum dizia especificamente que o padre Ralph possuíra o Graal, nem descrevia um lugar onde um pesquisador pudesse procurar por ele. Thomas e Robbie tinham procurado. Tinham vasculhado as grutas à beira-mar nos rochedos perto de Hookton, onde encontraram madeira lançada à costa pelo mar, lapas e algas marinhas. Não encontraram qualquer taça de ouro meio escondida no cascalho. Portanto, para onde ir agora? Onde procurar? Se Thomas fosse para Calais, iria juntar-se ao exército, mas ele duvidava que de Taillebourg fosse procurá-lo no cerne do exército da Inglaterra. Talvez, pensou, devesse voltar para a Bretanha, e sabia que não era o Graal nem a necessidade de enfrentar de Taillebourg que o atraía a La Roche-Derrien, mas a idéia de que Jeanette Chenier podia ter voltado para casa. Ele pensava muito nela, pensava nos seus cabelos pretos, no seu espírito forte e na sua rebeldia, e sempre que pensava nela sentia culpa por causa de Eleanor.

A neve não demorou. Derreteu, e do oeste veio uma chuva forte para açoitar a costa de Dorset. Um grande navio inglês naufragou na costa de cascalho de Chesil e Thomas e Robbie levaram uma das carroças de Sir Giles até a praia e, com a ajuda de Jake Churchill e dois de seus filhos, lutaram para afastar vinte outros homens para salvar seis fardos de lã, que levaram para Down Mapperley e deram de presente a Sir Giles, o qual, com isso, ganhou a renda de um ano em um único dia.

E, na manhã seguinte, o padre francês chegou a Dorchester.

A notícia foi levada por George Adyn.

— Sei que vocês disseram que a gente devia ficar de olho em estrangeiros — disse ele a Thomas —, e esse é estrangeiro de verdade. Vestido de padre, mas quem sabe? Parece um vagabundo. É só você dizer — piscou para Thomas —, e a gente vai dar uma surra de chicote no malandro e mandá-lo para Shaftsbury.

— O que é que eles vão fazer com ele lá? — perguntou Robbie.

— Dar mais uma surra de chicote e mandá-lo de volta — disse George.

— Ele é dominicano? — perguntou Thomas.

— Como é que vou saber? Ele está falando rápido e de modo incoerente. Não fala direito, como um cristão.

— De que cor é a batina dele?

— Preta, claro.

— Vou falar com ele — disse Thomas.

200

O ANDARILHO

— Ele só fica falando sem sentido. Excelência! — Esta exclamação foi para saudar Sir Giles, e Thomas então teve que esperar enquanto os dois homens discutiam a saúde de vários primos e sobrinhos e outros parentes, e era quase meio-dia quando ele e Robbie entraram a cavalo em Dorchester. Thomas pensou, pela milésima vez, em como aquela cidade era boa e como seria um prazer morar ali.

O padre foi levado para o pequeno pátio da cadeia. Estava um dia lindo. Dois melros saltitavam no muro alto e um acônito floria no canto do pátio. O padre era um jovem, muito baixo, com um nariz achatado, olhos salientes e cabelos pretos eriçados. Vestia uma batina tão surrada, rasgada e manchada, que não era de admirar que os guardas tivessem pensado que aquele homem fosse um vagabundo; um engano que deixara o pequeno padre indignado.

— É assim que os ingleses tratam os servos de Deus? O inferno é bom demais para vocês, ingleses! Vou contar ao bispo e ele vai contar ao arcebispo e este vai comunicar ao Santo Padre, e vocês todos serão declarados excomungados! Vão ser excomungados!

— Percebeu o que eu disse? — perguntou George Adyn. — Ele estrila como uma raposa macho, mas não faz sentido.

— Ele está falando francês — disse Thomas, e depois voltou-se para o padre. — Qual é o seu nome?

— Quero ver o bispo agora. Aqui!

— Qual é o seu nome?

— Tragam-me o padre local.

— Primeiro vou ter de socar seus malditos ouvidos — disse Thomas. — Agora, como é o seu nome?

Ele se chamava padre Pascal e acabara de suportar uma viagem de extraordinário desconforto, atravessando os mares de inverno, da Normandia, de um lugar ao sul de Caen. Viajara primeiro para Guernsey e depois para Southampton, de onde seguira a pé, e tinha feito tudo isso sem saber nada de inglês. Para Thomas, era um milagre o padre Pascal ter chegado tão longe. E parecia um milagre ainda maior que o padre Pascal tivesse sido mandado a Hookton por Evecque com uma mensagem para Thomas.

201

O CERCO DO INVERNO

Sir Guillaume d'Evecque o enviara, ou melhor, o padre Pascal se oferecera para fazer a viagem, e era urgente, porque ele trazia um pedido de socorro. Evecque estava sendo sitiado.

— É terrível! — disse o padre Pascal.

Àquela altura, acalmado e tranqüilizado, ele estava ao lado da lareira no Três Galos, onde comia ganso e bebia *bragget*, uma mistura aquecida de hidromel e cerveja escura.

— É o conde de Coutances que o está sitiando. O conde!

— Por que é tão terrível? — perguntou Thomas.

— Porque o conde é o senhor feudal dele! — exclamou o padre, e Thomas compreendeu por que o padre Pascal dissera que a situação era terrível. Sir Guillaume tinha suas terras como benefício feudal do conde e, ao fazer guerra contra o seu arrendatário, o conde estava automaticamente declarando Sir Guillaume um fora-da-lei.

— Mas por quê? — perguntou Thomas.

O padre Pascal deu de ombros.

— O conde diz que é por causa do que aconteceu na batalha. O senhor sabe o que aconteceu na batalha?

— Sei — disse Thomas, e por estar traduzindo para Robbie, tinha que explicar o caso de qualquer maneira.

O padre referia-se à batalha que tinha sido lutada no verão anterior, perto da floresta em Crécy. Sir Guillaume estivera no exército francês, mas no meio da luta ele vira seu inimigo, Guy Vexille, e voltara os seus soldados contra os de Vexille.

— O conde diz que isso é traição — explicou o padre —, e o rei o está apoiando.

Thomas não disse nada por um instante.

— Como foi que o senhor soube que eu estava aqui? — perguntou por fim.

— O senhor mandou uma carta a Sir Guillaume.

— Achei que ela não tinha chegado até ele.

— Claro que chegou. No ano passado. Antes dessa confusão começar.

Sir Guillaume estava em dificuldades, mas o seu solar de Evecque, disse o padre Pascal, era feito de pedra e tinha o benefício de um fosso, e até agora o conde de Coutances achara impossível derrubar o muro ou atravessar o fosso, mas o conde tinha dezenas de homens, enquanto Sir Guillaume contava com uma guarnição de apenas nove.

— Há algumas mulheres também — o padre Pascal atacou uma perna de ganso com os dentes —, mas elas não contam.

— Ele tem alimentos?

— Bastante, e o poço é bom.

— Então ele pode resistir por algum tempo?

O padre deu de ombros.

— Talvez sim? Talvez não? Ele acha que sim, mas eu sei lá! E o conde tem uma máquina, um... — Ele franziu o cenho tentando encontrar a palavra.

— Um trabuco?*

— Não, não, uma *springald*! — Uma *springald* era como uma besta possante que disparava uma seta enorme. O padre Pascal arrancou o último pedaço de carne que estava no osso. — Ela é muito lenta, e uma vez quebrou. Mas eles a consertaram. Ela bombardeia o muro. Ah, e seu amigo está lá — balbuciou ele de boca cheia.

— Meu amigo?

— Skeat, é esse o nome? Ele está lá com o médico. Já pode falar e está andando. Está muito melhor. Mas não reconhece as pessoas, a não ser que elas falem.

— A não ser que elas falem? — perguntou Thomas, intrigado.

— Se ele vir o senhor — explicou o padre —, não o reconhecerá. Então, o senhor fala e ele o reconhece. — Ele tornou a dar de ombros. — Estranho, não? — Ele bebeu o último gole da jarra. — Então, o que vai fazer, *monsieur*?

— O que é que Sir Guillaume quer que eu faça?

---

*No original, *trébuchet*. Antes de ser, também, a denominação de uma arma de fogo, trabuco foi uma máquina de guerra na Idade Média, similar à catapulta. (*N. do T.*)

— Ele o quer por perto, para a eventualidade de precisar fugir, mas escreveu uma carta ao rei explicando o que aconteceu na batalha. Eu mandei a carta para Paris. Sir Guillaume acha que o rei poderá compadecer-se, e por isso espera uma resposta. Mas eu? Eu acho que Sir Guillaume está como este ganso. Depenado e cozido.

— Ele disse alguma coisa sobre a filha dele?

— Filha dele? — O padre Pascal estava intrigado. — Ah! A filha bastarda? Ele disse que o senhor iria matar quem a tivesse matado.

— E vou também.

— E que ele quer a sua ajuda.

— Ele vai ter — disse Thomas. — Partiremos amanhã. — Olhou para Robbie. — Vamos voltar para a guerra.

— Por quem estarei lutando?

Thomas sorriu.

— Por mim.

Thomas, Robbie e o padre partiram na manhã seguinte. Thomas levou uma muda de roupa, uma sacola cheia de flechas, seu arco, sua espada e sua cota de malha e, envolto numa pele de veado, o livro de seu pai, que parecia uma peça de bagagem pesada. Na verdade, era mais leve do que um molhe de flechas, mas o dever que a sua posse significava pesava na consciência de Thomas. Ele dissera a si mesmo que estava apenas indo ajudar Sir Guillaume, mas sabia que estava continuando a busca do segredo de seu pai.

Dois dos locatários de Sir Giles seguiam com eles, para levar de volta a égua que o padre Pascal montava e os dois garanhões que Sir Giles comprara de Thomas e Robbie.

— Vocês não vão querer levá-los num navio — dissera Sir Giles. — Cavalos e navios não combinam.

— Ele nos pagou demais — observou Robbie enquanto se afastavam.

— Ele não quer que o genro dele pegue o dinheiro — disse Thomas. — Além do mais, é um homem generoso. Deu a Mary Gooden outras três libras também. Para o dote dela. Ele é um homem de sorte.

Alguma coisa no tom de voz de Thomas chamou a atenção de Robbie.

— "Ele" é? Você quer dizer que ela arranjou um marido?

— Um ótimo rapaz. Um construtor de telhados de sapé em Tolpuddle. Eles vão se casar na semana que vem.

— Na semana que vem! — Robbie parecia magoado pelo fato de que sua namorada ia se casar. Não importava que ele a estivesse abandonando, aquilo atingia o seu orgulho. — Mas por que ele iria se casar com ela? — perguntou depois de um instante. — Ou será que não sabe que ela está grávida?

— Ele pensa que o filho é dele — disse Thomas mantendo-se sério — e, pelo que ouvi falar, até que pode ser.

— Jesus! — Robbie blasfemou quando aquilo fez sentido, e depois voltou-se para olhar para a estrada atrás dele e sorriu, lembrando-se dos bons tempos. — Ele é um homem bom — disse ele a respeito de Sir Giles.

— Um homem solitário — disse Thomas. Sir Giles não queria que eles fossem embora, mas admitia que não podiam ficar.

Robbie farejou o ar.

— Vem mais neve por aí.

— Nunca!

Era uma manhã de suave luz do sol. Açafrão e acônito surgiam em pontos protegidos e as cercas vivas estavam barulhentas com os seus tentilhões e papos-roxos. Mas Robbie sentira de fato o cheiro de neve. À medida que o dia avançava, os céus tornaram-se baixos e cinzentos, o vento foi para o leste e atingiu o rosto deles com uma nova mordida e a neve veio atrás. Eles encontraram abrigo na casa de um guarda-florestal no bosque, instalando-se apertados com o homem, a mulher, cinco filhas e três filhos. Duas vacas tinham um estábulo em uma das extremidades da casa e quatro bodes estavam amarrados na outra. O padre Pascal confidenciou a Thomas que aquilo se parecia muito com a casa na qual ele crescera, mas ele queria saber se as convenções na Inglaterra eram as mesmas que as do Limousin.

— Convenções? — perguntou Thomas.

— Na nossa casa — disse o padre Pascal enrubescendo — as mulheres mijavam com as vacas, e os homens, com os bodes. Não quero fazer a coisa errada.

— Aqui é a mesma coisa — garantiu Thomas.

O padre Pascal revelara-se um bom companheiro. Tinha uma bela voz e, depois que eles compartilharam sua comida com o guarda-florestal e sua família, cantou algumas canções francesas. Em seguida, enquanto a neve ainda caía e a fumaça da lareira girava espessa sob o telhado, sentou-se e conversou com Thomas. Ele tinha sido o padre da aldeia em Evecque e, quando o conde de Coutances atacou, refugiou-se no solar.

— Mas eu não gosto de ficar engaiolado — disse, e por isso se oferecera para levar a mensagem de Sir Guillaume à Inglaterra. Fugira de Evecque, prosseguiu, primeiro atirando suas roupas por cima do fosso e depois nadando para pegá-las. — Estava frio — disse —, nunca senti tanto frio! Mas considerei comigo mesmo que era melhor sentir frio do que ficar no inferno, mas não sei. Foi terrível.

— O que Sir Guillaume quer que a gente faça? — perguntou Thomas.

— Ele não disse. Talvez, se os sitiadores fossem dissuadidos...? — Ele deu de ombros. — Acho que o inverno não é uma boa época para um sítio. No interior de Evecque, eles estão com conforto, estão aquecidos, têm a safra estocada, e os sitiadores? Estão lá fora, molhados e com frio. Se você puder fazer com que eles fiquem com um desconforto ainda maior, quem sabe? Talvez abandonem o cerco.

— E o senhor? O que vai fazer?

— Não deixei nada por fazer em Evecque — disse o padre. Sir Guillaume tinha sido declarado traidor e seus bens confiscados, de modo que os servos tinham sido levados para as propriedades do conde de Coutances, enquanto a maioria de seus locatários, saqueados e estuprados pelos sitiadores, tinha fugido. — De modo que talvez eu vá para Paris. Não posso ir procurar o bispo de Caen.

— Por que não?

— Porque ele enviou homens para ajudar o conde de Coutances. — O padre Pascal abanou a cabeça, numa triste perplexidade. — O bispo ficou empobrecido pelos ingleses no verão — explicou —, e por isso precisa de dinheiro, terra e produtos, e espera conseguir alguma coisa de Evecque. A ganância é uma grande provocadora de guerras.

— No entanto o senhor está do lado de Sir Guillaume?

O padre Pascal deu de ombros.

— Ele é um homem bom. Mas agora? Agora tenho de olhar para Paris para uma promoção. Ou talvez Dijon. Tenho um primo lá.

Eles seguiram, com dificuldade, para o leste nos dois dias seguintes, atravessando as charnecas mortas da Nova Floresta, que jaziam sob uma brancura macia. À noite, as luzinhas das aldeias na floresta brilhavam forte no frio. Thomas tinha medo de que chegassem à Normandia tarde demais para ajudar Sir Guillaume, mas essa dúvida não era motivo suficiente para abandonar a tentativa, e por isso eles seguiram com dificuldade. Os últimos poucos quilômetros até Southampton foram percorridos através de um lodo semiderretido de lama e neve, e Thomas se perguntou como iriam chegar à Normandia, que era uma província inimiga. Duvidava que alguma embarcação fosse até lá saindo de Southampton, porque qualquer barco inglês que se aproximasse da costa da Normandia corria o risco de ser assaltado por piratas. Sabia que muitos navios estariam seguindo para a Bretanha, mas de lá até Caen era uma longa caminhada.

— Iremos passando pelas ilhas, claro — disse o padre Pascal.

Eles passaram uma noite numa taberna e na manhã seguinte acharam lugar no *Ursula*, um cargueiro com destino a Guernsey que transportava barris de carne de porco salgada, pequenos barris de pregos, aduelas de barril, lingotes de ferro, vasos acondicionados em serragem, peças de lã, feixes de flechas e três engradados de chifres de bovinos. Transportava também doze arqueiros que viajavam para a guarnição do castelo que protegia o ancoradouro no porto de S. Pedro. Se viesse um forte vento do oeste, disse o capitão do *Ursula*, dúzias de navios que transportavam vinho da Gasconha para a Inglaterra poderiam ser empurradas pelo Canal, e o porto de S. Pedro era um de seus últimos portos de refúgio, embora os marinheiros franceses também soubessem disso, e quando fazia mau tempo os navios deles se acumulavam ao largo da ilha, tentando pegar uma presa ou duas.

— Isso quer dizer que eles estarão à nossa espera? — perguntou Thomas. A ilha de Wight começava a ser vista da popa, e o navio mergulhava num mar com a cor cinza do inverno.

— À nossa espera, não, isso eles não vão fazer. Eles conhecem o *Ursula*. — O capitão, um homem desdentado com um rosto horrivelmente marcado por cicatrizes de varíola, sorriu. — Eles conhecem este navio e o adoram.

O que significava, era de presumir, que ele tinha pago suas taxas aos homens de Cherburgo e Carteret. No entanto, não pagara taxa alguma a Netuno ou a qualquer que fosse o espírito que governava o mar de inverno, porque, embora ele alegasse uma previsão especial de ventos e ondas e afirmasse que os dois seriam calmos, o *Ursula* jogava como um sino balançando numa viga: para cima e para baixo, caindo com tanta força que a carga deslizava no porão com um barulho que parecia um trovão; e o céu do anoitecer estava cinzento como a morte, e então o granizo começou a fazer com que a água dilacerada parecesse ferver. O capitão, agarrado ao leme de ginga com um sorriso nos lábios, disse que aquilo não era nada, exceto um pequeno vendaval que não devia deixar preocupado nenhum bom cristão, mas outros de sua tripulação tocavam o crucifixo pregado no único mastro ou então inclinavam a cabeça para um pequeno santuário no convés de ré, onde uma rústica imagem de madeira estava envolta em fitas brilhantes. A imagem era tida como sendo de Santa Úrsula, a padroeira dos navios, e Thomas rezou para ela enquanto se agachava num pequeno espaço sob a coberta de proa, ostensivamente abrigando-se ali com os outros passageiros, mas as juntas do convés acima deles estavam abertas e uma mistura de água da chuva e água do mar estava sempre passando por elas. Três dos arqueiros ficaram enjoados e até mesmo Thomas, que já atravessara o canal duas vezes e tinha sido criado entre pescadores e passado dias a bordo dos pequenos barcos deles, sentia-se mal. Robbie, que nunca estivera no mar, parecia animado e interessado em tudo o que acontecia a bordo.

— São esses navios redondos — gritou acima do barulho —, eles jogam!

— Você conhece navios, não? — perguntou Thomas.

— Parece óbvio — disse Robbie.

Thomas tentou dormir. Enrolou-se na capa molhada, encolheu-se todo e ficou tão quieto quanto lhe permitia o navio que jogava e, o que foi impressionante, pegou no sono. Acordou uma dúzia de vezes naquela noite, sempre se perguntou onde estava, e quando se lembrava queria saber que em algum momento a noite acabaria ou ele voltaria a sentir calor.

O amanhecer foi de um cinzento doentio e o frio penetrava os ossos de Thomas, mas a tripulação estava mais animada, porque o vento cessara e o mar estava apenas mal-humorado, as longas ondas raiadas de espuma subindo e descendo indolentes contra um grupo malvado de rochedos que parecia ser o lar de uma infinidade de aves marinhas. Eram a única terra à vista.

O capitão atravessou o convés a passos pesados para ficar ao lado de Thomas.

— Os Casquets — disse ele fazendo um gesto com a cabeça em direção aos rochedos. — Muitas viúvas foram feitas nessas velhas pedras.

Ele fez o sinal-da-cruz, cuspiu por cima da amurada do navio para dar sorte e ergueu os olhos para uma fenda nas nuvens que aumentava.

— Estamos no horário — disse ele —, graças a Deus e a Úrsula. — Olhou de soslaio para Thomas. — O que os leva até as ilhas?

Thomas pensou em mentir, inventar uma desculpa, a família, talvez, mas depois achou que a verdade poderia resultar em algo mais interessante.

— Queremos seguir para a Normandia — disse.

— Eles não gostam muito de ingleses na Normandia desde que o nosso rei lhes fez uma visita no ano passado.

— Eu estava lá.

— Então deve saber por que eles não gostam da gente.

Thomas sabia que o capitão estava certo. Os ingleses tinham matado milhares em Caen, depois queimaram fazendas, moinhos e aldeias numa grande área a leste e ao norte. Era uma maneira cruel de fazer guerra, mas podia levar o inimigo a sair de suas fortalezas e dar combate. Sem dúvida era por isso que o conde de Coutances estava sitiando as terras de Evecque, na esperança de que Sir Guillaume fosse atraído para fora de seus muros de pedra para defendê-las. Só que Sir Guillaume tinha apenas nove homens e não podia ter a esperança de enfrentar o conde numa batalha aberta.

— Temos negócios em Caen — admitiu Thomas —, se é que conseguiremos chegar lá.

O capitão meteu o dedo numa narina e depois deu um peteleco em alguma coisa, jogando-a ao mar.

— Procure o *Troi Fers* — disse.

— O quê?

— *Troi Fers* — repetiu. — É um navio, e esse é o nome dele. É francês. Ele não é grande, não é maior do que aquela banheira pequena. — Apontou para um barco de pesca pequeno, o casco alcatroado, do qual dois homens lançavam redes com pesos no mar picado perto dos Casquets. — Um homem chamado Peter Feio dirige o *Troi Fers*. Ele poderia levar vocês a Caen, ou talvez a Carteret ou Cherburgo. Eu não disse nada a vocês.

— Claro que não — disse Thomas.

Ele supunha que o capitão queria dizer que Peter Feio comandava um barco chamado *Les Trois Frères*. Olhou para o barco de pesca e se perguntou que tipo de vida era tirar o seu sustento daquele mar agitado com uma rede. Era mais fácil, sem dúvida, contrabandear lã para a Normandia e vinho ao voltar para as ilhas.

Durante toda a manhã eles seguiram para o sul até que finalmente acharam terra. Uma pequena ilha ficava a leste, distante, e uma maior, Guernsey, a oeste, e das duas erguiam-se pilares de fumaça de fogões que prometiam abrigo e comida quente, mas embora aquela promessa flutuasse no céu o vento voltou, a maré virou e o *Ursula* levou o resto do dia para entrar no porto, onde ancorou sob o gigantesco vulto do castelo construído sobre a ilha rochosa. Thomas, Robbie e o padre Pascal foram levados em terra num barco a remo e encontraram uma trégua do vento frio numa taberna com um fogo aceso numa ampla lareira, ao lado da qual comeram cozido de peixe e pão preto regados a cerveja aguada. Dormiram em sacos com enchimento de palha que eram moradia de piolhos.

Passaram-se quatro dias até Peter Feio, cujo nome verdadeiro era Pierre Savon, entrar no porto e mais dois dias até que estivesse pronto para partir de novo, com uma carga de lã sobre a qual não haveria pagamento de direitos. Ele teve prazer em aceitar passageiros, apesar de só por um preço que deixou Robbie e Thomas sentindo-se roubados. O padre Pascal foi transportado de graça, por ser normando e padre, o que significava, segundo Pierre o Feio, que Deus o amara duas vezes e por isso não deveria afundar *Les Trois Frères* enquanto o padre Pascal estivesse a bordo.

Deus devia amar mesmo o padre, porque enviou um vento oeste brando, céus claros e mares calmos, de modo que *Les Trois Frères* parecia voar na sua viagem para o rio Orne. Eles subiram para Caen com a maré, chegando de manhã, e assim que chegaram em terra o padre Pascal abençoou Thomas e Robbie e depois suspendeu a batina surrada e começou a caminhar para leste, em direção a Paris. Thomas e Robbie, levando pesadas trouxas de malha, armas, flechas e mudas de roupa, seguiram para o sul, atravessando a cidade.

Caen não parecia melhor do que quando Thomas a deixara no ano anterior depois de ter sido devastada por arqueiros ingleses que, desrespeitando ordens do rei para que parassem o ataque, atravessaram em massa o rio e mataram centenas de homens e mulheres dentro da cidade. Robbie olhava perplexo para a destruição na Île St. Jean, a parte mais nova de Caen, a que mais sofrera com o saque inglês. Poucas das casas incendiadas tinham sido reconstruídas, e havia costelas, crânios e ossos longos à mostra na lama do rio na margem da maré que baixava. As lojas estavam quase vazias, embora alguns habitantes do interior estivessem na cidade vendendo alimentos em carroças, e Thomas comprou peixe seco, pão e um queijo duro como pedra. Algumas pessoas olhavam de soslaio para a vara de seu arco, mas ele lhes garantia que era escocês e, com isso, aliado da França.

— Eles têm arcos bons na Escócia, não têm? — perguntou a Robbie.

— Claro que temos.

— Então por que vocês não os usaram em Durham?

— Não tínhamos uma quantidade suficiente — disse Robbie. — Além do mais, preferimos matar vocês, seus bastardos, de perto. Para termos a certeza de que morreram, entende? — Ele olhou boquiaberto para uma jovem que carregava um balde de leite. — Estou apaixonado.

— Se tem peitos, você se apaixona — disse Thomas. — Vamos andando.

Ele levou Robbie para a casa de Sir Guillaume na cidade, o lugar em que conhecera Eleanor, e apesar de o timbre de Sir Guillaume, de três falcões, ainda estar entalhado em pedra acima da porta, agora havia um novo estandarte balançando sobre a casa: uma bandeira mostrando um javali corcunda com grandes presas.

— De quem é essa bandeira? — Thomas tinha atravessado a pequena praça para falar com um tanoeiro que martelava um anel de ferro para encaixá-lo nos flancos de um novo barril.

— É do conde de Coutances — disse o tanoeiro —, e o bastardo já aumentou os nossos aluguéis. E eu não me importo se você trabalha para ele. — Ele endireitou o corpo e franziu o cenho ao olhar para a vara do arco. — Você é inglês?

— *Écossais* — disse Thomas.

— Ah! — O tanoeiro ficou intrigado e inclinou-se mais para perto de Thomas. — É verdade, *monsieur* — perguntou —, que vocês pintam a cara de azul nas batalhas?

— Sempre — disse Thomas —, e o traseiro também.

— *Formidable!* — disse o tanoeiro, impressionado.

— O que é que ele está dizendo? — perguntou Robbie.

— Nada.

Thomas apontou para o carvalho plantado no centro da pequena praça. Umas poucas folhas enrugadas ainda pendiam dos galhos.

— Fui enforcado naquela árvore — disse a Robbie.

— É, e eu sou o papa de Avignon. — Robbie ergueu sua trouxa. — Perguntou a ele onde podemos comprar cavalos?

— Os cavalos são caros — disse Thomas —, e achei que poderíamos nos poupar o trabalho de comprá-los.

— Somos andarilhos agora?

— É verdade — disse Thomas.

Ele guiou Robbie para sair da ilha, atravessando a ponte onde tantos arqueiros tinham morrido no ataque alucinado e depois atravessando a cidade velha. Esta fora menos danificada do que a Île St. Jean, porque ninguém tentara defender as ruas estreitas, enquanto o castelo, que jamais caíra frente aos ingleses, sofrera apenas de balas de canhão que pouco tinham feito exceto lascar as pedras em torno da porta. Um estandarte vermelho e amarelo tremulava na defesa do castelo e soldados, usando o mesmo libré colorido, interpelaram Thomas e Robbie quando eles saíam da cidade velha. Thomas respondeu dizendo que eram soldados escoceses à procura de emprego pelo conde de Coutances.

— Pensei que ele estivesse aqui — mentiu Thomas —, mas soubemos que está em Evecque.

— E sem resultado algum — disse o comandante dos guardas. Era um homem barbudo cujo elmo tinha uma grande racha, sugerindo que ele o retirara de um morto. — Ele está mijando naqueles muros já faz dois meses e não resolveu nada, mas se vocês quiserem morrer em Evecque, rapazes, eu lhes desejo boa sorte.

Eles passaram a pé ao longo dos muros da Abbaye aux Dames e Thomas teve outra vez uma súbita visão de Jeanette. Ela fora sua amante, mas depois conhecera Edward Woodstock, o príncipe de Gales, e que chance Thomas poderia ter depois disso? Foi ali, na Abbaye aux Dames, que Jeanette e o príncipe viveram durante o breve cerco de Caen. Onde estaria Jeanette agora? Thomas gostaria de saber. De volta à Bretanha? Ainda procurando o filho pequeno? Será que alguma vez pensou nele? Ou será que lamentava ter fugido do príncipe de Gales por acreditar que a batalha da Picardia seria perdida? Talvez, àquela altura, estivesse casada de novo. Thomas desconfiava que ela levara uma pequena fortuna em jóias ao fugir do exército inglês, e uma viúva rica, com pouco mais de vinte anos de idade, dava uma esposa atraente.

— O que acontecerá — indagou Robbie interrompendo os pensamentos dele — se descobrirem que você não é escocês?

Thomas ergueu os dois dedos da mão direita que puxavam a corda do arco.

— Eles cortam estes dois.

— Só isso?

— São as primeiras coisas que eles cortam.

Continuaram a andar para o sul, passando por uma região de pequenos morros íngremes, campos compactos, bosques espessos e sendas enlameadas. Thomas nunca estivera em Evecque e, embora não ficasse longe de Caen, alguns dos camponeses a quem eles perguntavam nunca tinham ouvido falar nela, mas quando Thomas perguntava para onde os soldados estavam indo durante o inverno eles apontavam para o sul. Os dois passaram a primeira noite numa choça sem telhado, um lugar que evidentemente fora abandonado quando os ingleses chegaram no verão e atravessaram a Normandia, devastando-a.

Acordaram ao amanhecer e Thomas atirou duas flechas numa árvore, só para manter a prática. Estava cortando o tronco em volta das pontas de aço para extraí-las, quando Robbie apanhou o arco.

— Pode me ensinar a usá-lo? — perguntou.

— O que eu posso lhe ensinar — disse Thomas — vai levar cinco minutos. Mas para o resto será preciso a vida inteira. Comecei a atirar flechas quando tinha sete anos e só depois dos dez estava começando a ser bom nisso.

— Não pode ser tão difícil assim — protestou Robbie. — Já matei um veado com um arco.

— Era um arco de caça — disse Thomas. Ele deu a Robbie uma das flechas e apontou para um salgueiro que teimosamente conservara as folhas. — Acerte o tronco.

Robbie riu.

— Eu não posso errar! — O salgueiro não chegava a trinta passos de distância.

— Pois então atire.

Robbie puxou o arco, olhando uma vez para Thomas quando percebeu o quanto de força era necessário para envergar a grande vara de teixo. Ela era duas vezes mais dura do que os arcos de caça, mais curtos, que ele usara na Escócia.

— Jesus! — disse baixinho enquanto puxava a corda à altura do nariz e percebia que o braço esquerdo tremia ligeiramente com a tensão da arma, mas olhou ao longo da flecha para verificar a mira e estava prestes a soltar quando Thomas ergueu a mão.

— Você ainda não está pronto.

— Claro que estou — disse Robbie, apesar de as palavras saírem como grunhidos, porque o arco exigia uma grande força para ficar na posição de armado.

— Você não está pronto — disse Thomas — porque há oito centímetros de flecha aparecendo na frente do arco. Você tem de puxá-lo até a ponta da flecha tocar em sua mão esquerda.

— Ah, meu doce Jesus — disse Robbie, e respirou fundo, cobrou ânimo e puxou até que a corda passou do seu nariz, do seu olho e quase tocou a orelha direita. A ponta de aço da flecha tocou-lhe a mão esquerda, mas agora ele já não podia mirar ao olhar ao longo da flecha. Franziu o cenho ao perceber a dificuldade que aquilo representava e então compensou chegando o arco para a direita. O braço esquerdo tremia com a tensão e, incapaz de manter a flecha armada, ele soltou, e depois contorceu-se quando a corda de cânhamo fustigou ao longo do lado interno do seu antebraço esquerdo. As penas da flecha soltaram um lampejo branco ao passarem a uns trinta centímetros de distância do tronco do salgueiro. Robbie soltou um palavrão, perplexo, e então entregou o arco a Thomas.

— Então o truque da coisa — disse ele — é aprender a mirar?

— O truque — disse Thomas — é não mirar. É uma coisa que simplesmente acontece. Você olha para o alvo e deixa a flecha voar.

Alguns arqueiros, os preguiçosos, só puxavam até à altura do olho, e isso fazia com que eles fossem precisos, mas faltava força às flechas. Os bons arqueiros, os arqueiros que derrotavam exércitos ou derrubavam reis vestindo armaduras vistosas, puxavam a corda até o limite.

— Ensinei uma mulher a atirar no verão passado — disse Thomas, pegando o arco de volta —, e ela aprendeu bem. Bem mesmo. Acertou uma lebre a setenta passos.

— Uma mulher!

— Eu a deixei usar uma corda mais comprida — disse Thomas —, de modo que o arco não precisava de tanta força, mas ainda assim ela era boa.

Ele se lembrou da alegria de Jeanette quando a lebre caiu na grama, guinchando, a flecha espetada no quarto traseiro. Jeanette. Por que estava pensando tanto nela?

Seguiram caminhando por um mundo orlado de branco de geada. As poças tinham congelado e as cercas vivas, desfolhadas, eram contornadas por uma forte geada branca que diminuía à medida que o sol subia. Eles atravessaram dois rios, subiram através de bosques de faia em direção a um platô que, uma vez lá, revelou-se um lugar selvagem de gramado raso que nunca sofrera a ação de um arado. Alguns arbustos de tojo rompiam a grama, mas, fora isso, a estrada cortava uma falsa planície sob um céu vazio. Thomas pensara que a charneca não seria mais do que uma faixa estreita de terreno elevado e que dali a pouco eles voltariam a penetrar nos vales cobertos de florestas, mas a estrada continuou e ele sentiu-se ainda mais como uma lebre numa região montanhosa calcária sob o olhar fixo de um búteo. Robbie sentia a mesma coisa, e os dois saíram da estrada para caminhar onde o tojo oferecia uma certa proteção, ainda que intermitente.

Thomas estava sempre olhando para a frente e para trás. Aquela era uma região de cavalos, um terreno elevado de gramado firme, onde cavaleiros podiam seguir a pleno galope e onde não havia bosques ou ravinas onde dois homens a pé pudessem esconder-se. E o planalto parecia se estender para sempre.

Ao meio-dia eles chegaram a um círculo de pedras em pé, cada uma da altura de um homem e fortemente incrustada de líquen. O círculo tinha vinte metros de diâmetro e uma das pedras tinha caído. Ambos apoiaram as costas nela enquanto faziam uma refeição de pão e queijo.

— A festa de casamento do diabo, hein? — disse Robbie.

— Você se refere às pedras?

— Nós temos dessas pedras na Escócia. — Robbie girou o corpo e afastou fragmentos de conchas de caracóis da pedra caída. — Elas são pessoas transformadas em pedra pelo diabo.

— Em Dorset — disse Thomas — o povo diz que Deus as transformou em pedra.

Robbie franziu o cenho diante daquela idéia.

— Por que Deus faria isso?

— Por dançarem no sábado.

— Elas apenas iriam para o inferno por causa disso — disse Robbie. Depois, sem outra coisa para fazer, esfregou a grama com o calcanhar. — Nós escavamos as pedras quando temos tempo. À procura de ouro, sabe?

— Você já encontrou ouro?

— Às vezes achamos, nos montes de terra que cobrem túmulos. Pelo menos, jarros e contas. Porcarias, na verdade. Sempre jogamos fora. E achamos pedras de elfos, claro.

Ele se referia às misteriosas pontas de pedra de flechas que se diziam disparadas por cordas de arco dos elfos. Ele se espreguiçou, desfrutando o fraco calor do sol que agora chegara ao ponto máximo ao qual subiria no céu de um inverno que ia em meio.

— Estou com saudade da Escócia.

— Nunca estive lá.

— É a terra de Deus — disse Robbie, convincente, e ainda falava sobre as maravilhas da Escócia quando Thomas caiu delicadamente no sono. Cochilou mas logo acordou porque Robbie lhe deu um toque com o pé.

— Temos companhia.

Thomas ficou de pé ao lado dele e viu quatro cavalarianos a cerca de dois quilômetros para o norte. Jogou-se ao gramado, puxou a trouxa e retirou dela um feixe de flechas, e depois encaixou a corda nas pontas da vara.

— Talvez eles não tenham visto a gente — disse ele, otimista.

— Viram — comentou Robbie, e Thomas voltou a trepar na pedra para ver que os cavalarianos tinham saído da estrada; agora estavam parados, e um deles ficou em pé nos estribos para ter uma visão melhor dos dois estranhos que estavam no círculo de pedra. Thomas conseguiu ver que usavam cotas de malha por baixo dos casacos.

— Eu posso acertar três deles — disse dando palmadinhas no arco —, se você cuidar do quarto.

— Ah, seja bondoso para com um pobre escocês — disse Robbie sacando a espada do tio. — Deixe dois para mim. Lembre-se que eu tenho de ganhar dinheiro.

Ele podia estar enfrentando uma luta com quatro cavalarianos na Normandia, mas ainda era um prisioneiro de Lorde Outhwaite e, por isso,

O Cerco do Inverno

obrigado a pagar seu resgate, que tinha sido fixado em meras duzentas libras. O de seu tio era de dez mil, e na Escócia o clã dos Douglas estaria cortando uma volta para levantar tal quantia.

Os cavalarianos ainda observavam Thomas e Robbie, sem dúvida se perguntando quem e o que podiam ser. Mas não deviam estar com medo; afinal, usavam cotas de malha e estavam armados, ao passo que os dois estranhos estavam a pé, e homens a pé eram quase sempre camponeses, e estes não representavam ameaça alguma a cavalarianos com cotas de malha.

— Uma patrulha de Evecque? — perguntou Robbie a si mesmo, em voz alta.

— Provavelmente.

O conde de Coutances deveria ter homens vasculhando o interior à procura de alimentos. Ou talvez os cavalarianos fossem reforços que seguiam para ajudar o conde, mas fossem quem fossem iriam considerar que qualquer estranho naquela região era uma presa, por causa das armas.

— Eles estão vindo — disse Robbie quando os quatro cavalarianos espalharam-se para formar uma linha. Deviam ter presumido que os dois estranhos fossem tentar fugir e por isso formavam a linha para envolvê-los.

— Os quatro cavaleiros, hein? — disse Robbie. — Nunca me lembro do que o quarto cavaleiro representa.

— Morte, guerra, peste e fome — disse Thomas colocando a primeira flecha na corda.

— É a fome que eu sempre esqueço — disse Robbie.

Os quatro cavalarianos estavam a uma distância de oitocentos metros, espadas desembainhadas, vindo a galope curto sobre o belo e compacto gramado. Thomas segurava o arco voltado para baixo, para que eles não ficassem prontos para as flechas. Agora ouvia o tropel e pensou nos quatro cavaleiros do Apocalipse, o temível quarteto de cavaleiros cujo aparecimento iria ser o presságio do fim dos tempos e a última grande luta entre o céu e o inferno. A guerra apareceria num cavalo cor de sangue, a fome estaria num garanhão preto, a peste assolaria o mundo numa montaria branca, enquanto a morte cavalgaria um cavalo pálido. Thomas teve uma súbita lembrança do pai, sentando-se com as costas eretas, cabeça para trás, entoando em latim: "*et ecce equus pallidus*". O padre Ralph costumava dizer aquelas palavras para irritar sua governanta e amante, mãe de Thomas, que, apesar de não saber nada de latim, compreendia que as palavras se referiam à morte e ao inferno e achava, e corretamente, como aconteceu, que o padre seu amante estava atraindo inferno e morte para Hookton.

— Veja um cavalo pálido — disse Thomas. Robbie dirigiu-lhe um olhar de interrogação. — "Eu vi um cavalo pálido" — citou Thomas — "e o nome do seu cavaleiro era Morte, e o Inferno o acompanhava."

— O inferno é outro dos cavaleiros? — perguntou Robbie.

— Inferno é o que esses bastardos vão ter — disse Thomas e ergueu o arco e puxou a corda para trás e sentiu uma súbita raiva e ódio no coração pelos quatro homens, e então o arco vibrou, a nota emitida pela corda seca e grave, e antes que o som morresse ele já estava pegando outra flecha do lugar em que espetara doze na grama, de ponta para baixo. Puxou a corda para trás e os quatro cavalarianos ainda galopavam direto para eles quando Thomas mirou no cavaleiro da esquerda. Ele soltou, apanhou uma terceira flecha, e agora o som das patas na grama endurecida pela geada era tão alto quanto os tambores escoceses em Durham, e o segundo homem, a contar da direita, agitava-se para a esquerda e para a direita, caiu para trás, uma flecha projetando-se do peito, e o cavaleiro à sua esquerda estava tombado para trás sobre a patilha da sela, e os outros dois, finalmente compreendendo o perigo que corriam, deram uma guinada para anular a mira de Thomas. Pedaços de terra e grama eram atirados para cima pelas patas dos cavalos enquanto eles se viravam e se afastavam. Se os dois cavaleiros ilesos tivessem alguma gota de juízo, sairiam em disparada como se o Inferno e a Morte estivessem em seus calcanhares, voltando por onde tinham vindo, numa tentativa desesperada de escapar das flechas, mas em vez disso, com a raiva de homens que tinham sido desafiados pelo que acreditavam ser um inimigo inferior, giraram seus cavalos em direção à presa deles, e Thomas disparou a terceira flecha. Os primeiros dois homens estavam fora de combate, um deles caído da sela e o outro inclinado em cima do cavalo que apenas mordiscava a grama empalidecida pelo inverno. A terceira flecha voou forte e direta em direção à vítima, mas o cavalo ergueu a cabeça e a flecha resvalou no lado do crânio, o sangue brilhante sobre couro preto: o cavalo contorceu-se para afastar-se, sentindo a dor, e o cavaleiro, despreparado para a virada, agitou-se para manter o equilíbrio, mas Thomas não teve tempo de observá-lo porque o quarto cavaleiro estava dentro do círculo de pedra e partia em sua direção. O homem tinha uma vasta capa preta que se agitava atrás quando ele girou o cavalo cinza pálido e soltou um grito de desafio enquanto esticava o braço com a espada para usar a ponta como uma lança no peito de Thomas, mas este estava com a quarta flecha na corda e o homem compreendeu, de repente, que tinha se atrasado uma fração de segundo. *"Non!"*, gritou ele, e Thomas nem chegou a puxar o arco até o fim, mas disparou com a corda puxada pela metade e a flecha ainda teve força suficiente para enterrar-se na cabeça do homem, rachando o cavalete do nariz e penetrando fundo no crânio. Ele estremeceu, a espada caiu, Thomas sentiu o deslocamento de ar quando o cavalo do homem passou por ele como um trovão e então o cavaleiro caiu para trás, por cima da anca do garanhão.

O terceiro homem, o que fora derrubado da sela do cavalo preto, caíra no centro do círculo de pedra e agora se aproximava de Robbie. Thomas apanhou uma flecha da grama.

— Não! — gritou Robbie. — Ele é meu.

Thomas afrouxou a corda.

— *Chian bâtard* — disse o homem para Robbie.

Ele era muito mais velho do que o escocês e devia ter achado que Robbie não passava de um garoto, porque teve um meio sorriso quando avançou rápido para enfiar a espada. Robbie deu um passo para trás, escorou o golpe, e as lâminas tiniram como sinos no ar puro.

— *Bâtard!* — gritou o homem e tornou a atacar.

Robbie recuou uma vez mais, cedendo terreno até quase atingir o anel de pedra, e seu recuo preocupou a Thomas, que tornou a puxar a corda, mas então Robbie escorou o golpe com tanta rapidez e reagiu tão depressa, que agora era o francês quem recuava numa súbita e desesperada pressa.

— Seu inglês bastardo — disse Robbie.

Ele brandiu a espada por baixo e o homem abaixou a dele para escorar o golpe, e Robbie apenas chutou-a para o lado e investiu de modo que a lâmina de seu tio enfiou-se no pescoço do homem.

— Seu inglês bastardo — vociferou Robbie, liberando a lâmina num borrifar de sangue brilhante.

— Porco inglês bastardo! — Ele liberou a espada e golpeou outra vez para enterrar o gume no que restava do pescoço do homem.

Thomas ficou vendo o homem cair. O sangue brilhava sobre a grama.

— Ele não era inglês — disse Thomas.

— É só uma mania quando eu luto — disse Robbie. — Foi assim que meu tio me treinou. — Ele caminhou até a vítima. — Ele está morto?

— Você quase o decapitou — disse Thomas. — O que acha?

— Acho que vou pegar o dinheiro dele — disse Robbie e ajoelhouse ao lado do morto.

Um dos dois primeiros homens a serem atingidos pelas flechas de Thomas ainda estava vivo. A respiração borbulhava na sua garganta e aparecia rosada e espumosa em seus lábios. Era o homem que tinha caído para trás na sela e gemeu quando Thomas derrubou-o no chão.

— Ele vai sobreviver? — Robbie se aproximara para ver o que Thomas estava fazendo.

— Por Cristo, não! — disse Thomas e sacou a faca.

— Meu Deus! — Robbie recuou quando a garganta do homem foi cortada. — Você tinha de fazer isso?

— Não quero que o conde de Coutances saiba que somos só nós dois — disse Thomas. — Quero que ele fique com um medo dos diabos de nós. Quero que pense que os cavaleiros do diabo estão caçando seus homens.

Eles revistaram os quatro corpos, e depois de uma perseguição complicada, conseguiram recuperar os quatro cavalos. Dos corpos e dos alforjes tiraram quase dezoito libras de dinheiro francês desvalorizado, em moedas de prata, dois anéis, três boas adagas, quatro espadas, uma bela cota de malha que Robbie requisitou para substituir a dele, e uma corrente de ouro que os dois cortaram ao meio com uma das espadas capturadas. Depois Thomas usou as duas piores espadas para servir de estacas a fim de amarrar dois dos cavalos à margem da estrada, e sobre os cavalos amarrou dois dos corpos, fazendo com que se mantivessem na sela, inclinados para o lado com olhares vazios e a pele branca manchada de sangue. Os outros dois corpos, sem as cotas de malha, foram colocados na estrada e em suas bocas mortas Thomas colocou gravetos de tojo. Aquele gesto nada significava, mas quem achasse os corpos pensaria em algo estranho, até mesmo satânico.

— Vai deixar os bastardos preocupados — explicou Thomas.

— Quatro homens mortos devem deixar eles nervosíssimos — disse Robbie.

— Eles vão ficar mortos de medo se acharem que o diabo está solto — disse Thomas.

O conde de Coutances iria fazer chacota se soubesse que apenas dois homens tinham vindo a título de reforço para Sir Guillaume d'Evecque, mas não poderia ignorar quatro corpos e os indícios de um ritual fantástico. E não poderia ignorar a morte.

Finalidade para a qual, depois que os corpos foram arrumados, Thomas apanhou a grande capa preta, o dinheiro e as armas, o melhor dos garanhões e o cavalo pálido.

Porque o cavalo pálido pertencia à Morte.

E com Thomas, ele podia provocar pesadelos.

M ÚNICO ESTRONDO CURTO de um trovão soou quando Thomas e Robbie se aproximavam de Evecque. Eles não sabiam a que distância estavam, mas seguiam por uma região onde todas as fazendas e todos os chalés tinham sido destruídos, o que dizia a Thomas que eles deviam estar dentro das fronteiras do solar. Robbie, ao ouvir o trovão, pareceu intrigado, porque o céu logo acima deles estava claro embora houvesse nuvens escuras ao sul.

— Está frio demais para trovejar — disse ele.

— Talvez na França seja diferente.

Saíram da estrada e seguiram uma trilha de fazenda que ondeava por bosques e desapareceu ao lado de uma construção incendiada da qual ainda subia uma leve fumaça. Fazia pouco sentido pôr fogo em quintas como aquela, e Thomas duvidava que o conde de Coutances tivesse ordenado a destruição logo no início, mas o longo desafio de Sir Guillaume e o espírito sanguinário da maioria dos soldados iriam assegurar que o saque e os incêndios aconteceriam de qualquer maneira. Thomas fizera o mesmo na Bretanha. Ele ouvira os gritos e protestos de famílias que tinham de ver seus lares serem incendiados e depois tocara fogo no sapé. Era a guerra. Os escoceses faziam isso com os ingleses, os ingleses com os escoceses, e ali o conde de Coutances estava fazendo aquilo com o seu próprio arrendatário.

Um segundo estouro de trovão soou e, assim que o eco desapareceu, Thomas viu um grande véu de fumaça no céu a leste. Apontou para ele, e Robbie, reconhecendo o cheiro de fogueiras de acampamentos e percebendo a necessidade de silêncio, limitou-se a um gesto afirmativo com a cabeça. Eles deixaram os cavalos num bosque cerrado de pés novos de aveleira e subiram um morro alto coberto de árvores. O sol poente estava atrás deles, projetando suas sombras compridas sobre as folhas mortas. Um pica-pau, cabeça vermelha e asas com barras brancas, voava alto e baixo acima de suas cabeças enquanto eles atravessavam a linha da crista do morro para ver a aldeia e o solar de Evecque lá embaixo.

Thomas nunca vira o solar de Sir Guillaume antes. Ele tinha imaginado que seria como o de Sir Giles Marriott, com apenas um grande salão parecido com um galpão e uns poucos puxados cobertos de sapé, mas Evecque era muito mais parecido com um pequeno castelo. No canto mais perto de onde Thomas estava, ele tinha até uma torre: uma torre quadrada e não muito alta, mas ameada de maneira adequada e com seu estandarte de três falcões atacando a presa desfraldado, para mostrar que Sir Guillaume ainda não estava derrotado. O detalhe salvador do solar, porém, era o seu fosso, que era largo e estava coberto por uma camada grossa de escuma de um verde vivo. Os muros altos do solar subiam a prumo da água e tinham poucas janelas, que mesmo assim eram apenas frestas estreitas. O telhado era de sapé e caído para dentro, para um pequeno pátio. Os sitiantes, cujas tendas e abrigos ficavam na aldeia ao norte do solar, tinham conseguido tocar fogo no telhado em determinado momento, mas os poucos defensores de Sir Guillaume deviam ter conseguido extinguir as chamas, porque apenas uma pequena parte do sapé estava faltando ou escurecida. Nenhum daqueles defensores podia ser visto naquele momento, embora alguns devessem estar olhando pelas frestas que apareciam como pequenas manchas pretas em contraste com a pedra cinza. O único dano visível ao solar eram algumas pedras quebradas em um canto da torre, onde parecia que algum animal gigante tinha mordiscado as pedras, e era provável que se tratasse do trabalho da *springald* que o padre Pascal mencionara, mas a besta gigante, evidentemente, tinha enguiçado outra vez, e de forma irremediável, porque Thomas conseguia vê-la em dois gigantescos pedaços no campo ao lado da igrejinha de pedra da aldeia. Ela tinha causado muito pouco dano antes de sua haste principal quebrar, e Thomas se perguntou se o lado leste, escondido, do prédio tinha sofrido mais danos. A entrada do solar devia ficar naquele lado distante e Thomas desconfiava que os principais equipamentos para o sítio também estivessem lá.

Só uns vinte sitiantes estavam visíveis, a maioria não fazendo nada mais ameaçador do que ficar sentada do lado de fora das casas da aldeia, embora meia dúzia de homens estivesse reunida em torno do que parecia uma pequena mesa no adro da igreja. Nenhum dos homens do conde estava a menos de cento e cinqüenta passos do solar, o que sugeria que os defensores tinham conseguido matar alguns inimigos com bestas, e o resto aprendera a manter-se à distância da guarnição.

A aldeia em si era pequena, não muito maior do que Down Mapperley e, como a aldeia de Dorset, tinha uma azenha. Havia doze tendas ao sul das casas e o dobro disso de pequenos abrigos de turfa. Thomas tentou calcular quantos homens podiam estar abrigados na aldeia, nas tendas e nas choças de turfa e concluiu que o conde devia, no momento, ter cerca de 120 homens.

— O que vamos fazer? — perguntou Robbie.

— Por enquanto, nada. Só observar.

Foi uma vigília enfadonha, porque era pouca a atividade abaixo deles. Algumas mulheres levavam baldes de água da acéquia, outras cozinhavam em fogueiras ao ar livre ou recolhiam roupas que tinham sido estendidas para secar em cima de alguns arbustos à beira dos campos. O estandarte do conde de Coutances, exibindo o javali preto num campo branco semeado de flores azuis, tremulava num mastro improvisado do lado de fora da maior casa da aldeia. Seis outros estandartes pendiam acima dos telhados de sapé, mostrando que outros senhores tinham ido compartilhar o saque. Meia dúzia de escudeiros ou pajens exercitavam alguns corcéis na campina atrás do acampamento, mas fora isso os atacantes de Evecque pouco faziam exceto esperar. O trabalho de um cerco era enfadonho. Thomas se lembrava dos dias ociosos do lado de fora de La Roche-Derrien, embora aquelas longas horas tivessem sido interrompidas pelo terror e pela agitação do assalto ocasional. Aqueles homens, incapazes de assaltar os muros de Evecque por causa do fosso, só podiam esperar e ter a esperança de fazer a guarnição passar fome a ponto de se render ou então induzi-la a fazer uma surtida queimando fazendas. Talvez estivessem esperando uma longa peça de madeira seca ao ar para consertar o braço partido da *springald* abandonada.

Então, justo no momento em que Thomas chegava à conclusão de que já tinha visto o bastante, o grupo de homens que estivera reunido em torno do que ele pensara ser uma mesa baixa ao lado da cerca do adro, saiu correndo de repente para a igreja.

— Em nome de Deus, o que é aquilo? — perguntou Robbie, e Thomas viu que não tinha sido em torno de uma mesa que eles tinham estado reunidos, mas de um imenso pote numa pesada armação de madeira.

— É um canhão — disse Thomas, incapaz de esconder o espanto.

Naquele exato momento o canhão disparou e o grande pote de metal e sua enorme base de madeira desapareceram numa crescente explosão de fumaça suja e, pelo canto dos olhos, ele viu um pedaço de pedra sair voando do canto danificado do solar. Mil pássaros levantaram vôo de cercas vivas, sapés e árvores quando o surdo trovejar do canhão rolou morro acima e passou por ele em grande velocidade. Aquele potente som seco era o trovão que eles tinham ouvido antes, à tarde. O conde de Coutances conseguira encontrar um canhão e o estava usando para tirar nacos do solar. Os ingleses tinham usado canhões em Caen no verão passado, apesar de nem todos os canhões do exército, nem todos os melhores esforços dos artilheiros italianos, terem danificado o castelo de Caen. De fato, à medida que a fumaça dissolvia-se lentamente do acampamento, Thomas viu que aquele tiro tinha causado pouco impacto no solar. O barulho pareceu mais violento do que a própria bala, mas ele imaginava que se os artilheiros do conde pudessem disparar pedras em número suficiente a estrutura de alvenaria acabaria cedendo, e a torre desabaria para dentro do fosso, propiciando um caminho de escombros que ligaria as duas margens da água. Pedra a pedra, fragmento a fragmento, talvez três ou quatro tiros por dia, e com isso os sitiantes iriam solapar a torre, improvisando uma passagem para entrar em Evecque.

Um homem rolou um pequeno barril para fora da igreja, mas um outro acenou para que ele voltasse, e o barril foi levado de volta para dentro. A igreja devia ser o paiol deles, pensou Thomas, e o homem tinha sido mandado de volta porque os artilheiros tinham disparado o último projétil do dia e só iriam recarregar de manhã. E isso sugeriu uma idéia, mas ele a afastou por considerá-la impraticável e louca.

— Já viu o suficiente? — perguntou a Robbie.

— Eu nunca vi um canhão — disse Robbie olhando para o distante vaso lá embaixo, como esperando que ele fosse disparado outra vez, mas Thomas sabia que não era provável que os artilheiros voltassem a disparálo aquela noite.

Era muito demorado carregar um canhão e, depois que a pólvora negra estivesse acondicionada na sua barriga e o projétil colocado pela boca, o canhão tinha de ser fechado com marga úmida. A marga reteria a explosão que iria projetar o projétil e precisava de tempo para secar antes que o canhão fosse disparado, de modo que não era provável que houvesse um outro tiro antes do amanhecer.

— Parece dar mais trabalho do que resultado — disse Robbie, malhumorado, depois que Thomas deu a explicação. — Então você acha que eles não vão disparar outra vez?

— Vão esperar até de manhã.

— Então já vi o suficiente — disse Robbie, e os dois rastejaram de volta pelas faias até passarem pela crista do morro, e desceram para os cavalos amarrados e seguiram anoitecer adentro. Havia uma meia-lua, fria e alta, e a noite estava muito fria, tão fria que eles decidiram que deviam arriscar acender uma fogueira, embora fizessem o possível para ocultá-la refugiando-se num barranco profundo, de paredes de pedra, onde improvisaram um telhado de galhos cobertos de turfa cortada às pressas. O fogo bruxuleava através de buracos no telhado para projetar nas paredes rochosas uma luz vermelha, mas Thomas duvidava que algum dos sitiantes fosse patrulhar os bosques no escuro. Ninguém entrava à noite, de moto próprio, em bosques cerrados, porque todos os tipos de animais, monstros e fantasmas rondavam as florestas, e esse pensamento fez Thomas se lembrar daquela viagem

227

O Cerco do Inverno

quê ele fizera com Jeanette no verão quando os dois dormiram uma noite atrás de outra na floresta. Tinha sido uma época feliz, e a lembrança o fez sentir pena de si mesmo e então, como sempre, sentir-se culpado pelo que acontecera a Eleanor, e ele estendeu as mãos para a pequena fogueira.

— Existem homens verdes na Escócia? — perguntou a Robbie.

— Quer dizer nas florestas? Existem duendes. São bastardinhos malvados.

Robbie fez o sinal-da-cruz e, para o caso de isso não ser o bastante, inclinou-se e tocou no punho de ferro da espada de seu tio.

Thomas estava pensando em duendes e outras criaturas, coisas que espreitavam nas florestas à noite. Será que ele queria realmente voltar a Evecque naquela noite?

— Você percebeu — disse a Robbie — que ninguém no acampamento de Coutances parecia muito perturbado com o fato de quatro de seus cavalarianos não terem regressado? Nós não vimos ninguém sair à procura deles, vimos?

Robbie refletiu sobre aquilo e deu de ombros.

— Talvez os cavalarianos não tivessem saído do acampamento.

— Saíram — disse Thomas com uma confiança que não sentia de todo, e por um momento perguntou-se, com ar de culpa, se os quatro cavalarianos nada teriam a ver com Evecque, mas lembrou-se que os cavaleiros tinham começado a luta. — Eles devem ter vindo de Evecque — disse ele —, e a esta altura o pessoal de lá já devia estar preocupado.

— E daí?

— Daí que... será que colocaram mais sentinelas no acampamento esta noite?

Robbie deu de ombros.

— Isso tem importância?

— Estou pensando — disse Thomas — que tenho de avisar a Sir Guillaume que nós estamos aqui, e não sei como conseguir isso senão fazendo um barulho enorme.

— Você podia escrever uma mensagem — sugeriu Robbie — e colocála numa flecha?

Thomas olhou fixo para ele.

— Não tenho pergaminho — disse ele, paciente — e não tenho tinta, e você já tentou disparar uma flecha envolta em pergaminho? Provavelmente ela iria voar como um pássaro morto. Eu teria de ficar ao lado do fosso e seria melhor atirar a flecha de lá.

Robbie encolheu os ombros.

— Então o que vamos fazer?

— Fazer barulho. Anunciar nossa presença. — Thomas fez uma pausa. — Estou achando que o canhão vai acabar derrubando a torre se não fizermos alguma coisa.

— O canhão? — perguntou Robbie, e olhou para Thomas. — Doce Jesus! — disse ele depois de um certo tempo, enquanto pensava nas dificuldades. — Esta noite?

— Assim que Coutances e seus homens souberem que estamos aqui — disse Thomas —, vão dobrar as sentinelas, mas aposto que os bastardos estão quase dormindo esta noite.

— É isso, e bem cobertos para se aquecerem, se tiverem algum senso — disse Robbie. Ele franziu o cenho. — Mas aquele canhão parecia um belo jarro grande. Como é que se quebra ele?

— Eu estava pensando na pólvora negra na igreja — disse Thomas.

— Pôr fogo nela?

— Há muitas fogueiras nos acampamentos na aldeia — disse Thomas, e imaginou o que aconteceria se eles fossem capturados no acampamento inimigo, mas não fazia sentido preocupar-se com isso. Se era para inutilizar o canhão, era melhor atacar antes que o conde de Coutances ficasse sabendo que um inimigo viera assediá-lo, e isso fazia daquela noite a oportunidade ideal.

— Você não precisa ir — disse Thomas a Robbie. — Não são amigos seus que estão no interior do solar.

— Poupe o fôlego — disse Robbie com sarcasmo. Ele tornou a franzir o cenho. — O que é que vai acontecer depois?

— Depois? — Thomas raciocinou. — Depende de Sir Guillaume.

Se ele não receber resposta alguma do rei, irá querer romper o cerco. Por isso ele tem de saber que estamos aqui.

— Por quê?

— Para o caso de ele precisar da nossa ajuda. Ele mandou nos chamar, não mandou? Pelo menos, mandou me chamar. Por isso nós entramos fazendo barulho. Vamos nos tornar uma praga. Vamos fazer com que o conde de Coutances tenha alguns pesadelos.

— Nós dois?

— Você e eu — disse Thomas, e o fato de dizê-lo o fez perceber que Robbie se tornara um amigo. — Acho que você e eu podemos provocar confusão — acrescentou ele com um sorriso.

E eles iriam começar naquela noite. Naquela noite triste e fria, sob uma lua bem delineada, iriam conjurar o primeiro de seus pesadelos.

Eles seguiram a pé, e, apesar da meia-lua, estava escuro sob as árvores. Thomas começou a se preocupar com quais poderiam ser os demônios, duendes e espectros que assombravam aqueles bosques normandos. Jeanette lhe dissera que na Bretanha havia *nains* e *gorics* que espreitavam a caça no escuro, enquanto em Dorset era o Homem Verde que batia os pés e rosnava nas árvores atrás do monte Lipp, e os pescadores falavam das almas dos homens que tinham morrido afogados, que às vezes se arrastavam pela costa e gemiam pelas mulheres que tinham deixado. Na véspera do Dia de Finados, o diabo e os mortos dançavam sobre o Castelo Maiden, e em outras noites havia fantasmas mais modestos na aldeia e em torno dela, no alto do monte, na torre da igreja e em qualquer ponto para o qual se olhasse, motivo pelo qual ninguém saía de casa à noite sem um pedaço de ferro ou um pedaço de visco ou, quando nada, um pedaço de pano que tivesse sido tocado pela hóstia sagrada. O pai de Thomas odiava essa superstição, mas quando o seu povo erguia as mãos para o sacramento e ele via um pedaço de pano amarrado nas palmas não se recusava a atendê-los.

E Thomas tinha lá as suas superstições. Ele só apanhava o arco, sempre, com a mão esquerda; a primeira flecha a ser disparada de um arco recém-encordoado tinha de ser batida de leve por três vezes contra a haste, uma vez para o Pai, outra para o Filho e uma terceira para o Espírito Santo; ele não usava roupas brancas e calçava a bota esquerda antes da direita. Durante muito tempo trouxera uma pata de cachorro pendurada no pescoço e depois a jogara fora na convicção de que ela dava azar, mas agora, depois da morte de Eleanor, ele se perguntava se não deveria ter ficado com ela. Pensando em Eleanor, sua mente desviou-se de novo para a beleza mais morena de Jeanette. Será que Jeanette se lembrava dele? Depois tentou não pensar nela, porque pensar num antigo amor poderia dar azar, e ele tocou o tronco de uma árvore ao passar, para purgar o pensamento.

Thomas procurava pelo brilho vermelho das fogueiras dos acampamentos que estivessem se extinguindo do outro lado das árvores, o que lhe diria que eles estavam perto de Evecque, mas a única luz era o prateado da lua emaranhado nos galhos altos. *Nains* e *gorics*, o que eram? Jeanette nunca lhe contara, dissera apenas que eram espíritos que assombravam o interior. Ali na Normandia deviam ter algo semelhante. Ou talvez tivessem bruxas? Ele tocou em outra árvore. Sua mãe acreditava firmemente em bruxas e seu pai o ensinara a dizer um padre-nosso se alguma vez ficasse perdido. As bruxas, acreditava o padre Ralph, atacavam crianças perdidas, e mais tarde, muito mais tarde, o pai de Thomas lhe contou que as bruxas começavam sua invocação do diabo dizendo o padre-nosso de trás para a frente, e Thomas, é claro, tentara aquilo, embora nunca tivesse a coragem de terminar a oração inteira. *Olam a son arebil des*, começava o padre-nosso, e ele ainda sabia dizê-lo, até mesmo conseguindo as difíceis inversões de *temptationem* e *supersubstantialem*, apesar de ter o cuidado de nunca terminar a oração inteira, se houvesse um fedor de enxofre, um estalar de chama e o terror do diabo descendo em asas pretas com olhos de fogo.

— O que está murmurando? — perguntou Robbie.

— Estou tentando dizer *supersubstantialem* de trás para a frente — disse Thomas.

Robbie riu de boca fechada.

— Você é um sujeito estranho, Thomas.

— *Melait nats bus repus* — disse Thomas.

— Isso é francês? — disse Robbie. — Porque eu tenho que aprender.

— Vai aprender — prometeu Thomas, e então, finalmente, percebeu fogueiras por entre as árvores e os dois ficaram calados enquanto subiam a longa encosta até a crista entre as faias, de onde dava para ver Evecque lá embaixo.

Do solar não se via luz alguma. Um luar limpo e frio brilhava sobre o fosso de escuma verde, que parecia liso como gelo — talvez fosse gelo mesmo? — e a lua branca projetava uma sombra preta para dentro do canto danificado da torre, enquanto um brilho de luz de fogueira aparecia no lado oposto do solar, confirmando a suspeita de Thomas de que havia uma parte do sítio em frente à entrada do prédio. Ele calculou que os homens do conde tinham cavado trincheiras das quais pudessem inundar a entrada com setas de bestas enquanto outros homens tentavam cobrir o fosso no ponto em que a ponte levadiça não estivesse arriada. Thomas lembrou-se das setas de bestas sendo cuspidas dos muros de La Roche-Derrien e estremeceu. Fazia um frio terrível. Em breve, pensou Thomas, o orvalho viraria geada, prateando o mundo. Tal como Robbie, ele usava uma camisa de lã por baixo de uma jaqueta de couro e uma cota de malha por cima da qual vestia uma capa, e ainda assim tremia e desejava estar de volta ao abrigo do barranco, onde uma fogueira estava acesa.

— Não vejo ninguém — disse Robbie.

Thomas também não, mas continuou a procurar por sentinelas. Quem sabe o frio estivesse mantendo todo mundo sob um teto? Procurou pelas sombras perto das fogueiras de acampamento que agonizavam, ficou observando à espera de qualquer movimento na escuridão em torno da igreja e também não viu ninguém. Sem dúvida havia sentinelas nas obras de sítio em frente à entrada do solar, mas com toda certeza elas estariam vigiando para o caso de qualquer defensor tentar escapulir pelos fundos do solar. Mas quem iria atravessar um fosso a nado numa noite tão fria como aquela? E àquela altura os sitiantes deveriam estar enfarados e sua vigilância estaria relaxada. Ele viu uma nuvem de contornos prateados deslizando para mais perto da lua.

— Quando a nuvem cobrir a lua — disse a Robbie —, nós vamos.

— E que Deus nos abençoe — disse Robbie com fervor, fazendo o sinal-da-cruz.

A nuvem parecia andar muito devagar, até que finalmente cobriu a lua e a paisagem bruxuleante desbotou para um tom cinza e preto. Ainda havia uma luz pálida, vaga, mas Thomas duvidou que a noite fosse ficar mais escura, e por isso ergueu-se, sacudiu os gravetos da capa e seguiu em direção à aldeia por uma trilha que tinha sido aberta na encosta leste da crista do morro. Ele achava que a trilha fora aberta por porcos que eram levados para a engorda comendo nozes de faia no bosque e lembrou-se que os porcos de Hookton vagavam pelo cascalho comendo cabeças de peixe e que sua mãe sempre reclamara que aquilo contaminava o gosto do toucinho deles. Toucinho com gosto de peixe, como ela chamava, e fazia uma comparação desvantajosa com o toucinho de sua cidade natal, Weald, em Kent. Aquele, ela sempre dissera, era o verdadeiro toucinho, alimentado com nozes de faia e bolota, o melhor que havia. Thomas tropeçou num tufo de grama. Era difícil seguir a trilha, porque de repente a noite ficara muito mais escura, talvez porque eles estivessem em terreno mais baixo.

Ele estava pensando em toucinho, e o tempo todo eles estavam chegando mais perto da aldeia, e subitamente Thomas ficou com medo. Ele não vira sentinela alguma, mas e cachorros? Uma cadela latindo à noite, e ele e Robbie poderiam ser homens mortos. Ele não levara o arco, mas de repente desejou que o tivesse levado — embora não soubesse o que poderia fazer com ele. Matar um cachorro? Pelo menos a trilha agora estava facilmente visível, devido às fogueiras do acampamento, e os dois caminharam confiantes, como se fossem moradores da aldeia.

— Você deve fazer isso o tempo todo — disse Thomas, baixinho.

— Isso?

— Quando faz incursões do outro lado da fronteira.

— Nada disso, nós ficamos em campo aberto. Vamos atrás de gado e cavalos.

Eles agora estavam entre os abrigos e pararam de falar. O som de um profundo ressonar veio de uma pequena choça de turfa e um cachorro invisível ganiu mas sem latir. Um homem estava sentado do lado de fora de uma tenda, presumivelmente para proteger quem quer que estivesse dormindo lá dentro, mas ele próprio dormia. Um vento fraco agitava os galhos em um pomar perto da igreja e o rio fazia um barulho de esparrinhar ao mergulhar sobre o pequeno açude ao lado do moinho. Uma mulher riu baixinho em uma das casas onde alguns homens começaram a cantar. A melodia era nova para Thomas e as vozes graves abafaram o som do portão do adro da igreja, que rangeu quando ele o empurrou para abri-lo. A igreja tinha um pequeno campanário de madeira e Thomas ouvia o vento sussurrando no sino.

— É você, Georges? — perguntou um homem em voz alta, do alpendre.

— *Non*.

Thomas falou mais ríspido do que pretendia, e o tom de sua voz fez com que o homem saísse das sombras negras do arco do alpendre. Pensando que tivesse provocado encrenca, Thomas levou a mão às costas para agarrar o punho da adaga.

— Desculpe, senhor. — O homem confundira Thomas com um oficial ou até mesmo com alguém mais importante. — Estou esperando um substituto, senhor.

— É provável que ele ainda esteja dormindo — disse Thomas.

O homem espreguiçou-se, dando um bocejo enorme.

— O bastardo não acorda nunca. — A sentinela era pouco mais do que uma sombra no escuro, mas Thomas pressentiu que era um sujeito grande. — E aqui faz frio — continuou o homem. — Meu Deus, como é frio. O Guy e os homens dele já voltaram?

— Um dos cavalos perdeu uma ferradura — disse Thomas.

— Então foi isso! E eu pensava que eles tivessem achado aquela cervejaria em Saint-Germain. Cristo e os anjos, mas aquela garota de um olho só! O senhor já viu ela?

— Ainda não — disse Thomas.

Ele ainda segurava a adaga, uma das armas que os arqueiros chamavam de misericórdia, porque era usada para acabar com o sofrimento de soldados derrubados de seus cavalos e feridos. A lâmina era fina e flexível o bastante para deslizar entre as junções das armaduras e arrancar a vida que estava por baixo, mas ele relutava em sacá-la. A sentinela não desconfiou de nada, e sua única ofensa era estender aquela conversa.

— A igreja está aberta? — perguntou Thomas.

— Claro. Por que não estaria?

— Temos de rezar — disse Thomas.

— Tem de ser uma consciência culpada que faz os homens rezarem à noite, hein? — A sentinela estava afável.

— Muitas garotas caolhas — disse Thomas.

Robbie, que não falava francês, ficou de lado e olhou fixo para a grande sombra negra do canhão.

— Um pecado do qual vale a pena se arrepender — disse o homem reprimindo o riso, mas empertigou-se. — O senhor pode esperar aqui enquanto eu acordo o Georges? É só um instante.

— Demore o tempo que quiser — disse Thomas, magnânimo —, vamos ficar aqui até amanhecer. Se quiser, pode deixar o Georges dormir. Nós dois ficamos de sentinela.

— O senhor é um santo em carne e osso — disse o homem, e tirou o cobertor que estava no alpendre antes de afastar-se com um animado "boa noite".

Thomas, depois que o homem foi embora, entrou no alpendre, onde foi logo chutando um barril vazio que rolou com grande barulho. Soltou um palavrão e ficou imóvel, mas ninguém bradou da aldeia para pedir uma explicação para o barulho.

Robbie agachou-se ao lado dele. A escuridão estava impenetrável no alpendre, mas eles tatearam com as mãos para descobrir meia dúzia de barris vazios. Eles fediam a ovos podres e Thomas imaginou que já tinham contido pólvora negra. Sussurrou para Robbie os pontos essenciais da conversa que tivera com a sentinela.

— Mas o que não sei — continuou — é se ele vai acordar o Georges ou não. Acho que não vai, mas não tenho certeza.

— Quem ele pensa que somos?

— Provavelmente dois soldados — disse Thomas.

Ele empurrou os barris vazios para o lado, ergueu-se e tateou à procura da corda que erguia o trinco da porta da igreja. Encontrou-a, depois encolheu-se, estremecendo, quando as dobradiças rangeram. Thomas ainda não conseguia ver nada, mas a igreja tinha o mesmo fedor que os barris vazios.

— Precisamos de um pouco de luz — sussurrou.

Seus olhos acostumaram-se aos poucos com o escuro e ele viu um brilho fraquíssimo de luz aparecendo na grande janela leste sobre o altar. Não havia nem mesmo uma pequena chama queimando acima do santuário onde as hóstias eram guardadas, talvez porque fosse perigoso demais com toda aquela pólvora armazenada na nave da igreja. Thomas achou a pólvora com facilidade, ao esbarrar na pilha de barris que estava logo do lado de dentro da porta. Havia pelo menos uns quarenta, cada qual mais ou menos do tamanho de um balde de água, e Thomas calculou que o canhão usava um ou talvez dois barris para cada tiro. Digamos três ou quatro tiros por dia. Neste caso, havia ali o estoque de pólvora para duas semanas.

— Precisamos de um pouco de luz — repetiu, voltando-se, mas Robbie não respondeu. — Onde está você? — Thomas falou entre os dentes, mas outra vez não houve resposta e então ouviu uma bota dar uma batida seca num dos barris vazios no alpendre e viu a sombra de Robbie aparecer num lampejo no luar enevoado do cemitério.

Thomas esperou. Uma fogueira de acampamento estava em estado latente, não muito depois da cerca viva de espinhos que mantinha o gado longe dos túmulos da aldeia, e ele viu uma sombra agachar-se ao lado das chamas agonizantes e então houve um súbito clarão, como um relâmpago de estio, e Robbie jogou-se para trás. Thomas, ofuscado e alarmado pelo clarão, não conseguia ver nada. Tinha ido até a porta da igreja e esperava ouvir o grito de um dos homens que estavam na aldeia, mas em vez disso ouviu apenas o ranger do portão e as passadas do escocês.

— Usei um barril vazio — disse Robbie —, só que ele não estava tão vazio quanto eu pensava. Ou então a pólvora entranhou na madeira.

Ele estava de pé no alpendre e o barril estava em suas mãos; usara-o para avivar algumas brasas. O resíduo de pólvora se inflamara, queimando-lhe as sobrancelhas, e agora havia fogo saltando no interior do barril.

— O que é que eu faço com isso? — perguntou.

— Cristo! — Thomas imaginou a igreja explodindo. — Me dá aqui — disse ele. Pegou o barril, que estava quente, e correu com ele para dentro da igreja, o trajeto iluminado pelas chamas, e atirou a madeira em chamas bem entre duas pilhas de barris cheios. — Agora vamos sair daqui — disse a Robbie.

— Você procurou a caixa de coleta para os pobres? — disse Robbie.

— Se vamos destruir a igreja, seria bom levar a caixa de esmolas.

— Vamos! — Thomas agarrou o braço de Robbie e arrastou-o pelo alpendre.

— É um desperdício deixar a caixa — disse Robbie.

— Não existe porcaria de caixa de esmolas nenhuma — disse Thomas. — A aldeia está cheia de soldados, seu idiota!

Eles correram, esquivando-se entre sepulturas e passando pelo bulboso canhão, que jazia em seu berço de madeira. Subiram numa cerca que preenchia uma brecha na cerca viva de espinhos e passaram correndo pelo vulto enorme da *springald* quebrada e pelos abrigos com telhado de turfa, sem se importarem se faziam barulho, e dois cachorros começaram a latir, depois um terceiro uivou para eles, e um homem saltou do lado da entrada de uma das tendas grandes.

— *Qui va là?* — gritou, e começou a armar sua besta, mas Thomas e Robbie já tinham passado por ele e estavam em campo aberto, onde tropeçavam na turfa irregular. A lua saiu de trás da nuvem e Thomas via o seu bafo sair como um nevoeiro.

— *Halte!* — gritou o homem.

Thomas e Robbie pararam. Não porque o homem lhes dera a ordem, mas porque uma luz vermelha estava enchendo o mundo. Eles se voltaram e olharam. A sentinela que os interpelara logo esqueceu-se deles, enquanto a noite ficava escarlate.

Thomas não tinha certeza quanto ao que tinha esperado. Uma lança de chamas cortando o céu? Um grande barulho, como um trovão? Em vez disso, o barulho foi quase suave, como uma tomada de respiração de um gigante, e uma suave chama escapou das janelas da igreja como se as portas do inferno tivessem acabado de ser abertas e as chamas da morte estivessem enchendo a nave, mas aquele grande brilho vermelho durou apenas um instante antes de o telhado da igreja ser levantado e Thomas viu, distintamente, os caibros pretos espalharem-se como costelas cortadas a machado.

— Meu doce Jesus Cristo! — blasfemou ele.

— Deus do céu! — disse Robbie, de olhos arregalados.

Agora as chamas, a fumaça e o ar ferviam acima do caldeirão da igreja destelhada, e novos barris ainda explodiam, um atrás do outro, cada qual lançando uma onda de fogo e fumaça para o céu. Nem Thomas nem Robbie sabiam, mas a pólvora precisara ser agitada, porque o salitre, que era mais pesado, escoava para o fundo dos barris e o carvão, mais leve, ficava em cima, e isso significava que grande parte da pólvora demorava a pegar fogo, mas as explosões estavam servindo para misturar a pólvora que restava e que vibrava com brilho e uma cor escarlate para cuspir uma nuvem vermelha por cima da aldeia.

Todos os cachorros de Evecque latiam ou uivavam, e homens, mulheres e crianças saíam rastejando da cama para ver o brilho infernal. O barulho das explosões rolava pelas planícies e ecoava nos muros do solar e assustou centenas de pássaros, fazendo com que saíssem de seus poleiros nos bosques. Destroços caíam no fosso, levantando cacos afiados de gelo fino que refletia o incêndio, de modo que parecia que o solar estivesse cercado por um lago chamejante.

— Jesus — disse Robbie, perplexo, e então os dois continuaram a correr em direção às faias no lado leste, elevado, do pasto.

Thomas começou a rir enquanto eles subiam aos tropeções pela trilha até as árvores.

— Eu vou para o inferno por causa disso — disse ele parando em meio às faias e fazendo o sinal-da-cruz.

— Por incendiar uma igreja? — Robbie estava sorrindo, os olhos refletindo o brilho das chamas. — Você devia ver o que nós fizemos com os frades agostinianos em Hexham! Cristo, metade da Escócia vai para o inferno por causa daquilo.

Eles ficaram observando o incêndio por alguns instantes, e depois embrenharam-se na escuridão do bosque. O amanhecer não ia demorar. Havia uma claridade no leste, onde um cinza-claro, pálido como a morte, orlava o céu.

— Temos de penetrar mais na floresta — disse Thomas —, temos de nos esconder.

Porque a caça aos sabotadores estava prestes a começar, e à primeira luz, enquanto a fumaça ainda lançava um grande manto sobre Evecque, o conde de Coutances mandou vinte cavalarianos e uma matilha procurar os homens que tinham destruído seu depósito de pólvora, mas o dia estava frio, o terreno estava duro de geada e o pequeno cheiro da presa desaparecia logo. No dia seguinte, na sua petulância, o conde ordenou que suas forças fizessem um ataque. Eles tinham preparado gabiãos — grandes tubos de fibra de salgueiro entrelaçada que eram cheios de terra e pedras —, e o plano era encher o fosso com os gabiãos e depois avançar em massa pela ponte daí resultante a fim de assaltar a porta fortificada. A porta não contava com a ponte levadiça, que tinha sido derrubada no início do cerco para deixar um arco aberto e convidativo só bloqueado por uma baixa barricada de pedra.

Os auxiliares do conde disseram-lhe que não havia gabiãos suficientes, que o fosso era mais profundo do que ele pensara, que o momento não era propício, que Vênus estava no ascendente e Marte estava em declínio, e que ele, em suma, devia esperar até que as estrelas lhe fossem favoráveis, e que a guarnição estava com mais fome e mais desesperada, mas o conde perdera prestígio e, de qualquer forma, ordenou o assalto e seus homens fizeram o possível. Eles estariam protegidos enquanto segurassem os gabiãos, porque os cestos cheios de terra eram à prova de qualquer seta de besta, mas depois que os gabiãos fossem atirados no fosso, os atacantes estariam expostos aos seis besteiros de Sir Guillaume que estavam protegidos atrás do baixo muro de pedra que tinha sido construído cortando o arco da entrada do solar, onde antes estivera a ponte levadiça. O conde tinha besteiros seus, e eles estavam protegidos por paveses, escudos de corpo inteiro levados por um segundo homem para proteger o arqueiro enquanto este armava penosamente a corda da besta, mas os homens que jogavam os gabiões não teriam proteção alguma a partir do momento em que suas cargas fossem atiradas, e oito deles morreram antes que os demais percebessem que o fosso era na verdade demasiado profundo e que não havia gabiões em número suficiente. Dois portadores de paveses e um besteiro ficaram gravemente feridos antes que o conde aceitasse a idéia de que estava perdendo tempo e chamasse os atacantes de volta. Depois amaldiçoou Sir Guillaume com os quatorze diabos corcundas de St. Cândace antes de se embriagar.

Thomas e Robbie sobreviveram. No dia seguinte àquele em que incendiaram a pólvora do conde, Thomas matou um veado, e um dia depois Robbie descobriu uma lebre em decomposição numa brecha de uma cerca viva, e quando puxou o corpo dela descobriu um laço que devia ter sido armado por um dos inquilinos de Sir Guillaume que tinha sido morto ou expulso pelos homens do conde. Robbie lavou o laço num riacho e armou-o em outra cerca viva. Na manhã seguinte achou uma lebre morrendo sufocada no laço que se fechava.

Eles não ousavam dormir no mesmo lugar duas noites seguidas, mas havia abrigo bastante nas fazendas desertas e destruídas pelo fogo. Passaram a maior parte das semanas seguintes no interior ao sul de Evecque, onde os vales eram mais profundos, as montanhas mais íngremes e os bosques mais espessos. Ali havia muitos lugares para se esconder, e foi naquele ambiente complicado que eles tornaram o pesadelo do conde mais assustador. No acampamento dos sitiantes começaram a circular histórias de um homem alto, vestido de preto, montando um cavalo pálido, e sempre que o homem no cavalo pálido aparecia alguém morria. A morte seria causada por uma flecha comprida, uma flecha inglesa, mas o homem a cavalo não tinha arco, apenas uma vara que levava, em cima, o crânio de um veado, e todo mundo sabia quem era a criatura que andava no cavalo pálido e o que um crânio numa vara indicava. Os homens que tinham visto a aparição contavam para as mulheres da família no acampamento do conde, e as mulheres da família contavam ao capelão do conde, e o conde dizia que elas estavam sonhando, mas os cadáveres eram verdadeiros. Quatro irmãos, vindos da longínqua Lyons para ganhar dinheiro servindo no sítio, empacotaram seus pertences e foram embora. Outros ameaçavam fazer o mesmo. A morte estava de tocaia em Evecque.

O capelão do conde dizia que as pessoas tinham sido afetadas pela lua e penetrou, a cavalo, na perigosa região sul, cantando em voz alta orações e espalhando água benta, e quando o capelão escapou ileso o conde disse a seus homens que eles tinham sido uns bobos, que não havia Morte montada num cavalo pálido, e no dia seguinte dois homens morreram, só que dessa vez estavam no leste. As histórias aumentavam cada vez que eram contadas. O cavaleiro agora estava acompanhado de cães gigantescos, cujos olhos brilhavam, e o cavaleiro nem precisava aparecer para explicar qualquer infortúnio. Se um cavalo tropeçasse, se um homem quebrasse um osso, se uma mulher derramasse comida, se a corda de uma besta arrebentasse, a culpa era do homem misterioso que montava o cavalo pálido.

O moral dos sitiantes despencou. Havia sussurros de juízo final e seis soldados foram para o sul procurar emprego na Gasconha. Os que ficaram resmungavam que estavam fazendo o trabalho do diabo, e nada que o conde de Coutances fazia parecia devolver o ânimo aos seus homens. Ele tentou derrubar árvores para impedir que o arqueiro misterioso atirasse no acampamento, mas havia árvores demais e machados de menos, e as flechas ainda chegavam. Escreveu uma carta ao bispo de Caen, que escreveu uma bênção num pedaço de velino e mandou-o de volta, mas isso não teve efeito algum sobre o cavaleiro de roupa preta cujo aparecimento era um presságio de morte, e por isso o conde, que acreditava fervorosamente estar fazendo a obra de Deus e tinha medo de fracassar no caso de provocar sua ira, apelou para Ele, pedindo ajuda.

Escreveu para Paris.

Louis Bessières, cardeal arcebispo de Livorno, uma cidade que ele só vira uma vez, quando viajara a Roma (na volta fizera um desvio para que não fosse obrigado a ver Livorno uma segunda vez), caminhava lentamente pelo Quai des Orfèvres, na Île de la Cité, em Paris. Dois criados iam à sua frente, usando varas para abrir caminho para o cardeal, que parecia não estar prestando atenção ao padre magro, de covas profundas, que falava com ele muito agitado. Em vez disso, o cardeal examinava os artigos oferecidos nas ourivesarias que se alinhavam ao longo da margem que levava o nome do ramo de atividade deles: Cais dos Ourives. Admirou um colar de rubis e chegou a examinar a possibilidade de comprá-lo, mas então descobriu um defeito em uma das pedras.

— Lamentável — murmurou ele, e deslocou-se para a loja seguinte. — Primoroso! — exclamou sobre um saleiro de prata adornado com quatro painéis nos quais retratos da vida no campo estavam esmaltados em azul, vermelho, amarelo e preto. Um homem arava em um dos painéis e espalhava sementes no seguinte, uma mulher cortava a safra no terceiro, enquanto no último os dois sentavam-se à mesa admirando um brilhante pão. — Primorosíssimo — disse o cardeal, entusiasmado —, não acha que ele é uma beleza?

Bernard de Taillebourg praticamente nem olhou para o saleiro.

— O diabo está trabalhando contra nós, eminência — falou, irritado.

— O diabo está sempre trabalhando contra nós, Bernard — disse o cardeal em tom de reprovação. — É o serviço dele. Haveria algo profundamente errado no mundo se o diabo não estivesse trabalhando contra nós.

Ele acariciou o saleiro, passando os dedos sobre as delicadas curvas dos painéis e concluiu que a forma da base não estava certa. Algo imperfeito ali, pensou ele, um desleixo no desenho e, com um sorriso para o dono da loja, recolocou-o na mesa e seguiu em frente. O sol brilhava; havia até um pouco de calor no ar de inverno e um brilho no Sena. Um homem sem pernas, com blocos de madeira nos cotocos, atravessou a estrada em muletas e estendeu a mão suja para o cardeal, cujos criados avançaram para o homem com suas varas.

— Não! Não! — bradou o cardeal e meteu a mão na bolsa à procura de algumas moedas. — Que Deus o abençoe, meu filho — disse ele.

O cardeal Bessières gostava de dar esmolas, gostava da gratidão que cobria de ternura a fisionomia dos pobres, e em especial gostava da expressão de alívio quando ele detinha os criados um segundo antes que usassem as varas. Às vezes o cardeal fazia uma pausa, uma fração mais demorada, e também gostava disso. Mas aquele era um dia quente, ensolarado, roubado de um inverno cinza, e por isso ele estava com um espírito de bondade.

Passado o Sabot d'Or, uma taberna para escrivães, ele se afastou do rio e entrou num emaranhado de becos que serpenteavam pelos labirínticos prédios do palácio real. O parlamento, fosse como fosse, reunia-se ali, e os advogados andavam às pressas pelas passagens escuras como se fossem ratos, mas aqui e ali, furando a obscuridade, belos prédios erguiam-se para o sol. O cardeal adorava aqueles becos e tinha a impressão de que lojas desapareciam da noite para o dia, como num passe de mágica, para serem substituídas por outras. Aquela lavanderia estivera sempre ali? E por que ele nunca reparara na padaria? E sem dúvida existira um *luthier* ao lado do sanitário público? Um peleiro pendurava casacos de pele de urso num cabide, e o cardeal fez uma pausa para apalpar as peles. De Taillebourg ainda tagarelava, mas ele praticamente não o escutava.

Logo depois do peleiro havia um arco vigiado por homens em libré azul e dourado. Eles usavam peitorais polidos, elmos com plumas, e seguravam piques com lâminas brilhando de tanto polimento. Poucas pessoas passavam por eles, mas os guardas apressaram-se a recuar e fizeram uma mesura quando o cardeal passou. Ele lhes fez um aceno benevolente que sugeria uma bênção e seguiu por uma passagem úmida até um pátio. Tudo aquilo agora era área real e os cortesãos dirigiam ao cardeal mesuras respeitosas, porque ele era mais do que um cardeal, era também o legado papal junto ao trono da França. Era embaixador de Deus, e Bessières encarnava o papel, porque era um homem alto, de físico forte e troncudo, o suficiente para inspirar um grande respeito à maioria dos homens sem o traje escarlate. Era bem-apessoado e sabia disso, vaidoso e, o que fingia desconhecer, ambicioso, o que escondia do mundo mas não de si mesmo. Afinal, um cardeal arcebispo tinha apenas mais um trono no qual subir antes de chegar aos degraus de cristal do mais alto trono de todos, e Bernard de Taillebourg parecia o improvável instrumento que poderia dar a Louis Bessières a tríplice coroa pela qual ele ansiava.

E por isso o cardeal penosamente voltou sua atenção para o dominicano quando os dois saíram do pátio e subiram a escada para a Sainte-Chapelle.

— Fale-me — Bessières interrompeu o que quer que de Taillebourg estivera falando — sobre o seu criado. Ele lhe obedeceu?

Interrompido de modo tão grosseiro, o dominicano levou uns segundos para ajustar as idéias e depois sacudiu a cabeça.

— Ele me obedeceu em tudo.

— Mostrou humildade?

— Fez o possível.

— Ah! Então ele ainda tem orgulho?

— O orgulho está arraigado nele — disse de Taillebourg —, mas ele lutou contra.

— E não o abandonou?

— Não, eminência.

— Então ele voltou para Paris?

— É claro — disse de Taillebourg, ríspido, e então percebeu o tom que usara. — Ele está no mosteiro, eminência.

— Eu gostaria de saber se deveríamos tornar a mostrar a ele a galeria subterrânea — sugeriu o cardeal enquanto caminhava lentamente para o altar. Ele adorava a Sainte-Chapelle, adorava a luz que jorrava entre os altos pilares finos. Aquilo, segundo ele, era o mais próximo do céu que um homem chegava na Terra: um lugar de beleza flexível, brilho esmagador e graça encantadora. Ele gostaria de ter pensado em encomendar um pouco de canto, porque o som das vozes de eunucos penetrando na forma abobadada das pedras da capela podia levar um homem para muito perto do êxtase. Padres corriam para o altar principal, sabendo o que o cardeal tinha ido ver.

— Eu acho — continuou ele — que alguns instantes na galeria subterrânea podem levar um homem a buscar a graça de Deus.

De Taillebourg abanou a cabeça.

— Ele já esteve lá, eminência.

— Leve-o de novo. — Havia agora uma rispidez na voz do cardeal. — Mostre a ele os instrumentos. Mostre a ele uma alma na roda ou sob o fogo. Mas faça isso hoje. Podemos ter de mandar vocês dois para longe.

— Para longe? — De Taillebourg parecia surpreso.

O cardeal não explicou. Em vez disso, ajoelhou-se diante do altar principal e tirou o chapéu púrpura. Raramente, e só com relutância, ele tirava o chapéu em público, porque estava desagradavelmente cônscio de que estava ficando careca, mas naquele momento era necessário. Necessário e inspirador de respeito, porque um dos padres tinha aberto o relicário embaixo do altar e retirado a almofada púrpura com borda de renda e borlas douradas, que agora apresentou ao cardeal. E sobre a almofada estava a coroa. Ela era tão velha, tão frágil, tão preta e tão quebradiça, que o cardeal prendeu a respiração enquanto estendia as mãos para pegá-la. A própria Terra parecia parar o seu movimento, todos os sons ficaram em silêncio, até o céu ficou parado enquanto ele estendia as mãos, tocava e levantava a coroa, que era tão leve que parecia não ter peso algum.

Era a coroa de espinhos.

Era exatamente a coroa que tinha sido colocada à força na cabeça de Cristo, onde ficara embebida com o Seu suor e Seu sangue, e os olhos do cardeal encheram-se de lágrimas enquanto ele a erguia até os lábios e a beijava com delicadeza. Os gravetos, entrelaçados para formar um diadema espinhoso, eram longos e finos. Estavam frágeis como os ossos das patas de uma cambaxirra, mas os espinhos ainda estavam afiados, tão afiados quanto no dia em que tinham sido pressionados na cabeça do Salvador para fazer o sangue escorrer por Sua preciosa face, e o cardeal levantou a coroa bem alto, usando as duas mãos, e ficou maravilhado com a leveza dela enquanto a arriava na sua cabeleira que agora rareava, para deixá-la repousar ali. Depois, de mãos postas, ergueu o olhar para o crucifixo de ouro sobre o altar.

Ele sabia que o clero da Sainte-Chapelle não gostava que ele fosse lá e usasse a coroa de espinhos. Eles tinham reclamado ao arcebispo de Paris, e este se queixara ao rei, mas Bessières ainda ia, porque tinha poderes para isso. Ele tinha o poder delegado do papa, e a França precisava do apoio do papa. A Inglaterra estava sitiando Calais, Flandres guerreava no norte, toda a Gasconha estava agora jurando outra vez fidelidade a Eduardo da Inglaterra e a Bretanha, que estava se revoltando contra o seu legítimo duque francês, fervilhava de arqueiros ingleses. A França estava sendo atacada e só o papa poderia convencer as potências da cristandade a irem em seu socorro.

E era provável que o papa fizesse isso, porque o próprio Santo Padre era francês. Clemente nascera no Limousin e tinha sido chanceler da França antes de ser eleito para o trono de São Pedro e instalar-se no imponente palácio papal de Avignon. E lá, em Avignon, Clemente dava ouvidos aos romanos que tentavam convencê-lo a levar o papado de volta para a Cidade Eterna. Eles sussurravam e tramavam, subornavam e tornavam a sussurrar, e Bessières temia que Clemente um dia cedesse àquelas vozes lisonjeiras.

Mas se Louis Bessières se tornasse papa não se falaria mais sobre Roma. Roma era uma ruína, um esgoto pestilento cercado por estados insignificantes sempre em guerra uns com os outros, e lá o Vigário de Deus na Terra jamais estaria a salvo. Mas, apesar de Avignon ser um bom refúgio para o papado, a cidade não era perfeita, porque ela e seu condado de Venaissin pertenciam ao reino de Nápoles, e o papa, de acordo com o ponto de vista de Louis Bessières, não devia ser um locatário.

Nem devia o papa viver numa cidade provinciana. Roma certa vez governara o mundo, e por isso o papa ficava bem em Roma, mas em Avignon? O cardeal, os espinhos tão leves sobre a testa, ergueu os olhos para o grande azul e púrpura da vidraça que mostrava a paixão acima do altar; ele sabia qual era a cidade que merecia o papado. Só uma. E Louis Bessières estava certo de que quando fosse papa poderia convencer o rei da França a ceder a Île de la Cité ao Santo Padre, e com isso o cardeal Bessières levaria o papado para o norte e daria a ele um novo e glorioso refúgio. O palácio seria o seu lar, a Catedral de Notre Dame seria a sua nova São Pedro, e aquela gloriosa Sainte-Chapelle, o seu santuário particular, onde a coroa de espinhos seria a sua relíquia. Talvez, pensou, os espinhos devessem ser incorporados à tríplice coroa do papa. Ele gostava dessa idéia e imaginava-se rezando ali em sua ilha particular. Os ourives e os pedintes, os advogados e as prostitutas, as lavanderias e os *luthiers* seriam mandados pelas pontes para o resto de Paris e a Île de la Cité se tornaria um lugar santo. E então o Vigário de Cristo teria o poder da França sempre ao seu lado, e com isso o reino de Deus iria espalhar-se. O infiel seria abatido e haveria paz na Terra.

Mas como se tornar papa? Havia uma dúzia de homens que queriam suceder a Clemente, mas de todos aqueles rivais só Bessières sabia da existência dos Vexille, e só ele sabia que certa vez eles tinham possuído o Santo Graal e que talvez ainda o possuíssem.

E era por isso que Bessières tinha mandado de Taillebourg à Escócia. O dominicano retornara de mãos vazias, mas ficara sabendo de algumas coisas.

— Com que então você não acha que o Graal esteja na Inglaterra? — perguntou Bessières, mantendo a voz baixa para que os padres da Sainte-Chapelle não ouvissem a conversa.

— Ele pode estar escondido lá — pelo tom de voz, de Taillebourg parecia desalentador —, mas não está em Hookton. Guy Vexille vasculhou a aldeia quando a atacou. Nós procuramos de novo, e a aldeia não é mais que uma ruína.

— Ainda acha que Sir Guillaume o levou para Evecque?

— Acho possível, eminência — disse de Taillebourg. E então, resguardando-se: — Não é provável, mas possível.

— O cerco vai mal. Eu estava enganado a respeito de Coutances. Ofereci a ele mil anos a menos no purgatório se ele capturasse Evecque até o Dia de São Timóteo, mas ele não tem o vigor para forçar um sítio. Fale-me sobre esse filho bastardo.

De Taillebourg fez um gesto que indicava rejeição.

— Ele não é nada. Ele duvida até que o Graal exista. Tudo o que quer é ser soldado.

— Um arqueiro, foi o que você me disse?

— Um arqueiro — confirmou de Taillebourg.

— Acho que você está errado a respeito dele. Coutances me escreveu dizendo que o trabalho deles está sendo atrapalhado por um arqueiro. Um arqueiro que atira flechas compridas, do tipo inglês.

De Taillebourg não disse nada.

— Um arqueiro — insistiu o cardeal — que provavelmente des-

247

O CERCO DO INVERNO

truiu todo o estoque de pólvora de Coutances. Era o único estoque na Normandia! Se quisermos mais, terá de ser levado de Paris.

O cardeal ergueu a coroa da cabeça e colocou-a sobre a almofada. Depois, lentamente, reverentemente, apertou o dedo indicador contra um dos espinhos e os padres que assistiam inclinaram-se para a frente. Temiam que ele estivesse tentando roubar um dos espinhos, mas o cardeal estava apenas tirando sangue. Ele tremeu quando o espinho rompeu-lhe a pele, levou o dedo à boca e chupou-o. Havia um pesado anel de ouro no dedo e, escondido por baixo do rubi, que engenhosamente girava numa dobradiça, estava um espinho que ele roubara oito meses antes. Às vezes, na privacidade de seu quarto de dormir, ele arranhava a testa com o espinho e imaginava ser o representante de Deus na Terra. E Guy Vexille era a chave para aquela ambição.

— O que você vai fazer — ordenou a de Taillebourg depois que o gosto de sangue desapareceu — é mostrar a galeria subterrânea a Guy Vexille outra vez, para lembrá-lo do tipo de inferno que o aguarda se ele falhar. Depois vá com ele para Evecque.

— Vossa Eminência mandaria Vexille a Evecque? — De Taillebourg não conseguiu esconder a surpresa.

— Ele é implacável e cruel — disse o cardeal enquanto se levantava e colocava o chapéu — e você me diz que ele é nosso. Por isso vamos gastar dinheiro e dar a ele pólvora negra e homens suficientes para esmagar Evecque e trazer Sir Guillaume para a galeria subterrânea.

Ele ficou olhando enquanto a coroa de espinhos era levada de volta ao seu relicário. E em breve, pensou, nesta capela, neste lugar de luz e glória, receberia um prêmio maior. Iria receber um tesouro para levar toda a cristandade e suas riquezas ao seu trono de ouro. Ele teria o Graal.

Thomas e Robbie estavam imundos; as roupas tinham crostas de sujeira; suas cotas de malha estavam cheias de gravetos espetados, de folhas mortas e terra; os cabelos não tinham sido cortados e estavam gordurosos e sem brilho. À noite, eles tremiam, o frio penetrando-lhes a alma, mas durante o dia nunca tinham se sentido tão vivos, porque jogavam um jogo de vida e morte nos pequenos vales e bosques emaranhados em volta de Evecque. Robbie, usando uma envolvente capa preta e levando o crânio na vara, cavalgava o cavalo branco para levar homens de Coutances para uma emboscada, onde Thomas matava. Às vezes Thomas apenas feria, mas raramente errava, porque estava atirando a pouca distância, obrigado a isso pelo emaranhado dos bosques, e o jogo fazia-o lembrar-se das canções que os arqueiros gostavam de cantar e das histórias que as mulheres deles contavam sobre os acampamentos do exército. Eram canções e histórias de gente comum, que nunca era cantada pelos trovadores, e falavam de um fora-da-lei chamado Robin Hood. Era Hood ou Hude, Thomas não tinha certeza, porque nunca vira o nome escrito, mas sabia que Hood era um herói inglês que tinha vivido há algumas centenas de anos e seu inimigo tinha sido a nobreza inglesa que falava francês. Hood os combatera com uma arma inglesa, o arco de guerra, e sem dúvida a nobreza da atualidade considerava as histórias subversivas, motivo pelo qual nenhum trovador as cantava nos grandes salões. Às vezes Thomas pensava que poderia, ele mesmo, transcrevê-las, só que ninguém escrevia em inglês, nunca. Todos os livros que Thomas já vira estavam em latim ou em francês. Mas por que as canções sobre Hood não podiam ser transformadas em livro? Em certas noites, ele contava as histórias de Hood a Robbie, enquanto os dois tremiam de frio no precário abrigo que pudessem ter encontrado, mas o escocês achava as histórias enfadonhas.

— Prefiro as histórias do rei Artur — disse ele.

— Vocês têm essas histórias na Escócia? — perguntou Thomas, surpreso.

— Claro que temos! — afirmou Robbie. — Artur era escocês.

— Não seja idiota! — disse Thomas, ofendido.

— Ele era escocês — insistiu Robbie — e matava os porcarias dos ingleses.

— Ele era inglês — disse Thomas — e é provável que nunca tenha ouvido falar na porcaria dos escoceses.

— Vá para o inferno! — vociferou Robbie.

— Eu te levarei até lá primeiro — disse Thomas com veemência, e pensou que se algum dia escrevesse as histórias de Hood iria fazer com que o lendário arqueiro fosse até o norte e espetasse alguns escoceses com algumas belas flechas inglesas.

Na manhã seguinte os dois estavam com vergonha dos acessos de raiva que tiveram.

— É porque eu estou com fome — disse Robbie. — Sempre fico de mau humor quando estou com fome.

— Você está sempre com fome — disse Thomas.

Robbie deu uma risada, e depois colocou a sela sobre o cavalo branco. O animal tremia. Nenhum dos cavalos tinha comido bem e os dois estavam fracos, de modo que Thomas e Robbie estavam sendo cautelosos, não querendo ser encurralados em campo aberto onde os melhores cavalos do conde podiam correr mais do que os dois cansados corcéis. Pelo menos o frio diminuíra, mas grandes ondas de chuva vinham do oceano ocidental, e durante uma semana choveu forte e nenhum arco inglês podia ser armado num tempo daqueles. O conde de Coutances estaria, sem dúvida, começando a acreditar que a água benta de seu capelão afastara o cavalo pálido de Evecque e por isso poupou seus homens, mas seus inimigos também foram poupados, porque não chegara mais pólvora para o canhão e agora as campinas em torno da casa cercada pelo fosso estavam tão alagadas que as trincheiras ficaram inundadas e os sitiantes patinhavam na lama. Cavalos pegavam podridão do casco e homens ficavam nos abrigos, tremendo de febre.

A cada amanhecer, Thomas e Robbie cavalgavam primeiro para os bosques ao sul de Evecque e lá, no lado do solar onde o conde não tinha aberto trincheiras e tinha apenas um pequeno posto de sentinela, colocavam-se à beira dos bosques e acenavam. Eles tinham recebido um aceno de resposta na terceira manhã em que fizeram sinal para a guarnição, mas depois disso nada aconteceu até a semana da chuva. Então, na manhã seguinte à discussão sobre o rei Artur, Thomas e Robbie acenaram para o solar e dessa vez viram um homem aparecer no telhado. Ele ergueu uma besta e disparou bem para o alto. O quadrelo não tinha sido mirado no posto de sentinela, e se os homens ali de guarda chegaram a ver o vôo dele nada fizeram, mas Thomas o viu cair no pasto, onde chapinhou numa poça e deslizou pela grama molhada.

Naquele dia eles não saíram a cavalo. Em vez disso, esperaram até o anoitecer, até que a escuridão tivesse caído, e então Thomas e Robbie rastejaram até o pasto e, de quatro, vasculharam a espessa grama molhada e o estrume de vaca. Aquilo pareceu durar horas, mas finalmente Robbie encontrou a seta e descobriu que havia um pacote encerado enrolado na haste curta.

— Está vendo? — disse Robbie quando eles estavam de volta ao abrigo e tremiam ao lado de um fogo fraco. — É possível fazer isso.

Ele fez um gesto para a mensagem enrolada no quadrelo. Para fazer a seta voar, a mensagem tinha sido presa à haste com um cordão de algodão que havia encolhido e que Thomas teve de cortar para soltá-lo. Depois desenrolou o pergaminho encerado e levou-o para perto da fogueira para que ele pudesse ler a mensagem, que tinha sido escrita com carvão.

— É de Sir Guillaume — disse Thomas — e ele quer que a gente vá a Caen.

— Caen?

— E deveremos procurar um... — Thomas franziu o cenho e aproximou mais das chamas a carta com sua caligrafia ininteligível —, deveremos procurar um comandante de navio mercante chamado Pierre Villeroy.

— Será que é o Peter Feio? — interpôs Robbie.

— Não — disse Thomas aproximando a vista do pergaminho —, o navio desse homem se chama *Pentecost*, e se ele não estiver lá devemos procurar Jean Lapoullier ou Guy Vergon.

Thomas estava segurando a mensagem tão perto da fogueira, que ela começou a ficar marrom e enroscar enquanto ele lia as últimas palavras em voz alta.

— Diga a Villeroy que eu quero o *Pentecost* pronto até o Dia de São Clemente e que ele deve tomar providências para dez passageiros que vão para Dunquerque. Espere com ele e nós o encontraremos em Caen. Acenda uma fogueira nos bosques hoje à noite para mostrar que recebeu esta mensagem.

Naquela noite eles acenderam uma fogueira nos bosques. Ela queimou por um curto espaço de tempo, depois a chuva chegou e o fogo apagou, mas Thomas estava certo de que a guarnição devia ter visto as chamas.

E ao amanhecer, molhados, cansados e imundos, eles estavam de volta a Caen.

Thomas e Robbie percorreram os cais da cidade, mas não havia sinal de Pierre Villeroy ou de seu navio, o *Pentecost*, embora um taberneiro calculasse que Villeroy não estava longe.

— Ele levou um carregamento de pedras para Cabourg — disse o homem a Thomas — e achava que estaria de volta hoje ou amanhã, e as condições do tempo não devem ter feito ele se atrasar. — Olhou de soslaio para a vara do arco. — Isso daí é um maldito arco? — Ele se referia a um arco inglês.

— Arco de caça de Argentan — disse Thomas, despreocupado, e a mentira satisfez ao dono da taberna, porque havia alguns homens em toda comunidade francesa que sabiam usar o longo arco de caça, mas eram muito poucos e nunca o suficiente para formar o tipo de exército que tornava as encostas dos morros vermelhas de sangue nobre.

— Se Villeroy voltar hoje — disse o homem —, estará bebendo na minha taberna hoje à noite.

— Você o mostraria para mim? — perguntou Thomas.

— Não se pode deixar de notar o Pierre — disse o homem rindo —, porque é um gigante! Um gigante careca, com uma barba na qual a gente pode criar camundongos e uma pele marcada pela bexiga. Você vai reconhecer o Pierre sem a minha ajuda.

Thomas calculava que Sir Guillaume iria estar com pressa quando chegasse a Caen e não iria querer perder tempo convencendo cavalos a entrarem no *Pentecost*, e por isso passou o dia regateando preços pelos dois garanhões e naquela noite, cheio de dinheiro, ele e Robbie voltaram para a taberna. Não havia sinal de um gigante barbudo, careca, mas estava chovendo, os dois estavam gelados e concluíram que seria melhor esperar, e por isso pediram um cozido de enguia, pão e vinho quente. Um cego tocava harpa a um canto da taberna, e depois começou a cantar sobre marinheiros, focas e os estranhos animais marinhos que se levantavam do fundo do oceano para uivar para a lua minguante. Então a comida chegou e, justo no momento em que Thomas ia prová-la, um homem corpulento, de nariz quebrado, atravessou a taberna e plantou-se beligerantemente em frente a Thomas. Apontou para o arco.

— Isso é um arco inglês — disse ele, categórico.

— É um arco de caça de Argentan — disse Thomas.

Ele sabia que era perigoso carregar uma arma tão chamativa, e no último verão, quando ele e Jeanette foram a pé da Bretanha até a Normandia, ele disfarçara o arco em vara de peregrino, mas naquela visita ele fora mais descuidado.

— É apenas um arco de caça — repetiu ele, tranqüilo, e encolheu-se porque o cozido de enguia estava muito quente.

— O que é que esse bastardo quer? — perguntou Robbie.

O homem ouviu.

— Você é inglês.

— Eu falo como um inglês? — perguntou Thomas.

— E como é que ele fala? — O homem apontou para Robbie. — Ou será que agora ele perdeu a língua?

— Ele é escocês.

— Ah, estou certo que é, e eu sou o porcaria do duque da Normandia.

— Você é o maldito de um chato — disse Thomas, falando com suavidade, e jogou a sopeira na cara do homem e, com os pés, empurrou a mesa contra a virilha dele. — Dá o fora! — disse então a Robbie.

— Cristo, eu adoro uma briga! — disse Robbie. Meia dúzia de amigos do homem escaldado avançavam do outro lado da taberna e Thomas lançou um banco nas pernas deles, derrubou dois, e Robbie brandiu a espada contra um outro.

— Eles são ingleses! — gritou do chão o homem escaldado. — Eles são malditos! — Os ingleses eram odiados em Caen.

— Ele está te chamando de inglês — disse Thomas a Robbie.

— Eu vou fazer ele engolir o meu mijo — rosnou Robbie dando

um pontapé na cabeça do homem, e depois bateu em outro homem com o punho da espada e bradava seu grito de guerra escocês enquanto avançava contra os sobreviventes.

Thomas havia apanhado às pressas a bagagem deles e seu arco e abriu uma porta.

— Venha! — gritou ele.

— Me chamem de inglês, seus beberrões! — desafiou Robbie. Sua espada mantinha os atacantes afastados, mas Thomas sabia que eles iriam tomar coragem e avançar, e era quase certo que Robbie teria de matar um deles para escapar, e então haveria um clamor público e eles teriam sorte se não acabassem pendurados numas cordas na defesa do castelo, e por isso arrastou Robbie para trás, passando pela porta da taberna.

— Corra!

— Eu estava gostando — insistiu Robbie e tentou voltar para dentro da taberna, mas Thomas puxou-o com força e atingiu com o ombro um homem que ia entrando no beco.

— Corra! — Thomas tornou a gritar e empurrou Robbie em direção da Île. Eles fugiram para um beco, atravessaram correndo uma pequena praça e finalmente foram jogar-se ao chão nas sombras do alpendre da igreja de St. Jean. Seus perseguidores procuraram durante alguns minutos, mas a noite estava fria e a paciência dos caçadores era limitada. — Eles eram seis — disse Thomas.

— Nós estávamos ganhando! — disse Robbie com truculência.

— E amanhã — disse Thomas —, quando deveremos procurar Pierre Villeroy ou um dos outros, você preferiria estar numa prisão em Caen?

— Eu não esmurro um homem desde a briga em Durham — disse Robbie. — Não como devia.

— E a briga com os *hogglers* em Dorchester?

— Nós estávamos muito bêbados. Isso não vale. — Ele começou a rir. — Seja como for, foi você quem começou.

— Eu?

— Foi — disse Robbie —, você atirou o cozido de enguia bem na cara dele! O cozido todo.

— Eu só estava tentando salvar a sua vida — assinalou Thomas.
— Cristo! Você estava falando inglês em Caen! Eles odeiam os ingleses!

— E devem odiar mesmo — disse Robbie —, e devem mesmo, mas o que é que eu devo fazer aqui? Ficar de boca calada? Diabo! O inglês também é a minha língua. Deus sabe por que ela é chamada de inglês.

— Porque é inglês — disse Thomas —, e o rei Artur a falava.

— Meu doce Jesus! — disse Robbie e tornou a rir. — Que diabo, eu bati naquele sujeito com tanta força que quando acordar ele não vai saber que dia é hoje.

Eles encontraram abrigo em uma das muitas casas que ainda estavam abandonadas depois da selvageria do assalto inglês no verão. Os donos da casa estavam muito longe ou o mais provável era que seus ossos estivessem na grande cova comum do cemitério da igreja ou atolados no leito do rio.

Na manhã seguinte eles voltaram aos cais. Thomas lembrou-se de ter vadeado a forte corrente enquanto os besteiros atiravam dos navios atracados. Os quadrelos espirravam pequenas fontes de água e, por nem pensar em deixar que a corda de seu arco ficasse molhada, ele não pudera responder aos disparos. Agora ele e Robbie andavam pelos cais para descobrir que o *Pentecost* aparecera como por mágica durante a noite. Era um navio do tamanho normal daqueles que podiam subir o rio, um navio com a capacidade de atravessar até a Inglaterra com uma vintena de homens e cavalos a bordo, mas agora estava em seco, já que a maré baixa o encalhara na lama. Thomas e Robbie atravessaram na ponta dos pés a estreita prancha de embarque para ouvir um monstruoso roncar vindo de uma pequena e fétida cabine na popa. Thomas achou que o próprio convés vibrava todas as vezes que o homem respirava e ficou imaginando como uma criatura que emitia um som daqueles reagiria ao ser acordado, mas naquele exato momento uma menina que mais parecia abandonada, pálida como nevoeiro matutino e magra como uma flecha, subiu pela escotilha e colocou algumas peças de roupa no convés e levou um dedo aos lábios. Ela parecia muito frágil e, ao levantar a camisola para puxar meias com força, mos-

255

O CERCO DO INVERNO

trou pernas que pareciam gravetos. Thomas duvidava que ela pudesse ter mais de treze anos.

— Ele está dormindo — sussurrou ela.

— Foi o que eu ouvi — disse Thomas.

— Shh! — Ela tornou a levar o dedo aos lábios e depois colocou uma grossa blusa de lã por cima da camisola, colocou os pés magros em botas enormes e enrolou-se num grande casaco de couro. Pôs um chapéu de lã seboso sobre os cabelos louros e apanhou uma sacola que parecia feita de pano de vela velho e puído.

— Vou comprar comida — disse ela baixinho — e tem fogo para fazer no pique de vante. Vocês vão achar uma pederneira e aço na prateleira. Não o acordem!

Com aquele aviso, ela saiu do navio na ponta dos pés, envolta em seu grande casaco e metida nas botas, e Thomas, perplexo com a profundidade e o volume dos roncos, decidiu que discrição era o melhor caminho. Foi até o pique de vante, onde encontrou um braseiro de ferro sobre uma chapa de pedra. Lenha já havia sido colocada no braseiro e, depois de abrir a escotilha acima para servir de chaminé, tirou centelhas da pederneira. Os gravetos estavam úmidos, mas depois de algum tempo o fogo pegou e ele colocou mais pedaços de madeira, de modo que quando a menina voltou havia uma chama respeitável.

— Eu sou Yvette — disse ela, aparentemente sem curiosidade por saber quem eram Thomas e Robbie. — Mulher do Pierre — explicou ela, e depois apanhou uma enorme panela escurecida na qual quebrou doze ovos. — Vocês também querem comer? — perguntou ela a Thomas.

— Gostaríamos.

— Vocês podem comprar ovos comigo — disse ela fazendo um gesto com a cabeça para a sacola de pano de vela —, e tem um pouco de presunto e pão ali. Ele gosta de presunto.

Thomas olhou para os ovos que embranqueciam no fogo.

— Aqueles são todos para o Pierre?

— Ele tem fome de manhã — explicou ela. — Por isso por que você não corta o presunto? Ele gosta de fatias grossas.

De repente o navio estalou e balançou ligeiramente na lama.

— Ele está acordado — disse Yvette tirando um prato de peltre da prateleira. Ouviu-se um gemido vindo do convés, depois passadas, e Thomas saiu de costas do pique de vante e voltou-se para se ver diante do maior homem que ele já vira.

Pierre Villeroy era trinta centímetros mais alto do que o arco de Thomas. Tinha um peito que parecia um barril, uma cabeça lisa, careca, um rosto terrivelmente marcado pela varíola que tivera quando criança e uma barba na qual uma lebre poderia perder-se. Ele piscou para Thomas.

— Veio para trabalhar? — grunhiu ele.

— Não, eu lhe trouxe uma mensagem.

— Só que nós temos de começar logo — disse Villeroy numa voz que parecia ribombar de alguma caverna profunda.

— Uma mensagem de Sir Guillaume d'Evecque — explicou Thomas.

— Eu tenho de aproveitar a maré baixa, entende? — disse Villeroy. — Tenho três banheiras de musgo no porão. Sempre usei musgo. Meu pai usava. Outros usam cânhamo em tiras, mas eu não gosto, não gosto nada. Nada funciona a metade do que um musgo fresco funciona. Ele gruda, entende? E combina melhor com o piche. — A fisionomia feroz rompeu-se de repente num sorriso com falhas nos dentes. — *Mon caneton!* — declarou quando Yvette surgiu com o prato dele com um monte de comida.

Yvette, o patinho dele, serviu a Thomas e Robbie dois ovos para cada um, e depois mostrou dois martelos e dois estranhos instrumentos de ferro que pareciam cinzéis cegos.

— Nós estamos calafetando as juntas — explicou Villeroy —, de modo que eu vou esquentar o piche e vocês dois podem enfiar musgo entre as pranchas. — Ele levou à boca, com os dedos, uma porção de gema de ovo. — Temos de fazer isso enquanto o navio estiver encalhado entre as marés.

— Mas lhe trouxemos uma mensagem — insistiu Thomas.

— Eu sei que trouxeram. De Sir Guillaume. O que significa que ele quer o *Pentecost* para uma viagem, e o que Sir Guillaume quer ele consegue, porque tem sido bom para mim, tem, sim, mas o *Pentecost* não vale nada para ele se afundar, vale? Ele não serve de nada no fundo do mar, com todos os marinheiros afogados, serve? Ele tem de ser calafetado. A minha querida e eu quase morremos afogados ontem, não foi, meu patinho?

— Ele estava fazendo água — concordou Yvette.

— Ele navegava gorgolejando, isso, sim — declarou Villeroy em voz alta —, de Cabourg até aqui, e por isso, se Sir Guillaume quer ir para algum lugar, é melhor vocês dois começarem a trabalhar!

Ele sorriu para eles por cima da imensa barba, que agora estava com traços de gema de ovo.

— Ele quer ir para Dunquerque — disse Thomas.

— Ele está planejando fugir para lá, não é? — refletiu Villeroy em voz alta. — Ele vai atravessar aquele fosso, montar no cavalo dele e dar o fora antes que o conde de Coutances saiba em que ano nós estamos.

— Por que Dunquerque? — quis saber Yvette.

— Ele vai se unir aos ingleses, é claro — disse Villeroy sem qualquer traço de ressentimento por aquela presumida traição de Sir Guillaume. — O senhor dele voltou-se contra ele, os bispos estão mijando na boca dele e dizem que o rei está envolvido nisso, de modo que é melhor ele mudar de lado agora. Dunquerque? Ele vai se juntar ao cerco de Calais. — Ele meteu mais ovos e presunto na boca. — Pois quando é que Sir Guillaume quer partir?

— No Dia de São Clemente — disse Thomas.

— Quando é isso?

Nenhum deles sabia. Thomas sabia que dia do ano era a festa de São Clemente, mas não sabia quantos dias faltavam, e essa ignorância lhe deu uma desculpa para evitar o que ele tinha a certeza de ser um serviço repugnantemente sujo, frio e úmido.

— Vou descobrir — disse ele — e volto para ajudá-lo.

— Eu vou com você — ofereceu-se Robbie.

— Você fica aqui — disse Thomas, severo. — Monsieur Villeroy tem um serviço para você.

— Um serviço? — Robbie não tinha entendido a conversa anterior.

— Não é nada demais — assegurou-lhe Thomas. — Você vai gostar!
Robbie ficou desconfiado.

— E aonde você vai?

— À igreja, Robbie Douglas — disse Thomas —, vou à igreja.

Os ingleses tinham capturado Caen no verão anterior e ocuparam a cidade só o tempo suficiente para estuprar suas mulheres e saquear suas riquezas. Eles tinham deixado Caen castigada, sangrando e chocada, mas Thomas havia ficado depois que o exército fora embora. Ele adoecera e o dr. Mordecai tratara dele na casa de Sir Guillaume. Quando Thomas melhorou a ponto de poder andar, Sir Guillaume o levou até a Abbaye aux Hommes para conhecer o irmão Germain, o chefe do escritório da abadia e um homem de uma cultura como Thomas jamais vira. Sem dúvida o irmão Germain iria saber quando era o Dia de São Clemente, mas aquele não era o único motivo pelo qual Thomas estava indo até a abadia. Ele chegara à conclusão de que se havia um homem que podia compreender o estranho texto no livro de notas de seu pai, esse homem era o velho monge, e a idéia de que talvez naquela manhã Thomas fosse descobrir uma resposta para o mistério do Graal dava nele uma agonia agitada. Aquilo o surpreendeu. Muitas vezes ele duvidara da existência do Graal, e com uma freqüência ainda maior desejava que a taça deixasse de ser um problema seu, mas agora, de repente, sentia a emoção viva da busca. E mais, ficara repentinamente dominado pela solenidade da busca, a tal ponto que se deteve em sua caminhada e olhou fixo para a luz cintilante refletida pelo rio e tentou lembrar-se da visão que tivera de fogo e ouro na noite do norte inglês. Que loucura duvidar, pensou de repente. Claro que o Graal existia! Só estava esperando ser encontrado e, assim, trazer felicidade a um mundo despedaçado.

— Olha a frente!

Thomas foi despertado com um susto do seu sonho por um homem que empurrava um pesado carrinho de mão cheio de ostras. Um cachorro pequeno estava amarrado ao carrinho e avançou para Thomas, tentando em vão morder-lhe os calcanhares antes de soltar um grito quando a corda o arrastou para a frente. Thomas praticamente não prestou atenção ao homem nem ao cachorro. Em vez disso, pensava que o Graal devia esconder-se dos indignos dando-lhes dúvidas. Para encontrá-lo, então, tudo o que ele tinha de fazer era acreditar nele e talvez solicitar uma ajudazinha do irmão Germain.

Um porteiro dirigiu-lhe a palavra no portão da abadia, e imediatamente depois sofreu um acesso de tosse. O homem dobrou-se na cintura, fez esforço para respirar, então endireitou o corpo devagar e assoou o nariz nos dedos.

— Eu peguei a minha morte — disse ele resfolegando —, foi isso, peguei a minha morte. — Puxou uma bola de catarro da garganta e cuspiu-a na direção dos mendigos que estavam ao lado no portão. — O escritório é por ali — disse ele —, depois da clausura.

Thomas seguiu para a sala iluminada pela luz do sol, onde vinte monges estavam de pé ao lado de carteiras altas, inclinadas. Uma pequena fogueira queimava numa lareira central, ostensivamente para evitar que a tinta congelasse, mas a sala de pé-direito alto ainda estava fria o bastante para que a respiração dos monges saísse como uma névoa acima dos pergaminhos. Estavam todos copiando livros e a câmara de pedra estalava e arranhava com o som das penas. Dois noviços socavam pó para tintas em uma mesa lateral, um outro raspava uma pele de ovelha, e um quarto afiava a ponta de penas de ganso, todos temerosos do irmão Germain, que estava sentado num tablado onde trabalhava em seu manuscrito. Germain era idoso e pequeno, frágil e curvado, com finos cabelos brancos, olhos míopes leitosos e uma expressão de mau humor. O rosto estivera a apenas seis centímetros de seu trabalho, até que ele ouviu as passadas de Thomas e então ergueu os olhos de repente. Embora não pudesse enxergar direito, pelo menos observou que o visitante que não se anunciara tinha uma espada do lado.

O ANDARILHO

— O que é que um soldado vem fazer na casa de Deus? — vociferou o irmão Germain. — Veio acabar o que os ingleses começaram no verão passado?

— Vim procurar o senhor, irmão — disse Thomas. O raspar das penas havia cessado abruptamente, já que os monges tentavam ouvir a conversa.

— Trabalhem! — disse o irmão Germain com rispidez. — Trabalhem! Vocês ainda não se transportaram para o céu! Vocês têm deveres, dediquem-se a eles!

Penas retiniam em tinteiros, e o arranhar e o socar e o raspar recomeçaram. O irmão pareceu alarmado quando Thomas subiu no tablado.

— Eu o conheço? — indagou, ríspido.

— Nós nos conhecemos no verão passado. Sir Guillaume me trouxe para falar com o senhor.

— Sir Guillaume! — O irmão Germain, perplexo, depôs a pena na mesa. — Sir Guillaume? Duvido muito que vamos tornar a vê-lo! Ha! Engaiolado por Coutances, foi o que ouvi dizer, e isso é bom. Sabe o que ele fez?

— Coutances?

— Sir Guillaume, seu bobo! Ele se voltou contra o rei na Picardia! Voltou-se contra o rei. Tornou-se um traidor. Ele sempre foi um tolo, sempre arriscando o pescoço, mas agora vai ter sorte se ficar com a cabeça. O que é isso?

Thomas havia desembrulhado o livro e agora colocou-o na mesa.

— Eu tinha a esperança, irmão — disse ele com humildade —, que o senhor pudesse tornar claro o...

— Você quer que eu o leia, hein? Você mesmo nunca aprendeu, e agora pensa que não tenho nada melhor para fazer do que ler alguma bobagem para que você possa determinar o valor dele?

Às vezes pessoas que não sabiam ler ficavam de posse de livros e os levavam ao mosteiro para mandá-los avaliar, na esperança, ainda que sabidamente não haja esperança, de que alguma coletânea de conselhos piedosos pudesse revelar-se um raro livro de teologia, astrologia ou filosofia

— Como foi que disse que se chamava? — perguntou o irmão Germain.

— Eu não disse, mas eu me chamo Thomas.

O nome não representava lembrança alguma para o irmão Germain, mas também ele já não estava interessado, porque imergira no livro, movimentando os lábios em palavras à meia voz, virando páginas com longos dedos brancos, maravilhado, e então folheou de volta à primeira página e leu o latim em voz alta.

— *Calix meus inebrians.*

Ele disse as palavras à meia voz, como se elas fossem sagradas, e depois fez o sinal-da-cruz e virou para a página seguinte, que estava na estranha língua hebraica, e ficou ainda mais agitado.

— "Para o meu filho" — disse ele em voz alta, evidentemente traduzindo — "que é filho do Tirshatha e neto de Hachaliah." — Ele dirigiu os olhos míopes para o rosto de Thomas. — É você?

— Eu?

— Você é neto de Hachaliah? — perguntou Germain e, apesar da visão deficiente, devia ter percebido a perplexidade no rosto de Thomas. — Ah, não importa! — disse ele, impaciente. — Você sabe o que é isso?

— Histórias — disse Thomas. — Histórias sobre o Graal.

— Histórias! Histórias! Vocês, soldados, parecem crianças. Broncos, cruéis, sem instrução e gananciosos por histórias. Você sabe o que é este texto?

— E hebraico, não é?

— "É hebraico, não é?" — arremedou o irmão Germain, zombando de Thomas. — Claro que é hebraico, até mesmo um bobo que estudou na Universidade de Paris saberia isso, mas é o texto mágico deles. É a caligrafia que os judeus usam para fazer seus encantos, sua magia negra. — Ele olhou atentamente para uma das páginas. — Aqui, está vendo? O nome do diabo, Abracadabra! — Ele franziu o cenho por alguns segundos. — O autor alega que Abracadabra pode ser trazido para este mundo invocando-se seu nome acima do Graal. Parece plausível.

O irmão Germain tornou a fazer o sinal-da-cruz para afastar o diabo e ergueu os olhos para Thomas.

— Onde conseguiu isto? — Ele fez a pergunta com rispidez, mas não esperou resposta. — Você é ele, não é?

— Ele?

— O Vexille que Sir Guillaume trouxe para falar comigo — disse o irmão Germain em tom acusador e tornou a fazer o sinal-da-cruz. — Você é inglês! — Ele fez com que isso parecesse ainda pior. — Para quem vai levar este livro?

— Primeiro quero entendê-lo — disse Thomas, confuso com a pergunta.

— Entendê-lo! Você? — zombou o irmão Germain. — Não, não. Você tem de deixá-lo comigo, rapaz, para que eu possa fazer uma cópia dele, e depois o livro deverá ir para Paris, para os dominicanos de lá. Eles mandaram um homem para perguntar sobre você.

— Sobre mim? — Agora Thomas estava ainda mais confuso.

— Sobre a família Vexille. Parece que uma de suas pragas lutou ao lado do rei no verão passado e agora ele submeteu-se à Igreja. A Inquisição teve... — o irmão Germain fez uma pausa, evidentemente procurando a palavra certa — ... umas conversas com ele.

— Com o Guy? — perguntou Thomas. Ele sabia que Guy era seu primo, sabia que Guy lutara do lado francês na Picardia e sabia que Guy tinha matado seu pai à procura do Graal, mas não sabia mais do que isso.

— Quem mais? E agora, afirmam eles, Guy Vexille está reconciliado com a Igreja — disse o irmão Germain enquanto virava as páginas. — Reconciliado com a Igreja, hein! Será que um lobo pode deitar-se com ovelhas? Quem escreveu isto?

— Meu pai.

— Então você é neto de Hachaliah — disse o irmão Germain com reverência e fechou as magras mãos sobre o livro. — Obrigado por trazê-lo para mim — disse ele.

— Pode me dizer o que dizem os trechos em hebraico? — perguntou Thomas, desconcertado pelas últimas palavras do irmão Germain.

— Dizer a você? Claro que posso dizer, mas não vai significar coisa alguma. Você sabe quem foi Hachaliah? Você conhece bem o Tirshatha?

Claro que não. As respostas de nada adiantariam para você! Mas eu lhe agradeço por ter me trazido o livro. — Ele puxou um pedaço de pergaminho para perto dele, apanhou a pena e molhou-a na tinta. — Se levar este bilhete ao sacristão, ele lhe dará uma recompensa. Agora tenho de trabalhar.

Ele assinou o bilhete e estendeu-o em direção a Thomas.

Thomas estendeu a mão para o livro.

— Não posso deixá-lo aqui — disse ele.

— Não pode deixá-lo aqui! Claro que pode! Uma coisa dessas pertence à Igreja. Além do mais, tenho de fazer uma cópia. — O irmão Germain cruzou as mãos sobre o livro e curvou-se sobre ele. — Você vai deixá-lo aqui — disse ele quase rosnando.

Thomas havia pensado que o irmão Germain fosse um amigo ou pelo menos que não fosse um inimigo, e até mesmo as palavras duras do velho monge sobre a traição de Sir Guillaume não tinham alterado aquela opinião. Germain dissera que o livro tinha de ir para Paris, para os dominicanos, mas Thomas agora compreendia que Germain era aliado daqueles homens da Inquisição, os quais por sua vez tinham Guy Vexille do lado deles. E Thomas compreendia também que aqueles homens poderosos estavam à procura do Graal com uma avidez que ele não avaliara até aquele momento, e o caminho deles para o Graal passava por ele e aquele livro. Aqueles homens eram seus inimigos, e isso significava que o irmão Germain também era seu inimigo, e que tinha sido um engano terrível levar o livro à abadia. Sentiu um medo súbito e estendeu a mão para o livro.

— Eu tenho de ir embora — insistiu.

O irmão Germain tentou segurar o livro, mas seus braços, que pareciam dois gravetos, não podiam competir com a força de Thomas que fora dada pelo arco. Mesmo assim, agarrou-se ao livro, teimoso, ameaçando rasgar a macia capa de couro.

— Para onde você vai? — perguntou o irmão Germain e tentou enganar Thomas com uma promessa falsa. — Se o deixar comigo — disse ele —, farei uma cópia e lhe mandarei o livro quando ela estiver terminada.

Thomas estava indo para o norte, para Dunquerque, e por isso citou um lugar na direção oposta.

— Estou indo para La Roche-Derrien — disse ele.

— Uma guarnição inglesa? — O irmão Germain ainda tentou puxar o livro e depois gritou quando Thomas lhe deu um tapa nas mãos. — Você não pode levar isso para os ingleses!

— Eu o estou levando para La Roche-Derrien — disse Thomas, finalmente recuperando o livro. Dobrou a macia capa de couro sobre as páginas e puxou um pouco da espada quando viu vários dos monges mais jovens descerem dos bancos altos, parecendo querer detê-lo. A visão da lâmina dissuadiu-os da idéia de cometer qualquer violência. Ficaram apenas olhando enquanto ele se retirava.

O porteiro ainda estava tossindo, e encostou-se no arco e tentou recuperar a respiração enquanto lágrimas escorriam-lhe dos olhos.

— Pelo menos não é lepra — conseguiu dizer para Thomas —, sei que não é lepra. Meu irmão teve lepra e não tossia. Pelo menos, não tossia muito.

— Quando é o Dia de São Clemente? — Thomas lembrou-se de perguntar.

— Depois de amanhã, e se eu viver até lá é porque Deus me ama.

Ninguém seguiu Thomas, mas naquela tarde, enquanto ele e Robbie estavam mergulhados até a virilha em água fria do rio que subia e enfiando do musgo grosso no entabuamento do *Pentecost*, uma patrulha de soldados em libré vermelho e amarelo perguntou a Pierre Villeroy se ele tinha visto um inglês vestindo cota de malha e uma capa preta.

— É aquele ali embaixo — disse Villeroy apontando para Thomas, e depois soltou uma risada. — Se eu vir um inglês — prosseguiu —, vou mijar na boca dele até ele morrer afogado.

— Em vez disso, leve ele ao castelo — disse o chefe da patrulha, e depois liderou seus homens para interrogar a tripulação do navio seguinte.

Villeroy esperou até que os soldados ficassem a uma distância em que não pudessem ouvir.

— Por esta — disse ele a Thomas — você me deve mais duas fileiras de calafetação.

— Jesus Cristo! — blasfemou Thomas.

— Ora, Ele foi um carpinteiro de muita competência — observou Villeroy através de um bocado da torta de maçã feita por Yvette —, mas Ele também era o filho de Deus, não era? Por isso não precisava fazer serviços subalternos como calafetar, e assim não adianta pedir a Sua ajuda. Pois enfie bem o musgo, rapaz, enfie bem.

Sir Guillaume havia defendido o solar contra os seus atacantes durante quase três meses e não duvidava de que poderia defendê-lo indefinidamente desde que o conde de Coutances não levasse mais pólvora para a aldeia, mas Sir Guillaume sabia que a sua fase na Normandia acabara. O conde de Coutances era o seu senhor feudal, Sir Guillaume controlava terra dele, assim como o conde controlava terra do rei, e se um homem era declarado traidor pelo seu senhor feudal, e se o rei apoiava a declaração, esse homem não tinha futuro, a menos que achasse um outro senhor que devesse lealdade a um rei diferente. Sir Guillaume tinha escrito ao rei e apelado a amigos com influência na corte, mas não recebera resposta alguma. O sítio continuara, e por isso Sir Guillaume tinha de abandonar o solar. Aquilo o deixava triste porque Evecque era a sua cidade. Conhecia cada centímetro daqueles pastos, sabia onde encontrar os chifres de veado descartados na muda, sabia onde as jovens lebres jaziam tremendo no capim alto e sabia onde os lúcios procriavam como demônios nos córregos mais fundos. Era o seu lar, mas um homem declarado traidor não tinha lar, e por isso, na véspera do Dia de São Clemente, quando os seus sitiantes estavam mergulhados numa úmida escuridão de inverno, ele fugiu.

Nunca duvidara de sua capacidade de fugir. O conde de Coutances era um homem obtuso, sem imaginação, de meia-idade, cuja experiência da guerra sempre fora a de servir a senhores maiores. O conde era avesso a riscos e dado a um acesso de ameaças sempre que o mundo fugia à sua compreensão, o que acontecia com freqüência. Era claro que o conde não entendia por que grandes homens em Paris o estimulavam a sitiar Evecque, mas via a oportunidade de ficar rico e por isso obedecia a eles, muito embora desconfiasse de Sir Guillaume. Sir Guillaume estava na casa dos trinta e passara metade da vida lutando, em geral por conta própria, e na Normandia era chamado o senhor do mar e da terra, porque lutava nos dois com entusiasmo e eficiência. Ele já fora bem-apessoado, de expressão dura e cabelos dourados, mas Guy Vexille, conde de Astarac, lhe arrancara um dos olhos e deixara cicatrizes que tornaram a expressão de Sir Guillaume ainda mais dura. Ele era um homem temível, um lutador, mas na hierarquia de reis, príncipes, duques e condes era um ser menor e suas terras justificavam a tentação de declará-lo um traidor.

Havia doze homens, três mulheres e oito cavalos no interior do solar, o que significava que cada cavalo, exceto um, teria de levar duas pessoas. Depois do anoitecer, quando a chuva caía suavemente nos campos encharcados de Evecque, Sir Guillaume ordenou que pranchas fossem colocadas sobre o espaço onde a ponte levadiça deveria estar, e depois os cavalos, com vendas nos olhos, foram levados, um a um, pela perigosa ponte. Os sitiantes, aconchegados para fugir do frio e da chuva, não viram nem ouviram coisa alguma, apesar de as sentinelas nas trincheiras mais avançadas terem sido colocadas ali exatamente para impedir qualquer tentativa de fuga.

As vendas foram retiradas dos olhos dos cavalos, os fugitivos montaram e seguiram para o norte. Foram interpelados apenas uma vez por uma sentinela que lhes ordenou dizer quem eram.

— Que diabo, quem você pensa que somos? — retorquiu Sir Guillaume, e o tom selvagem de sua voz convenceu a sentinela a não fazer mais perguntas. Ao amanhecer, eles estavam em Caen e o conde de Coutances ainda não fazia a mínima idéia disso. Só quando uma das sentinelas viu as pranchas indo de uma margem à outra do fosso, foi que os sitiantes perceberam que o inimigo tinha ido embora, e mesmo assim o conde perdeu tempo revistando o solar. Encontrou mobília, palha e panelas, mas nada de tesouros.

Uma hora depois cem homens com capas pretas chegaram a Evecque. O líder não levava estandarte algum, e seus escudos não tinham emblemas. Eles pareciam calejados de tanto combater, como homens que ganhavam a vida alugando suas lanças e espadas a quem pagasse mais, e pararam seus cavalos ao lado da ponte improvisada sobre o fosso de Evecque, e dois deles, um dos quais era padre, atravessaram para o pátio.

— O que é que foi levado? — perguntou o padre com rispidez.

O conde de Coutances voltou-se irritado para o homem que usava as vestes dominicanas.

— Quem é você?

— O que foi que seus homens saquearam daqui? — tornou a perguntar o padre, sombrio e irritado.

— Nada — garantiu o conde.

— Então onde está a guarnição?

— A guarnição? Fugiu.

Bernard de Taillebourg bufava de raiva. Guy Vexille, ao lado dele, ergueu os olhos para a torre que agora desfraldara o estandarte do conde.

— Quando foi que eles fugiram? — perguntou ele. — E para onde foram?

O conde empertigou-se diante do tom.

— Quem é você? — perguntou ele, porque Vexille não usava emblema nenhum no casaco preto.

— Seu par — disse Vexille friamente — e sua majestade, o rei, vai querer saber para onde eles foram.

Ninguém sabia, embora algumas perguntas acabassem esclarecendo que alguns dos sitiantes tinham percebido pessoas a cavalo indo para o norte na noite fria, e isso significava, sem dúvida, que Sir Guillaume e seus homens tinham seguido para Caen. E se o Graal tivesse estado escondido em Evecque, também teria ido para o norte, e por isso de Taillebourg ordenou que seus homens tornassem a montar os cavalos cansados.

Eles chegaram a Caen no início da tarde, mas àquela altura o *Pentecost* já estava na metade da viagem pelo rio até o mar, soprado para o norte por um vento variável que quase não proporcionava avanço contra o final da maré enchente. Pierre Villeroy resmungava contra a inutilidade de tentar navegar contra a maré, mas Sir Guillaume insistia, porque esperava que seus inimigos aparecessem a qualquer momento. Ele agora só tinha dois soldados com ele, porque os demais não quiseram acompanhar sua excelência a uma nova vassalagem. Nem mesmo Sir Guillaume sentia entusiasmo por aquela lealdade forçada.

— Você pensa que eu quero lutar por Eduardo da Inglaterra? — resmungou ele para Thomas. — Mas que escolha eu tenho? O meu próprio senhor voltou-se contra mim. Por isso vou jurar vassalagem ao seu Eduardo, e pelo menos vou continuar vivo.

Era por isso que ele estava indo para Dunquerque, a fim de que pudesse fazer a curta viagem até as linhas de cerco inglesas em torno de Calais e fazer o juramento de obedecer ao rei Eduardo.

Os cavalos tiveram de ser abandonados no cais, de modo que tudo o que Sir Guillaume levara para bordo do *Pentecost* era sua armadura, algumas peças de roupa e três sacolas de couro de dinheiro, que ele jogou no convés antes de dar um abraço em Thomas. E depois Thomas voltara-se para o seu velho amigo, Will Skeat, que olhara para ele sem reconhecê-lo e depois desviara o olhar. Thomas, prestes a falar, refreou-se. Skeat usava um morrião, e os cabelos, agora brancos como neve, caíam lisos por baixo da castigada aba de metal. O rosto estava magro como nunca, com rugas profundas, e com um olhar vago como se ele tivesse acabado de acordar e não soubesse onde estava. Ele também estava envelhecido. Não podia ter mais de quarenta e cinco anos, e no entanto aparentava sessenta, embora ao menos estivesse vivo. Quando Thomas o viu pela última vez, ele estava gravemente ferido com um corte feito por uma espada que deixara o cérebro aberto, e tinha sido um milagre ter sobrevivido o tempo suficiente para chegar à Normandia e às hábeis atenções de Mordecai, o médico judeu que agora estava sendo ajudado a subir pela precária prancha de embarque.

Thomas deu outro passo em direção ao velho amigo, que uma vez mais olhou para ele sem reconhecê-lo.

— Will? — disse Thomas, intrigado. — Will?

E ao som da voz de Thomas uma luz surgiu nos olhos de Skeat.

— Thomas! — exclamou ele. — Meu Deus, é você! — Ele caminhou em direção a Thomas, cambaleando ligeiramente, e os dois se abraçaram. — Por Deus, Thomas, é maravilhoso ouvir uma voz inglesa. O inverno todo eu só ouvi tagarelice estrangeira. Meu Deus, rapaz, você parece mais velho.

— Eu estou mais velho — disse Thomas. — Mas como é que você está, Will?

— Eu estou vivo, Tom, estou vivo, apesar de às vezes eu me perguntar se não teria sido melhor morrer. Estou fraco como um filhote de gato. — A fala era levemente arrastada, como se ele tivesse bebido demais, mas ele estava visivelmente sóbrio.

— Eu não devia chamar você só de Will, agora, não é? — perguntou Thomas —, porque você agora é Sir William.

— Sir William! Eu? — Skeat soltou uma gargalhada. — Você só diz besteira, rapaz, como sempre. Sempre esperto demais, hein, Tom?

Skeat não se lembrava da batalha da Picardia, não se lembrava de que o rei lhe concedera o título de Cavaleiro antes da primeira carga francesa. Às vezes Thomas se perguntava se aquele ato tinha sido puro desespero na tentativa de levantar o ânimo dos arqueiros, porque sem dúvida o rei tinha visto como era imensa a inferioridade numérica do seu exército pequeno e doente e não acreditava que seus homens fossem sobreviver. Mas eles sobreviveram, e venceram, embora para Skeat o custo tivesse sido terrível. Ele tirou o morrião para coçar a cachola, e um dos lados do couro cabeludo foi revelado como uma horrorosa e enrugada cicatriz encaroçada, rosa e branca.

— Fraco como um filhote de gato — repetiu Skeat — e faz semanas que não disparo um arco.

Mordecai insistiu em que Skeat tinha de repousar. Depois cumprimentou Thomas, enquanto Villeroy soltava as amarras de atracação e usava um remo de galera para empurrar o *Pentecost* para a corrente do rio. Mordecai queixou-se do frio, das privações do sítio e dos horrores de estar a bordo de um navio, e depois sorriu o sábio e velho sorriso.

— Você está com bom aspecto, Thomas. Para um homem que já foi enforcado, está com um aspecto indecentemente bom. Como vai a sua urina?

— Clara e doce.

— Seu amigo Sir William agora... — Mordecai fez um gesto com a cabeça em direção à cabine de proa, onde Skeat tinha sido deitado numa pilha de peles de ovelha —, a urina dele está muito turva. Acho que você não me fez favor algum em mandá-lo para que eu tratasse dele.

— Ele está vivo.

— Eu não sei por quê.

— E eu o mandei porque o senhor é o melhor.

— Você me deixa lisonjeado.

Mordecai cambaleou levemente porque o navio balançou numa pequena onda do rio que ninguém mais percebeu, mas ele ficou alarmado; se fosse cristão, sem dúvida teria afastado o perigo iminente com o sinal-da-cruz. Em vez disso, olhou preocupado para a vela esfarrapada como se temesse que ela desabasse e o esmagasse.

— Detesto navios — disse ele em tom de lamentação. — São coisas desumanas. Pobre Skeat. Admito que ele parece estar se recuperando, mas não posso me jactar de que fiz alguma coisa, exceto lavar o ferimento e impedir que colocassem amuletos de pão mofado e água benta na cabeça dele. Acho que religião e medicina não combinam bem. O Skeat vive, acho, porque a pobre da Eleanor fez o que era certo quando ele foi ferido.

Eleanor colocara o pedaço de crânio que quebrara em cima do cérebro exposto, fizera um cataplasma de musgo e teia de aranha e depois envolvera o ferimento em ataduras.

— Eu lamentei o que aconteceu a Eleanor.

— Eu também — disse Thomas. — Ela estava grávida. Nós íamos nos casar.

— Ela era uma doçura, uma doçura

— Sir Guillaume deve estar zangado?

Mordecai balançou a cabeça de um lado para o outro.

— Quando ele recebeu a sua carta? Isso foi antes do sítio, é claro. — Ele franziu o cenho tentando se lembrar. — Zangado? Eu acho que não. Ele resmungou, foi só. Ele gostava de Eleanor, é claro, mas ela era filha de uma criada, não... — Ele fez uma pausa. — Ora, é triste. Mas, como você disse, seu amigo Sir William sobreviveu. O cérebro é uma coisa estranha, Thomas. Ele compreende, acho eu, embora não consiga se lembrar. A fala é arrastada, e isso poderia ter sido esperado, mas o mais estranho de tudo

273

O Cerco do Inverno

é que ele não reconhece ninguém com os olhos. Eu entro numa sala e ele me ignora, aí eu falo e ele me reconhece. Nós todos adquirimos o hábito de falar quando chegamos perto dele. Você vai se acostumar com isso. — Mordecai sorriu. — Mas é um prazer vê-lo.

— Então o senhor vai para Calais conosco? — perguntou Thomas.

— Meu Deus, não! Calais? — Ele estremeceu. — Mas eu não podia ficar na Normandia. Desconfio que o conde de Coutances, ludibriado por Sir Guillaume, iria adorar fazer um exemplo de um judeu, de modo que de Dunquerque eu tornarei a seguir para o sul. Primeiro para Montpellier, acho. Meu filho está estudando medicina lá. E de Montpellier? Eu poderia ir para Avignon.

— Avignon?

— O papa é muito hospitaleiro com os judeus — disse Mordecai, estendendo a mão para a amurada do navio quando o *Pentecost* tremeu sob uma pequena rajada de vento —, e nós precisamos de hospitalidade.

Mordecai dera a entender que a reação de Sir Guillaume à morte de Eleanor fora insensível, mas isso não ficou evidente quando Sir Guillaume conversou com Thomas sobre a filha morta, enquanto o *Pentecost* saía da foz do rio e as ondas frias estendiam-se até o horizonte cinzento. Sir Guillaume, o rosto maltratado duro e fechado, parecia próximo às lágrimas enquanto ouvia como Eleanor tinha morrido.

— Sabe alguma coisa mais sobre os homens que a mataram? — perguntou quando Thomas acabou sua narrativa. Thomas só podia repetir o que Lorde Outhwaite lhe contara depois da batalha, sobre o padre francês chamado de Taillebourg e seu estranho criado.

— De Taillebourg — disse Sir Guillaume, abatido —, outro homem para matar, hein? — Ele fez o sinal-da-cruz. — Ela era ilegítima — ele falava sobre Eleanor não para Thomas, mas para o vento — mas era uma jovem doce. Todos os meus filhos estão mortos agora. — Ele olhou para o oceano, os cabelos compridos sujos agitando-se com a brisa. — Você e eu temos de matar tantos homens — ele agora se dirigia a Thomas — e encontrar o Graal.

— Outras pessoas estão à procura dele — disse Thomas.

— Pois então temos de encontrá-lo antes delas — resmungou Sir Guillaume. — Mas primeiro vamos a Calais, eu presto minha vassalagem a Eduardo e depois nós lutamos.

Ele se voltou e fez uma careta em direção aos seus dois soldados, como se refletisse como suas fortunas e seus seguidores tinham sido reduzidos pelo destino, e então viu Robbie e sorriu.

— Eu gosto do seu escocês.

— Ele sabe lutar — disse Thomas.

— É por isso que eu gosto dele. E ele também quer matar de Taillebourg?

— Nós três queremos matá-lo.

— Então que Deus ajude o bastardo, porque nós vamos dar suas tripas para os cães — resmungou Sir Guillaume. — Mas ele tem de ser avisado de que você está nas linhas de sítio de Calais, hein? Para que venha procurar por nós, ele tem de saber onde você está.

Para chegar a Calais, o *Pentecost* precisava ir para leste e norte, mas assim ao largo da costa ele simplesmente chapinhava em vez de navegar. Um fraco vento sudoeste o levara para fora da foz do rio, mas depois, muito antes dele ficar fora do alcance da vista da costa normanda, a brisa desapareceu e a grande vela esfarrapada batia e panejava na verga. O navio balançava como um barril numa longa onda fraca que veio do oeste, onde nuvens negras amontoavam-se como uma cadeia de montanhas carregada de tristeza. O dia de inverno acabou cedo, o final de sua luz fria um soturno lampejo atrás das nuvens. Uns poucos pontos de fogo apareciam na terra que escurecia.

— A maré vai nos levar para o canal — disse Villeroy, desalentador — e depois vai nos trazer para baixo de novo. Depois para cima e para baixo e para cima e para baixo até que Deus ou São Nicolau nos mande vento.

A maré levou-os pelo Canal da Mancha, como Villeroy havia predito, e depois os trouxe de volta de novo. Thomas, Robbie e os dois soldados de Sir Guillaume se revezavam na descida ao fundo do casco cheio de pedras e no levantar de baldes de água.

— É claro que ele faz água — disse Villeroy a Mordecai, que estava preocupado —, todos os navios fazem água. Ele deixaria a água passar como numa peneira se eu não o calafetasse a intervalos de poucos meses. Enfie com força o musgo e reze para São Lalau. Evita que a gente morra toda afogada.

A noite estava negra. As poucas luzes na costa cintilavam numa bruma úmida. O mar quebrava fracamente contra o casco, e a vela pendia inútil. Durante algum tempo, um barco pesqueiro ficou perto, uma lanterna acesa no convés, e Thomas ouviu o canto baixo enquanto os homens lançavam uma rede, e depois remaram para leste até sua luzinha tremeluzente desaparecer na névoa.

— Um vento oeste vai chegar — disse Villeroy. — Ele sempre vem. Oeste, vindo das terras perdidas.

— Terras perdidas? — perguntou Thomas.

— Lá — disse Villeroy apontando para o oeste negro. — Se você for até o ponto mais distante aonde o homem pode navegar, você vai encontrar as terras perdidas e ver uma montanha mais alta do que o céu, onde Artur dorme com os seus cavaleiros. — Villeroy fez o sinal-da-cruz. — E no alto dos rochedos sob a montanha, podem-se ver as almas dos marinheiros afogados chamando por suas mulheres. Lá é frio, sempre frio, frio e com um denso nevoeiro.

— Uma vez meu pai viu aquelas terras — disse Yvette.

— Ele disse que viu — comentou Villeroy —, mas ele era um bebedor fora do comum.

— Ele disse que o mar estava cheio de peixes — continuou Yvette, como se o marido não tivesse falado — e as árvores eram muito pequenas.

— Ele bebia cidra — esclareceu Villeroy. — Pomares inteiros desceram pela garganta dele, seu pai sabia manobrar um navio. Bêbado ou sóbrio, era um marinheiro.

Thomas estava olhando fixo para a escuridão no oeste, imaginando uma viagem à terra em que o rei Artur e seus cavaleiros dormiam sob o nevoeiro e onde as almas dos afogados chamavam por suas amantes perdidas.

— Hora de achicar o navio — disse Villeroy, e Thomas desceu ao porão e colheu a água em baldes até que os braços ficaram doendo de cansados, e depois foi para o pique de vante e dormiu no casulo de peles de ovelhas que Villeroy mantinha ali, porque, dizia ele, no mar fazia mais frio do que em terra e um homem devia morrer afogado quente.

O amanhecer chegou devagar, filtrando-se no leste como uma mancha cinzenta. O remo de ginga estalava nas suas cordas, nada fazendo enquanto o navio balançava nas ondas sem vento. A costa normanda ainda estava à vista, um risco acinzentado ao sul, e à medida que a luz invernal aumentava Thomas viu três pequenos navios a remo afastando-se da costa. Os três seguiram canal acima até ficarem a leste do *Pentecost*; Thomas presumiu que fossem pescadores e desejou que o navio de Villeroy tivesse remos e, com isso, pudesse fazer algum progresso naquela frustrante mansidão. Havia um par de remos de galera amarrados ao convés, mas Yvette disse que eles só eram úteis no porto.

— O navio é pesado demais para remar por muito tempo — disse ela —, especialmente quando está cheio.

— Cheio?

— Nós transportamos carga — disse Yvette. O homem dela estava dormindo na cabine da popa, os roncos parecendo fazer vibrar o navio todo. — Nós seguimos a costa pra cima e pra baixo — disse Yvette — com lã e vinho, bronze e ferro, pedras para construção e peles.

— Você gosta disso?

— Eu adoro. — Ela sorriu para ele e seu rosto jovem, que tinha estranhamente um formato cuneiforme, adquiria uma beleza quando ela fazia aquilo. — Mas a minha mãe — continuou ela — ia me mandar ficar a serviço do bispo. Limpar e lavar, cozinhar e limpar até as mãos ficarem bem gastas pelo trabalho, mas Pierre me disse que eu poderia viver livre como um pássaro no barco dele, e vivemos mesmo, vivemos mesmo.

— Só vocês dois? — O *Pentecost* parecia um navio grande para apenas duas pessoas, ainda que uma delas fosse um gigante.

— Ninguém mais navega com a gente — disse Yvette. — Dá azar ter uma mulher num navio. Meu pai sempre dizia isso.

— Ele era pescador?

— Um bom pescador — disse Yvette —, mas mesmo assim morreu afogado. Foi apanhado nos Casquets numa noite ruim. — Ela ergueu os olhos para Thomas, grave. — Sabe, ele viu mesmo as terras perdidas.

— Eu acredito em você.

— Ele navegou lá para o norte e depois para oeste, e disse que os homens das terras do norte conhecem bem as áreas de pesca das terras perdidas, e tem peixe até onde a vista pode alcançar. Ele disse que a gente podia caminhar por cima do mar, tamanha era a camada de peixes, e um dia ele ia andando devagar no nevoeiro e viu a terra e viu as árvores como selva e viu as almas mortas na costa. Elas eram pretas, disse ele, como se tivessem sido chamuscadas pelos fogos do inferno, e ele se apavorou, fez meia-volta e foi embora de lá. Ele levou dois meses para chegar até lá e um mês e meio para voltar para casa, e todo o peixe dele apodreceu, porque ele não quis ir a terra e defumar eles.

— Eu acredito em você — repetiu Thomas, embora não tivesse mesmo certeza de que acreditava.

— E eu acho que se eu morrer afogada — disse Yvette — eu e o Pierre iremos para as terras perdidas juntos e ele não vai ter de se sentar nos rochedos e chamar por mim.

Ela disse aquilo com muita naturalidade, e depois foi preparar o café da manhã para o homem dela, cujo roncar acabara de cessar.

Sir Guillaume surgiu da cabine de proa. Piscou diante da luz do dia de inverno, depois foi até a popa e mijou por cima da amurada enquanto olhava para os três barcos que saíam remando do rio e agora estavam a uns dois quilômetros a leste do *Pentecost*.

— Então você falou com o irmão Germain? — perguntou ele a Thomas.

— Quem dera que não tivesse falado.

— Ele é um estudioso — disse Sir Guillaume erguendo as calças justas e dando o nó da cintura —, o que significa que não tem colhões. Não precisa. Ele é esperto, veja bem, esperto, mas nunca esteve do nosso lado, Thomas.

— Eu pensei que ele fosse seu amigo.

— Quando eu tinha dinheiro e poder, Thomas — disse Sir Guillaume —, eu tive muitos amigos, mas o irmão Germain nunca foi um deles. Ele sempre foi um bom filho da Igreja e eu nunca devia ter apresentado você a ele.

— Por que não?

— Assim que soube que você era um Vexille, ele comunicou a nossa conversa ao bispo, o bispo contou ao arcebispo, o arcebispo contou ao cardeal e o cardeal contou a quem quer que lhe dá suas migalhas, e de repente a Igreja ficou agitada com relação aos Vexille e com o fato de sua família, em determinada época, ter possuído o Graal. E foi justo nessa ocasião que Guy Vexille reapareceu, de modo que a Inquisição o pegou. — Ele fez uma pausa, olhando para o horizonte, e fez o sinal-da-cruz. — É o que o seu de Taillebourg é, eu aposto a minha vida. Ele é dominicano, e a maioria dos inquisidores é de cães de Deus. — Ele voltou o seu único olho para Thomas. — Por que eles os chamam de cães de Deus?

— É uma brincadeira — disse Thomas — de origem no latim. *Domini canis*: o cão de Deus.

— Isso não me faz rir — disse Sir Guillaume, tristonho. — Se um daqueles bastardos pegar você, é ferro em brasa nos olhos e gritos durante a noite. Ouvi dizer que eles pegaram Guy Vexille e espero que o maltratem.

— Então Guy Vexille é um prisioneiro? — Thomas estava surpreso. O irmão Germain dissera que seu primo estava reconciliado com a Igreja.

— Foi o que eu soube. Soube que ele estava cantando salmos na roda da Inquisição. E sem dúvida contou a eles que seu pai tinha possuído o Graal, que ele, Guy, tinha ido até Hookton para procurar o cálice, e tinha fracassado. Mas quem mais foi até Hookton? Eu fui, e por isso acho que Coutances recebeu ordens de procurar por mim, me prender e levar-me para Paris. E enquanto isso mandaram homens à Inglaterra para descobrir o que pudessem.

— E para matar Eleanor — disse Thomas, desolado.

— Pelo que eles irão pagar — disse Sir Guillaume.

— E agora — disse Thomas — eles mandaram homens até aqui.

— O quê? — perguntou Sir Guillaume, assustado.

Thomas apontou para os três barcos pesqueiros que agora remavam diretamente em direção ao *Pentecost*. Eles estavam longe demais para que ele visse quem ou o que estava a bordo, mas algo sobre a aproximação deliberada o deixou alarmado. Yvette, indo à popa levando pão, presunto e queijo, viu Thomas e Sir Guillaume olhando fixo e juntou-se a eles, e depois soltou uma imprecação que só uma filha de pescador teria aprendido e correu para a cabine de popa e gritou pelo marido, chamando-o para o convés.

Os olhos de Yvette estavam acostumados ao mar e ela sabia que aqueles não eram barcos pesqueiros. Para início de conversa, tinham homens demais a bordo, e depois de um certo tempo o próprio Thomas conseguiu ver aqueles homens, e seus olhos, que estavam mais acostumados a procurar inimigos entre as folhas verdes, viram que alguns deles usavam cotas de malha, e sabia que ninguém navegava no mar trajando cotas de malha sem a intenção de matar.

— Eles devem ter bestas. — Villeroy agora estava no convés, amarrando os cordões para o pescoço de uma imensa capa de couro e olhando dos barcos que se aproximavam para as nuvens, como se pudesse ver um sopro de vento vindo dos céus. O mar ainda oscilava em grandes ondas, mas a água estava lisa como metal batido e não havia frisos provocados pelo vento riscando os longos flancos das ondas.

— Bestas — repetiu Villeroy, desolado.

— Quer que eu me renda? — perguntou Sir Guillaume a Villeroy. O tom de voz era agressivo, indicando que a pergunta não passava de sarcasmo.

— Não me cabe dizer a vossa excelência o que fazer — o tom de voz de Villeroy tinha o mesmo sarcasmo —, mas os seus homens podiam trazer algumas das pedras maiores lá do porão.

— Que resultado isso vai ter? — perguntou Sir Guillaume.

— Vou jogar elas em cima dos bastardos quando eles tentarem abordar. Aqueles barquinhos? Uma pedra vai atravessar direitinho os fundos deles e depois aqueles bastardos vão estar tentando nadar com cotas de malha amarradas ao peito. — Villeroy sorriu. — É difícil nadar quando se está envolto em ferro.

As pedras foram levadas, e Thomas preparou as flechas e o arco. Robbie vestira a sua cota de malha e estava com a espada do tio do lado. Os dois soldados de Sir Guillaume estavam com ele no poço do navio, o local em que qualquer tentativa de abordagem seria feita, porque ali a amurada do navio ficava mais perto do mar. Thomas foi para a popa mais alta, onde Will Skeat juntou-se a ele e, embora não reconhecesse Thomas, viu o arco e estendeu a mão.

— Sou eu, Will — disse Thomas.

— Eu sei que é você — disse Skeat. Ele mentira e estava constrangido. — Me deixa experimentar o arco, rapaz.

Thomas entregou-lhe a grande vara preta e ficou observando, com tristeza, enquanto Skeat não conseguia puxá-la nem mesmo até a metade. Skeat devolveu com um gesto brusco o arco a Thomas, com uma expressão de constrangimento.

— Não sou mais o que era — murmurou.

— Voltará a ser, Will.

Skeat cuspiu por cima da amurada.

— O rei me concedeu realmente o título de cavaleiro?

— Concedeu.

— Às vezes eu penso que me lembro da batalha, Tom, e depois ela desaparece. Como um nevoeiro.

Skeat olhou para os três barcos que se aproximavam, que tinham se espalhado para formar uma linha. Os remadores puxavam com força e Thomas via besteiros em pé na proa e na popa de cada barco.

— Já disparou uma flecha de um navio? — perguntou Skeat.

— Nunca.

— Você está se mexendo, e eles estão se mexendo. Isso torna a coisa difícil. Mas vá devagar, rapaz, vá devagar.

Um homem gritou do barco mais próximo, mas os perseguidores ainda estavam muito longe, e o que quer que o homem tivesse dito perdeu-se no ar.

— São Nicolau, Santa Úrsula — rezou Villeroy —, mandem vento pra nós, e mandem bastante.

— Ele vai disparar contra nós — disse Skeat, porque um besteiro na proa do barco que estava ao centro tinha levantado a sua arma. Parecia apontá-la bem para o alto, depois disparou e a seta bateu com força impressionante na popa do *Pentecost*. Sir Guillaume, ignorando a ameaça, subiu na amurada e agarrou o brandal para manter o equilíbrio.

— São homens de Coutances — disse ele a Thomas, e este viu que alguns dos homens no barco que estava mais próximo usavam o libré verde e preto que tinha sido o uniforme dos sitiantes de Evecque. Mais bestas soaram e duas das setas entraram nas pranchas da popa e duas outras passaram zunindo por Sir Guillaume para penetrarem na vela impotente, mas a maioria caiu no mar. Este podia estar calmo, mas os besteiros ainda estavam tendo muita dificuldade para mirar suas armas dos pequenos barcos.

E os três barcos atacantes eram pequenos. Cada um transportava oito ou dez remadores e mais ou menos o mesmo número de arqueiros ou soldados. As três embarcações tinham sido evidentemente escolhidas pela velocidade à base dos remos, mas perto do *Pentecost* elas pareciam miniaturas, o que faria com que qualquer tentativa de abordar o navio maior fosse muito perigosa, embora um dos três barcos parecesse decidido a encostar o navio de Villeroy.

— O que eles vão fazer — disse Sir Guillaume — é deixar que aqueles dois barcos nos mandem uma chuva de quadrelos enquanto aquele bastardo — ele fez um gesto em direção ao barco que remava com força para se aproximar do *Pentecost* — coloca seus homens a bordo.

Mais setas de bestas bateram contra o casco. Mais dois quadrelos furaram a vela e um outro atingiu o mastro logo acima de um crucifixo castigado pelo tempo, que estava pregado na madeira alcatroada. A imagem de Cristo, branca como um osso, perdera o braço esquerdo e Thomas se perguntou se aquilo era um mau agouro, e depois tentou esquecer enquanto puxava o grande arco e disparava uma flecha. Só lhe restavam trinta e quatro flechas, mas aquela não era a hora de poupá-las e por isso, enquanto a primeira ainda estava no ar, ele soltou uma segunda e os besteiros não tinham acabado de armar suas cordas quando a primeira flecha rasgou o braço de um remador e a segunda tirou um naco da proa do barco, e depois uma terceira flecha passou chiando acima da cabeça dos remadores para cair no mar. Os remadores se agacharam, e então um deles arquejou e caiu para a frente com uma flecha nas costas, e no instante seguinte um soldado foi atingido na coxa e caiu em cima de dois dos remadores e houve um súbito caos a bordo, que volteou acentuadamente e se afastou, com os remos batendo uns nos outros. Thomas abaixou o grande arco.

— Eu te ensinei bem — disse Will Skeat com fervor. — Ah, Tom, você sempre foi um bastardo letal.

O barco se afastou. As flechas de Thomas tinham sido muito mais certeiras do que as setas das bestas, porque ele estivera atirando de uma embarcação muito maior e mais estável do que os estreitos e sobrecarregados barcos a remo. Só um dos homens a bordo daqueles barcos menores tinha sido morto, mas a freqüência das primeiras flechas de Thomas tinha incutido o temor a Deus nos remadores, que não podiam ver de onde vinham os projéteis, mas apenas ouvir o chiado de penas e os gritos dos feridos. Agora os outros dois barcos passaram à frente do terceiro e os besteiros apontaram suas armas.

Thomas tirou uma flecha da sacola e preocupou-se com o que iria acontecer quando ele não tivesse mais flechas, mas justo naquele momento um remoinho de ondulações mostrou que um vento vinha chegando pelo mar. Um vento leste, vejam só, o mais improvável de todos os ventos naquele mar, mas mesmo assim veio do leste e a grande vela marrom do *Pentecost* encheu-se e depois voltou a murchar, depois tornou a encher-se, e de repente o navio se afastava de seus perseguidores e a água gorgolejava pelos flancos. Os homens de Coutances remavam com força.

— Abaixem-se! — gritou Sir Guillaume e Thomas jogou-se no chão atrás da balaustrada enquanto uma rajada de setas de bestas cravava-se no casco do *Pentecost* ou subia bem alto para rasgar a vela esfarrapada. Villeroy gritou para que Yvette manobrasse o remo de ginga e depois prendeu a vela grande antes de mergulhar na cabine de popa para apanhar uma enorme e evidentemente antiga besta, que armou com uma comprida alavanca de ferro. Colocou uma seta enferrujada no sulco e depois disparou-a contra o perseguidor mais próximo.

— Bastardos! — gritou ele. — Suas mães eram cabras! Eram cabras putas! Cabras putas bexiguentas! Bastardos!

Ele tornou a engatilhar a arma, colocou outro projétil enferrujado e disparou-o, mas a seta mergulhou no mar. O *Pentecost* ganhava velocidade e já estava fora do alcance das bestas.

O vento aumentou e o *Pentecost* afastou-se ainda mais de seus perseguidores. Os três barcos a remo tinham seguido, no início, canal acima, na expectativa de que a maré enchente e um possível vento oeste levassem o *Pentecost* até eles, mas com o vento vindo do leste, os remadores não tinham como acompanhar a presa e, com isso, os três barcos ficaram para trás e, por fim, abandonaram a perseguição. Mas assim que eles desistiram dois novos perseguidores apareceram na foz do rio Orne. Dois navios, ambos grandes e equipados com grandes velas quadradas como a vela mestra do *Pentecost*, saíam para o mar.

— O da frente é o *Saint-Esprit* — disse Villeroy. Até mesmo àquela distância da foz do rio ele podia distinguir os dois navios. — E o outro é o *Marie*. Ele navega como uma porca grávida, mas o *Saint-Esprit* vai nos alcançar.

— O *Saint-Esprit*? — Pelo tom de voz de Sir Guillaume, ele estava perplexo. — Jean Lapoullier?

— Quem mais?

— Eu pensei que ele fosse amigo!

— Ele foi seu amigo — disse Villeroy — enquanto vossa excelência tinha terra e dinheiro, mas o que é que vossa excelência tem agora?

Sir Guillaume remoeu a verdade daquela pergunta por alguns instantes.

— Então por que você está me ajudando?

— Porque eu sou maluco — disse Villeroy com alegria — e porque vossa excelência vai me pagar muito bem.

Sir Guillaume grunhiu ao ouvir aquele truísmo.

— Só se nós não seguirmos na direção errada — disse ele depois de um certo intervalo.

— A direção certa — assinalou Villeroy — é para longe do *Saint-Esprit* e a favor do vento, de modo que vamos continuar na direção oeste.

Eles se mantiveram em direção a oeste o dia todo. Seguiram a uma boa velocidade, mas ainda assim o grande *Saint-Esprit* diminuía lentamente a distância. Pela manhã ele tinha sido uma mancha no horizonte; ao meio-dia Thomas podia ver a pequena plataforma no galope do mastro onde, como Villeroy lhe dissera, besteiros deveriam estar posicionados; e quando a tarde ia em meio ele pôde ver os olhos pretos e brancos pintados na proa do navio. O vento leste aumentara o dia todo, até ficar soprando forte e frio, agitando as cristas das ondas, que transformava em raias brancas. Sir Guillaume sugeriu que seguissem para o norte, talvez chegando até a costa inglesa, mas Villeroy alegou não conhecer a linha da costa e disse que não tinha certeza de que pudesse encontrar abrigo por lá, se o tempo piorasse.

— E nesta época do ano ele pode mudar com a rapidez do humor de uma mulher — acrescentou Villeroy, e como para provar que ele estava certo eles entraram em violentas rajadas de granizo que chiavam no mar e açoitavam o navio e reduziram a visibilidade a uns poucos metros. Sir Guillaume voltou a insistir numa rota para o norte, sugerindo que mudassem o rumo enquanto o navio estava escondido na borrasca, mas Villeroy, teimoso, recusou, e Thomas achou que o grandalhão temia ser abordado por navios ingleses que não tinham prazer maior do que capturar embarcações francesas.

Uma outra borrasca passou por eles, violenta, a chuva saltando a um palmo do convés e o granizo fazendo uma cobertura branca, meio líquida, no flanco leste de cada driça e escota. Villeroy temia que a sua vela fosse rasgada ao meio, mas não tinha coragem de reduzir a lona porque sempre que as rajadas passavam, deixando o mar branco e frenético, o *Saint-Esprit* estava sempre à vista e sempre um pouco mais perto.

— Ele é veloz — disse Villeroy, reconhecendo de má vontade — e Lapoullier sabe manobrá-lo.

Mas o curto dia de inverno estava passando e a noite iria oferecer ao *Pentecost* uma oportunidade de escapar. Os perseguidores sabiam disso e deviam estar rezando para que o navio deles ganhasse um pouco mais de velocidade; enquanto o crepúsculo caía, ele diminuía a diferença centímetro a centímetro, mas ainda assim o *Pentecost* mantinha a liderança. Eles agora estavam num ponto de onde já não se via terra, dois navios em um oceano revolto que escurecia, e então, quando a noite estava quase completa, a primeira flecha incendiária saltou da proa do *Saint-Esprit*.

Ela fora disparada por uma besta. As chamas cortavam a noite, subindo em arco e depois mergulhando para cair na esteira do *Pentecost*.

— Responda com uma flecha — grunhiu Sir Guillaume.

— Está muito longe — disse Thomas.

Uma boa besta sempre podia ter um alcance maior do que uma vara de teixo, embora no tempo que se levava para recarregar a besta o arqueiro inglês tivesse corrido para ficar no raio de alcance e disparado doze flechas. Mas Thomas não podia fazer isso naquela escuridão que aumentava, nem tinha coragem de desperdiçar flechas. Só podia esperar e observar enquanto uma segunda seta em chamas subia rápido contra as nuvens. Ela também caiu aquém do alvo.

— Elas não voam tão bem — disse Will Skeat.

— O que foi que você disse, Will? — Thomas não ouvira com clareza.

— Eles envolvem a haste em pano, e isso as torna mais lentas. Já disparou alguma flecha incendiária, Tom?

— Nunca.

— Ela reduz o raio de alcance em cinqüenta passos — disse Skeat, observando uma terceira flecha mergulhar no mar — e faz o diabo com a precisão.

— Aquela chegou mais perto — disse Sir Guillaume.

Villeroy tinha colocado um barril no convés e o estava enchendo com água do mar. Yvette, enquanto isso, subira com agilidade pelo cordame para empoleirar-se no travessão, do qual a única verga pendia do galope do mastro, e agora içava baldes de lona com água, que usava para encharcar a vela.

— Nós podemos usar flechas incendiárias? — perguntou Sir Guillaume. — Essa coisa aí deve ter raio de alcance. — Ele fez um gesto com a cabeça na direção da monstruosa besta de Villeroy.

Thomas traduziu a pergunta para Will Skeat, cujo francês ainda era rudimentar.

— Flechas incendiárias? — O rosto de Skeat enrugou-se enquanto ele raciocinava. — É preciso ter piche, Tom — disse ele em dúvida —, e é preciso encharcar a lã com ele e depois prender com força o pano de lã na seta, mas tem que desfiar um pouco as bordas, para que o fogo queime direitinho. O fogo tem que vir bem de dentro do pano, e não apenas nas bordas, porque isso não vai durar, e quando o pano estiver queimando forte e profundamente você dispara a flecha antes que o fogo penetre na haste.

— Não — traduziu Thomas para Sir Guillaume —, não podemos.

Sir Guillaume soltou imprecações e depois afastou-se depressa quando a primeira flecha incendiária espetou-se no *Pentecost*, mas a seta bateu baixo na popa, tão baixo que o balanço seguinte de uma onda apagou as chamas com um chiado audível.

— Temos de poder fazer alguma coisa! — disse Sir Guillaume, irritado.

— Nós podemos ter paciência — disse Villeroy. Ele estava de pé no remo de popa.

— Posso usar o seu arco? — perguntou Sir Guillaume ao corpulento marinheiro, e quando Villeroy confirmou com um gesto da cabeça, engatilhou a enorme besta e disparou um quadrelo em direção ao *Saint-Esprit*. Ele grunhiu enquanto puxava a alavanca para tornar a engatilhar a arma, impressionado com a força que era necessária. Uma besta engatilhada por uma alavanca era, em geral, muito mais fraca do que as bestas armadas com um parafuso sem fim e uma catraca, mas o arco de Villeroy era maciço. As setas de Sir Guillaume deviam ter atingido o navio perseguidor, mas estava escuro demais para dizer se houvera algum dano. Thomas duvidava, porque a proa do *Saint-Esprit* era alta e as amuradas eram sólidas. Sir Guillaume estava apenas enfiando metal em pranchas de madeira, mas os mísseis incendiários do *Saint-Esprit* começavam a ameaçar o *Pentecost*. Três ou quatro bestas inimigas estavam disparando agora, e Thomas e Robbie ocupavam-se em apagar as setas em chamas com água, e então um quadrelo aceso atingiu a vela e um fogo rastejante começou a brilhar na lona, mas Yvette conseguiu apagá-lo justo no momento em que Villeroy empurrou com força o remo de ginga. Thomas ouviu a longa haste do remo estalar sob a pressão e sentiu o navio dar um bordo enquanto virava para o sul.

— O *Saint-Esprit* nunca foi tão rápido sem estar a favor do vento — disse Villeroy —, e ele chapinha num mar desencontrado.

— E nós somos mais rápidos? — perguntou Thomas.

— Isso nós vamos descobrir — disse Villeroy.

— Por que não tentamos descobrir isso antes? — Sir Guillaume fizera a pergunta com rispidez.

— Porque não tínhamos espaço no mar — respondeu placidamente Villeroy, enquanto uma seta em chamas cortou o ar por cima do convés da popa como um meteoro. — Mas agora estamos bem longe do cabo.

Ele queria dizer que eles estavam em segurança a oeste da península normanda e ao sul deles ficavam agora os braços de mar cheios de rochas, entre a Normandia e a Bretanha. O giro significava que a distância ficou reduzida de repente, pois o *Saint-Esprit* continuava em direção oeste e Thomas disparou um punhado de flechas contra os vultos tênues de homens em armaduras no poço do navio perseguidor. Yvette havia descido para o convés e puxava cordas e, quando ficou satisfeita com a nova posição da vela, tornou a subir para o seu ninho de águia, no exato momento em que mais duas setas incendiárias penetraram na lona e Thomas viu as chamas subirem pela vela enquanto Yvette alçava baldes. Thomas disparou outra flecha para o alto da noite escura, de modo que ela mergulhou no convés inimigo e Sir Guillaume disparava as setas de besta mais pesadas, com a rapidez que lhe era possível, mas nenhum dos dois homens foi recompensado por um grito de dor. Então a distância tornou a aumentar e Thomas tirou a corda do arco. O *Saint-Esprit* estava fazendo a volta para seguir o

Pentecost em direção sul e, por alguns instantes, como que desapareceu no escuro, mas então uma outra flecha incendiária subiu do seu convés e na sua repentina luz Thomas viu que o navio dera a volta e estava outra vez na esteira do *Pentecost*. A vela de Villeroy ainda queimava, dando ao *Saint-Esprit* um sinal que ele não podia deixar de seguir, e os besteiros perseguidores dispararam três setas juntas, as chamas tremeluzindo famintas na noite, e Yvette arquejava desesperadamente usando os baldes, mas a vela estava em chamas agora, e o navio reduzia a velocidade à medida que a lona perdia força e então, como uma bênção, ouviu um chiado penetrante e uma borrasca desabou, vinda do leste.

O granizo caía com uma violência extraordinária, matraqueando na vela chamuscada e tamborilando no convés, e Thomas pensou que aquilo não acabaria nunca, mas parou da mesma forma repentina com que começara, e todos os que estavam a bordo do *Pentecost* olharam para a popa, esperando que a próxima seta incendiária subisse do convés do *Saint-Esprit*, mas quando a chama finalmente cortou os céus errou muito o alvo, longe demais para que sua luz iluminasse o *Pentecost*, e Villeroy grunhiu.

— Eles imaginavam que nós fôssemos girar de volta para oeste naquela borrasca — disse ele, divertido —, mas estavam sendo espertos demais para o próprio bem deles.

O *Saint-Esprit* tentara passar a frente do *Pentecost* e enfrentá-lo, pensando que Villeroy fosse tornar a colocar seu navio a favor do vento, mas os perseguidores tinham errado no cálculo e agora estavam bem longe, a norte e a oeste da presa.

Mais flechas incendiárias brilharam no escuro, mas agora estavam sendo disparadas em todas as direções, na esperança de que a fraca luz de uma delas provocasse um fraco reflexo do casco do *Pentecost*, mas o navio de Villeroy afastava-se cada vez mais, puxado pelo que restava da vela chamuscada. Não fosse a borrasca, pensou Thomas, não havia dúvida de que eles teriam sido ultrapassados e capturados, e ele se perguntou se a mão de Deus o estava protegendo de algum modo porque ele possuía o livro sobre o Graal. Então o sentimento de culpa o assaltou; a culpa de duvidar da existência do Graal; de desperdiçar o dinheiro de Lorde Outhwaite em vez de gastá-lo na busca do Graal; e depois, a maior culpa e a pena pelas mortes perdulárias de Eleanor e do padre Hobbe, e por isso ele se pôs de joelhos no convés e olhou para o crucifixo que tinha apenas um braço. Perdoai-me, Senhor, rezou ele, perdoai-me.

— As velas custam dinheiro — disse Villeroy.

— Você vai ganhar uma vela nova, Pierre — prometeu Sir Guillaume.

— E vamos rezar para que o que sobrou dessa nos leve a algum lugar — disse Villeroy, mal-humorado.

Lá para o norte uma última flecha incendiária fez um risco vermelho no escuro, e depois não houve mais luz, apenas a infindável escuridão de um mar agitado no qual o *Pentecost* sobrevivia sob a vela em frangalhos.

O amanhecer encontrou-os num nevoeiro e com uma brisa intermitente que balançava uma vela tão enfraquecida que Villeroy e Yvette a dobraram em duas para que o vento tivesse mais do que buracos chamuscados contra os quais soprar, e quando eles a reajustaram o *Pentecost* moveu-se com dificuldade para sul e para oeste e todos a bordo agradeceram a Deus pelo nevoeiro, porque ele os escondia dos piratas que rondavam o golfo entre a Normandia e a Bretanha. Villeroy não tinha certeza sobre onde eles estavam, apesar de estar certo de que a costa normanda ficava a leste e que toda a terra naquela direção era feudo do conde de Coutances, e por isso eles mantiveram o rumo para o sul e o oeste, com Yvette empoleirada na proa, para ficar vigiando a presença freqüente dos recifes.

— Essas águas geram rochas — resmungou Villeroy.

— Neste caso, vá para águas mais profundas — sugeriu Sir Guillaume.

O grandalhão cuspiu no mar.

— Águas mais profundas geram piratas ingleses saídos das ilhas.

Eles avançavam para o sul, com o vento morrendo e o mar se acalmando. Ainda fazia frio, mas não havia mais granizo, e, quando um sol frágil começou a dissolver as névoas que se esgarçavam, Thomas sentou-se ao lado de Mordecai na proa.

— Tenho uma pergunta a lhe fazer — disse ele.

— Meu pai me aconselhou a nunca entrar num navio — respondeu Mordecai. Seu rosto comprido estava pálido, e a barba, que de modo geral ele escovava com muito cuidado, toda emaranhada. Ele tremia, apesar de uma capa improvisada de pele de carneiro. — Você sabia que os marinheiros flamengos dizem que é possível acalmar uma tempestade atirando um judeu ao mar?

— É mesmo?

— Foi o que me disseram — disse Mordecai. — Se eu estivesse a bordo de um navio flamengo, poderia receber de bom grado a morte por afogamento como alternativa para esta existência. O que é isso?

Thomas havia desembrulhado o livro que o seu pai lhe legara.

— Minha pergunta — disse ele ignorando a pergunta de Mordecai — é quem é Hachaliah?

— Hachaliah? — Mordecai repetiu o nome e abanou a cabeça. — Você acha que os flamengos levam judeus a bordo dos navios deles a título de precaução? Pareceria uma coisa sensata, apesar de cruel. Por que morrer, quando um judeu pode morrer?

Thomas abriu o livro na primeira página do texto em hebraico, onde o irmão Germain decifrara o nome Hachaliah.

— Tome — disse ele entregando o livro ao médico. — Hachaliah.

Mordecai olhou para a página.

— Neto de Hachaliah — traduziu ele em voz alta — e filho de Tirshatha. É claro! É uma confusão sobre Jonas e o grande peixe.

— Hachaliah? — perguntou Thomas, olhando fixo para a página com a estranha escrita.

— Não, meu caro rapaz! — disse Mordecai. — A superstição sobre os judeus e as tempestades é uma confusão sobre Jonas, uma simples confusão ignorante. — Ele olhou para a página. — Você é filho do Tirshatha?

— Eu sou o filho bastardo de um padre — disse Thomas.

— E o seu pai escreveu isto?

— Escreveu.

— Para você?

Thomas balançou a cabeça.

— Acho que sim.

— Neste caso, você é filho do Tirshatha e neto de Hachaliah — disse Mordecai, e depois sorriu. — Ah! É claro! Neemias. Minha memória está quase tão fraca quanto a do pobre Skeat, não está? Imagine esquecer que Hachaliah era o pai de Neemias.

Thomas ainda não entendera nada.

— Neemias?

— E ele era o Tirshatha, claro que era. Extraordinário, não?, como os judeus prosperam em estados estrangeiros e depois eles se cansam de nós e nós somos acusados de todas as pequenas coisas que acontecem. Aí, o tempo passa e nós somos readmitidos nos nossos cargos. O Tirshatha, Thomas, era o governador da Judéia sob o domínio dos persas. Neemias era o Tirshatha, não o rei, é claro, só governador por algum tempo, sob o governo de Artaxerxes.

A erudição de Mordecai era impressionante, mas nada esclarecedora. Por que iria o padre Ralph identificar-se com Neemias, que devia ter vivido centenas de anos antes de Cristo, antes do Graal? A única resposta que Thomas podia encontrar era a de costume, sobre a loucura de seu pai. Mordecai virava as páginas de pergaminho e encolhia-se, estremecendo, quando uma estalava.

— Como as pessoas ficam ansiosas por milagres — disse ele. Tocou numa página com um dedo manchado por todos os remédios que ele socara e mexera. — "Uma taça de ouro na mão do Senhor que deixou embriagada a Terra toda." Ora, o que é que isso pode significar?

— Ele está falando sobre o Graal — disse Thomas.

— Eu tinha compreendido isso, Thomas — brincou Mordecai com ele, delicado —, mas estas palavras não foram escritas sobre o Graal. Elas se referem à Babilônia. Parte das lamentações de Jeremias. — Ele virou outra página. — O povo gosta de mistério. Ele não quer que nada seja explicado, porque quando as coisas são explicadas não resta esperança alguma. Tenho visto gente morrendo e sei que não há nada a fazer, e sou solicitado a me retirar porque dali a pouco o padre vai chegar com o seu prato coberto por um pano, e todos rezam por um milagre que nunca acontece. E a pessoa morre, e eu sou acusado, não Deus ou o padre, mas eu! — Ele deixou o livro cair-lhe no colo, onde as páginas se agitavam ao vento fraco. — Estas são apenas histórias do Graal, e algumas escrituras estranhas que poderiam referir-se a ele. Um livro, na verdade, de meditações. — Franziu o cenho. — Seu pai acreditava mesmo que o Graal existia?

Thomas estava para dar uma afirmativa vigorosa, mas se deteve, lembrando-se. Na maior parte do tempo, seu pai tinha sido um homem irônico, divertido e inteligente, mas em outras ocasiões fora uma criatura alucinada, que gritava, lutando com Deus e desesperada na tentativa de entender os mistérios sagrados.

— Eu acho — disse Thomas, cauteloso — que ele acreditava mesmo no Graal.

— Claro que acreditava — disse Mordecai de repente —, que besteira a minha! É claro que seu pai acreditava no Graal, porque ele acreditava que o tinha em seu poder!

— Acreditava? — perguntou Thomas. Ele agora estava muitíssimo confuso.

— Neemias foi mais do que o Tirshatha da Judéia — disse o médico —, ele era o escanção, o copeiro, o serviçal encarregado de servir o vinho de Artaxerxes. Ele diz isso no começo dos seus escritos. "Eu fui o copeiro do rei." Aqui. — Ele apontou para uma linha na escrita em hebraico. — "Eu fui copeiro do rei." Palavras de seu pai, Thomas, tiradas da história de Neemias.

Thomas olhou para o texto e viu que Mordecai estava certo. Aquele era o depoimento de seu pai. Ele tinha sido o copeiro do maior de todos os reis, do próprio Deus, de Cristo, e a frase confirmava os sonhos de Thomas. O padre Ralph tinha sido o copeiro. Ele possuíra o Graal. Este existia. Thomas teve um estremecimento.

— Eu acho — disse Mordecai falando com delicadeza — que seu pai acreditava possuir o Graal, mas isso parece improvável.

— Improvável! — protestou Thomas.

— Sou apenas um judeu — disse Mordecai, afável —, de modo que não posso saber muita coisa sobre o salvador da humanidade. E há quem diga que eu nem devia falar dessas coisas, mas pelo que entendo Jesus não era rico. Estou certo?

— Ele era pobre — disse Thomas.

— Pois então estou certo, ele não era um homem rico, e no fim da vida ele comparece a um *seder*.

— Um *seder*?

— A festa da Páscoa, Thomas. E no *seder* ele come pão e bebe vinho, e o Graal, diga se eu estiver errado, foi o prato com o pão ou o cálice de vinho, certo?

— Certo.

— Certo — ecoou Mordecai e olhou a sua esquerda, onde um pequeno barco de pesca seguia pelo mar agitado. Não houvera sinal do *Saint-Esprit* a manhã toda, e nenhum dos barcos menores pelos quais eles passavam mostrara qualquer interesse pelo *Pentecost*. — Mas se Jesus era pobre — prosseguiu Mordecai —, que tipo de prato de *seder* ele usaria? Um prato feito de ouro? Um prato com a borda de jóias? Ou uma peça de cerâmica comum?

— O que quer que ele tenha usado — disse Thomas — Deus poderia transformar.

— Ah, sim, é claro, já ia me esquecendo — disse Mordecai. Ele parecia desapontado, mas depois sorriu e entregou o livro a Thomas. — Quando chegarmos aonde quer que estejamos indo — disse ele —, poderei anotar traduções do hebraico para você, e espero que ajude.

— Thomas! — gritou Sir Guillaume da popa. — Precisamos de braços descansados para tirar água!

A calafetação não tinha sido terminada, e o *Pentecost* estava fazendo água a uma velocidade alarmante, e por isso Thomas desceu para o fundo do casco. Ele passava os baldes cheios para Robbie, que jogava a água pela lateral do navio. Sir Guillaume estava insistindo com Villeroy para que fosse para norte e leste outra vez, numa tentativa de passar por Caen e chegar a Dunquerque, mas Villeroy não estava satisfeito com a sua vela pequena e menos satisfeito ainda com o casco fazendo água.

— Tenho de parar em algum lugar muito em breve — grunhiu ele —, e o senhor vai ter de me comprar uma vela.

Eles não ousavam parar na Normandia. Era do conhecimento geral, em toda a província, que Sir Guillaume tinha sido declarado traidor, e se o *Pentecost* fosse revistado — e naquela costa onde havia contrabando era provável que o fosse — Sir Guillaume seria descoberto. Isso deixava a Bretanha sobrando, e Sir Guillaume estava ansioso por chegar a Saint-Malo ou Saint-Brieuc, mas Thomas protestou do fundo do casco, dizendo que ele e Will Skeat seriam considerados inimigos pelas autoridades bretãs que, naquelas cidades, deviam lealdade ao duque Charles, que lutava contra os rebeldes apoiados pelos ingleses que reconheciam o duque Jean como o verdadeiro governante da Bretanha.

— Então, para onde você iria? — perguntou Sir Guillaume. — Inglaterra?

— Nunca chegaremos à Inglaterra — disse Villeroy, desanimado, olhando para a vela.

— As ilhas? — sugeriu Thomas, pensando em Guernsey ou Jersey.

— As ilhas! — Sir Guillaume gostou da idéia.

Dessa vez foi Villeroy quem protestou.

— Não posso — disse ele, com indelicadeza, e explicou que o *Pentecost* era um navio de Guernsey e ele tinha sido um dos homens que ajudaram a capturá-lo. — Eu levo ele para as ilhas — disse ele —, e eles vão tomar ele de volta e eu com ele.

— Pelo amor de Deus! — rosnou Sir Guillaume. — Então para onde vamos?

— Você pode ir a Tréguier? — perguntou Will Skeat, e todos ficaram tão surpresos pelo fato de ele falar que por instantes ninguém respondeu.

— Tréguier? — perguntou Villeroy depois de um intervalo, e depois balançou a cabeça. — É possível.

— Por que Tréguier? — perguntou Sir Guillaume.

— A última notícia que eu tive foi de que ela estava em mãos dos ingleses — disse Skeat.

— Ainda está — confirmou Villeroy.

— E nós temos amigos lá — continuou Skeat.

E inimigos, pensou Thomas. Tréguier não era apenas o porto bretão mais próximo em mãos dos ingleses, mas também o porto mais próximo de La Roche-Derrien, para onde Sir Geoffrey Carr, o Espantalho, tinha ido.

E Thomas dissera ao irmão Germain que estava indo para a mesma cidadezinha, e aquilo significaria, sem dúvida alguma, que de Taillebourg ficaria sabendo disso e iria para lá. E talvez Jeanette também estivesse por lá, e de repente, apesar de Thomas dizer durante semanas que não voltaria, sentia uma vontade louca de chegar a La Roche-Derrien.

Porque era lá na Bretanha que ele tinha amigos, antigas amantes, e inimigos que ele queria matar.

Terceira Parte
Bretanha, Primavera de 1347

O COPEIRO DO REI

JEANETTE CHENIER, condessa da Armórica, perdera o marido, os pais, a fortuna, a casa, o filho e o amante real, tudo isso antes de completar seus vinte anos de idade.

O marido sucumbira a uma flecha inglesa e morrera em agonia, chorando como uma criança.

Os pais tinham morrido de disenteria, e suas roupas de cama foram queimadas antes de eles serem enterrados perto do altar da igreja de St. Renan. Tinham deixado para Jeanette, a única filha que restara, uma pequena fortuna em ouro, uma empresa de transporte de vinho e a grande casa comercial à margem do rio em La Roche-Derrien.

Jeanette gastara grande parte da fortuna equipando navios e homens para combater os odiados ingleses que tinham matado seu marido, mas os ingleses ganharam, e assim sua fortuna desaparecera.

Jeanette implorara ajuda a Charles de Blois, duque da Bretanha e parente de seu falecido marido, e fora assim que ela perdera o filho. Charles, de três anos de idade, que recebera o nome em homenagem ao duque, tinha sido tirado dela. Ela fora chamada de prostituta por ser filha de um mercador, portanto indigna de ser uma aristocrata. Charles de Blois, para mostrar a Jeanette o quanto ele a desprezava, a estuprara. O filho dela, agora o conde da Armórica, estava sendo criado por um dos fiéis partidários de Charles de Blois, para garantir que as extensas terras do menino ficassem prometidas sob juramento à casa de Blois. Assim, Jeanette, que perdera sua fortuna na tentativa de fazer com que o duque Charles fosse o indiscutível governante da Bretanha, adquirira um novo ódio e encontrara um novo amante, Thomas de Hookton. Ela fugira com ele para o norte, para o exército inglês na Normandia e, lá, atraíra a atenção de Eduardo de Woodstock, príncipe de Gales, e por isso Jeanette abandonara Thomas. Mas depois, temendo que os ingleses fossem massacrados pelos franceses na Picardia e que os vitoriosos franceses a fossem punir pela escolha do amante, tornara a fugir. Estivera enganada sobre a batalha, os ingleses tinham vencido, mas ela não podia voltar. Os reis, e os filhos dos reis, não recompensavam caprichos, e por isso Jeanette Chenier, viúva condessa da Armórica, voltara a La Roche-Derrien para descobrir que havia perdido a casa.

Quando saiu de La Roche-Derrien, ela estava muito endividada, e Monsieur Belas, um advogado, apossou-se da casa para pagar as dívidas. Jeanette, ao voltar, tinha dinheiro suficiente para pagar tudo o que devia, porque o príncipe de Gales tinha sido generoso com jóias, mas Belas não quis sair da casa. A lei estava do lado dele. Alguns dos ingleses que ocuparam La Roche-Derrien mostraram solidariedade para com Jeanette, mas não interferiram na decisão do tribunal e não teria tido muita importância se o tivessem feito, porque todo mundo sabia que os ingleses não ficariam muito tempo na pequena cidade. O duque Charles estava reunindo um novo exército em Rennes, e La Roche-Derrien era o mais isolado e distante de todos os baluartes ingleses na Bretanha. Quando o duque Charles tomasse a cidade, iria recompensar Monsieur Belas, seu agente, e desprezar Jeanette Chenier, que ele chamara de prostituta porque ela não era de berço nobre.

Assim, Jeanette, impossibilitada de requerer a devolução de sua casa, encontrou uma outra, muito menor, perto da porta sul de La Roche-Derrien, e confessou seus pecados ao padre da igreja de St. Renan, que disse que ela havia pecado além dos limites do homem e talvez além dos limites de Deus também; o padre prometeu-lhe a absolvição se ela pecasse com ele. Ergueu a batina, tentou agarrá-la e soltou um berro quando Jeanette lhe deu um pontapé. Mas ela continuou a ir à missa na igreja de St. Renan, porque era a igreja de sua infância e seus pais estavam enterrados embaixo do quadro que retratava Cristo levantando-se do túmulo com uma luz dourada em torno da cabeça, e o padre não tinha coragem de recusar-lhe o sacramento, embora não ousasse mais encará-la.

Jeanette perdera os criados quando fugiu para o norte com Thomas, mas contratou uma menina de quatorze anos para ser a cozinheira e o irmão idiota da menina para apanhar água e lenha. As jóias do príncipe, calculava Jeanette, iriam durar um ano, e até lá alguma coisa iria aparecer. Ela era jovem, era realmente bonita, estava cheia de ódio, o filho ainda era refém e ela era inspirada pelo ódio. Algumas pessoas da cidade temiam que ela estivesse louca, porque estava muito mais magra do que quando deixara La Roche-Derrien, mas os cabelos ainda eram negros como o corvo, a pele era macia como a seda rara que só os mais ricos podiam comprar, e os olhos eram grandes e brilhantes. Homens iam pedir seus favores, mas eram avisados de que não poderiam tornar a falar com ela a menos que lhe levassem o coração murcho de Belas, o advogado, e o membro viril murcho de Charles de Blois.

— Tragam os dois em relicários — dizia a eles —, mas quero o meu filho vivo.

Sua raiva repelia homens e alguns deles espalharam a história de que ela era aluada, talvez uma bruxa. O padre de St. Renan confidenciou a outros membros do clero na cidade que Jeanette procurara tentá-lo e falava em tom sinistro em requisitar a Inquisição, mas os ingleses não iriam permitir aquilo, porque o rei da Inglaterra recusava-se a deixar que os torturadores de Deus exercessem suas artes negras em suas possessões.

— Já existem reclamações suficientes — dizia Dick Totesham, comandante da guarnição inglesa em La Roche-Derrien — sem trazer malditos frades para provocar encrenca.

Totesham e sua guarnição sabiam que Charles de Blois estava recrutando um exército que iria atacar La Roche-Derrien antes de marchar em frente para sitiar os outros baluartes ingleses na Bretanha, e por isso trabalhavam com afinco para tornar os muros da cidade mais altos e construir novos reparos do lado de fora dos antigos. Camponeses da região eram obrigados a trabalhar na base do chicote. Eram forçados a empurrar carrinhos de mão cheios de barro e pedra, enfiavam madeiras no solo para fazer paliçadas e cavavam trincheiras. Odiavam os ingleses por obrigá-los a trabalhar de graça, mas os ingleses não se importavam, porque tinham de se defender, e Totesham implorava a Westminster para que mandasse mais homens, e na festa de São Félix, em meados de janeiro, uma tropa de arqueiros galeses desembarcou em Tréguier, que era o pequeno porto a uma hora e meia a pé de La Roche-Derrien, mas os únicos outros reforços foram alguns cavaleiros e soldados que estavam com pouca sorte e tinham ido para a pequena cidade na esperança de saques e prisioneiros. Alguns daqueles cavaleiros vinham de Flandres, atraídos por falsos rumores sobre a riqueza a ser conseguida na Bretanha, e outros seis soldados chegaram do norte da Inglaterra, liderados por um homem malvado, expressão cruel, que levava um chicote e uma pesada carga de ressentimentos, e eles foram os últimos reforços de La Roche-Derrien antes de o *Pentecost* chegar ao rio.

A guarnição de La Roche-Derrien era pequena, ao passo que o exército do duque Charles era grande e ficava ainda maior. Espiões a soldo dos ingleses falavam de besteiros genoveses que chegavam a Rennes em companhias formadas por cem homens, e de soldados vindo a cavalo da França para jurar fidelidade a Charles de Blois. O exército dele inchava, e o rei da Inglaterra, aparentemente descuidado quanto a suas guarnições na Bretanha, não lhes enviava ajuda alguma. O que significava que La Roche-Derrien, a menor de todas as cidades-fortalezas inglesas na Bretanha e a que mais perto estava do inimigo, estava condenada.

Thomas sentiu-se estranhamente perturbado quando o *Pentecost* deslizou entre as baixas pontas rochosas que assinalavam a foz do rio Jaudy. Seria um fracasso, perguntava-se, voltar àquela cidade pequena? Ou o próprio Deus o enviara porque era ali que os inimigos do Graal estariam à procura de Thomas? Foi por isso que Thomas pensou no misterioso de Taillebourg e seu criado. Ou talvez, disse a si mesmo, ele estivesse nervoso devido à expectativa de rever Jeanette. A história dos dois estava muito emaranhada, havia ódio demais misturado com o amor, e no entanto ele queria realmente vê-la e estava preocupado com a possibilidade de ela não querer vê-lo. Em vão tentou imaginar um retrato do rosto dela enquanto a maré alta levava o *Pentecost* para a foz do rio, onde alcas abriam suas asas felpudas para secar em cima de rochedos ornados de espuma branca. Uma foca ergueu a cabeça reluzente, olhou indignada para Thomas e depois voltou para as profundezas. Os barrancos do rio ficaram mais próximos, trazendo um cheiro de terra. Havia pedras grandes e grama descorada e pequenas árvores curvadas pelo vento, enquanto nos baixios havia sinuosas armadilhas para peixes, feitas de estacas de salgueiro entrelaçadas. Uma garotinha, que não devia ter mais de seis anos, usava uma pedra para tirar lapas das rochas.

— Aquilo é um jantar pobre — observou Will Skeat.

— É sim, Will, é sim.

— Ah, Tom! — Skeat sorriu, reconhecendo-lhe a voz —, você nunca comeu lapas no jantar!

— Comi! — protestou Thomas. — E no desjejum também.

— Um homem que fala latim e francês? Comendo lapas? — Skeat sorriu. — Você sabe escrever, não é verdade, Tom?

— Tão bem quanto um padre, Will.

— Acho que devíamos mandar uma carta a sua excelência — disse Skeat, referindo-se ao conde de Northampton — e pedir que os meus homens sejam despachados para cá. Só que ele não vai fazer isso sem dinheiro, vai?

— Ele te deve dinheiro — disse Thomas.

Skeat olhou para Thomas com o cenho franzido.

— Deve?

— Seus homens têm servido a ele nos últimos meses. Ele tem que pagar por isso.

Skeat abanou a cabeça.

— O conde nunca custou a pagar por bons soldados. Posso apostar que ele tem mantido a bolsa deles cheia, e se eu os quiser aqui terei de convencê-lo a liberá-los, e vou ter de pagar as passagens também.

Os homens de Skeat estavam contratados para lutar pelo conde de

Northampton, o qual, depois de uma campanha na Bretanha, juntara-se ao rei na Normandia e agora o servia perto de Calais.

— Vou ter de pagar o transporte de homens e cavalos, Thomas — prosseguiu Skeat —, e a menos que as coisas tenham mudado desde que me acertaram na cabeça, isso não vai ser barato. Não vai ser barato. E por que o conde iria querer que eles fossem embora de Calais? Eles vão brigar a mais não poder quando a primavera chegar.

A pergunta fazia sentido, refletiu Thomas, porque sem dúvida haveria embates violentos perto de Calais quando o inverno acabasse. Pelo que Thomas sabia, a cidade não havia caído, mas os ingleses a tinham cercado e dizia-se que o rei francês estava reunindo um grande exército que iria atacar os sitiantes na primavera.

— Vai haver um bocado de luta aqui quando a primavera chegar — disse Thomas com um meneio de cabeça em direção à margem do rio, que agora estava muito perto. Os campos para lá da beira eram maninhos, mas pelo menos os celeiros e as casas de fazenda ainda estavam de pé, porque aquelas terras alimentavam a guarnição de La Roche-Derrien e por isso tinham sido poupadas do saque, estupro e incêndio que haviam crepitado pelo resto do ducado.

— Vai haver luta aqui — concordou Skeat —, mas muito mais em Calais. Acha que devemos ir para lá, Tom?

Thomas não disse nada. Ele achava que Skeat já não podia comandar um bando de soldados e arqueiros. Seu velho amigo estava sujeito demais a esquecimentos ou a repentinos acessos de confusão e melancolia, e aqueles ataques eram agravados pelos momentos em que Skeat parecia ter voltado ao que era — só que ele nunca era *exatamente* o velho Will Skeat que tinha sido tão rápido na guerra, selvagem na decisão e esperto em combate. Ele agora se repetia, ficava confuso e se intrigava com freqüência — como acontecia naquele momento em relação a um barco de patrulha com a bandeira da Inglaterra, com a cruz vermelha sobre um campo branco, que seguia rio abaixo em direção ao *Pentecost*. Skeat olhou de cenho franzido para a pequena embarcação.

— É inimigo?

— Está com a nossa bandeira, Will.

— Está?

Um homem em cota de malha levantou-se na proa do barco a remo e gritou para o *Pentecost*.

— Quem são vocês?

— Sir William Skeat! — respondeu Thomas, gritando, usando o nome que seria muitíssimo bem recebido na Bretanha.

Houve uma pausa, talvez devido a incredulidade.

— Quer dizer Will Skeat?

— O rei deu a ele o título de cavaleiro — disse Thomas ao homem.

— Eu mesmo estou sempre me esquecendo disso — disse Skeat.

Os remadores da proa remaram ao contrário para que o barco de patrulha girasse na maré e ficasse ao lado do *Pentecost*.

— O que é que vocês estão levando? — perguntou o homem.

— O navio está vazio! — berrou Thomas.

O homem ergueu os olhos para a vela esfarrapada, chamuscada e dobrada.

— Tiveram problemas?

— Ao largo da Normandia.

— Já era hora daqueles bastardos serem mortos de uma vez por todas — resmungou o homem e fez um gesto na direção de rio acima, para onde as casas de Tréguier manchavam o céu com a sua fumaça de lenha.

— Atraquem ao lado do *Edward* — ordenou. — Há uma taxa portuária que terão de pagar. Seis xelins.

— Seis xelins? — explodiu Villeroy quando lhe contaram. — Seis malditos xelins! Será que eles pensam que tiramos dinheiro do fundo do mar com as redes?

E assim Thomas e Will Skeat voltaram para Tréguier, onde a catedral perdera a torre depois que os bretões que apoiavam Charles de Blois dispararam bestas contra os ingleses do alto dela. Em represália, os ingleses tinham derrubado a torre e mandado as pedras para Londres. A peque-

305

na cidade portuária era escassamente habitada agora, porque não tinha muros e às vezes homens de Charles de Blois faziam ataques-relâmpago aos armazéns atrás do cais. Navios pequenos podiam subir o rio até La Roche-Derrien, mas o *Pentecost* tinha um calado muito grande, e por isso atracou ao lado do navio de pesca inglês e então doze homens vestindo gibão com a cruz vermelha subiram a bordo para cobrar a taxa portuária e procurar contrabando, ou mesmo uma boa propina para convencê-los a ignorar o que pudessem descobrir. Fosse como fosse, não encontraram produtos nem propina. O comandante deles, um homem gordo com uma ferida purulenta na testa, confirmou que Richard Totesham ainda estava no comando em La Roche-Derrien.

— Ele está lá — disse o gordo — e Sir Thomas Dagworth está no comando em Brest.

— Dagworth! — Skeat parecia satisfeito. — Ele é bom. Dick Totesham também — acrescentou dirigindo-se a Thomas, mas pareceu intrigado quando Sir Guillaume surgiu da cabine de proa.

— É Sir Guillaume — disse Thomas em voz baixa.

— Claro que é — disse Skeat.

Sir Guillaume largou os alforjes no convés e o tilintar das moedas atraiu um olhar esperançoso por parte do homem gordo. Sir Guillaume encarou-o e puxou um pouco a espada da bainha.

— Acho que vou indo — disse o gordo.

— Eu acho que vai — disse Skeat com um muxoxo.

Robbie levantou sua bagagem para colocá-la no convés e olhou pelo poço do *Edward*, para onde quatro jovens estripavam arenques e jogavam os restos para o alto, e as gaivotas os pegavam no ar. As jovens amarravam o peixe estripado em longas varas que seriam colocadas nos defumadores no final do cais.

— São todas assim tão bonitas? — perguntou Robbie.

— Mais ainda — disse Thomas, imaginando como o escocês conseguia ver o rosto das jovens sob os chapéus que elas usavam.

— Vou gostar da Bretanha — disse Robbie.

Havia dívidas a pagar antes que eles pudessem partir. Sir Guillaume pagou a Villeroy e acrescentou dinheiro suficiente para comprar uma nova vela.

— Seria bom — aconselhou ao grandalhão — você evitar Caen durante algum tempo.

— Vamos seguir para a Gasconha — disse Villeroy. — Sempre há comércio na Gasconha. Talvez a gente chegue até Portugal.

— Talvez — disse Mordecai com timidez — você deixe que eu vá junto?

— Você? — Sir Guillaume voltou-se para o médico. — Você odeia essas porcarias de navios.

— Preciso ir para o sul — disse Mordecai, cansado —, para Montpellier antes de tudo. Quanto mais ao sul se vai, mais amáveis são as pessoas. Eu preferiria sofrer um mês de mar e frio a enfrentar os homens do duque Charles.

— Passagem até a Gasconha — Sir Guillaume deu uma moeda de ouro a Villeroy — para um amigo meu.

Villeroy olhou para Yvette, que deu de ombros, e isso convenceu o grandalhão a aceitar.

— É um prazer, doutor — disse ele.

E assim eles se despediram de Mordecai e então Thomas, Robbie, Will Skeat e Sir Guillaume mais seus dois soldados desembarcaram. Um barco iria subir o rio para La Roche-Derrien, mas só mais tarde naquele dia, e por isso os dois soldados foram deixados com a bagagem enquanto Thomas conduzia os outros pela trilha estreita que seguia a margem oeste do rio. Eles usavam cotas de malha e levavam armas, porque os camponeses locais não simpatizavam com os ingleses, mas os únicos homens pelos quais passaram foram doze trabalhadores sujos que tiravam com forcados estrume de duas carroças. Os homens pararam para ver os soldados passarem, mas nada disseram.

— E a essa hora, amanhã — comentou Thomas —, Charles de Blois vai ficar sabendo que chegamos.

— Vai ficar tremendo nas botas — disse Skeat com um sorriso.

Começou a chover quando eles chegaram à ponte que levava aos portões de La Roche-Derrien. Thomas parou sob o arco protetor da barbacã na margem oposta à cidade e apontou rio acima para o cais em ruínas onde ele e os outros arqueiros de Skeat tinham entrado às escondidas em La Roche-Derrien na noite em que ela sucumbiu aos ingleses.

— Lembra-se daquele lugar, Will? — perguntou.

— Claro que me lembro — respondeu Skeat, embora parecesse incerto, e Thomas não disse mais nada.

Atravessaram a ponte de pedra e seguiram às pressas pela rua até a casa ao lado da taberna que sempre fora o quartel-general de Richard Totesham, e o próprio Totesham descia da sela quando eles chegaram. Voltou-se e olhou os recém-chegados de cenho carregado, e então reconheceu Will Skeat e olhou fixo para o velho amigo, como se tivesse visto um fantasma. Skeat olhou para ele sem esboçar reação alguma, e a falta de reconhecimento perturbou Totesham.

— Will? — perguntou o comandante da guarnição. — Will? É você, Will?

Uma expressão de prazer animou a fisionomia de Skeat.

— Dick Totesham! Imagine só, encontrar logo você!

Totesham ficou intrigado com o fato de Skeat ter se surpreendido por encontrá-lo numa guarnição que ele comandava, mas então viu o vazio no olhar do velho amigo e franziu o cenho.

— Você está bem, Will?

— Recebi um golpe na cabeça — disse Skeat —, mas um médico juntou os pedaços de novo. As coisas ficam embaçadas aqui e ali, só embaçadas.

Os dois apertaram-se as mãos. Eram homens que tinham nascido sem um tostão e tornaram-se soldados, depois conquistaram a confiança de seus patrões e ganharam os lucros com os resgates pagos por prisioneiros e com as propriedades saqueadas, até ficarem ricos o bastante para formar seus próprios bandos, que alugavam ao rei ou a um nobre e, assim, ficaram ainda mais ricos, já que assolavam mais terras inimigas. Quando os trovadores cantavam sobre uma batalha, citavam o rei como o herói combatente e louvavam as proezas de duques, condes, barões e cavaleiros, mas eram homens como Totesham e Skeat que lutavam a maior parte das batalhas da Inglaterra.

Totesham deu uns tapinhas bem-humorados no ombro de Skeat.

— Me diga que você trouxe seus homens, Will.

— Deus sabe onde eles estão — disse Skeat. — Há meses que não os vejo.

— Eles estão do lado de fora de Calais — esclareceu Thomas.

— Meu Deus. — Totesham fez o sinal-da-cruz. Ele era um homem atarracado, de cabelos grisalhos e rosto largo, que mantinha a guarnição de La Roche-Derrien junta pela simples força de caráter, mas sabia que tinha muito poucos homens. Pouquíssimos homens. — Eu tenho cento e trinta e cinco homens sob minhas ordens — disse ele a Skeat —, e a metade está doente. E há cinqüenta ou sessenta mercenários que poderão ficar ou não até Charles de Blois chegar. É claro que os moradores da cidade vão lutar do nosso lado, pelo menos a maioria.

— A maioria vai? — interrompeu Thomas, impressionado com a afirmativa. Quando os ingleses capturaram a cidade no ano anterior, os habitantes lutaram ferozmente para defender seus muros e, ao serem derrotados, foram submetidos a estupros e saques. Agora apoiavam a guarnição?

— Os negócios vão bem — explicou Totesham. — Eles nunca foram tão ricos! Navios para a Gasconha, para Portugal, para Flandres e para a Inglaterra. Estão ganhando dinheiro. Não querem que a gente vá embora, de modo que sim, alguns irão lutar do nosso lado, e isso vai ajudar, mas não é como ter homens treinados.

As outras tropas inglesas na Bretanha estavam muito a oeste, de modo que quando Charles de Blois chegasse com o exército dele Totesham teria de defender a pequena cidade durante duas ou três semanas antes que pudesse esperar algum socorro e, mesmo com a ajuda dos habitantes, duvidava que pudesse fazer aquilo. Enviara uma solicitação ao rei em Calais pedindo que fossem mandados mais homens para La Roche-Derrien. "Nós estamos sem ajuda" escrevera seu secretário enquanto Totesham ditava, "e nossos inimigos se reúnem perto daqui." Totesham, ao ver Will Skeat, presumira que os homens de Skeat tinham chegado em resposta ao seu pedido e não conseguiu esconder a decepção.

— Você quer escrever pessoalmente ao rei? — perguntou Totesham a Will.

— O Tom aqui pode escrever por mim.

— Peça que seus homens sejam mandados para cá — insistiu Totesham. — Eu preciso de mais trezentos ou quatrocentos arqueiros, mas os seus cinqüenta ou sessenta ajudariam.

— Tommy Dagworth não pode lhe mandar ninguém? — perguntou Skeat.

— Ele está com tantas dificuldades quanto eu. Terra demais para defender, muito poucos homens, e o rei não quer saber de cedermos um único acre a Charles de Blois.

— Pois então, por que é que ele não manda reforços? — perguntou Sir Guillaume.

— Porque não tem homens sobrando — disse Totesham —, o que não é motivo para que a gente não peça.

Totesham levou-os para dentro de casa, onde um fogo ardia numa grande lareira e os criados serviram jarras de vinho quente e pratos de pão e de carne de porco fria. Um bebê estava deitado num berço de madeira ao lado do fogo e Totesham enrubesceu quando admitiu que a criança era dele.

— Recém-casado — disse a Skeat, depois mandou que uma criada levasse o bebê embora antes que começasse a chorar.

Ele se encolheu quando Skeat tirou o chapéu para revelar seu couro cabeludo com cicatrizes e com uma borda grossa. Insistiu em ouvir a história de Will, e quando lhe contaram agradeceu a Sir Guillaume a ajuda que o francês dera ao amigo. Thomas e Robbie tiveram uma recepção mais fria, o segundo por ser escocês e o primeiro porque Totesham se lembrava de Thomas do ano anterior.

— Você era uma peste — disse Totesham, indelicado —, você e a condessa da Armórica.

— Ela está aqui? — perguntou Thomas.

— Ela voltou, sim. — Totesham parecia cauteloso.

— Nós podemos voltar à casa dela, Will — disse Thomas a Skeat.

— Não podem, não — disse Totesham com firmeza. — Ela perdeu a casa. A casa foi vendida para pagamento de dívidas, e ela tem protestado contra isso desde então, mas o imóvel foi vendido de forma honesta. E o advogado que a comprou nos pagou uma quitação, para ser deixado em paz, e eu não quero que ele seja perturbado, de modo que vocês dois podem achar acomodações no Two Foxes. Depois venham jantar aqui. — O convite foi feito a Will Skeat e a Sir Guillaume, e intencionalmente não a Thomas ou a Robbie.

Thomas não se importou. Ele e Robbie encontraram um quarto para dividir na taberna chamada Two Foxes, e, enquanto Robbie provava pela primeira vez a cerveja bretã, Thomas foi à igreja de St. Renan, que era uma das menores de La Roche-Derrien, mas também uma das mais ricas, porque o pai de Jeanette estabelecera uma renda para ela. Ele construíra um campanário e pagara para que belas pinturas fossem feitas em suas paredes, embora quando Thomas chegou a St. Renan estivesse muito escuro para ver o Salvador caminhando sobre o mar da Galiléia ou as almas despencando para o chamejante inferno. A única luz na igreja vinha de algumas velas acesas no altar, onde um relicário de prata continha a língua de St. Renan, mas Thomas sabia que havia um outro tesouro embaixo do altar, uma coisa quase tão rara quanto a silenciosa língua de um santo, e ele queria consultá-lo. Era um livro, um presente do pai de Jeanette, e Thomas ficara impressionado por encontrá-lo ali, não apenas porque o livro sobrevivera à queda da cidade — embora, na verdade, não fossem muitos os soldados que iriam procurar livros para saquear —, mas também por existir qualquer livro numa pequena igreja de uma cidade bretã. Livros eram raros, e aquele era o tesouro de St. Renan: uma bíblia. A maior parte do Novo Testamento estava faltando, evidentemente porque alguns soldados tinham arrancado aquelas páginas para usar nas latrinas, mas todo o Antigo Testamento permanecera. Thomas foi passando em meio às senhoras idosas, vestidas de preto, que se ajoelhavam e rezavam na nave, e encontrou o livro embaixo do altar e soprou a poeira e as teias de aranha, e depois colocou-o ao lado das velas. Uma das mulheres disse entre dentes que ele estava sendo profano, mas Thomas ignorou-a.

Ele virou as páginas duras, às vezes parando para admirar uma maiúscula pintada. Havia uma bíblia na igreja de S. Pedro em Dorchester, e seu pai possuíra uma, e Thomas devia ter visto uma dúzia em Oxford, mas vira poucas outras e, enquanto pesquisava as páginas, ficava maravilhado com o tempo que devia ter sido preciso para copiar um livro tão extenso. Mais mulheres reclamaram de sua anexação do altar e, para acalmá-las, ele se afastou alguns passos e sentou-se de pernas cruzadas com o pesado livro no colo. Agora estava muito longe das velas, e achava difícil ler o manuscrito, que em sua maioria tinha sido malfeito. As maiúsculas eram bonitas, sugerindo que tinham sido feitas por uma mão habilidosa, mas a maior parte do texto era indecifrável, e a tarefa não era nada facilitada pela sua ignorância quanto ao trecho que devia procurar no imenso livro. Começou pelo fim do Antigo Testamento, mas não encontrou o que queria, e por isso folheou para trás, as páginas enormes estalando enquanto ele as virava. Ele sabia que aquilo que procurava não estava nos Salmos, de modo que virou aquelas páginas depressa, depois tornou a reduzir o ritmo, procurando palavras no texto mal escrito e então, de repente, os nomes saltaram da página. "*Neemias Athersatha filius Achelai*", "Neemias, o Governador, filho de Hachaliah". Leu o trecho inteiro, mas não achou o que procurava, e por isso folheou ainda mais para trás, página dura por página dura, sabendo que estava perto, e lá, finalmente, estava ele.

"*Ego enim eram pincerna regis.*"

Ele olhou para a frase e depois leu-a em voz alta:

— *Ego enim eram pincerna regis*. "Porque eu era o copeiro do rei."

Mordecai pensara que o livro do padre Ralph fosse uma súplica a Deus para tornar o Graal uma realidade, mas Thomas não concordava. Seu pai não queria ser o copeiro. Não, o livro era uma maneira de desvelar e a um só tempo encobrir a verdade. Seu pai lhe deixara uma pista. Vá de Hachaliah para o Tirshatha e conclua que o governador era também o servidor de vinho: *ego enim eram pincerna regis*. "Era", refletiu Thomas. Será que aquilo significava que seu pai perdera o Graal? Era mais provável que ele soubesse que Thomas só iria ler o livro depois de sua morte. Mas Thomas estava certo de uma coisa: as palavras confirmavam que o Graal existia, de fato, e que seu pai tinha sido seu relutante depositário. Eu era o escanção do rei; que este cálice saia das minhas mãos; o cálice me deixa embriagado. O cálice existia e Thomas sentiu um arrepio percorrer-lhe o corpo. Olhou para as velas no altar e seus olhos toldaram-se de lágrimas. Eleanor tinha razão. O Graal existia e esperava ser descoberto para endireitar o mundo e levar Deus ao homem e o homem a Deus e paz à Terra. Ele existia. Era o Graal.

— Meu pai — disse uma mulher — deu esse livro à igreja.

— Eu sei — disse ele. Thomas fechou a bíblia e voltou-se para olhar para Jeanette. E ficou quase com medo de vê-la, porque ela poderia estar menos bonita do que ele se lembrava ou talvez porque temesse que a visão dela provocasse ódio. Afinal, ela o abandonara. Mas em vez disso sentiu lágrimas nos olhos quando viu o rosto dela.

— *Merle* — disse baixinho, usando o apelido dela. Significava melro.

— Thomas. — A voz era indistinta, e então ela fez um gesto rápido com a cabeça em direção a uma mulher idosa vestida de preto e usando um véu também preto. — Madame Verlon — disse Jeanette —, que fica nervosa por qualquer coisa, me disse que um soldado inglês estava roubando a bíblia.

— E por isso você veio lutar contra o soldado? — perguntou Thomas. Uma vela pingou à sua direita, a chama bruxuleando com a rapidez do coração de um passarinho.

Jeanette deu de ombros.

— O padre daqui é um covarde e não iria enfrentar um arqueiro inglês. Portanto, quem mais poderia vir?

— Madame Verlon pode ficar tranqüila — disse Thomas enquanto tornava a colocar a bíblia embaixo do altar.

— Ela também disse — a voz de Jeanette tremia — que o homem que roubava a bíblia tinha um enorme arco preto. — Dava assim a entender que ela fora ali pessoalmente em vez de mandar buscar ajuda. Ela adivinhara que era Thomas.

— Pelo menos você não teve que vir de longe — disse Thomas, fazendo um gesto para a porta lateral que dava para o quintal da casa do pai de Jeanette. Ele fingia não saber que ela perdera a casa.

A cabeça dela voltou à posição anterior.

— Não moro mais lá — disse ela, concisa.

Uma dúzia de mulheres estava escutando e elas recuaram, nervosas, quando Thomas seguiu em direção a elas.

— Então talvez a senhora, madame — disse ele a Jeanette —, vá me permitir que a acompanhe até em casa?

Ela confirmou com um gesto brusco da cabeça. Seus olhos pareciam muito brilhantes e grandes à luz das velas. Ela estava mais magra, pensou Thomas, ou talvez fosse a escuridão da igreja que lançasse sombras sobre as faces. Usava um chapéu amarrado sob o queixo e uma grande capa preta que varria as lajotas de pedra enquanto ela o seguia em direção à porta oeste.

— Se lembra de Belas? — perguntou ela.

— Eu me lembro do nome — disse Thomas. — Não era um advogado?

— Ele é advogado — disse Jeanette. — É feito de fel, uma criatura de limo, um vigarista. Qual foi aquela palavra em inglês que você me ensinou? Um beberrão. Ele é um beberrão. Quando voltei para cá, ele tinha comprado a casa, alegando que ela fora vendida para pagar minhas dívidas. Mas ele havia comprado as dívidas! Prometeu cuidar dos meus negócios, esperou que eu fosse embora, e tirou minha casa. E agora que voltei, ele não me deixa pagar o que eu devia. Diz ele que já está pago. Eu disse que compraria a casa pagando mais do que o que ele pagara, mas ele se limita a rir de mim.

Thomas segurou a porta para ela passar. A chuva cuspia na rua.

— Você não quer a casa — disse ele —, se Charles de Blois voltar. Quando isso acontecer, você já deverá ter ido embora.

— Você continua me dizendo o que fazer, Thomas? — perguntou ela, mas, como para atenuar a dureza de suas palavras, deu o braço a ele. Ou talvez tenha passado a mão pelo cotovelo dele porque a rua era íngreme e estava escorregadia. — Acho que vou ficar aqui.

— Se você não tivesse fugido dele — disse Thomas —, Charles iria casá-la com um de seus soldados. Se a encontrar aqui, é o que ele fará. Ou coisa pior.

— Ele já está com o meu filho, já me estuprou. O que mais pode fazer? Não — ela agarrou com força o braço de Thomas —, eu vou ficar na minha casinha perto da porta sul, e quando ele entrar na cidade vou enfiar um quadrelo de besta na barriga dele.

— Estou surpreso que não tenha enfiado um quadrelo na barriga do Belas.

— E ser enforcada pela morte de um advogado? — retrucou Jeanette com uma risada curta e áspera. — Não, vou guardar minha vida para a vida de Charles de Blois, e toda a Bretanha e a França vão ficar sabendo que ele foi morto por uma mulher.

— A menos que ele devolva o seu filho?

— Ele não vai devolver! — disse ela, enfática. — Ele não respondeu a nenhum apelo. — Ela queria dizer, Thomas estava certo, que o príncipe de Gales, talvez o próprio rei, tinha escrito a Charles de Blois, mas os apelos tinham dado em nada. E por que seria de outra forma? A Inglaterra era o inimigo mais ferrenho de Charles. — Tudo tem a ver com terras, Thomas — disse, aborrecida —, terras e dinheiro.

Ela queria dizer que o seu filho, que aos três anos de idade era o conde de Armórica, era o legítimo herdeiro de grandes áreas do oeste da Bretanha que naquele momento estavam sob ocupação inglesa. Se o menino jurasse vassalagem ao duque Jean, que era o candidato de Eduardo da Inglaterra para governar a Bretanha, a reivindicação de Charles de Blois da soberania do ducado ficaria seriamente enfraquecida, e por isso Charles pegara a criança e iria ficar com o garoto até que este atingisse uma idade em que pudesse jurar vassalagem.

— Onde está Charles? — perguntou Thomas. Uma das ironias da vida de Jeanette era o filho ter recebido o nome em homenagem ao tio-avô, numa tentativa de obter os favores dele.

— Está na Torre de Roncelets — disse Jeanette —, que fica ao sul de Rennes. Ele está sendo criado pelo senhor de Roncelets. — Voltou-se para Thomas. — Já faz quase um ano que não o vejo!

— A Torre de Roncelets — disse Thomas. — É um castelo?

— Eu não vi. Acho que é uma torre. Sim, um castelo.

— Tem certeza que ele está lá?

— Não tenho certeza de nada — disse Jeanette, aborrecida —, mas recebi uma carta que dizia que Charles estava lá, e não tenho motivos para duvidar disso.

— Quem escreveu a carta?

— Não sei, não estava assinada. — Ela caminhou um instante em silêncio, a mão quente no braço dele. — Foi o Belas — disse, por fim. — Não tenho certeza, mas deve ter sido. Ele estava me irritando, me atormentando. Não basta ele estar com a minha casa e Charles de Blois estar com o meu filho, o Belas quer que eu sofra. Ou então quer que eu vá a Roncelets sabendo que eu seria devolvida a Charles de Blois. Tenho certeza que foi o Belas. Ele me odeia.

— Por quê?

— O que é que você acha? — perguntou ela, zombeteira. — Tenho uma coisa que ele quer, uma coisa que todos os homens querem, mas não vou dar isso a ele.

Eles continuaram a andar pelas ruas escuras. De algumas tabernas chegava o som de cantorias, e em algum lugar uma mulher gritou com o seu homem. Um cachorro latiu e foi silenciado. A chuva batia no sapé, pingava das abas dos telhados e deixava escorregadia a rua lamacenta. Um brilho vermelho foi aparecendo devagar à frente, aumentando à medida que eles se aproximavam, até que Thomas viu a chama de dois braseiros aquecendo os guardas que estavam na porta sul e ele se lembrou de que ele, Jack e Sam tinham aberto aquele portão para deixar o exército inglês entrar.

— Uma vez eu lhe prometi — disse ele — que iria trazer o Charles de volta.

— Você e eu, Thomas — disse Jeanette —, fizemos promessas demais. — Ela ainda parecia deprimida.

— Devo começar a cumprir algumas das minhas — disse Thomas. — Mas para chegar a Roncelets preciso de cavalos.

— Posso fornecer os cavalos — disse Jeanette parando diante de uma entrada escura. — Eu moro aqui — continuou ela, e então o olhou de frente. Ele era alto, mas ela era quase da mesma altura. — O conde de Roncelets é famoso como guerreiro. Você não deve morrer para cumprir uma promessa que nunca devia ter feito.

— Mas foi feita — disse Thomas.

Ela sacudiu a cabeça.

— É verdade.

Houve uma longa pausa. Thomas ouvia os passos de uma sentinela em cima do muro.

— Eu... — começou ele.

— Não — disse ela, rápida.

— Eu não...

— Uma outra hora. Tenho de me acostumar com o fato de você estar aqui. Estou cansada dos homens, Thomas. Desde a Picardia... — Fez uma pausa, e Thomas pensou que ela não diria mais nada, mas então ela deu de ombros. — Desde a Picardia tenho vivido como uma freira.

Ele beijou-lhe a testa.

— Eu te amo — disse ele com sinceridade, mas mesmo assim surpreso por ter expressado o pensamento em voz alta.

Por um instante, ela não falou. A luz refletida dos braseiros dava um brilho vermelho aos seus olhos.

— O que houve com aquela garota? — perguntou ela. — Aquela coisinha pálida que tanto protegia você?

— Eu não consegui protegê-la — disse Thomas —, e ela morreu.

— Os homens são uns bastardos — disse, e voltou-se e puxou a corda que erguia a tranca da porta. Fez uma pausa. — Mas é um prazer ter você aqui — disse ela sem olhar para trás, e então a porta foi fechada, a tranca encaixou-se no lugar, e ela desapareceu.

Sir Geoffrey Carr tinha começado a pensar que sua incursão à Bretanha era um erro. Durante muito tempo não houve sinal de Thomas de Hookton, e quando o arqueiro chegou não se esforçou por procurar tesouro algum.

Era um mistério, e o tempo todo as dívidas de Sir Geoffrey aumentavam. Mas então, finalmente, o Espantalho descobriu que planos Thomas de Hookton estava fazendo. A nova informação levou Sir Geoffrey à casa de *Monsieur* Belas.

A chuva caía forte em La Roche-Derrien. Era um dos invernos mais chuvosos de que se tinha memória. A trincheira depois do muro da cidade que tinha sido reforçado estava inundada, de modo que parecia um fosso, e muitas das campinas alagadas do rio Jaudy pareciam lagos. As ruas da cidade estavam pegajosas de tanta lama, as botas dos homens tinham camadas grossas de lodo e as mulheres iam ao mercado usando uns incômodos tamancos de madeira que escorregavam traiçoeiramente nas ruas mais íngremes e ainda assim a lameira sujava as bainhas dos vestidos e das capas. As únicas coisas boas numa chuva daquelas eram a proteção que ela oferecia contra incêndios e, para os ingleses, o conhecimento de que tornaria difícil qualquer cerco da cidade. As máquinas usadas nos sítios — catapultas, trabucos ou canhões — precisavam de uma base sólida, não um atoleiro, e homens não podiam fazer um assalto através de um pântano. Dizia-se que Richard Totesham rezava para que chovesse ainda mais e dava graças por todas as manhãs que nasciam cinzentas, carregadas e úmidas.

— Um inverno chuvoso, Sir Geoffrey — Belas saudou o Espantalho e depois inspecionou o visitante de forma dissimulada. Um rosto pálido e feio, pensou, e, embora os trajes de Sir Geoffrey fossem de ótima qualidade, também tinham sido feitos para um homem mais gordo, o que sugeria que o inglês perdera peso há pouco tempo ou, o que era mais provável, as roupas tinham sido tiradas de um homem que ele matara em combate. Um chicote enrolado pendia do cinto, o que parecia um equipamento estranho, mas o advogado nunca tivera a pretensão de entender os soldados.

— Um inverno muito chuvoso — continuou Belas acenando ao Espantalho para que se sentasse.

— É um inverno desagradavelmente chuvoso — vociferou Sir Geoffrey para disfarçar o nervosismo. — Nada, a não ser chuva, frio e frieiras.

Ele estava nervoso porque não tinha certeza se aquele advogado magro e vigilante era tão a favor de Charles de Blois quanto o indicavam os rumores nas tavernas, e ele tinha sido obrigado a deixar Beggar e Dickon no pátio lá embaixo e sentia-se vulnerável sem a companhia protetora deles, em especial considerando-se que o advogado tinha um criado corpulento que vestia um gibão de couro e possuía uma espada comprida do lado.

— Pierre me protege — disse Belas. Ele tinha visto Sir Geoffrey olhando para o grandalhão. — Ele me protege dos inimigos que todos os advogados honestos fazemos. Por favor, Sir Geoffrey, sente-se.

Ele tornou a fazer um gesto em direção a uma cadeira. Um pequeno fogo queimava na lareira, a fumaça desaparecendo por uma chaminé recém-construída. O advogado tinha no rosto uma expressão de tanta fome quanto a de um arminho e faces tão pálidas quanto a barriga de uma cobra-d'água. Vestia uma túnica preta, e uma capa preta com bordas de pele preta e um chapéu preto com abas que cobriam as orelhas, embora tivesse levantado uma das abas para ouvir melhor a voz do Espantalho.

— *Parlez-vous français?* — perguntou ele.

— Não.

— *Brezoneg a ouzit?* — perguntou o advogado e, quando viu a muda incompreensão no rosto do Espantalho, deu de ombros. — O senhor não fala bretão?

— Acabei de dizer, não? Eu não falo francês.

— Francês e bretão não são a mesma língua, Sir Geoffrey.

— Não são inglês — disse Sir Geoffrey em tom beligerante.

— De fato, não são. Infelizmente, eu não falo inglês bem, mas aprendo depressa. Afinal de contas, é a língua dos nossos novos senhores.

— Senhores? — perguntou o Espantalho. — Ou inimigos?

Belas deu de ombros.

— Eu sou um homem de, como diria?, de negócios. Um homem de negócios. Acho que não é possível ser assim e não fazer inimigos. — Tornou a encolher os ombros, como se falasse de coisas triviais, e então recostou-se na cadeira. — Mas o senhor veio tratar de negócios, Sir

Geoffrey? O senhor tem uma propriedade a transferir, talvez? Um contrato para fazer?

— Jeanette Chenier, condessa da Armórica — disse Sir Geoffrey abruptamente.

Belas ficou surpreso, mas não demonstrou. Ficou alerta. Sabia muito bem que Jeanette queria vingança e estava sempre atento às maquinações dela, mas agora fingia indiferença.

— Conheço essa senhora — admitiu.

— Ela conhece o senhor. E não gosta do senhor, *Monsieur* Belas — disse Sir Geoffrey, fazendo com que sua pronúncia parecesse uma zombaria. — Ela não gosta do senhor nem um pouquinho. E gostaria de ter os seus colhões numa frigideira e acender um fogo forte embaixo deles.

Belas dirigiu a atenção aos papéis que estavam sobre a sua mesa, como se o visitante estivesse sendo enfadonho.

— Eu lhe disse, Sir Geoffrey, que um advogado inevitavelmente faz inimigos. Não é nada que possa preocupar. A lei me protege.

— A lei que vá para o inferno, Belas. — Sir Geoffrey era categórico. Seus olhos, curiosamente pálidos, observavam o advogado, que fingia estar ocupado fazendo ponta numa pena. — Suponha que a mulher receba o filho de volta — prosseguiu o Espantalho. — Suponha que a mulher leve o filho à presença de Eduardo da Inglaterra e faça com que o menino jure vassalagem ao duque Jean. A lei não vai impedir que eles cortem os seus colhões, vai? Um, dois, corta, corta, e alimente o fogo, advogado.

— Uma eventualidade dessas — disse Belas com aparente enfado — não pode ter repercussão alguma em mim.

— Então o seu inglês não é fraco, hein? — zombou Sir Geoffrey. — Eu não finjo conhecer a lei, *monsieur*, mas conheço as pessoas. Se a condessa pegar o filho dela, ela irá a Calais e falará com o rei.

— E daí? — perguntou Belas, ainda fingindo-se de despreocupado.

— Três meses — Sir Geoffrey ergueu três dedos —, talvez quatro, para que o seu Charles de Blois possa chegar até aqui. E ela poderá estar em Calais dentro de quatro semanas e voltar para cá com a folha de pergaminho do rei dentro de oito semanas, e a essa altura ela será valiosa. O filho tem o que o rei quer e o rei dará a ela o que ela quiser, e o que ela quer são os seus colhões. Ela vai arrancá-los com os pequenos dentes brancos e depois irá esfolá-lo vivo, *monsieur*, e a lei não irá ajudá-lo. Contra o rei, não vai.

Belas estivera fingindo que lia um pergaminho, que então soltou, a folha enrolando-se com um estalo. Olhou para o Espantalho e deu de ombros.

— Duvido, Sir Geoffrey, que o que o senhor descreve venha a acontecer. O filho da condessa não está aqui.

— Mas suponha, *monsieur*, só suponha, que um grupo de homens esteja se preparando para ir a Roncelets para buscar o diabinho?

Belas fez uma pausa. Tinha ouvido um boato de que uma incursão daquelas estava sendo planejada, mas duvidara da veracidade do boato, porque histórias assim tinham sido contadas mais de vinte vezes e não tinham dado em nada. Mas algo no tom de Sir Geoffrey indicava que daquela vez devia haver algum pingo de verdade.

— Um grupo de homens — respondeu Belas, inexpressivo.

— Um grupo de homens — confirmou o Espantalho — que planeja ir até Roncelets e ficar esperando até que o queridinho seja levado para fora para a sua mijada matutina e então pegá-lo, trazê-lo de volta para cá e colocar os seus colhões na frigideira.

Belas desenrolou o pergaminho e fingiu tornar a lê-lo.

— Não há nada de surpreendente, Sir Geoffrey — disse ele, despreocupado —, no fato de madame Chenier conspirar para o retorno do filho. Isso já é de esperar. Mas por que o senhor vem me incomodar com isso? Que mal isso pode me causar? — Ele mergulhou no tinteiro a pena que acabara de ter a ponta feita. — E como é que o senhor sabe a respeito dessa incursão planejada?

— Porque eu faço as perguntas certas, não faço? — respondeu o Espantalho.

Na verdade, o Espantalho tinha ouvido rumores de que Thomas planejava uma incursão contra Rostrenen, mas outros homens da cidade tinham jurado que Rostrenen fora saqueada tantas vezes que agora um pardal morreria de fome lá. Por isso, imaginara o Espantalho, o que é que Thomas estava realmente fazendo? Sir Geoffrey estava certo de que Thomas estava à procura do tesouro, o mesmo tesouro que o levara até Durham, mas por que iria esse tesouro estar em Rostrenen? O que é que havia lá? Sir Geoffrey abordara um dos delegados de Richard Totesham numa taberna e pagara cerveja para o homem e perguntara a respeito de Rostrenen, e o homem dera uma risada e abanara a cabeça.

— O senhor não vai acreditar nesse absurdo — disse ele a Sir Geoffrey.

— Absurdo?

— Eles não vão a Rostrenen. Eles vão a Roncelets. Bem, nós não temos certeza disso — continuara o homem —, mas a condessa da Armórica está metida até o pescoço nessa história, de modo que isso significa que tem de ser Roncelets. E quer um conselho meu, Sir Geoffrey? Não se meta nisso. Não é à toa que chamam Roncelets de ninho de vespas.

Sir Geoffrey, mais confuso do que nunca, fez mais algumas perguntas e aos poucos foi percebendo que o *thesaurus* que Thomas procurava não eram grossas moedas de ouro, nem sacos de couro cheios de jóias, mas terras: as propriedades bretãs do conde da Armórica, e se o filhinho de Jeanette jurasse vassalagem ao duque Jean, a causa inglesa na Bretanha receberia um impulso. Era um tesouro, por assim dizer, um tesouro político: não tão prazeroso quanto o ouro, mas ainda assim valioso. Exatamente o que a terra tinha a ver com Durham, o Espantalho não sabia. Talvez Thomas tivesse ido até lá para procurar algumas escrituras? Ou uma doação feita por um duque anterior? Algum absurdo criado por um advogado, e não tinha importância; o que importava era que Thomas estava viajando para capturar um menino que poderia trazer força política para o rei da Inglaterra, e Sir Geoffrey se perguntara, então, como poderia beneficiar-se do menino, e por algum tempo brincou com a idéia maluca de raptar o menino e levá-lo para Calais, mas então percebera que havia um lucro muito mais certo de obter simplesmente denunciando Thomas. Que era o motivo pelo qual ele ali estava, e Belas, segundo ele suspeitava, estava interessado, mas o advogado também fingia que a incursão contra Roncelets não era de sua conta, e por isso o Espantalho decidiu que estava na hora de forçar a mão do advogado. Levantou-se e tirou a jaqueta ensopada de chuva.

— O senhor não está interessado, *monsieur*? — perguntou. — Pois bem. O senhor conhece o seu metiê melhor do que eu, mas eu sei quantos homens vão a Roncelets e sei quem os lidera e posso lhe dizer quando eles irão.

A pena já não se movia e pingos de tinta caíam de sua ponta para manchar o pergaminho, mas Belas não percebeu, enquanto a voz desagradável do Espantalho continuava.

— É claro que eles não disseram a Totesham o que vão fazer, porque oficialmente ele não vai concordar. O que ele pode ou não pode fazer, eu não sei, de modo que acha que eles vão incendiar algumas fazendas perto de Rostrenen, o que pode ser que eles façam, pode ser que não, mas seja lá o que dizem ou seja lá o que o senhor Totesham pode acreditar, eu sei que eles vão a Roncelets.

— Como é que o senhor sabe? — perguntou Belas calmamente.

— Eu sei! — disse Sir Geoffrey em tom áspero.

Belas largou a pena.

— Sente-se — ordenou ele ao Espantalho — e diga-me o que deseja.

— Duas coisas — disse Sir Geoffrey enquanto tornava a sentar-se. — Vim para esta maldita cidade para ganhar dinheiro, mas temos colhido migalhas, *monsieur*, migalhas.

Muito pouco, porque as tropas inglesas passaram meses saqueando a Bretanha, e não havia fazendas num raio de um dia a cavalo que não tivessem sido incendiadas e roubadas, enquanto que ir mais longe no interior era arriscar-se e encontrar fortes patrulhas inimigas. Do lado de fora dos muros de suas fortalezas, a Bretanha era uma imensidão de emboscadas, perigos e ruínas, e o Espantalho descobrira logo que se tratava de um ambiente onde seria difícil ganhar uma fortuna.

— Então dinheiro é a primeira coisa que o senhor quer — disse Belas com azedume. — E a segunda?

— Refúgio — disse Sir Geoffrey.

— Refúgio?

O COPEIRO DO REI

— Quando Charles de Blois tomar a cidade — disse o Espantalho —, quero estar no seu pátio.

— Não consigo pensar por quê — disse Belas secamente —, mas é claro que será um prazer recebê-lo. E quanto ao dinheiro? — Ele lambeu os lábios. — Primeiro vamos ver a qualidade de sua informação.

— E se ela for boa? — perguntou o Espantalho.

Belas refletiu por um instante.

— Setenta *écus*? — sugeriu ele. — Oitenta, talvez?

— Setenta *écus*? — O Espantalho fez uma pausa para converter aquilo em libras, e vociferou: — Só dez libras! Não! Quero cem libras, e em moeda cunhada na Inglaterra.

Mas chegaram a um acordo em sessenta libras esterlinas, a serem pagas quando Belas tivesse provas de que Sir Geoffrey dizia a verdade, e que a verdade era que Thomas de Hookton ia liderar homens até Roncelets, e que eles iriam partir na véspera da Festa de São Valentim, que deveria acontecer dali a pouco mais de duas semanas.

— Por que demorar tanto? — quis saber Belas.

— Ele quer mais homens. Ele agora só tem doze e está tentando convencer outros a seguirem com ele. Está dizendo a eles que existe ouro em Roncelets.

— Se o senhor quer dinheiro — perguntou Belas, mordaz —, por que não vai com ele?

— Porque em vez disso eu vim falar com o senhor — respondeu Sir Geoffrey.

Belas recostou-se na cadeira e juntou as mãos pelas pontas dos dedos pálidos e compridos.

— E isso é tudo o que o senhor quer? — perguntou ele ao inglês. — Algum dinheiro e refúgio?

O Espantalho levantou-se, curvando a cabeça sob as vigas baixas do teto da sala.

— O senhor me paga uma vez — disse ele — e depois me paga outra vez.

— Talvez — disse Belas, evasivo.

— Eu lhe dou o que o senhor quer — disse Sir Geoffrey — e o senhor me paga.

Ele foi até a porta e então parou, porque Belas o chamara de volta.

— O senhor disse Thomas de Hookton? — perguntou Belas, e havia um inegável interesse no seu tom de voz.

— Thomas de Hookton — confirmou o Espantalho.

— Obrigado — disse Belas, e olhou para um pergaminho que acabara de desenrolar e pareceu que ele encontrara o nome de Thomas escrito nele, porque seu dedo confirmou e ele sorriu. — Obrigado — repetiu e, para espanto de Sir Geoffrey, apanhou uma pequena bolsa de um baú ao lado da escrivaninha e empurrou-a em direção do Espantalho. — Por essa notícia, Sir Geoffrey, eu lhe agradeço.

Sir Geoffrey, de volta ao pátio, descobriu que tinha recebido dez libras em ouro inglês. Dez libras apenas por mencionar o nome de Thomas? Ele desconfiou que havia muito mais a saber sobre os planos de Thomas, mas pelo menos agora ele tinha ouro no bolso, de modo que a visita ao advogado fora lucrativa e havia a promessa de mais ouro do advogado.

Mas ainda caía aquela porcaria de chuva.

Thomas convenceu Richard Totesham de que em vez de escrever um novo apelo ao rei eles deveriam apelar para o conde de Northampton, que agora estava entre os líderes do exército que sitiava Calais. A carta lembrava a sua excelência sua grande vitória em capturar La Roche-Derrien e salientava que aquela realização poderia ter sido em vão se a guarnição não fosse reforçada. Richard Totesham ditou a maioria das palavras e Will Skeat fez uma cruz ao lado do seu nome no fim da carta que afirmava, com exatidão, que Charles de Blois estava reunindo um novo e poderoso exército em Rennes.

"Mestre Totesham", escreveu Thomas, "que envia a Vossa Excelência humildes saudações, calcula que o exército de Charles já conta com mil soldados, o dobro dessa quantidade de besteiros e outros homens, enquanto em nossa guarnição mal temos cem homens em plena saúde. Por outro lado seu parente Sir Thomas Dagworth, que está a uma distância de uma semana de marcha, não pode reunir mais de seiscentos ou setecentos homens."

Sir Thomas Dagworth, o comandante inglês na Bretanha, era casado com a irmã do conde de Northampton e Totesham tinha esperança de que só o orgulho familiar convenceria o conde a evitar uma derrota na Bretanha, e se Northampton mandasse os arqueiros de Skeat, apenas os arqueiros e não os soldados, aquilo iria dobrar o número de arqueiros nos muros de La Roche-Derrien e dar a Totesham uma chance de resistir a um sítio. Mande os arqueiros, pedia a carta, com seus arcos, suas flechas, mas sem os cavalos, e Totesham os devolveria a Calais depois que Charles de Blois fosse rechaçado.

— Ele não vai acreditar nisso — resmungou Totesham —, vai pensar que eu vou querer ficar com eles, e por isso providencie para que ele saiba que se trata de uma promessa solene. Diga-lhe que juro por Nossa Senhora e por São Jorge que os arqueiros voltarão.

A descrição do exército de Charles de Blois era bem verdadeira. Espiões a soldo dos ingleses mandaram avisar que de fato Charles estava ansioso que seus inimigos ficassem sabendo, porque quanto maior fosse a inferioridade numérica da guarnição de La Roche-Derrien, menores seriam as esperanças dela. Charles já estava com quase quatro mil homens, toda semana chegavam mais, e seus engenheiros tinham contratado nove grandes máquinas de sítio para atirar pedras contra os muros das cidades e fortalezas inglesas no seu ducado. La Roche-Derrien seria atacada em primeiro lugar, e poucos eram os que lhe davam uma esperança de durar mais do que um mês.

— Espero que não seja verdade — disse Totesham a Thomas em tom amargurado, depois que a carta foi escrita — que você tem planos para Roncelets?

— Roncelets? — Thomas fingiu não ter ouvido falar na cidade. — Roncelets não, senhor, mas Rostrenen.

Totesham olhou para Thomas com antipatia.

— Não há nada em Rostrenen — disse com frieza o comandante da guarnição.

— Ouvi dizer que lá existe comida, senhor — disse Thomas.

— Ao passo que — continuou Totesham como se Thomas não tivesse falado — dizem que o filho da condessa da Armórica está preso em Roncelets.

— É mesmo, senhor? — perguntou Thomas, dissimulado.

— E se o que você quer é fornicar — Totesham ignorou as mentiras de Thomas —, posso recomendar o bordel atrás da capela de São Brieuc.

— Nós vamos a Rostrenen — insistiu Thomas.

— E nenhum de meus homens vai com você — disse Totesham, o que significava nenhum que recebesse salário dele, embora isso ainda deixasse de fora os mercenários.

Sir Guillaume tinha concordado em acompanhar Thomas, apesar de estar em dúvida quanto às perspectivas de sucesso. Comprara cavalos para si e para seus dois soldados, mas reconhecia que eram de má qualidade.

— Se houver uma perseguição vinda de Roncelets — disse ele —, vamos levar uma surra. Por isso leve bastante gente para fazer uma briga decente.

O primeiro instinto de Thomas tinha sido seguir com apenas um número reduzido de pessoas, mas poucos homens em cavalos ruins seriam uma isca fácil. Mais homens tornavam a expedição mais segura.

— E por falar nisso, por que é que você vai? — perguntou Sir Guillaume. — Só para entrar nas saias da viúva?

— Porque eu fiz uma promessa a ela — disse Thomas, e era verdade, embora a razão sugerida por Sir Guillaume fosse mais verdadeira. — E porque — prosseguiu Thomas — preciso fazer com que os meus inimigos saibam que estou aqui.

— Você se refere a de Taillebourg? — perguntou Sir Guillaume. — Ele já sabe.

— Você acha?

— O irmão Germain deve ter contado a ele — disse Sir Guillaume, confiante —, caso em que acho que o seu dominicano já está em Rennes. Ele virá atrás de você daqui a pouco.

— Se eu atacar Roncelets — disse Thomas —, eles vão ouvir falar sobre mim. Aí poderei ter a certeza de que virão.

Chegada a festa da Purificação da Virgem Maria, ele sabia que poderia contar com Robbie, com Sir Guillaume e seus dois soldados, além de haver encontrado outros sete que foram atraídos pelos rumores da riqueza de Roncelets ou pela perspectiva de bom conceito junto a Jeanette. Robbie queria partir de imediato, mas Will Skeat, da mesma forma que Sir Guillaume, aconselhou Thomas a levar um grupo maior.

— Isto aqui não é como o norte da Inglaterra — disse Skeat —, a gente não pode correr para a fronteira. Se você for apanhado, Thomas, vai precisar de uma dúzia de bons homens para brigar com escudos e quebrar cabeças. Acho que devia ir com você.

— Não — apressou-se a dizer Thomas.

Skeat tinha seus momentos de lucidez, mas com demasiada freqüência ficava confuso e desmemoriado, apesar de agora tentar ajudar Thomas ao recomendar outros homens para participarem da incursão. A maioria recusava o convite: a Torre de Roncelets ficava muito longe, alegavam eles, ou o senhor de Roncelets era poderoso demais e os riscos para os atacantes eram demasiado grandes. Alguns tinham medo de ofender Totesham, o qual, temendo perder alguém de sua guarnição, decretara que nenhuma incursão deveria ir a mais de um dia a cavalo da cidade. Sua cautela significava que era pouco o que havia para saquear, e só os mercenários mais pobres, desesperados por qualquer coisa que pudessem transformar em dinheiro, se ofereceram para acompanhar Thomas.

— Doze homens são o bastante — insistiu Robbie. — Meu doce Cristo, eu já participei de muitas incursões contra a Inglaterra. Uma vez meu irmão e eu tiramos um gado de Lorde Percy com apenas três outros homens, e Percy colocou o condado todo atrás de nós. Entre rápido e saia mais depressa ainda. Doze homens chegam.

Thomas estava quase convencido pelas palavras ardentes de Robbie, mas preocupava-se com o fato de as chances ainda estarem muito desiguais e os cavalos em condições muito ruins para permitir que eles entrassem depressa e saíssem mais rapidamente.

— Eu quero mais homens — disse ele a Robbie.

— Se continuar agitado — disse-lhe Robbie —, os inimigos vão saber de suas intenções. Eles estarão à nossa espera.

— Não vão saber onde esperar — disse Thomas — nem o que pensar.

Ele espalhara vários rumores sobre a finalidade da incursão e esperava que o inimigo ficasse totalmente confuso.

— Mas nós partiremos em breve — prometeu ele a Robbie.

— Meu doce Deus, a quem falta perguntar? — perguntou Robbie. — Vamos partir agora!

Mas naquele mesmo dia chegou um navio a Tréguier e mais três soldados flamengos foram para a guarnição. Thomas descobriu-os na noite daquele dia numa taberna à margem do rio. Os três reclamaram, dizendo que tinham estado nas linhas inglesas em Calais, mas que lá havia muito pouca luta e, com isso, eram poucas as perspectivas de prisioneiros ricos. Queriam tentar a sorte na Bretanha, e por isso tinham ido para La Roche-Derrien. Thomas falou com o líder deles, um homem magro, com uma boca retorcida e sem dois dedos na mão direita, que ouviu, grunhiu um sinal de que entendera e disse que iria pensar no assunto. Na manhã seguinte todos os três flamengos foram à taberna Two Foxes e disseram que estavam dispostos a participar.

— Viemos aqui para lutar — disse o líder, que se chamava Lodewijk —, e por isso iremos.

— Pois então, vamos partir! — insistiu Robbie com Thomas.

Thomas gostaria de recrutar ainda mais homens, mas sabia que já tinha esperado bastante.

— Nós vamos — disse ele a Robbie, e foi procurar Will Skeat. Fez com que o homem mais velho prometesse ficar de olho em Jeanette. Ela gostava de Skeat e confiava nele, e Thomas tinha confiança bastante para deixar com ela o livro de notas de seu pai.

— Voltaremos daqui a seis ou sete dias — disse ele.

— Que Deus o acompanhe — disse Jeanette. Ela agarrou-se a Thomas por um instante. — Que Deus o acompanhe — repetiu — e traga meu filho.

Na madrugada seguinte, num nevoeiro que emperolava suas longas cotas de malha, os quinze cavaleiros partiram.

ODEWIJK — ele insistia em que era Sir Lodewijk, mas seus dois companheiros davam risadas abafadas sempre que ele o dizia — recusava-se a falar francês, alegando que aquele idioma deixava sua língua amarga.

— Os franceses — afirmava — são um povo sujo. Sujo. O termo é bom, *ja*? Sujo?

— O termo é bom — concordou Thomas.

Jan e Pieter, os companheiros de Sir Lodewijk, falavam apenas num flamengo gutural salpicado de um punhado de palavrões ingleses que deviam ter aprendido em Calais.

— O que é que se passa em Calais? — perguntou Thomas a Sir Lodewijk enquanto cavalgavam para o sul.

— Nada. A cidade está... como se diz? — Sir Lodewijk fez um movimento circular com a mão.

— Cercada.

— *Ja*, a cidade está cercada. Pelos ingleses, *ja*? E por... — Ele fez uma pausa, na dúvida quanto à palavra desejada, e então apontou para um trecho de terreno alagado que ficava a leste da estrada. — Por aquilo.

— Pântanos.

— *Ja!* Por pântanos. E os danados dos franceses estão no... — Uma vez mais ficou sem palavras, de modo que num gesto brusco apontou o dedo protegido por malha para o céu ameaçador.

— Terreno mais alto? — adivinhou Thomas.

— *Ja!* Danado de terreno alto. Não tão danado de alto, eu acho, mas mais alto. E eles... — Ele colocou a mão sobre os olhos, como para fazer sombra sobre eles.

— Ficam olhando?

— *Ja!* Eles ficam olhando uns para os outros. De modo que não acontece nada, mas eles e nós ficamos danados de molhados. Molhados pra cachorro, *ja?*

Eles ficaram molhados mais tarde naquela manhã, quando as chuvas vieram do oceano. Grandes cortinas cinzentas açoitavam as fazendas desertas e as charnecas dos terrenos elevados, onde as árvores estavam permanentemente curvadas para o leste. Quando Thomas foi à Bretanha pela primeira vez, aquela era uma área produtiva com fazendas, pomares, moinhos e pastagens, mas agora estava devastada. As árvores frutíferas, sem tratamento, estavam grossas de tantos piscos-chilreiros, os campos estavam sufocados por ervas daninhas, e os pastos enredados em grama de ponta. Aqui e ali algumas pessoas tentavam arrancar um sustento, mas estavam constantemente sendo obrigadas a ir para La Roche-Derrien para trabalhar nos reparos, e seus produtos e seu gado eram sempre roubados por patrulhas inglesas. Se alguns daqueles bretões notaram os quinze cavaleiros, tiveram o cuidado de esconder-se, e por isso parecia que Thomas e seus companheiros cavalgavam por uma região deserta.

Eles seguiam com um cavalo de reserva. Deveriam ter levado mais, porque só os três flamengos estavam montados em bons garanhões. Em geral, as viagens marítimas exerciam efeitos nocivos aos cavalos, mas Sir Lodewijk deixou claro que a viagem deles tinha sido de uma rapidez fora do comum.

— Ventos danados, *ja?* — Ele girou a mão e emitiu um som de sopro para sugerir a força dos ventos que tinham feito com que os corcéis chegassem em tão boas condições. — Rápido! Rápido pra danar!

Os flamengos não só estavam bem montados, mas bem equipados. Jan e Pieter usavam belos casacões de malha, enquanto Sir Lodewijk estava com o peito, as coxas e um dos braços protegidos por boas armaduras que estavam amarradas por cima de uma cota de malha forrada de couro. Os três usavam casacos pretos com uma larga listra branca descendo na frente e nas costas, e todos tinham escudos sem ornamento algum, apesar de o manto do cavalo de Sir Lodewijk exibir um emblema mostrando uma faca da qual pingava sangue. Ele tentou explicar o motivo, mas o inglês dele não deu, e Thomas ficou com a vaga impressão de que era a marca de uma guilda comercial de Bruges.

— Açougueiros? — sugeriu ele a Robbie. — Foi isso o que ele disse? Açougueiros?

— Açougueiros não fazem guerra. Exceto contra os porcos — disse Robbie. Ele estava de ótimo humor. Fazer incursões estava no seu sangue, e ele ouvira histórias nas tabernas de La Roche-Derrien sobre o saque que podia ser roubado se o homem estivesse disposto a infringir o regulamento de Richard Totesham e afastar-se da cidade mais do que um dia de viagem. — O problema no norte da Inglaterra é que se uma coisa vale a pena ser roubada, ela está por trás de grandes muros. Nós nos arrumamos pegando algumas cabeças de gado de vez em quando, e há um ano roubamos um belo cavalo do meu Lorde Percy, mas não há ouro e prata para se roubar. Nada que se pudesse chamar de saque de verdade. Os vasos usados nas missas são todos de madeira, peltre ou barro, e as caixas de esmolas estão mais duras que os pobres. E se a gente se afastar muito para o sul, os bastardos estarão à nossa espera na volta para casa. Odeio arqueiros ingleses.

— Eu sou um arqueiro inglês.

— Você é diferente — disse Robbie, e estava sendo sincero, porque estava intrigado com Thomas.

A maioria dos arqueiros tinha nascido no interior, filhos de pequenos proprietários rurais, ferreiros ou bailios, enquanto uns poucos eram filhos de operários, mas nenhum, segundo a experiência de Robbie, era bem-nascido, o que, evidentemente, Thomas era, porque falava francês e latim, sentia-se à vontade em companhia de senhores, e outros arqueiros acatavam sua opinião. Robbie podia parecer um lutador escocês selvagem, mas era filho de um cavalheiro e sobrinho do Cavaleiro de Liddesdale, e por isso considerava os arqueiros seres inferiores que, num universo preparado de forma adequada, poderiam ser derrubados e mortos como caça. Mas ele gostava de Thomas.

— Você é diferente — voltou a dizer. — Veja bem, quando o meu resgate for pago e eu chegar em casa são e salvo, vou voltar para te matar.

Thomas soltou uma gargalhada, mas foi uma gargalhada forçada. Ele estava nervoso. Atribuiu o nervosismo à situação estranha de chefiar uma incursão. Aquilo tinha sido idéia sua, foram suas promessas que levaram a maioria daqueles homens na longa viagem. Ele alegara que Roncelets, por estar tão longe de qualquer baluarte inglês, ficava em território que não tinha sido saqueado. Roubassem a criança, prometera ele, e depois poderiam saquear o quanto quisessem ou, pelo menos, até que o inimigo acordasse e organizasse uma perseguição, e aquela promessa convencera homens a segui-lo, e a responsabilidade daquilo pesava sobre Thomas. Ele também não gostava de se preocupar. Afinal, sua ambição era ser o líder de um bando de guerra, como Will Skeat tinha sido antes da contusão, e que esperança tinha ele de ser um bom líder se se preocupava com uma pequena incursão como aquela? No entanto se preocupava, e se preocupava ainda mais com a possibilidade de não ter previsto tudo que poderia dar errado; e os homens que tinham se juntado a ele não serviam de consolo, porque, à exceção de seus amigos e dos recém-chegados flamengos, eles eram os mais pobres e os menos bem equipados de todos os aventureiros que tinham ido para La Roche-Derrien em busca de riqueza. Um deles, um soldado brigão do oeste da Bretanha, ficou bêbado no primeiro dia e Thomas descobriu que ele tinha dois odres para levar água cheios de uma forte bebida feita de maçã. Ele rompeu os dois odres, e o enraivecido bretão sacou da espada e atacou Thomas, mas estava bêbado demais para enxergar com nitidez. Um joelho na virilha e um golpe em sua cabeça o derrubaram. Thomas tirou o cavalo do homem e deixou-o gemendo na lama, o que significava que estava reduzido agora a quatorze homens.

— Isso vai ajudar — disse Sir Guillaume, alegre.

Thomas não disse nada. Achou que merecia que zombassem dele.

— Não, eu estou sendo sincero! Você derruba um homem um dia e poderá derrubá-lo de novo. Sabe por que alguns homens são maus líderes?

— Por quê?

— Eles querem que os outros gostem deles.

— Isso é mau? — perguntou Thomas.

— Os homens querem admirar os seus líderes, querem temê-los, e acima de tudo querem que ele tenha sucesso. O que é que gostarem dele tem alguma coisa a ver com qualquer desses detalhes? Se o líder for um homem bom, o pessoal vai gostar dele, e se não for, não vai gostar, e se ele for um homem bom e um mau líder é melhor morrer. Está vendo? Eu tenho muita sabedoria.

Sir Guillaume riu. Ele podia estar com azar, seu solar perdido e sua fortuna acabada, mas ele estava seguindo para uma luta, e aquilo o animava.

— O lado bom dessa chuva — disse ele — é que o inimigo não vai esperar que você viaje nela. Isso é tempo para se ficar em casa.

— Eles vão saber que nós saímos de La Roche-Derrien — disse Thomas. Ele tinha certeza de que Charles de Blois tinha tantos espiões na cidade quanto os ingleses tinham em Rennes.

— Ele ainda não deve saber — disse Sir Guillaume. — Nós estamos viajando mais depressa do que qualquer mensageiro pode viajar. De qualquer modo, apesar de saberem que deixamos La Roche-Derrien, eles não sabem para onde vamos.

Eles seguiram para o sul na esperança de que o inimigo pensasse que planejavam saquear as fazendas perto de Guingamp e, quando o primeiro dia ia avançado, desviaram-se para leste e subiram para uma região descampada. As aveleiras estavam em flor e gralhas chamavam do alto dos olmos desfolhados, sinais de que o ano estava se afastando do inverno. Acamparam numa fazenda deserta, protegidos por baixos muros de pedra chamuscados, e antes de o último lampejo de crepúsculo desaparecer, tiveram uma boa notícia quando Robbie, remexendo pelas ruínas do celeiro, descobriu uma sacola de couro semi-enterrada ao lado do muro irregular. A chuva exorbitante levara embora a terra que estava em cima da sacola, que continha uma pequena salva de prata e três punhados de moedas. Quem enterrara o dinheiro devia ter achado as moedas muito pesadas para carregar ou então tivera medo de ser roubado durante seu exílio da casa.

— Nós, como se diz? — Sir Lodewijk fez com a mão um gesto como se estivesse cortando uma torta em pedaços.

— Dividimos?

— *Ja!* Nós dividimos?

— Não — disse Thomas. Não tinha sido aquilo o combinado. Ele teria preferido ter dividido, porque era assim que Will Skeat tinha tratado dos espólios, mas os homens que andavam com ele queriam guardar tudo o que encontrassem.

Sir Lodewijk empertigou-se.

— É como nós fazemos, *ja?* Nós dividimos.

— Nós não dividimos — disse Sir Guillaume, ríspido —, ficou combinado assim.

Ele falou em francês, e Sir Lodewijk reagiu como se tivesse sido agredido, mas compreendeu perfeitamente e limitou-se a fazer meia-volta e afastar-se.

— Diga ao seu amigo escocês para vigiar as costas dele — disse Sir Guillaume a Thomas.

— Lodewijk não é tão mau assim — disse Thomas —, o senhor só não gosta dele porque ele é flamengo.

— Eu odeio os flamengos — concordou Sir Guillaume. — São uns porcos maçantes, broncos. Como os ingleses.

A pequena discussão com os flamengos não supurou. Na manhã seguinte Sir Lodewijk e seus companheiros estavam animados e, como os cavalos estavam muito mais descansados e em melhores condições do que quaisquer outros, eles se ofereceram, com muito inglês mal falado e esmerados sinais com as mãos, para seguir na frente como batedores, e o dia todo seus casacos preto-e-branco apareceram e desapareceram muito à frente, e todas as vezes eles acenavam para que o grupo principal avançasse, sinalizando que não havia perigo. Quanto mais penetravam em território inimigo, maior era o risco, mas a vigilância dos flamengos significou que tinham feito um bom progresso. Eles avançavam por uma trilha sinuosa de ambos os lados da estrada principal que ia de leste a oeste ao longo da espinha dorsal da Bretanha, uma estrada margeada por bosques cerrados, que escondiam os incursores das poucas pessoas que viajavam pela estrada. Viram apenas dois tropeiros com seu gado magricela e um padre levando um bando de peregrinos que caminhavam descalços, agitavam ramos em frangalhos e entoavam um canto fúnebre. Nada a arrecadar ali.

No dia seguinte seguiram para o sul novamente. Estavam entrando agora numa região na qual as fazendas tinham escapado dos atacantes ingleses, e em virtude disso as pessoas não tinham medo de homens a cavalo e os pastos estavam cheios de ovelhas e seus filhotes recém-nascidos, muitos dos quais tinham sido feitos em sangrentos pedaços, porque os homens da Bretanha estavam ocupados demais caçando uns aos outros, e por isso as raposas trabalhavam e as ovelhas morriam. Cães pastores latiram para os homens em cotas de malha cinza, e dessa vez Thomas já não mandou os flamengos seguirem na frente, mas ele e Sir Guillaume lideravam os cavaleiros e, quando eram interpelados, respondiam em francês, dizendo-se partidários de Charles de Blois.

— Onde fica Roncelets? — perguntavam a toda hora, e a princípio não acharam ninguém que soubesse, mas à medida que a manhã avançava descobriram um homem que pelo menos tinha ouvido falar no lugar, e depois um outro que disse que uma vez o pai dele estivera lá e que ele achava que ficava depois da crista da montanha, da floresta e do rio, e então um terceiro, que lhes forneceu informações precisas. A torre, disse ele, não estava a mais de meio dia de viagem, no extremo de uma longa crista coberta de floresta que corria entre dois rios. Ele mostrou onde eles deviam vadear o rio mais próximo, disse-lhes que seguissem a crista da cadeia de montanhas em direção sul e depois curvou a cabeça em agradecimento pela moeda que Thomas lhe deu.

Eles atravessaram o rio, subiram a crista e seguiram para o sul. Thomas percebeu que deviam estar perto de Roncelets quando pararam para passar a terceira noite, mas não insistiu porque reconheceu que seria melhor chegar à torre ao amanhecer, e assim eles acamparam sob faias, tremendo porque não ousavam acender uma fogueira, e Thomas dormiu muito mal, porque estava ouvindo coisas estranhas estalando e se arrastando no interior da floresta, e temia que aqueles ruídos pudessem ser feitos por patrulhas enviadas pelo senhor de Roncelets. No entanto nenhuma patrulha os encontrou. Thomas duvidava que houvesse quaisquer patrulhas, exceto na sua imaginação, mas mesmo assim não conseguiu dormir e muito cedo, enquanto os outros ressonavam, andou às cegas por entre as árvores até o flanco da crista que descia íngreme e olhou fixo para a noite, na esperança de ver um bruxulear de luz emitido das ameias da Torre de Roncelets. Não viu nada, mas ouviu ovelhas emitindo um balido de lamentação declive abaixo e imaginou que uma raposa tinha se metido entre as ovelhas e as estava matando.

— O pastor não está fazendo o seu trabalho.

Alguém falou em francês e Thomas se voltou, pensando que se tratasse de um dos soldados de Sir Guillaume, mas viu, à fraca luz da lua, que era Sir Lodewijk.

— Eu pensei que você não falasse francês — disse Thomas.

— Às vezes falo — disse Sir Lodewijk e caminhou para colocar-se ao lado de Thomas e então, sorrindo, bateu um porrete improvisado contra a barriga de Thomas e, quando Thomas ficou sem respiração e se curvou, o flamengo bateu com o galho quebrado na cabeça dele e depois chutou-o no peito. O ataque foi repentino, inesperado e avassalador. Thomas lutava para recuperar o fôlego, quase caiu dobrado em dois, cambaleando, e tentou endireitar o corpo e agarrar os olhos de Sir Lodewijk, mas o porrete atingiu-o num ruidoso golpe do lado da cabeça e Thomas foi ao chão.

Os três cavalos dos flamengos tinham sido amarrados a árvores a uma pequena distância dos outros. Ninguém achara aquilo estranho e ninguém observara que os animais tinham sido deixados selados e ninguém acordou quando os cavalos foram desamarrados e levados para longe. Só Sir Guillaume se mexera quando Sir Lodewijk apanhava suas peças de armadura.

— Já está amanhecendo? — perguntou ele.

— Ainda não — respondeu Sir Lodewijk num francês afável, e depois levou as armaduras e as armas para a beira da floresta, onde Jan e Pieter amarravam os pulsos e os calcanhares de Thomas. Eles o penduraram de barriga para baixo nas costas de um dos cavalos, prenderam-no à barrigueira do animal e depois levaram-no em direção leste.

Sir Guillaume acordou de fato vinte minutos depois. Os pássaros enchiam as árvores de cantos e o sol era uma sugestão de luz no leste enevoado.

Thomas tinha desaparecido. Sua cota de malha, a sacola de flechas, a espada, o elmo, a capa, a sela e o grande arco preto estavam todos lá, mas Thomas e os três flamengos tinham desaparecido.

Thomas foi levado para a Torre de Roncelets, uma fortaleza quadrada, sem adornos, que se erguia de um afloramento de rocha acima de uma curva do rio. Uma ponte, feita com a mesma pedra cinza da torre, levava a estrada principal até Nantes, do outro lado do rio, e nenhum comerciante podia atravessar a ponte com seus produtos sem pagar direitos ao senhor de Roncelets, cujo estandarte de duas asnas pretas sobre um campo amarelo tremulava dos altos reparos da torre. Seus homens usavam as listras pretas e amarelas no libré e eram inevitavelmente chamados de *guêpes*, vespas. Àquela distância, na região leste da Bretanha, os habitantes falavam francês e não bretão, e a torre deles tinha o apelido de Guêpier, o vespeiro, embora naquela manhã de fins de inverno a maioria dos soldados da aldeia usasse librés pretos lisos, e não as listras que lembravam as vespas do senhor de Roncelets. Os recém-chegados foram acomodados nos pequenos chalés que ficavam entre a Guêpier e a ponte, e foi num daqueles chalés que Sir Lodewijk e seus dois companheiros voltaram a juntar-se aos seus camaradas.

— Ele está lá no castelo — Sir Lodewijk fez um gesto com a cabeça em direção à torre — e que Deus o ajude.

— Sem problemas? — perguntou um homem.

— Sem problema nenhum — disse Sir Lodewijk. Ele havia sacado uma faca e soltava as listras brancas que tinham sido costuradas no seu casaco. — Ele facilitou a coisa para nós. Um inglês idiota, hein?

— E por que é que eles o procuram?

— Deus sabe, e quem se importa? Tudo o que importa é que eles o pegaram e o diabo irá recebê-lo em breve. — Sir Lodewijk deu um bocejo enorme. — Há mais doze deles lá na floresta, de modo que vamos procurá-los.

Cinqüenta cavalarianos saíram da aldeia em direção oeste. O som das patas dos cavalos e das barbelas e das armaduras de couro que estalavam era alto, mas desapareceu rapidamente quando eles entraram no bosque cerrado da crista. Um par de pica-peixes, de um azul surpreendente, seguiu rio acima e desapareceu nas sombras. Longas ervas daninhas ondulavam na corrente onde um faiscar de prata mostrava que os salmões estavam voltando. Uma jovem carregava um balde de leite pela rua da aldeia e chorava porque durante a noite fora estuprada por um dos soldados de libré preto e sabia que era inútil reclamar, porque ninguém iria protegê-la ou mesmo fazer um protesto em seu nome. O padre da aldeia a viu, percebeu por que ela chorava e inverteu seu caminho para não ter de ficar cara a cara com ela. A bandeira preta e amarela sobre os reparos da Guêpier drapejou numa fraca lufada de vento e depois pendeu imóvel. Dois jovens com falcões encapuzados pousados nos braços saíram da torre a cavalo e viraram em direção sul. A grande porta rangeu ao fechar-se depois que eles passaram, e o barulho da pesada barra de trava encaixando-se nos suportes foi ouvido em toda a aldeia.

Thomas também ouviu. O barulho vibrou através da rocha sobre a qual a Guêpier fora construída e reverberara subindo a escada em espiral até o comprido e vazio aposento para onde ele tinha sido levado. Duas janelas iluminavam a câmara, mas a parede era tão grossa e os vãos eram tão profundos, que Thomas, acorrentado entre as janelas, não conseguia olhar por nenhuma delas. Uma lareira vazia ficava na parede oposta, as pedras do chapéu da chaminé manchadas de preto. As largas tábuas do chão estavam arranhadas e gastas por um número demasiado de botas cheias de pregos, e Thomas concluiu que aquilo tinha sido um quarto para soldados. Provavelmente ainda era, mas agora precisavam do aposento para usá-lo como a prisão. Os soldados tinham com certeza recebido ordem de sair. Thomas fora carregado para lá e acorrentado à argola de ferro chumbada na parede entre as duas janelas. Os grilhões circundavam-lhe os pulsos e os mantinham em suas costas, ligados à argola de ferro na parede por quase um metro de corrente. Ele testara a argola, vendo se podia deslocá-la ou mesmo romper um elo, mas tudo o que conseguiu foi machucar os pulsos. Uma mulher soltou uma risada em algum lugar da torre. Pés soaram na escada em espiral do lado de fora da porta, mas ninguém entrou no aposento e as passadas desapareceram aos poucos.

Thomas ficou imaginando por que a argola de ferro tinha sido chumbada na parede. Ela parecia uma coisa estranha para existir tão alto na torre, onde nenhum cavalo precisaria ser amarrado. Talvez ela tivesse sido colocada ali quando o castelo foi construído. Certa vez, ele tinha visto homens transportando pedras para o alto de uma torre de igreja, e eles tinham usado uma roldana presa a uma argola como aquela. Era melhor pensar na argola e em pedras e em pedreiros construindo a torre, do que matutar sobre a sua idiotice ao ser capturado com tanta facilidade, ou ficar se perguntando o que estaria para lhe acontecer, embora, é claro, ele pensasse mesmo naquilo e em ponto algum de sua imaginação a resposta era animadora. Tornou a forçar a argola, esperando que ela estivesse ali há muito tempo e que o reboco que a acolhia tivesse ficado fraco, mas tudo o que conseguiu foi arranhar a pele dos pulsos nas bordas afiadas dos grilhões. A mulher tornou a dar uma risada e ouviu-se a voz de uma criança.

Um pássaro voou para uma das janelas, bateu asas por alguns instantes e desapareceu de novo, evidentemente rejeitando o aposento como local para construir um ninho. Thomas fechou os olhos e recitou, baixinho, a oração do Graal, a mesma oração que Cristo rezara em Getsêmane: *"Pater, si vis, transfer calicem istum a me."* Pai, se for tua vontade, afasta de mim este cálice. Thomas repetiu a oração várias vezes, desconfiando de que se tratava de um esforço em vão. Deus, que não havia poupado seu próprio filho da agonia do Gólgota, por que iria poupar Thomas? No entanto, que esperança tinha ele sem a oração? Sentia vontade de chorar por sua ingenuidade ao pensar que poderia ir até ali e de alguma maneira retirar o menino daquela cidadela que fedia a fumaça de lenha, estrume de cavalo e gordura rançosa. Tinha sido tudo muito estúpido, e ele sabia que não tinha feito aquilo pelo Graal, mas para impressionar Jeanette. Era um bobo, um bobalhão, e como um boboca caíra na armadilha do inimigo e sabia que ninguém pagaria resgate por ele. Que valor podia ter? Mas já que era assim, por que ainda estava vivo? Porque eles queriam alguma coisa que ele possuía, e naquele exato momento a porta do aposento foi aberta e Thomas abriu os olhos.

Um homem, usando a batina preta de um monge, levou dois cavaletes para dentro do aposento. Ele tinha cabelos sem tonsura, sugerindo que era um criado leigo de um mosteiro.

— Quem é você? — perguntou Thomas.

O homem, que era baixo e mancava ligeiramente, não deu resposta, mas apenas colocou os dois cavaletes no centro do chão e, um momento depois, levou cinco tábuas que colocou sobre os cavaletes para fazer uma mesa. Um segundo homem de cabelos sem tonsura, igualmente vestindo uma batina preta, entrou no aposento e olhou para Thomas.

— Quem é você? — tornou a perguntar Thomas, mas o segundo homem era tão calado quanto o primeiro. Ele era um homem grande, com saliências ossudas sobre os olhos e faces covadas, e inspecionou Thomas como se estivesse analisando um boi na hora do abate.

— Vai acender a fogueira? — perguntou o primeiro homem.

— Daqui a pouco — disse o segundo homem e tirou uma faca de lâmina curta dc uma bainha que estava no seu cinto e aproximou-se de Thomas.

— Não se mexa — grunhiu ele — e assim você não vai se machucar.

— Quem é você?

— Ninguém que você conheça e ninguém que um dia venha a conhecer — disse o homem. Agarrou a gola do gibão de lã de Thomas e, com um golpe violento, rasgou-o na frente. A lâmina tocou, mas não cortou a pele de Thomas. Thomas recuou, mas o homem simplesmente o seguiu, golpeando e puxando o pano rasgado até que o peito de Thomas ficou desnudo. Depois cortou as mangas e arrancou o gibão, de modo que Thomas ficou nu da cintura para cima. Então o homem apontou para o pé direito de Thomas.

— Levante-o — ordenou ele. Thomas hesitou e o homem suspirou. — Posso obrigar você a isso — disse ele — e vai doer, ou você mesmo pode fazê-lo e aí não vai doer.

Ele tirou as duas botas de Thomas e depois cortou a cintura do calção.

— Não! — protestou Thomas.

— Poupe o fôlego — disse o homem, e serrou, puxou e rasgou com a lâmina até cortar o calção e poder arrancá-lo, para deixar Thomas tremendo e nu. Então o homem apanhou as botas e as roupas rasgadas e levou-as para fora.

O outro homem levava coisas para dentro do aposento e colocava-as em cima da mesa. Havia um livro e um vaso, presumivelmente de tinta, porque o homem colocou duas penas de ganso ao lado do livro e uma pequena faca de cabo de marfim para afiar as pontas. Depois colocou um crucifixo em cima da mesa, duas velas grandes como as que enfeitavam o altar de uma igreja, três atiçadores, um par de torqueses e um instrumento curioso que Thomas não conseguia ver bem. Por último, colocou duas cadeiras atrás da mesa e um balde de madeira ao alcance de Thomas.

— Sabe para que serve isso, não sabe? — perguntou, derrubando o balde com o pé.

— Quem é você? Por favor!

— Nós não queremos que você suje o chão, não é?

O homem maior voltou para o aposento carregando um pouco de gravetos e um cesto de lenha.

— Pelo menos, vai ficar aquecido — disse a Thomas com evidente satisfação. Ele tinha um pequeno vaso de barro cheio de brasas brilhantes, que usou para acender os gravetos, depois empilhou as achas de lenha menores e estendeu as mãos para as chamas que aumentavam. — Bem quentinho — disse ele —, e isso é uma bênção no inverno. Nunca vi um inverno igual a este! Chuva! Devíamos estar construindo uma arca.

Bem ao longe, um sino tocou duas vezes. O fogo começou a estalar e um pouco da fumaça vazou para dentro do aposento, talvez porque a chaminé estivesse fria.

— O que ele gosta mesmo — disse o homem grande que preparara a lareira — é de um braseiro.

— Quem? — perguntou Thomas.

— Ele sempre gosta de um braseiro, mas eu disse a ele que num chão de madeira, não dá.

— Quem? — perguntou Thomas.

— Eu não quero tacar fogo em tudo! Eu disse a ele que um braseiro, num piso de madeira, não dá, de modo que tivemos que usar a lareira. — O grandalhão ficou observando o fogo por alguns instantes. — Parece que está queimando direito, não está?

Ele colocou meia dúzia de achas maiores na fogueira e recuou. Dirigiu um olhar indiferente para Thomas, abanou a cabeça como se o prisioneiro não tivesse mais como ser ajudado, e os dois homens se retiraram do aposento.

A lenha estava seca, de modo que as chamas eram altas, determinadas e violentas. Mais fumaça vazou em golfadas para o aposento e saiu pelas janelas. Thomas, num súbito acesso de raiva, puxou os grilhões com toda a sua força de arqueiro para arrancar a argola da parede, mas tudo o que conseguiu foi fazer com que os grilhões cortassem mais fundo os pulsos que sangravam. Olhou para o teto, que era simplesmente feito de tábuas sobre vigas, presumivelmente o piso da câmara de cima. Ele não tinha ouvido passos lá em cima, mas então ouviu o som de passos logo do lado de fora da porta e recuou para a parede.

Uma mulher e uma criança pequena entraram. Thomas agachou-se para esconder a nudez, e a mulher riu do seu recato. A criança também riu, e em segundos Thomas percebeu que o menino era o filho de Jeanette, Charles, que olhava para ele com interesse, curiosidade, mas não reconhecimento. A mulher era alta, de cabelos louros, muito bonita e estava visivelmente grávida. Usava um vestido azul-claro que estava amarrado acima da barriga inchada e tinha enfeites de renda branca e pequenas presilhas de pérolas. O chapéu era uma espiral azul com um pequeno véu que ela afastou dos olhos para poder ver Thomas melhor. Thomas ergueu os joelhos para se esconder, mas a mulher, ousada, atravessou o aposento para olhar bem para ele.

— É uma pena — disse ela.

— Pena? — perguntou Thomas.

Ela não deu esclarecimentos.

— Você é inglês mesmo? — perguntou ela e pareceu irritada quando Thomas não respondeu. — Eles estão armando uma roda lá embaixo, inglês. Sarilhos e cordas para esticá-lo. Já viu um homem depois de ter sido esticado? Ele desmonta. É divertido, mas não para ele, acho eu.

Thomas continuou a ignorá-la, olhando para o menino que tinha um rosto redondo, cabelos pretos e os ardentes olhos pretos de Jeanette, sua mãe.

— Você se lembra de mim, Charles? — perguntou Thomas, mas o menino limitou-se a olhar para ele, sem reação. — Sua mãe lhe manda lembranças — disse Thomas e viu a surpresa nos olhos do garoto.

— Mama? — perguntou Charles, que tinha quase quatro anos.

A mulher agarrou a mão de Charles e arrastou-o para longe, como se Thomas fosse portador de alguma doença contagiosa.

— Quem é você? — perguntou ela, irritada.

— Sua mãe te adora, Charles — disse Thomas ao menino de olhos arregalados.

— Quem é você? — insistiu a mulher, e então voltou-se quando a porta foi aberta.

Um frade dominicano entrou. Ele tinha um aspecto macilento, era magro e alto, com curtos cabelos grisalhos e uma fisionomia ameaçadora. Ele franziu o cenho quando viu a mulher e o menino.

— A senhora não devia estar aqui — disse ele, ríspido.

— O senhor se esquece, padre, de quem manda aqui — retorquiu a mulher grávida.

— Seu marido — disse o padre com firmeza —, e ele não vai querer a senhora aqui, de modo que a senhora vai se retirar.

O padre manteve a porta aberta, e a mulher, que Thomas deduziu ser lady Roncelets, hesitou por um instante e retirou-se, com andar altivo. Charles olhou para trás só uma vez e foi arrastado para fora do aposento justo antes de outro dominicano entrar, este um homem mais moço, baixo e careca, com uma toalha dobrada pendurada em um dos braços e uma bacia com água nas mãos. Ele foi seguido por dois criados vestindo túnicas, que caminharam de mãos postas e olhos baixos para se colocarem ao lado da lareira. O primeiro padre, o macilento, fechou a porta, e ele e seu colega padre caminharam até a mesa.

— Quem é você? — perguntou Thomas ao padre macilento, embora desconfiasse de que sabia a resposta. Ele tentava se lembrar daquela nevoenta manhã em Durham, quando vira de Taillebourg lutar com o irmão de Robbie. Achou que era o mesmo homem, o padre que matara Eleanor ou então ordenara sua morte, mas não tinha certeza.

Os dois padres o ignoraram. O homem mais baixo colocou a água e a toalha sobre a mesa, e então os dois se ajoelharam.

— Em nome do Pai, do Filho e do Espírito Santo — disse o mais velho, fazendo o sinal-da-cruz —, amém.

Ele se levantou, abriu os olhos e olhou para Thomas, que ainda estava agachado no assoalho de tábuas arranhadas.

— Você é Thomas de Hookton — disse ele, formalmente —, filho bastardo do padre Ralph, padre daquela cidade?

— Quem é você?

— Responda, por favor — disse o dominicano.

Thomas ergueu os olhos para encarar o homem e reconheceu a terrível força do padre e percebeu que não ousaria ceder àquela força. Ele tinha de resistir desde o início e por isso não disse nada.

O padre suspirou diante daquela demonstração de mesquinha teimosia.

— Você é Thomas de Hookton — declarou —, Lodewijk diz que é. E, neste caso, seja bem-vindo, Thomas. Meu nome é Bernard de Taillebourg e sou um frade da ordem dominicana e, pela graça de Deus e por vontade do Santo Padre, um Inquisidor da fé. Meu irmão em Cristo — e de Taillebourg fez um gesto na direção do padre mais moço, que se instalara à mesa, onde abriu o livro e apanhou uma das penas — é o padre Cailloux, que também é um Inquisidor da fé.

— Você é um bastardo — disse Thomas olhando fixo para de Taillebourg —, você é um bastardo assassino.

Ele poderia ter poupado o fôlego, porque de Taillebourg não demonstrou reação alguma.

— Levante-se, por favor — ordenou o padre.

— Um bastardo assassino, sem mãe — disse Thomas sem se mexer.

De Taillebourg fez um gesto curto e os dois criados acorreram e pegaram Thomas pelos braços e o forçaram a ficar em pé e, quando ele ameaçou desabar, o maior esbofeteou-o com força no rosto, fazendo doer o machucado deixado pelo golpe que Sir Lodewijk lhe dera antes do amanhecer. De Taillebourg esperou até que os homens voltassem para o lado da lareira.

— Eu estou encarregado pelo cardeal Bessières — disse ele em tom inexpressivo — para descobrir o paradeiro de uma relíquia, e fomos informados de que você pode nos ajudar neste caso, um caso de tamanha importância que temos poderes da Igreja e de Deus Todo-Poderoso para garantir que você nos diga a verdade. Compreende o que isso significa, Thomas?

— Você matou minha mulher — disse Thomas —, e um dia, padre, você vai torrar no inferno e os demônios vão dançar em cima do seu traseiro murcho.

Uma vez mais de Taillebourg não mostrou reação alguma. Ele não estava usando a sua cadeira, mas estava em pé e magro como uma flecha atrás da mesa na qual apoiava as pontas dos compridos e pálidos dedos.

— Nós sabemos — disse ele — que seu pai pode ter possuído o Graal e sabemos que ele lhe deu um livro no qual escreveu sua narrativa daquele preciosíssimo objeto. Digo-lhe que estamos a par dessas coisas, para que você não desperdice o nosso tempo ou o seu sofrimento negando-as. No entanto vamos precisar saber mais, e é por isso que estamos aqui. Você me compreende, Thomas?

— O diabo vai mijar na sua boca, padre, e cagar nas suas narinas.

De Taillebourg pareceu ligeiramente aborrecido, como se a crueza de Thomas fosse cansativa.

— A Igreja nos dá autoridade para interrogá-lo, Thomas — continuou ele com voz calma —, mas na sua infinita misericórdia ela também nos ordena que não derramemos sangue. Podemos usar a dor, na verdade é nosso dever empregar a dor, mas tem de ser dor sem derramamento de sangue. Isso significa que podemos usar o fogo — seus dedos longos e pálidos tocaram um dos atiçadores — e podemos apertá-lo e podemos esticá-lo, e Deus irá nos perdoar, porque isso será feito em Seu nome e a Seu santíssimo serviço.

— Amém — disse o irmão Cailloux e, como os dois criados, fez o sinal-da-cruz. De Taillebourg empurrou todos os três atiçadores para a beira da mesa e o criado mais baixo atravessou o aposento correndo, pegou os atiçadores e mergulhou-os no fogo.

— Não empregamos a dor de forma leviana — disse de Taillebourg — ou aleatória, mas com devoto pesar, com piedade e com uma preocupação lacrimosa pela sua alma imortal.

— Você é um assassino — disse Thomas —, e a sua alma vai queimar no inferno.

— Agora — continuou de Taillebourg, ao que parecia ignorando os insultos de Thomas — vamos começar com o livro. Você disse ao irmão Germain, em Caen, que seu pai o escreveu. É verdade?

E assim foi o começo. Um suave interrogatório no início, ao qual Thomas não deu respostas porque estava dominado por um ódio a de Taillebourg, ódio alimentado pela lembrança do corpo pálido e ensangüentado de Eleanor, mas era um interrogatório insistente e ininterrupto, e a ameaça de uma dor horrível estava nos três atiçadores que esquentavam no fogo. Assim, Thomas convenceu-se de que Bernard de Taillebourg sabia de algumas coisas e haveria muito pouco prejuízo se ele contasse outras. Além do mais, o dominicano era muito razoável e muito paciente. Ele suportou a raiva de Thomas, ignorou as ofensas, expressou repetidas vezes não estar disposto a empregar a tortura e disse que só queria a verdade, por mais inadequada que fosse, e por isso, depois de uma hora, Thomas começou a responder às perguntas. Por que sofrer, perguntava a si mesmo, quando não tinha o que o dominicano queria? Ele não sabia onde estava o Graal, não estava nem certo de que o Graal existisse, e, assim, hesitante no início e depois mais disposto, ele falou.

Havia um livro, sim, e grande parte dele estava escrita em línguas e sinais estranhos, e Thomas alegou não ter idéia do que significavam aqueles trechos misteriosos. Quanto ao resto, ele admitiu saber latim e concordou que tinha lido aquelas partes do livro, mas classificou-as como vagas, repetitivas e inúteis.

— Eram apenas histórias — disse ele.

— Que tipo de histórias?

— Um homem recuperou a visão depois de olhar para o Graal e depois, quando ficou desapontado com a aparência do Graal, tornou a perder a visão.

— Deus seja louvado por isso — interveio o padre Cailloux, molhou a pena na tinta e anotou o milagre.

— O que mais? — perguntou de Taillebourg.

— Histórias de soldados vencendo batalhas por causa do Graal, histórias de curas — disse Thomas.

— Você acredita nelas?

— Nas histórias? — Thomas fingiu refletir e depois sacudiu a cabeça. — Se Deus nos deu o Graal, padre — disse ele —, não há dúvida de que ele deverá fazer milagres.

— Seu pai possuía o Graal?

— Eu não sei.

Então de Taillebourg perguntou-lhe sobre o padre Ralph e Thomas disse que seu pai tinha andado pela praia de cascalho de Hookton, lamentando-se dos seus pecados e às vezes pregando para os animais selvagens do mar e do céu.

— Está nos dizendo que ele era louco? — perguntou de Taillebourg.

— Ele estava louco com Deus — disse Thomas.

— Louco com Deus — repetiu de Taillebourg, como se as palavras o deixassem intrigado. — Você está dando a entender que ele era um santo?

— Acho que muitos santos devem ter sido como ele — respondeu Thomas, cauteloso —, mas ele também zombava muito das superstições.

— O que é que você quer dizer?

— Ele gostava muito de São Guinefort — disse Thomas — e o invocava sempre que surgia algum problema menos importante.

— É zombaria fazer isso? — perguntou de Taillebourg.

— São Guinefort era um cachorro — disse Thomas.

— Eu sei o que São Guinefort era — disse de Taillebourg, irritado —, mas você está dizendo que Deus não poderia usar um cachorro para cumprir suas finalidades sagradas?

— Estou dizendo que meu pai não acreditava que um cachorro pudesse ser santo, e por isso zombava.

— Ele zombava do Graal?

— Nunca — respondeu Thomas com sinceridade —, nem uma única vez.

— E no livro dele — de Taillebourg voltou, de repente, ao tema anterior — ele conta como o Graal veio a cair em suas mãos?

Fazia alguns minutos que Thomas percebera que havia alguém em pé do lado de fora da porta. De Taillebourg a fechara, mas a tranca tinha sido erguida em silêncio e a porta empurrada para ficar ligeiramente entreaberta. Alguém estava lá, ouvindo, e Thomas presumiu que fosse a senhora de Roncelets.

— Ele nunca afirmou que o Graal estivesse em seu poder — rebateu Thomas —, mas disse que o Graal pertencera à família dele em determinada época.

— Possuído, em determinada época — disse de Taillebourg —, pelos Vexille.

— É — respondeu e teve a certeza de que a porta se mexera uma fração.

A pena do padre Cailloux riscava o pergaminho. Tudo que Thomas dizia estava sendo anotado e ele se lembrou de um pregador franciscano itinerante numa feira em Dorchester gritando para as pessoas presentes que cada pecado por elas cometido estava sendo registrado num grande livro no céu, e quando elas morressem e fossem a julgamento perante Deus, o livro seria aberto e seus pecados lidos em voz alta, e George Adyn fizera a multidão gargalhar ao dizer em altos brados que não havia tinta suficien-

350

O ANDARILHO

te na cristandade para registrar o que seu irmão estava fazendo com Dorcas Churchill em Puddletown. Os pecados, retrucara irritado o franciscano, eram registrados em letras de fogo, o mesmo fogo que iria torrar os adúlteros nas profundezas do inferno.

— E quem é Hachaliah? — perguntou de Taillebourg.

Thomas ficou surpreso com a pergunta e hesitou. Depois tentou parecer intrigado.

— Quem?

— Hachaliah — repetiu de Taillebourg, paciente.

— Eu não sei — disse Thomas.

— Eu acho que sabe — declarou de Taillebourg em voz baixa.

Thomas olhou para o rosto forte, ossudo, do padre. Aquele rosto o fez lembrar-se do de seu pai, porque tinha a mesma determinação implacável, uma subjetividade teimosa que dava a entender que aquele homem não iria importar-se com o que outras pessoas pensassem do seu comportamento, porque ele só se justificava perante Deus.

— O irmão Germain mencionou esse nome — disse Thomas com cautela —, mas o que ele significa eu não sei.

— Não acredito em você — insistiu de Taillebourg.

— Padre — disse Thomas com firmeza —, eu não sei o que ele significa. Perguntei ao irmão Germain e ele se recusou a me dizer. Disse que aquilo estava muito acima da inteligência de alguém como eu para entender.

De Taillebourg olhou fixo para Thomas em silêncio. O fogo estalava com um som cavernoso na chaminé e o criado grandalhão mexeu nos atiçadores quando uma das achas caiu.

— O prisioneiro diz que não sabe — ditou de Taillebourg para o padre Cailloux sem desviar o olhar de Thomas. Os criados colocaram mais lenha na fogueira e de Taillebourg deixou Thomas olhar para os atiçadores e preocupar-se com eles por um instante antes de retomar o interrogatório.

— Então — perguntou o dominicano — onde o livro está agora?

— Em La Roche-Derrien — foi logo dizendo Thomas.

— Em que lugar de La Roche-Derrien?

— Com a minha bagagem — disse Thomas — que eu deixei com um velho amigo, Will Skeat.

Aquilo não era verdade. Ele deixara o livro aos cuidados de Jeanette, mas não queria expô-la a perigo. Will Skeat, mesmo com a memória danificada, podia cuidar de si mesmo melhor do que a Blackbird.

— Sir William Skeat — acrescentou Thomas.

— Sir William sabe o que o livro é? — perguntou de Taillebourg.

— Ele nem mesmo sabe ler! Não, não sabe.

Houve outras perguntas, dezenas delas. De Taillebourg queria saber a história da vida de Thomas, por que ele abandonara Oxford, por que se tornara um arqueiro, quando fora a última vez em que se confessara, o que tinha feito em Durham. O que o rei da Inglaterra sabia sobre o Graal? O que o bispo de Durham sabia? As perguntas continuaram sem parar, até que Thomas ficou fraco de fome e de permanecer em pé, mas de Taillebourg parecia incansável. Enquanto anoitecia e a luz que vinha das duas janelas empalidecia e escurecia, ele ainda insistia. Os dois criados há muito que demonstravam irritação, enquanto o padre Cailloux continuava franzindo o cenho e olhando para as janelas como a dar a entender que a hora de uma refeição já passara há muito tempo, mas de Taillebourg não sentia fome. Ele apenas pressionava e pressionava. Com quem Thomas viajara para Londres? O que fizera ele em Dorset? Ele tinha procurado o Graal em Hookton? O irmão Cailloux enchia uma página atrás da outra com as respostas de Thomas e, como o anoitecer progredisse, teve de acender as velas para que pudesse enxergar para escrever. As chamas da lareira projetavam sombras dos pés da mesa e Thomas balançava de fadiga quando, por fim, de Taillebourg sacudiu a cabeça.

— Hoje à noite, Thomas, vou pensar em todas as suas respostas e rezar por elas — disse ele — e de manhã nós continuamos.

— Água — disse Thomas com voz rachada — eu preciso de água.

— Você vai receber comida e bebida — disse de Taillebourg.

Um dos criados tirou os atiçadores do fogo. O padre Cailloux fechou o livro e lançou para Thomas um olhar que parecia conter um pouco de compaixão. Um cobertor foi trazido, e com ele veio uma refeição de peixe defumado, feijão, pão e água, e uma das mãos de Thomas foi liberada dos grilhões para que ele pudesse comer. Dois guardas, ambos vestindo casacos pretos lisos, ficaram vendo ele comer, e quando ele terminou recolocaram os grilhões no seu pulso e ele sentiu um pino sendo empurrado pelo engate para prendê-lo. Aquilo lhe deu esperança, e quando ficou sozinho tentou alcançar o pino com os dedos, mas os dois grilhões eram braceletes grossos e ele não conseguiu alcançar o fecho. Ele não tinha saída.

Ele se recostou na parede, encolhido no cobertor e olhando para o fogo que morria. Nenhum calor atravessava o aposento e Thomas tremia incontrolavelmente. Contorcia os dedos tentando alcançar o fecho dos grilhões, mas era impossível e, de repente, gemeu involuntariamente ao prever o sofrimento. Naquele dia tinha sido poupado da tortura, mas isso significava que escapara dela por completo? Achava que merecia escapar, porque na maioria das vezes dissera a verdade. Dissera a de Taillebourg que não sabia onde estava o Graal, que nem tinha certeza de que ele existisse, que raramente ouvira seu pai falar nele e que preferia ser um arqueiro do exército do rei da Inglaterra a ser um homem à procura do Graal. Mais uma vez sentiu uma tremenda vergonha por ter sido capturado com tanta facilidade. Devia estar voltando para La Roche-Derrien àquela altura, cavalgando para casa, para as tabernas, as risadas, a cerveja e a companhia simples de soldados. Havia lágrimas em seus olhos e ele sentia vergonha disso também. Vindas do interior do castelo ouviram-se risadas e ele achou que ouvia o som de uma harpa.

Então a porta se abriu.

Ele só conseguiu ver que um homem entrara no aposento. O visitante vestia uma enorme capa preta que fazia com que parecesse uma sombra sinistra enquanto atravessava a câmara até a mesa, onde parou e olhou para Thomas. As achas de lenha agonizantes estavam atrás do homem, contornando de vermelho sua figura alta envolta na capa, mas iluminando Thomas.

— Eu soube que ele não queimou você hoje? — disse o homem.

Thomas não disse nada, limitando-se a encolher-se debaixo do cobertor.

— Ele gosta de queimar as pessoas — disse o visitante. — Gosta mesmo. Eu já vi. Ele treme enquanto a carne cria bolhas.

Ele foi até a lareira, apanhou um dos atiçadores e enfiou-o nas brasas sem chama antes de empilhar novas achas de lenha sobre as chamas que morriam. A madeira seca queimou depressa e, à luz brilhante, Thomas conseguiu ver o homem pela primeira vez. Tinha um rosto estreito, amarelado, um nariz comprido, um queixo forte, e cabelos pretos puxados para trás a partir de uma testa alta. Era um rosto bom, inteligente e sério, e então ficou nas sombras quando o homem se afastou da lareira.

— Eu sou seu primo — disse ele.

Uma pontada de ódio atravessou Thomas.

— Você é Guy Vexille?

— Eu sou o conde de Astarac — disse Vexille. Ele caminhou devagar em direção a Thomas. — Você estava na batalha perto da floresta de Crécy?

— Estava.

— Um arqueiro?

— Exato.

— E no fim da batalha — disse Guy Vexille — você gritou três palavras em latim.

— *Calix meus inebrians* — disse Thomas.

Guy Vexille empoleirou-se na borda da mesa e ficou olhando para Thomas muito tempo. Seu rosto estava na sombra, de modo que Thomas não podia ver-lhe a expressão, só o fraco brilho dos olhos.

— *Calix meus inebrians* — disse Vexille, por fim. — É o lema secreto da nossa família. Não o que nós mostramos no nosso timbre. Sabe qual é ele?

— Não.

— *Pie repone te* — disse Guy Vexille.

— Confie no piedoso — traduziu Thomas.

— Você é estranhamente bem instruído para um arqueiro — disse Vexille. Ele se pôs de pé e andou de um lado para o outro enquanto falava. — Nós exibimos *"pie repone te"*, mas o nosso verdadeiro lema é *"calix meus inebrians"*. Somos os guardiães secretos do Graal. Nossa família está com ele há gerações, ele nos foi confiado por Deus, e seu pai o roubou.

— Você o matou — disse Thomas.

— E tenho orgulho disso — disse Guy Vexille, e de repente interrompeu-se e voltou-se para Thomas. — Era você o arqueiro no alto do morro naquele dia?

— Era.

— Você atira bem, Thomas.

— Aquele foi o primeiro dia em que matei um homem — disse Thomas — e foi um engano.

— Um engano?

— Eu matei o homem errado.

Guy Vexille sorriu, depois voltou para perto da lareira e tirou o atiçador para ver a ponta de um vermelho opaco. Tornou a empurrá-lo para dentro da lareira.

— Eu matei seu pai — disse ele — e matei sua mulher em Durham e matei o padre que evidentemente era seu amigo.

— Você era o criado de Bernard de Taillebourg? — perguntou Thomas, perplexo. Ele odiara Guy Vexille por causa da morte de seu pai. Agora tinha mais duas mortes a acrescentar àquele ódio.

— Eu era o criado dele, sim — confirmou Vexille. — Foi a penitência que de Taillebourg me impôs, o castigo da humildade. Mas agora sou um soldado outra vez e estou encarregado de recuperar o Graal.

Thomas abraçou com força os joelhos embaixo do cobertor.

— Se o Graal tem tanto poder assim — perguntou —, por que nossa família é tão desprovida de poder?

Guy Vexille pensou na pergunta por um instante mas depois deu de ombros.

— Porque andávamos às turras — disse ele —, porque éramos pecadores, porque não éramos dignos. Mas vamos mudar isso, Thomas. Vamos recuperar a nossa força e a nossa virtude.

Guy Vexille inclinou-se para o fogo, tirou o atiçador das chamas e brandiu-o como se fosse uma espada, de modo que o atiçador emitiu um chiado e a ponta em brasa riscou um arco de luz no aposento em penumbra.

— Você já pensou, Thomas, em me ajudar? — perguntou.

— Ajudar você?

Vexille andou perto de Thomas. Ele ainda agitava o atiçador em largos golpes como se fosse uma foice, fazendo com que a luz parecesse uma estrela cadente para deixar linhas transparentes de fumaça no aposento escuro.

— Seu pai — continuou ele — era o irmão mais velho. Sabia disso? Se você fosse filho legítimo, seria o conde de Astarac. — Ele abaixou a ponta do atiçador, que ficou perto do rosto de Thomas, tão perto que Thomas sentiu o calor causticante. — Junte-se a mim — disse Guy Vexille, veemente —, me diga o que sabe, ajude-me a recuperar o livro e vá comigo em busca do Graal. — Ele se agachou para que seu rosto ficasse à mesma altura do de Thomas. — Traga a glória para a nossa família, Thomas — disse ele baixinho —, uma glória tamanha que você e eu poderíamos governar toda a cristandade e, com o poder do Graal, liderar uma cruzada contra os infiéis que os deixará estrebuchando em agonia. Você e eu, Thomas! Nós somos os senhores ungidos, os guardiães do Graal, e se nos dermos as mãos durante gerações as pessoas irão falar de nós como os maiores santos guerreiros que a Igreja já teve. — A voz dele era grave, tranqüila, quase musical. — Quer me ajudar, Thomas?

— Não — disse Thomas.

O atiçador chegou mais perto do olho direito de Thomas, tão perto que parecia um grande sol maligno, mas Thomas não se afastou. Não achava que o primo fosse enfiar o atiçador em seu olho, mas achou, sim, que Guy Vexille queria que ele se encolhesse, de modo que ficou imóvel.

— Seus amigos fugiram hoje — disse Vexille. — Cinqüenta de nós saíram para pegá-los, mas eles deram um jeito e escaparam da gente. Eles penetraram bem fundo nos bosques.

— Ótimo.

— Mas tudo o que podem fazer é bater em retirada para La Roche-Derrien, e lá serão encurralados. Quando a primavera chegar, Thomas, vamos fechar aquela armadilha.

Thomas não disse nada. O atiçador esfriou e escureceu, e finalmente Thomas ousou piscar os olhos.

— Como todos os Vexille — disse Guy, afastando o atiçador e pondo-se de pé —, o que você tem de valente tem de bobo. Sabe onde está o Graal?

— Não.

Guy Vexille olhou fixo para ele, julgando a resposta, e deu de ombros.

— Acha que o Graal existe, Thomas?

Thomas fez uma pausa e deu a resposta que negara o dia inteiro a de Taillebourg.

— Acho.

— Tem razão — disse Vexille —, tem razão. Ele existe mesmo. Nós o tínhamos e seu pai o roubou, e você é a chave para encontrá-lo.

— Eu não sei de nada a respeito dele! — protestou Thomas.

— Mas de Taillebourg não vai acreditar nisso — disse Vexille largando o atiçador em cima da mesa. — De Taillebourg quer o Graal como um homem faminto quer pão. Sonha com ele. Geme enquanto dorme e chora por ele. — Vexille fez uma pausa e sorriu. — Quando a dor ficar forte demais para ser suportada, Thomas, e vai ficar, e quando você estiver desejando estar morto, e vai desejar, diga a de Taillebourg que você se arrepende e que vai se tornar meu vassalo. A dor vai acabar, e você viverá.

Tinha sido Vexille, concluiu Thomas, que estivera escutando do outro lado da porta. E amanhã ele iria escutar outra vez. Thomas fechou

357

O COPEIRO DO REI

os olhos. *Pater*, rezou ele, *si vis, transfer calicem istem a me*. Ele tornou a abrir os olhos.

— Por que matou Eleanor? — perguntou.

— Por que não?

— Esta é uma resposta ridícula — vociferou Thomas.

A cabeça de Vexille projetou-se para trás como se ele tivesse sido atingido.

— Porque ela sabia que nós existíamos — disse ele —, foi por isso.

— Existiam?

— Ela sabia que estávamos na Inglaterra, sabia o que queríamos — disse Vexille. — Sabia que tínhamos falado com o irmão Collimore. Se o rei da Inglaterra ficasse sabendo que estávamos procurando o Graal no reino dele, ele teria nos detido. Teria nos prendido. Teria feito conosco o que estamos fazendo com você.

— Acha que Eleanor poderia denunciar vocês ao rei? — perguntou Thomas, incrédulo.

— Acho que era melhor que ninguém soubesse por que estávamos lá — disse Guy Vexille. — Mas sabe de uma coisa, Thomas? Aquele velho monge não sabia nos dizer nada, exceto que você existia. Todo aquele esforço, aquela longa viagem, as matanças, o tempo escocês, só para ficar sabendo a seu respeito! Ele não sabia onde o Graal estava, não conseguia imaginar onde seu pai poderia tê-lo escondido, mas sabia que você existia, desde então nós temos andado à sua procura. O padre de Taillebourg quer interrogá-lo, Thomas, quer fazer você gritar de dor até que diga a ele o que eu desconfio que você não saberá dizer, mas não quero o seu sofrimento. Quero a sua amizade.

— E eu quero você morto — disse Thomas.

Vexille abanou a cabeça, triste, e em seguida curvou-se para ficar bem perto de Thomas.

— Primo — disse calmamente —, um dia você vai se ajoelhar para mim. Um dia você vai colocar as mãos entre as minhas e vai jurar vassalagem e nós trocaremos o beijo de senhor e vassalo e, assim, você se tornará meu vassalo e nós cavalgaremos juntos, sob a cruz, para a glória. Seremos como irmãos, isso eu prometo.

Ele beijou os dedos e tocou com a ponta o rosto de Thomas e o toque foi quase uma carícia.

— Eu prometo, irmão — sussurrou Vexille —, agora, boa noite.

— Maldito seja, Guy Vexille — vociferou Thomas.

— *Calix meus inebrians* — disse Vexille, e retirou-se.

O AMANHECER, Thomas estava tremendo. Cada passo ouvido no castelo fazia com que se encolhesse. Do lado de fora das janelas profundas, galos novos cocoricavam, pássaros cantavam, e ele tinha a impressão, por uma razão que não identificava, de que havia bosques espessos perto da Torre de Roncelets e se perguntou se um dia voltaria a ver folhas verdes. Um criado mal-humorado levou-lhe uma refeição matinal de pão, queijo duro e água e, enquanto comia, seus grilhões foram soltos e um guarda de libré com a figura de uma vespa o vigiava, mas os grilhões tornaram a ser presos em seus pulsos assim que ele acabou. O balde foi levado embora para ser esvaziado, e colocaram outro em seu lugar.

Bernard de Taillebourg chegou pouco depois e, enquanto os criados reavivavam o fogo e o padre Cailloux se instalava à mesa improvisada, o dominicano alto saudou Thomas com delicadeza.

— Dormiu bem? O desjejum foi adequado? Hoje está mais frio, não? Eu nunca vi um inverno mais chuvoso. O rio transbordou em Rennes, pela primeira vez em vários anos! Todos aqueles porões estão debaixo dágua.

Thomas, com frio e amedrontado, não respondeu, mas de Taillebourg não ficou ofendido. Em vez disso, esperou o padre Cailloux molhar a pena na tinta e ordenou ao criado mais alto que tirasse o cobertor de Thomas.

— Agora — disse ele quando o prisioneiro ficou nu —, vamos aos negócios. Vamos falar sobre o livro de notas de seu pai. Quem mais sabe da existência do livro?

— Ninguém — disse Thomas — exceto o irmão Germain, e você o conhece.

De Taillebourg franziu o cenho.

— Mas, Thomas, alguém deve ter dado o livro a você! E é claro que essa pessoa sabe da existência dele! Quem o entregou a você?

— Um advogado em Dorchester — mentiu Thomas com naturalidade.

— Um nome, por favor, me dê um nome.

— John Rowley — disse Thomas inventando o nome.

— Soletre, por favor — disse de Taillebourg, e depois que Thomas obedeceu, o Inquisidor andou de um lado para outro, numa frustração aparente. — Esse Rowley deve ter ficado sabendo o que era o livro, sem dúvida...

— O livro estava envolto na capa do meu pai, num embrulho de outras roupas velhas. Ele não olhou.

— Ele poderia ter olhado.

— John Rowley — disse Thomas, tecendo a sua invenção — é velho e gordo. Não vai sair procurando o Graal. Além do mais, ele achava que meu pai era maluco, e por isso por que iria estar interessado num livro dele? Tudo o que interessa a Rowley é cerveja, hidromel e tortas de carne de carneiro.

Os três atiçadores se esquentavam outra vez no fogo. Começara a chover e as lufadas de vento frio às vezes sopravam pingos pelas janelas abertas. Thomas lembrou-se do aviso de seu primo, durante a noite, de que de Taillebourg gostava de provocar dor, mas a voz do dominicano era mansa e razoável, e Thomas achou que tinha sobrevivido ao pior. Ele suportara um dia de interrogatório por parte de Bernard de Taillebourg, e suas respostas pareciam ter deixado satisfeito o resoluto dominicano, que agora se dedicava a fechar os claros da história de Thomas. Ele queria saber a respeito da lança de São Jorge, e Thomas contou que a arma ficara pendurada na igreja de Hookton e tinha sido roubada e que ele a recuperara na batalha à beira da floresta de Crécy. Será que Thomas acreditava tratar-se da verdadeira lança? perguntou de Taillebourg, e Thomas abanou a cabeça.

— Eu não sei — disse ele —, mas meu pai acreditava que era.

— E seu primo roubou a lança da igreja de Hookton?

— Roubou.

— Presumivelmente — cogitou de Taillebourg — para que ninguém concluísse que ele tinha ido à Inglaterra à procura do Graal. A lança foi um disfarce.

Ele pensou naquilo, e Thomas, não sentindo a necessidade de fazer um comentário, nada disse.

— A lança tinha lâmina? — perguntou de Taillebourg.

— Uma lâmina comprida.

— No entanto, certamente, se era a lança que matou o dragão — observou de Taillebourg —, a lâmina teria derretido no sangue do animal?

— Será? — perguntou Thomas.

— Claro que sim! — insistiu de Taillebourg, olhando para Thomas como se ele estivesse maluco. — Sangue de dragão é fundido! Fundido e inflamável.

Ele deu de ombros como para reconhecer que a lança era irrelevante para a sua procura. A pena do padre Cailloux arranhava enquanto ele tentava acompanhar o ritmo do interrogatório e os dois criados estavam de pé ao lado do fogo, praticamente sem tentar disfarçar seu enfado enquanto de Taillebourg procurava um novo assunto a explorar. Ele escolheu Will Skeat por alguma razão e perguntou sobre o ferimento que ele sofrera e sobre os lapsos de memória. Thomas tinha certeza mesmo de que Skeat não sabia ler?

— Ele não sabe ler! — disse Thomas.

Ele parecia agora estar assegurando a de Taillebourg e aquilo era uma medida de sua confiança. Começara o dia anterior com insultos e ódio, mas agora estava ajudando ansiosamente o dominicano a chegar ao fim do interrogatório. Ele havia escapado com vida.

— O Skeat não sabe ler — disse de Taillebourg enquanto andava de um lado para o outro. — Eu acho que isso não é de surpreender. Quer dizer que ele não vai estar consultando o livro que você deixou sob a guarda dele?

— Eu terei sorte se ele não usar as páginas para limpar a bunda. É a única utilidade que Will Skeat tem para papel ou pergaminho.

De Taillebourg teve um sorriso protocolar e ergueu os olhos para o teto. Ficou calado por muito tempo, mas finalmente lançou para Thomas um olhar intrigado.

— Quem é Hachaliah?

A pergunta pegou Thomas de surpresa, e ele deve ter demonstrado isso.

— Não sei — conseguiu dizer depois de uma pausa.

De Taillebourg observou Thomas. O aposento ficou tenso de repente; os criados ficaram plenamente alertas e o padre Cailloux já não escrevia mais, antes olhava para Thomas. De Taillebourg sorriu.

— Vou lhe dar uma última chance, Thomas — disse ele com sua voz grave. — Quem é Hachaliah?

Thomas sabia que tinha de sustentar aquilo descaradamente. Passe por isso, pensou ele, e o interrogatório estará terminado.

— Eu nunca tinha ouvido falar nele — disse, esforçando-se ao máximo para parecer sincero — antes de o irmão Germain mencionar o nome dele.

O motivo pelo qual de Taillebourg escolhera Hachaliah como o ponto fraco das defesas de Thomas era um mistério, mas fora um golpe de astúcia, porque se o dominicano pudesse provar que Thomas sabia quem era Hachaliah, poderia provar que Thomas havia traduzido pelo menos um dos trechos do livro em hebraico. Poderia provar que Thomas havia mentido durante todo o interrogatório, e abriria áreas de revelação totalmente novas. Por isso de Taillebourg o pressionou, e quando Thomas continuou com as negativas o padre gesticulou para os criados. O padre Cailloux se encolheu.

— Eu já lhe disse — disse Thomas, nervoso —, eu não sei mesmo quem é Hachaliah.

— Mas o meu dever perante Deus — disse de Taillebourg enquanto pegava o primeiro dos atiçadores em brasa do criado alto — é me certificar de que você não está dizendo mentiras — Ele olhou para Thomas

O ANDARILHO

com o que parecia ser pena. — Eu não quero machucá-lo, Thomas. Só quero a verdade. Por isso, me diga: quem é Hachaliah?

Thomas engoliu.

— Eu não sei — disse ele, e repetiu com voz mais alta: — Eu não sei!

— Eu acho que sabe — disse de Taillebourg, e então a dor começou.

— Em nome do Pai — rezou de Taillebourg enquanto encostava o ferro na pele nua da perna de Thomas —, do Filho e do Espírito Santo.

Os dois criados seguraram Thomas para que ele não se mexesse, e a dor foi pior do que ele poderia ter acreditado, e ele tentou fugir dela contorcendo-se, mas não conseguiu se mexer e suas narinas encheram-se do fedor de carne queimada e ainda assim ele não queria responder à pergunta, por achar que ao revelar suas mentiras ele iria abrir-se para mais castigos. Em algum lugar de sua cabeça que berrava ele acreditava que se insistisse na mentira de Taillebourg teria de acreditar nele e pararia de usar o fogo, mas numa competição de paciência entre torturador e torturado, o prisioneiro não tinha chance. Um segundo atiçador foi esquentado e a ponta riscou descendo pelas costelas de Thomas.

— Quem é Hachaliah? — perguntou de Taillebourg.

— Eu já disse...

O ferro em brasa foi encostado no seu peito e desceu até a barriga, para deixar uma linha de carne viva queimando, enrugada, e o ferimento foi instantaneamente cauterizado, de modo que não deixou sangue e o grito de Thomas ecoou do teto alto. O terceiro atiçador estava esperando e o primeiro estava sendo reaquecido, para que a dor não precisasse parar, e então Thomas foi virado sobre a barriga queimada e o estranho aparelho que ele não tinha podido identificar quando fora posto em cima da mesa, foi colocado em cima de um nó de um dedo da mão esquerda e ele percebeu que era um torno de ferro, que funcionava à base de um parafuso de borboleta, e de Taillebourg apertou o parafuso e a dor fez Thomas contra-ir-se e gritar outra vez. Ele perdeu a consciência, mas o padre Cailloux o reanimou com a toalha e água fria.

— Quem é Hachaliah? — perguntou de Taillebourg.

Que pergunta idiota, pensou Thomas. Como se a resposta fosse importante!

— Eu não sei!

Ele chorou as palavras e rezou para que de Taillebourg acreditasse nele, mas a dor voltou e os melhores momentos, exceto o simples esquecimento, eram quando Thomas perdia e recuperava a consciência, e parecia que o sofrimento era um sonho — um pesadelo, mas ainda assim apenas um sonho — e os piores momentos eram quando ele percebia que não se tratava de um sonho e que o seu mundo estava reduzido a agonia, pura agonia, e então de Taillebourg infligia mais dor, ou apertando o parafuso para esmagar um dedo ou então encostando o ferro em brasa na sua carne.

— Diga-me, Thomas — disse o dominicano, delicado —, diga, e a dor vai acabar. Ela vai acabar se você me disser. Por favor, Thomas, acha que eu gosto disso? Em nome de Deus, eu odeio isso. Pois então, por favor, me diga.

E Thomas disse. Hachaliah era o pai do Tirshatha, e o Tirshatha era o pai de Neemias.

— E Neemias — perguntou de Taillebourg — era o quê?

— Era o copeiro do rei — disse Thomas soluçando.

— Por que os homens mentem para Deus? — perguntou de Taillebourg.

Ele recolocou em cima da mesa o torno de apertar dedos, enquanto os três atiçadores continuavam no fogo.

— Por quê? — tornou a perguntar. — A verdade é sempre descoberta, Deus garante isso. Por isso, Thomas, afinal de contas você sabia mais do que alegava e teremos de descobrir suas outras mentiras. Mas vamos conversar primeiro sobre Hachaliah. Você acha que essa citação do livro de Esdras é a maneira de seu pai para proclamar que ele tem o Graal em seu poder?

— Acho — disse Thomas —, acho, acho, acho.

Ele estava agachado contra a parede, as mãos quebradas presas às costas, o corpo uma massa de dor, mas talvez o sofrimento acabasse se ele confessasse tudo.

— Mas o irmão Germain me disse que o trecho sobre Hachaliah no livro de seu pai — disse de Taillebourg — está escrito em hebraico. Você sabe hebraico, Thomas?

— Não.

— Então, quem traduziu o trecho para você?

— O irmão Germain.

— E o irmão Germain lhe disse quem era Hachaliah? — perguntou de Taillebourg.

— Não — disse Thomas em tom de lamúria.

Não adiantava mentir, porque sem dúvida o dominicano iria verificar com o velho monge, mas a resposta abriu uma nova pergunta que, por sua vez, iria revelar outras situações nas quais Thomas havia mentido. Thomas sabia disso, mas agora era tarde demais para resistir.

— Então, quem lhe contou? — perguntou de Taillebourg.

— Um doutor — disse Thomas baixinho.

— Um doutor — repetiu o dominicano. — Isso não me ajuda, Thomas. Quer que eu torne a usar o fogo? Que doutor? Um doutor em teologia? Um médico? E se você pediu a esse misterioso doutor para explicar o significado do trecho, ele não ficou curioso em descobrir por que você queria saber?

E assim Thomas confessou que tinha sido Mordecai, e admitiu que Mordecai consultara o livro de notas, e de Taillebourg deu um murro na mesa na primeira demonstração de raiva que tivera em todas as longas horas de interrogatório.

— Você mostrou o livro a um judeu? — Ele fez a pergunta rosnando, um tom de incredulidade na voz. — A um judeu? Em nome de Deus e de todos os preciosos santos, o que é que você estava pensando? A um judeu! A um homem da raça que matou o nosso querido Salvador! Se os judeus acharem o Graal, seu idiota, eles criarão o Anticristo! Você vai sofrer por essa traição! Tem de sofrer! — Ele atravessou o aposento, arrancou um atiçador do fogo e o levou para onde Thomas se achava agachado contra a parede. — A um judeu! — gritou de Taillebourg, e passou a ponta em brasa do atiçador pela perna de Thomas. — Seu nojento! — disse ele com rispidez, acima dos gritos de Thomas. — Você é um traidor de Deus, um traidor de Cristo, um traidor da Igreja! Você não é melhor do que Judas Iscariotes!

A dor continuou. As horas continuaram. A Thomas parecia que nada mais restava, a não ser a dor. Ele mentira quando não havia dor, e agora todas as suas respostas anteriores estavam sendo confirmadas contra o grau de agonia que ele podia suportar sem perder a consciência.

— Então onde está o Graal? — perguntou de Taillebourg.

— Eu não sei — disse Thomas, e depois, mais alto: — Eu não sei!

Ele ficou vendo o ferro em brasa aproximar-se da sua carne, e àquela altura já gritava antes mesmo de senti-lo encostar-se na pele.

Os gritos de nada adiantavam, porque a tortura continuava. E continuava. E Thomas falava, contando tudo o que sabia, e chegou até a ficar tentado a fazer como Guy Vexille sugerira e pedir a de Taillebourg que o deixasse jurar vassalagem ao seu primo, mas então, no terror rubro do seu tormento, pensou em Eleanor e ficou calado.

No quarto dia, quando ele tremia, quando até mesmo um movimento da mão de Bernard de Taillebourg era suficiente para fazê-lo chorar e pedir misericórdia, o senhor de Roncelets entrou no aposento. Ele era um homem alto com curtos cabelos eriçados e um nariz quebrado e sem dois dentes na frente. Vestia o seu libré com a vespa, as duas asnas pretas em campo amarelo, e teve um sorriso zombeteiro diante do corpo cheio de cicatrizes e quebrado de Thomas.

— O senhor não trouxe a roda cá para cima, padre. — Ele parecia decepcionado.

— Não foi necessário — disse de Taillebourg.

O senhor de Roncelets cutucou Thomas com um pé protegido por cota de malha.

— O senhor disse que o bastardo é um arqueiro inglês?

— É.

— Pois então corte os dedos que ele usa para disparar o arco — disse Roncelets, violento.

— Não posso derramar sangue — disse de Taillebourg.

— Por Deus, mas eu posso. — Roncelets puxou uma faca do cinto.

— Ele está sob minha responsabilidade! — vociferou de Taillebourg.

— Está nas mãos de Deus, e o senhor não vai tocar nele. Não vai derramar o sangue dele!

— Este castelo é meu, padre — grunhiu Roncelets.

— E a sua alma está nas minhas mãos — retorquiu de Taillebourg.

— Ele é um arqueiro! Um arqueiro inglês! Ele veio aqui para capturar o menino Chenier! Isso é assunto meu!

— Os dedos foram esmagados pelo torno — disse de Taillebourg —, de modo que ele já não é um arqueiro.

Roncelets acalmou-se com a notícia. Tornou a cutucar Thomas.

— Ele é uma titica, padre, é isso que ele é. Uma titica podre.

Cuspiu em Thomas, cuspiu não porque o odiasse, mas porque detestava todos os arqueiros que tinham destronado o cavaleiro do lugar que era dele por direito, de rei do campo de batalha.

— O que é que o senhor vai fazer com ele? — perguntou.

— Rezar pela alma dele — disse de Taillebourg sem rodeios, e depois que o senhor de Roncelets saiu fez exatamente o que dissera. Era evidente que o interrogatório estava encerrado, porque ele tirou um pequeno vidro de óleo santo e deu a Thomas os ritos finais da Igreja, tocando o óleo na testa e no peito queimado, e depois disse as orações para os moribundos.

— *Sana me, Domine* — entoou de Taillebourg, os dedos suaves na testa de Thomas — *quoniam conturbata sunt ossa mea*. Curai-me, Senhor, porque meus ossos estão contorcidos de dor.

E depois que aquilo acabou, Thomas foi levado pelas escadas do castelo para uma masmorra enterrada numa cova do rochedo sobre o qual Guêpier fora construído. O chão era de pedra preta nua, tão úmido quanto frio. Os grilhões foram retirados, já que ele estava trancado na cela, e ele pensou que deveria enlouquecer, porque seu corpo estava doendo por inteiro e os dedos estavam esmagados e ele não era mais um arqueiro, porque como é que poderia puxar uma corda com as mãos quebradas? Então veio a febre e ele chorou enquanto tremia e suava, e à noite, quando estava semi-adormecido, tagarelava em seus pesadelos; e tornava a chorar quando acordava, porque não tinha resistido à tortura, mas contara tudo a de Taillebourg. Ele era um fracassado, perdido no escuro, morrendo.

Então um dia, ele não sabia há quantos dias tinha sido levado para os porões de Guêpier, os dois criados de Bernard de Taillebourg foram buscá-lo. Vestiram-lhe uma camisa de lã grossa, enfiaram-lhe um calção de lã, sujo, sobre as pernas imundas, e subiram com ele para o pátio do castelo e jogaram-no na parte traseira de uma carroça de transporte de estrume mas que estava vazia. A porta da torre rangeu ao abrir-se e, acompanhado por vinte soldados vestindo o libré do senhor de Roncelets e ofuscado pela pálida luz do sol, Thomas deixou o Guêpier. Ele praticamente não sabia o que estava acontecendo, limitou-se a ficar deitado nas tábuas 'sujas, encolhido de dor, o fedor da carga normal da carroça acre nas narinas, querendo morrer. A febre não passara, e ele tremia de fraqueza.

— Para onde estão me levando? — perguntou, mas ninguém respondeu; talvez ninguém tivesse ouvido, porque sua voz estava muito fraca. Chovia. A carroça seguia barulhenta para o norte e os aldeões benziam-se, Thomas mergulhava e saía do estupor. Achava que estava morrendo e supunha que o estivessem levando para o cemitério, e tentou gritar para o carroceiro que ele ainda estava vivo, mas em vez disso era o irmão Germain que respondia num tom de voz lamurioso, dizendo que ele devia ter deixado o livro com ele, em Caen.

— A culpa é sua — dizia o velho monge, e Thomas concluiu que estava sonhando.

Em seguida percebeu um toque de trombeta. A carroça havia parado, e ele ouviu o adejar de um pano e ergueu o olhar para ver que um dos cavalarianos agitava uma bandeira branca. Thomas se perguntou se não seria a sua mortalha. Eles enrolavam um bebê quando este chegava ao mundo e embrulhavam um cadáver quando era levado, e Thomas soluçou porque não queria ser enterrado. Então ouviu vozes inglesas e percebeu que estava sonhando quando mãos fortes o levantaram dos restos de estrume. Quis gritar, mas estava muito fraco, e aí toda a percepção o deixou e ele ficou inconsciente.

Quando acordou, se achava escuro e ele estava em outra carroça, esta limpa, e havia cobertores sobre ele e um colchão de palha embaixo. A carroça tinha uma coberta de couro sobre arcos de madeira para evitar a chuva e a luz do sol.

— Vocês vão me enterrar agora? — perguntou Thomas.

— Está falando bobagem — disse um homem, e Thomas reconheceu a voz de Robbie.

— Robbie?

— Eu mesmo.

— Robbie?

— Seu pobre bastardo — disse Robbie e acariciou a testa de Thomas. — Seu pobre, pobre bastardo.

— Onde estou?

— Você está indo para casa, Thomas — disse Robbie —, está indo para casa.

Para La Roche-Derrien.

Tinham pago resgate por ele. Uma semana depois do seu desaparecimento e dois dias depois que o resto do grupo que fizera a incursão voltara para La Roche-Derrien, um mensageiro fora até a guarnição sob uma bandeira de trégua. Levava uma carta de Bernard de Taillebourg dirigida a Sir William Skeat. Entregue o livro do padre Ralph, dizia a carta, e Thomas de Hookton será devolvido a seus amigos. Will Skeat mandou que a mensagem fosse traduzida e lida para ele, mas não sabia nada sobre livro algum, e por isso perguntou a Sir Guillaume se ele fazia alguma idéia do que o padre queria, e Sir Guillaume falou com Robbie, o qual, por sua vez, falou com Jeanette e no dia seguinte uma resposta foi mandada de volta para Roncelets.

Depois houve uma demora de quinze dias, porque o irmão Germain teve de ser levado da Normandia para Rennes. De Taillebourg insistia nessa precaução, porque o irmão Germain tinha visto o livro e poderia confirmar que o que fosse trocado por Thomas era realmente o livro de notas do padre Ralph.

— E era mesmo — disse Robbie.

Thomas olhou para o teto. Teve um vago sentimento de que fora um erro trocá-lo pelo livro, ainda que estivesse grato por estar vivo, voltar para casa e estar entre os amigos.

— Foi o livro certo — continuou Robbie com prazer indecente —, mas nós acrescentamos alguma coisa a ele. — Ele sorriu para Thomas. — Primeiro copiamos tudo, claro, e depois acrescentamos umas besteiras para enganá-los. Para confundi-los, entende? E aquele velho monge encarquilhado nem percebeu. Apenas agarrou o livro como um cão faminto que ganhou um osso.

Thomas estremeceu. Ele se sentia como se lhe tivessem tirado o orgulho, a força e até mesmo a masculinidade. Tinha sido extremamente humilhado, reduzido a uma coisa trêmula, lamurienta, que se contorcia. Lágrimas escorreram de seus olhos, embora ele não emitisse som algum. As mãos doíam, o corpo doía, tudo doía. Nem mesmo sabia onde estava, só que tinha sido levado de volta para La Roche-Derrien e carregado por uma escada íngreme para aquele pequeno quarto sob as vigas íngremes de um telhado, onde as paredes tinham recebido um reboco malfeito e um crucifixo pendia da cabeceira da cama. Uma janela com um anteparo de osso opaco deixava passar uma luz marrom suja.

Robbie continuou contando a ele sobre as falsas anotações que eles tinham acrescentado ao livro do padre Ralph. A idéia tinha sido dele, disse, e Jeanette copiara o livro todo primeiro, mas depois disso Robbie deixara sua imaginação à solta.

— Escrevi uma parte em escocês — jactou-se —, dizendo que o Graal está, na verdade, na Escócia. Vou fazer os bastardos revistarem a urze, hein?

Ele soltou uma gargalhada, mas viu que Thomas não estava prestando atenção. Mesmo assim continuou falando, até que uma outra pessoa entrou no quarto e enxugou as lágrimas das faces de Thomas. Era Jeanette.

— Thomas? — perguntou ela. — Thomas?

Ele queria dizer que tinha visto o filho dela e falado com ele, mas não encontrou palavras. Guy Vexille dissera que Thomas iria querer morrer enquanto estivesse sendo torturado, e isso fora verdade, mas Thomas estava surpreso ao descobrir que ainda era verdade. Tire o orgulho de um homem, pensou, e você o deixa sem nada. A pior recordação não era a dor, nem a humilhação de implorar para que a dor parasse, mas a gratidão que sentira para com de Taillebourg quando a dor realmente parou. Esse, sim, era o detalhe mais vergonhoso de todos.

— Thomas? — tornou a perguntar Jeanette. Ela se ajoelhou ao lado da cama e acariciou-lhe o rosto. — Está tudo bem — disse baixinho —, você agora está a salvo. Estamos na minha casa. Ninguém irá maltratá-lo aqui.

— Eu deveria — disse uma nova voz, e Thomas tremeu de medo, e virou-se para ver que quem falara era Mordecai. Mordecai? O velho médico devia estar em algum lugar do sul, que estava quente. — Eu posso ter de recuperar os ossos de seus dedos das mãos e dos pés — disse o médico —, e isso vai ser doloroso. — Ele colocou sua maleta no chão. — Olá, Thomas. Eu odeio navios. Nós esperamos pela vela nova e depois, quando eles tinham acabado de costurá-la no lugar, chegaram à conclusão de que havia pouca calefação entre as pranchas, e quando isso foi corrigido eles concluíram que o cordame precisava de conserto, e por isso o infeliz do navio ainda está parado lá. Marinheiros! Tudo o que eles fazem é falar sobre navegar. Mesmo assim, eu não devo reclamar, porque me deu tempo para inventar alguma matéria nova para o livro de notas de seu pai, e eu gostei muito de fazê-lo! Agora eu soube que você precisa de mim. Meu caro Thomas, o que foi que fizeram com você?

— Eles me machucaram — disse Thomas, e aquelas foram as primeiras palavras que pronunciava desde que chegara à casa de Jeanette.

— Neste caso, precisamos remendá-lo — disse Mordecai com muita calma.

Ele ergueu o cobertor de cima do corpo cheio de cicatrizes de Thomas e, apesar de Jeanette encolher-se de horror, Mordecai apenas sorriu.

— Já vi coisas piores feitas pelos dominicanos — disse ele —, muito piores.

E assim Thomas foi novamente tratado por Mordecai, e o tempo era medido pelas nuvens que passavam do lado de fora da janela opaca, pelo sol subindo cada vez mais alto no céu e pelo barulho dos pássaros pegando palha do telhado para fazer seus ninhos. Houve dois dias de uma dor horrível quando Mordecai levou um corretor de ossos para tornar a quebrar e encanar os dedos das mãos e dos pés de Thomas, mas aquela dor passou depois de uma semana e as queimaduras pelo corpo cicatrizaram e a febre foi embora. Dia após dia Mordecai examinava a urina e dizia que estava clareando.

— Você tem a força de um touro, meu jovem Thomas.

— Eu tenho a estupidez de um touro — disse Thomas.

— Só impertinência — disse Mordecai —, só juventude e impertinência.

— Quando eles... — Thomas começou e encolheu-se ao lembrar-se do que de Taillebourg tinha feito. — Quando eles conversaram comigo — disse ele mudando de assunto —, eu lhes disse que o senhor tinha visto o livro.

— Eles não podem ter gostado disso — disse Mordecai. Tinha tirado um rolo de cordão de um bolso da túnica e agora enlaçava uma das pontas da linha em uma ponta de madeira que se projetava de um caibro do telhado que não tinha sido aparado. — Eles não podem ter gostado da idéia de um judeu ficar curioso a respeito do Graal. Sem dúvida, acharam que eu ia querer usá-lo como um urinol.

Apesar da irreverência, Thomas sorriu.

— Desculpe, Mordecai.

— Por falar de mim com eles? Que escolha você tinha? As pessoas sempre falam sob tortura, Thomas, e é por isso que a tortura é tão útil. É por isso que a tortura será usada enquanto o sol continuar a girar em volta da Terra. E você acha que eu agora corro um perigo maior do que antes? Sou judeu, Thomas, judeu. E agora, o que é que eu faço com isto?

Referia-se ao cordão, que agora pendia do caibro e que ele evidentemente queria prender ao chão, mas não havia nenhum ponto óbvio onde amarrá-lo.

— O que é isso? — perguntou Thomas.

— Um remédio — disse Mordecai, olhando impotente para o cordão e depois para o chão. — Sempre fui um desajeitado para essas coisas. Um martelo e um prego, não acha?

— Um grampo — sugeriu Thomas.

O menino idiota que era criado de Jeanette foi enviado com instruções cuidadosas e conseguiu encontrar o grampo que Mordecai pediu a Thomas que pregasse no chão de madeira, mas Thomas ergueu a mão direita torta, com os dedos dobrados como garras e disse que não podia fazer aquilo, de modo que Mordecai, sem habilidade, prendeu o grampo e depois amarrou o cordão e ajustou-o, deixando-o bem esticado do chão ao teto.

— O que terá de fazer — disse ele admirando seu trabalho manual — é tangê-lo como se fosse a corda de um arco.

— Não posso — disse Thomas em pânico, tornando a erguer as mãos contorcidas.

— O que é que você é? — perguntou Mordecai.

— O que é que eu sou?

— Ignore as respostas capciosas. Sei que é inglês e presumo que seja um cristão, mas o que é que você é?

— Eu era um arqueiro — disse Thomas com amargura.

— E ainda é — disse Mordecai, impiedoso —, e se não for um arqueiro, não será nada. Por isso tanja este cordão! E continue tangendo ate que seus dedos possam fechar-se sobre ele. Treine. Treine. Que outra maneira você tem para passar o tempo?

E assim Thomas treinou e depois de uma semana conseguia apertar dois dedos contra o polegar e fazer o cordão reverberar como a corda de uma harpa, e depois de mais outra semana ele o tangia com tanto vigor que o cordão acabou por se partir devido à pressão. Sua força estava voltando e as queimaduras tinham cicatrizado, deixando vergões enrugados onde o atiçador tinha marcado a pele, mas as feridas na memória não cicatrizaram. Ele não queria falar sobre o que tinham feito com ele, porque não queria recordar; em vez disso, treinava tangendo o cordão até ele arrebentar, e depois aprendeu a empunhar um varapau e lutar batalhas de mentira no pátio da casa com Robbie. E, como os dias ficaram mais compridos enquanto saíam do inverno, fazia caminhadas para fora da cidade. Havia um moinho numa leve elevação que não ficava muito longe da porta leste da cidade, e no princípio ele praticamente não conseguiu subir porque os dedos dos pés tinham sido quebrados no torno e os pés pareciam protuberâncias duras, mas quando abril já enchera as campinas de primaveras, ele estava andando com confiança. Will Skeat saía muito com ele, e, embora o homem mais velho nunca falasse muito, a companhia era agradável. Quando falava, era para resmungar contra o tempo e reclamar que não tivera notícia alguma do conde de Northampton.

— Acha que a gente devia escrever de novo a sua excelência, Tom?

— Quem sabe ele não recebeu a primeira carta?

— Eu nunca gostei de coisas escritas — disse Skeat —, não é normal. Você pode escrever para ele?

— Posso tentar — disse Thomas, mas embora pudesse tanger uma corda de arco e empunhar um varapau ou mesmo uma espada, não conseguia manobrar a pena. Tentou, mas as letras saíam malfeitas e sem controle, e no fim um dos escreventes do chefe da guarnição incumbiu-se da tarefa embora Totesham achasse que a mensagem não adiantaria nada.

— Charles de Blois estará aqui antes de conseguirmos qualquer reforço — disse ele.

Totesham estava estremecido com Thomas, que lhe desobedecera ao ir até Roncelets, mas o castigo do arqueiro tinha sido muito maior do que o que Totesham teria desejado. Na verdade, sentia pena do rapaz.

— Quer levar a carta ao conde? — perguntou ele a Thomas.

Thomas sabia que estavam lhe oferecendo uma fuga, mas abanou a cabeça.

— Eu fico — disse, e a carta foi confiada ao comandante de um navio mercante que iria partir no dia seguinte.

A carta era um gesto inútil e Totesham sabia disso, porque sua guarnição estava, quase com toda certeza, condenada. Cada dia trazia notícias da chegada de reforços para Charles de Blois, e os grupos de incursões do inimigo estavam agora chegando perto dos muros de La Roche-Derrien e hostilizando os grupos de pilhagem que vasculhavam o interior à procura de qualquer cabeça de gado, bodes e ovelhas que pudessem ser levados para a cidade para serem abatidos e colocados em salmoura. Sir Guillaume gostava muito daquelas incursões para saquear. Desde que perdera Evecque, tornara-se fatalista, e tão selvagem que o inimigo já aprendera a desconfiar do gibão azul com os três falcões amarelos. No entanto, num anoitecer, ao voltar para casa depois de um longo dia que rendera apenas dois bodes, ele estava rindo quando foi procurar Thomas.

— Meu inimigo juntou-se a Charles — disse ele. — O conde de Coutances, que Deus condene sua alma podre. Eu matei um dos homens dele hoje de manhã, e só desejo que tivesse sido o conde.

— Por que ele está aqui? — perguntou Thomas. — Ele não é bretão.

— Filipe da França está enviando homens para ajudar o sobrinho dele — disse Sir Guillaume —, e por que o rei da Inglaterra não envia homens para enfrentá-lo? Ele acha que Calais é mais importante?

— Acha.

— Calais — disse Sir Guillaume, enojado — é o cu da França. — Ele tirou um pedaço de carne que estava entre os dentes. — E os seus amigos estavam cavalgando hoje — continuou.

— Meus amigos?

— Os vespas.

— Roncelets — disse Thomas.

— Nós enfrentamos meia dúzia dos bastardos numa aldeia bárbara — disse Sir Guillaume — e eu traspassei uma lança numa barriga preto e amarelo. Depois ele ficou tossindo.

— Tossindo?

— É o tempo chuvoso, Thomas — explicou Sir Guillaume —, que faz um homem pegar uma tosse. Por isso eu o deixei em paz, matei outro dos bastardos, depois voltei e curei a tosse. Cortei a cabeça dele.

Robbie seguia com Sir Guillaume e, como ele, juntava moedas tiradas de patrulhas inimigas mortas, embora Robbie também saísse na esperança de um encontro com Guy Vexille. Ele agora sabia aquele nome, porque Thomas lhe contara que tinha sido Guy Vexille que matara seu irmão pouco antes da batalha fora de Durham, e Robbie tinha ido à igreja de São Renan, colocado a mão sobre o crucifixo que estava no altar e jurado vingança.

— Vou matar Guy Vexille e de Taillebourg — jurou ele.

— Eles são meus — insistia Thomas.

— Só se eu não os pegar primeiro — prometia Robbie.

Robbie arranjara uma namorada bretã, de olhos castanhos, chamada Oana, que odiava sair do lado dele e o acompanhava sempre que ele caminhava com Thomas. Um dia, quando eles partiram para o moinho, ela apareceu com o grande arco preto de Thomas.

— Eu não posso usar isso! — disse Thomas, com medo do arco.

— Então, para o que é que você serve? — perguntou Robbie e, com paciência, estimulou Thomas a puxar o arco e elogiou-o porque a força voltara. Os três levavam o arco para o moinho e Thomas disparava flechas contra a torre de madeira. Os disparos eram fracos no início, porque ele mal podia puxar a corda até a metade do caminho, e quanto mais força imprimia, mais traiçoeiros seus dedos pareciam e mais errada ficava a mira. Mas quando as andorinhas e os taperuçus apareceram como por mágica nos telhados da cidade, ele já conseguia puxar a corda por completo, até a orelha, e acertar uma flecha através dos braceletes de madeira de Oana a cem passos de distância.

— Você está curado — disse Mordecai quando Thomas lhe contou a novidade.

— Graças a você — disse Thomas, embora soubesse que não era apenas Mordecai, como também não tinha sido apenas a amizade de Will Skeat ou de Sir Guillaume ou de Robbie Douglas que o tinham ajudado a recuperar-se. Bernard de Taillebourg tinha ferido Thomas, mas aqueles ferimentos de Deus, sem sangue, não tinham sido infligidos só no seu corpo, mas na sua alma, e fora numa escura noite de primavera, quando o relâmpago cintilava no leste, que Jeanette subira para o sótão da casa dela. Ela só saíra de perto de Thomas depois que os galos da cidade saudaram o novo amanhecer, e se Mordecai compreendera por que Thomas estava sorrindo no dia seguinte, ele nada disse, mas percebeu que a partir daquele momento a recuperação de Thomas fora rápida.

Daquele dia em diante Thomas e Jeanette conversavam todas as noites. Ele lhe falou sobre Charles e da expressão no rosto do menino quando Thomas mencionara a mãe dele; Jeanette queria saber tudo a respeito daquela expressão e ficava preocupada com o fato de que ela nada significasse e que o filho a houvesse esquecido, mas acabou acreditando em Thomas quando ele disse que o menino quase chorara quando teve notícias dela.

— Você disse a ele que eu o amava? — perguntou ela.

— Disse — afirmou Thomas, e Jeanette ficou calada, lágrimas nos olhos, e Thomas tentou tranqüilizá-la, mas ela abanou a cabeça como se não houvesse nada que Thomas pudesse dizer que a consolasse. — Desculpe — disse ele.

— Você tentou — disse Jeanette.

Eles se perguntavam como o inimigo ficara sabendo que Thomas estava chegando, e Jeanette disse estar certa de que Belas, o advogado, tinha alguma coisa a ver com aquilo.

— Eu sei que ele escreve para Charles de Blois — disse ela —, e aquele homem horrível, como é que você o chamava?, *épouvantail*?

— O Espantalho.

— Esse mesmo — confirmou Jeanette —, *l'épouvantail*. Ele conversa com o Belas.

— O Espantalho conversa com o Belas? — perguntou Thomas, surpreso.

— Ele agora mora lá. Ele e seus homens moram nos depósitos. — Ela fez uma pausa. — Por que ele está na cidade?

Outros dos mercenários tinham escapulido para procurar emprego onde houvesse alguma esperança de vitória, em vez de ficar e suportar a derrota com que Charles de Blois ameaçava.

— Ele não pode voltar para a terra dele — disse Thomas —, porque tem muitas dívidas. Enquanto estiver aqui, estará protegido contra os credores.

— Mas por que La Roche-Derrien?

— Porque eu estou aqui — disse Thomas. — Ele acha que eu poderei levá-lo a um tesouro.

— O Graal?

— Ele não sabe disso — disse Thomas, mas estava errado, porque no dia seguinte, enquanto ele estava sozinho no moinho e atirando flechas num alvo comprido e estreito que fincara a cento e cinqüenta passos de distância, o Espantalho e seus seis soldados saíram a cavalo pela porta leste da cidade. Saíram da estrada de Pontrieux, passaram em fila por uma abertura na cerca viva e subiram a pequena ladeira em direção ao moinho. Estavam todos com cotas de malha e todos levavam espadas, exceto Beggar que, eclipsando seu cavalo, levava uma maça.

Sir Geoffrey sofreou o cavalo perto de Thomas, que o ignorou para disparar uma flecha que passou de raspão pelo alvo. O Espantalho deixou as voltas de seu chicote escorrerem para o chão.

— Olhe para mim — ordenou a Thomas.

Thomas continuou ignorando-o. Tirou uma flecha do cinto e encaixou-a na corda, e então jogou a cabeça para o lado quando viu o chicote serpentear em sua direção. A ponta de metal tocou-lhe os cabelos, mas não causou dano algum.

— Mandei que olhasse para mim — vociferou Sir Geoffrey.

— Quer uma flecha na cara? — perguntou Thomas.

Sir Geoffrey inclinou-se sobre o arção anterior da sela, o rosto vermelho contorcido num espasmo de raiva.

— Você é um arqueiro — ele apontou o cabo do chicote para Thomas — e eu sou um cavaleiro. Se eu o abater, não haverá um juiz vivo que me condene.

— E se eu meter uma flecha no seu olho — disse Thomas —, o diabo vai me agradecer por eu lhe mandar um companheiro.

Beggar grunhiu e esporeou o cavalo, mas o Espantalho fez um gesto mandando o homem de volta.

— Sei o que você quer — disse ele.

Thomas puxou a corda para trás, corrigiu instintivamente a mira para compensar o fraco vento que ondulava o capim da pradaria e disparou. A flecha fez o alvo tremer.

— Você não faz idéia do que eu quero — respondeu o arqueiro.

— Eu pensei que fosse ouro — disse o Espantalho —, depois pensei que fosse terra, mas nunca entendi por que ouro ou terra iriam levá-lo a Durham.

Ele fez uma pausa enquanto Thomas disparava outra flecha que passou silvando a um palmo do alvo distante.

— Mas agora eu sei — terminou ele —, agora finalmente eu sei.

— O que é que você sabe? — perguntou Thomas, com escárnio.

— Sei que foi a Durham para falar com os religiosos porque está à procura do maior tesouro da Igreja. Você está procurando o Graal.

Thomas deixou a corda do arco afrouxar e ergueu os olhos para Sir Geoffrey.

— Todos nós estamos à procura do Graal — disse Thomas, ainda com escárnio.

— Onde ele está? — rosnou Sir Geoffrey.

Thomas soltou uma gargalhada. Admirava-se de que o Espantalho soubesse a respeito do Graal, mas imaginou que os mexericos na guarnição talvez tivessem feito com que todos em La Roche-Derrien ficassem sabendo.

— Os melhores interrogadores da Igreja me perguntaram isso — disse ele, erguendo uma mão encolhida —, e eu não lhes disse. Por que diria a você?

— Acho que um homem que está à procura do Graal — disse o Espantalho — não se fecha numa guarnição que tem apenas um ou dois meses de vida.

— Neste caso, talvez eu não esteja procurando o Graal — disse Thomas e disparou outra flecha contra o alvo, mas a haste estava empenada e a flecha oscilou em pleno vôo e caiu longe. Acima dele, as grandes pás do moinho, enroladas em suas vergas e presas com cordas, rangeram quando uma lufada de vento tentou girá-las.

Sir Geoffrey enrolou o chicote.

— Você fracassou na primeira vez que saiu daqui. O que vai acontecer se tornar a sair? O que vai acontecer se partir atrás do Graal? E com certeza estará de partida em breve, antes de Charles de Blois chegar. Por isso, quando viajar, vai precisar de ajuda.

Thomas, incrédulo, concluiu que o Espantalho fora oferecer ajuda, ou talvez Sir Geoffrey estivesse pedindo ajuda. Ele estava em La Roche-Derrien por apenas um motivo, tesouro, e não estava mais próximo dele do que estivera quando abordara Thomas do lado de fora de Durham.

— Você não pode se arriscar a fracassar outra vez — continuou o Espantalho —, de modo que da próxima vez leve combatentes de verdade com você.

— Acha que eu levaria você? — perguntou Thomas, perplexo.

— Eu sou inglês — disse o Espantalho, indignado —, e se o Graal existe eu o quero na Inglaterra. Não numa porcaria de lugar estrangeiro.

O som de uma espada arrastando-se numa bainha fez com que o Espantalho e seus soldados girassem o corpo nas selas. Jeanette e Robbie tinham ido para a pradaria com Oana ao lado de Robbie; Jeanette estava com sua besta engatilhada, enquanto Robbie, como se não se preocupasse com coisa alguma no mundo, cortava as pontas de cardos com a espada de seu tio. Sir Geoffrey tornou a voltar-se para Thomas.

— O que você não precisa é de um maldito escocês — disse ele, irritado — nem de uma puta francesa. Se procura o Graal, arqueiro, procure-o com ingleses leais! É o que o rei iria querer, não é?

Uma vez mais, Thomas não respondeu. Sir Geoffrey pendurou o chicote num gancho preso ao cinto e sacudiu as rédeas. Os sete homens saíram a meio galope morro abaixo, passando perto de Robbie como desafiando-o a atacá-los, mas o escocês ignorou-os.

— O que é que aquele bastardo queria?

Thomas atirou contra o alvo, raspando-o com as penas da flecha.

— Acho que ele queria me ajudar a procurar o Graal.

— Ajudar você! — exclamou Robbie. — Ajudar você a procurar o Graal? Uma ova. Quer é roubá-lo. Aquele bastardo seria capaz de roubar o leite dos seios da Virgem Maria.

— Robbie! — disse Jeanette, chocada, e então apontou a besta para o alvo.

— Observe-a — disse Thomas a Robbie. — Ela vai fechar os olhos quando disparar. Sempre faz isso.

— Vá para o inferno — disse Jeanette, mas, incapaz de evitar, fechou os olhos ao puxar o gatilho. A seta saiu do entalhe e milagrosamente tirou um pedaço de uns quinze centímetros do topo do alvo. Jeanette olhou para Thomas com ar triunfante. — Sei atirar melhor do que você de olhos fechados.

Robbie estivera em cima dos muros da cidade, tinha visto o Espantalho abordar Thomas e, por isso fora ajudar, mas agora, depois de Sir Geoffrey ter ido embora, eles ficaram sentados ao sol, as costas apoiadas na base de madeira do moinho. Jeanette olhava para o muro da cidade que ainda mostrava as cicatrizes onde a brecha feita pelos ingleses tinha sido consertada com uma pedra de cor mais clara.

— Você é mesmo de berço nobre? — perguntou a Thomas.

— De berço bastardo — respondeu o arqueiro.

— Mas de um nobre?

— Ele era o conde de Astarac — disse Thomas, mas logo deu uma risada, porque era estranho pensar que o padre Ralph, o louco padre Ralph que pregara para as gaivotas na praia de Hookton, tinha sido conde.

— E qual é o emblema de Astarac? — perguntou Jeanette.

— Um *yale* segurando uma taça — disse ele, e mostrou a Jeanette o pedaço de prata desbotado na vara preta de seu arco gravada com a estranha criatura que tinha chifres, patas fendidas, garras, presas e um rabo de leão.

— Vou mandar fazer um estandarte para você — disse Jeanette.

— Um estandarte? Por quê?

— Um homem deve exibir o seu emblema — disse Jeanette.

— E você devia ir embora de La Roche-Derrien — retorquiu Thomas.

Ele sempre tentava convencê-la a deixar a cidade, mas ela insistia em ficar. Jeanette agora duvidava que algum dia teria o filho de volta, e por isso estava decidida a matar Charles de Blois com uma de suas setas de besta, que eram feitas de teixo compacto com pontas de ferro e providas não de penas, mas de peças duras de couro inseridas em fendas feitas em forma de cruz no teixo e depois presas com cordão e cola. Era por isso que ela treinava com tanta assiduidade, para a chance de eliminar o homem que a estuprara e tirara o seu filho.

383

O COPEIRO DO REI

A Páscoa chegou antes do inimigo. Fazia calor. As cercas vivas estavam cheias de ninhos e as campinas ecoavam com o grito das perdizes, e no dia seguinte à Páscoa, quando as pessoas comiam o que restara da festa que quebrara o jejum da Quaresma, a temida notícia finalmente chegou de Rennes.

Charles de Blois tinha iniciado a marcha.

Mais de quatro mil homens deixaram Rennes sob o estandarte com o arminho do duque da Bretanha. Dois mil eram besteiros, a maioria trajando o libré verde e vermelho de Gênova e usando no braço direito o emblema da cidade com o Santo Graal. Eram mercenários, contratados e apreciados pela sua destreza. Marchavam com eles mil elementos de infantaria, os homens que iriam cavar as trincheiras e assaltar os muros quebrados das fortalezas inglesas. Em seguida vinham mais de mil cavaleiros e soldados, a maioria franceses, que formavam o resistente cerne com armadura do exército do duque Charles. Eles marchavam em direção a La Roche-Derrien, mas o verdadeiro objetivo da campanha não era a captura da cidade, de valor desprezível, mas sim atrair Sir Thomas Dagworth e seu pequeno exército para uma batalha regular na qual os cavaleiros e os soldados, montados em seus grandes cavalos protegidos por armaduras, seriam lançados para abrir com violência um caminho pelas fileiras inglesas.

Um comboio de carroças pesadas levava nove máquinas de cerco, que precisavam da atenção de mais de cem engenheiros que sabiam montar e fazer funcionar os gigantescos aparelhos que podiam lançar pedras do tamanho de um barril de cerveja mais longe do que um arco podia disparar uma flecha. Um artilheiro florentino tinha oferecido seis de suas estranhas máquinas a Charles, mas o duque as recusara. Canhões eram peças raras, dispendiosas e, acreditava ele, temperamentais, enquanto que os velhos aparelhos mecânicos funcionavam muito bem se estivessem lubrificados com sebo, e Charles não via motivos para abandoná-los.

Mais de cinco mil homens partiram de Rennes, mas muitos mais chegaram aos campos do lado de fora de La Roche-Derrien. Gente do interior que odiava os ingleses entrou para o exército a fim de se vingar por todas as cabeças de gado, produtos agrícolas, propriedades e virgindades que suas famílias tinham perdido para os estrangeiros. Alguns estavam armados com nada mais do que picaretas ou machados, mas quando chegasse a hora de assaltar a cidade aqueles homens irados seriam úteis.

O exército chegou a La Roche-Derrien e Charles de Blois ouviu a última das portas da cidade bater ao ser fechada. Ele enviou um mensageiro para exigir a rendição da guarnição, sabendo que a proposta seria recusada, e enquanto suas tendas eram armadas ele mandou que outros cavalarianos patrulhassem o lado oeste, nas estradas que levavam a Finisterra, o fim do mundo. Eles ficaram lá para avisá-lo sobre quando o exército de Sir Thomas Dagworth marchasse para ajudar a cidade, se é que marcharia mesmo. Os espiões de Charles tinham dito a ele que Dagworth não seria capaz de reunir nem mil homens.

— E quantos deles serão arqueiros? — perguntou ele.

— No máximo quinhentos, excelência.

O homem que respondeu era um padre, um dos muitos que serviam na comitiva de Charles. O duque era conhecido como um homem piedoso e gostava de empregar padres como conselheiros, secretários e, naquele caso, chefe dos espiões.

— No máximo quinhentos — repetiu o padre —, mas na verdade muito menos, excelência.

— Menos? Como assim?

— Febre em Finisterra — respondeu o padre com um sorriso irônico. — Deus é bom para nós.

— Amém. E quantos arqueiros estão na guarnição da cidade?

— Sessenta homens saudáveis, excelência — o padre estava com o mais recente relatório de Belas —, só sessenta.

Charles fez uma careta. Já tinha sido derrotado por arqueiros ingleses, mesmo quando estivera com tamanha superioridade numérica que a derrota parecia impossível e, em conseqüência, estava sempre precavido quanto a flechas compridas, mas era também um homem inteligente e refletira bastante sobre o problema do arco de guerra inglês. Achava que era possível derrotar aquela arma, e nessa campanha mostraria como isso podia ser feito. A inteligência, a mais desprezada das qualidades de um soldado, iria triunfar, e Charles de Blois, a quem os franceses chamavam de duque e governante da Bretanha, era, sem dúvida alguma, um homem inteligente. Lia e escrevia em seis línguas, falava latim melhor do que a maioria dos padres e era um mestre em retórica. Sua própria aparência era a de um homem inteligente, com o rosto fino e pálido, os olhos azuis muito vivos, a barba e o bigode louros. Estivera lutando contra os seus rivais pelo ducado quase toda a sua vida adulta, mas agora finalmente conquistara o predomínio. O rei da Inglaterra, cercando Calais, não reforçava suas guarnições na Bretanha, enquanto o rei da França, que era seu tio, tinha sido generoso em lhe ceder soldados, o que significava que afinal o duque Charles tinha superioridade numérica sobre os inimigos. Terminado o verão, assim esperava, ele seria o senhor de todos os seus domínios ancestrais. De qualquer modo aconselhou a si mesmo que não se deixasse dominar pelo excesso de confiança.

— Até mesmo quinhentos arqueiros — pensou —, até mesmo quinhentos e sessenta arqueiros podem ser perigosos.

Ele tinha uma voz precisa, pedante e seca, e os padres de sua comitiva muitas vezes achavam que ele falava como um sacerdote.

— Os genoveses vão inundá-los de setas, excelência — garantiu um padre.

— Deus o queira — disse Charles com ar piedoso, embora o próprio Deus, segundo ele, fosse precisar de um pouco de ajuda da inteligência humana.

Na manhã seguinte, debaixo de um sol de fim de primavera, Charles cavalgou em volta de La Roche-Derrien, apesar de se manter longe o bastante para que nenhuma flecha inglesa pudesse alcançá-lo. Os defensores tinham pendurado estandartes nos muros da cidade. Algumas bandeiras exibiam a cruz de São Jorge inglesa, outras, o emblema do arminho branco do duque de Montfort que se parecia muito com o de Charles. Muitas das bandeiras continham palavras que eram verdadeiros insultos dirigidos a ele. Uma delas mostrava o arminho branco do duque com uma flecha inglesa atravessando-lhe a barriga ensangüentada, e uma outra era evidentemente um retrato de Charles sendo pisoteado por um grande cavalo preto, mas a maioria das bandeiras continha exortações piedosas pedindo a ajuda de Deus ou exibindo a cruz para mostrar aos atacantes com quem devia estar a solidariedade divina. A maioria das cidades sitiadas também teria desfraldado estandartes de seus defensores nobres, mas La Roche-Derrien tinha poucos nobres, ou pelo menos poucos que exibissem seus emblemas, e nenhum do mesmo nível dos aristocratas que estavam no exército de Charles. Os três falcões de Evecque eram exibidos no muro, mas todo mundo sabia que Sir Guillaume tivera seus direitos cassados e não tinha mais do que três ou quatro adeptos. Uma bandeira mostrava um coração vermelho num campo claro, e um padre da comitiva de Charles achou que era o emblema da família Douglas na Escócia, um absurdo para ele, porque nenhum escocês estaria lutando ao lado dos ingleses. Ao lado do coração vermelho estava um estandarte mais brilhante, mostrando um mar de linhas onduladas azul e branco.

— Aquele é... — começou a perguntar Charles, depois parou, franzindo o cenho.

— O emblema da Armórica, excelência — respondeu o senhor de Roncelets. Naquele dia, enquanto circundava a cidade, o duque Charles estivera acompanhado de seus grandes senhores para que os defensores vissem seus estandartes e ficassem com um temor reverencial. A maioria era de senhores da Bretanha; o visconde Rochan e o visconde Morgat seguiam logo atrás do duque, depois vinham os senhores de Châteaubriant e de Roncelets, Laval, Guingamp, Rougé, Dinan, Redon e Malestroit, todos montando corcéis de batalha imponentes, enquanto que da Normandia o conde de Coutances e os senhores de Valognes e Carteret tinham levado seus contratados para lutarem em favor do sobrinho do rei deles.

— Pensei que a Armórica tivesse morrido — observou um dos lordes normandos.

— Ele tem um filho — respondeu Roncelets.

— E uma viúva — disse o conde de Guingamp. — Foi essa puta traidora quem desfraldou o estandarte.

— Mas é uma bela puta traidora — disse o visconde Rohan, e os senhores riram, porque todos sabiam como tratar viúvas rebeldes e bonitas.

Charles fez uma careta ao ouvir a risada inconveniente deles.

— Quando tomarmos a cidade — ordenou com frieza —, a viúva condessa da Armórica não será molestada. Deverá ser trazida à minha presença.

Ele tinha estuprado Jeanette uma vez, e iria estuprá-la outra vez, e quando aquele prazer tivesse sido satisfeito, iria casá-la com um de seus soldados, que iria ensiná-la a se comportar e a não falar tanto. Ele agora fez o cavalo parar, para ficar olhando enquanto mais estandartes eram pendurados nos reparos, todos eles insultos dirigidos a ele e à sua casa.

— É uma guarnição atarefada — disse ele, seco.

— Cidadãos atarefados — vociferou o visconde Rohan. — Malditos traidores atarefados.

— Cidadãos? — Charles parecia intrigado. — Por que os cidadãos iriam apoiar os ingleses?

— Comércio — respondeu Roncelets, sucinto.

— Comércio?

— Eles estão ficando ricos — grunhiu Roncelets — e estão gostando.

— O bastante para lutar contra o senhor deles? — perguntou Charles, incrédulo.

— Uma ralé desleal — disse Roncelets, taxativo.

— Uma ralé — disse Charles — que teremos de levar à pobreza.

Ele usou as esporas, só parando o cavalo quando viu outro estandarte de um nobre, dessa vez mostrando um *yale* exibindo um cálice. Até aquele momento, não tinha visto um único estandarte que prometesse um vultoso resgate se o seu senhor fosse capturado, mas aquele emblema era um mistério.

— De quem é aquele? — perguntou ele.

Ninguém sabia, mas então um rapaz esguio, montando um grande cavalo preto alto, respondeu lá do fim da comitiva do duque.

— O emblema de Astarac, excelência, e pertence a um impostor.

O homem que respondera tinha vindo da França com cem cavalarianos usando um libré todo preto e estava acompanhado de um dominicano que tinha uma expressão amedrontadora. Charles de Blois tinha prazer em ter os homens de libré preto no seu exército, porque eram todos soldados vigorosos e experientes, mas se sentia um tanto nervoso em relação a eles. Eram vigorosos e experientes demais.

— Um impostor? — repetiu e esporeou o cavalo para que seguisse em frente. — Neste caso, não precisamos nos preocupar com ele.

Havia três portas dando para a terra e uma quarta, abrindo-se para a ponte, de frente para o rio. Charles planejava cercar cada uma daquelas portas, para que a guarnição ficasse encurralada como raposas em suas tocas fechadas.

— O exército — decretou quando os senhores voltaram para a tenda ducal, que tinha sido montada perto do moinho que se erguia no pequeno morro a leste da cidade — será dividido em quatro partes, e cada uma delas se posicionará diante de cada uma das portas.

Os senhores ouviram e um padre anotou os pronunciamentos, para que a História tivesse um registro autêntico do gênio marcial do duque.

Cada uma das quatro divisões do exército de Charles iria ter superioridade numérica sobre qualquer força de socorro que Sir Thomas Dagworth pudesse reunir, mas, para ficar ainda mais garantido, Charles ordenou que os quatro acampamentos se cercassem de obras de terra, a fim de que os ingleses fossem obrigados a atacar passando por trincheiras, encostas, paliçadas e cercas de espinhos. Os obstáculos iriam esconder os homens de Charles dos arqueiros e dar aos besteiros genoveses cobertura enquanto recarregassem suas armas. O terreno entre os quatro acampamentos deveria ficar livre de cercas e outros obstáculos para deixar que houvesse apenas uma imensidão de grama e pântano.

— O arqueiro inglês — disse Charles a seus senhores — não é um homem que lute cara a cara. Ele mata de longe e esconde-se atrás de cercas, frustrando os nossos cavalos. Nós iremos virar essa tática contra ele.

A tenda era grande, branca e arejada, e o cheiro no seu interior era de grama pisada e de suor de homens. Do lado de fora das paredes de lona chegava o barulho surdo de batidas enquanto os engenheiros usavam martelos de madeira para montar o maior dos grandes aparelhos de sítio.

— Nossos homens — decretou ainda Charles — deverão ficar dentro de suas defesas. Com isso, vamos fazer quatro fortalezas que ficarão em frente às quatro portas da cidade, e se os ingleses enviarem uma força de socorro esses homens terão de atacar nossas fortalezas. Arqueiros não conseguem matar quem eles não vêem. — Fez uma pausa para certificar-se de que aquelas palavras simples eram compreendidas. — Arqueiros — tornou a dizer — não conseguem matar quem eles não vêem. Lembrem-se disso! Nossas bestas estarão atrás de barreiras de terra, estaremos protegidos por cercas e escondidos por paliçadas, e o inimigo estará em campo aberto, onde poderá ser abatido.

Houve murmúrios de concordância, porque o que o duque dizia fazia sentido. Arqueiros não podiam matar homens invisíveis. Até mesmo o aterrador dominicano que chegara com os soldados vestidos de preto parecia ter ficado impressionado.

Os sinos anunciando o meio-dia tocaram na cidade. Um deles, o mais alto, estava rachado e emitia uma nota dissonante.

— La Roche-Derrien — continuou o duque — não tem importância. Se ela cair, ou não, não fará diferença. O que importa é forçarmos o exército do inimigo a sair para nos atacar. É provável que Dagworth venha proteger La Roche-Derrien. Quando ele chegar, nós o esmagaremos, e depois que ele tiver sido derrotado só restarão as guarnições inglesas, e nós as pegaremos uma a uma. Findo o verão, toda a Bretanha será nossa.

Ele falava devagar e com simplicidade, sabendo que era melhor explicar bem a campanha para os homens que, embora fossem fortes como aríetes, não eram famosos como pensadores.

— E quando a Bretanha for nossa — continuou — haverá presentes de terra, de solares e de baluartes.

Houve um grunhido muito mais alto de aprovação e os homens que ouviam sorriram, porque haveria mais do que terra, solares e castelos como recompensas pela vitória. Haveria ouro, prata e mulheres. Mulheres em quantidade. O grunhido transformou-se em risadas quando os homens perceberam que estavam todos pensando na mesma coisa.

— Mas é aqui — a voz de Charles chamou a platéia à ordem — que nós tornamos possível a nossa vitória, e nós o fazemos negando ao arqueiro inglês os seus alvos. Um arqueiro não pode matar homens que ele não consegue ver! — Ele fez nova pausa, olhando para a platéia, e viu que todos balançavam a cabeça enquanto a verdade simples daquela afirmativa finalmente penetrava-lhes o crânio.— Nós estaremos, todos, em nossas fortalezas, uma das quatro fortalezas, e quando o exército inglês vier para desafogar o cerco irá atacar uma dessas fortalezas. Esse exército inglês será pequeno. Menos de mil homens! Suponham então que ele comece atacando o forte que eu vou construir aqui. O que é que os demais dos senhores vão fazer?

Esperou uma resposta, e, depois de um certo tempo, o senhor de Roncelets, tão em dúvida quanto um aluno dando uma resposta ao seu mestre, franziu o cenho e fez uma sugestão.

— Viemos ajudar vossa excelência?

Os outros senhores sacudiram a cabeça e deram um sorriso de concordância.

— Não! — disse Charles, irritado. — Não! Não! Não! — Esperou um instante para ter a certeza de que eles tinham entendido aquela palavra simples. — Se os senhores saírem de suas fortalezas — explicou —, irão oferecer ao arqueiro inglês um alvo. É isso que ele quer! Ele vai querer nos tentar a sair de trás dos nossos muros para nos abater com suas flechas. Por isso, o que é que nós fazemos? Ficamos atrás dos nossos muros. *Ficamos atrás dos nossos muros.*

Será que eles tinham entendido? Aquilo era a chave da vitória. Mantenham os homens escondidos, e os ingleses têm de perder. O exército de Sir Thomas Dagworth seria obrigado a assaltar muros de terra e cercas de espinhos, e os besteiros iriam espetá-los em quadrelos, e quando os ingleses estivessem tão reduzidos que só restassem algumas centenas em pé o duque liberaria seus soldados para massacrar os remanescentes.

— Os senhores não saem de suas fortalezas — insistiu, determinado. — Aquele que sair perderá o direito à minha generosidade.

A ameaça trouxe os ouvintes do duque de volta à realidade.

— Se até mesmo um de seus homens deixar a proteção dos muros — continuou Charles —, vamos providenciar para que os senhores não sejam incluídos na distribuição de terras quando a campanha terminar. Ficou claro, cavalheiros? Ficou claro?

Ficou claro. Era simples.

Charles de Blois iria construir quatro fortalezas para se oporem às quatro portas da cidade, e os ingleses, quando viessem, seriam obrigados a assaltar aqueles muros recém-erguidos. E mesmo o menor dos quatro fortes do duque teria mais defensores do que os ingleses tinham de atacantes, e os defensores estariam protegidos, suas armas seriam letais, e os ingleses morreriam. Com isso, a Bretanha passaria para a casa de Blois.

Inteligência. Ela ganharia guerras e construiria reputações. E depois que Charles tivesse mostrado como derrotar os ingleses ali, iria derrotá-los em toda a França.

Porque Charles sonhava com uma coroa mais pesada do que a coroa aberta de duque da Bretanha. Sonhava com a França, mas o começo teria de ser ali, nos campos alagados em torno de La Roche-Derrien, onde ensinaria ao arqueiro inglês qual era o lugar dele.

No inferno.

As nove máquinas de cerco eram todas trabucos, o maior deles capaz de atirar uma pedra pesando o dobro de um homem adulto, a uma distância de quase trezentos passos. Todos os nove tinham sido feitos em Regensburg, na Baviera, e os engenheiros experientes que acompanhavam as altas máquinas eram, todos, bávaros que entendiam as complicações das armas. Os dois maiores trabucos tinham um braço lançador com mais de dezesseis metros de comprimento, e mesmo os dois menores, instalados na margem distante do Jaudy para ameaçar a ponte e sua barbacã, tinham braços que mediam onze metros.

Os dois maiores, que se chamavam Infernal e Fazedor de Viúvas, foram colocados ao pé do morro onde imperava o moinho. A rigor, cada um deles era uma máquina simples, apenas um braço comprido montado num eixo como uma balança de gigante ou uma gangorra para crianças, só que uma das extremidades da gangorra tinha o triplo do comprimento da outra. A ponta mais curta era sobrecarregada com uma enorme caixa de madeira cheia de pesos de chumbo, enquanto a mais longa, a que atirava o projétil, ficava presa a um grande guincho que a arriava até o chão e, com isso, levantava as dez toneladas de contrapesos de chumbo. O projétil de pedra era colocado numa funda de couro com cerca de cinco metros de comprimento, presa ao braço mais longo. Liberado, o braço com o contrapeso caía com força e o braço mais longo lançava-se com força para o alto. A funda subia ainda mais depressa, e a pedra era solta do seu berço de couro para descrever uma curva no céu e desabar em cima do alvo. Simples. O difícil era manter o mecanismo lubrificado com sebo, construir um guincho forte o bastante para arriar o braço longo até o chão, fazer um caixote com resistência suficiente para bater repetidas vezes e não derramar as dez toneladas de pesos de chumbo e, o mais difícil de tudo, projetar um dispositivo com força suficiente para manter o braço longo arriado contra o peso do chumbo mas capaz de liberar o braço com segurança. Esses eram os detalhes nos quais os bávaros eram peritos e pelos quais eram pagos com muita generosidade.

Muita gente dizia que a perícia dos bávaros era redundante. Os canhões eram muito menores e atiravam seus mísseis com muito mais força, mas o duque Charles usara a inteligência para uma comparação e concluíra em favor da tecnologia mais antiga. Os canhões eram lentos e sujeitos a explosões que matavam os dispendiosos artilheiros. Eram também dolorosamente lentos, porque a folga entre o projétil e o cano do canhão tinha de ser vedada para conter a força da pólvora, e por isso era necessário envolver a bala do canhão em marga molhada, exigindo tempo para secar antes que a pólvora pudesse ser acesa, mas até os artilheiros mais experientes, vindos da Itália, não conseguiam disparar uma arma mais de três ou quatro vezes por dia. E quando um canhão disparava cuspia uma bala que pesava apenas poucos quilos. Embora fosse verdade que a pequena bala voava a uma velocidade tão grande que nem era possível vê-la, os trabucos, mais antigos, podiam atirar um projétil com vinte ou trinta vezes mais de peso, três ou quatro vezes por hora. La Roche-Derrien, decidira o duque, seria martelada à maneira antiga, e por isso a cidadezinha foi cercada por nove trabucos. Além do Infernal e do Fazedor de Viúvas, havia ainda o Lança-Pedras, o Esmagador, o Coveiro, o Chicote de Pedra, o Odiento, o Destruidor e o Mão de Deus.

Cada trabuco era construído sobre uma plataforma feita com vigas de madeira e protegido por uma paliçada alta e resistente o bastante para deter qualquer flecha. Alguns camponeses que tinham entrado para o exército foram treinados para ficar perto das paliçadas e prontos para jogar água em quaisquer flechas incendiárias que os ingleses pudessem usar para destruir as cercas e com isso deixar expostos os engenheiros dos trabucos. Outros camponeses cavavam as valas e erguiam as barreiras de terra que formavam as quatro fortalezas do duque. Onde era possível, eles usavam valas já existentes ou incorporavam as grossas cercas de espinhos às defesas. Fizeram barreiras de estacas pontudas e cavaram fossos para quebrar patas de cavalos. As quatro partes do exército do duque cercaram-se de muitas defesas e, dia após dia, à medida que os muros subiam e os trabucos tomavam forma com as peças transportadas nos carroções, o duque mandava seus homens treinarem a formação de suas linhas de combate. Os besteiros genoveses guarneciam os muros semi-acabados, enquanto atrás deles os cavaleiros e os soldados desfilavam a pé. Alguns homens resmungavam, dizendo que aqueles treinos eram uma perda de tempo, mas outros percebiam como o duque queria lutar e aprovavam. Os arqueiros ingleses seriam frustrados pelos muros, valas e paliçadas, e as bestas iriam eliminá-los um a um, e por fim o inimigo seria obrigado a atacar passando pelos muros de terra e pelas valas alagadas, para serem massacrados pelos soldados que os aguardavam.

Depois de uma semana de um trabalho de castigar as costas, os trabucos foram montados e as caixas de contrapeso tinham sido cheias com grandes lingotes de chumbo. Agora os engenheiros tinham de demonstrar uma habilidade ainda mais sutil, a arte de lançar as grandes pedras, uma atrás da outra, concentrando-se no mesmo ponto do muro para que as defesas fossem derrubadas e se abrisse um caminho para dentro da cidade. Então, depois que o exército de socorro fosse derrotado, os homens do duque poderiam assaltar La Roche-Derrien e passar na espada seus habitantes traidores.

Os engenheiros bávaros escolheram as primeiras pedras com cuidado, depois encurtaram o comprimento das fundas para alterar o raio de alcance das máquinas. Era uma bela manhã de primavera. Francelhos voavam alto, ranúnculos pontilhavam os campos, trutas subiam para pegar as efeméridas, o alho selvagem florescia de branco e pombos voavam pelas novas folhas dos verdes bosques. Era a época mais bonita do ano, e o duque Charles, cujos espiões lhe disseram que o exército inglês de Sir Thomas Dagworth ainda não deixara a Bretanha ocidental, previa o triunfo.

— Os bávaros — disse ele a um de seus assistentes padres — podem começar.

O trabuco chamado Infernal disparou primeiro. Foi puxada uma alavanca que retirou um grosso pino de metal de um grampo preso no longo braço da viga do Infernal. Dez toneladas de chumbo caíram com um estrondo que foi ouvido em Tréguier, o braço comprido deu um salto para cima e a funda girou na ponta do braço com o barulho de uma súbita rajada de vento e uma pedra traçou um arco no céu. Ela pareceu parar um instante, um grande pedaço de pedra no céu cheio de francelhos, e depois, como um raio, caiu.

A matança começara.

PRIMEIRA PEDRA, atirada pelo Infernal, caiu sobre o telhado da casa de um tintureiro perto da igreja de São Brieuc e arrancou a cabeça de um soldado inglês e a da mulher do tintureiro. Pela guarnição correu a piada de que os dois corpos foram esmagados tão juntinhos que continuariam copulando por toda a eternidade. A pedra assassina, do tamanho de um barril, errara as defesas do leste por não mais do que sete metros. Os engenheiros bávaros fizeram uns ajustes na funda, e a pedra seguinte caiu bem rente ao muro, espirrando sujeira e esgoto da fossa. A terceira acertou o muro em cheio e então uma pancada surda anunciou que o Fazedor de Viúvas acabara de atirar seu primeiro primeiro projétil e assim, um atrás do outro, Lança-Pedra, Esmagador, Coveiro, Chicote de Pedra, Odiento, Destruidor e Mão de Deus deram suas contribuições.

Richard Totesham fez o possível para anular o assalto dos trabucos. Era evidente que Charles tentava abrir quatro brechas, uma de cada lado da cidade, e por isso Totesham ordenou que fossem feitos sacos imensos e que os enchessem de palha, e os sacos foram colocados para calçar os muros, que ainda eram protegidos por vigas de madeira. Aquelas precauções serviram para reduzir o ritmo do processo de abrir as brechas, mas os bávaros mandavam seus mísseis bem dentro da cidade, e nada podia ser feito para proteger as casas daquelas pedras que mergulhavam. Alguns habitantes alegavam que Totesham devia construir um trabuco e tentar quebrar as máquinas do inimigo, mas ele duvidava que houvesse tempo, e em vez disso foi montada uma besta gigantesca com mastreação de navios que tinha sido levada rio acima de Tréguier antes do sítio começar. Tréguier estava deserta agora. Como não tinha muros, seus habitantes tinham ido para La Roche-Derrien à procura de abrigo, fugido para o mar em seus navios ou passado para o lado de Charles.

A *springald* de Totesham tinha dez metros de largura e disparava uma seta de dois metros e meio de comprimento impulsionada por uma corda feita de couro trançado. Era armada por meio de um sarilho de navio. Foram precisos quatro dias para fazer a arma e justo na primeira vez que tentaram usá-la a verga quebrou. Foi um mau agouro, e houve outro ainda pior no dia seguinte, quando um cavalo que puxava uma carroça de despejos noturnos livrou-se dos arreios e escoiceou uma criança na cabeça. A criança morreu. Mais tarde naquele dia uma pedra de uma das catapultas menores do outro lado do rio despencou sobre a casa de Richard Totesham e derrubou metade do andar superior e por muito pouco não lhe matava o filho pequeno. Mais de uma vintena de mercenários tentou desertar da guarnição naquela noite e alguns deles deviam ter fugido, outros juntaram-se ao exército de Charles, e um, que ia levando uma mensagem para Sir Thomas Dagworth escondida numa bota, foi capturado e decapitado. Na manhã seguinte, a cabeça, com a carta presa entre os dentes, foi lançada para dentro da cidade pelo trabuco chamado Mão de Deus e o moral da guarnição despencou ainda mais.

— Não tenho muita certeza — disse Mordecai a Thomas — se se pode confiar nos presságios.

— Claro que se pode.

— Eu gostaria de ouvir suas razões. Mas primeiro mostre-me sua urina

— Você disse que eu estava curado — protestou Thomas.

— O preço da saúde, meu caro Thomas, é a eterna vigilância. Mije para mim.

Thomas obedeceu, Mordecai ergueu o líquido contra o sol, molhou um dedo nele e tocou a língua com ele.

— Maravilha! — disse ele. — Clara, pura e não muito salina. É um bom presságio, não é?

— Isso é um sintoma — disse Thomas —, não um presságio.

— Ah. — Mordecai sorriu diante da correção.

Eles estavam no pequeno quintal atrás da cozinha da casa de Jeanette, onde o médico observava as andorinhas-de-casa levando lama para os novos ninhos embaixo dos beirais do telhado.

— Ilustre-me, Thomas — disse ele com outro sorriso —, quanto aos presságios.

— Quando nosso Senhor foi crucificado — disse Thomas — fez-se escuridão durante o dia e uma cortina do templo rasgou-se em duas.

— Está me dizendo que os presságios estão escondidos no próprio cerne da sua fé?

— E da sua também, sem dúvida? — perguntou Thomas.

Mordecai encolheu-se de medo quando uma pedra despencou em alguma parte da cidade. O barulho reverberou, depois ouviu-se um outro choque estilhaçante quando um telhado enfraquecido cedeu. Cachorros uivaram e uma mulher gritou.

— Eles estão fazendo isso de propósito — disse Mordecai.

— É claro — disse Thomas.

O inimigo estava não só mandando pedras para caírem sobre as pequenas casas apertadas da cidade, mas às vezes usava os trabucos para jogarem as carcaças em decomposição de gado bovino, suíno e caprino para espalhar sujeira e fedor pelas ruas.

Mordecai esperou até que a mulher parasse de gritar.

— Acho que não acredito em presságios — disse ele. — Temos um pouco de azar na cidade e todo mundo pensa que estamos condenados, mas como é que sabemos que não há algum azar afligindo o inimigo?

Thomas não disse nada. Pássaros se envolviam num bate-boca no telhado de sapé sem perceber que um gato estava à espreita embaixo da cumeeira.

— O que é que você quer, Thomas? — perguntou Mordecai.

— Quero?

— O que é que você quer?

Thomas fez uma careta e estendeu a mão direita com os dedos tortos.

— Que estes fiquem direitos.

— E eu queria ser jovem de novo — disse Mordecai com impaciência. — Seus dedos estão reparados. Estão tortos, mas reparados. Agora diga-me o que é que você quer.

— O que eu quero — disse Thomas — é matar os homens que mataram Eleanor. Trazer o filho de Jeanette de volta. E depois, ser um arqueiro. Só isso. Um arqueiro. — Ele queria o Graal também, mas não gostava de falar sobre isso com Mordecai.

Mordecai puxou a barba.

— Matar os homens que mataram Eleanor? — meditou em voz alta. — Eu acho que você vai fazer isso. O filho de Jeanette? Talvez faça isso também, embora eu não compreenda por que você quer agradá-la. Não quer se casar com Jeanette, quer?

— Casar com ela! — Thomas deu uma risada. — Não!

— Ótimo.

— Ótimo? — Agora Thomas se ofendera.

— Sempre gostei de conversar com alquimistas — disse Mordecai — e muitas vezes os vi misturar enxofre com mercúrio. Existe uma teoria segundo a qual todos os metais são compostos dessas duas substâncias, sabia? As proporções variam, é claro, mas o meu ponto de vista, meu caro Thomas, é que se você colocar mercúrio e enxofre num vaso e depois aquecer este vaso, o mais freqüente é o resultado ser calamitoso. — Ele imitou uma explosão com as mãos. — Isso, acho eu, acontece com você e Jeanette. Além do mais, não consigo imaginá-la casada com um arqueiro. Com um rei? Sim. Com um duque? Talvez. Com um conde? Claro. Mas com um arqueiro? — Ele abanou a cabeça. — Não há nada de errado em ser um arqueiro, Thomas. Neste mundo malvado, é uma habilidade útil. — Ficou calado por alguns segundos. — Meu filho está estudando para ser médico.

Thomas sorriu.

— Eu sinto uma reprovação.

— Uma reprovação?

— Seu filho vai ser um curador, e eu sou um matador.

Mordecai abanou a cabeça.

— Benjamim está estudando para ser médico, mas ele preferiria ser soldado. Ele quer ser um matador.

— Então, por quê... — Thomas parou porque a resposta era óbvia.

— Os judeus não podem portar armas — disse Mordecai —, eis o porquê. Não, eu não pretendia manifestar uma reprovação. Acho que para um soldado, Thomas, você é um homem bom.

Ele fez uma pausa e franziu o cenho, porque outra pedra de um dos trabucos maiores batera contra um prédio não muito longe e, depois que o barulho que ecoava diminuiu, ele ficou esperando pelos gritos. Não se ouviu grito algum.

— Seu amigo Will também é um homem bom — continuou Mordecai —, mas eu receio que ele já não seja um arqueiro.

Thomas sacudiu a cabeça. Will Skeat estava curado, mas não recuperado.

— Às vezes penso que teria sido melhor... — começou Thomas.

— Se ele tivesse morrido? — Mordecai terminou o pensamento. — Não deseje a morte de ninguém, Thomas, porque ela já chega cedo bastante sem um desejo. Sir William vai voltar para a Inglaterra, sem dúvida, e o seu conde cuidará dele.

O destino de todos os soldados idosos, pensou Thomas. Voltar para casa e morrer por conta da caridade da família a que serviram.

— Então eu irei para o sítio de Calais quando tudo isso acabar — disse Thomas — e ver se os arqueiros do Will precisam de um novo chefe.

Mordecai sorriu.

— Não vai procurar o Graal?

— Não sei onde ele está — disse Thomas.

— E o livro de seu pai? — perguntou Mordecai. — Não ajudou?

Thomas andara lendo atentamente a cópia que Jeanette fizera. Ele achava que seu pai devia ter usado algum tipo de código, embora por mais que tentasse não conseguisse desvendar o segredo do código. Ou então, em suas digressões, o livro era simplesmente um sintoma da mente perturbada do padre Ralph. Mas Thomas estava certo de uma coisa. Seu pai acreditava ter possuído o Graal.

— Vou procurar o Graal — disse Thomas —, mas às vezes acho que a única maneira de ser bem-sucedido é não procurá-lo.

Ele ergueu o olhar, assustado, porque ouviu-se um repentino barulho de uma luta desordenada no telhado. O gato fizera uma investida e quase perdera o equilíbrio quando os pássaros espalharam-se para cima.

— Mais um presságio? — sugeriu Mordecai olhando para os pássaros que fugiam. — Sem dúvida, um bom presságio.

— Além do mais — disse Thomas —, o que é que você sabe sobre o Graal?

— Eu sou judeu. O que é que eu sei sobre qualquer coisa? — perguntou Mordecai com ar de inocência. — O que aconteceria, Thomas, se você achasse o Graal? — Ele não esperou a resposta. Em vez disso, continuou: — Pensa que o mundo vai se tornar um lugar melhor? Que o mundo só está precisando do Graal? Só isso? — Ainda não houve resposta. — Ele é uma coisa parecida com "Abracadabra", é isso? — disse Mordecai com tristeza.

— O diabo? — Thomas estava chocado.

— Abracadabra não é o diabo! — respondeu Mordecai, igualmente chocado. — É simplesmente um encantamento. Alguns judeus bobocas acreditam que se você o escrever na forma de um triângulo e pendurá-lo ao pescoço, vai ficar livre de sezão! Que absurdo! A única cura para sezão é uma cataplasma quente de estrume de vaca, mas o povo deposita confiança em amuletos e, o que lamento, também em presságios, mas eu não acho que Deus trabalhe através de um ou se revele através do outro.

— O seu Deus — disse Thomas — está muito longe.

— Receio que sim.

— O meu está perto — disse Thomas — e Ele se revela.

— Então você é um felizardo — disse Mordecai.

A roca e o fuso de Jeanette estavam no banco ao lado dele e ele colocou a roca sob o braço esquerdo e tentou fiar um fio da lã enrolado em torno da cabeça da roca, mas não conseguiu nada.

— Você é um felizardo — repetiu ele —, e espero que quando as tropas de Charles invadirem, o seu Deus esteja por perto. Quanto a nós, os demais, suponho que estejamos condenados.

— Se eles invadirem — disse Thomas — refugie-se numa igreja ou tente fugir pelo rio.

— Eu não sei nadar.

— Neste caso, a igreja é a melhor esperança.

— Eu duvido — disse Mordecai, largando a roca. — O que o Totesham devia fazer é render-se — disse ele, com tristeza. — Deixar todos nós irmos embora.

— Ele não vai fazer isso.

Mordecai deu de ombros.

— Então, temos que morrer.

No entanto, no dia seguinte, ele recebeu uma chance de fugir quando Totesham disse que quem não quisesse sofrer as privações do sítio poderia deixar a cidade pela porta sul, mas assim que ela foi aberta uma força de soldados de Charles, todos com cotas de malha e com os rostos escondidos pelas viseiras cinzentas dos elmos, bloqueou a estrada. Não mais de cem pessoas tinham decidido ir embora, todas elas mulheres e crianças, mas os soldados de Charles estavam lá para dizer que elas não teriam permissão para abandonar La Roche-Derrien. Não interessava aos sitiantes ter menos bocas para a guarnição alimentar, e por isso os homens de cinza barraram a estrada, e os soldados de Totesham fecharam a porta e as mulheres e as crianças ficaram empacadas o dia inteiro.

Ao anoitecer, os trabucos pararam de funcionar pela primeira vez desde que a pedra matara a mulher do tintureiro e o amante e, no estranho silêncio, chegou um mensageiro vindo do acampamento de Charles. Um trombeteiro e uma bandeira branca anunciaram que ele queria uma trégua e Totesham ordenou que um trombeteiro inglês respondesse ao bretão e que uma bandeira branca fosse agitada acima da porta sul. O mensageiro bretão esperou até que um homem de posto elevado chegasse aos muros e então fez um gesto em direção às mulheres e às crianças.

403

O COPEIRO DO REI

— Essa gente — disse ele — não pode ter permissão para atravessar nossas linhas. Elas vão morrer de fome aqui.

— É essa a piedade que o seu senhor tem do povo dele? — retrucou o enviado de Totesham. Ele era um padre inglês que falava bretão e francês.

— Ele tem tamanha piedade deles — respondeu o mensageiro — que quer livrá-los dos grilhões da Inglaterra. Diga ao seu senhor que ele tem até o Ângelus desta noite para entregar a cidade. Se fizer isso, terá permissão para retirar-se com todas as suas armas, estandartes, cavalos, famílias, criados e pertences.

Era uma oferta generosa, mas o padre nem mesmo a examinou.

— Vou dizer a ele — disse o padre —, mas só se você disser ao seu senhor que nós temos comida para um ano e armas suficientes para matar todos vocês duas vezes.

O mensageiro fez uma mesura, o padre retribuiu o cumprimento e a parlamentação acabou. Os trabucos recomeçaram seu trabalho e, ao cair da noite, Totesham ordenou que as portas da cidade fossem abertas e os fugitivos tiveram permissão para voltar para dentro, sob os apupos daqueles que não tinham fugido.

Thomas, como todo homem de La Roche-Derrien, fazia plantão nas defesas. Era um trabalho enfadonho, porque Charles de Blois tinha um cuidado muito grande para que nenhuma de suas forças se desviasse para dentro do raio de alcance dos arqueiros ingleses, mas era um tanto divertido observar os grandes trabucos. Eles eram arriados tão devagar, que parecia que os imensos braços praticamente não se mexiam, mas aos poucos, quase imperceptivelmente, a grande caixa de madeira com seus pesos de chumbo erguia-se por trás da paliçada protetora e o braço comprido desaparecia de vista. Depois, quando o braço comprido tinha sido arriado ao máximo, nada acontecia durante muito tempo, presumivelmente porque os engenheiros estavam carregando a funda e então, quando parecia que nada iria acontecer, o contrapeso caía, a paliçada tremia, pássaros assustados levantavam-se velozes do gramado e o braço comprido vergastava para cima, dava uma sacudidela violenta, a funda se projetava e uma pedra fazia um arco no ar. Então chegava o som, o monstruoso choque do contrapeso ao cair, seguido um segundo depois pelo baque da pedra nas defesas rompidas. Mais sacos cheios de palha eram atirados para dentro da brecha que aumentava, mas os projéteis ainda causavam os seus danos e por isso Totesham ordenou que seus homens começassem a erguer novos muros atrás das brechas que iam ficando maiores.

Alguns homens, inclusive Thomas e Robbie, queriam fazer uma surtida. Junte sessenta homens, argumentavam eles, e deixe-os sair da cidade à primeira luz do dia. Eles poderiam dominar facilmente um ou dois trabucos, ensopar as máquinas de óleo e piche e jogar tições em chamas no emaranhado de cordas e madeira, mas Totesham não permitiu. Alegou que sua guarnição era muito pequena e ele não queria perder nem mesmo meia dúzia de homens antes de precisar combater os soldados de Charles nas brechas.

Mesmo assim, perdia homens. Quando a terceira semana de sítio chegou, Charles de Blois terminara suas obras defensivas e as quatro posições do seu exército estavam todas protegidas atrás de paredes de terra, cercas, paliçadas e valas. Tinha eliminado quaisquer obstáculos na área entre seus acampamentos, para que quando um exército de socorro chegasse seus arqueiros não tivessem onde se esconder. Agora, com seus acampamentos fortificados e os trabucos abrindo buracos cada vez maiores nos muros de La Roche-Derrien, ele mandou que os besteiros avançassem para molestar as defesas. Eles chegaram aos pares, um homem com a besta e seu companheiro segurando um pavês, um escudo tão alto, largo e resistente que podia proteger os dois. Os paveses eram pintados, alguns com palavrões horríveis, mas a maioria com insultos em francês, inglês e, em certos casos, porque os besteiros eram genoveses, em italiano. Os quadrelos deles castigavam o muro, passavam assobiando perto das cabeças dos defensores e chocavam-se no telhado das casas atrás dos muros. Às vezes, os genoveses disparavam setas incendiárias e Totesham tinha seis esquadrões de homens que não faziam nada a não ser perseguir incêndios nos telhados de sapé e, quando não estavam extinguindo chamas, tiravam água do rio Jaudy e encharcavam os telhados que ficavam mais perto das defesas e, por isso, corriam mais risco de serem atingidos pelos besteiros.

Os arqueiros ingleses respondiam com flechadas, mas os besteiros, em sua maioria, estavam escondidos atrás de seus paveses e, quando disparavam, expunham-se por apenas um segundo. Mesmo assim alguns morriam, mas eles também derrubavam arqueiros que estavam nos muros da cidade. Jeanette muitas vezes unia-se a Thomas na defesa sul e disparava suas setas de um ameado ao lado da porta. Uma besta podia ser disparada de uma posição ajoelhada, de modo que ela não expunha muito do seu corpo ao perigo, enquanto Thomas tinha que ficar em pé para disparar uma flecha.

— Você não devia estar aqui — dizia ele todas as vezes, e ela repetia as palavras dele só mexendo os lábios, sem emitir som algum, e depois se curvava para armar o arco.

— Você se lembra — perguntou ela — do primeiro cerco?

— Quando você atirava em mim?

— Vamos esperar que eu agora tenha mais pontaria — disse ela, e apoiou o arco no muro, mirou e apertou o gatilho. A seta acertou num pavês que já estava espetado com flechas inglesas adornadas de penas. Atrás dos besteiros estava o muro de terra do acampamento mais próximo, acima do qual apareciam as deselegantes vigas de dois trabucos e, depois delas, as vistosas bandeiras de alguns dos senhores de Charles. Jeanette reconheceu os estandartes de Rohan, Laval, Malestroit e Roncelets, e a primeira visão daquele estandarte semelhante a uma vespa a enchera de raiva e ela chorara ao pensar no filho na distante torre de Roncelets.

— Eu queria que eles assaltassem agora — disse ela — e que eu pudesse acertar uma seta em Roncelets e também em Blois.

— Eles não atacarão enquanto não derrotarem Dagworth — disse Thomas.

— Você acha que ele vem?

— Acho que é por isso que eles estão aqui — disse Thomas fazendo com a cabeça um gesto em direção a um besteiro que acabara de sair de trás de seu escudo. O homem recuou, abaixando-se, um segundo antes da flecha de Thomas passar chiando por ele. Thomas tornou a se acocorar.

— Charles sabe que pode nos derrotar quando quiser — disse ele —, mas o que ele realmente quer é esmagar Dagworth.

Porque quando Sir Thomas Dagworth fosse esmagado, não restaria mais nenhum exército de campo inglês na Bretanha e as fortalezas cairiam inevitavelmente, uma a uma, e Charles conquistaria o seu ducado.

Então, um mês depois de Charles ter chegado, quando as cercas em torno de suas fortalezas estavam brancas com as flores dos pilriteiros e as pétalas das macieiras estavam sendo sopradas pelo vento e as margens do rio estavam espessas com íris e as papoulas estavam de um vermelho brilhante no centeio que crescia, viu-se uma nuvem de fumaça no céu do sudoeste. Os vigias nos muros de La Roche-Derrien viram batedores partindo do acampamento inimigo e sabiam que a fumaça devia vir de fogueiras em acampamentos, o que significava que um exército estava vindo. Alguns temiam que pudesse ser um reforço para o inimigo, mas outros garantiam que na verdade só amigos estariam se aproximando pelo sudoeste. O que Richard Totesham e os outros que sabiam a verdade não revelaram foi que qualquer força de auxílio seria pequena, muito menor do que o exército de Charles, e estaria se dirigindo para uma armadilha que Charles preparara.

Porque a manobra de Charles funcionara e Sir Thomas Dagworth mordera a isca.

Charles de Blois convocou seus senhores e comandantes para a grande tenda ao lado do moinho. Era sábado, a força inimiga estava a pouca distância e, inevitavelmente, havia gente impetuosa nas suas fileiras que queria vestir a armadura, erguer as lanças e sair a cavalo para ser morta pelos arqueiros ingleses. Havia uma abundância de idiotas, pensou Charles, e então liquidou as esperanças deles ao deixar claro que ninguém, exceto os batedores, poderia sair de nenhum dos quatro acampamentos.

— Ninguém! — Ele deu um murro na mesa quase derrubando o tinteiro do escrevente que anotava suas palavras. — Ninguém vai sair! Entenderam todos?

Ele olhou de uma cara para outra e tornou a pensar em como eram idiotas os seus senhores.

— Nós vamos ficar atrás das nossas fortificações — disse ele —, e eles virão até nós. Eles virão e serão mortos.

Alguns entre os senhores pareceram descontentes, porque praticamente não havia glória em lutar atrás de barreiras de terra e valas úmidas quando um homem poderia estar galopando um corcel de guerra, mas Charles de Blois estava inflexível e até mesmo os mais ricos de seus senhores temiam a sua ameaça de que quem lhe desobedecesse não participaria da distribuição de terras e riquezas que se seguiria à conquista da Bretanha.

Charles pegou uma folha de pergaminho.

— Nossos batedores chegaram perto das colunas de Sir Thomas Dagworth — disse em sua voz precisa — e agora temos uma estimativa correta de quantos eles sao.

Sabendo que todos os que estavam na tenda queriam saber da força do inimigo, ele fez uma pausa, porque queria conferir um certo drama àquele anúncio, mas não pôde deixar de sorrir ao revelar os números.

— Nossos inimigos — disse ele — nos ameaçam com trezentos soldados e quatrocentos arqueiros.

Houve uma pausa enquanto os números eram assimilados, e depois veio uma explosão de gargalhadas. Até mesmo Charles, em geral muito pálido, inflexível e severo, juntou-se a eles. Era risível! Na verdade, era impertinente! Bravo, talvez, mas de extrema loucura. Charles de Blois tinha quatro mil homens e centenas de camponeses voluntários que, embora não estivessem realmente acampados dentro das defesas de terra dele, mereciam a sua confiança quanto a ajudar a massacrar um inimigo. Ele tinha dois mil dos melhores besteiros da Europa, tinha mil cavaleiros com armaduras, muitos deles grandes campeões de torneios famosos, e Sir Thomas Dagworth estava se aproximando com setecentos homens? A cidade poderia contribuir com outros cem ou duzentos, mas mesmo nas suas hipóteses mais esperançosas os ingleses não poderiam reunir mais de mil homens, e Charles tinha quatro vezes aquela quantidade.

— Eles virão, cavalheiros — disse ele a seus agitados senhores —, e vão morrer aqui.

Havia duas estradas pelas quais eles poderiam aproximar-se. Uma vinha do oeste e era o caminho mais direto, mas levava à margem mais distante do rio Jaudy e Charles não achava que Dagworth fosse usá-la. A outra rodeava a cidade sitiada para se aproximar vinda do sudeste, e ia direto para o maior dos quatro acampamentos de Charles, o do leste, onde ele estava no comando em pessoa e onde os maiores trabucos martelavam os muros de La Roche-Derrien.

— Permitam que lhes conte, cavalheiros — Charles acabou com a diversão dos comandantes —, o que acredito que Sir Thomas vai fazer. O que eu faria se tivesse a infelicidade de estar no lugar dele. Acredito que vai enviar uma força pequena mas barulhenta para se aproximar de nós pela estrada de Lannion — esta era a estrada que vinha do oeste, à direita — e irá enviá-la durante a noite, para tentar nos levar a acreditar que ele irá atacar o nosso acampamento do outro lado do rio. Ele deverá esperar que reforcemos aquele acampamento e então, ao amanhecer, o ataque verdadeiro virá do leste. Ele espera que a maior parte do nosso exército fique presa do outro lado do rio e ele possa chegar ao amanhecer e destruir os três acampamentos desta margem. Isto, cavalheiros, é o que ele provavelmente vai tentar, e vai fracassar. Vai fracassar, porque nós temos uma regra clara e rígida que não será descumprida! Ninguém sai do acampamento! Ninguém! Fiquem atrás dos seus muros! Nós lutamos a pé, formamos nossas linhas de batalha e deixamos que eles nos ataquem. Nossos besteiros irão dizimar os arqueiros deles, e então nós, cavalheiros, destruiremos os soldados deles. Mas ninguém sai dos acampamentos! Ninguém! Nós não vamos nos tornar alvos para os arcos deles. Entenderam?

O senhor de Châteaubriant quis saber o que deveria fazer se estivesse em seu acampamento no sul e houvesse um combate em um outro forte.

— Eu fico só olhando? — perguntou ele, incrédulo.

— O senhor fica só olhando — disse o duque Charles com frieza. — O senhor não deixa seu acampamento. Entendeu? Arqueiros não podem matar o que não vêem! Fique escondido!

O senhor de Roncelets salientou que o céu estava claro e que a lua estava quase cheia.

— Dagworth não é bobo — continuou ele — e vai saber que construímos essas fortalezas e desbastamos a área para impedir que eles tivessem proteção. Por isso, por que ele não vai atacar à noite?

— À noite? — perguntou Charles.

— Assim, os nossos besteiros não poderão ver os alvos, mas os ingleses vão ter luz da lua suficiente para enxergar o caminho pelas nossas fortificações.

Era um bom argumento que Charles reconheceu com um brusco sacudir de cabeça.

— Fogueiras — disse ele.

— Fogueiras? — perguntou alguém.

— Armem fogueiras agora! Grandes fogueiras! Quando eles chegarem, acendam as fogueiras. Transformem a noite em dia!

Os homens riram, gostando da idéia. Não era lutando a pé que senhores e cavaleiros adquiriam suas reputações, mas todos entendiam que Charles estivera pensando em como derrotar os temíveis arqueiros ingleses e suas idéias faziam sentido, ainda que a eles fosse oferecida uma chance de glória praticamente nula, mas Charles lhes oferecia um consolo.

— Eles vão se dispersar, cavalheiros — disse ele —, e quando isso acontecer vou mandar meu trombeteiro dar sete toques. Sete! E quando ouvirem a trombeta, os senhores poderão sair de seus acampamentos e persegui-los.

Houve grunhidos de aprovação, porque os sete toques de trombeta iriam liberar os homens com armaduras, em seus cavalos enormes, para abater os remanescentes da força de Dagworth.

— Lembrem-se! — Mais uma vez, Charles deu um murro na mesa para chamar a atenção de seus homens. — Lembrem-se! Os senhores não saem dos acampamentos enquanto a trombeta não tocar! Fiquem atrás das trincheiras, fiquem atrás dos muros, deixem que o inimigo vá até os senhores, e nós venceremos. — Ele sacudiu a cabeça num sinal de que tinha encerrado. — E agora, cavalheiros, nossos padres irão ouvir confissões. Limpemos nossa alma, para que Deus possa nos recompensar com a vitória.

A vinte e quatro quilômetros dali, no refeitório sem telhado de um mosteiro saqueado e abandonado, reunia-se um grupo muito menor de homens. O comandante era um homem de cabelos grisalhos vindo de Suffolk, atarracado e mal-humorado, que sabia que estava diante de um desafio enorme se quisesse ajudar La Roche-Derrien. Sir Thomas Dagworth ouviu um cavaleiro bretão contar o que seus batedores tinham descoberto: que os homens de Charles de Blois ainda estavam nos quatro acampamentos colocados em frente às quatro portas da cidade. O maior deles, onde estava desfraldado o grande estandarte de Charles com um arminho branco, ficava a leste.

— Ele foi construído em torno do moinho — informou o cavaleiro.

— Eu me lembro desse moinho — disse Sir Thomas. Passou os dedos pela curta barba grisalha, um hábito seu quando estava pensando. — É lá que devemos atacar — decidiu, mas disse isso tão baixinho que poderia estar falando consigo mesmo.

— É ali que eles estão mais fortes — avisou um homem.

— Então nós vamos desviar a atenção deles. — Sir Thomas despertou de seus sonhos. — John — ele se voltou para um homem que vestia uma cota de malha esfrangalhada — pegue todos os criados do acampamento. Pegue os cozinheiros, os escreventes, os cavalariços, todos os que não forem combatentes. Depois pegue todas as carroças e todos os cavalos de tração e faça uma aproximação pela estrada de Lannion. Você a conhece?

— Posso descobrir.

— Parta antes da meia-noite. Faça bastante barulho, John! Pode levar o meu trombeteiro e alguns tambores. Faça com que eles pensem que o exército inteiro está chegando pelo oeste. Quero que eles enviem homens para o acampamento do oeste muito antes do amanhecer.

— E os demais? — perguntou o cavaleiro bretão.

— Nós marcharemos à meia-noite — disse Sir Thomas — e iremos para o leste até chegarmos à estrada de Guingamp.

Aquela estrada chegava a La Roche-Derrien para quem vinha do sudeste. Como a pequena força de Sir Thomas marchara do oeste, ele esperava que a estrada de Guingamp fosse exatamente a última que Charles esperasse que ele fosse usar.

— Vai ser uma marcha silenciosa — ordenou — e iremos a pé, todos nós! Arqueiros na frente, soldados atrás, e vamos atacar o forte leste deles no escuro.

Ao atacar no escuro, Sir Thomas esperava enganar os besteiros, impedindo que eles enxergassem o alvo e, ainda melhor, pegar o inimigo dormindo.

E assim seus planos foram feitos: ele faria um ataque simulado no oeste e atacaria do leste. E era exatamente isso que Charles de Blois esperava que ele fizesse.

A noite caiu. Os ingleses marcharam, os homens de Charles se armaram e a cidade ficou aguardando.

Thomas ouvia os armeiros no acampamento de Charles. Escutava os martelos fechando os rebites das armaduras e o esfregar de pedras em lâminas. As fogueiras nas quatro fortalezas não se extinguiram como de costume, mas eram alimentadas para se manterem fortes e com chamas altas, de modo que a luz se refletia nas tiras de aço que prendiam as armações dos grandes trabucos cujo vulto era visto contra o brilho das fogueiras. Das defesas, Thomas via homens se movimentando no acampamento inimigo mais próximo. A intervalos de poucos minutos, uma fogueira ficava mais viva quando os armeiros usavam foles para atiçar as chamas.

Uma criança chorou numa casa perto dali. Um cachorro ganiu. A maioria dos membros da pequena guarnição de Totesham estava nas defesas e uma boa quantidade de gente da cidade também estava lá. Ninguém tinha muita certeza quanto ao motivo pelo qual tinham ido para os muros, porque o exército de socorro ainda devia estar bem longe, mas poucas pessoas quiseram ir dormir. Esperavam que alguma coisa fosse acontecer, e por isso aguardavam. O dia do juízo final, pensou Thomas, seria parecido com aquele, com homens e mulheres esperando que os céus se abrissem e os anjos descessem e os túmulos se abrissem para que os mortos virtuosos subissem aos céus. Seu pai, lembrou-se ele, sempre quisera ser enterrado voltado para o oeste, mas do lado leste do cemitério, a fim de que ao ressuscitar ficasse vendo seus paroquianos saindo da terra. "Eles vão precisar da minha ajuda", dissera o padre Ralph, e Thomas providenciara para que tudo fosse feito como ele queria. Os paroquianos de Hookton, enterrados de modo a que se sentassem estariam olhando para o leste, em direção à glória da segunda vinda de Cristo, encontrariam o seu pároco diante deles, restituindo-lhes a confiança.

Thomas aceitaria algum grau de restituição de confiança naquela noite. E estava com Sir Guillaume e seus dois soldados e eles observavam os preparativos do inimigo de um baluarte no canto sudeste da cidade, perto de onde a torre da igreja de São Barnabé oferecia um lugar vantajoso. Os restos da gigantesca *springald* de Totesham tinham sido usados para fazer uma ponte frágil do baluarte para uma janela da torre da igreja, e depois de se passar pela janela havia uma escada que subia para um buraco aberto por uma das pedras do Fazedor de Viúvas no parapeito da torre. Thomas devia ter feito o trajeto meia dúzia de vezes antes da meia-noite, porque do parapeito era possível olhar por cima da paliçada e ver o maior dos acampamentos de Charles. Foi enquanto ele estava na torre que Robbie chegou à defesa abaixo dele.

— Quero que dê uma olhada nisto — disse Robbie em voz alta e exibiu um escudo que acabara de ser pintado. — Gostou?

Thomas olhou para baixo e, à luz da lua, viu alguma coisa vermelha.

— O que é isso? — perguntou ele. — Uma mancha de sangue?

— Seu bastardo inglês cego — disse Robbie —, isto é o coração vermelho de Douglas!

— Ah! Daqui parece alguma coisa que secou no escudo.

Mas Robbie estava orgulhoso do seu escudo. Admirou-o à luz da lua.

— Tinha um sujeito pintando um novo diabo na parede da igreja de S. Goran — disse ele — e eu paguei para ele fazer isto.

— Espero que não tenha pagado caro demais — disse Thomas.

— Você está é com inveja. — Robbie encostou o escudo no parapeito antes de esgueirar-se pela ponte improvisada até a torre. Desapareceu pela janela e reapareceu ao lado de Thomas. — O que é que eles estão fazendo? — perguntou, olhando para o leste.

— Jesus! — Thomas blasfemou, porque alguma coisa estava finalmente acontecendo. Ele estava olhando para além dos grandes vultos negros do Infernal e do Fazedor de Viúvas, para o acampamento do leste, onde homens, centenas de homens, formavam uma linha de batalha. Thomas partira do pressuposto de que qualquer luta só iria começar depois que amanhecesse, mas agora parecia que Charles de Blois estava se preparando para lutar no coração negro da noite.

— Meu doce Jesus — disse Sir Guillaume, chamado para o alto da torre, ecoando a surpresa de Thomas.

— Os bastardos estão esperando uma luta — disse Robbie, porque os homens de Charlie estavam se alinhando ombro a ombro. Estavam de costas para a cidade e a lua se refletia nas ombreiras que cobriam os ombros dos cavaleiros e tocava as lâminas de lanças e machados, deixando-os brancos.

— O Dagworth deve estar chegando — disse Sir Guillaume.

— À noite? — perguntou Robbie.

— Por que não? — retorquiu Sir Guillaume, e depois gritou para um de seus soldados lá embaixo para que fosse contar a Totesham o que estava acontecendo. — Acorde-o — vociferou, quando o homem quis saber o que deveria fazer se o comandante da guarnição estivesse dormindo. — É claro que ele não está dormindo — acrescentou ele para Thomas. — Totesham pode ser uma droga de inglês, mas é um bom soldado.

Totesham não estava dormindo, mas também não estava ciente de que o inimigo estava formado para combate e, depois de atravessar a precária ponte para a torre da igreja de São Barnabé, olhou para as tropas de Charles com a expressão agressiva de sempre.

— Acho que vamos ter que dar uma mãozinha — disse ele.

— Pensei que não aprovasse surtidas além do muro — observou Sir Guillaume, que se irritara com aquela restrição.

— Esta é a batalha que vai nos salvar — disse Totesham. — Se perdermos esta luta, a cidade cairá, e por isso temos de fazer o possível para vencê-la. — Ele parecia desolado, mas depois deu de ombros e voltou-se para a escada da torre. — Que Deus nos ajude — disse baixinho enquanto descia para as sombras.

Ele sabia que o exército de socorro de Sir Thomas Dagworth seria pequeno e temia que fosse muito menor do que ele poderia imaginar, mas quando atacasse o acampamento inimigo a guarnição tinha de estar preparada para ajudar. Ele não queria alertar o inimigo para a possibilidade de uma surtida a partir das portas castigadas, e por isso não tocou os sinos da igreja para reunir os soldados, mas enviou homens por todas as ruas para convocar os arqueiros e soldados para a praça do mercado, do lado de fora da igreja de S. Brieuc. Thomas voltou para a casa de Jeanette e vestiu sua cota de malha, que Robbie trouxera do ataque a Roncelets, e depois colocou o cinto da espada, tendo trabalho com a fivela porque seus dedos ainda estavam desajeitados para coisas meticulosas como aquela. Pendurou a sacola de flechas no ombro esquerdo, tirou o arco preto da capa de linho, pôs uma corda sobressalente no morrião e colocou o morrião na cabeça. Estava pronto.

E o mesmo acontecia com Jeanette, pelo que pôde ver. Ela vestia uma cota de malha e um elmo, e Thomas olhou para ela boquiaberto.

— Você não pode participar da surtida! — disse ele.

— Participar da surtida? — Ela parecia surpresa. — Quando vocês todos saírem da cidade, Thomas, quem vai vigiar os muros?

— Oh! — Ele se sentiu um bobo.

Ela sorriu, aproximou-se dele e deu-lhe um beijo.

— Vá — disse ela — e que Deus o acompanhe.

Thomas foi para o mercado. A guarnição estava se reunindo lá, mas o número de seus componentes era desesperadamente pequeno. Um taberneiro rolou um barril de cerveja para a praça, colocou-lhe uma torneira e deixou que os homens se servissem. Um ferreiro amolava espadas e machados à luz de uma tocha que queimava do lado de fora do alpendre da igreja de S. Brieuc, e sua pedra soava em longas lâminas de aço, o som estranhamente triste na noite. Fazia calor. Morcegos voavam em volta da igreja e mergulhavam nas emaranhadas sombras lançadas pela lua, de uma casa arruinada pelo tiro certeiro de um trabuco. Mulheres levavam comida para os soldados e Thomas lembrou-se que no ano anterior aquelas mesmas mulheres tinham gritado enquanto os ingleses entravam desordenadamente na cidade. Tinha sido uma noite de estupro, roubo e assassinato, mas agora os habitantes da cidade não queriam que os ocupantes fossem embora, e a praça do mercado ficava cada vez mais cheia de gente, à medida que homens da cidade levavam armas improvisadas para ajudar a surtida. A maioria estava armada de machados que usavam para cortar lenha, embora alguns tivessem espadas ou lanças, e alguns até possuíssem armaduras de couro ou cotas de malha. Eles tinham uma grande vantagem numérica sobre a guarnição e pelo menos iriam fazer com que a surtida parecesse contar com um número de respeito.

— Jesus Cristo. — Uma voz rouca falou atrás de Thomas. — Em nome de Cristo, o que é aquilo?

Thomas voltou-se e viu a figura esguia de Sir Geoffrey Carr olhando para o escudo de Robbie, que estava apoiado nos degraus de uma cruz de pedra no centro do mercado. Robbie também se voltou para olhar para o Espantalho, que liderava seus seis homens.

— Parece um monte de excremento esmagado — disse o Espantalho. A voz era arrastada e era evidente que ele passara o anoitecer em uma das muitas tabernas da cidade.

— É meu — disse Robbie.

Sir Geoffrey chutou o escudo.

— Isso daí é a porcaria do coração de Douglas, rapaz?

— É o meu emblema — disse Robbie exagerando o sotaque escocês —, se é a isso que está se referindo.

Homens de todos os lados tinham parado para ouvir.

— Eu sabia que você era escocês — disse o Espantalho, parecendo ainda mais bêbado —, mas não sabia que era o maldito de um Douglas. E que diabo um Douglas está fazendo aqui? — O Espantalho ergueu a voz para atrair os homens reunidos. — De que lado a porcaria da Escócia está, hein? De que lado? E os malditos Douglas têm lutado contra nós desde que foram expelidos pelo cu do diabo!

O Espantalho cambaleou, depois tirou o chicote do cinto e deixou as voltas se desenrolarem.

— Meu doce Jesus — gritou ele —, essa maldita família tem deixado bons ingleses pobres. Eles são uns malditos ladrões! Espiões!

Robbie arrastou sua espada para soltá-la, e o chicote vibrou, mas Sir Guillaume empurrou Robbie da frente antes que a ponta em forma de garra pudesse cortar-lhe o rosto, e então a espada de Sir Guillaume foi sacada e Thomas estava em pé ao lado de Robbie nos degraus da cruz.

— Robbie Douglas — berrou Sir Guillaume — é meu amigo.

— E meu — disse Thomas.

— Já chega! — Furioso, Richard Totesham abriu caminho na multidão. — Já chega!

O Espantalho apelou para Totesham.

— Ele é o maldito de um escocês!

— Meu Deus, homem — vociferou Totesham —, temos franceses, galeses, flamengos, irlandeses e bretões nesta guarnição. Que diferença isso faz?

— Ele é um Douglas! — insistiu o Espantalho, bêbado. — Ele é inimigo!

— Ele é meu amigo! — gritou Thomas, dispondo-se a lutar com quem quisesse ficar do lado de Sir Geoffrey.

— Chega! — A raiva de Totesham era grande o bastante para encher todo o mercado. — Já temos briga suficiente nas mãos sem nos comportarmos como crianças! Você responde por ele? — perguntou ele a Thomas.

— Respondo. — Foi Will Skeat quem respondeu. Abriu caminho no meio da multidão e passou um braço no ombro de Robbie. — Eu respondo por ele, Dick.

— Neste caso, Douglas ou não — disse Totesham —, ele não é meu inimigo. — Ele se voltou e afastou-se. — Meu doce Jesus!

O Espantalho ainda estava irritado. Tinha ficado pobre por causa dos Douglas, e ainda estava — o risco que correra indo atrás de Thomas não compensara, porque ainda não tinha encontrado tesouro algum —, e agora todos os seus inimigos pareciam unidos em Thomas e Robbie. Tornou a cambalear, e depois cuspiu na direção de Robbie. — Ponho fogo em homens que usam o coração de Douglas — disse ele. — Ponho fogo neles!

— E põe mesmo — disse Thomas baixinho.

— Põe fogo neles? — perguntou Robbie.

— Em Durham — disse Thomas, o olhar fixo nos olhos de Sir Geoffrey — ele queimou três prisioneiros.

— Você fez o quê? — perguntou Robbie.

O Espantalho, apesar de bêbado, ficou repentinamente cônscio da intensidade da raiva de Robbie, e cônscio também de que não conquistara a solidariedade dos homens que estavam no mercado, que preferiam a opinião de Will Skeat à dele. Enrolou o chicote, cuspiu na direção de Robbie e afastou-se com passos incertos.

Agora era Robbie que queria brigar.

— Ei, você! — gritou ele.

— Deixa pra lá — disse Thomas. — Esta noite, não, Robbie.

— Ele pôs fogo em três homens? — perguntou Robbie.

— Esta noite, não — repetiu Thomas e empurrou Robbie com força para trás, a ponto de o escocês cair sentado nos degraus da cruz.

Robbie olhava fixo para o Espantalho que se retirava.

— Ele é um homem morto — disse ele, sério. — Eu lhe digo, Thomas, esse bastardo é um homem morto.

— Nós todos somos homens mortos — disse Sir Guillaume com calma, porque o inimigo estava pronto para eles e com uma esmagadora superioridade numérica.

E Sir Thomas Dagworth se aproximava da armadilha que eles tinham preparado.

John Hammond, auxiliar de Sir Thomas Dagworth, liderou o ataque simulado que vinha do oeste pela estrada de Lannion. Tinha sessenta homens, a mesma quantidade de mulheres, doze carroças e trinta cavalos, e usava-os para fazer o barulho que fosse possível, assim que chegaram a um ponto do qual dava para ver mais a oeste dos acampamentos do duque Charles.

Fogueiras delineavam os entrincheiramentos e a luz delas aparecia nas pequeninas frestas entre as madeiras da paliçada. Parecia haver uma grande quantidade de fogueiras no acampamento, e acenderam-se muitas outras assim que a pequena força de Hammond começou a bater potes e panelas, bater com varas nas árvores e soprar suas trombetas. Os tambores batiam freneticamente, mas nenhum pânico ficou demonstrado nas defesas de terra. Alguns soldados inimigos apareceram por lá, olharam por uns instantes pela estrada iluminada pelo luar onde os homens e mulheres de Hammond eram sombras debaixo das árvores, depois voltaram-se e foram embora. Hammond ordenou que seu pessoal fizesse mais barulho ainda, e seus seis arqueiros, os únicos soldados de verdade em sua força de mentira, chegaram mais perto do acampamento e dispararam suas flechas por cima das paliçadas, mas ainda assim não houve reação imediata. Hammond esperava ver homens vindo em grande quantidade do outro lado do rio, cujas margens, segundo os espiões de Sir Thomas, estavam ligadas por barcos, mas ninguém parecia estar se deslocando entre os acampamentos inimigos. O ataque simulado, ao que parecia, fracassara.

— Se ficarmos aqui — disse um homem —, eles vão nos crucificar.

— E vão mesmo — concordou Hammond com veemência. — Vamos voltar pela estrada um pouco, só um pouco. Voltar para onde haja mais sombra.

A noite começara muito mal, com o fracasso do assalto simulado, mas os homens de Sir Thomas, os verdadeiros atacantes, tinham feito um progesso melhor do que esperavam e chegaram em frente ao flanco leste do acampamento do duque Charles não muito tempo depois que o grupo de mentira começou sua diversão barulhenta a uns cinco quilômetros a oeste. Os homens de Sir Thomas agacharam-se na margem de um bosque e olharam para o outro lado da terra devastada, para o vulto dos entrincheiramentos mais próximos. A estrada, pálida à luz da lua, ia vazia até uma grande porta de madeira, onde era engolida pelo forte improvisado.

Sir Thomas tinha dividido seus homens em dois grupos que iriam atacar cada um dos lados da porta de madeira. Não haveria nada de sutil no ataque, apenas uma investida pelo escuro e depois um ataque muro acima e matar quem fosse apanhado do outro lado.

— Que Deus lhes dê alegria — disse Sir Thomas a seus homens enquanto caminhava em frente à linha. Sacou da espada e acenou para que o grupo avançasse.

Eles iriam aproximar-se com o máximo de silêncio possível, e Sir Thomas ainda esperava que fosse causar surpresa, mas a luz das fogueiras do lado de lá das defesas parecia ter uma claridade fora do comum, e ele teve uma sensação desanimadora de que o inimigo estava pronto para recebê-lo. No entanto ninguém apareceu no muro de terra e nenhum quadrelo de besta assobiou no escuro, e então ele teve a ousadia de deixar suas esperanças aumentarem e chegou à vala e atravessou-a pisando no fundo lamacento e espadanando água. Havia arqueiros à esquerda e à direita, todos subindo desajeitados pela encosta da paliçada. Ainda nenhum disparo de bestas, nenhum toque de trombeta, nenhum inimigo por perto. Os arqueiros estavam na cerca agora, e ela se mostrou mais fraca do que à distância, porque as toras não estavam inteiramente enfiadas no chão e podiam ser derrubadas a pontapés, sem muito esforço. As defesas não eram impressionantes, na verdade parecia não haver defesas, porque nenhum inimigo os interpelou enquanto os soldados de Sir Thomas atravessavam a vala, espalhando água, as espadas brilhando ao luar. Os arqueiros acabaram de demolir a paliçada e Sir Thomas passou pisando as madeiras derrubadas e desceu pelo barranco para o acampamento de Charles.

Só que ele não estava dentro do acampamento, mas sim num amplo espaço aberto que levava a outro barranco e outra vala e outra paliçada. O local era um labirinto! Mas ainda assim nenhuma seta voou no escuro, e seus arqueiros corriam na frente outra vez, apesar de alguns soltarem palavrões quando tropeçavam em buracos cavados para pegar patas de cavalos. As fogueiras brilhavam atrás da paliçada seguinte. Onde estavam as sentinelas? Sir Thomas ergueu seu escudo com o símbolo da bainha da folha de trigo e olhou para a esquerda, e viu que seu segundo grupo passava pelo primeiro talude e deslocava-se em grande número em direção ao segundo. Seus arqueiros puxaram a nova paliçada e, como a primeira, ela desabou com facilidade. Ninguém falava, ninguém gritava ordens, ninguém apelava a São Jorge por uma ajuda, estavam apenas fazendo sua obrigação, mas sem dúvida o inimigo tinha de ouvir as madeiras caindo. Mas a segunda paliçada estava no chão e Sir Thomas acotovelou-se com os arqueiros para passar pela nova brecha e havia uma campina em frente e uma cerca lá no fim, e depois daquela cerca havia as tendas inimigas e aquele moinho no alto com as lonas das pás enroladas e os vultos monstruosos dos dois maiores trabucos, todos iluminados pelas fortes fogueiras. Tão perto agora! E Sir Thomas sentiu uma violenta onda de felicidade, porque conseguira agir de surpresa e o inimigo era dele, e naquele exato momento ouviu o som das bestas.

As setas vieram do seu flanco direito, de um barranco de terra que passava entre o segundo entrincheiramento e a cerca. Arqueiros caíam xingando. Sir Thomas voltou-se em direção aos besteiros que estavam escondidos, e mais setas vieram da espessa cerca em frente e ele percebeu que não havia surpreendido ninguém, que o inimigo estivera à sua espera, e que seus homens gritavam agora, mas pelo menos os primeiros arqueiros estavam respondendo aos disparos. Os longos arcos ingleses brilhavam ao luar, mas Sir Thomas não conseguia ver nenhum alvo e concluiu que os arqueiros atiravam às cegas.

— Para mim! — gritou ele. — Dagworth! Dagworth! Escudos!

Talvez uns seis soldados ouviram e obedeceram, fazendo um aglomerado que unia os escudos que se sobrepunham parcialmente e depois correram desajeitados em direção à cerca. Se penetrarmos por ali, pensou Sir Thomas, pelo menos alguns dos besteiros ficarão visíveis. Arqueiros atiravam para a frente e para o lado, confusos com as setas do inimigo. Sir Thomas arriscou uma olhadela para o outro lado da estrada e viu que seus outros homens estavam sendo atacados da mesma forma.

— Temos de atravessar a cerca — gritou — atravessar a cerca! Arqueiros! Atravessem a cerca!

Uma seta de besta espetou-se no seu escudo e o fez girar um pouco o corpo. Uma outra passou sibilando acima dele. Um arqueiro contorcia-se na grama, a barriga furada por um quadrelo.

Agora havia outros homens gritando. Alguns invocavam São Jorge, outros amaldiçoavam o diabo, alguns gritavam por suas mulheres ou mães. O inimigo colocara suas bestas em formação cerrada e despejava as setas da escuridão. Um arqueiro cambaleou para trás, um quadrelo no ombro. Um outro gritou de dar pena, atingido na virilha. Um soldado caiu de joelhos, gritando: "Jesus!", e agora Sir Thomas ouvia o inimigo gritar ordens e insultos.

— A cerca! — berrou ele. Atravessar a cerca, pensou, e talvez os arqueiros finalmente tenham alvos nítidos. — Atravessem a cerca! — gritou, e alguns de seus arqueiros acharam uma brecha tapada apenas com tapumes de vime, derrubaram as barreiras a pontapés e passaram por ela.

A noite parecia viva de tantas setas, violenta como elas, e um homem gritou para que Sir Thomas olhasse para trás. Ele se virou e viu que o inimigo enviara dezenas de besteiros para cortar-lhe a retirada e que uma nova força empurrava os homens de Sir Thomas para o centro do acampamento. Tinha sido uma armadilha, pensou, uma maldita armadilha. Charles quisera que ele entrasse no acampamento, ele aceitara e agora os homens de Charles enroscavam-se à sua volta. Por isso, lute, disse a si mesmo, lute!

— Atravessem a cerca! — berrou Sir Thomas. — Atravessem a maldita cerca!

Ele se esquivava pelos corpos de seus homens, atravessou a brecha e procurou um inimigo para matar, mas em vez disso viu que os soldados de Charles tinham formado uma linha de combate, todos com armaduras, viseiras arriadas e escudos erguidos. Alguns arqueiros atiravam neles agora, as longas flechas penetrando em escudos, barrigas, peitos e pernas, mas o número de arqueiros era muito pequeno, e os besteiros, ainda escondidos por cercas, muros ou paveses, estavam matando os arqueiros ingleses.

— Reagrupem-se no moinho! — gritou Sir Thomas, porque aquele era o marco mais destacado. Ele queria reunir seus homens, formá-los em fileiras e começar a lutar de forma adequada, mas as bestas apertavam o cerco, centenas delas, e seus homens, amedrontados, espalhavam-se para as tendas e os abrigos.

Sir Thomas praguejou de plena frustração. Os sobreviventes do outro grupo de assalto estavam com ele agora, mas todos os homens estavam enredados nas tendas, tropeçando em cordas, e as setas de bestas ainda disparavam pela escuridão, rasgando a lona enquanto acertavam na moribunda força de Sir Thomas.

— Formem aqui! Formem aqui! — berrava ele, escolhendo um espaço aberto entre três tendas, e talvez uns vinte ou trinta homens correram em sua direção, mas os besteiros os viram e despejaram suas setas nos becos escuros entre as tendas, e então os soldados inimigos chegaram, escudos erguidos, e os arqueiros ingleses tornaram a se espalhar, tentando achar um lugar vantajoso para tomar fôlego, achar alguma proteção e procurar alvos. Os grandes estandartes dos senhores franceses e bretões estavam sendo levados à frente e Sir Thomas, reconhecendo que cometera o erro de cair naquela armadilha e fora compreensivelmente derrotado, sentiu uma onda de raiva.

— Matem os bastardos! — gritou ele e liderou seus homens contra o inimigo mais próximo, as espadas tiniram no escuro, e pelo menos, agora que era um corpo-a-corpo, os besteiros não podiam atirar contra os soldados ingleses. Em vez disso, os genoveses estavam caçando os odiados arqueiros ingleses, mas alguns destes tinham encontrado um estacionamento de carroças e, protegidos pelos veículos, finalmente reagiam.

Mas Sir Thomas não tinha abrigo e não tinha vantagem alguma. Tinha uma pequena força e o inimigo, uma grande força, e seus homens estavam sendo obrigados a recuar pela simples pressão dos números. Escudos chocavam-se com escudos, espadas martelavam elmos, lanças passavam por baixo de escudos para penetrar em botas, um bretão brandiu um machado derrubando dois ingleses e deixando entrar uma onda de homens usando o emblema de arminho branco que gritaram de triunfo e derrubaram ainda mais ingleses. Um soldado soltou um grito quando machados penetraram na malha que lhe cobria as coxas, e então um outro machado abateu-se contra o seu elmo e ele se calou. Sir Thomas cambaleou para trás, aparando um golpe de espada, e viu alguns de seus homens correndo para os espaços escuros entre as tendas à procura de refúgio.

As viseiras deles estavam abaixadas e eles praticamente não conseguiam ver para onde iam ou o inimigo que vinha para matá-los. Ele cortou com a espada um homem com um elmo com protetor de nariz, golpeou com a lâmina para trás, batendo num escudo com listras amarelas e pretas, deu um passo para trás para fazer espaço para um outro golpe e então seus pés foram enredados pelas cordas de retenção de uma tenda e ele caiu de costas na lona.

O cavaleiro com o elmo com protetor de nariz ficou em pé olhando para ele, a armadura brilhando à luz da lua e a espada encostada na garganta de Sir Thomas.

— Eu me rendo — disse Sir Thomas depressa, repetiu a rendição em francês.

— E você é? — perguntou o cavaleiro.

— Sir Thomas Dagworth — disse Sir Thomas com amargor e estendeu a espada para o inimigo, que pegou a arma e ergueu a viseira com focinho.

— Eu sou o visconde Morgat — disse o cavaleiro — e aceito sua rendição.

Ele fez uma mesura para Sir Thomas, devolveu a espada e estendeu a mão para ajudar o inglês a se levantar. A luta continuava, mas agora era esporádica, enquanto os franceses e os bretões caçavam os sobreviventes, matavam os feridos que não valiam um pedido de resgate e martelavam as próprias carroças com setas de bestas para matar os arqueiros ingleses que ainda se protegiam lá.

O visconde Morgat escoltou Sir Thomas até o moinho, onde o apresentou a Charles de Blois. Uma grande fogueira ardia a poucos metros dali, e à luz dela Charles estava de pé embaixo das velas das pás enroladas com o gibão manchado de sangue, porque ele ajudara a derrotar o bando de soldados de Sir Thomas. Ele embainhou a espada, ainda suja de sangue, tirou o elmo enfeitado com plumas e olhou para o prisioneiro que por duas vezes o derrotara em combate.

— Eu me compadeço de você — disse Charles com frieza.

— E eu congratulo vossa excelência — disse Sir Thomas.

— A vitória pertence a Deus — disse Charles —, não a mim — e no entanto ao mesmo tempo sentiu um súbito regozijo, porque tinha conseguido! Ele derrotara o exército de campo inglês na Bretanha e agora, tão certo quanto o abençoado amanhecer segue-se à mais escura das noites, o ducado passaria às suas mãos. — A vitória pertence apenas a Deus — repetiu, piedoso, e lembrou-se que era, agora, muito cedo na manhã de domingo, e voltou-se para um padre para dizer que mandasse cantar um *Te Deum* dando graças por aquela grande vitória.

E o padre sacudiu a cabeça, olhos arregalados, embora o duque ainda não lhe tivesse falado coisa alguma, e então resfolegou, e Charles viu que havia uma flecha de um comprimento fora do comum na barriga do homem, e então outra haste com penas brancas penetrou no flanco do moinho e um grunhido rouco, quase bestial, veio do escuro.

Porque embora Sir Thomas tivesse sido capturado e seu exército derrotado por completo, a batalha, ao que parecia, ainda não terminara.

ICHARD TOTESHAM assistia à luta entre os homens de Sir Thomas e as forças de Charles do alto da torre da porta leste. Ele não conseguia ver muita coisa daquele ponto, porque as paliçadas em cima do entrincheiramento, os dois grandes trabucos e o moinho obscureciam uma grande parte da batalha, embora estivesse abundantemente claro que ninguém saía dos outros três acampamentos franceses para ajudar Charles na fortaleza dele, que era a maior de todas.

— Era de pensar que buscassem auxiliar-se uns aos outros — disse a Will Skeat, que estava de pé ao seu lado.

— É você, Dick? — exclamou Will Skeat.

— Sou eu, sim, Will — disse Totesham, paciente. Ele viu que Skeat estava vestindo uma cota de malha e tinha uma espada ao lado, e pôs a mão no ombro do velho amigo. — Ora, você não vai lutar esta noite, Will, vai?

— Se vai ter briga — disse Skeat —, eu gostaria de ajudar.

— Deixe isso para os jovens, Will — insistiu Totesham —, deixe isso para os jovens. Você fica e protege a cidade para mim. Está bem?

Skeat confirmou com a cabeça e Totesham voltou-se para olhar para o acampamento do inimigo. Era impossível dizer que lado estava ganhando, porque os únicos soldados que ele conseguia ver pertenciam ao inimigo e estavam de costas para ele, embora de vez em quando uma flecha que voava refletisse o clarão da fogueira como prova de que os homens de Sir Thomas ainda lutavam, mas Totesham considerava um mau sinal o fato de não haver tropas vindo das outras fortalezas para ajudar Charles de Blois. Aquilo dava a entender que o duque não precisava de ajuda, o que, por sua vez, sugeria que Sir Thomas Dagworth precisava, e por isso Totesham debruçou-se no parapeito interno.

— Abram a porta! — gritou ele.

. Ainda estava escuro. Faltavam duas ou mais horas para o amanhecer, mas a lua estava brilhante e as fogueiras do acampamento inimigo projetavam uma luz berrante. Totesham desceu rápido a escada das defesas enquanto homens tiravam os barris cheios de pedras que tinham formado uma barricada do lado de dentro da entrada, e depois erguiam a grande tranca que não tinha sido mexida durante um mês. As portas rangeram ao se abrirem e os homens que esperavam ovacionaram. Totesham desejou que eles tivessem ficado calados, porque não queria alertar o inimigo para o fato de que a guarnição ia fazer uma surtida, mas agora era tarde demais, e por isso achou a sua tropa de soldados e liderou-os para juntar-se à onda de soldados e habitantes da cidade que se despejou pela porta.

Thomas foi ao ataque ao lado de Robbie e Sir Guillaume e seus dois soldados. Will Skeat, apesar da promessa a Totesham, quis ir com eles, mas Thomas o empurrou para as defesas e pediu que ficasse assistindo à luta de lá.

— Você ainda não está em condições, Will — insistiu Thomas.

— Você é quem manda, Tom — concordou Skeat, submisso, e subiu a escada. Thomas, assim que passou pela porta, olhou para trás e viu Skeat na torre da porta. Ergueu a mão, mas Skeat não o viu ou, se viu, não o reconheceu.

Era uma sensação estranha estar do lado de fora das portas que estavam trancadas há tanto tempo. O ar era mais puro, sem o fedor do esgoto da cidade. Os atacantes pegaram a estrada que seguia reta por trezentos passos antes de desaparecer embaixo da paliçada que protegia as plataformas de madeira sobre as quais Infernal e Fazedor de Viúvas estavam montados. Aquela paliçada era mais alta do que um homem alto, e alguns dos arqueiros levavam escadas para ultrapassar o obstáculo, mas Thomas concluiu que as paliçadas tinham sido feitas às pressas e talvez caíssem com um bom empurrão. Ele correu, ainda desajeitado com os dedos dos pés retorcidos. Esperava que as bestas começassem a atirar a qualquer momento, mas nenhuma seta saiu do entrincheiramento de Charles; o inimigo, ao que Thomas supôs, estava ocupado com os homens de Dagworth.

Então, os primeiros dos arqueiros de Totesham alcançaram a paliçada e as escadas foram levantadas, mas, tal como Thomas imaginara, todo um pedaço da pesada cerca desabou com um estalo quando homens puseram seu peso nas escadas. As barreiras e paliçadas não tinham sido construídas para impedir a entrada de homens, mas para proteger os besteiros, embora estes ainda não soubessem que uma surtida havia partido da cidade, e por isso a barreira estava sem defesa.

Quatrocentos ou quinhentos homens atravessaram a paliçada caída. A maioria não era de soldados treinados, mas gente da cidade que ficara enraivecida com a queda de projéteis do inimigo em cima de suas casas. Suas mulheres e seus filhos tinham sido mutilados e mortos pelos trabucos e os homens de La Roche-Derrien queriam vingança, assim como queriam manter a prosperidade causada pela ocupação inglesa, e por isso gritavam enquanto se derramavam pelo acampamento inimigo.

— Arqueiros! — gritou Totesham com voz de trovão. — Arqueiros, aqui! Arqueiros!

Sessenta ou setenta arqueiros correram para obedecer, fazendo uma linha ao sul das plataformas onde estavam montados os dois maiores trabucos. O resto da surtida atacava o inimigo que já não estava formado em sua linha de combate, mas espalhara-se em pequenos grupos que estavam tão concentrados em completar a vitória sobre Sir Thomas Dagworth que não tinham vigiado a retaguarda. Agora eles se voltaram, alarmados, quando um rugir animal anunciou a chegada da guarnição.

— Matem os bastardos! — gritou um habitante da cidade em bretão.

— Matem! — berrou uma voz inglesa.

— Nada de prisioneiros! — gritou outro homem, e apesar de Totesham, temendo a perda de resgates, gritar que era preciso fazer prisioneiros, ninguém o ouviu no barulho selvagem que os atacantes faziam.

Os soldados de Charles formaram instintivamente uma linha, mas Totesham, preparado para ela, tinha reunido seus arqueiros e agora lhes ordenava que atirassem: os arcos começaram a sua música do diabo e as flechas sibilavam no escuro para se enfiarem em malha, carne e osso. Os arqueiros eram poucos, mas disparavam a pouca distância, não podiam errar, e os homens de Charles encolhiam-se atrás dos escudos enquanto os projéteis atingiam o alvo, mas as flechas perfuravam escudos com facilidade, e os soldados se dispersaram e espalharam-se para procurar abrigo entre as tendas.

— Cacem-nos! Cacem-nos! — Totesham liberou seus arqueiros para a matança.

Menos de cem dos homens de Sir Thomas Dagworth ainda estavam lutando e a maioria deles eram os arqueiros que tinham caído no terreno destinado às carroças. Outros tinham sido feitos prisioneiros, muitos estavam mortos, enquanto grande parte tentava fugir pelos entrincheiramentos e paliçadas, mas estes, ao ouvirem o grande alarido atrás deles, voltaram. Os homens de Charles estavam espalhados: muitos ainda caçavam os remanescentes do primeiro ataque e aqueles que tinham tentado resistir à surtida de Totesham estavam mortos ou fugindo para as sombras. Os homens de Totesham chegavam agora ao centro do acampamento com a selvageria de uma tempestade. Os habitantes da cidade estavam cheios de raiva. Não havia sutileza no seu assalto, só uma sede de vingança enquanto passavam pelos dois grandes trabucos. As primeiras cabanas que encontraram foram os abrigos dos engenheiros bávaros que, não querendo participar da carnificina que estava liquidando os sobreviventes do assalto de Sir Thomas Dagworth, tinham permanecido em seus alojamentos, e foi ali que eles morreram. Os habitantes da cidade não faziam idéia de quem eram as suas vítimas, só de que elas eram o inimigo e por isso eram abatidas com machados, picaretas e martelos. O engenheiro-chefe tentou proteger o filho de onze anos, mas os dois morreram juntos sob um furor de golpes, e enquanto isso os soldados ingleses e flamengos passavam correndo.

Thomas disparara o seu arco com os outros arqueiros, mas agora procurava Robbie, que ele vira pela primeira vez perto dos dois grandes trabucos. O Fazedor de Viúvas tinha sido arriado, pronto para lançar o primeiro projétil ao amanhecer, e Thomas tropeçou num resistente pino de metal que se erguia a um metro da viga e funcionava como âncora para a funda. Ele praguejou, porque o metal lhe machucara as canelas, e depois trepou na armação do trabuco e disparou uma flecha por cima da cabeça dos homens que abatiam os bávaros. Ele estivera mirando no inimigo ainda reunido aos pés do moinho e viu um homem cair antes de os vistosos escudos serem erguidos. Atirou de novo e percebeu que suas mãos feridas estavam fazendo o que sempre tinham feito, e fazendo muito bem, e por isso tirou uma terceira flecha da sacola e meteu-a num escudo iluminado pintado com um arminho branco, e então os soldados ingleses e seus aliados estavam subindo o morro e toldando a sua mira, de modo que ele pulou do trabuco e retomou a busca por Robbie.

O inimigo defendia o moinho com denodo, e a maioria dos homens de Totesham tinha se desviado em direção às tendas, onde tinham mais esperança de encontrar butim. Os homens da cidade, seus algozes bávaros mortos, iam atrás, com machados sujos de sangue. Um homem de armadura saiu de trás de uma tenda e investiu contra um homem com uma espada, fazendo-o dobrar-se à altura da cintura, e Thomas não pensou, mas encaixou uma flecha na corda, puxou e soltou. A flecha passou pela fresta da viseira do homem com perfeição, como se Thomas estivesse atirando contra os troncos de árvore em casa, e sangue envernizado pelo luar, brilhando como uma jóia, escorreu das frestas da viseira enquanto o homem caía de costas na lona.

Thomas continuou a correr, passando por cima de corpos, contornando tendas quase derrubadas. Não era lugar para um arco, tudo estava muito atravancado, e por isso ele pendurou a vara de teixo no ombro e sacou a espada. Abaixou-se para entrar numa tenda, passou por cima de um banco caído, ouviu um grito e voltou-se, espada erguida, e viu uma mulher no chão, meio escondida por roupas de cama, abanando a cabeça para ele. Ele a deixou lá, saiu para a noite iluminada pelas fogueiras e viu um inimigo mirando uma besta nos soldados ingleses que atacavam o moinho. Deu dois passos e golpeou o homem por trás, à altura dos rins, e a vítima arqueou a espinha ferida, contorceu-se e estremeceu. Thomas, puxando a espada para soltá-la, ficou tão aterrorizado pelo barulho que o moribundo fazia, que golpeou repetidas vezes, cortando o homem caído, que estrebuchava, para fazê-lo calar-se.

— Ele está morto! Cristo, rapaz, ele está morto! — gritou Robbie para ele, e depois agarrou-lhe a manga do gibão e puxou-o em direção ao moinho. Thomas tirou o arco do ombro e acertou dois homens que usavam o emblema do arminho branco em seus gibãos. Eles tentavam fugir, descendo pelo lado de trás do morro. Um cachorro passou veloz pelo rebordo da ladeira, tendo nas mandíbulas algo vermelho que pingava. Havia duas grandes fogueiras em cima do morro, flanqueando o moinho, e um soldado caiu de costas numa delas, levado até lá pelo golpe de uma flecha inglesa. Fagulhas explodiram para cima quando ele caiu, e então ele começou a gritar enquanto sua carne era torrada dentro da armadura. Tentou sair cambaleando das chamas, mas um homem da cidade empurrou-o de volta com o cabo de uma lança e riu dos gritos desesperados do homem. O barulho do choque de espadas, escudos e machados era enorme, enchia a noite, mas no estranho caos havia uma área tranqüila atrás do moinho. Robbie tinha visto um homem esgueirar-se por uma pequena porta e puxou Thomas naquela direção.

— Ele está se escondendo ou fugindo! — gritou Robbie. — Deve ter dinheiro!

Thomas não sabia muito bem do que Robbie estava falando, mas mesmo assim acompanhou-o; só teve tempo de colocar o arco no ombro e sacar da espada uma segunda vez antes de Robbie derrubar a porta com o ombro coberto por malha e mergulhar na escuridão.

— Venha cá, seu bastardo inglês! — berrou ele.

— Você quer ser morto? — gritou Thomas para ele. — Você está lutando em favor dos malditos ingleses!

Robbie praguejou ao ouvir aquele lembrete, e então Thomas viu uma sombra à sua direita, apenas uma sombra, e brandiu a espada naquela direção. Ela tilintou contra uma outra espada e Robbie estava gritando no poeirento escuro e o homem gritava com eles em francês e Thomas recuou, mas Robbie golpeou com a espada uma vez, duas, e a lâmina cortou osso e carne e ouviu-se um barulho quando um homem de armadura caiu na mó superior.

— Que diabo ele estava me dizendo? — quis saber Robbie.

— Ele estava tentando se render.

Uma voz falou, vinda do outro lado do moinho, e Thomas e Robbie voltaram-se rápido na direção do som, as espadas batendo contra a confusão de madeira de barrotes, vigas, rodas denteadas e eixos, e então o homem invisível tornou a falar.

— Epa, rapazes, epa! Eu sou inglês.

Ouviu-se um baque surdo quando uma flecha atingiu a parede externa. As velas enroladas davam puxões nas cordas que as prendiam e faziam com que a maquinaria de madeira estalasse e tremesse. Mais flechas cravaram-se nas tábuas.

— Eu sou um prisioneiro — disse o homem.

— Agora não é mais — disse Thomas.

— Acho que não. — O homem trepou pelas mós e abriu a porta e Thomas viu que ele era um homem de meia-idade e de cabelos grisalhos. — O que está acontecendo? — perguntou o homem.

— Nós estamos estripando os diabos — disse Robbie.

— Deus queira que estejam. — O homem voltou-se e estendeu a mão para Robbie. — Eu sou Sir Thomas Dagworth e agradeço a vocês dois.

Ele sacou da espada e abaixou-se para sair para a noite enluarada, e Robbie olhou firme para Thomas.

— Você ouviu isso?

— Ele agradeceu — disse Thomas.

— É, mas ele disse que era Sir Thomas Dagworth!

— Então, talvez seja.

— E então, que diabo estava fazendo aqui? — perguntou Robbie antes de segurar o homem que ele tinha matado e, com muito esforço e com o tilintar de armadura contra pedra e madeira, arrastou-o para a porta, onde as fogueiras proporcionavam iluminação. O homem havia tirado o elmo e a espada de Robbie lhe rachara o crânio, mas sob o sangue havia o brilho de ouro e Robbie arrastou uma corrente de debaixo do peitoral do homem.

— Ele deve ter sido um homem importante — disse Robbie, observando a corrente de ouro, e sorriu para Thomas. — Nós vamos dividir mais tarde, hein?

— Dividir?

— Nós somos amigos, não somos? — perguntou Robbie, e enfiou o ouro embaixo de sua cota de malha antes de jogar o corpo de volta para o moinho. — Uma armadura valiosa aquela — disse ele. — Vamos voltar depois que tudo acabar e esperar que nenhum bastardo a tenha roubado.

Havia agora um horror confuso e sangrento no acampamento. Sobreviventes do ataque de Sir Thomas Dagworth ainda lutavam, notadamente os arqueiros no terreno das carroças, mas, à medida que a guarnição da cidade precipitava-se pelas tendas, libertava prisioneiros ou tirava outros sobreviventes dos lugares escuros onde tinham estado escondidos. Os besteiros de Charles, que poderiam ter detido o ataque da guarnição, em sua maioria estavam lutando contra os arqueiros ingleses no terreno das carroças. Os genoveses usavam seus imensos paveses como abrigo, mas os novos atacantes vinham por trás e os besteiros não tinham onde se esconder enquanto as longas flechas sibilavam pela noite. Os arcos de guerra cantavam sua melodia do diabo, dez flechas voando para cada quadrelo disparado, e os besteiros não podiam resistir à matança. Eles fugiram.

Os arqueiros vitoriosos, reforçados, àquela altura, pelos homens que tinham se escondido entre as carroças, voltaram-se para os abrigos e tendas onde uma brincadeira mortal de esconde-esconde estava sendo encenada nas avenidas às escuras entre as paredes de lona, mas então um arqueiro galês descobriu que o inimigo podia ser expulso se tocassem fogo nas tendas. Em pouco tempo havia fumaça e chamas sendo vomitadas por todo o acampamento e soldados inimigos corriam dos incêndios para as flechas e lâminas dos incendiários.

Charles de Blois se retirara do moinho, reconhecendo que sua posição em cima do morro fazia com que ele chamasse atenção, e tentara reunir alguns cavaleiros em frente de sua suntuosa tenda, mas uma onda avassaladora de habitantes da cidade atropelara aqueles cavaleiros e Charles ficou olhando, horrorizado, enquanto açougueiros, tanoeiros, carpinteiros de rodas e instaladores de colmo massacravam seus superiores com machados, cutelos de açougueiros e foices. Ele se retirara às pressas para dentro de sua tenda, mas agora um de seus servidores puxou-o, sem cerimônia, para a entrada dos fundos.

— Por aqui, excelência.

Charles livrou-se da mão do homem.

— Aonde podemos ir? — perguntou ele em tom de lamentação.

— Nós iremos para o campo sul, excelência, e vamos buscar homens para nos ajudar.

Charles fez um gesto afirmativo com a cabeça, refletindo que ele mesmo deveria ter dado a ordem naquele sentido e lamentando sua insistência para que nenhum de seus homens deixasse seus acampamentos. Bem mais da metade do seu exército estava nos outros três acampamentos, todos perto dali e todos ansiosos por lutar e mais do que capazes de acabar com aquela turba desorganizada, e no entanto eles estavam obedecendo às suas ordens e mantendo-se quietos enquanto o acampamento dele era passado na espada.

— Onde está o meu trombeteiro? — perguntou ele.

— Senhor? Eu estou aqui, excelência! Estou aqui. — O trombeteiro sobrevivera milagrosamente à luta e permanecera perto de seu senhor.

— Dê os sete toques — ordenou Charles.

— Aqui, não! — disse um padre, ríspido, e quando Charles pareceu ofendido, deu uma rápida explicação. — Vai atrair o inimigo, excelência. Depois de dois toques, eles vão cair em cima de nós como cães de caça!

Charles reconheceu a sabedoria do conselho com um curto gesto da cabeça. Doze cavaleiros estavam com ele naquele momento e faziam uma força de respeito naquela noite de combate desigual. Um deles deu uma espiada da tenda e viu labaredas cortando o céu e percebeu que as tendas do duque seriam incendiadas dali a pouco.

— Temos de ir embora, excelência — insistiu —, temos de procurar nossos cavalos.

Eles saíram da tenda, andando depressa pelo trecho de grama batida onde as sentinelas do duque costumavam ficar, e então uma flecha veio adejando do escuro para resvalar num peitoral. Gritos ficaram subitamente altos e uma onda de homens veio da direita e por isso Charles recuou para a sua esquerda, o que o levou de volta morro acima, em direção ao moinho iluminado pelas fogueiras, e então um grito anunciou que ele tinha sido avistado e as primeiras flechas cortaram morro acima.

— Trombeteiro! — gritou Charles. — Sete toques! Sete toques!

Charles e seus homens, impedidos de chegarem até seus cavalos, agora estavam de costas para a base do moinho, que estava espetado com dezenas de flechas com penas brancas. Uma outra flecha espetou um homem à altura da cintura, perfurando sua cota de malha, furando a barriga e a malha das costas, para espetá-lo nas tábuas do moinho, e então uma voz inglesa gritou para que os arqueiros parassem de atirar.

— É o duque deles! — berrou o homem —, é o duque deles! Queremos ele vivo! Parem de atirar! Abaixem os arcos!

A notícia de que Charles de Blois estava encurralado no moinho provocou um grunhido por parte dos atacantes. As flechas pararam de voar e os soldados batidos e sangrando de Charles que defendiam o morro olharam para baixo e viram, logo depois da luz das duas fogueiras do moinho, uma massa de criaturas escuras rondando como lobos.

— Que Deus nos ajude — disse um padre com terror na voz.

— Trombeteiro! — disse Charles de Blois com brusquidão.

— Senhor — respondeu o trombeteiro.

Ele tinha encontrado o bocal de seu instrumento misteriosamente entupido de terra. O homem devia ter caído, embora ele não se lembrasse disso. Sacudiu os últimos grãos de terra do bocal de prata e levou a trombeta à boca e o primeiro toque soou doce e alto na noite. O duque sacou da espada. Ele tinha apenas que defender o moinho o tempo suficiente para que os reforços viessem dos outros acampamentos e varrer aquela impertinente ralé para o inferno. A segunda nota da trombeta soou.

Thomas ouviu a trombeta, voltou-se e viu o brilho de prata ao lado do moinho, depois viu o reflexo da luz das chamas caindo da campânula do instrumento quando o trombeteiro ergueu-o em direção à lua pela terceira vez. Thomas não tinha ouvido ordem nenhuma para parar de disparar flechas, e por isso puxou a corda de seu arco, torceu a mão esquerda uma fração para cima e soltou. A flecha disparou por cima da cabeça dos soldados ingleses e atingiu o trombeteiro no exato momento em que ele tomava fôlego para o terceiro toque, e o ar saiu chiando e borbulhando de seu pulmão perfurado enquanto ele caía de lado na turfa. As coisas escuras que rondavam na base do morro viram o homem cair e, de repente, atacaram.

Nenhuma ajuda chegou a Charles das três fortalezas restantes. Eles tinham ouvido dois toques de trombeta, mas apenas dois, e imaginaram que Charles devia estar ganhando; além do mais, tinham ordens dele, estritas e constantemente repetidas, para que ficassem onde estavam, sob pena de serem prejudicados quando as terras conquistadas fossem distribuídas entre os vencedores. Por isso ali ficaram, vendo a fumaça sair das labaredas e perguntando-se o que se passava no grande acampamento do leste.

Acontecia o caos. Aquela luta, reconhecia Thomas, era parecida com o ataque a Caen: não planejada, desordenada e extremamente brutal. Os ingleses e seus aliados tinham ficado irritados, nervosos, esperando a derrota, enquanto os homens de Charles tinham esperado a vitória — na verdade, tinham conquistado a vitória inicial —, mas agora o nervosismo inglês estava se transformando num assalto, enlouquecido, sangrento, rancoroso e os franceses e bretões estavam sendo aterrorizados. Ouviu-se um barulho dissonante quando soldados ingleses chocaram-se com os homens de Charles que defendiam o moinho. Thomas quis participar daquela luta, mas de repente Robbie deu um puxão na manga de sua cota de malha.

— Olhe! — Robbie apontava para as tendas em chamas.

Robbie tinha visto três homens a cavalo com casacos pretos lisos e com eles, a pé, um dominicano. Thomas viu as túnicas brancas e pretas e seguiu Robbie através das tendas, pisando uma peça de lona azul e branca que tinha sido derrubada, passando por um estandarte caído, correndo entre duas fogueiras e depois atravessando um espaço aberto que rodopiava com fumaça e retalhos de tecidos que voavam em chamas. Uma mulher, com um vestido quase arrancado do corpo, gritou e atravessou correndo na frente deles e um homem espalhou fogo com as botas enquanto a perseguia até dentro de uma cabana com telhado de turfa. Por um instante, eles perdeam o padre de vista, e depois Robbie tornou a ver as túnicas pretas e brancas: o dominicano tentava montar num cavalo sem sela que os homens de casaco preto seguravam para ele. Thomas puxou o arco, disparou a flecha e viu-a enterrar-se até as penas no peito do cavalo; o animal empinou, patas amarelas debatendo-se, e o dominicano caiu de costas. Os homens de casaco preto fugiram a galope da ameaça do arco e o padre, abandonado, voltouse e viu seus perseguidores e Thomas reconheceu de Taillebourg, o torturador de Deus. Thomas berrou um desafio e tornou a armar o arco, mas de Taillebourg correu para algumas tendas que restavam. Um besteiro genovês surgiu de repente, os viu, ergueu sua arma e Thomas soltou a corda. A flecha cortou a garganta do homem, derramando sangue pela túnica vermelho e verde. A mulher gritou dentro do abrigo, depois foi abruptamente silenciada enquanto Thomas seguia Robbie para onde o inquisidor tinha desaparecido por entre as tendas. A aba da porta de uma delas ainda balançava e Robbie, espada desembainhada, empurrou a lona para o lado e curvou-se para entrar no que se revelou ser uma capela.

De Taillebourg estava em pé junto ao altar com o frontal branco da Páscoa. Um crucifixo estava em cima do altar entre duas velas bruxuleantes. O acampamento lá fora era um tumulto de gritos, dor e flechas, de cavalos choramingando e homens gritando, mas estava estranhamente calmo na capela improvisada.

— Seu bastardo. — Thomas sacou da espada e avançou contra o dominicano. — Seu maldito, fedorento, cara de excremento, pedaço de merda sacerdotal.

Bernard de Taillebourg estava com uma das mãos sobre o altar. Ele ergueu a outra para fazer o sinal-da-cruz.

— *Dominus vobiscum* — disse ele na sua voz grave. Uma flecha raspou o teto da tenda com um som agudo de arranhar, uma outra atravessou uma parede lateral e caiu atrás do altar.

— O Vexille está com você? — perguntou Thomas.

— Que Deus o abençoe, Thomas — disse de Taillebourg. Ele estava com uma expressão ameaçadora, resoluta, olhos duros, e fez o sinal-da-cruz em direção a Thomas, e então recuou quando Thomas ergueu a espada.

— O Vexille está com você? — tornou a perguntar Thomas.

— Você o está vendo? — perguntou o dominicano, correndo os olhos pela capela, e depois sorriu. — Não, Thomas, ele não está aqui. Ele foi para a escuridão. Foi buscar ajuda, e você não pode me matar.

— Me dê um motivo — disse Robbie —, porque você matou meu irmão, seu bastardo.

De Taillebourg olhou para o escocês. Ele não reconheceu Robbie, mas viu a raiva e deu a ele a mesma bênção que dera a Thomas.

— Você não pode me matar — disse ele depois de fazer o sinal-da-cruz — porque eu sou padre, meu filho, porque eu sou ungido de Deus, e sua alma será condenada por todos os tempos se você até mesmo tocar em mim.

A reação de Thomas foi dar uma estocada com a espada contra a barriga de Bernard de Taillebourg, obrigando o padre a recuar rápido contra o altar. Um homem gritou do lado de fora, o som falhando e diminuindo, acabando num soluçar. Uma criança chorou inconsolável, a respiração sendo feita com grandes arfadas, e um cachorro latiu desvairadamente. A luz das tendas em chamas era avermelhada contra as paredes de lona da capela.

— Você é um bastardo — disse Thomas — e eu não me importo se matar você pelo que você me fez.

— O que eu fiz! — A raiva de de Taillebourg brilhou como as fogueiras lá de fora. — Eu não fiz nada! — Ele agora falava em francês. — Seu primo implorou para que eu o poupasse do pior, e foi o que fiz. Um dia, disse ele, você ficaria do lado dele! Um dia você iria passar para o lado do Graal! Um dia ficaria do lado de Deus, e por isso eu o poupei, Thomas. Eu lhe deixei os olhos! Eu não queimei os seus olhos!

— Eu terei prazer em matá-lo — disse Thomas, embora na verdade estivesse nervoso por estar atacando um padre. O céu estaria vendo e a pena do anjo encarregado dos registros estaria escrevendo letras de fogo num grande livro.

— E Deus te ama, meu filho — disse de Taillebourg com delicadeza —, Deus te ama. E Deus castiga a quem ele ama.

— O que é que ele está dizendo? — interrompeu Robbie.

— Ele está dizendo que se nós o matarmos — disse Thomas — nossas almas serão condenadas.

— Até que outro padre retire a condenação — disse Robbie. — Não tem um pecado sobre a Terra que algum padre não perdoe se o preço estiver certo. Por isso pare de falar com o bastardo e mate-o. — Ele avançou contra de Taillebourg, espada erguida, mas Thomas o conteve.

— Onde está o livro de meu pai? — perguntou Thomas ao padre.

— O seu primo está com ele — respondeu de Taillebourg. — Eu juro, o seu primo está com ele.

— Pois então, onde está meu primo?

— Eu lhe disse, ele foi buscar ajuda — disse de Taillebourg — e agora você também tem de ir, Thomas. Você tem que me deixar aqui para rezar.

Thomas quase obedeceu, mas aí lembrou-se de sua patética gratidão para com aquele homem quando ele parara a tortura, e a lembrança daquela gratidão foi tão vergonhosa, tão dolorosa, que de repente ele estremeceu e, quase sem pensar, brandiu a espada contra o padre.

— Não! — gritou de Taillebourg, o braço esquerdo cortado até o osso no ponto em que ele tentara defender-se da espada de Thomas.

— Sim — disse Thomas, e a raiva o estava consumindo, enchendo-o, e ele golpeou de novo, e Robbie estava ao seu lado, dando estocadas com a espada, e Thomas golpeou uma terceira vez, mas com um gesto tão largo que a espada ficou presa no teto da tenda.

De Taillebourg cambaleava.

— Vocês não podem me matar! — gritou ele. — Eu sou padre!

Ele berrou a última palavra e ainda gritava quando Robbie cortou-lhe o pescoço com a espada de Sir William Douglas. Thomas desprendeu sua espada. De Taillebourg, a frente da batina ensopada de sangue, olhava para ele perplexo, e então o padre tentou falar e não conseguiu, e o sangue se espalhava pelo trançado de sua vestimenta com uma rapidez extraordinária. Ele caiu de joelhos, ainda tentando falar, e o golpe de espada de Thomas pegou-o no outro lado do pescoço, e mais sangue jorrou para lançar pingos sobre o frontal branco do altar. De Taillebourg ergueu os olhos, dessa vez com perplexidade no rosto, e então o último golpe de Thomas matou o dominicano, arrancando a traquéia do pescoço. Robbie teve de dar um pulo para trás para evitar o borrifo de sangue. O padre contorceu-se e na agonia da morte sua mão esquerda puxou o frontal ensopado de sangue, arrancando-o do altar, derrubando velas e crucifixo. Ele fez um ruído de chocalhar, contorceu-se e ficou imóvel.

— Isso foi bom — disse Robbie na escuridão repentina quando as velas se apagaram. — Eu odeio padres. Sempre quis matar um.

— Eu tinha um amigo que era padre — disse Thomas fazendo o sinal-da-cruz —, mas ele foi assassinado, pelo meu primo ou por este bastardo.

Ele sacudiu o corpo de Bernard de Taillebourg com o pé, curvou-se e limpou a lâmina da espada na bainha da vestimenta do padre.

Robbie foi até a porta da tenda.

— Meu pai acha que o inferno está cheio de padres — falou.

— Neste caso, tem mais um indo lá para baixo — disse Thomas.

Apanhou o seu arco, e ele e Robbie voltaram para a escuridão, onde os gritos e as flechas fustigavam a noite. Eram tantas as tendas e cabanas em chamas, que era como se fosse dia, e no brilho avermelhado Thomas viu uma besteira ajoelhada entre dois cavalos amarrados e horrorizados. A besta estava apontada para o alto do morro, para onde tantos ingleses lutavam. Thomas encaixou uma flecha na corda do seu arco, puxou, e no último segundo, quando estava prestes a enfiar a flecha na espinha da besteira, reconheceu o estampado azul e branco sobre o gibão e desviou a mira, e a flecha atingiu a besta e arrancou-a das mãos de Jeanette.

— Você vai ser morta! — gritou ele para ela, irritado.

— Aquele é o Charles! — Ela apontou para o alto do morro, igualmente zangada com ele.

— As únicas bestas estão com o inimigo — disse ele. — Quer ser morta por um arqueiro? — Ele pegou o arco dela pela manivela e jogou-o nas sombras. — E que diabo está fazendo aqui?

— Vim matá-lo! — disse ela apontando outra vez para Charles de Blois que, com seus servidores, resistia a um assalto desesperado. Ele estava com oito cavaleiros sobreviventes a seu lado e todos estavam lutando com selvageria, embora estivessem numa imensa inferioridade numérica e todos estivessem feridos. Thomas levou Jeanette morro acima, bem a tempo de ver um soldado inglês, alto, arremeter contra Charles, que aparou o golpe com o escudo e enfiou sua espada por baixo da borda do escudo para atingir o inglês na coxa. Um outro homem atacou e foi derrubado por um machado, um terceiro puxou um dos servidores de Charles para fora do morro e golpeou o elmo do homem. Parecia haver uns vinte ingleses tentando chegar até Charles, indo com os escudos de encontro às armas de seus servidores, arremetendo com espadas e golpeando com grandes machados de guerra.

— Dêem espaço a ele! — berrou uma voz autoritária. — Dêem espaço a ele! Recuem! Recuem! Deixem ele se render!

Com relutância, os atacantes recuaram. Charles estava com a viseira levantada e havia sangue em seu rosto pálido e mais sangue na espada. Um padre estava de joelhos ao seu lado.

— Renda-se! — gritou um homem para o duque, que pareceu entender porque, impetuoso, abanou a cabeça num gesto de recusa, mas então Thomas encaixou uma flecha na corda, puxou e apontou-a para o rosto de Charles. Charles viu a ameaça e hesitou.

— Renda-se! — gritou outro homem.

— Só a um homem de posição! — declarou Charles em francês.

— Quem tem posição aqui? — perguntou Thomas em inglês, e depois repetiu em francês. Um dos soldados de Charles que restavam caiu devagar, primeiro de joelhos, depois de bruços, com um barulho de armadura.

Um cavaleiro avançou das fileiras inglesas. Era um bretão, um dos auxiliares de Totesham, e anunciou seu nome para provar a Charles que era um homem de berço nobre e então estendeu a mão e Charles de Blois, sobrinho do rei da França e pretendente ao ducado da Bretanha, adiantou-se desajeitado e apresentou a espada. Uma imensa ovação fez-se ouvir, e os homens que estavam no morro separaram-se para deixar o duque e seu captor se afastarem. Charles esperava receber a espada de volta e pareceu surpreso quando o bretão não se prontificou a devolvê-la, e o derrotado duque desceu o morro constrangido, ignorando o inglês triunfante, mas de repente parou porque uma figura de cabelos pretos se metera à sua frente.

Era Jeanette.

— Lembra-se de mim? — perguntou ela.

Charles olhou-a de alto a baixo e encolheu-se como se tivesse sido agredido quando reconheceu o emblema no gibão dela. E tornou a encolher-se quando viu a raiva nos olhos dela. Não disse nada.

Jeanette sorriu.

— Estuprador — disse ela, e cuspiu pela viseira dele, que estava aberta. O duque fez um gesto rápido com a cabeça, mas era tarde demais, e Jeanette tornou a cuspir no seu rosto. Ele tremeu de raiva. Ela o estava desafiando a agredi-la, mas ele se conteve e Jeanette, impossibilitada de fazer o mesmo, cuspiu uma terceira vez.

— *Ver* — disse ela com desdém e afastou-se ao som de uma irônica ovação.

— O que é *ver*? — perguntou Robbie.

— Verme — disse Thomas, e sorriu para Jeanette. — Muito bem, senhora.

— Eu ia chutar o maldito do saco dele — disse ela —, mas me lembrei de que ele estava de armadura.

Thomas soltou uma gargalhada e desviou-se para o lado quando Richard Totesham ordenou que meia dúzia de soldados escoltasse Charles de volta para La Roche-Derrien. À exceção de capturar o rei da França, ele era o prisioneiro mais valioso que se podia conseguir na guerra. Thomas ficou olhando enquanto ele se afastava. Charles de Blois iria juntar-se agora ao rei da Escócia como prisioneiro da Inglaterra, e os dois teriam de levantar uma fortuna se quisessem ter seus resgates pagos.

— Ainda não acabou! — gritou Totesham. Ele tinha visto a multidão de homens que zombavam indo atrás do duque capturado e apressou-se a afastá-los. — Não acabou! Terminem o trabalho!

— Cavalos! — bradou Sir Thomas Dagworth. — Peguem os cavalos deles!

A luta no acampamento de Charles fora vencida, mas não terminara. O assalto vindo da cidade chegara como uma tempestade e atravessara por completo o centro da linha de combate do duque Charles que tinha sido cuidadosamente preparada, e o que restava de sua força estava agora dividido em pequenos grupos. Dezenas já estavam mortos, e outros fugiam para a escuridão.

— Arqueiros! — ouviu-se alguém gritar. — Arqueiros, aqui comigo!

Dúzias de arqueiros correram para os fundos do acampamento, onde os franceses e bretões em fuga tentavam chegar às outras fortalezas, e os arcos derrubaram os fugitivos sem piedade.

— Tirem tudo deles! — gritou Totesham. — Tirem tudo deles!

Um tipo primitivo de organização surgira no teatro de carnificina quando a guarnição e os habitantes da cidade, aumentados pelos sobreviventes da força de Sir Thomas Dagworth, caçavam pelo acampamento em chamas para levar quaisquer sobreviventes para onde os arqueiros esperavam. Era um trabalho lento, não porque o inimigo estivesse oferecendo qualquer resistência de fato, mas porque homens estavam sempre parando para saquear tendas e abrigos. Mulheres e crianças eram levadas para fora, para a luz da lua, e seus homens eram mortos. Prisioneiros que valiam um resgate vultoso eram abatidos na confusão e no escuro. O visconde Rohan foi abatido, como também o foram os senhores de Laval e de Châteaubriant, de Dinan e de Redon.

Uma luz cinzenta cintilou no leste, o primeiro sinal do amanhecer. No acampamento destruído pelo fogo ouvia-se uma choradeira.

— Acabamos com eles? — Richard Totesham, finalmente, encontrara Sir Thomas Dagworth. Os dois estavam nas defesas do acampamento, de onde olhavam para a fortaleza inimiga do sul.

— Não podemos deixá-los sentados la — disse Sir Thomas, e estendeu a mão. — Obrigado, Dick.

— Por cumprir minha obrigação? — respondeu Totesham, desconcertado. — Pois então vamos varrer os bastardos dos outros acampamen
tos, hein?

Uma trombeta deu o toque de reunir para os ingleses.

Charles de Blois dissera aos seus combatentes que um arqueiro não podia
atirar num homem que ele não visse, e era verdade, mas os homens no
acampamento sul, que formavam a segunda maior porção do exército de
Charles, aglomeravam-se na defesa externa numa tentativa de ver o que
acontecia no acampamento do leste em volta do moinho. Eles tinham
acendido fogueiras para proporcionar iluminação aos seus besteiros, mas
aquelas fogueiras agora serviam para delineá-los enquanto eles ficavam em
pé na barreira de terra, que não tinha paliçada, e os arqueiros ingleses,
com um alvo daqueles, não podiam errar. Os arqueiros estavam na área
limpa entre os acampamentos, encobertos pela sombra do vulto gigantesco dos longos entrincheiramentos, e suas flechas saíam vibrando da noite
para atingir os franceses e bretões que observavam com atenção. Besteiros
tentaram responder, mas formavam o mais fácil dos alvos, porque poucos
possuíam cotas de malha, e então, com um rugido, os soldados ingleses
atacaram as defesas e a matança recomeçou. Habitantes da cidade, ansiosos por saques, acompanharam a carga, e os arqueiros, vendo a trincheira
sem defensores, correram para juntar-se a eles.

Thomas deu uma parada na defesa de terra para disparar uma dúzia de flechas contra o inimigo em pânico que construíra aquele acampamento no local em que no ano anterior ficara o acampamento de sítio
inglês. Ele perdera Sir Guillaume de vista e, embora tivesse dito a Jeanette
que voltasse para a cidade, ela ainda estava com ele, mas agora armada
com uma espada que tirara de um bretão morto.

— Você não devia estar aqui — disse, ríspido.

— Vespas! — retrucou ela, e apontou para uma dúzia de soldados
usando os casacos pretos e amarelos do senhor de Roncelets.

O inimigo ali oferecia pouca resistência. Eles não tinham sabido
do desastre sofrido por Charles e foram surpreendidos pelo súbito ataque

que saíra da escuridão. Os besteiros sobreviventes agora batiam em retirada, em pânico, entrando nas tendas, e os ingleses, uma vez mais, tiravam lenha em brasa das grandes fogueiras e jogavam-na nos telhados de lona para queimarem forte e berrante na escuridão que antecedia o amanhecer. Os arqueiros ingleses e galeses tinham pendurado os arcos no ombro e, impiedosos, abriam caminho pela fila de tendas com machados, espadas e porretes. Era outro massacre, alimentado pela perspectiva de saque, e alguns dos franceses e bretões, em vez de enfrentarem a massa de homens enlouquecidos que berravam, montaram em seus cavalos e fugiram para o leste, em direção à fina luz cinzenta que agora deixava vazar um toque de vermelho ao longo do horizonte.

Thomas e Robbie dirigiram-se para os homens usando as listras semelhantes a vespas de Roncelets. Aqueles homens tinham tentado oferecer uma resistência ao lado de um trabuco que tinha pintado o nome de Chicote de Pedra em sua grande armação, mas foram flanqueados por arqueiros e agora tentavam fugir e no caos não sabiam para onde ir. Dois deles correram em direção a Thomas e este espetou um na sua espada, enquanto Robbie deixava o outro tonto com um golpe violento no elmo, e depois uma onda de arqueiros empurrou os homens de preto e amarelo para o lado e Thomas embainhou a espada molhada e tirou do ombro o arco antes de investir para dentro de uma tenda que não fora incendiada e estava ao lado de um mastro com o estandarte preto e amarelo desfraldado e, lá, entre uma cama e uma arca que estava aberta, estava o senhor de Roncelets em pessoa. Ele e um escudeiro transferiam, com as mãos em concha, moedas da arca para pequenos sacos, e os dois se voltaram quando Thomas e Robbie entraram e o senhor de Roncelets apanhou depressa uma espada que estava na cama, no exato momento em que Thomas puxava a corda do arco. O escudeiro lançou-se sobre Robbie, mas Thomas soltou a flecha e o escudeiro foi sacudido para trás como puxado por uma corda fortíssima e o sangue do ferimento na testa derramou-se vermelho no chão da tenda. O escudeiro sacudiu-se espasmodicamente duas vezes e depois ficou imóvel, e o senhor de Roncelets ainda estava a três passos de distância de Thomas quando a segunda flecha foi colocada na corda.

— Vamos, excelência — disse Thomas —, me dê um motivo para mandá-lo para o inferno.

O senhor de Roncelets parecia um lutador. Tinha cabelos curtos eriçados, um nariz quebrado e falta de dentes, mas não havia beligerância nele agora. Ouvia os gritos da derrota em toda a sua volta, sentia o cheiro da carne queimada dos homens presos entre as tendas e via a flecha no arco de Thomas apontada para o seu rosto, e simplesmente ofereceu a espada em rendição instantânea.

— Você tem posição de destaque? — perguntou ele a Robbie. Ele não reconhecera Thomas e, de qualquer modo, partia do pressuposto de que quem usasse um arco tinha de ser uma pessoa sem título de nobreza.

Robbie não entendeu a pergunta, que tinha sido feita em francês, e por isso Thomas respondeu por ele.

— Ele é um senhor escocês — disse Thomas exagerando a posição de Robbie.

— Então eu me rendo a ele — disse Roncelets irritado e jogou a espada aos pés de Robbie.

— Meu Deus — disse Robbie sem compreender o diálogo —, ele ficou com medo depressa!

Thomas liberou com cuidado a pressão da corda do arco e ergueu os dedos tortos na mão direita.

— Foi bom o senhor se render — disse ele a Roncelets. — Lembra-se de que o senhor quis decepar estes dedos?

Ele não conseguiu reprimir o sorriso quando primeiro o reconhecimento e depois o medo abjeto apareceram na expressão do rosto de Roncelets.

— Jeanette! — gritou Thomas, a pequena vitória conquistada. — Jeanette!

Jeanette entrou pela aba da tenda e com ela, vejam só, estava Will Skeat.

— Que diabo você está fazendo aqui? — perguntou Thomas, irritado.

— Você não ia querer que um velho amigo fosse impedido de entrar numa briga, ia, Tom? — perguntou Skeat com um sorriso e Thomas pensou que naquele sorriso ele via o verdadeiro caráter do amigo.

— Você é um velho maluco — resmungou Thomas, e depois apanhou a espada do senhor de Roncelets e entregou-a a Jeanette. — Ele é nosso prisioneiro — disse ele — e seu também.

— Nosso? — Jeanette estava intrigada.

— Ele é o senhor de Roncelets — disse Thomas sem poder evitar outro sorriso —, e eu não tenho dúvidas de que podemos extrair dele um resgate. E não me refiro àquele dinheiro vivo — ele apontou para a arca aberta —, que de qualquer modo já é nosso.

Jeanette olhou fixo para Roncelets e aos poucos foi percebendo que se o senhor de Roncelets era seu prisioneiro, seu filho estava praticamente devolvido a ela. Ela estourou numa gargalhada e deu um beijo em Thomas.

— Com que então, Thomas, você cumpre mesmo suas promessas.

— E você, vigie-o bem — disse Thomas —, porque o resgate dele vai deixar todos nós ricos. Robbie, você, eu e Will. Vamos todos ficar ricos. — Ele sorriu para Skeat. — Você fica com ela, Will? Toma conta dele?

— Fico — concordou Will.

— Quem é ela? — perguntou o senhor de Roncelets a Thomas.

— A condessa da Armórica — respondeu Jeanette por ele e riu de novo quando viu a expressão de choque no rosto de Roncelets.

— Levem-no para a cidade. — Thomas agachou-se para sair da tenda. Lá fora encontrou dois habitantes da cidade procurando butim entre as tendas mais próximas.

— Vocês dois! — gritou, ríspido, para eles —, vão ajudar a vigiar um prisioneiro. Levem-no para a cidade, e serão bem recompensados. Vigiem bem! — Thomas puxou os dois homens para dentro da tenda. Ele achava que o senhor de Roncelets não conseguiria escapar se Jeanette, Skeat e os dois homens o estivessem vigiando. — Apenas vigiem-no — disse a eles — e levem-no para a casa que era sua. — A última observação foi dirigida a Jeanette.

— Para a casa que era minha? — Ela estava intrigada.

— Você queria matar alguém hoje à noite — disse Thomas — e não pode matar Charles de Blois. Então por que não vai matar Belas?

Ele riu da expressão no rosto dela, e depois ele e Robbie fecharam com força a tampa da arca e cobriram-na com cobertores tirados da cama, na esperança de escondê-la por alguns instantes, e voltaram para a luta.

Durante toda a batalha iluminada por fogueiras Thomas vira de relance homens de casacos pretos lisos, e sabia que Guy Vexille devia estar por perto, mas não conseguira vê-lo. Agora gritos e o barulho de lâminas se entrechocando vinham do lado sul do acampamento e Thomas e Robbie correram para ver o que era aquela agitação. Viram que um grupo de homens a cavalo, usando casacos pretos, rechaçava vinte soldados ingleses.

— Vexille! — berrou Thomas. — Vexille!

— É ele? — perguntou Robbie.

— De qualquer modo, são homens dele — disse Thomas.

Ele calculava que seu primo estivera no acampamento do leste com de Taillebourg e que tinha ido até lá na esperança de levar uma força para ajudar Charles, mas chegara tarde demais e agora seus homens participavam de um combate de retaguarda para proteger outros homens que fugiam.

— Onde está ele? — perguntou Robbie.

Thomas não conseguia ver o primo. Tornou a gritar.

— Vexille! Vexille!

E lá estava ele. O Arlequim, conde de Astarac, com armadura de chapas, viseira erguida, montando um corcel de batalha preto e segurando um escudo preto, liso. Ele viu Thomas e ergueu a espada numa saudação irônica. Thomas tirou o arco do ombro, mas Guy Vexille viu a ameaça, voltou-se para se afastar e os cavalarianos cercaram-no para protegê-lo.

— Vexille!

Thomas gritou e correu em direção ao primo. Robbie lançou um aviso e Thomas agachou-se enquanto um cavalariano brandia uma espada contra ele, e então jogou-se contra o cavalo, sentindo o cheiro de couro e suor, e um outro cavalariano bateu nele, quase o derrubando.

— Vexille! — berrou ele. E tornou a ver Guy Vexille, só que agora seu primo estava voltando, galopando em sua direção, e Thomas puxou a corda do arco, mas Vexille ergueu a mão direita para mostrar que havia embainhado a espada, e o gesto fez Thomas abaixar o arco preto.

Guy Vexille, a viseira erguida e o rosto bonito iluminado pelas fogueiras, sorriu.

— Eu estou com o livro, Thomas.

Thomas não disse nada, mas apenas tornou a erguer o arco.

Guy Vexille abanou a cabeça, num gesto de reprovação.

— Não há necessidade disso, Thomas. Junte-se a mim.

— No inferno, seu bastardo — disse Thomas. Aquele era o homem que tinha matado seu pai, matara Eleanor, matara o padre Hobbe, e Thomas puxou a flecha toda para trás e Vexille pegou uma pequena faca que estivera escondida na mão que segurava o escudo e calmamente curvou-se para a frente e cortou a corda do arco. A corda partida fez com que o arco pulasse com violência na mão de Thomas e a flecha foi cuspida sem causar dano. A corda tinha sido cortada com tanta rapidez que Thomas não tivera tempo de reagir.

— Um dia você se juntará a mim, Thomas — disse Vexille, e então viu que os arqueiros ingleses tinham finalmente percebido a presença de seus homens e começavam a fazer baixas, e por isso ele girou o cavalo, gritou para que seus homens batessem em retirada e saiu galopando.

— Jesus! — blasfemou Thomas, frustrado.

— *Calix meus inebrians!* — gritou Guy Vexille, e depois desapareceu entre os homens que galopavam para o sul. Uma rajada de flechas inglesas foi atrás deles, mas nenhuma atingiu Vexille.

— Bastardo! — xingou Robbie na direção da figura que fugia.

Ouviu-se um grito de mulher vindo das tendas em chamas.

— O que foi que ele lhe disse? — perguntou Robbie.

— Ele queria que eu me unisse a ele — disse Thomas com amargura. Ele jogou fora a corda cortada e tirou a sobressalente de sob seu morrião. Os dedos desajeitados mexeram-se enquanto procurava reencordoar o arco, mas ele conseguiu na segunda tentativa. — E disse também que está com o livro.

— É, mas muito bem, o que é que isso vai adiantar para ele? — indagou Robbie.

A luta acabara e ele ajoelhou-se junto a um cadáver bem-vestido e começou a procurar moedas. Sir Thomas Dagworth mandava, aos gritos, que homens se reunissem na margem oeste do acampamento para assaltar a fortaleza seguinte, onde alguns dos defensores, percebendo que a batalha estava perdida, já estavam fugindo. Sinos de igreja tocavam em La Roche-Derrien, celebrando a entrada de Charles de Blois na cidade, como prisioneiro.

Thomas olhou para o ponto em que o primo desaparecera. Ele estava envergonhado, porque uma pequena parte dele, uma parte pequena e traiçoeira, ficara tentada a aceitar a oferta. Juntar-se ao primo, voltar a pertencer a uma família, procurar o Graal e utilizar seu poder. A vergonha era amarga, como a vergonha da gratidão que ele sentira para com de Taillebourg quando a tortura acabara.

— Bastardo! — gritou inutilmente. — *Bastardo.*

— Bastardo! — Foi a voz de Sir Guillaume que se meteu na de Thomas. Sir Guillaume, com seus dois soldados, cutucava um prisioneiro nas costas com uma espada. O preso usava uma armadura e a espada resvalava nela a cada cutucada. — Bastardo! — vociferou Sir Guillaume de novo, e então viu Thomas. — É o Coutances! Coutances! — Ele arrancou o elmo do prisioneiro. — Olhe para ele!

O conde de Coutances era um homem de aparência melancólica, careca como um ovo, que fazia o possível para manter a dignidade. Sir Guillaume tornou a cutucá-lo.

— Eu lhe digo, Thomas — ele falou em francês — que a mulher e as filhas deste bastardo vão ter que se prostituir para levantar esse resgate! Elas vão ter que trepar com todos os homens da Normandia para comprar a volta deste bastardo sem caráter! — Ele voltou a cutucar o conde de Coutances. — Eu vou espremer você até a última gota! — vociferou Sir Guillaume e, exultante, fez o prisioneiro seguir em frente.

A mulher gritou outra vez.

Naquela noite muitas mulheres haviam gritado, mas alguma coisa naquele som despertou a atenção de Thomas, e ele se voltou, alarmado. O grito foi ouvido uma terceira vez, e Thomas começou a correr.

— Robbie! — gritou ele. — Venha comigo!

Thomas atravessou correndo os restos de uma tenda incendiada, as botas levantando centelhas e brasas. Contornou um braseiro que expelia fumaça, quase tropeçou num homem ferido que vomitava num elmo virado para cima, correu por um beco entre cabanas de armeiros onde bigornas, foles, martelos, tenazes e barris cheios de rebites e anéis para cotas de malha estavam espalhados sobre a grama. Um homem com avental de ferreiro e sangue escorrendo de um ferimento na cabeça meteu-se cambaleando na sua frente e Thomas empurrou-o para o lado para correr em direção ao estandarte preto e amarelo que ainda tremulava do lado de fora da tenda em chamas do senhor de Roncelets.

— Jeanette! — chamou ele. — Jeanette!

Mas Jeanette estava presa. Ela estava sendo segura por um homem enorme que lhe imprensara a espinha contra o guincho do trabuco chamado Chicote de Pedra, que ficava logo depois da tenda do senhor de Roncelets. O homem ouviu Thomas gritar e voltou-se para olhar, sorrindo. Era Beggar, todo barba e dentes podres, e ele empurrou Jeanette com força quando ela lutou para escapar dele.

— Segure ela, Beggar! — gritou Sir Geoffrey Carr. — Segure a puta!

— A belezinha não vai a lugar nenhum — disse Beggar —, não vai a lugar nenhum, querida — e tentou levantar a cota de malha dela, mas a cota era pesada e complicada demais e Jeanette debatia-se com muita violência.

O senhor de Roncelets, ainda sem sua espada, estava sentado na armação do Chicote de Pedra. Estava com uma marca vermelha no rosto, indicando que tinha sido agredido, e Sir Geoffrey Carr, com cinco outros soldados, estava em pé ao lado dele. O Espantalho olhou com ar desafiador para Thomas.

— Ele é meu prisioneiro! — disse ele, incisivo.

— Ele nos pertence — disse Thomas —, nós o pegamos.

— Escute, rapaz — disse o Espantalho, a voz ainda arrastada pela bebida — sou um cavaleiro e você é um monte de merda. Está entendendo? — Ele cambaleou ligeiramente enquanto se aproximava de Thomas. — Eu sou um cavaleiro — disse outra vez, mais alto — e você não é nada!

— O rosto vermelho, tornado sinistro pelas chamas, estava contorcido numa expressão de escárnio. — Você não é nada! — gritou outra vez, e girou o corpo para se certificar de que seus homens estavam vigiando o senhor de Roncelets. Um prisioneiro tão rico assim iria resolver todos os problemas de Sir Geoffrey, e ele estava decidido a agarrar-se a ele e ficar com o resgate. — Ela não pode fazer um prisioneiro — disse ele apontando a espada para Jeanette —, porque tem tetas, e você não pode prendê-lo, porque é um monte de merda. Mas eu sou um cavaleiro! Um *cavaleiro*! — Ele dirigiu o termo com veemência para Thomas, que, incitado pelos insultos, armou o arco. A corda nova estava ligeiramente comprida demais e ele sentiu a falta de potência na vara preta por causa disso, mas concluiu que, para o que ele queria, havia força suficiente.

— Beggar! — gritou o Espantalho —, se ele disparar aquele arco, mate a puta.

— Mato a beleza — disse Beggar. Ele babava saliva, que escorria pela enorme barba enquanto acariciava os anéis de malha sobre os seios de Jeanette. Ela ainda lutava, mas ele a mantinha dolorosamente curvada para trás em cima do guincho, e ela praticamente não conseguia se mexer.

Thomas manteve o arco armado. Ele viu que o longo braço do trabuco tinha sido arriado até o chão, embora os engenheiros devessem ter sido interrompidos antes de poderem carregar uma pedra, porque a grande funda de couro estava vazia. Uma pilha de pedras erguia-se à direita, e um súbito movimento nela fez com que Thomas visse que havia um homem ferido reclinado contra as pedras. O homem tentava ficar em pé, mas não conseguia. Havia sangue em seu rosto.

— Will? — perguntou Thomas.

— Tom! — Will Skeat tentou esforçar-se para ficar de pé outra vez. — É você, Tom!

— O que foi que aconteceu? — perguntou Thomas.

— Eu não sou o que era, Tom — disse Skeat. Os dois habitantes da cidade que tinham ajudado a vigiar o senhor de Roncelets estavam mortos aos pés de Skeat, e o próprio Skeat parecia estar morrendo. Estava pálido, fraco, e cada respiração era um grande esforço. Havia lágrimas em seu rosto. — Eu tentei lutar — disse ele em tom de lamentação —, tentei mesmo, mas já não sou o que era.

— Quem atacou vocês? — perguntou Thomas, mas Skeat parecia incapaz de responder.

— Will estava apenas tentando me proteger — gritou Jeanette, e então gritou quando Beggar empurrou-a com tanta força para trás que por fim ela foi obrigada a subir no guincho e Beggar conseguiu levantar-lhe as saias de malhas. Ele disse palavras desconexas, de tanta excitação, no momento em que Sir Geoffrey berrou de raiva.

— É o bastardo do Douglas!

Thomas soltou a corda. Com uma corda nova no arco, ele gostava de disparar algumas flechas para verificar como a fibra de cânhamo iria se comportar, mas agora ele não tinha tempo para essas minúcias. Limitou-se a soltar a flecha e ela penetrou no emaranhado da barba de Beggar para cortar-lhe a garganta, a ponta larga da flecha dividindo a traquéia com a precisão de uma faca de açougueiro, e Jeanette gritou quando o sangue esguichou no seu gibão e no seu rosto. O Espantalho berrou de raiva e correu para Thomas, que cravou a vara do arco, com ponta de osso, na cara vermelha e depois largou a arma enquanto sacava da espada. Robbie passou por ele correndo e arremeteu com a espada de seu tio contra a barriga do Espantalho, mas mesmo bêbado Sir Geoffrey era rápido e conseguiu escorar o golpe e contra-atacar. Dois de seus soldados corriam para ajudar — os outros vigiavam o senhor de Roncelets —, e Thomas viu os dois homens chegando. Deslocou-se para a esquerda, esperando colocar a grande armação do Chicote de Pedra entre si e os homens que usavam o emblema de Sir Geoffrey com o machado preto, mas Sir Geoffrey quase o abateu e Thomas deu um golpe desesperado para trás com a espada que acabara de sacar, batendo na espada do Espantalho com uma força que deixou o braço de Thomas dormente. O golpe empurrou o Espantalho para trás, ele se recuperou e deu um salto à frente e Thomas ficou defendendo-se desesperadamente enquanto o Espantalho desferia uma chuva de golpes nele. Thomas não era espadachim e estava apanhando a ponto de ser levado a ficar de joelhos, e Robbie não podia ajudá-lo porque estava rechaçando os dois seguidores de Sir Geoffrey, e então ouviu-se um forte estrondo, uma explosão que soava como se as portas do inferno tivessem acabado de abrir-se, e o chão tremeu enquanto o Espantalho gritava em agonia extrema. Seu uivo, que levava sangue, cortou os ares.

Jeanette havia puxado a alavanca que soltava o braço longo. Dez toneladas de contrapeso tinham desabado no chão e o grosso pino de metal que segurava a funda levantara-se com força entre as pernas de Sir Geoffrey e abrira um buraco sangrento que ia da virilha até a barriga. Ele devia ter sido lançado a meio caminho da cidade pelo braço do trabuco, mas em vez disso a ponta do pino ficara presa nas suas entranhas e ele estava preso na base do braço, onde se contorcia em agonia, o sangue escorrendo para o chão.

Seus homens, vendo o chefe morrendo, recuaram. Por que lutar por um homem que não podia oferecer recompensa alguma? Robbie ficou boquiaberto enquanto o Espantalho se contorcia e estrebuchava, e de algum modo o moribundo conseguiu libertar-se do grande pino de ferro e caiu, arrastando intestinos e borrifando sangue. Bateu no chão com um barulho surdo, repicou espalhando sangue, mas continuou vivo. Os olhos contraíam-se e a boca estava puxada para trás num rosnar.

— Maldito Douglas — ainda conseguiu dizer, arquejando, antes de Robbie se aproximar dele, erguer a espada de seu tio e arriá-la com força uma única vez, bem entre os olhos do Espantalho.

O senhor de Roncelets vira tudo acontecer, sem acreditar. Agora Jeanette segurava uma espada junto ao seu rosto, desafiando-o a fugir, e ele, em silêncio, abanou a cabeça para mostrar que não tinha intenção alguma de arriscar a vida entre os homens bêbados, selvagens, que berravam, que tinham surgido da noite para destruir o maior exército que o ducado da Bretanha já reunira.

Thomas foi até onde estava Sir William Skeat, mas o seu velho amigo estava morto. Ele tinha sido ferido no pescoço e sangrara até morrer na pilha de pedras. Sua aparência estava estranhamente tranqüila. Um primeiro facho do sol do novo dia atravessou a borda do mundo para iluminar o sangue brilhante no alto do braço do Chicote de Pedra enquanto Thomas fechava os olhos de seu mentor.

— Quem matou Will Skeat? — perguntou Thomas aos homens de Sir Geoffrey, e Dickon, o jovem, apontou para os destroços de malha, carne, entranhas e ossos que tinham sido o Espantalho.

Thomas inspecionou as mossas em sua espada. Ele tinha de aprender a usar uma espada, pensou, senão iria morrer pela espada, e depois ergueu os olhos para os homens de Sir Geoffrey.

— Vão ajudar o ataque ao forte seguinte — disse a eles. Eles olharam para ele com olhos arregalados. — Andem! — disse ele, ríspido, e, espantados, os homens correram em direção ao oeste.

Thomas apontou a espada para o senhor de Roncelets.

— Leve-o de volta para a cidade — disse ele a Robbie — e proteja-o bem.

— E você? — perguntou Robbie.

— Vou enterrar Will — disse Thomas. — Ele era meu amigo. — Ele achou que deveria derramar algumas lágrimas por Will Skeat, mas não havia uma única lágrima. Pelo menos agora. Embainhou a espada e sorriu para Robbie.

— Você pode voltar para casa, Robbie.

— Posso? — Robbie parecia intrigado.

— De Taillebourg está morto. Roncelets vai pagar o seu resgate a lorde Outhwaite. Você pode ir para Eskdale, ir para casa, voltar a matar ingleses.

Robbie abanou a cabeça.

— Guy Vexille está vivo.

— Quem vai matar ele sou eu.

— E eu — disse Robbie. — Você se esquece de que ele matou meu irmão. Fico até ele morrer.

— Se vocês um dia o encontrarem — disse Jeanette baixinho.

O sol iluminava a fumaça dos acampamentos em chamas e projetava longas sombras pela área onde os últimos componentes do exército de Charles abandonaram suas trincheiras e fugiram para Rennes. Eles tinham chegado em grande esplendor e agora escapuliam em abjeta derrota.

Thomas foi até as tendas dos engenheiros e encontrou uma picareta, um enxadão e uma pá. Cavou uma sepultura ao lado do Chicote de Pedra e colocou Skeat no chão úmido e tentou fazer uma oração, mas não conseguiu pensar em nenhuma, e depois lembrou-se da moeda para o barqueiro e foi até a tenda do senhor de Roncelets, afastou a lona chamuscada da arca e apanhou uma moeda de ouro e voltou para o túmulo. Pulou para dentro, ao lado do amigo, e colocou a moeda debaixo da língua de Skeat. O barqueiro iria encontrá-la e ficaria sabendo, ao ver o ouro, que Sir William Skeat era um homem especial.

— Deus te abençoe, Will — disse Thomas, saiu desajeitado da sepultura e encheu-a de terra, embora sempre fizesse uma pausa na esperança de que os olhos de Will se abrissem, mas claro que não se abriram e por fim Thomas chorou enquanto despejava terra sobre o rosto pálido do amigo. O sol já ia alto quando ele acabou, e mulheres e crianças chegavam da cidade à procura de despojos. Um francelho voou alto e Thomas sentou-se na arca de moedas e esperou Robbie voltar da cidade.

Ele achou que iria para o sul. Para Astarac. Iria procurar o livro de notas de seu pai e resolver o mistério do texto. Os sinos de La Roche-Derrien tocavam em homenagem à vitória, uma vitória grandiosa, e Thomas ficou sentado entre os mortos e percebeu que não teria paz enquanto não encontrasse o fardo de seu pai. *Calix meus inebrians. Transfer calicem istem a me. Ego enim eram pincerna regis.*

Quisesse o cargo ou não, ele era o copeiro do rei e iria para o sul.

Nota Histórica

O LIVRO COMEÇA COM A BATALHA DA CRUZ DE NEVILLE. O nome da batalha tem origem na cruz de pedra que Lorde Neville ergueu para assinalar a vitória, embora seja possível que já existisse uma outra cruz no local, substituída depois pelo memorial de Lorde Neville. A batalha, travada por um grande exército escocês contra uma pequena força heterogênea reunida às pressas pelo arcebispo de York e pelos senhores do Norte, foi um desastre para os escoceses. O rei deles, David II, foi capturado tal como descrito em *O andarilho*, encurralado debaixo de uma ponte. Ele conseguiu quebrar os dentes de alguns de seus captores, mas depois foi subjugado. Passou um longo tempo no castelo de Bamburgh recuperando-se do ferimento no rosto e em seguida foi levado para Londres e colocado na Torre com a maioria dos outros aristocratas escoceses capturados naquele dia, inclusive Sir William Douglas, o Cavaleiro de Liddesdale. Os dois condes escoceses que anteriormente tinham jurado vassalagem a Eduardo foram decapitados, depois esquartejados, e os pedaços dos corpos foram expostos por todo o reino como um aviso contra a traição. Mais tarde, naquele mesmo ano, Charles de Blois, sobrinho do rei da França e pretenso duque da Bretanha, juntou-se a David II na Torre de Londres. Foi uma notável vitória dupla por parte dos ingleses que irão, em mais uma década, acrescentar o próprio rei da França ao arrastão.

Os escoceses invadiram a Inglaterra a pedido dos franceses, de quem eram aliados, e é provável que David II realmente acreditasse que o exército da Inglaterra estivesse todo no norte da França. Mas a Inglaterra havia previsto esse tipo de problema e certos senhores do Norte foram encarregados de ficar em casa e estar preparados para levantar forças se os escoceses um dia marchassem. A espinha dorsal dessas forças era, é claro, o arqueiro, e essa é a grande fase do arco e flecha inglês (e, em grau menor, escocês). A arma usada era o arco longo (nome que foi cunhado muito mais tarde), que era um arco de teixo com pelo menos um metro e oitenta centímetros de comprimento, com uma potência de puxada de mais de cinqüenta quilos (mais do dobro do peso dos modernos arcos de competição). É um mistério o fato de só a Inglaterra poder reunir exércitos de campo de arqueiros letais que, na verdade, tornaram-se os reis dos campos de batalha europeus, mas a resposta mais provável é que o domínio do arco longo era um entusiasmo inglês, praticado como esporte em centenas de aldeias. Com o tempo, promulgaram-se leis tornando obrigatória a prática do arco e flecha, presumivelmente porque o entusiasmo estava diminuindo. Ele era, sem dúvida, uma arma de uso extremamente difícil, requerendo uma força tremenda, e os franceses, apesar de tentarem adotar a arma em suas fileiras, nunca dominaram o arco longo. Os escoceses estavam acostumados com aqueles arqueiros e tinham aprendido a nunca atacá-los montados em cavalos, mas na verdade não havia uma resposta para o arco longo até que as armas de fogo começassem a ser usadas no campo de batalha.

Os prisioneiros eram importantes. Um homem como Sir William Douglas só seria libertado mediante o pagamento de um vultoso resgate, apesar de Sir William receber um livramento condicional antes do tempo para ajudar a negociar o resgate do rei da Escócia. Quando fracassou, ele voltou, obediente, à sua prisão na Torre de Londres. Os resgates por homens como Charles de Blois e o rei David II eram vultosíssimos e poderiam levar anos para serem negociados e levantados. No caso de David, o resgate foi de £66.000, uma quantia que tem de ser multiplicada pelo menos cem vezes para chegarmos a uma aproximação do seu valor atual. Os escoceses foram autorizados a pagá-lo em dez prestações, e vinte nobres tiveram de ser entregues como reféns para garantir o pagamento antes que David fosse libertado em 1357, quando, ironicamente, suas simpatias tinham se tornado inteiramente pró-ingleses. Sir Thomas Dagworth foi oficialmente o captor de Charles de Blois e vendeu-o a Eduardo III pela quantia muito menor de £3.500, mas sem dúvida era melhor ter aquele dinheiro nas mãos do que esperar enquanto um resgate maior era arrecadado na França e na Bretanha. O captor do rei David foi um inglês chamado John Coupland, que também vendeu seu prisioneiro para Eduardo, no caso de Coupland em troca de um título de cavaleiro e terras.

A derrota de Charles em La Roche-Derrien é um dos grandes triunfos ingleses do período que não foram alardeados. Charles tinha enfrentado arqueiros antes e concluíra, com toda razão, que a maneira de derrotá-los era fazer com que eles atacassem posições bem protegidas. O que o arqueiro não via ele não podia matar. A tática funcionou contra o assalto de Sir Thomas Dagworth, mas aí veio da cidade a frenética surtida de Richard Totesham e, como Charles insistira em que as quatro partes do exército ficassem atrás de seus entrincheiramentos protetores, ele foi dominado e depois as outras partes de seu exército foram derrotadas. A derrota e a captura dele foram um imenso choque para seus aliados, os franceses, que não estavam conseguindo levantar o cerco de Calais. Devo registrar minha dívida para com Jonathan Sumption, cujo livro, *Trial by Battle*, foi de utilidade especial para mim. Os erros no romance são todos meus, é claro, embora no interesse de diminuir o peso da minha sacola de correspondência eu deva salientar gentilmente que a catedral de Durham só tinha duas torres em 1347 e que coloquei a referência a Hachaliah no livro de Esdras, em vez de no de Neemias, porque estava usando a *Vulgata*, e não a *King James Bible*.

Este livro foi composto na tipologia Stone Serif,
em corpo 9,5/16, e impresso em papel
off-white no Sistema Cameron
da Divisão Gráfica da Distribuidora Record.